La joya
de Medina

LA JOYA
DE MEDINA

Sherry Jones

Traducción de M. Agustín López

EDICIONES B
GRUPO ZETA

Barcelona • Bogotá • Buenos Aires • Caracas • Madrid • México D.F. • Montevideo • Quito • Santiago de Chile

Título original: *The Jewel of Medina*

Traducción: M. Agustín López

1.ª edición: febrero 2009
1.ª reimpresión: febrero 2009

© 2008 by Sherry Jones
© Ediciones B, S. A., 2009
    Bailén, 84 - 08009 Barcelona (España)
    www.edicionesb.com

Printed in Spain
ISBN: 978-84-666-3881-4
Depósito legal: B. 9.212-2009

Impreso por LIBERDÚPLEX, S.L.U.
Ctra. BV 2249 Km 7,4 Polígono Torrentfondo
08791 - Sant Llorenç d'Hortons (Barcelona)

baladiza para retenerla. Hemos de beberla porque, si no, cae al suelo como la lluvia, y desaparece.

Antes de que desaparezca, quiero que bebáis mi historia. Mi verdad. Mi lucha. Y después ¿quién sabe lo que ocurrirá? Si Alá lo quiere, mi nombre recuperará su significado. Ya no será un sinónimo de traición y de vergüenza. Si Alá lo quiere, cuando mi historia sea conocida mi nombre volverá a evocar la más preciosa de las posesiones. La que yo reivindiqué para mí y por la que luché hasta que, por fin, la obtuve del Profeta de Dios, no sólo para mí misma, sino también para todas mis hermanas.

Mi nombre es Aisha. Su significado: vida. Que sea de nuevo así ahora, y para siempre.

*A mi madre, que me enseñó a subir
hasta las estrellas, y a Mariah,
la estrella más brillante de mi cielo*

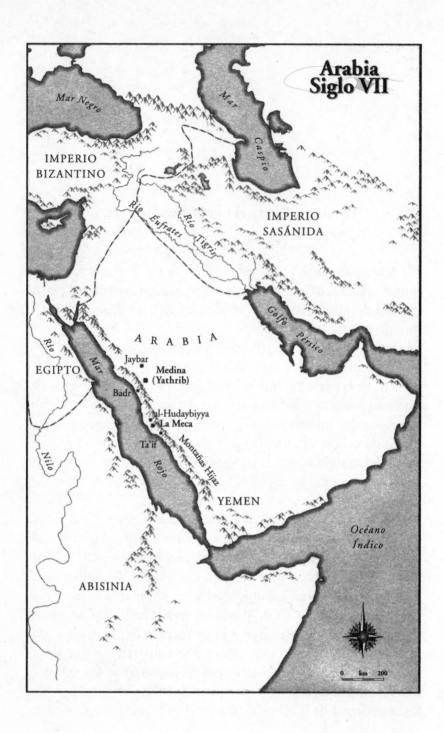

Arabia
Siglo VII

Mar Negro

Mar Caspio

IMPERIO
BIZANTINO

IMPERIO
SASÁNIDA

Río Éufrates

Río Tigris

EGIPTO

Golfo Pérsico

ARABIA

Río

Mar Rojo

Jaybar

Medina
(Yathrib)

Badr

al-Hudaybiyya
La Meca

Ta'if

Montañas Hijaz

Nilo

YEMEN

Océano
Índico

ABISINIA

0   km   200

Nota de la autora

Acompañadme a un viaje a otro tiempo y otro lugar, a un mundo áspero, exótico, de azafrán y luchas a espada, de nómadas del desierto que viven en tiendas de piel de camello. Un mundo de caravanas cargadas de alfombras de Persia e incienso, de ropajes vaporosos de colores vivos, ojos oscurecidos con kohl y brazos perfumados con alheña. Estamos en el Hijaz del siglo VII, en la parte occidental de Arabia, no lejos del mar Rojo, un vasto desierto salpicado de oasis fértiles en los que los beduinos nómadas luchan por sobrevivir y las mujeres poseen muy pocos derechos; allí, una religión destinada a ser una de las mayores del mundo acaba de brotar de los labios de un hombre generalmente considerado, hasta los cuarenta años cumplidos, como insignificante.

Así era el mundo de Aisha, la hija de Abu Bakr. Cuando nació, en 613 d. C., las mujeres tenían la consideración de piezas de mobiliario propiedad de los varones, con un valor tan mínimo que podían ser enterradas vivas al nacer, si ese año habían nacido demasiadas niñas. Cuando Aisha fue prometida en matrimonio, a la edad de seis años, quedó encerrada en la casa de sus padres, y se le prohibió correr y jugar fuera, e incluso hablar con los chicos. A pesar de eso, creció y se convirtió en una mujer fuerte y poderosa, una belleza pelirroja con un ingenio vivo y una mente astuta, una consejera política influyente, una guerrera, una estudiante de la religión, y, en una de las más conmovedoras historias de amor que se recuerdan, la esposa favorita del profeta Mahoma.

Según cuentan numerosos relatos, Aisha se casó con Mahoma, el profeta del islam, cuando tenía nueve años. El matrimonio se consumó años más tarde, cuando ella empezó a menstruar. Aunque una edad tan tierna puede parecer extraña a nuestra mentalidad actual, parece que la razón para un matrimonio tan precoz fue política. Se supone que Abu Bakr apresuró la boda para asentar su posición como el primero de los compañeros del Profeta. En cuanto a Mahoma, se había encariñado con Aisha jugando con ella a las muñecas cuando era pequeña, y luego, cuando creció, tomó la costumbre de contar con ella como consejera política.

Pero el matrimonio pasó por dificultades. Tanto la mujer como el marido eran personas voluntariosas, dinámicas y complejas. Como había conocido a Mahoma durante toda su vida, Aisha sentía unos celos extremos de las otras mujeres y concubinas, doce en total, que llevó él al harén. Experta en crear enredos, Aisha urdió intrigas contra sus hermanas-esposas y Mahoma, con la esperanza de entorpecer romances entre él y cualquiera de ellas. Varias veces sus maniobras tuvieron un éxito total, para gran disgusto de su marido.

Las presiones externas también gravitaron sobre el matrimonio. En su condición de líder de una comunidad de creyentes en rápido crecimiento, Mahoma tuvo que afrontar una pesada avalancha de rumores relacionados con sus esposas. (A los catorce años, Aisha se vio implicada en un escándalo grave que estuvo a punto de acabar con su matrimonio.) Pero hubo más problemas aún. El poderoso clan de Quraysh, de La Meca, relacionado por parentesco con Mahoma, aborrecía la idea de un Dios único que predicaba Mahoma y lo atacó malignamente y sin tregua, tanto a él como a sus seguidores. Pero eso no detuvo al Profeta de Dios. El ángel Gabriel le había ordenado «¡Predica!» y Mahoma tenía que obedecerle.

El islam surgió de una visión de Mahoma en el monte Hira, hacia el año 610. Los miembros de su familia, incluidos su esposa Jadiya, cuyo matrimonio monógamo con él duró veinticuatro años, y su primo Alí, criado por él, fueron los primeros creyentes en el mensaje de un único Dios predicado por Mahoma. Otros fueron menos entusiastas. La Meca era la capital de los idólatras del mundo árabe. Cientos de dioses se apretujaban en la Kasba, el santuario de forma cúbica situado en el centro de la ciudad, y atraían la presencia de caravanas que venían de cerca y de lejos para adorarlos y para comerciar. A los ojos de los comerciantes Qurays, la nueva religión suponía un desastre económico. Ella y su profeta tendrían que irse lo más lejos posible.

Después de años de persecución a los musulmanes, los dirigentes de La Meca acabaron por enviar sicarios a asesinar a Mahoma. Pudo escapar, con la ayuda de Alí y Abu Bakr, y se reunió con el resto de la *umma* (la comunidad de los creyentes) en Medina, una ciudad oasis situada unos 400 kilómetros al norte. Allí, miembros de las tribus árabes de la ciudad, los Aws y los Jazray, ofrecieron techo y protección a los musulmanes. Pero muy pronto la vida también resultó peligrosa en Medina. Los Qurays siguieron hostigando a Mahoma después de conseguir la alianza de nuevos vecinos de la *umma*. Especialmente amenazadores se mostraron tres clanes judíos, los de Kaynuqah, Nadr y Qurayzah. El hecho de que Mahoma reconociera a su Dios no fue suficiente para ganarse su lealtad. No sólo se burlaban de su pretensión de ser el profeta anunciado en los textos religiosos (¿cómo podía Dios conceder ese honor a un árabe?); además, esos clanes eran socios comerciales de los Qurays de La Meca.

Con ese trasfondo de escándalos, peligros y opresión, Aisha creció, se casó con Mahoma y lo amó. Según la mayor parte de las fuentes, él la adoraba, le perdonaba su lengua excesivamente suelta y le pedía consejo en distintas materias. Su papel en las batallas de la *umma* parece haberse limitado a llevar agua y vendar heridas, pero otras mujeres, como Umm Ummara, combatieron junto a los hombres en aquellos primeros años del islam.

Es muy poco lo que sabemos de las esposas de Mahoma. A menudo los detalles de sus vidas varían según quien las cuenta. La historia, como las genealogías y la poesía, se transmitía oralmente, y no fue puesta por escrito hasta cientos de años después de la muerte de Mahoma. Casi todo está sujeto a debate, desde la edad de Aisha cuando se consumó el matrimonio hasta la actitud de Mahoma hacia ella. ¿Fue su esposa favorita, como aseguran los sunníes, o le disgustó con su desobediencia, como me aseguró un chií?

Sea cual sea la opinión que nos merezca Aisha, su importancia sigue siendo indiscutible: fue una heroína inolvidable que razonó con agudeza, siguió los dictados de su corazón, amó a su Dios y se hizo un lugar en su comunidad y en la historia como Madre de los creyentes. Para mí, desempeñó un papel modélico como una experta en supervivencia que logró superar obstáculos culturales y personales enormes para dejar su huella en el mundo.

Mahoma murió a los sesenta y dos años. La versión sunní —la aceptada por los estudiosos occidentales que he consultado— dice que murió en el regazo de Aisha. Los chiíes sostienen que murió en los brazos de Alí. Aisha tenía entonces diecinueve años, y su vida y su obra apenas estaban en sus inicios. Defensora de los intereses de su familia tanto como del legado de su marido, Aisha se convirtió en consejera de los tres primeros califas que sucedieron al Profeta, y finalmente dirigió a las tropas que se enfrentaron a Alí en la batalla del Camello, la primera guerra civil islámica. Pero ésa es otra historia...

Prólogo

Un dedo que señala

Medina, enero de 627 – Catorce años

El escándalo soplaba en las ráfagas cambiantes del viento mientras yo cabalgaba hacia Medina abrazada a la cintura de Safwan. Mis vecinos corrían a la calle como agua de tormenta por el cauce de un *uadi*. Los niños reunidos en grupos me señalaban boquiabiertos. Las madres los llamaban para ocultarlos entre sus faldas e impedirles mirar. Los hombres escupían en el polvo y murmuraban en voz baja, condenándome. La boca de mi padre temblaba como una lágrima en el borde de la pestaña.

Lo que veían: mi chal puesto al descuido sobre los hombros, el pelo suelto azotándome el rostro, la esposa del Profeta de Dios abrazada a otro hombre. Lo que no podían ver: los sueños de mi niñez hechos añicos a mis pies, pisoteados por una realidad tan dura y contundente como los cascos de los caballos.

Entorné los ojos para evitar mi reflejo en las miradas de la *umma*, mi comunidad. Me pasé la lengua por los labios agrietados, que me dejaron un sabor a sal y a la amargura de mi desgracia. El dolor me oprimía el estómago como unas manos fuertes escurren el agua al retorcer la ropa lavada, sólo que yo estaba ya seca. Mi lengua se encogía como un lagarto al sol. Tenía la mejilla apoyada en el hombro de Safwan, pero el trote del caballo hacía que el hueso me lastimara.

—*Al-zaniya!* —gritó alguien—. ¡Adúltera!

Mis ojos se convirtieron en dos rendijas. Algunos miembros de nuestra *umma* me señalaban con el dedo y me gritaban, o bien agitaban los brazos en señal de bienvenida. Vi a otros, hipócritas, sonreír mostrando sus dientes sucios. Los *ansari*, nuestros seguidores, se mantenían silenciosos y cautos. Miles se alineaban a uno y otro lado de la calle, aspirando con su aliento el polvo punzante que levantábamos. Me miraban fijamente como si yo fuera una caravana reluciente cuajada de tesoros, y no una niña de catorce años quemada por el sol.

El caballo se detuvo, pero yo continué; me deslicé por su flanco y fui a parar a los brazos de Mahoma. Estaba de nuevo bajo el control de mi marido, y suspiré aliviada. Intentar labrarme mi propio destino casi me había destruido, pero su amor conservaba íntegro su poder curativo. Su espesa barba se amoldó a mi mejilla, me acarició con su aroma de sándalo. El *miswak* emanaba de su aliento, limpio y penetrante como un beso.

—Gracias a Alá, has vuelto a casa sana y salva, mi Aisha —murmuró.

La multitud reunida se agitó, y sentí un estremecimiento en la espina dorsal. Alcé la cabeza para ver, me pesaba. Irrumpió Umar, con una expresión de furia en el rostro ceñudo. Era consejero y amigo de Mahoma, pero no amigo de las mujeres.

—¿Dónde estabas, por Alá? ¿Por qué te has ido sola con un hombre que no es tu marido? —dijo Umar.

Sus acusaciones me azotaban con la fuerza del viento que soplaba entre los reunidos arrancando chispas de los fuegos encendidos.

—*Al-zaniya!* —gritó alguien otra vez. Me encogí como si la palabra fuera una piedra lanzada contra mí.

—No es extraño que Aisha rime con *fahisha*, puta.

La gente se echó a reír, y pronto un grupo empezó a canturrear, «¡Aisha, *fahisha*, Aisha, *fahisha*!» Mahoma me llevó por entre la multitud hasta la puerta de la mezquita. Como en un mosaico, sus caras seguían girando ante mí: el mofletudo Hamal, gritón y de cara color de ciruela, y su pálida esposa Fazia, llamada ahora Yamila; el chismoso del pueblo, Umm Ayman, apretando sus labios fruncidos; Abu Ramzi, el joyero, con brazaletes de oro relucientes en unos brazos que agitaba como un molino. Yo esperaba ser recibida a mi vuelta con murmullos y cejas alzadas, pero ¿esto? Personas que me conocían de toda la vida ahora querían descuartizarme. Y Safwan... Volví la cabeza para buscarlo, pero había desaparecido. Como siempre.

Unos dedos feroces tiraron de mi pelo. Grité y quise apartarlos, pero una nube de salivazos aterrizó en mi brazo. Mahoma me sostuvo en pie y se enfrentó al tumulto, una mano alzada en el aire. El silencio cayó como un sudario, que apagó incluso las miradas hostiles.

—Aisha necesita descansar —dijo Mahoma. Su voz revelaba tanto cansancio como el que me abrumaba—. Por favor, volved a vuestras casas.

Pasó su brazo alrededor de mis hombros, y entramos en la mezquita. Mis hermanas-esposas estaban junto a la puerta del patio, dos a cada lado. Sawdah se adelantó corriendo, y me envolvió en sus carnes blandas. Dio gracias a Alá por mi regreso a salvo y enseguida besó su amuleto para mantener a distancia el mal de ojo. Vino detrás Hafsa, llorosa, y me besó las manos y la cara. Susurró:

—Creía que te habías perdido para siempre.

No le dije que casi había estado en lo cierto. Umm Salama me hizo un gesto sin sonreír, como temerosa de que su cabeza fuera a rodar separada del largo tallo de su garganta. Zaynab dirigía a Mahoma miradas lujuriosas como si ella y él estuvieran solos en la habitación.

Pero mi marido sólo se preocupaba de mí. Cuando el estómago me dio una nueva punzada que me hizo doblarme en dos por el dolor, me tomó en brazos y me levantó como si estuviera llena de aire. Y lo cierto es que poco más tenía dentro de mi cuerpo. Floté en sus brazos hasta mi habitación. Él abrió la puerta con la punta del pie y me llevó dentro; luego me dejó en pie en el suelo de nuevo, y desenrolló mi cama. Me pegué a la pared, agradecida por el silencio, hasta que la habitación se vio invadida, primero por los gritos de Umar, y luego por él mismo.

—¡Mirad cómo avergüenza al santo Profeta de Alá! —gritaba—. Galopando con las manos puestas en otro hombre y el cabello suelto como el atavío de una meretriz.

—¿Una meretriz con olor a vómito en el aliento y el pelo enredado como el nido de un pájaro? —dije. Incluso en mi estado, tuve que echarme a reír.

—Por favor, Umar —dijo Mahoma—. ¿Es que no ves que está enferma?

—La mimas demasiado.

—Soy feliz porque está viva, loado sea Alá.

El amor visible en la mirada de mi marido me hizo ruborizar. ¡Qué cerca había estado de traicionarlo con aquel tramposo! Safwan me había tentado prometiéndome la libertad, y luego había encadenado mi destino a sus deseos. No era distinto de cualquier otro hombre. Excepto, tal vez, Mahoma.

—*Yaa habibati*, ¿qué recompensa puedo ofrecer a Safwan ibn al-Mu'attal por haberte devuelto sana y salva a casa y a mí?

—Cien latigazos sería lo adecuado —gruñó Umar.

—Pero Safwan le ha salvado la vida.

—A lo que parece, Umar cree que habría sido preferible dejarme abandonada a los chacales..., o a los beduinos —dije yo.

—Por lo menos habrías muerto con el honor intacto.

—No le ha ocurrido nada al honor de Aisha —dijo Mahoma.

—Díselo a Hassan ibn Thabit —replicó Umar—. Le he oído hace unos momentos recitar un poema satírico sobre tu mujer y ese soldado mujeriego.

Un poema. No era extraño que la *umma* hubiera venido corriendo a mis talones como una jauría de perros cuando volví cabalgando a la ciudad. Los versos de Hassan podían provocar el frenesí de una multitud casi tan rápidamente como la calmaba la mano levantada de Mahoma. Pero no quise que Umar me viera temblar.

—¿Yo, con Safwan? Es ridículo —dije—. Soy la esposa del santo Profeta de Alá. ¿Podría querer a otra persona como a él?

Noté que los ojos de Mahoma estaban fijos en mí. El calor prendió como una llama bajo mi piel. ¿Habría percibido la mentira detrás de mis risas?

En el patio resonaron unos pasos firmes. Una mano masculina asomó por la puerta de mi habitación. Un anillo de plata relampagueó como la hoja de una espada. Era Alí, emparentado de tres maneras con Mahoma —primo, hijo adoptivo y yerno—, pero amargamente celoso de su amor por mí. Calambres de dolor recorrieron mi estómago. Recliné mi cabeza sobre el hombro de Mahoma.

—¡Aquí está! —Alí extendió el brazo para señalarme—. Toda Medina está revolucionada por lo que has hecho, Aisha. Los hombres luchan en la calle para defender si eres inocente o culpable. Nuestro propio pueblo combate contra sí mismo. Por tu culpa la unidad de la *umma* está en peligro.

—¿Tú me has defendido? —dije, pero antes de hacer la pregunta sabía ya la respuesta.

Se volvió hacia Mahoma.

—¿Cómo voy a defenderla si el mismo Safwan no quiere hablar en su favor?

Desde luego. Safwan no sólo había desaparecido en cuanto la multitud se puso amenazadora, sino que cuando mi padre y Alí se acercaron a preguntarle, fue a ocultarse en la casa de sus padres. Vaya un salvador. Sentí que las lágrimas me quemaban en los ojos, pero las reprimí. La única persona que podía salvarme, al parecer, era yo misma.

—No hace falta que me defienda Safwan —dije, aunque mi voz temblaba y hube de recostarme más en el hombro de Mahoma en busca de apoyo—. Puedo hablar por mí misma.

—Dejadla descansar —dijo Mahoma. Me ayudó a llegar hasta mi cama, pero antes de que pudiera echarme, Alí insistió en que contara mi historia. La *umma* no podía esperar para saber la verdad, dijo. Se estaba reuniendo otra multitud fuera de la mezquita en aquel mismo momento, y exigía explicaciones.

Cerré los ojos y recordé el cuento que habíamos urdido Safwan y yo durante el viaje de vuelta, en mis momentos de lucidez.

—Fui a buscar mi collar de ágatas —dije, al tiempo que acariciaba aquellas piedras de tacto suave—. Mi padre me lo regaló el día de la boda, ¿recuerdas? —Miré a Mahoma—. Para mí significa tanto como los collares que has dado a tus otras esposas.

Su expresión no cambió. Yo seguí contando una historia que empezaba con un resbalón en una duna de arena, detrás de la cual me había ocultado para aliviarme. Después había vuelto a mi *howdah*. Mientras esperaba a que me subieran al camello para continuar el viaje, me había dado cuenta de que el collar no estaba en mi garganta.

—Busqué entre mis ropas, en la alfombra de la *howdah*, en el suelo de los alrededores. Quise preguntar al camellero, pero había ido a abrevar los animales. —Mi voz vacilaba como unos pies tiernos en un suelo pedregoso. Aspiré una bocanada de aire, e intenté darle más firmeza—. Volví detrás de las dunas, y empecé a remover la arena con las manos. Al cabo de un rato, cuando ya estaba a punto de darme por vencida, lo encontré.

»Corrí hacia la caravana, pero estabais ya lejos, como una fila de hormigas marchando hacia el mañana. Supe que no podría alcanzaros, de modo que me quedé sentada a esperar que alguien volviera a recogerme.

—¿Alguien? —La nariz de Alí apuntaba en mi dirección, como si oliera mis mentiras—. Esperabas a Safwan.

—*Yaa* Alí, deja que cuente su historia —dijo Mahoma.

—Muy cierto, es una historia y nada más. —Alí escupió en el suelo y se limpió la boca con el revés de la mano, mirándome con odio—. Pierdes el tiempo escuchando esas fantasías, cuando todos sabemos cuál es la verdad.

—Alí, por favor —dijo Mahoma, ahora en tono más firme.

Alí cruzó los brazos sobre su pecho y apretó los labios. Mi valor se fundió ante su mirada furiosa. ¿Era cierto que sabía la razón por la que yo me había marchado de la caravana? Tal vez fuera preferible para mí decir la verdad; pero una mirada al rostro preocupado de mi esposo me hizo cambiar de opinión. Ni siquiera Mahoma, que me conocía como si nuestras dos almas fueran una sola, entendería por qué había arriesgado tanto por tan poco, y tal vez no me creería cuando le dijera que todavía seguía siendo virgen.

—Te sientas a esperar —dijo Umar—. ¿Qué pasa después en ese cuento increíble?

Cerré los ojos y sentí un mareo. ¿Cómo seguía la historia?

Safwan y yo la habíamos ensayado durante nuestra cabalgada. Dejé escapar un suspiro, para calmar los latidos frenéticos de mi corazón. La parte siguiente era cierta.

—Cuando el sol se alzó, me refugié a la sombra de un bosquecillo de palmeras —dije—. Me acosté, buscando un poco de frescor. Luego debí de quedarme dormida, porque lo siguiente que recuerdo es la mano de Safwan en mi hombro.

—¿Has oído eso, Profeta? —rugió Umar—. Safwan ibn al-Mu'attal se pone ahora a tocar a tu esposa. Ya sabemos todos adónde conduce eso.

—¿Por qué no volvisteis a casa enseguida? —ladró Alí.

—Me ocurrió algo. —Esta parte también era cierta—. Sentí un calambre muy fuerte, como un cuchillo clavado en el estómago. —La mirada de Mahoma pareció suavizarse: un buen signo, eso significaba que me creía, aunque fuera sólo un poco—. No podía viajar, el dolor me tenía postrada. De modo que Safwan levantó su tienda para que yo pudiera reposar al resguardo del sol.

Alí soltó una risotada.

—¿Y dónde estaba Safwan mientras tú yacías en su tienda?

Ignoré su pregunta. Lo único que deseaba era que acabara pronto aquel interrogatorio y poder dormir.

—Pasé horas con vómitos. Safwan intentó ayudarme. Me dio agua y me abanicó con una palma. Hasta que acabó por asustarse, y vinimos los dos en busca de ayuda.

No conté cómo casi me hizo llorar la forma en que le temblaban las manos. «Alá nos está castigando», susurraba una y otra vez, mientras me daba de beber. Empecé a escupir bilis y remordimientos. «Llévame a Medina —le dije, huraña—. Antes de que Alá nos mate a los dos.»

Cuando acabé mi historia, Alí seguía ceñudo.

—Ésa no es toda la historia —dijo—. ¿Por qué se había quedado Safwan detrás de la caravana? ¿Fue porque sabía que tú lo estarías esperando debajo de las palmeras?

—Fui yo quien pidió a Safwan que se quedara atrás —dijo Mahoma—. Para vigilar que los Mustaliq volvieran efectivamente a su campamento.

—Ella lleva años coqueteando con él.

Yo di un bufido, como si sus palabras me divirtieran, en lugar de helarme la sangre. Estaba diciendo la verdad, pero ¿quién más lo sabía?

—¿Qué pruebas tienes, Alí? —dije, enfrentándome por un instante a sus ojos llenos de furia antes de apartar los míos por temor a que leyera en ellos mi pánico—. Sólo un dedo que señala es una prueba insignificante.

Luego, ayudada por Mahoma, me tendí en la cama y volví la espalda a todos ellos: al siempre suspicaz Umar; a Alí, siempre dispuesto a pensar lo peor de mí; y a mi marido, que podía detener a una muchedumbre furiosa con sólo levantar la mano, pero que había dejado que aquellos hombres me despellejaran. ¿Por qué había vuelto? Cerré los ojos, y soñé de nuevo con escapar. Pero esta vez sabía que era sólo un sueño. No me era posible escapar a mi destino. En el mejor de los casos, Alá mediante, podría moldear mi destino, pero no escapar de él. Por lo menos eso había aprendido de mis errores de los últimos días.

Caí en un sueño ligero, agitado por la fiebre y los remordimientos, hasta que los susurros se filtraron en el interior de mi cabeza como granos de arena del desierto, y me devolvieron a la conciencia. Mahoma y Alí estaban sentados sobre unos almohadones junto a mi cama, y discutían sobre mí.

—No puedo creer que Aisha hiciera una cosa así —dijo Mahoma. Su voz era frágil y mellada como una concha rota—. La he querido desde que salió del vientre de su madre. He jugado a las muñecas con ella y con sus amigas. He bebido de la misma taza que ella.

—Tiene catorce años —replicó Alí, alzando la voz—. Ya no es una niña, aunque sea muchos años más joven que tú. Safwan está más cerca de su edad.

—Sshhh, Alí, deja descansar a Aisha.

—Entonces vamos a un lugar más apropiado para hablar. —Oí el roce de la ropa. «No te vayas», quise decir, pero me sentía demasiado débil. De modo que me limité a un quejido. Mahoma puso la mano en mi frente.

—Está caliente —dijo—. No puedo dejarla sola.

—Entonces, tengo que hablar aquí.

—Te lo ruego, primo. Sabes que valoro tu opinión.

Contuve el aliento, por temor a las siguientes palabras de Alí. ¿Qué clase de castigo iba a sugerir para Safwan y para mí? ¿Azotes? ¿El destierro de la *umma*? ¿La muerte?

—Divórciate de ella —dijo Alí.

—¡No! —Me incorporé, eché los brazos al cuello de mi marido y me apreté contra él con todas mis fuerzas. Mahoma acarició mi frente húmeda, y su sonrisa cambió como un lugar sombrío cuando le llega el sol—. No me dejes —le rogué, olvidándome de Alí, la última persona que habría querido que me viera suplicar.

—No voy a dejarte, *habibati*. Pero he decidido enviarte por un tiempo a la casa de tus padres. Abu Bakr y Umm Ruman cuidarán de ti hasta que te restablezcas, si Alá lo quiere, lejos de todas estas lenguas desatadas.

—No te divorcies de mí. —Semanas más tarde, mientras esperaba en la casa de mis padres el veredicto de Mahoma, me dolería recordar de qué modo me aferré a su mano y le grité, delante de Alí—: ¡Yo te quiero, *habibi*!

Estaba más convencida de mis palabras de lo que nunca antes había estado. Aprendí muchas cosas durante aquellas horas en el desierto con Safwan. Safwan, que me prometió una cosa y me dio otra distinta, igual que cuando éramos niños.

—Yo también te quiero, mi dulzura.

Pero su voz sonaba lejana, y su mirada parecía turbia. Me tendí de nuevo y apreté su mano como si fuera una muñeca; luego, poco a poco, el sueño volvió a vencerme.

Mientras empezaba a perder la conciencia, oí la voz baja y urgente de Alí:

—Piensa en la *umma*, es como un tejido delicado —decía—. Un escándalo puede rasgarlo. Tienes que actuar ahora, primo. Devolverla a Abu Bakr será lo mejor.

—¿Divorciarme de mi Aisha? —La risa de Mahoma sonaba nerviosa e insegura—. Sería como arrancarme el corazón.

—Está manchada —dijo Alí, y mi odio hacia él crecía a cada palabra—. Tienes que apartarte de ella para que el escándalo no te salpique también a ti. Muchas personas de esta ciudad se alegrarían de verte caer. —Mahoma zafó con suavidad su mano de entre las mías, y me dejó sola en un mar de espantos—. ¿Es que no te das cuenta? —le urgió Alí—. Yo creo que sí. Entonces ¿qué es lo que te preocupa? Conseguir esposas es fácil. Encontrarás otra niña-esposa.

Siglos más tarde, el escándalo todavía persigue a mi nombre. Pero quienes me insultaban, quienes me llamaban al-zaniya y fahisha, *no me conocían. Nunca supieron la verdad acerca de mí, de Mahoma, de cómo yo salvé su vida y él la mía. De cómo yo salvé las vidas de todos ellos. De haberlo sabido ¿me habrían insultado como lo hicieron?*

Desde luego, ahora ellos lo saben. En el lugar en el que están, se sabe toda la verdad. Pero ésta todavía se hurta a vuestro mundo. Donde estáis vosotros, los hombres todavía quieren tener ocultas a sus mujeres. Siguen ahora escondiéndolas con velos o con mentiras de que son inferiores. Nos borran a nosotras, las mujeres pasadas, de sus historias de Mahoma, o alteran esas historias con falsedades que queman nuestros oídos y el fondo de nuestros ojos. Allí donde estáis, las madres castigan a sus hijas con una palabra, «¡Tú, Aisha!», les dicen, y las muchachas bajan la cabeza avergonzadas. No podemos escapar a nuestro destino, ni siquiera en la muerte. Pero podemos reivindicarlo, y moldearlo.

Las muchachas bajan la cabeza porque ignoran la verdad: que Mahoma quiso darnos la libertad, pero los demás hombres nos la arrebataron. Que ninguna de nosotras puede ser nunca libre hasta que no podamos dar forma a nuestro destino. Hasta que tengamos la posibilidad de elegir.

Hay tantos malentendidos... Estamos aquí, tratamos de retener la verdad en el hueco de nuestras manos como si fuera agua, y la vemos escurrirse entre los dedos. La verdad es demasiado res-

1

Beduinos en el desierto

La Meca, 619 – Seis años

Fue mi último día de libertad. Pero empezó igual que mil y un días anteriores: el guiño del sol y mi grito de alarma, «Tarde otra vez», el salto de la cama y la carrera a través de las habitaciones sin ventanas de la casa de mi padre, con mi espada de madera en la mano, pisando con los pies descalzos el suelo frío de piedra. «Llego tarde, llego tarde, llego tarde.»

El débil parpadeo de las lámparas de aceite en la pared, su luz pálida en lugar del sol que yo amaba. Al entrar en la cocina, el olor acre de las gachas de cebada se me atragantó. «Más aprisa, más aprisa.» El Profeta estaba a punto de llegar. Si me veía querría jugar conmigo, y yo me perdería a Safwan.

Pero tenía que haber sabido que mi madre me buscaría: era más vigilante que el Ojo Maligno.

—¿Adónde crees que vas? —me gritó, con las manos en las caderas, cuando fui a chocar con la sólida muralla de su cuerpo que me cerraba el paso.

Yo quise retroceder, recuperar el aliento y correr para esquivarla, pero ella me sujetó con sus manos fuertes de muchos años de amasar el pan. Sus manos como garras de halcón hicieron presa en mis hombros. Su mirada recorrió como unas manos ásperas mi pelo revuelto por el sueño, y las marcas de los juegos del día anterior en mi piel color de arena: los tiznones de forma re-

— 25 —

dondeada de cuando me arrodillé en el barro, para esconderme de los beduinos enemigos. Un rasgón en la manga de mi lucha contra mis apresadores, Safwan y nuestra amiga Nadida. Churretones rojos de jugo de granada de la comida del día anterior. Marcas grisáceas de la piedra enorme que Safwan y yo habíamos hecho rodar sin ruido hasta debajo de la ventana del dormitorio de nuestro vecino Hamal, el último recién casado de La Meca.

—Estás mugrienta —dijo mi madre—. No saldrás así de casa.

—¡Por favor, *ummi*, llegaré tarde! —dije, pero ella llamó a mi hermana.

—Ninguna hija mía va a ir a ninguna parte con la pinta de un animal salvaje —dijo—. Ve a lavarte, ponte ropa limpia y busca a Asma en el patio. Tendrá trabajo para desenredar esa maraña de pelo que llevas hoy; mientras, yo iré a por agua para lavar el pelo de doña Reina de Saba.

Se refería a su hermana-esposa, Qutailah. La *hatun* o «gran dama» de mi padre, su primera esposa, Qutailah, era quien repartía todos los trabajos del *harim*. Alta, de piel oscura y cada vez más gorda, Qutailah envidiaba la piel clara de mi madre y su melena rojiza, y temía su mal genio; de modo que le recordaba continuamente quién era la esposa principal llamando a mi madre *durra*, «cotorra», el nombre asignado a la segunda esposa. Y encargaba a mi madre los trabajos que habitualmente se reservaban a las criadas, como por ejemplo cargar con el peso de los odres llenos de agua que había que traer del pozo de La Meca. Era un trabajo humillante, porque el pozo de Zanzam estaba en el centro de la ciudad y todo el mundo podía ver los afanes de mi madre de vuelta a casa con los pellejos chorreantes colgados de una pértiga que sostenía sobre sus hombros estrechos. Tener que hacer todos los días ese trabajo ponía a mi madre de mal humor. No era el momento de discutir con ella.

—Escucho y obedezco —dije con una reverencia, pero cuando *ummi* desapareció en la oscuridad, me metí en la cocina. Nuestra vecina Raha estaba sentada en un rincón en sombra abanicándose con una hoja de palma. Sonrió al verme y sacó de su bolsa una granada tan brillante y roja como sus mejillas.

—No, primero tienes que darme un beso —bromeó cuando

yo intenté arrebatarle la fruta de la mano. Me senté en su regazo sólo un instante, lo suficiente para apretar mi cara contra la suya y aspirar el olor del espliego que llevaba prendido de sus cabellos trenzados. Ella frotó la punta de su nariz contra la mía y me hizo reír, hizo que olvidara mis prisas hasta que llegó Asma. Partí la granada por la mitad, sin importarme los granos que caían húmedos al suelo mientras yo corría hacia la puerta esquivando las manos tendidas de mi hermana.

—Aisha, ¿adónde vas? —oí que me llamaba Asma como si no lo supiera. Ella y Qutailah, su madre, siempre me estaban riñendo por mi «obsesión» con Safwan. «Él sólo te traerá problemas. Jugar con tu futuro marido es provocar al Ojo Maligno.»

Yo corría sin atender a los gritos de mi hermana, blandiendo mi espada de juguete y levantando la arena blanda y caliente al pasar por entre la aglomeración de casas de piedra oscura, con cubiertas en terraza y puertas rematadas en arco y techumbres de palmas descoloridas, apiñadas todas juntas y que parecían mirarme de reojo y murmurar como viejos desdentados. Más allá, la caravana de montañas descarnadas en torno a La Meca proyectaba sus sombras bajo el ojo implacable del sol.

Encontré a Safwan agachado al lado de Nadida en la tienda de juegos de ella, charlando en voz baja.

—*Marhaba*, palomitos —les saludé. La cara larga y estrecha de Nadida se tiñó de rojo oscuro. Me eché a reír, pero Safwan se incorporó y tiró de mí hacia el interior de la tienda.

—¡Calla! —me dijo—. ¿Quieres que nos oigan?

Señaló la ventana de la casa de Hamal, el recién casado, y la piedra que habíamos hecho rodar hasta allí la noche anterior.

—Están dentro —susurró Nadida—. Tienes que verla. Es de mi misma edad, y casada con ese viejo chivo. —Se llevó la mano a la figurilla roja que colgaba sujeta por una cuerda de su cuello—. Que Hubal me proteja de un destino semejante.

Sus padres todavía adoraban ídolos por entonces, y no al verdadero Dios como Safwan y como yo.

Safwan se llevó un dedo a los labios y colocó una mano sobre una de sus grandes orejas, aguzando el oído. Un grito penetrante, como el de las plañideras de Medina, me hizo estremecer.

Luego oímos el gruñido de un hombre, y una risa áspera como una piel sin curtir.

—Por Alá, ¿la está matando? —pregunté.

Safwan y Nadida rieron con disimulo.

—Quizá ella quiera estar muerta —comentó Nadida.

Safwan salió de la tienda y me hizo señas de que lo siguiera. Agachados, fuimos de puntillas hasta la gran piedra. Safwan levantó un pie para trepar a ella, y un profundo gruñido en el interior de la casa me puso la carne de gallina: aquel Hamal era un gigante. Si nos veía espiando por su ventana, podía aplastarnos a los dos con una sola mano. Tironeé de la manga de Safwan, pero él trepó y miró por el borde de la ventana; luego me dirigió una sonrisa.

—Ven —susurró—. No seas niña.

Alargó una mano para ayudarme, pero yo gateé como una lagartija hasta lo alto de la piedra, sin hacer caso de los latidos de mi corazón, tan fuertes que estaba segura de que Hamal iba a oírlos. Cuando mis ojos se adaptaron a las sombras del interior, pude ver primero sólo ropas esparcidas por el suelo, luego bandejas con comida mordisqueada, platos sucios y una pipa de agua volcada a un lado. Efluvios de cebada fermentada, carne pasada y manzanas podridas se mezclaban con un olor húmedo a sudor.

Un gruñido fuerte y profundo atrajo mi mirada hacia la cama. Un reguero de sudor resbalaba por la espalda desnuda y ancha de Hamal, que alzaba su cuerpo del lecho y lo dejaba caer luego, una y otra vez. Vi su trasero, tan gordo como mi pelota de vejiga de cabra y cubierto de pelo, que se contraía y se relajaba a cada nuevo empujón. Debajo de él, asomaban unos brazos y piernas flacos como las patas de un escarabajo bajo una sandalia, que lo golpeaban y se agarraban a él. Una voz de muchacha parecía sollozar, y sus talones se apretaban contra las caderas del hombre. Tragué saliva y me agarré al brazo de Safwan. ¡Sí. Él la estaba matando!

Pero cuando miré a Safwan, vi que se reía, y cuando los gruñidos de Hamal se hicieron más agudos y las sacudidas de su cuerpo más rápidas, Safwan tiró de mí para hacerme bajar de la piedra. Ocultos a la vista, oímos gritar a Hamal «¡Hi, hi, hi!», como una hiena. Me tapé la boca con la mano y miré consternada a Safwan, pero él sonreía. Intenté reír también, porque no quería que se diera cuenta de mi horror, mientras en mi mente se reproducía la imagen del cuerpo de la muchacha aplastado debajo de aquella bestia peluda.

Apoyé la espalda en la pared de la casa e intenté tranquilizarme, rogando para que Safwan no oyera los ruidos de mis tripas. Algún día me casaría con él..., ¿y él me haría... eso? Su sonrisa era orgullosa; sus ojos parecían burlarse de mí, como si tuviera el mismo pensamiento que yo. Pero, al revés que a mí, a él parecía gustarle la idea. Por supuesto, él sería quien aplastara y yo la pobre víctima que estaría debajo, agitando brazos y piernas.

—Eso es el matrimonio, Aisha —susurró, haciéndome desear salir corriendo de allí. Pensé en mi madre: no era extraño que siempre estuviera de mal humor.

Y entonces, como si la hubiera conjurado, *ummi* apareció en la esquina, con su vestido negro ondeando como las alas de un cuervo.

—¿Qué estás haciendo aquí? —gritó. Los ruidos que venían del interior de la habitación hicieron que mirara en dirección a la ventana, y se estremeció como si hubiera sufrido una quemadura. Yo me volví hacia Safwan, pero su lugar en la piedra estaba vacío. Se había desvanecido como un *djinni*, dejándome sola ante los gritos y las bofetadas de mi madre. No sólo la había desafiado al irme de casa sin lavarme y cambiarme de ropa, sino que me había atrapado en la ventana del dormitorio de Hamal ibn Haffan, con el desconcierto y el miedo pintados en mi rostro.

Le sonreí, vera imagen de la inocencia, esperaba. Su cara parecía haberse descompuesto en distintos trozos juntados luego de cualquier manera, como pedazos de miga de pan.

Entonces apareció Hamal en la ventana. Sentí el golpe de sus nudillos en mi coronilla y grité, luego corrí lejos de la piedra, hacia *ummi*. Una parte de mí quería esconderse de él debajo de su falda, pero por otro lado sabía que era mejor no colocarme al alcance de su mano. Una vez que me atrapara, no me soltaría sin haber dejado impresa la marca de su mano en mis mejillas y mi trasero.

—Mil disculpas, Umm Ruman —dijo Hamal, arreglándose el pelo por detrás de las orejas. Se había echado encima un blusón azul descolorido, y lo ajustaba a su amplia cintura. La cara estaba encendida y bañada en sudor—. Creí que había corrido la cortina.

—Estoy segura de que lo hizo. —Mi madre me dirigió una mirada—. Pero alguna otra persona la descorrió.

—No —dije yo—, estaba abierta.

¡Ay, qué acababa de decir! Ahora sabían que había estado mirando. Deseé que el sol de mediodía me hiciera desaparecer, o ser capaz de desvanecerme en un abrir y cerrar de ojos, como Safwan. El rugido de Hamal hizo que me refugiara entre las faldas de mi madre, con más miedo de él que de ella.

—Si vas a espiar, niña, antes tendrás que aprender a mentir mejor —dijo, ceñudo. Mi madre se disculpó, pero él le dijo que no se preocupara, también él tenía hijas—. Las casé tan pronto como empezaron a sangrar con el mes. Es la única forma de evitar problemas.

¿Había llegado yo a ver a su nueva esposa?, me preguntó. Su belleza era la admiración de La Meca.

—*Yaa* Yamila —dijo, sin volverse. Su auténtico nombre era Fazia, que significa «victoriosa», pero él se lo había cambiado para que nadie pudiera decir, «la esposa de Hamal es victoriosa».

Una muchacha pálida de aspecto frágil apareció en la ventana al lado de Hamal, sujetándose una sábana al pecho y con los ojos bajos. Abrió sus labios hinchados para sonreír y enseñó unos dientes grandes y salidos, además de que la nariz le cubría la mitad de la cara. ¡Una auténtica belleza! Una parte de mí quería echarse a reír, pero la otra parte había advertido las sombras debajo de sus ojos y el temblor de la mano que sostenía la sábana.

Era realmente tan sólo una niña, ni siquiera mayor que mi hermana, y la habían casado con un hombre de la edad de mi padre. Parecía tan tímida y asustada que me entraron ganas de acercarme a ella y acariciarle la frente como hacía a veces Asma conmigo cuando tenía una pesadilla. Pero no era una pesadilla: para Fazia-convertida-en-Yamila, aquello era su vida de mujer, que había de soportar con los ojos bajos y ni tan sólo un suspiro de queja. Yo no seré así, me juré. Si algún hombre intentaba hacerme daño, yo lucharía. Y cuando tuviera algo que decir, no lo haría con la cabeza baja, como si me avergonzara. Si a mi marido no le gustaba eso, podía divorciarse de mí, y no me importaría. Prefería ser una leona solitaria, rugiente y libre a ser un pájaro enjaulado, sin siquiera un nombre propio.

—*Ahlan*, Fazia —dije, devolviéndole su nombre real. Levantó la cabeza y me miró con una sonrisa que le iluminó la mirada.

Mi madre se despidió precipitadamente y me arrastró hasta casa, jadeando como si yo fuera tan grande y pesada como Hamal. Con aquellos dedos fuertes y feroces sujetó mi mano en la suya y la apretó hasta tal extremo que creí que mis huesos se rompían. Seguro que iba a recibir una azotaina, pero no pensaba en eso. Recordé las imágenes que acababa de ver, Hamal encima de aquella chiquilla flaca. Lo mismo me ocurriría a mí algún día, pero no, gracias a Alá, con un hombre mucho más viejo que yo. Aquella chica había sentido dolor, a juzgar por la forma como gritaba y se agarraba inerme a la espalda de Hamal. Ningún hombre ni mujer tendría nunca un poder así sobre mí. A excepción, por el momento, de mi madre.

Dentro de casa, *ummi* soltó mi mano dolorida y yo la masajeé, pero no quise quejarme delante de ella.

—¿Qué hacías debajo de esa ventana? —preguntó.

—Estaba sentada a la sombra.

—Sentada a la sombra. —Se cruzó de brazos—. Encima de una piedra que casualmente estaba colocada debajo de la ventana del dormitorio de Hamal ibn Haffan. ¿Y cómo llegó la piedra allí? Hamal dice que ayer no estaba.

Abrí los ojos todo lo que pude.

—Puede que no se hubiera dado cuenta antes.

—¡Estabas espiando! —gritó—. Y te llevaste a Safwan a espiar contigo.

Me miraba con tanta furia como si hubiese sido ella, y no Qutailah, quien me avisaba de que me alejase de Safwan. Como si no se hubiera reído de esas supersticiones sobre el Ojo Maligno. «Más vale malo conocido que bueno por conocer», solía decir mi madre, y me mandaba a jugar con él.

—Estábamos sentados, eso es todo. No sabíamos que ellos estaban allí.

—¡Basta! —Levantó la mano—. ¡Voy a sacar a golpes esas mentiras fuera de ti ahora mismo!

Su cabello rojo como el fuego parecía flamear sobre su cabeza. Yo esperé el golpe, sin parpadear. ¡Qué orgulloso se sentiría Safwan al ver que me enfrentaba al castigo sin la menor señal de miedo! Cuando se fuera de La Meca para unirse a los beduinos, yo me iría con él.

Sin embargo, en lugar de pegarme, la mano de *ummi* descendió despacio hasta acariciar el rizo que me caía sobre la frente. Yo intenté ver su cara. ¿Qué iba a hacerme? Sus labios se curvaron en las comisuras, como si callaran algo.

—Casi había olvidado el motivo por el que he salido a buscarte hoy —dijo—. Tienes que quedarte en casa, Aisha. Los muchachos y los hombres tienen prohibido verte, a menos que sean tus parientes.

—¿Quedarme en casa? —repetí—. Pero Safwan y yo vamos a ir al mercado a ver la caravana que ha venido de Abisinia.

—No habrá más salidas al mercado ni a ningún otro lugar, sin mí o sin tu padre —dijo con la voz firme con que daba las órdenes—. A partir de hoy estás en *purdah*.

—*Purdah?* —Noté que mis sentidos se aguzaban—. Eso es para Asma, no para mí.

—Es para ti también, a partir de hoy.

—¿Qué? —Boqueaba delante de ella como un pez fuera del agua, intentando respirar—. ¿Por cuánto tiempo?

—Hasta que tu marido diga otra cosa.

—¿Mi marido?

Por primera, por única vez en mi vida, le levanté la voz a mi madre. Sabía que me iba a pegar por mi tono insolente, pero también sabía que necesitaba convencerla de que cambiara de idea ahora, antes de que apretara los labios y se negara a hablar más, una señal de que su decisión estaba tomada y de que ningún argumento la haría cambiar.

—Safwan no querrá que me escondas —supliqué—. Ve a preguntárselo, *ummi*. Él te lo dirá.

—Safwan no tiene nada que ver en esto —dijo mi madre.

Desde el patio llegó la voz de Qutailah:

—*Yaa durra!* ¡Cotorra! ¿Qué pasa con mi comida?

El suspiro de *ummi* rechinó como la hoja de una espada contra la piedra, mientras se volvía y empezaba a alejarse.

—Cuando te cases, hija mía, asegúrate de que eres la primera esposa de tu casa. Asegúrate de que controlas tu destino, o él te controlará a ti.

Los latidos de mi corazón, como el golpeteo de los cascos de un caballo espantado, me enviaron corriendo detrás de ella, ansiosa por la necesidad de detener esa prisión antes de que empezara. La *purdah* no me permitiría salir de la casa de mis padres hasta el día de mi boda. Me dejaría encerrada en esta tumba fría y lúgubre hasta el día en que empezara el flujo de mi sangre, dentro de seis años o puede que incluso más, sin un Safwan para jugar con él, sin ningún chico en absoluto, sólo con las niñas tontas que venían de visita acompañando a sus madres.

—¡No es justo encerrarme! —Pasé las manos por la cintura de mi madre y apreté más fuerte cuando intentó soltarse—. Estás castigándome, ¿verdad? Te has enfadado conmigo por lo de la casa de Hamal, y quieres vengarte.

—¡Déjame irme!

—No hasta que cambies de idea. Yo quiero salir de casa, *ummi.* —Apreté más fuerte aún, mientras me aferraba a la idea de que todo era una broma cruel. Temía que, de soltarme, caería sin sentido al suelo.

Años de cargar los odres de agua y amasar el pan habían hecho de mi frágil madre una mujer sorprendentemente fuerte. Echó atrás las manos y me sujetó las muñecas de una forma que me hizo creer que iba a partirlas en dos. Pero seguí agarrada a ella hasta que me rogó que la soltara, y luego me empujó y me hizo caer al suelo.

—Harás lo que te he dicho, si no quieres recibir unos azotes —gritó—. Este encierro no es un castigo.

Tendida a sus pies, miré su cara encendida y me di cuenta de que no iba a cambiar de opinión. Sentí como si unas manos se cerraran alrededor de mi garganta, las lágrimas brotaron de mis ojos y jadeé en busca de aire que respirar.

—¡No quiero estar encerrada! —grité—. ¡Me moriré en esta vieja cueva apestosa!

—Alá ha bendecido hoy a esta familia. —La voz de mi madre era tan fría y tan dura como la piedra que estaba debajo de mi trasero—. Pero la honra de una niña puede desaparecer fácilmente. Si la pierdes, más te valdría estar muerta.

Qutailah volvió a llamar, esta vez en un tono más irritado. «¡Por Alá, te voy a hacer vaciar las letrinas como me hagas pedirte la comida otra vez!» Mi *ummi* dio media vuelta y se alejó con pasos ligeros y hombros caídos hacia la puerta del patio.

—¡Cuando me case con Safwan, saldremos a recorrer el desierto! —le grité antes de que desapareciera—. ¡Nunca volverás a verme! ¡Te arrepentirás, entonces!

Se volvió y me dedicó una última, larga mirada.

—No creas que sabes lo que Alá ha planeado para ti, Aisha.

Se mordió los labios, me volvió de nuevo la espalda y salió al exterior de la casa.

Yo me puse en pie y corrí detrás de ella, pero me detuve en el pasaje abovedado que daba al patio. Fuera, nuestro árbol *gaza'a* dejaba caer sus hojas lacias como si estuviera de duelo. A su sombra mi madre, con los labios apretados, servía una porción de gachas de cebada a Qutailah, que la reñía por haberlas cocido demasiado tiempo.

—¿Después de tantos años, aún no has aprendido a cocinar, Umm Ruman? —dijo, arrugando la nariz ante mi madre como si oliera mal—. Un niño sin dientes podría comer esta papilla insípida. ¿Te he pedido que me prepararas comida de niño?

Las mujeres que habían venido a visitar a Qutailah soltaron risitas, pero mi madre siguió sirviendo las gachas con la mirada baja, aunque pude ver que su semblante enrojecía. Sentí las mejillas tiesas por las lágrimas secas. Me agaché, presta a salir corriendo al patio en defensa de mi *ummi*, pero sabía que eso sólo empeoraría las cosas, para ella... y para mí. Entonces corrí a mi dormitorio, y allí arrojé mis juguetes contra la pared, lloré y golpeé el colchón con mis puños.

Enterrada en esta casa para el resto de mi vida.

Algún día, Safwan y yo cabalgaríamos muy lejos de La Meca y de todas sus estúpidas tradiciones. Ya habíamos hecho el juramento de sangre, nos habíamos pinchado los dedos y los habíamos juntado para jurar que nos iríamos de la ciudad una vez casados, y seríamos beduinos del desierto. Nada podría romper aquel juramento. Si intentaban encerrarme para siempre, me escaparía. Con los beduinos, tendría libertad para vivir la vida que deseaba, correr, aullar y pelear en las batallas y tomar mis propias decisiones. Porque en el desierto no importa si eres mujer o varón. En el desierto no hay paredes. «Controla tu destino, o él te controlará a ti.»

Con esos pensamientos, las manos aferradas a la almohada y el cuerpo rígido y recto como una flecha, escapé de mi mundo infeliz y caí en un sueño profundo y emocionante en el que cabalgaba con el viento en mi cabello y una espada en la mano, libre finalmente.

2

Dunas móviles

La Meca, 622-623 – Nueve y diez años

Visiones fugaces de su rostro y los chispazos brillantes de su risa mantuvieron vivo a Safwan para mí en los años siguientes. Detrás de las cortinas de mi dormitorio lo veía campar, fuerte y libre, por entre las rocas y la arena, cuando guiaba a sus amigos blandiendo la espada de palo y modulando en su exuberante garganta salvajes aullidos de beduino. Espiaba por entre las telas como una luna tímida oculta entre las nubes, deseando y temiendo al mismo tiempo ser vista. Mis padres habían conseguido que el miedo a los peligros calara en mis huesos, hasta hacerme temer las miradas de cualquier hombre que no perteneciera a mi familia. Una sola mirada ilícita, al parecer, podía traspasar el velo de mi virginidad. De modo que veía transcurrir la vida exterior sin mí igual que si estuviera muerta, envuelta en el sudario de mi cortina.

Llegué a conocer cada piedra del suelo, cada grieta de la pared de nuestra casa de La Meca, en los años sin reposo que pasé allí en *purdah*. Por fortuna nuestra casa era grande, aunque sencilla, sin la ostentación de algunas de las nuevas casas que estaban construyendo en la ciudad los mercaderes adinerados. Y era agradablemente fresca también, gracias a los gruesos muros de piedra y a la ausencia de ventanas en todas las habitaciones excepto en la mía, que elegí por su luz, y la cocina, que necesitaba ventilación extra. Como en la mayoría de las casas, el *harim*, las estancias de las mujeres, estaba separado de la zona de los hombres, que incluía el *majlis* de mi padre, una sala rectangular en cuyas paredes colgaban tapices rojos y dorados y cuyo suelo estaba acolchado con almohadones. El *harim* incluía los dormitorios de las mujeres, la cocina y el cuarto de estar, un almacén y, en el exterior, un baño privado rodeado de muros muy altos. Un patio espacioso separaba las áreas correspondientes a los hombres y las mujeres. Había en él algunos árboles que daban sombra y de cuyas ramas colgaban cuerdas para que jugáramos mis amigas y yo, además de un columpio de madera de acacia. El *harim* daba a la parte delantera de la casa, en el que estaba la sala de estar común y una escalera que subía a una terraza en la que mi padre solía sentarse por las noches con sus esposas. Ramos de palma entrecruzados servían de techumbre a la mayoría de aquellos espacios, para cerrar el paso al calor sin impedir que corriera el aire. ¡Cuánto deseaba trepar por las paredes y deslizarme por entre las ramas, para después volar libre lejos de allí!

—¿Por qué estás tan triste, carita de asno? —me preguntaba mi padre. Yo dejaba escapar un gran suspiro e inclinaba la cabeza, esperando su abrazo. A veces me sentaba en su regazo y me cosquilleaba la barbilla para hacerme reír, una risa forzada en aquella casa en la que los muros sin ventanas impedían el paso del sol por el que yo suspiraba. Olisqueaba a mi padre con los ojos cerrados, respiraba su aroma delicioso a miel y a ajo, con un suave toque de cardamomo. Apretaba mi cara contra su barba, gris y erizada como la de un *shayk* en un rostro tan liso como el de un joven. Mi placer, sin embargo, era siempre efímero. Al cabo de un momento me despedía, diciéndome que tenía trabajo.

Lo cierto es que la ayuda que *abi* prestaba a su amigo Mahoma le acarreó en aquellos años no sólo satisfacciones, sino también muchos disgustos y preocupaciones. En La Meca no todos creían que Mahoma era un profeta, o siquiera que existía solamente un dios. Los mercaderes de la ciudad, en particular los del clan gobernante de Quraysh —el clan de Mahoma y el de mi *abi*—, se burlaban de sus hermosas revelaciones poéticas de Alá. «No es más que un *kahin* poseído por un *djinni*», decían, y lo comparaban con los «oráculos» encapirotados que vagabundeaban por el mercado farfullando frases incoherentes.

Pero las palabras de Mahoma no eran incoherentes. Sus *qu'ran* o «recitados» no sólo proclamaban la condición de Alá como Dios único, sino que revelaban que todos los demás dioses de la Kasba, el santuario sagrado de La Meca, eran falsos. Eran tan sólo pedazos de madera o de piedra, decía, y eso irritaba a los mercaderes, que confiaban en que aquellos ídolos trajeran adoradores, y su oro, a la ciudad. Los dirigentes Qurays, entre ellos Abu Sufyan, el primo de Mahoma, estaban decididos a detenerlo por cualquier medio.

Pero ¿quién iba a atreverse a hacerle daño mientras el poderoso Mu'tim fuera su protector? Los mercaderes Qurays se burlaban cuando Mahoma recitaba sus versículos y le tiraban boñigas de oveja cuando predicaba en público, pero el miedo que tenían a su protector era demasiado grande para que se atrevieran a hacerle daño. Era una lástima, solía decir *abi*, que Mu'tim no pudiera extender su amparo a todos los creyentes.

También a mi padre lo alcanzaba su protección, pero a duras penas. El clan de *abi*, los Taym, le había vuelto la espalda, cosa que pudo comprobar el día en que Abu Sufyan y un amigo suyo ataron a mi padre y a su primo Talha espalda contra espalda y los dejaron cociéndose al sol del desierto. Cuando los descubrió allí el jefe beduino Ibn Dugumma, los llevó a su tienda y curó con *jatmi* las quemaduras de su piel; luego, se ofreció a ser él mismo el protector de mi padre. Los Qurays accedieron a respetar ese arreglo, pero sólo si mi padre dejaba de recitar los *qu'ran* y de predicar en público. Los mercaderes temían la expresión dulce y lacrimosa de mi padre cuando recitaba: «¡Con esa cara inducirá a nuestras esposas a seguir a Mahoma!» Mi padre construyó una mezquita junto a nuestra casa, que se convirtió en un centro de reunión de los creyentes, lo que irritó más aún a los Qurays.

Mientras, mis días en *purdah* pasaban y se empequeñecían, del pasado al presente y hacia el futuro, como una lenta caravana que desfilara de punta a punta hasta desaparecer de la vista. A lo largo del día, yo amasaba pan con desánimo, cardaba lana, tejía y soñaba con la época en la que sería libre, sin el freno de la *purdah* ni el de las lenguas de los vecinos. Odiaba la charla de las mujeres, monótona y repetitiva, y vivía para las noches que pasaba al lado de mi *abi*.

Estábamos sentados durante horas, *abi* y yo. Al principio me enseñó recitados del Profeta, que yo memoricé con cariño, porque cada palabra era dulce como la miel en mis labios. Me leía la poesía de la *jahiliyya*, el tiempo de la ignorancia antes de que el islam fuera revelado a Mahoma, y cuando yo le pedía más versos, me enseñó a leerlos yo misma. Al notar la palidez de mi piel, eligió él mismo un caballo de sus establos (una yegua esbelta, negra como la noche, a la que llamé *Cimitarra*), y me llevó a cabalgar por el desierto cuando llegaba el frescor de la noche. Esas fueron mis noches preferidas entre todas las que pasé en la casa de mis padres: mi pulso que se disparaba mientras galopábamos por la blanda tierra roja; la tensión del flanco del caballo bajo mi mano; el soplo de la brisa fresca sobre mi piel y entre mis cabellos.

Amaba las noches, pero los días también me trajeron algunos momentos de felicidad: las visitas al hogar del Profeta de Alá. Los primeros años, sobre todo, Mahoma venía todos los días a rezar en la mezquita, y después se sentaba en el *majlis* de mi padre, a beber café y discutir los asuntos del día. Después, me enseñaba algún juguete que luego escondía entre su ropa, y reía y bromeaba mientras yo intentaba encontrarlo, y acababa por sentarse en el suelo a jugar conmigo. Nunca me pregunté por qué él podía hacerlo mientras que no se permitía a ningún otro hombre mirarme siquiera. Mahoma había formado parte de mi vida desde que nací, y me parecía natural hacer chocar mi caballito de madera contra el suyo y gritar: «¡Muere, miserable beduino!»

Pero cuando cumplí nueve años, una serie de acontecimientos me hicieron mirar a Mahoma de otra manera.

Llegó a nuestra puerta por la mañana con un semblante tan inquieto y oscuro como una nube de tormenta. Murmuró algo al oído de mi madre. Ella gritó «¡Por Alá!», y se desplomó junto a la puerta como un globo pinchado. Yo corrí a su lado, con el corazón oprimido al verla tan trastornada, pero ella me hizo seña de que me alejara. Me volví a Mahoma en busca de una explicación, pero él se dirigía ya al *majlis* con mi padre..., seguido, al cabo de unos instantes, por mí.

—Mu'tim ha muerto —dijo Mahoma, mientras yo escuchaba detrás de la puerta—. Ha sido encontrado en su cama, degollado. Algunos culpan a Abu Sufyan.

—No me sorprendería que Abu Sufyan hubiera encargado un trabajo así —dijo mi padre—. Mu'tim le había impedido asesinarte, en más de una ocasión. Me lo han contado.

—Mu'tim me ha protegido de la muerte —dijo Mahoma con una voz extraña, tensa—, y al hacerlo ha perdido su propia vida. *Yaa* Abu Bakr, eso no puede continuar. Tenemos que marcharnos de La Meca antes de que otros mueran por mí.

Tragué saliva y apreté los puños. ¿Abandonar La Meca? ¿Cómo podíamos hacer una cosa así? Ningún hombre se marchaba lejos de su clan, y las mujeres sólo lo hacían para casarse. Nuestros antepasados se habían instalado en esta tierra. Nuestras familias estaban todas relacionadas entre ellas. Sí, Safwan y yo habíamos planeado escapar con los beduinos, pero eso era diferente: lo haríamos para correr aventuras, no por miedo. Siempre tendríamos la posibilidad de volver. Pero a quienes abandonaban a los Qurays nunca se les permitía volver otra vez a La Meca, salvo como esclavos.

Durante varios días caminé con pasos temblorosos, como si el suelo se moviera debajo de mis pies. «Tenemos que marcharnos de La Meca», seguía oyendo decir a Mahoma, y mi corazón quería escapar de mi cuerpo corriendo a esconderse para impedir que me alejara de Nadida, de mis primos, de Safwan, y del mercado y las montañas que amaba. Mi padre parecía tan inquieto como yo. Mientras estaba reunido con Mahoma un día, entré en el *majlis* para servirles café y, distraída por su charla, unas gotas de aquel líquido caliente salpicaron el brazo de mi padre. Él levantó la mano para pegarme, pero, para mi asombro, Mahoma le sujetó el brazo y lo detuvo.

—Sé indulgente con ella, amigo —dijo—. Hazlo por mí.

Intercambiaron una mirada mientras yo los observaba, asombrada por lo que acababa de ocurrir. Porque era inaudito que un hombre interfiriera en la vida de otro hogar. Algunos

— 41 —

habían peleado y se habían matado por cosas así. Pero mi padre asintió, como si Mahoma tuviera todo el derecho a hacerlo.

—Perdóname —dijo *abi*; a Mahoma, no a mí.

Más tarde, al despedirse, Mahoma me palmeó la mejilla y se despidió con estas palabras:

—A partir de hoy, Aisha, no habrás de preocuparte más por malos tratos. —Sus ojos dorados se suavizaron, como la miel al sol—. Eso al menos puedo hacerlo por ti.

Más tarde, en mi habitación, pensé en las palabras de Mahoma. ¡Qué atrevimiento el suyo al pedirle a mi padre que me respetara, como si yo le perteneciera!

«Puede que sea así.»

La idea me golpeó como un bofetón, e hizo que al ponerme de pie desaparecieran de mi mente todas mis preocupaciones acerca de abandonar La Meca. ¿Estaba yo...? ¿Existía esa posibilidad? La imagen se negaba siquiera a tomar forma en mi cabeza. ¿Podía estar yo prometida a Mahoma, en lugar de a Safwan?

«No creas que sabes lo que Alá ha planeado para ti.» Recordé las palabras de mi *ummi*, pronunciadas el día aciago en que empecé mi *purdah*, cuando le dije que Safwan y yo escaparíamos al desierto cuando estuviéramos casados. Entonces no atendí a su advertencia, porque sabía que, como esposa de Safwan, nunca tendría que recibir órdenes de nadie sino de él. Ni siquiera Alá podía cambiar eso, porque estaba escrito en nuestras leyes y tradiciones, como las grietas que el viento ha impreso en el monte Hira.

Ahora, sin embargo, me pregunté: ¿ha cambiado ya Alá mi destino, sustituyendo el compromiso con Safwan por otro con Mahoma? En ese caso, tendría sentido mi *purdah*. Si yo era la futura esposa del Profeta de Dios, sería mucho más valiosa y también mucho más vulnerable, especialmente para hombres como Abu Sufyan, que deseaban hacer todo el daño posible a Mahoma. Si perdía la virginidad, aunque fuera por una violación, no sólo quedaría manchada yo, también Mahoma perdería su honra.

Me dejé caer sobre la cama, sintiendo como si mi cuerpo estuviera relleno de piedras. ¡Casada con Mahoma! No era posible. Era más viejo que mi padre, mucho más viejo que Hamal en comparación con Fazia-convertida-en-Yamila. Pero entonces ¿por qué le estaba permitido visitarme durante mi *purdah*, cuando a todos los demás hombres se les prohibía? La sospecha era una pesada mano que me oprimía el pecho, y me robaba el aliento.

—Safwan —susurré—. Ven a rescatarme. Date prisa, antes de que sea demasiado tarde.

Después de la muerte de Mu'tim, advertí cambios en las dunas móviles del rostro de mi padre, en los pliegues de su boca. Por las noches se sentaba a hablar con mi madre y Qutailah, mientras yo, castigada a acostarme desde mucho antes, me agazapaba en las sombras tratando de adivinar las palabras amenazadoras que pronunciaban en susurros.

—Tortura —murmuraba mi padre—. Asesinato. —Y Qutailah y mi madre se estremecían, y luego lloraban cuando él hablaba de abandonar La Meca—. Alá cuidará de nosotros —decía—. No hay razón para llorar. Nada que temer.

Una noche, tendida en mi cama bajo el peso de aquellas palabras, un chillido de mujer me llevó a la ventana. A la luz de la luna en cuarto creciente, vi a cuatro hombres que arrastraban a mi querida vecina Raha, la de las granadas y los ojos risueños, fuera de su casa, y le daban golpes y puñetazos cuando se resistía.

—¿Dónde está ahora tu precioso Profeta, puta musulmana? —dijo un hombre con una risotada áspera. A la luz de las estrellas alcancé a ver a Abu Sufyan, que sudaba de forma que cada pliegue de su cara hinchada relucía como una bola de grasa, y a su compañero Umar, cuya cara picada de viruelas parecía contraída de odio mientras apretaba con su mano la boca de Raha. Empecé a saltar y aporreé la pared con los puños, espoleada por los latidos de mi corazón.

—¡Raha! —grité—. ¡Soltadla, perros Qurays!

Corrí a la cocina con los gritos de Raha resonando en mis oídos, agarré un cuchillo y corrí a abrir la puerta principal, pero mi madre me sujetó por la muñeca y me obligó a detenerme.

—¿Adónde te crees que vas? —me gritó.

—¡Raha! —dije, al tiempo que intentaba soltarme—. Abu Sufyan le está pegando.

Mi padre se puso el vestido y corrió a la puerta, después de coger al paso una espada. Mi madre cerró de golpe la puerta a su espalda y se volvió hacia mí, respirando con fuerza.

—¿Y qué tenías intención de hacer cuando estuvieras allí? ¿Dejar que esos hombres te mirasen, o algo peor? —preguntó.

—Quería rescatar a Raha...

—¿Con qué? ¿Con un cuchillo de cocina? Esos hombres tienen espadas, Aisha. ¡Espadas! Podrían cortarte en pedazos, o hacer algo peor.

—*Yaa ummi*, yo sé pelear. Safwan me enseñó ¿ves? —Agité en el aire mi cuchillo, de forma convincente, me pareció—. Déjame salir, *ummi*. La matarán si no la salvamos.

—¿Batirse a espada por las calles? No seas ridícula. Eres una niña, no un chico. No puedes salvar a nadie, ésa es tarea de hombres.

—Pero ¿qué pasará con Raha? ¿Y con *abi*? He visto a cuatro hombres, y él está solo.

—Tu padre se dejaría matar antes que aceptar tu ayuda —dijo. Sus ojos tenían la fiereza de los de un animal salvaje—. Sabes lo que te harían esos hombres. Luego tu familia caería en la desgracia. ¿Es eso lo que quieres?

—Pero Abu Sufyan...

—¡Abu Sufyan es la razón por la que estás en *purdah* ahora! —gritó. Su cara estaba tan roja como si la estrangularan—. Ha estado bravuconeando delante de toda La Meca, diciendo que te iba a desflorar. Dice que lo provocas con tu cabello rojo.

La idea de que aquel chivo grasiento y barbudo me tocara me hizo sentir como si las ratas se pasearan por todo mi cuerpo. Corrí a la ventana de mi dormitorio para dar ánimos a mi padre en su pelea por Raha, esperando verle derribar en el polvo a Abu Sufyan.

Lo que vi me hizo gritar: mi padre estaba tumbado boca arriba y Abu Sufyan de pie sobre él, apretando con la punta de su espada la mejilla de mi padre. La sangre manchaba la hoja. Al fondo vi a Umar colocando una mordaza en la boca de Raha y haciéndola subir a empujones a una carreta.

Abu Sufyan alzó la mirada y me vio en la ventana, gritando y dando saltos. Rio con malicia y se relamió los gruesos labios.

—*Yaa* Abu Bakr, tu preciosa hija de cabellos de fuego quiere decirte adiós.

—*Yaa abi*, ¡déjame salir! —grité, mirando con odio a Abu Safyan—. Yo os salvaré, a ti y a Raha.

—Sí, deja que salga —dijo Abu Safyan enseñando los dientes—. Yo me calentaré con esas llamas, y tú salvarás la vida.

Al ver distraído a su enemigo, mi padre rodó por el suelo para apartarse unos pasos, se puso en pie de un salto y empuñó de nuevo su espada. Abu Sufyan le lanzó una estocada, pero mi padre la esquivó con un salto de costado antes de contraatacar. Intercambiaron algunos golpes, hasta que Abu Sufyan arañó la frente de mi padre, de modo que la sangre le cegó momentáneamente los ojos. Mientras mi padre se limpiaba la cara, Abu Sufyan saltó a la grupa de su caballo, y Umar y él se alejaron con Raha en su posesión y mis gritos persiguiéndolos.

Mi madre corrió a la calle con una tira de tela para vendar la frente de mi padre.

—No estoy herido, Aisha —me dijo *abi*. Él y mi madre se acercaron a la casa de Raha, cuya puerta reventada parecía una boca abierta en un grito de dolor, y auxilió al marido, que estaba tendido en el patio delantero, desangrándose en el polvo, con la espada en la mano.

—Raha —murmuré—, yo podía haberte salvado, sé que podía. Oh Raha, lo siento tanto...

Mi estómago se cerró como un puño, e hizo que me doblara por la mitad. Me dejé caer en mi cama, encogida como una interrogación a mí misma, y empapé la almohada con grandes lagrimones cálidos. Pobre Raha, siempre tan alegre, tan dulce como un corderito, llena de amor hacia todos. ¿Qué iba a ser de ella? Había oído hablar a mi padre de creyentes azotados, de mujeres ancianas cuya vida se escapaba por sus heridas abiertas. Recordé los hoyuelos de las mejillas de Raha cuando reía, el brillo de sus ojos cuando me daba a escondidas bastones de miel y adornaba mis cabellos con capullos de flores. ¿Qué le estarían haciendo ahora? Sus gritos resonaban en mi cabeza. Me tapé las orejas con la almohada, pero fue inútil.

Yo podía haber detenido a aquellos hombres si mi madre no me hubiera detenido. Luchar con un arma de verdad no podía ser muy distinto de luchar con una de madera, como yo había hecho tantas veces con Safwan. Habría hecho rodar por el polvo la cabeza de aquel Abu Sufyan de aliento apestoso, y obligado a huir al miserable Umar gimiendo como un perro cojo.

«¿Por qué, Alá?» ¿Por qué Él permitía que le ocurriera una cosa así a Raha, que lo amaba tanto? ¿No se suponía que Él nos protegía? Tal vez estaba tan ocupado que no había escuchado los gritos de Raha.

Todavía sentía en brazos y piernas el hormigueo causado por el deseo de correr hacia Raha para liberarla. Esa energía venía de Dios; lo sentía en la sangre que corría por mis venas. Él había oído los gritos de Raha, y me llamó a mí para que luchara por ella. Pero no me habían dejado.

«Tú no puedes salvar a nadie. Ésa es tarea de hombres.»

El rechazo de mi madre me hirió, al recordarlo, con más fuerza que la primera vez. En el mundo de mi madre, ser mujer significaba estar inerme. Impotente. Porque ¿qué otra cosa era una espada, sino poder? En su mundo, se daba por supuesto que las mujeres no debían luchar, sino sólo someterse. No les tocaba a ellas decidir, sino dejar que otros decidieran por ellas. No habían de vivir, sino sólo servir.

Me acodé en el antepecho de la ventana y miré las estrellas, imaginando que eran los mil y un ojos de Alá. Cuando Él me miraba ¿qué veía? ¿Inferioridad, un alma encogida, una luz que brillaba con menos fuerza que la de un hombre? ¿O bien veía Él lo mismo que yo sentía, una llama ardiente como la de la zarza que Él habitó el día en que se reveló a Moisés? Mahoma, que conocía las historias del Pueblo de Dios, me había contado cómo la zarza ardía pero no se consumía, con un fuego que respiraba, que hablaba, que vivía, como el fuego que en ese mismo instante abrasaba mi pecho.

Raha había desaparecido y sería rescatada por hombres, no

por mí. Su marido había quedado tendido en el suelo, pero ahora estaba de pie, apoyado en mi padre, vivo y sin heridas de gravedad, espada en mano. Raha no tenía ni la espada ni la fuerza con que defenderse a sí misma. Ahora era una prisionera de los Qurays, completamente vulnerable a la voluntad de ellos, mientras su marido, que sí podía luchar, seguía en libertad.

—Raha —susurré—. Ojalá pudiera salvarte ahora.

Las lágrimas asomaron de nuevo a mis ojos, pero las sequé. Como lo habría hecho un guerrero.

Prisionera en mi habitación, yo no podía salvar a nadie. Mi madre había dicho la verdad en esa cuestión. Pero no iba a quedarme allí encerrada toda la vida. Algún día me casaría, con Safwan, que guerrearía a mi lado en el desierto, o bien con Mahoma, que me enseñaría a utilizar una espada si se lo pedía. Yo simularía que se trataba de un juego, y él me lo enseñaría en el patio de su casa.

De una u otra forma, yo no iba a pasar mi vida en el temor y la sumisión al capricho de hombres como Abu Sufyan. No poder luchar por mí, o por el pueblo al que amaba, sería la peor clase de esclavitud. Nunca volvería a mirar, indefensa, cómo los perros Qurays amenazaban a mi gente. Sería el mejor guerrero, varón o hembra, que La Meca jamás viera. Si Abu Sufyan nos atacaba entonces, tendría que derrotar a Aisha primero. Y nunca lo conseguiría.

3

Él te espera

La Meca, luego Medina, 622-623

El hijo adoptivo de Mahoma, Zayd, encontró al día siguiente a Raha, atada a un árbol y cubierta de sangre.

—Intentaron obligarme a denunciar al Profeta —dijo varias noches después a mi madre en nuestra terraza, con voz débil y temblorosa, mientras yo las escuchaba abajo, desde la escalera—. Quise maldecirlos, pero las palabras no acudieron a mi boca.

Umar y Abu Sufyan se habían turnado con el látigo, y la amenazaron con matarla si no les obedecía. Cuando se desmayó, incapaz de soportar por más tiempo el dolor, se marcharon convencidos de que estaba muerta o muy pronto lo estaría.

Ummi tragó saliva, y luego preguntó con voz inquieta, urgente:

—¿Hicieron..., estás...?

—Mi honor está intacto, gracias a Alá —respondió Raha. Luego calló unos instantes. Cuando habló de nuevo, su voz sonó débil, muy distante—. Pero para mi vergüenza, tuve que ser examinada por una comadrona, antes de poder volver a casa. La familia de mi marido lo exigió. De haber sido violada, habrían insistido en que se divorciara de mí.

Di un bufido de indignación al oír aquellas palabras. ¿Por qué habían de castigarla a ella por las fechorías de otros? Enseguida me tapé la boca con la mano. Pero era demasiado tarde. La cabeza de mi madre se volvió antes de que yo pudiera ocultarme, y al momento saltó de su silla y empezó a reñirme mientras me perseguía de cerca, escaleras abajo.

—A estas horas tienes que estar en la cama, y no escuchando conversaciones de personas mayores —dijo mientras tiraba de mí en dirección a mi dormitorio—. Pero me alegro de que hayas oído la historia de Raha. Tal vez ahora me des las gracias por que te hayamos encerrado en casa. Raha ha tenido suerte, pero a ti esos hombres te habrían arruinado.

Como la planta de espliego que tanto amaba, Raha tenía una enorme capacidad de supervivencia. Una semana después de su secuestro, cargó con todos los enseres de la casa y condujo a su marido a Yathrib, la ciudad judía del norte donde unos familiares lejanos de Mahoma habían accedido a darles asilo a él y a sus seguidores. Mientras observaba su lenta partida desde mi ventana, reprimí mi pena ante la idea, que hube de recordarme a mí misma, de que ahora yo era una guerrera. Pero mientras la pequeña caravana se alejaba, y su tamaño iba disminuyendo a cada paso, el pecho me dolió como si mi corazón también se hubiera empequeñecido. ¡Así Alá maldijera a aquel villano Abu Sufyan por alejar de mí a mi Raha! Pero tal como fueron las cosas, muy pronto volvimos a reunirnos.

La noche siguiente, Alí, el primo de Mahoma, llamó a nuestra puerta, preguntando por Mahoma. Cuando llegué a la entrada, mi madre sujetaba la puerta abierta y se apretaba la garganta con la otra mano. Alí pasó a su lado con ojos como estrellas fugaces, y tendió los brazos a Mahoma, que venía de la mezquita de mi padre.

—*Yaa* primo. Abu Sufyan y sus amigos han enviado gentes suyas a asesinarte esta noche —dijo, entre jadeos—. Un joven de cada tribu de La Meca, para que ninguno de ellos tenga que cargar en solitario con la culpa de tu muerte.

Mi madre gritó, y el corazón me dio un vuelco. Corrí a su lado, pero ella sacudió la cabeza y me dijo que volviera a mi habitación. Me dirigí a Mahoma, cuyo rostro estaba tan pálido como si ya hubiera muerto, pero él se limitó a hacer una seña y se dirigió con los hombres al *majlis*. Me aseguré de que mi madre no me viera, y los seguí. Después de dos años de *purdah*, sabía que nadie se molestaría en contarme lo que ocurría. Pero me había convertido en una espía experimentada.

Escuché en silencio, acurrucada detrás de la cortina del *majlis*, mientras los hombres discutían el plan. Puesto que los asesinos se proponían dar el golpe esa noche, era necesario darse prisa. Mahoma tenía que salir de La Meca tan pronto como fuera posible, y marcharse a otro lugar para una temporada muy larga; tal vez para siempre.

—Alá ha expresado Su deseo con toda claridad —dijo Mahoma a *abi*—. Me marcharé a Yathrib tan pronto como pueda hacerlo con cierta seguridad.

—Y yo te escoltaré —dijo mi padre—. No tocarán ni una sola hebra de tu cabello, si es voluntad de Alá.

—*Yaa* Abu Bakr, yo podré protegerlo mejor que tú —intervino Alí—. ¿No sería mejor, primo, que te diera escolta yo hasta Yathrib?

—Dios tiene dispuesta otra tarea para ti, Alí —dijo Mahoma.

Mi padre pidió prestada ropa a uno de sus sirvientes y disfrazó con ella a Mahoma, y luego lo condujo hasta una cueva en las afueras de la ciudad. Mientras, Alí se vistió con las ropas de Mahoma y se tendió en su cama, simulando que dormía. Yo, con Asma, mi madre y sus hermanas-esposas, fuimos a la casa de Mahoma; yo brincaba en mi silla de montar mientras atravesábamos la ciudad, temblorosa por la aventura y el frío de la noche. Subimos por las escaleras hasta un dormitorio y miramos por las ventanas cómo un grupo de personas se acercaba sigilosamente a la casa. Cuando llamaron a la puerta, todas asomamos la cabeza, como Mahoma nos había dicho que hiciéramos.

—Volved mañana —dijo la esposa de Mahoma, Sawdah, con voz tranquila, mientras aferraba el amuleto del Ojo Maligno como si fuera lo único que la mantenía pegada al suelo—. El Profeta está durmiendo. Por la mañana podrá atenderos.

Como no querían forzar la entrada y matar a Mahoma con tantas mujeres en la casa, esperaron al otro lado de la puerta, vigilando mientras dormía..., o convencidos de que lo tenían controlado. Por la mañana, cuando *abi* y Mahoma habían tenido tiempo más que suficiente para desaparecer, Alí salió a la puerta, se quitó el disfraz, empuñó la espada y ahuyentó a los enviados de Qurays como si fueran moscas. Cuando los asesinos se hubieron ido, las mujeres volvimos a nuestra casa e hicimos el equipaje. Había llegado el momento de abandonar La Meca.

Huimos en la noche sin luna, ocultas por una oscuridad tan negra como la de la tumba. Las lágrimas humedecieron nuestro adiós susurrado a nuestra tierra materna, la ciudad de nuestros antepasados, la casa en la que nacimos y nuestro templo sagrado, la Kasba. Casi no llevábamos nada con nosotras, tan sólo comida, agua y algo de ropa. Dejamos atrás los platos sucios de la cena. Arrojamos al fuego las historias de nuestras familias. ¿Qué habían hecho por nosotros nuestros parientes? Teníamos la *umma*, los creyentes, y a Mahoma. En nuestra caravana viajábamos: yo; las hijas de Mahoma, Fátima y Umm Jultum; su esposa Sawdah; mi madre y Qutailah; mi hermano Abd al-Rahman, y mi hermana. Dejamos atrás a la mujer de mi padre Alia, que rechazó a nuestro Dios. Tenía a su ídolo Manat en las manos mientras nos miraba alejarnos: rezaba por nosotros, por que nos diéramos cuenta de nuestro error antes de que fuera demasiado tarde.

—Será mejor que reces por ti misma —murmuré, pero mi madre lloró y estuvo abrazada a ella hasta que Qutailah las separó.

También yo habría llorado, de no ser por mi resolución de convertirme en una guerrera. La Meca era el único hogar que había conocido, y durante mi *purdah* había añorado muchas veces su mercado abigarrado, sus montañas polvorientas, su enorme Kasba cúbica abarrotada, dentro y fuera de sus muros, por imágenes de dioses temibles o hermosos. ¿Volvería a ver alguna vez mi querida ciudad? ¿Volvería a ver a mi amiga Nadida, capaz de mirar arrobada y boquiabierta los ídolos de la Kasba de un modo que nos hacía reír hasta que los costados nos dolían? ¿Se unirían a nosotros los familiares de Safwan, o se quedarían en La Meca y lo casarían con alguna otra muchacha? Me volví a contemplar la ciudad cuando nos alejábamos, con el deseo de echar una última mirada a mis amigos, pero era tarde y las casas de La Meca aparecían sumidas en el sueño como si los asesinos nunca hubieran rondado por sus calles.

Cabalgamos en dirección norte hacia Yathrib, la ciudad judía en la que las tribus arábigas que la habitaban, Aws y Jazray, habían accedido a ofrecer refugio a Mahoma y sus seguidores. El viaje fue largo, a través de arenales tan profundos que teníamos que tender mantas en el suelo delante de nuestros camellos para que no se hundieran hasta las rodillas. Sobre vastas llanuras desoladas de roca negra desmenuzada y extensiones desérticas en las que un solo paso en falso podía provocar la rotura de un hueso. Cruzando bosques de palmeras tan densos que teníamos que gritar para no perdernos. Bordeando el murallón macizo del monte Sub, que se alzaba como un *djinni* gigantesco entre nosotros y el mar Rojo. Avanzábamos siempre, hacia nuestro Profeta y una nueva vida libre de miedos, así lo esperábamos.

Llegamos al alba de nuestro duocécimo día de viaje, y lloré y me froté los ojos al ver aquel paisaje verde. Un verde intenso y lujuriante que se extendía por los campos cuajados de margaritas, por las colinas olorosas a espliego, por las huertas pobladas de matas y árboles frutales. De las delicadas ramas verdes colgaban granadas aún no maduras; el aire agitaba las nudosas acacias y hacía susurrar las hojas plateadas de los olivos, que moteaban el suelo con puntos azulados y grises que destacaban como sombras en el esplendor esmeralda. Contra el anillo de colinas rojizas que rodeaban la ciudad por tres lados, el verdor se alzaba pujante como la vida. Desde la grupa de mi camello, podía sentir aquel aire henchido de fragancias vegetales como un velo fresco y húmedo que me acariciaba la frente, mientras aspiraba el aroma limpio de los pétalos, las hojas y los brotes a los que la mañana prestaba un brillo dorado.

Aquello era Yathrib. O como la llamaba Mahoma, al-Medina, «la Ciudad». ¡Gran ciudad! Cuando cruzamos el humilde arco de piedra y barro de la puerta de entrada, nos recibió un aroma muy distinto, acompañado por los balidos y mugidos de ovejas y vacas. Tragué saliva y me cubrí la nariz para evitar el olor punzante a estiércol, agudo como una bofetada, lo bastante fuerte para que me picaran los ojos. Las moscas lo cubrían todo como una tormenta de arena, en un frenesí incesante, arracimándose delante de nuestros ojos hasta tapar la vista de la suciedad de las casas de adobe y las sonrisas melladas de los granjeros vestidos con ropas oscuras. Las lágrimas asomaron a los ojos de *ummi* mientras cabalgábamos por la única, arenosa calle.

Pasados tan sólo unos días, mi madre seguía irritada. ¿Por qué nos habíamos mudado? En La Meca había problemas esos días, pero comparada con Medina, era el paraíso. ¿Dónde estaba, en esta ciudad, el mercado bullicioso en el que comprar todo lo que podíamos necesitar? ¿Dónde los comercios y las caravanas variopintas? ¿Dónde los viajeros de tierras lejanas, con sus vestimentas extrañas y sus hablas que parecían música? Echábamos de menos nuestro majestuoso monte Hira, pétreo y oscuro como una nube de tormenta, y a nuestros familiares y amigos.

No añorábamos, sin embargo, a Abu Sufyan. Él tomó todas las medidas necesarias para ello.

Habíamos viajado durante once días para llegar a Medina, pero aún no estábamos lo bastante lejos. Los Qurays todavía nos amenazaban. Para ellos, la adoración de ídolos y el dinero estaban tan unidos como si formaran una gigantesca tela de araña. Si se eliminaba la adoración, creían que el dinero también desaparecería. Por eso intentaban a toda costa destruir nuestra *umma*. Cada semana teníamos noticias de un nuevo asesino enviado por Abu Sufyan para matar a Mahoma. El temor cubría nuestras bocas como la arena de La Meca en nuestro nuevo hogar del oasis. Mahoma nos animaba a disfrutar de la hierba jugosa y la sombra que había aquí, pero su inquietud se percibía en el constante entrechocarse de las cuentas de oración entre sus dedos.

Sola en nuestra nueva casa, yo jugaba con mi espada de madera en el patio, y simulaba luchar contra los asesinos para proteger a nuestro Profeta. Con todas aquellas emociones, casi olvidé el anuncio de compromiso matrimonial que mis padres estaban demasiado ocupados para hacer. Pero no me olvidé de esperar a Safwan.

Su familia iba a verse obligada muy pronto a hacer su *hijra* a

Medina. Cada día escuchábamos historias más horribles. Abu Sufyan se había encolerizado por la fuga de Mahoma. Sus hombres habían empezado a apresar a los creyentes en pleno día, y a cortarles el cuello en las calles de La Meca. Alí y Zayd ayudaban a huir a centenares de ellos. Ningún creyente podía quedarse en La Meca y esperar seguir con vida.

Cuando llegara Safwan, ¿podría encontrarme? Las casas estaban muy separadas unas de otras. Los habitantes de Medina vivían de los frutos del campo, sobre todo los dátiles y el cultivo de la cebada, y de criar ganado. Desde mi ventana podía ver más ovejas y cabras que personas. No es que me asomara muy a menudo a mirar por la ventana: el hedor a estiércol invadía mi habitación con la brisa más ligera. De modo que pasaba el tiempo jugando en el columpio que mi padre había colgado para mí de la gran palmera que daba sombra a nuestro patio. Aprendí a columpiarme tan alto y tan lejos que podía mirar por encima de las tapias hacia el valle que se abría más allá. Cada vez que atisbaba el camino y el horizonte, esperaba ver a Safwan.

Tal vez sus padres habían retrasado el viaje por los problemas que estábamos encontrando en Medina. Muchos de nosotros sufrimos unas fiebres horribles, por culpa de las moscas y los mosquitos, decía mi madre. Mi padre estuvo a punto de morir. Yo pasé varios días en cama, delirando. Mi cabello se enredó en una serie de nudos pegajosos que mi *ummi* hubo de cortar con un cuchillo. Cuando acabó de hacerlo, yo parecía más un hijo que una hija.

—Volverá a crecer —dijo.

Yo miré en el espejo mi aspecto varonil, el cabello de no más de un palmo de largo y los ojos relucientes, y deseé que se equivocara.

Cuando me hube recuperado del todo de mi enfermedad, mi padre me invitó a bajar al patio a beber un vaso de agua de juncia y «charlar». En mi habitación, la mano me temblaba mientras peinaba mis cabellos para la ocasión, y hube de esforzarme para tranquilizar los latidos de mi corazón. Mis padres nunca me habían hecho esa clase de invitación antes. Podía imaginar fácilmente de qué tema querían hablar.

«Te lo ruego, Alá, te lo ruego, haz que me digan que mi marido será Safwan. No dejes que me casen con Mahoma. Sé que es tu Mensajero, pero es un hombre viejo..., y yo quiero cabalgar en libertad con los beduinos.»

Pero Alá no escuchó mi oración. Cuando me senté entre mis padres sonrientes y mientras bebía a sorbos el agua especiada, sus palabras chocaron con mis deseos como los barrotes metálicos de la jaula con las alas temblorosas del pájaro.

Mahoma, me dijeron, iba a ser mi marido. Todo había quedado arreglado el día en que empezó mi *purdah*.

Solté mi bebida con tanta violencia que el líquido salpicó fuera de la taza.

—Pero ¿qué pasará con Safwan?

—¿Ese chico? —bufó mi madre—. Nunca será más que un soldado raso en el ejército de la *umma*. En cambio tú, hija mía, serás la esposa del comandante en jefe.

—*Yaa* Aisha, Mahoma te quiere mucho —intervino mi padre—. Hemos planeado la boda para la semana que viene.

«¿La semana que viene?» Las alas de mi corazón se agitaron con violencia. Los rostros de mis padres parecían girar ante mí.

—Pero..., todavía no..., soy una mujer —tartamudeé.

Era una tradición nuestra esperar el menstruo de las muchachas antes de casarlas con un hombre.

—Eso mismo he dicho yo. —Mi madre volvió sus ojos agudos a mi padre—. Pero tu padre quiere que la ceremonia se celebre ahora, antes de que Alí se case con Fátima, la hija del Profeta.

—Alí cree que estamos compitiendo con él por el amor de Mahoma —dijo *abi*, con un encogimiento de hombros—. Sólo quiero asegurarme de que Mahoma no se olvida de quién de nosotros es su compañero más íntimo.

Mientras hablaban, las alas de mi jaula apagaron sus voces al batir más y más aprisa, como las acometidas del gordo Hamal contra su flaca y joven esposa. Dentro de tan sólo una semana, yo estaría debajo de Mahoma y él me sujetaría con su cuerpo, me aprisionaría, me haría daño. ¿Escucharía mis gritos de dolor? ¿O se limitaría a empujar más fuerte y más rápido, como había hecho Hamal con Fazia-convertida-en-Yamila?

—¡Aisha! ¡*Yaa* Aisha! —El grito de mi madre hizo desaparecer mi terrible visión. La miré fijamente, preguntándome cómo podía dejar que ocurriera aquello. ¿Tenía de verdad mi madre un corazón de mujer, y el conocimiento de una mujer de lo que ocurre en la cama?

—¿Qué es lo que te ocurre? —dijo *ummi*, y sus ojos se estrecharon—. Ésas no parecen lágrimas de felicidad.

—Yo... —Dudé, porque temía su lengua, más afilada que una espada. Pero entonces volví a pensar en Mahoma y en compartir su cama, y la furia de mi madre me pareció menos temible—. Yo quiero casarme con Safwan —dije con una vocecilla débil.

La frente de mi padre se arrugó, y se mesó la barba, como si se encontrara frente a un problema. Mi madre, por su parte, se echó a reír en un tono agudo y burlón.

—¿Crees que tu padre te ha invitado aquí para preguntarte lo que quieres? —dijo, atravesándome con la mirada—. Eres una niña tonta. ¿Cuándo aprenderás de una vez?

El matrimonio llegaba para mí como un caballo al galope, a toda velocidad. Mis días en la casa de mis padres, siempre desesperantemente lentos, ahora se aceleraban entre crisis de llanto, mientras mi juramento quedaba atrás como un guerrero olvidado.

De noche soñaba que Safwan había venido a rescatarme y que cabalgábamos juntos los dos, pero cada amanecer se teñía de un nuevo desencanto y daba lugar a un día más de horror. Mi madre hizo un esfuerzo por alegrarme enseñándome el vestido de novia que había comprado para mí —«seda roja y blanca, Aisha, traída directamente de Yemen»—, pero yo rompí a llorar al verlo, y la obligué a menear la cabeza, descontenta. Las lágrimas se agolpaban en mi boca, en mi nariz, en mi estómago, y allí se mezclaban con la comida que había conseguido tragar con esfuerzo y la devolvían de nuevo a la boca.

A mi alrededor, toda la casa se atareaba en la preparación de la boda mientras yo me encerraba en mi habitación, a la espera de un milagro. Mi madre se acercaba a la cortina de mi dormitorio todos los días y susurraba que Mahoma estaba aquí y quería verme, pero yo seguía sentada en silencio, dándole la espalda. «Se ha vuelto tímida de pronto, desde que le dimos la noticia», le oí decir. Lo cierto era que la idea de ver a Mahoma hacía que mi estómago se agitara como la joroba de un camello en marcha, y yo sabía que si él me miraba a la cara, vería el asco pintado en ella. No podía evitar sentir así, pero tampoco quería causarle dolor. Mahoma siempre había sido amable conmigo.

¿Cómo sería estar casada con él? ¿Me prohibiría jugar con mis muñecas y mis caballos de juguete, como había hecho Qutailah con Asma en cuanto tuvo el menstruo? «Ahora eres una mujer, no has de perder el tiempo en niñerías.» ¿Me cambiaría el nombre? ¿Me encerraría bajo llave, como hacía Umar con sus esposas y sus hijas? Yo no podría ser su *hatun*, porque ya tenía una primera mujer, Sawdah; sería la *durra*, la cotorra, obligada a obedecerla en todos sus caprichos. ¿Me convertiría Sawdah en su esclava, asignándome las tareas más humildes? Cada nueva pregunta redoblaba mi dolor de cabeza, como si mis temores fueran puños asestados contra mi cráneo.

El día temido llegó demasiado pronto. *Ummi* entró en mi habitación y descorrió las cortinas, dejando que la luz cruda del sol inundara mi rostro como si fuera agua.

—Ha llegado el día en que ya no tienes que esconderte en tu habitación —dijo—. Levántate y vístete, Aisha. Los invitados a la boda llegarán dentro de una hora.

Seguí tendida en la cama todo el tiempo que pude, hasta que la necesidad de aliviarme tiró de mí como una mano insistente. Me puse una camisa y una falda limpias, y bajé descalza al patio, sin sentir apenas la hierba fresca bajo los pies. Dentro de pocas horas, el sol nos abrasaría con su hálito ardiente, y Mahoma me llevaría con él a su casa para tenderme en su lecho matrimonial. Sentí arcadas al pensar en ello, como si él estuviera ya tumbado encima de mí, y corrí en círculos por el patio hasta que todo lo que pude oír fue el estruendo de mi pulso en los oídos, y todo lo que pude sentir fueron los golpes de mis pies en el suelo.

Cuando empezaron a llegar los invitados, mi madre me llamó dentro para recibirlos. Del horno donde se asaba la carne, situado junto a la casa, llegaba un apetitoso aroma, pero por una vez no se me hizo la boca agua por anticipado. *Ummi* sonrió al ver mi piel sudorosa y rosada por las carreras.

—Sabía que te sentirías excitada cuando llegara el Gran Día —dijo.

No contesté nada, no a ella; tampoco a Umm Ayman, amiga de Sawdah y esposa de Zayd, que arrugó delante de mí su vieja cara para decirme lo afortunada que era yo; ni a la hija de Mahoma, Fátima, que me susurró que yo nunca podría reemplazar a su madre en el corazón de Mahoma; ni a su *hatun* Sawdah, que me pellizcó las mejillas y me dijo lo bien que lo íbamos a pasar las dos juntas como hermanas-esposas. Y cuando todas las mujeres se reunieron en nuestra sala de estar y me vi olvidada, salí a hurtadillas a jugar —por primera vez en varios años— con los niños que llenaban el patio.

Niños, ¡montones de niños! Mi cuerpo se sintió ligero como el aire cuando corrí fuera a unirme a ellos: primos, hijos de los amigos de mi padre, niñas pequeñas, niñas mayores que rompían su *purdah* con el permiso tácito de sus padres, niñas a las que nunca había visto antes y niñas que venían con frecuencia a jugar conmigo, y, loado sea Alá, chicos, chicos traviesos, bulliciosos, alegres; chicos con orejas grandes como asas de jarrones, chicos con voces restallantes, chicos que se perseguían los unos a los otros a gritos y que capturaban a las niñas como rehenes, haciéndolas chillar de placer. Unos niños perseguían a patadas por la hierba del patio una pelota de vejiga de cabra, gritando y riñendo. Se empujaban los unos a los otros en el columpio con todas sus fuerzas, y saltaban desde lo alto para aterrizar en el suelo. Se empujaban y se pegaban y se gruñían los unos a los otros en el balancín, forcejeando para ver quién subía más arriba.

Al cabo de unos momentos, yo no sólo me había unido a ellos sino que estaba subida en lo más alto del balancín, dominándolos como una reina. Nadida trepó hacia mí y yo agité delante de ella mi espada de juguete, porque pensé que quería ocupar mi puesto.

Entonces dijo «Safwan», y me quedé inmóvil.

—Llegó a Medina la noche pasada —dijo.

Casi me caí de lo alto del balancín. Los chicos daban vueltas debajo de mí como buitres, y tocaban mis pies descalzos con sus palos. Yo los dispersé a patadas con un poderoso rugido. ¿Estaba Safwan aquí, ahora?

Grité e hice caer a Nadida al suelo, exhibiéndome para un Safwan que podía estar mirándome, o no. Cuando salió mi *ummi* a pedirme que entrara, también le gruñí a ella.

—¿No ves que estoy jugando?

Los niños que me rodeaban retuvieron el aliento, convencidos de que iba a ser azotada, pero yo no estaba preocupada. Desde que Mahoma había pedido a mis padres que fueran «amables» conmigo, me trataban como a una princesa.

Sin embargo, en esta ocasión los ojos de mi madre brillaron, duros y negros como el ónice.

—Aisha, no es momento para juegos. Él te está esperando dentro. ¡Todo el mundo te espera!

Me agarró por el tobillo y me hizo caer al suelo blando de un tirón. Mis compañeros de juegos aplaudieron y gritaron.

—¡Ve con tu marido! —gritó Nadida, alborotada como de costumbre—. Te está esperando en la cama.

Mi madre tragó saliva y la miró con severidad; luego dio otro tirón a mi brazo para ponerme en pie, y se dirigió al *harim* conmigo a rastras detrás de ella, tirando de mi brazo hasta casi descoyuntarlo.

—Mírate —me riñó mientras me tironeaba en dirección a una cacofonía de parientes de mis encantados compañeros de juego—. Rompes tu *purdah*, arriesgas tu buen nombre, y te revuelcas por el polvo el día de tu boda. ¿Eres la hija de Abu Bakr o un animalillo salvaje?

Dentro de la casa, el aroma a cardamomo endulzaba el aire del *majlis*, en el que mi padre estaba sentado con los hombres, y bebía café fragante. Estiré el cuello al pasar, buscando a Safwan. Intenté empinarme sobre mis talones mientras *ummi* tiraba de mí, pero mis pies apenas podían sostenerme en el suelo de piedra y arcilla.

En la sala de estar, las mujeres se abanicaban con hojas de palma y sonreían mientras *ummi* pasaba delante de ellas y me llevaba a rastras hasta el área situada en la trasera de la casa y rodeada por altos muros donde se bañaba nuestra familia. Un gran caldero lleno de agua humeaba sobre un lecho de carbones que despedía un olor acre. Asma empapó un trapo en el agua y empezó a limpiarme la cara.

—Sucia y desastrada —dijo. Sus ojos me miraban detrás de sus cejas espesas—. Vaya una esposa vas a ser.

Mi madre me sacó la camisa por la cabeza a pesar de mis protestas. Sentí que me ruborizaba al verme así expuesta, y me cubrí los pechos que apenas despuntaban con los brazos, lo que hizo reír a Asma.

—No podrás tener esas semillas de dátiles escondidas mucho más tiempo —se burló—. A partir de hoy, tendrás que compartirlas con tu marido. —Me hizo un guiño—. Sólo espero que no muerda con demasiada fuerza.

Sentí un temblor en mi piel como si hubiera caído en un nido de escorpiones, y me estremecí mientras mi hermana volcaba agua caliente sobre mi espalda.

—No seas tonta, Asma —dijo en tono seco mi madre—. Esto es sólo el matrimonio, no la consumación. Aisha no ha empezado a sangrar todavía.

¡No iba a haber consumación! No sabía lo que significaba la palabra, pero tenía algo que ver con la sangre. Apreté los brazos más fuerte contra mi pecho, para que mi corazón no lo atravesara con sus latidos.

—¿Por qué casarla ahora con él, si es tan joven? —preguntó Asma.

—Pregúntaselo a tu padre, no a mí —dijo *ummi*, y vertió un cazo de agua sobre mi cabeza—. La rivalidad con Alí le ha hecho perder la razón.

—Pero ¿dónde se ha visto casar a una niña de nueve años?

—Eso es lo que le he preguntado yo a Abu Bakr. —Mi madre tiró el cazo dentro del caldero, de modo que el agua salpicó el polvo acumulado sobre mi piel, formando vetas como si fuera de mármol—. Pero ya sabes cómo es. Tozudo, como su hija pequeña.

Me dirigió una mirada indignada y luego siguió diciendo a su hijastra:

—«Éstos son nuevos tiempos», dice tu padre. «Tenemos una nueva casa en una nueva ciudad, y un nuevo Dios. ¿Por qué seguir las viejas tradiciones sobre el matrimonio?» Por lo que a mí respecta, preferiría esperar. Pero tu padre decide y yo obedezco. Para eso sigue valiendo la tradición, según parece.

De una alforja de piel de camello sacó mi vestido de novia y me lo tendió. Otra vez, las lágrimas casi brotaron de mis ojos al verlo. Pero entonces me recordé a mí misma que debía fingir que estaba contenta. De ese modo, todos estarían distraídos en el momento en que Safwan y yo huyéramos.

—Te está demasiado grande —dijo *ummi*. Pasó el vestido por mi cabeza, de modo que me tapó los ojos y me sujetó los brazos mientras yo seguía fantaseando con escapar—. No esperábamos que la boda fuera tan pronto.

La seda tenía un toque frío y suave en mi piel, como si fuera agua. El cuello del vestido era ligeramente escotado, y dejaba al descubierto el hoyuelo, parecido a la huella de un pulgar, situado debajo de mi garganta. Las mangas blancas quedaban huecas en los hombros y se estrechaban luego hasta ceñir mis muñecas como la mano de un padre. Por un momento me sentí hermosa..., hasta que mi madre me presentó mi reflejo en una superficie de bronce pulido y advertí el color chillón de mi cabello, como una bandera, y el color verde turbio de mis ojos. ¿Por qué no podía tener las deliciosas facciones oscuras sobre las que han escrito los poetas?

Pedí un chal o un velo, pero mi madre sacudió la cabeza.

—Al Profeta le gusta tu cabello rojo. Lo sabes muy bien.

Otro duende empezó a morderme el estómago y luego fue ampliando hacia arriba su mordedura hasta que creí que me iba a consumir por completo. ¡Por Alá, y sólo acababa de empezar! Todavía no se había celebrado la boda, y ya Mahoma (o, por lo menos sus ideas) decidía cómo había de vestirme yo.

Vi que mis sueños de libertad se apagaban como la luz de los ojos de mi abuela en su lecho de muerte, y el vértigo hizo que me tambaleara. ¡Ésa no era mi vida! Yo, Aisha, estaba destinada a empuñar una espada y galopar sobre un camello por el desierto. En cambio, me dirigía bajo la mirada ceñuda de mi *ummi* a una vida de servidumbre junto a un *shayk*, un anciano, con la sonrisa desdentada de Sawdah como única compañera.

Pero la promesa de un rescate me alegró el humor como la temblorosa visión de un oasis en el horizonte desierto. En el momento en que Sawdah asomó su cara mofletuda en la habitación y anunció que «él» estaba dispuesto, yo la acogí con una sonrisa en los labios. Mi madre debió de darse cuenta del cambio, porque me apretó el hombro en una rara muestra de cariño.

—Hoy eres el orgullo de nuestra familia —dijo con voz emocionada. Yo le volví la espalda, dispuesta a echar a correr, pero ella me detuvo sujetándome por el brazo.

—Camina despacio, con la cabeza alta, porque todos te estarán mirando —dijo mi madre—. Una novia se comporta siempre con dignidad.

Pero ¿cómo, si las piernas me temblaban como si no tuvieran huesos? Me tambaleé al caminar, mis piernas se hicieron más pesadas a cada paso y la sangre me zumbaba en los oídos, en el *harim* en penumbra en el que las mujeres tocaban los tamboriles y las llamas de las lámparas proyectaban sombras móviles en las paredes. Raha apareció flotando como una nube delante de mí, y con ojos brillantes me tendió un ramillete de espliego.

—Sé fuerte, mi pequeña Pelirroja —susurró mientras apretaba su mejilla contra la mía—. Alá te recompensará por ello. —Luego se volvió a las demás mujeres y levantó los brazos en el aire—. ¡Nuestra Aisha, elegida entre todas las mujeres! —gritó.

Las voces llenaron la estancia como el piar de mil y un pájaros. Rostros alegres, sonrientes, se volvieron hacia mí como los colores a través de un prisma. Sawdah, con una sonrisa que mostraba sus dientes negros y los huecos más negros todavía de los que faltaban, esparció pétalos de rosas a mis pies. Su fragancia suavizó el olor pegajoso de las lámparas de aceite por un instante, antes de desvanecerse entre los perfumes que llevaban las mujeres. Las hijas del matrimonio de Mahoma con Jadiya, que había muerto hacía algunos años, formaban un grupo compacto que observaba la procesión: Ruqayya, pálida como el vientre de una paloma y con una sonrisa inexpresiva; Umm Jultum, robusta y de cintura ancha; y la suave Fátima de cara redonda, con una sonrisa de compromiso que no le llegaba a los ojos. ¿Dónde estaba la madre de Safwan? Miré al pasar las caras de todas las mujeres, en los rincones, en el pasillo que se abría al fondo. ¿No había hecho el viaje desde La Meca con su hijo?

—Sigue adelante —susurró mi madre—. Hasta el dormitorio de tu padre y mío. El Profeta te espera allí.

Me adentré en el pasillo oscuro, con las piernas aún temblorosas. Nadie tenía que recordarme ahora que caminara despacio. Mi pulso cargaba de sangre las piernas, urgiéndolas a correr..., pero en la dirección contraria. Detrás de la cortina del dormitorio de mis padres, oí risas y gritos de hombres. ¡Hombres! Había estado aislada de ellos durante tantos años..., y ahora me obligaban a entrar en una habitación repleta.

Una a una, las hijas de Mahoma desaparecieron al otro lado de la cortina, y después las vecinas, que todavía cantaban y tocaban los tamboriles, y por fin Sawdah con sus pétalos de rosas. Después llegó mi turno. Me detuve, contemplé la cortina de seda color de azafrán, que en tiempos había sido el vestido de boda de mi madre. «¿Dónde está Safwan?»

—Ve, Aisha.

La voz de mi madre me devolvió a la realidad. Ordené a mi pie que diera un paso adelante. No ocurrió nada. Cerré los ojos y respiré hondo. Mi futuro esposo aguardaba al otro lado: un destino elegido por otras personas, como si yo fuera una oveja o una cabra engordada para este día. Empecé a temblar como la rama de un árbol.

—¿Qué estás esperando, el Ramadán?

Me sobresaltó la voz de mi madre en mi oído. Alargó la mano para apartar la cortina. La luz se derramó como miel sobre mi tez, procedente de una miríada de lámparas y velas que me daban su calor. Un aroma espeso a..., ¿a qué? Un olor extraño, intoxicante, el del incienso, asaltó mi nariz y mi boca, dejándome desconcertada. Una canción salió de las gargantas de las mujeres alineadas en la habitación, mientras los hombres apiñados al fondo estiraban el cuello para verme: el rico Uthman, que se retorcía el mostacho con dedos cargados de anillos; Umar, de ojos como rendijas, convertido ahora al islam, relamiéndose y dirigiendo frías miradas apreciativas a mi cuerpo. Hamal, el hombre del culo peludo cuya visión me había perseguido día y noche durante años, me dedicó un guiño, y yo me estremecí.

Mi padre destacaba entre todos ellos, alto e imponente como el propio ángel Gabriel, con la barba teñida con henna, el porte orgulloso, los ojos irradiando amor hacia mí, que finalmente entré en la habitación. Él me recibió con un beso en la mejilla, suave como la brisa en un oasis, y luego colgó de mi cuello un hermoso collar de ágatas blancas como la leche.

—No tengas miedo —me dijo en voz muy baja—. Demuestra tu valor y haz que todos nos sintamos orgullosos de ti.

Avancé titubeante, un agónico paso tras otro. Alí, con su afilada nariz desdeñosa, se colocó delante de mí, y me tapó la visión de todo lo que había detrás de él. Alargué el cuello hacia un lado para ver, deseando que desapareciera. Ahora en el fondo de la habitación, mi padre sostenía con ambas manos, como una ofrenda, un bol de plata lleno de leche. Mirándome con ojos dulces. Parpadeando para contener las lágrimas. Grité «*Abi!*» y quise correr hacia él, para abrazarlo y olvidar todas las miradas irónicas de aquella habitación. Después de sólo dos pasos, me detuve de nuevo, con la mirada fija en Alí. Entonces sentí en la espalda las manos de mi hermana, que me empujaban hacia adelante. El canto se interrumpió y hubo algunas risas en tono bajo cuando tropecé al pisar el ruedo de mi falda y caí de bruces. Alí dio un paso de lado justo a tiempo para evitar que mi sandalia pisara su pie. Alcé la vista desde el suelo para ver el pasillo ahora libre, y grité alarmada. Mahoma estaba sentado a tan sólo unos pasos de la cama de mis padres y tendía su mano hacia mí, con ojos tan dulces como lunas medio ocultas entre las nubes.

Me puse de pie, insegura, como si el suelo se moviera bajo mis pies. Miré a los ojos a Mahoma, cara a cara con mi futuro, y tragué la bilis que subió de mi estómago. Él me ofreció su hermosa sonrisa, con sus dientes sin tacha brillando como el sol.

—Aisha —dijo, y su voz profunda quería tranquilizarme pero me hizo temblar como un terremoto—. Mi deliciosa esposa-niña. *Yaa* Pelirroja, no tienes nada que temer. Soy tan sólo yo.

Su rostro era muy dulce..., y muy viejo. Su mano casi me tocaba. Di un paso atrás, lo que provocó murmullos entre los presentes. La expresión consternada de su cara hizo que las lágrimas corrieran como ríos por mis mejillas.

Sollozando, me volví de espaldas a Mahoma, el amigo al que estaba decepcionando, y a mi *abi*, al que traicionaba, y corrí, hasta tropezarme de nuevo con la muralla formidable que era mi madre.

Ella me agarró por los hombros y me zarandeó. Sus ojos me atravesaron como puñales asesinos. Quise seguir corriendo, pero ella me sujetó con firmeza, de modo que doblé las rodillas e intenté hundirme bajo el suelo, cualquier cosa con tal de escapar de la mirada indignada de mi madre.

—¿Qué estás haciendo? —dijo con voz cortante, al tiempo que me sacudía de modo que mi cabeza se tambaleó a un lado y otro—. ¿Es que quieres arruinarnos?

—Por Alá, ¿qué es lo que pasa? —La voz gruñona de Umar silenció todos los murmullos de la habitación—. ¿Va a haber boda, o no?

—No la riñas, Umar. —Mahoma hablaba con voz suave, como a un niño—. Es muy joven aún. Puede que esta ceremonia sea demasiado...

Sus palabras alimentaron mis esperanzas, pero mi padre las desbarató enseguida.

—¡No! —Al oír la voz de *abi*, me volví a mirarlo. Sus ojos habían perdido todo rastro de dulzura, y parecían a punto de salirse de las órbitas. Hizo un gesto a mi madre—. Umm Ruman, ayuda a tu hija.

—Lo que está hecho, hecho está. Tienes que ir —dijo mi madre.

Me estremecí con tanta intensidad que mis huesos se habrían roto de no ser por el cojín de mi piel. Miré asustada a mi alrededor, a los ojos espantados de mi *abi*. Temblaba por su futuro. Miré a Mahoma y, por un instante, su larga mirada me tranquilizó. ¿Tan horrible era estar casada con él? Sería la reina de Medina, una de ellas por lo menos. Siempre sería amada en la casa de Mahoma. Pero nunca se me permitiría cabalgar por el desierto, salvaje y libre, ni luchar empuñando una espada.

«Antes preferiría morir ahora mismo.»

Y ante esa idea mis piernas cedieron por fin y me desplomé como un bulto pesado, escondiendo la cabeza bajo el brazo como un pájaro dormido, para evitar los cuchicheos y las miradas atónitas de las personas presentes en la habitación.

Oí gemir a mi madre y me arriesgué a mirarla con el rabillo del ojo. Alzaba las manos al cielo y miraba al techo como diciendo «¿qué más puedo hacer?».

Entonces, con un solo y rápido movimiento, me tomó en sus brazos y yo quedé suspendida en el aire, llevada como un bebé junto a su pecho. Era la primera vez en años que estaba tan cerca de ella. Mientras avanzaba por la sala, aspiré su perfume especiado y froté mi mejilla contra la suya. *Ummi.* Pero antes de que pudiera darle un beso, me soltó en el regazo de Mahoma. Los presentes nos vitorearon, y yo lloré con más fuerza todavía.

—Mira cómo honra a su madre con su llanto —oí que decía Qutailah.

—Loado sea Alá por esas lágrimas —dijo Sawdah—. Una novia feliz no atrae al Ojo Maligno.

Los brazos de Mahoma se cerraron en torno de mi cuerpo y, a pesar de que deseaba esquivar su caricia, no lo hice. Dirigí mis ojos llorosos a la cara seria de mi madre, implorante, pero ella ni siquiera me miró. Se sacudió las manos como si tuviera harina pegada a las palmas.

—Os deseo una larga y próspera vida juntos —dijo. Se volvió a mirar furiosa a mi padre, y luego salió de la habitación a largas zancadas.

4

La cola del alacrán

Medina, 623-625 – Diez a doce años

«Por lo menos me libraré de esta prisión.» Así me consolé a mí misma el día de mi boda con Mahoma. Aunque mi cuerpo se ponía en tensión cuando pensaba en la idea de compartir su lecho, mi corazón saltaba de gozo porque por fin iba a salir de la casa de mis padres. Pero entonces, en la puerta, me hizo una reverencia y me dijo «Adiós», y sentí que mi corazón era como un pajarillo, y que una mano lo tenía aprisionado y apretaba.

—No puedes venir conmigo, aún no, pequeña Pelirroja —me dijo él—. No sería adecuado. Te quedarás con tus padres hasta que crezcas. Pero todos los días vendré a visitarte.

A través de mis lágrimas lo vi montar en su camello, pero antes de que pudiera llamarlo mi madre me empujó dentro y cerró la puerta de golpe.

—Te lo dije, esto es la boda pero no la consumación —me dijo.

—Pero yo quiero ir a vivir con Mahoma. Estoy harta de vivir en esta cueva.

Mi madre se echó a reír.

—¿Irte a vivir con Mahoma? ¿Y qué más? Todos afilarían sus lenguas y hablarían de la pobre Aisha, arrebatada tan joven por ese cruel y lujurioso Mahoma.

Qutailah, que estaba a su lado, asintió.

—La *umma* está ya zumbando como una colmena por la boda del Profeta con una niña de nueve años.

—Entonces ¿por qué no puedo irme a vivir con él? —pregunté—. Si todos están hablando ya.

—*Yaa* Umm Ruman —dijo Qutailah—. Tendrás que enseñar a esta niña unas cuantas cosas. —Arqueó las cejas en dirección a mi madre y luego se dirigió a mí—. Los hombres se casan con las mujeres por dos razones, Aisha. Para que les demos placer en la cama, y para que tengamos hijos suyos. Tú no puedes hacer ninguna de las dos cosas por el Profeta ahora, no hasta que tengas tu flujo de sangre. —Me señaló con un dedo—. Ahorra tus lágrimas para ese día.

Mi madre le soltó un grito y me llevó a mi dormitorio, donde me dijo que olvidara las bobadas de Qutailah y procurara dormir un poco.

—Olvídate también de esas tonterías sobre Safwan —añadió—. Ahora eres la esposa de Mahoma, por lo que tendrías que estar agradecida, en lugar de llorar.

¿Qué madre conoce de verdad a su hija? Ignorante de mis deseos, *ummi* no había siquiera empezado a adivinar mi angustia por verme encerrada ni mis anhelos de que el misterio de la feminidad viniera a marcarme con su señal roja. A otras chicas, la ceremonia de la boda les abría las puertas de la *purdah* y podían volar fuera, metamorfoseadas como las mariposas por la noche de bodas. Sólo mi sangre y mi cuerpo podrían conseguir mi emancipación.

Pasé muchas horas columpiándome en el patio, buscando ahora al otro lado de las tapias el techo de la casa de Mahoma, la única que podía liberarme, por más que me atemorizaba el precio de esa libertad. Durante dos años estuve anhelando la llegada de la feminidad para luego refugiarme en la niñez, oscilando entre la hija y la esposa, entre el deseo y el temor de una nueva vida. Encerrada. Chocaba con las paredes de la casa oscura de mi padre, oculta a la vista de todos como los ídolos más venerados de la Kasba; mis pechos eran ahora tan sagrados como las colinas gemelas de La Meca; mi virginidad, un templo que había que guardar contra los merodeadores y los hipócritas como el futuro rey de Medina, Ibn Ubayy.

Ibn Ubayy, un hombre de cuerpo rechoncho con ojos como guijarros oscuros, había sido la persona más importante de Medina hasta nuestra llegada. Pero su chulería descarada no podía competir con las dulces sonrisas de Mahoma. Sus seguidores abrazaron el islam, e ignoraron a Ibn Ubayy igual que si fuera un simple mendrugo de pan duro. Celoso, se quejaba a cualquiera que quisiera oírlo: ¿es que la gente no veía lo débil y blando que era Mahoma?

En su desesperación por desacreditar a Mahoma, Ibn Ubayy empezó a insultar a Sawdah y a Fátima en público. Cada vez que iban al mercado, aparecía Ibn Ubayy o alguno de sus gruñones amigos e intentaban tocarlas. «¿Cuánto pides por una hora en la cama, *habibati*? Pagaré una moneda de oro por tocar esos gloriosos pechos.» Cuando oía esas historias, yo empezaba a temblar. ¿Cuánto valía para un hombre sudar y gruñir encima de mí de aquella manera? No bastarían todos los dinares del Hijaz.

Después de nuestro matrimonio vi a Mahoma más que nunca, tal como lo había prometido. No sólo me visitaba todos los días, sino que pasaba las horas en el patio conmigo, luchando con la espada de madera y jugando a las muñecas conmigo y con mis amigas. Mi corazón se disparaba extrañamente al principio nada más verlo, y evitaba el contacto con él, temerosa del lecho matrimonial y del nuevo poder que tenía sobre mí como marido; pero sus risas y su amabilidad pronto me hicieron sentirme a gusto a su lado.

Había conocido a Mahoma toda mi vida. Me había tenido en sus brazos instantes después de mi nacimiento, y me había bendecido con una oración especial mientras yo boqueaba y hocicaba contra su pecho, buscando un pezón, hambrienta desde el primer día. Él salvó mi vida, me contaron mis padres, al convencer a mi padre de que quebrantara la ley de La Meca. Aquel año habían nacido demasiado pocos varones, y los gobernantes Qurays habían decretado que todas las niñas recién nacidas fueran enterradas vivas en el desierto. «¿Acaso las niñas no son también creación de Alá?», había dicho Mahoma a mi padre, que lloró de alivio.

Para Mahoma, las niñas y las mujeres eran más que un simple

ganado que los hombres podían poseer o abandonar a su capricho. Eran valiosas a los ojos de Dios, y a los suyos propios. Como esposa suya, a diferencia de muchas otras mujeres mi voz sería escuchada por mi marido. Yo contaba con el respeto de Mahoma.

Y además, me dijo *ummi*, yo sería reverenciada por los creyentes, cuyo número había aumentado desde las primeras revelaciones de Dios a Mahoma, hacía diez años. Escuchar la poesía de Alá, vertida como una lluvia mansa por los labios de Mahoma, podía transformar el más duro de los corazones. Incluso Umar, enviado por Abu Sufyan para asesinar a Mahoma en La Meca, había salido de la casa del Profeta como un creyente más, cambiado por sus palabras. Yo había oído muchas historias como ésa, contadas por mi madre entre susurros respetuosos.

Ahora, lejos de las garras de los Qurays, nuestra *umma* empezaba a convertirse en una fuerza poderosa en el Hijaz, y los más próximos a Mahoma serían los más favorecidos por la nueva situación.

—Tendrás el rango más alto entre las mujeres de Medina..., y algún día, de todo el Hijaz —me decía mi madre, y su mirada se nublaba como si ella misma suspirara por casarse con Mahoma.

Cuando empezaran mis reglas, me trasladaría a la casa de Mahoma como mujer suya «en todos los aspectos», como decía mi madre, lo que me obligaba a tragar saliva como si un gran peso me oprimiera. «¡Cuál no será tu prestigio, al ser además la hija de Abu Bakr!», añadía. Y con la torpe y maternal Sawdah como única hermana-esposa. Tendría el corazón de Mahoma en mis manos.

—Sawdah no es una *hatun*, sino sólo un ama de llaves para él —explicaba mi madre—. Gánate su confianza, y ella te cederá su posición. Debido a vuestra edad, puede que tengas que luchar para conservarlo si se casa más veces..., a menos que le des un heredero. En ese caso, serás tú quien gobierne el *harim*, si ése es tu deseo.

Yo apretaba las mandíbulas, para reprimir palabras amargas. Ser la *hatun* era ahora más que un deseo para mí, después de ver a mi madre lavar las ropas de Qutailah, afanarse en cargar agua para Qutailah y soportar sus insultos. Mi objetivo era llegar a convertirme en la esposa principal de Mahoma. Y entonces, un día, ese objetivo pasó de pronto a ser una necesidad apremiante.

—Recórtame los cabellos más o menos un dedo de largo —ordenó Qutailah a mi madre aquella tarde calurosa.

—No tengo experiencia en cortar el pelo —dijo mi madre—. Será mejor que se lo pidas a Barirah.

Barirah, una nueva criada que venía de Abisinia, nos había asombrado a todas con sus habilidades de peluquera.

—He mandado a Barirah al mercado hace más de una hora, y todavía no ha vuelto —dijo Qutailah, y tendió las tijeras a mi madre.

Con una mueca amarga en la boca, *ummi* empezó a recortar las puntas del cabello de Qutailah. Pero, a diferencia de Barirah, no lo hizo en línea recta, igualando la longitud. El borde de la melena, tal como ella la cortó, subía un poco en el centro de la espalda de Qutailah, y bajaba hacia los lados. Yo sentí crecer el temor en mi pecho al observar el trabajo de *ummi*, la concentración visible en sus ojos entornados, su tez que empezaba a enrojecer al darse cuenta de lo mal que le estaba saliendo su «corte».

—Por Alá, ¿es que vas a pasarte todo el día con esto? —la riñó Qutailah.

—El pelo se te seca tan deprisa que me resulta difícil cortarlo igualado —dijo *ummi*—. Déjame cortar un poco más.

—Tendría que habérmelo pensado dos veces antes que confiar para una tarea tan sencilla en una mujer que tiene seis pulgares en las manos —gruñó Qutailah.

Y es verdad que tendría que habérselo pensado mejor. ¿No la había advertido *ummi*? Cuando Qutailah bajó la vista y vio su melena esparcida por el suelo a su alrededor, dio un salto y agarró a mi madre por los hombros.

—¡Idiota! —chilló—. ¡Mira lo que me has hecho!

Alzó la mano muy por encima de su cabeza y golpeó con ella la cara de mi madre.

La visión de las lágrimas de mi madre, tan raras como la lluvia, y el temblor de sus manos al acariciarse la mejilla hinchada, me revolvió la sangre. El sol arrancó un reflejo metálico que atrajo mi mirada cuando las tijeras se escaparon de mi madre. Me abalancé sobre ellas y las dirigí contra Qutailah. El miedo que vi en sus ojos me hizo reír, y eso llamó la atención de mi madre.

—¡Aisha, no! —gritó *ummi*—. Deja esas tijeras de inmediato.

—No vuelvas a tocar más nunca a mi madre —rugí, dando un paso hacia Qutailah—. Si lo haces, te cortaré en pedazos.

Sus ojos se hicieron grandes como platos.

Pero antes de que pudiera acercarme más a ella, mi madre me quitó las tijeras de la mano.

—Ve a tu habitación —dijo—, y espérame allí.

Esperé lo que me pareció una hora, dando vueltas furiosa por aquella bofetada. ¡Qué feamente había tratado Qutailah a mi madre, como si *ummi* no fuera más que un perro! Y de qué manera perruna había reaccionado mi madre, gimoteando y acariciándose con la pata la parte dolorida.

Jamás viviría yo del modo como lo hacía mi madre. Si Sawdah intentaba darme órdenes en el *harim* de Mahoma, le enseñaría con una simple respuesta quién de las dos tenía la lengua más afilada. Si me pegaba, yo la mataría o le haría desear la muerte. Yo era Aisha bint Abi Bakr, la amada del Profeta de Alá, no la esclava de nadie.

Cuando por fin mi madre vino a mi habitación, su boca temblaba y sus facciones habían perdido el color, a excepción del rojo de la mejilla golpeada.

—Te estaba defendiendo —le dije, y me respondió con una carcajada burlona. Alzó la mano y me golpeó con tanta rabia que los oídos me zumbaron. Me encogí por el dolor y para esquivarla, pero cuando la miré vi que estaba llorando sin ruido.

—No has defendido nada —dijo—. Has enfurecido a Qutailah. Ahora me castigará a mí por tu ataque.

—¿Castigarte a ti? ¿Por qué? He sido yo quien la ha amenazado, no tú.

—¡*Yaa* Aisha! ¿No has aprendido nada después de todo el tiempo que has pasado encerrada aquí? —Se secó las lágrimas con la manga y suspiró—. Qutailah me ha odiado desde el día mismo en que entré en el *harim*. Me odia porque tu padre me ama. Su único deseo es mortificarme.

Sus hombros temblaban cuando se volvió para irse.

—*Yaa ummi* —dije en voz baja—. ¿No hay nada que pueda hacer por ti?

Me dedicó una sonrisa torcida, como el ala rota de un pájaro.

—Lo mejor que puedes hacer, Aisha, es recordar lo que has visto hoy..., y asegurarte de que nunca pueda ocurrirte a ti.

Más allá de los muros de nuestra casa, la *umma* crecía, pero no nuestra provisión de alimentos. Seguía llegando a Medina gente que huía de Quraysh, pero muy pronto empezaron a preguntarse entre ellos si la nueva religión merecía morir de hambre. En el *majlis* de mi padre, Mahoma y sus compañeros discutían sobre cómo dar de comer a todos los conversos, mientras yo lo escuchaba todo escondida detrás del arco de la entrada, inmóvil y silenciosa como un lagarto sobre una piedra.

Escuché encantada a Alí proponer que atacáramos a las caravanas como un medio para enriquecer la *umma*. Mi padre habló en contra, y dijo que éramos mercaderes, no beduinos.

—Tampoco somos granjeros, pero en Medina sólo hay tierras de cultivo y ganado —dijo Umar—. ¿Con quién vamos a comerciar en esta ciudad atrasada? ¿Con las ovejas?

—*Yaa* primo, los Qurays nos han forzado a dejar nuestros hogares y nuestra forma de vida —intervino Alí—. ¿No deberíamos exigirles un pago por ello, cuando menos?

Mahoma se echó a reír.

—¿Que Abu Sufyan se desprenderá voluntariamente de un solo *dirham*? Incluso después de muerto volvería a vigilar sus riquezas.

—Entonces hemos de obligarlo a pagar —dijo Umar—. Todo el Hijaz se reirá de nuestra debilidad si no lo hacemos.

Los argumentos de Alí y Umar eran irrebatibles. Mahoma ordenó a su poderoso tío, Hamza, que organizara un ataque a la siguiente caravana qurayshí que se cruzara en nuestro camino. Pocas semanas más tarde, un Abu Sufyan furioso juró vengarse por sus mercancías perdidas matando a todos los creyentes del Hijaz.

—Déjalos que intenten luchar contra nosotros —fanfarroneó Alí, blandiendo su espada y flexionando los brazos—. Esos mercaderes tripones se desmayarán a la vista de su propia sangre.

Cuando cumplí doce años, nuestros ojeadores avisaron a Mahoma de que Abu Sufyan se dirigía a Medina al frente de un ejército de novecientos hombres.

La voz de Uthman temblaba al transmitir las noticias.

—¿Cómo podemos esperar derrotar a tantos hombres, cuando somos tan pocos?

—¿Contando con Alí a nuestro lado? —Oí el silbido de la espada de Alí—. No temas, anciano. Hamza y yo los mataremos a todos.

Umar se limitó a gruñir por toda respuesta. Nadie habló durante un tiempo que se alargó considerablemente. Luego oí a mi padre decir palabras tan tranquilizadoras como una brisa fresca.

—*Yaa* Mahoma, me siento feliz por tener a Alí a nuestro lado, y también a Hamza. Pero sobre todo estoy seguro de la protección de Alá. Estoy de acuerdo con Alí. Vayamos al encuentro de Abu Sufyan, y le enseñaremos a qué Dios conviene temer.

El día en que nuestro reducido ejército salió de Medina, Qutailah se colgó de mi padre, llorosa, mientras mi madre se mantenía firme a su lado, sin pestañear ni decir una sola palabra. También Asma lloró hasta que sus ojos parecieron un pedazo de carne cruda, pero yo agarré la barba de *abi*, lo besé en la mejilla y le dije que rezaría para que regresara sano y salvo. Me acodé en mi ventana a mirar, y mi corazón era como un navío aparejado cuando él montó a caballo y se alejó, imagen misma del valor, enfundado en su cota de malla, con su casco y su escudo de cuero. ¡Cómo deseé que llegara el día en que pudiera trabajar como aguadora en el campo de batalla, como hacían las mujeres en aquellos tiempos! Llevaría espada y me sumaría a la lucha a la menor oportunidad.

Pocos días después, nuestros ojeadores volvieron a Medina con la noticia: ¡el ejército de la *umma* había ganado la batalla en Badr! No sólo eso, sino que habían matado a tantos Qurays que su sangre había oscurecido más las aguas del mar Rojo.

Dentro de nuestra casa, Qutailah y mi madre se abrazaron, y

Asma y yo bailamos en el patio, riendo como dos locas. Fuera, los hombres que no habían ido a Badr se agolpaban en las calles y daban gritos tan jubilosos como si hubieran participado personalmente en la victoria. Cantábamos orgullosos por nuestro ejército y para dar gracias a Alá. Algunos vertieron lágrimas por parientes Qurays que habían muerto en la batalla, pero yo no. Me alegré de verme libre del miedo que nos había infundido Abu Sufyan durante tanto tiempo. Después de una derrota así, seguramente en adelante nos dejaría en paz.

Unos meses después, cuando mi sangre empezó a fluir, me sentí tan alegre que volví a bailar. ¡Por fin, Mahoma iba a venir a buscarme y yo podría salir de aquella tumba! De modo que mientras mi madre me lavaba las piernas y colocaba entre ellas un paño, yo la miraba sin pestañear e intentaba forzar mis ojos para que brotaran algunas lágrimas. Según la tradición, se suponía que yo había de llorar al salir de la casa de mis padres.

—¡Por Alá! ¿Qué lloriqueos son ésos? —me dijo mi madre, y agitó las manos como para secar mis lágrimas—. Ahora eres una mujer, Aisha. Tendrías que alegrarte, en lugar de comportarte como una niña.

Pero ¿qué mujer se distrae con juguetes? Mis caballos de madera todavía me proporcionaban horas de felicidad. Mis muñecas y mis animales de trapo conocían todos mis secretos. Pero *ummi* meneó la cabeza cuando vio que los sacaba de los estantes de mi dormitorio y los colocaba en una bolsa de piel de cabra.

—Deja eso aquí —dijo—. Estarás muy ocupada en la mezquita. Mahoma no quiere tener esclavos ni sirvientas. Sawdah hace todo el trabajo, y tú habrás de ayudarla. —Yo me encogí de hombros y seguí guardando mis muñecas, pero ella me arrebató la bolsa de las manos—. ¡Ninguna hija de Abu Bakr va a entrar en la cámara nupcial con los brazos cargados de juguetes! Eres la esposa del Profeta, no su hija.

Cuando hube acabado de hacer el equipaje, se volvió para salir de la habitación y yo cogí de mi cama a mi muñeca favorita, *Layla*, y la escondí debajo de mis ropas. Luego seguí a *ummi* hasta la sala de estar, donde Mahoma me saludó con una sonrisa tan cálida y brillante como el sol. Parecía mucho más joven que los cincuenta y cinco años que contaba aquel día, plantado en la fría habitación encalada de la casa de mis padres, con las piernas separadas y los brazos en jarras. Su túnica blanca y su faldón caían rectos sobre su cuerpo compacto, y sus rizos oscuros brotaban sin orden por debajo de su turbante blanco.

Sus ojos dulces como la miel se demoraron en mi rostro y mi cuerpo, y admiraron mi vestido de boda a listas blancas y rojas como si nunca antes lo hubieran visto.

—Hoy —dijo—, soy el hombre más afortunado del Hijaz.

—Hoy y todos los días de hoy en adelante —le respondí, coqueta.

—Sí, muy afortunado —insistió—, por estar casado con una joven tan modesta.

—Si la modestia es tu virtud preferida, tendrías que haberte casado con *al-Qaswa*. Nunca he oído a esa camella presumir de nada.

La risa de Mahoma fue como el rugido de un león. Mi padre también se echó a reír, e incluso mi madre, cuyos ojos parecían reflejar la luz de mil candelas cuando miraba a Mahoma.

—Ya ves con quién te vas a encontrar, Profeta —dijo mi padre—. Espero que no cambies de idea.

—¿Y perderme la oportunidad de despertar con risas todas las mañanas? —dijo Mahoma.

La imagen de nosotros dos juntos en la cama cruzó por mi mente como un relámpago, y ya no escuché ninguna de las otras cosas que dijo. No recuerdo si mi madre me dio un beso de despedida ni si derramó una sola lágrima; no sé lo que murmuró mi padre cuando me puso en las manos una bolsa de cuero que contenía cinco *dirhams* de plata. Lo único que veía era al viejo Hamal del culo peludo cabalgando a su pequeña y joven esposa. Fazia-convertida-en-Yamila tenía entonces sólo uno o dos años más que yo ahora.

El cielo de la mañana se teñía de rojo cuando Mahoma y yo salimos de la casa de mis padres a lomos de *al-Qaswa*, su camella blanca, y cruzamos el arroyo que nos separaba de la ciudad propiamente dicha. El espliego color de púrpura que crecía entre la hierba pálida y rala perfumaba el aire. Las ovejas pasaban agrupadas, con balidos como llantos de niño. Sujeté la brida en mis manos y me pregunté si alguna vez volvería a la casa de mis padres.

Enseguida entramos en la ciudad, con su apestoso olor. Nunca vi en ninguna parte tantas moscas como en Medina aquellos días. Se daban un festín con el estiércol que ovejas, cabras y perros dejaban en las calles, y luego venían a posarse en los lagrimales de mis ojos. Por un momento olvidé la cama matrimonial para espantarlas agitando los brazos.

—A las moscas les gustan las cosas dulces —bromeó Mahoma—. ¿Has visto que no vienen conmigo?

Cuando estábamos ya cerca de la mezquita, dejaron de importunarme. Parpadeé, y pude contemplar la ciudad a gusto por primera vez desde que llegué allí, casi tres años antes. Mujeres de espaldas rectas se acercaban desde todas partes a la alberca en la que se almacenaba el agua de la lluvia, sosteniendo sobre sus cabezas cántaros de barro o cestas cargadas de ropa. Hombres vestidos con ropajes burdos y desteñidos llevaban sus carros tirados por asnos entre las casas de construcción tosca, levantadas con barro y hierba. *Al-Qaswa* se detuvo delante de un hombre alto y flaco, con un ojo extraviado, y otro más bajo con un bigote largo y caído. Los dos se inclinaron ante Mahoma y me miraron de reojo. Yo me cubrí el cuello con el chal.

—*Yaa* Mahoma, ¿ha madurado ya tu joven esposa? —dijo el hombre más bajo con una sonrisa sucia—. Espero que no grites muy fuerte esta noche, niña. Sería cruel atormentarnos a los que dormimos solos.

Mi cara se cubrió de rubor. Noté que Mahoma, a mi espalda, se ponía rígido.

—¿Duermes sin compañía? ¡Pobre solitario! —dije, y arrugué la nariz—. Pero, por Alá, hueles de tal forma que puedo imaginar el motivo.

Ahora fue el hombre quien enrojeció, y las carcajadas de las personas que estaban cerca, incluido su amigo el alto, resonaron en la calle.

—Bien dicho, pequeña Pelirroja —comentó Mahoma mientras seguíamos nuestro camino—. Ésos eran hombres de Ibn

Ubayy. Con unos pocos encuentros como éste, puede que aprendan a comportarse.

—Nunca he oído que un burro aprenda nada —dije.

Rio y apretó mi brazo.

—Voy a tener que practicar mis réplicas para poder estar a tu altura.

Pero no habló de la consumación, ni de lo que tenía intención de hacer conmigo. Yo recordé los susurros de Asma, que ahora estaba casada y vivía con su marido. «Manos como alacranes arrastrándose a través de tu piel —murmuró a mi oído la noche anterior, mientras me cepillaba el pelo—, y luego... ¡la cola del alacrán picándote entre las piernas!»

Casi se me desencajó la mandíbula cuando Mahoma señaló la mezquita. ¿Aquella choza era la casa del Mensajero de Dios? Yo había imaginado un palacio, y no aquel edificio bajo y chato, hecho de adobe. ¡Ni siquiera tenía puerta! *Al-Qaswa* se arrodilló a la entrada y Mahoma descendió de su joroba; luego me ayudó a mí a apearme. Un hombre con una cara negra tan brillante como su cráneo calvo se inclinó ante nosotros: Bilal. También él vestía túnica blanca y falda, pero con un collar de conchas blancas y huesos oscuros, además de unos colgantes de marfil en las orejas. Era el hombre cuya voz resonaba cinco veces al día desde la azotea de la mezquita, llamando a los fieles a la oración: «*Allahu akbar!*» Incluso cuando hablaba normalmente, su voz parecía el toque de una campana. Tenía una sonrisa generosa, con dientes tan blancos como la leche. La amabilidad de su mirada calmó la aprensión que me atenazaba el estómago. Si estaba imaginando mi próxima noche con Mahoma (como parecía hacer todo el mundo), no lo demostró.

Mahoma tomó mi mano y me llevó al interior de la mezquita, una sala amplia, plana y oblonga pintada en varios tonos de marrón desde el suelo de guijarros recubiertos con arena hasta los muros de adobe seco. Ramas de palma entrecruzadas formaban una techumbre no muy tupida que permitía el paso del sol en forma de pequeños puntos luminosos, como una lluvia de luz. Cada rayo de oro diáfano hacía brillar el polvo fino que levantábamos con los pies mientras él me conducía con una mano colocada en mi hombro y señalaba los troncos de palmera. Él y sus ayudantes los habían cortado con largos alfanjes y colocado a intervalos en la sala como columnas para sostener el techo, «un diseño ideado por mí».

Mahoma me aupó sobre el tocón de un árbol, tan ancho que habría cabido en él mi familia entera. Aquí se subía para dirigir las oraciones los viernes por la noche. Ahuecó las manos para recoger en ellas el agua que goteaba de la fuente sagrada en el extremo norte de la sala, y me la dio a beber. Escuché cortésmente mientras me contaba cómo Umar y él habían construido la fuente con tubos de cobre que se extendían desde un pozo vecino; era el agua con la que los fieles se lavaban las manos y los pies antes de la oración. Me maravilló el contraste entre la humildad de este edificio y la casa de mis padres. Tenía que hablar con Sawdah para añadir algo de mobiliario y unos cojines de colores a aquella triste estancia.

Pasamos al patio por otra puerta rematada en arco, abierta en la pared del lado este; era un espacio circular, amplio, cubierto de bandas de hierba de un verde grisáceo y sombreado por árboles de diferentes especies: acacias leñosas; una palmera que se elevaba hasta que casi parecía tocar el cielo, con las ramas irradiando a partir de su tronco como los rayos de un sol verde; árboles *ghaza'a* con sus ramas de hojas en forma de pluma inclinadas como en plegaria. En el extremo norte del patio se alzaba un pabellón de adobe, junto a una gran tienda cubierta de pelo de camello que servía para aislar el interior del calor. Mahoma me condujo hasta la esquina de la mezquita, donde, en el exterior de la pared norte, un sendero muy marcado conducía a un pozo de piedra y, más allá, a un huerto con una brillante variedad de especies multicolores: granados cargados de capullos anaranjados en forma de campanillas; elegantes limeros; plantas de añil, de un color azul intenso; plantas transparentes de lino que aún no habían florecido. Era el jardín de su hija Fátima, me dijo Mahoma. Todavía venía diariamente aquí, pero al estar casada se había hecho demasiado mayor para trabajar entre árboles espinosos.

—Espero que disfrutes cuidando de él, Pelirroja —me dijo. Yo lo miré de reojo. ¿No era también una mujer casada?

De vuelta en el patio, Mahoma me señaló la pequeña choza que yo había desdeñado y me dijo que pertenecía a Sawdah. Si yo necesitaba algo y Mahoma estaba ocupado en ese momento, normalmente la encontraría aquí o en la tienda de la cocina.

—Ella cuidó de mis hijas después de que su madre muriera, y estoy seguro de que también sabrá cuidar de ti.

Otra vez estuve a punto de protestar. ¿Pensaba que yo era una niña? ¿Quería yo que pensara así? De nuevo refrené mi lengua.

Dentro de la tienda, un caldero negro con cebada hervía sobre el fuego, y panes redondos se hinchaban sobre unas piedras planas. Una rendija de la tienda dejaba salir el humo hacia arriba al aire fresco de la mañana, pero la tienda conservaba los olores del pan y el cereal, y el del carbón que se quemaba. Dos aberturas a uno y otro lado de la larga y amplia tienda, y la entrada principal situada en el centro de la pared oeste, proporcionaban la única iluminación natural, pero unas lámparas de aceite, que colgaban de unos estantes de madera de palma tallada, daban al interior una claridad casi tan intensa como la del exterior. El hogar, un hueco ancho y profundo delimitado con piedras que corría a lo largo de la pared este, era el elemento central de la estancia. En el extremo sur, debajo de un pliegue de la tela, un niño pequeño jugaba a gatas con soldados de juguete sobre una alfombra roja descolorida. Detrás de él, canicas, muñecas, conchas y bastoncillos de colores me indicaron que aquélla era el área de juegos de los niños, muchos de los cuales, como me había dicho Mahoma, ya eran mayores. En el extremo norte de la tienda había colocada una segunda alfombra, también desteñida hasta adquirir un color impreciso, sobre la cual estaban dispuestos algunos almohadones de cuero castaño. Allí era donde comeríamos Sawdah y yo en las horas más calurosas del día, protegidas del sol y aisladas del calor.

Frente al hogar y al lado de la entrada principal, unas grandes cajas de madera contenían cuchillos, así como tazones y platos de loza de color rojo y gris, castaño y verde oscuro, muchos de ellos desportillados. Esas cajas estaban colocadas en el suelo, junto a una ancha repisa de mármol blanco veteado de gris, sobre la que se preparaba la comida. En la repisa había un gran mortero gris con una mano tan gruesa como un bastón, un cesto pajizo con cebada molida y un bol con mantequilla diluida. En un barril de madera colocado junto a esta área de preparación de la comida se guardaban dátiles y, al fondo, el néctar azucarado que destilaban; se utilizaba para endulzar algunos platos o, mejor aún, para preparar bebidas refrescantes, mezclado con agua.

Frente al hogar estaba agachada Sawdah, con la cara congestionada, junto a una repisa de piedra, moliendo cebada con otra piedra. Mahoma la saludó con una profunda reverencia. Ella apoyó una mano en la repisa para incorporarse, con un gruñido. Se acercó anadeando, con una gran sonrisa que cubría de arrugas su cara ancha y redonda, y me apretó contra su cuerpo en un gran abrazo. Su olor corporal, falto de higiene, me mareó un poco.

—¡Ah, qué cosita tan flaca! —dijo—. Mejor será que me esmere en cocinar. ¡Tienes que rellenar un poco esas caderas! —Me dio con el codo en las costillas—. Un hombre necesita algo a lo que agarrarse, como comprobarás muy pronto.

Un rubor acusador subió por mi cuello hasta las mejillas. Por Alá, ¿es que hoy todo el mundo tenía que pensar únicamente en el lecho nupcial? Bajé los ojos para que no se diera cuenta de mi irritación.

—*Yaa* Sawdah, mira qué colorada se ha puesto mi esposa —la riñó Mahoma con suavidad—. Nos estás incomodando a los dos.

Pero ella se echó a reír, me dio otro abrazo y luego se volvió a abrazar también a Mahoma. Llamó al hijo de su anterior matrimonio para presentarnos —a sus seis años, el mofletudo Abdal mostraba ya indicios de heredar las formas de su madre—, y luego nos despachó al patio diciendo que tenía que acabar de preparar la comida del día.

—¡Ve! Disfruta de estos días y estas noches de estar juntos solos los dos —me dijo—. Es la época que una novia siempre recordará. —La risa bailó en sus ojos—. Saboréalos, Aisha. Muy pronto estarás cocinando conmigo en la tienda.

Días y noches. Juntos solos los dos. ¿Qué haríamos Mahoma

y yo? Muchas cosas, según Asma. Cosas indecibles. «Cuando sangra, está lista para criar.» ¿Yo, embarazada? Ni siquiera podía imaginarme mostrando mi cuerpo a un hombre. «Cierra los ojos y enseguida lo tendrás encima.» Mahoma me llevó cruzando el patio a otro pabellón, más nuevo, unido a la mezquita y provisto de una puerta pequeña y lisa de madera pintada de verde.

—Aquí vivirás, y aquí pasaré las noches a tu lado —dijo.

El vestido de novia me pesaba como cadenas en los pies cuando él me llevó al interior de la mezquita para lavarnos las manos en la fuente. El agua que goteaba entre mis dedos temblorosos calmó el tumulto de mi corazón.

—Pidamos a Alá que bendiga nuestro matrimonio —dijo. Tomó un par de esterillas de fibra de palma que había apoyadas en la pared, las desenrolló y las colocó en dirección sur, hacia La Meca. Juntos hicimos dos *raka'at*, doblándonos por la cintura e inclinándonos hacia nuestras rodillas hasta colocar la frente en el suelo.

—Oh Dios, alimenta mi ternura y mi afecto por ella, y alimenta los de ella por mí —rezó Mahoma mientras estábamos postrados e inclinados de ese modo—. Inspíranos un amor mutuo.

«Dame valor, recé yo. Y por favor, haz que no duela mucho.»

Enrollamos nuestras esterillas y volvimos a colocarlas en su lugar. Él me tomó la mano y me llevó fuera de nuevo. El vértigo me hizo desvariar como si sufriera una insolación. A la puerta de mi pabellón, nos detuvimos. Mahoma se colocó a mi espalda y me tapó los ojos con sus manos.

Yo ahogué un grito y me agarré a mi muñeca, que llevaba todavía escondida entre las ropas. Pude sentir el calor que irradiaba su cuerpo a sólo unos centímetros del mío.

—Entra, y expresemos nuestro amor —dijo.

Entré vacilante en el pabellón. El suelo de tierra crujía bajo mis sandalias. El olor oscuro del barro mezclado con el aroma dulzón de la paja. Mahoma apartó sus manos de mi rostro, y abrí los ojos.

—¡Por Alá! —grité—. ¿Me has traído al Paraíso?

Soldados de madera, un ejército entero de ellos, llenaban los estantes y el antepecho de la ventana de mi habitación, junto a caballos en miniatura que tenían crines de verdad, dos muñecas de pelo oscuro y un muñeco con turbante, una cuerda para saltar a la comba, una pelota y, recostada en la pared debajo de la ventana, una espada auténtica, de hoja curva y con empuñadura de bronce, pero pequeña y lo bastante ligera para que yo pudiera empuñarla con facilidad.

—Se acabó el jugar con palos —dijo Mahoma—. Te enseñaré a manejar una espada de verdad.

Escondí la muñeca debajo de mi falda, y rasgué el aire con la espada.

—¿Ahora?

Él se echó a reír y sacudió la cabeza. Sus ojos brillaron cuando dio un paso hacia mí.

—Para hoy pienso más bien en otro juego —dijo.

La espada cayó de mi mano y resonó en el suelo de tierra.

Contuve el aliento cuando sus dedos me tocaron. Vi cambiar sus ojos, como si ocultaran una llama, y aguardé las manos reptantes, el aguijón doloroso. Aquello era el comienzo de algo nuevo, algo terrible. Muy pronto iba a estar en la cama debajo de su cuerpo, aplastada como un escarabajo, gimiendo y sollozando mientras él me abrumaba con sus embestidas. Él no quería hacerme daño, pero ¿podría evitarlo? «Siempre duele la primera vez. Limítate a cerrar los ojos y reza porque acabe pronto.»

—Espera —dije. Mi voz sonó agitada. Saqué a mi muñeca, *Layla*, y la coloqué delante de mí. Las manos me temblaban, de modo que mi muñeca también lo hacía.

—*Yaa* Mahoma, ¿a qué quieres jugar? —fingí que decía *Layla*, sacudiendo sus cabellos frente a él—. ¿Al escondite? ¿A caballos y soldados? ¿O quieres que nos columpiemos en el jardín?

Sus ojos penetraron en los míos.

—Ésta es una ocasión solemne, Aisha. Después vendrá el tiempo de jugar.

Se acercó unos pasos más, y alargó una mano para despojarme del chal que me cubría la cabeza. Se deslizó a lo largo de mis hombros y cayó al suelo con un susurro.

—Qué hermoso cabello, rojo como fuego líquido —murmuró.

Cerré los ojos e intenté saborear la caricia de sus dedos en mi mejilla, el deslizarse de la palma de su mano por mi melena, pero en lo único que conseguí pensar fue en la siguiente prenda de vestir que caería al suelo.

Me besó en la coronilla. Recorrió con los dedos mi brazo. Tiró con suavidad de mi vestido hasta que se desprendió de mis hombros y cayó al suelo. Quise cubrirme los brazos desnudos con el cabello, o con las manos, pero en cambio me aferré a mi muñeca y recé porque acabara pronto conmigo. Sus dedos rozaban la piel de mis brazos, y me hacían sentir escalofríos. Incluso en el aire sofocante de aquella habitación pequeña, tuve frío.

—Aisha —dijo—. Mírame.

Abrí los ojos y encontré los suyos. Eran dulces y orgullosos a la vez, y se acercaron aún más cuando inclinó la cabeza para besar mis labios. Cerré de nuevo los ojos e intenté relajarme, pero la sensación de su aliento sobre mi piel y de su boca contra la mía me hizo agarrar con más fuerza aún mi muñeca. Deslizó su lengua dentro de mi boca. Bajó sus manos hasta mi cintura y después las subió a lo largo de mi caja torácica, en dirección hacia mis pechos. Yo retorcí frenéticamente mi muñeca, para evitar que mis manos lo apartaran a empujones. Entonces oí un crujido que me hizo tragar saliva.

Miré mis manos. La pobre *Layla* me miraba con ojos inexpresivos y la cabeza rota, casi separada del cuerpo.

—¡Oh, no! —grité—. La he matado.

Mechones de lana salían de su cuello y me llenaban las manos. La bonita cabeza colgaba en un ángulo extraño. Empecé a sollozar como si fuera una niña real, de carne y hueso, en lugar de una vieja muñeca de trapo.

Con ternura, Mahoma la tomó de mis manos y examinó el desgarrón.

—No está muerta, sólo herida —dijo—. Por fortuna, Sawdah es muy hábil con la aguja. Arreglará tu muñeca de modo que no quede ni una cicatriz.

—¡No! —grité más fuerte—. La echará a perder. He visto tus sandalias...

La risa de Mahoma resonó como un trueno y cortó de golpe mis sollozos.

—*Yaa* Pelirroja, Sawdah ya tiene bastante con los trabajos de la casa. Soy yo quien recose mi propia ropa..., incluidas las sandalias.

Yo también me eché a reír, a través de mis lágrimas, y dejé a un lado a *Layla*. ¡Qué tonta, ponerme a llorar por una muñeca! Muchos maridos me habrían chillado, incluso abofeteado, pero no Mahoma. Me coloqué frente a él y lo rodeé con mis brazos como si fueran un collar. Él pasó los suyos alrededor de mi cuerpo y me apretó contra él. Su cuerpo estaba tan caliente como si hubiera pasado el día entero al sol. Desprendía un olor dulce y limpio, a cardamomo y *miswak*. Su corazón pataleaba como un bebé en mis oídos. Su mano acariciaba mis largos cabellos..., pero ahora de una forma distinta, con toda la mano en lugar de con la punta de los dedos.

—Mi pequeña Pelirroja —dijo—. Puede que tu cuerpo esté listo para mí, pero me temo que tu corazón no lo está.

Yo lo miré a la cara, esperando verla encenderse de nuevo de deseo; pero vi que esbozaba una sonrisa divertida.

—¿Crees que no te amo? —dije.

—Sé que me amas, *habibati*. Pero no es la misma clase de amor que yo siento por ti. El tuyo es el amor de una niña, no el de una mujer. —Suspiró—. Es el riesgo que acepté al casarme con una esposa-niña.

Tragué saliva. ¡Una niña! Los niños viven con sus padres. ¿Querría devolverme a aquella prisión?

—Soy aún una niña en muchos aspectos —dije—. Pero llevo años encerrada en la casa de mis padres. ¿Cómo puede nadie crecer sin aventuras, o por lo menos sin experiencias? Si me envías otra vez allí, seguiré siendo la misma dentro de cinco años.

Sonrió.

—¿Enviarte de vuelta allí? ¿Por qué había de hacerlo? Tú has traído ya la risa a este lugar solitario. Pequeña Pelirroja, ya no volverás nunca a vivir en la casa de tus padres. Tú y yo seguiremos juntos mientras vivamos..., y después en el Paraíso.

—Pero ¿y la consumación? No estaremos casados de verdad sin ella.

—Una boda se celebra en el corazón, no en la alcoba. —Me atrajo contra su cuerpo y me besó en la frente—. Sin embargo, la parte de la alcoba a mí me gusta. Y también te gustará a ti cuando estés preparada. Mientras tanto, nos quedan muchas otras cosas que hacer, y muy importantes.

Aflojó su abrazo. Yo me aparté un paso de él y quise mirarlo a los ojos; pero él ya se había dado la vuelta, para recoger la espada que yo había dejado caer al suelo. La alzó a la luz y la volvió a uno y otro lado, de modo que el sol se reflejara en la hoja. Se volvió hacia mí con una sonrisa feroz.

—Lección número uno —anunció—. Cómo desarmar a tu oponente.

5

Lianta

Medina, marzo de 625

El sol era una espada al rojo blanco que derribaba en el suelo a los débiles *shayks* y a los perros jadeantes. Sus rayos implacables obligaron a la marchita Fátima a buscar refugio en su habitación, donde colgó sábanas negras de las ventanas y se tendió con un paño húmedo envolviéndole el rostro. En cuanto a mí, el calor no me asustaba, y menos en un día como aquél.

Durante los años pasados en la casa de mis padres, me había perdido las vistas, los ruidos y los olores del gran mercado anual de Medina, cuya celebración atraía a mercaderes de todo el Hijaz y más allá hasta el lugar de Kaynuqah, en los límites de la ciudad. Ahora, a pesar de las protestas de Alí, yo iba a asistir por fin. Nada podía impedírmelo: ni el calor, ni las miradas ceñudas de Alí, ni siquiera el riesgo de un ataque por parte de nuestros vecinos de Kaynuqah.

Cuando ensillamos nuestros caballos y el camello de Sawdah para el viaje, Alí me miró malhumorado y se quejó del calor; pero yo sabía que era la excursión lo que le molestaba. Había visto su parpadeo contrariado cuando Mahoma le pidió que nos escoltara. Estaba claro que consideraba que aquella tarea estaba por debajo de la dignidad de su rango. Era el resentimiento, y no el tiempo que hacía, lo que lo llevaba a recostarse en el muro de la mezquita, a la sombra, y mirar los esfuerzos de Sawdah para aupar su corpachón sobre la joroba de la camella.

—Cualquiera con dos dedos de frente se ha quedado hoy en casa, al fresco —dijo en voz alta, como si se lo dijera al propio Alá. Su rostro estaba tenso, todo ángulos, planos y perfiles cortantes.

—*Yaa* Alí, el sol sólo aparta a los perezosos de un acontecimiento como éste —dije, mirándolo con severidad desde lo alto de mi caballo—. Desde luego, nadie puede enseñarte nada sobre la pereza.

Tan despacio como una serpiente al desprenderse de su piel, se despegó de la pared para ir a colocarse al lado de Sawdah.

—¿Qué puedo hacer? —dijo arrastrando las palabras—. Está prohibido a cualquier hombre tocar a las esposas del Profeta. Pero tal vez las niñas pequeñas no lo saben.

Se envolvió la mano en la orla de su vestido, y luego ayudó a Sawdah a subir a la joroba de la camella hasta que finalmente quedó colocada en la silla. Ella se secó el sudor de la frente y ordenó a su montura ponerse en pie. Apreté los dientes al oír cómo agradecía profusamente su ayuda a Alí.

—Sé que no querías venir con nosotras —dijo a Alí—. Pero juro por Alá que yo no pedí al Profeta que te lo encargara a ti. La verdad es que procuré hacerle cambiar de idea.

Sawdah sólo quería vender unas alforjas; no quería molestar a nadie. Es lo que le había dicho a Mahoma aquella mañana, cuando le pidió permiso para ir al mercado de Kaynuqah.

Por su forma de sacudir la cabeza y apretar la mandíbula cuando ella vino a mi pabellón a preguntar, me di cuenta de que Mahoma deseaba decirle que no. Pero ¿cómo podía hacerlo? El *suq* de Kaynuqah era el único mercado de Medina que valía la pena en todo el año. Allí podría vender Sawdah su hermoso trabajo en cuero por un buen precio. Lo que le preocupaba a él era que Kaynuqah había comerciado durante muchos años con nuestro enemigo Abu Sufyan. Su alianza con Quraysh era muy sólida, y estaba basada en algo que no poseía Mahoma: dinero. Debido al dinero, nuestros ataques a las caravanas Qurays habían provocado el resentimiento de nuestros vecinos de Kaynuqah, sin contar la pretensión de Mahoma de que él era el Profeta anunciado por su Libro sagrado. Los notables se habían reído de él por aquello, y habían dicho que su Dios nunca enviaría a un árabe a predicar a judíos.

—Lo siento, Sawdah, pero no puedo dejarte ir —había dicho Mahoma—. Hay mucha tensión entre los de Kaynuqah y nosotros. Me temo que ese mercado es demasiado peligroso para ti.

Sawdah pareció a punto de derrumbarse. Había estado trabajando muchos meses en sus alforjas, curtiendo el cuero hasta darle una consistencia suave, recortando lunas y estrellas del mismo material y cosiéndolas con una aguja de hueso, y añadiendo un reborde con flecos de pelo de camello. Ahora que las había terminado, ¿quién podía culparla por que quisiera conseguir el mejor precio por ellas?

Intervine yo en su defensa.

—*Yaa* Mahoma, ¿estamos entrenando un ejército para luchar con nuestros enemigos o para huir de ellos? Los guerreros no se refugian en sus casas, temerosos de la siguiente batalla. Yo defenderé a Sawdah. Quien pruebe siquiera a tocarla, perderá su mano.

Los labios de Mahoma se curvaron, insinuando una sonrisa.

—¿Tú quieres ir al mercado, pequeña Pelirroja? ¿Impedirás que haya problemas allí, o los crearás?

Enfrentada a sus burlas, alcé la barbilla.

—Pararé cualquier problema que haya que parar, y crearé los problemas que sea necesario crear.

Por fin nos dejó ir..., con Alí, que intentó hacer cambiar de opinión a Mahoma respecto de mí.

—Yo no soy un cuidador de niños —dijo—. Creo que tendrías que seguir el ejemplo de Abu Bakr y tener a Aisha encerrada en casa.

¡Encerrada en casa! Me dolió el pecho como si me lo apretaran con una correa. Pero sabía que con mi sentido del humor podía conseguir que Mahoma me concediera lo que deseaba, de modo que me obligué a reír. Él me miró alzando las cejas.

—¿Me he perdido algo gracioso, Aisha? Cuéntamelo, por favor.

—Nada, marido —dije, y me incliné profundamente ante él

para suavizar mi sarcasmo—. Es sólo por las palabras de Alí. Veo que no conoce mis habilidades. Si hay una pelea, necesitará mi ayuda.

Mahoma rio, pero sacudió la cabeza.

—Puede que digas la verdad, Aisha, pero Alí también tiene razón. Sin embargo, como no nos ha llegado ninguna noticia de conflictos en el mercado, dejaré que vayas.

—Por Alá, primo, estás cometiendo un error —dijo Alí, mirándome con irritación—. ¿Harás por lo menos que deje esa espada en casa? Ya sabes lo dispuesta que está siempre a usarla.

—¿Dejarla en casa? —Mi pulso se aceleró—. Pero ¿y si soy atacada? ¿Cómo me defenderé? Sin mi espada, seré tan sólo una mujer indefensa necesitada de protección masculina.

—Te dejaré llevarla al mercado —dijo Mahoma—. Pero tienes que prometerme que no la utilizarás si no eres atacada. Incluso en ese caso, primero has de pedir ayuda a Alí. Le he encargado que os proteja a Sawdah y a ti. Será mejor que le permitas hacerlo. —Corrí a abrazarle la cintura. ¡Iba a ir al mercado! Sería mi primera excursión en seis años—. Vigila de cerca a Aisha, primo —dijo con un guiño—. Me desarmó la noche pasada con esa espada suya. Si hay una pelea, obsérvala. Puede que aprendas algo.

Alí no sonrió, tenía el mismo sentido del humor que una piedra.

—Tontas, salís de casa cuando Medina está ardiendo como si fuera el mismo infierno —gruñó Alí mientas cabalgábamos. Sawdah se volvió a mirarme, ansiosa; odiaba disgustar a cualquier hombre. Yo no tenía ese problema. Mis hermanos habían sido mi fuente principal de compañía masculina, y sus burlas me habían dado atrevimiento.

—No te preocupes, Sawdah —dije, en voz bastante alta para que Alí me oyera—. Espera a haber vendido tus alforjas. Cuando Alí vea tu bolsa repleta de monedas de oro, seguro que será más amable. Probablemente te llevará de vuelta a casa sobre sus propios hombros.

Alí carraspeó, y luego todos guardamos silencio, porque el calor cubría nuestras bocas y narices con su mano asfixiante. El hedor a estiércol aumentó. Las moscas volaban en nubes frenéticas, buscando mis ojos. El sol brillaba, cegador. En algún lugar de la ciudad, las plañideras gemían sobre un cadáver. Me ajusté el chal sobre el rostro. A través de su estrecha abertura contemplé la ciudad de Medina. Respiraba con cuidado, intentando evitar tragar el polvo. Delante de mí, Sawdah se quejaba y rezaba, provocando miradas de disgusto de Alí.

—Oh Dios, ¿por qué has elegido éste entre todos los días para hacer soplar sobre nosotros tu aliento más caluroso? —murmuraba ella. Y luego, para que a Él no le pareciera que lo estaba criticando, se apresuraba a añadir—: Pero Tú sabes lo que más nos conviene.

Pronto pasamos bajo la sombra de algunas palmeras, y vimos algunos grupos de dos o tres mujeres que se dirigían al mercado con cestos vacíos en equilibrio sobre la cabeza, secándose el sudor de la cara. Sus atuendos variopintos añadían toques de verde, rojo y azul al gris de las calles en las que se sucedían las casas de adobe. Los chiquillos reían y corrían entre las piernas de ellas, sin hacer caso del sol. Me agradó su libertad, y recordé cómo yo misma había dispersado con fuertes puntapiés las arenas de La Meca, gritando hasta que los pulmones me dolían. En dirección contraria venían hombres que seguían a sus asnos y los espoleaban con maldiciones y látigos que centelleaban al sol. Los animales, sudorosos, tiraban de carros de madera cargados con vino, miel y arroz, mercancías raras traídas de tierras lejanas y adquiridas en el mercado de Kaynuqah. Mi pulso se aceleró al recordar los aromas exóticos, los colores brillantes y las lenguas extrañas y musicales que hacían tan excitante el mercado de La Meca. ¿Veríamos escenas parecidas hoy en el vecino pueblo de Kaynuqah?

Algunos creyentes nos adelantaron en el camino. Sonrieron y le hicieron muecas a Alí, burlándose al verle cabalgar con dos mujeres.

—¡Que alguien avise al Profeta! —gritó un hombre flaco con unas orejas que sobresalían de su cabeza como dos puertas abiertas—. ¡Alí le está robando sus esposas!

—Una esposa no es suficiente para un hombre con una espada de doble hoja —gritó otro, y todos rieron. Los ojos de Alí se estrecharon cuando blandió en el aire a *Zulfikar*, su espada de dos hojas. Yo le había oído presumir de que la hoja se partió en dos cuando la sacó de la vaina en la que había sido clavada; una verdadera proeza, si era cierto. Pero yo sabía que Mahoma le había dado la espada, con su hoja doble incluida, después de la batalla de Badr. Los hombres dieron vítores al ver las dos hojas reflejando el sol. Algunos de ellos gritaron un nombre, Alí o Alá, no sabría precisar cuál de los dos.

Al cabo de algún tiempo llegamos al límite de Medina, y me pareció que entrábamos en otro mundo. La ciudad-granja, con sus calles llenas de ovejas y cabras, quedó atrás. El mercado de Kaynuqah estaba oscuro y cubierto de sombras. Los comercios se alineaban a ambos lados de la calle pavimentada, y la propia calle estaba llena de tenderetes, pero los altos edificios de piedra ocultaban el sol y arrojaban una oscuridad amenazadora sobre la escena. Los hombres aguardaban a la sombra en la puerta de sus tiendas y nos observaban de reojo. La boca se me hizo agua por los efluvios a cordero asado y a menta, pero las miradas de los vendedores tuvieron el efecto contrario, y se me formó un nudo en el estómago. Desde las tiendas, hombres y mujeres voceaban su mercancía y el aire resonaba con sus gritos..., hasta que pasábamos nosotros, y el griterío se desvanecía hasta convertirse en un murmullo expectante.

Tensé todos los músculos de mi cuerpo, como para cubrirme con una armadura, y mantuve la mirada fija en los abalorios multicolores que colgaban de unas perchas, junto a brazaletes de cobre y rollos de telas teñidas. Un hombre calvo con un diente de oro sonrió a nuestro paso en su tenderete lleno de bisutería, y alzó en el aire un largo cuchillo, que volvió a uno y otro lado como si examinara su reflejo, para dirigirme después una mirada llena de intención. Un vendedor de cara de cabra me sacó la lengua, a la manera de un lagarto, y se echó a reír cuando me tapé la cara con el chal. Un estremecimiento recorrió mi espina dorsal y recordé las advertencias de Mahoma sobre Kaynuqah. Me volví a Sawdah con la intención de pedirle que volviéramos a la mezquita, pero me detuvo la sonrisa que vi en la cara de Alí. Diría a Mahoma que yo había tenido miedo, y aquello sería el final de mis excursiones. Toqué mi espada, para recordarme a mí misma que era una buena luchadora, y sentí que mi pulso y mi respiración se sosegaban un tanto.

Nuestra pequeña caravana se detuvo. Yo me apeé de *Cimitarra* y la até a un poste, intentando no pensar en los ojos que me observaban. Alí ayudó a Sawdah a desmontar de su camella y los dos se alejaron, dejándome sola mientras tranquilizaba a mi inquieta montura. Recorrí con la mirada la multitud, en busca de rostros hostiles. Ahora parecía que todos estaban muy ocupados comprando y vendiendo para advertir la presencia de unos pocos musulmanes, y yo me reñí a mí misma por haberme dejado dominar por mis imaginaciones. Por primera vez en muchos años, era libre para pasear, y no iba a dejar que mis miedos infantiles arruinaran mi placer. En cuanto a Sawdah, Alí cuidaría de ella. Todo lo que necesitaba por mi parte era evitar problemas, para que Mahoma no me prohibiera salir de casa más veces.

Paseé entre los tenderetes, olvidando el peligro por la emoción de verme rodeada por tantos objetos bellos: tarros de kohl decorados y frascos de perfume de plata y cristal coloreado, mirra e incienso aromáticos, rubíes como gotas de sangre en un collar de oro. Levanté en mi mano aquellas joyas para ver el color de la luz en la piedra. Una mano me las arrebató. Me quedé mirando la cara contraída de una mujer con ojos como brasas ardientes.

—¡Ladrona musulmana! —me gritó—. ¿No tenéis bastante con robar los dioses de las caravanas Qurays? Quita tus manos de mis mercancías.

Di un paso y pisé el pie de alguien.

—¡Por Alá! Perdona mi torpeza.

El rubor hizo que ardiera mi piel, antes incluso de alzar la mirada y verme frente a la cara lampiña y bien dibujada de Safwan. Había crecido desde la última vez que lo vi y ahora era casi tan alto como mi padre, y las orejas ya no sobresalían tanto de su cráneo. La línea fuerte de su mandíbula, los ojos oscuros en forma de almendra y el largo cabello peinado hacia atrás en melena me hicieron pensar en un corcel árabe. La curva de sus labios me recordó las noches, mucho tiempo atrás, en que me había hecho soñar. Bajé la mirada, demasiado sofocada para hablar.

—Mis pies se sienten honrados al sostener una carga tan preciosa. —Su voz era tan suave como el ronroneo de un gato. Me sentí desfallecer y apoyé una mano en el mostrador del tenderete para sostenerme en pie—. ¿Te encuentras mal? —dijo Safwan—. Debe de ser el calor. Necesitas un poco de aire fresco.

Tomó un abanico de hojas de palma de un montón cercano y me lo tendió. Yo estaba paralizada, como si mi cuerpo se hubiese vuelto de madera. No era correcto que aceptara un regalo de ningún hombre a excepción de Mahoma o de mi padre, pero no fue eso lo que me había sobresaltado. Me preocupaba que sus dedos pudieran rozar los míos, o que notara el calor de sus manos en el abanico, al cogerlo. ¡Sin duda, Alá me fulminaría por traicionar a su Profeta! Safwan me observaba mientras yo seguía inmóvil como una estatua, intentando respirar, y sus ojos brillaron cuando dijo:

—Quienes formamos parte de la *umma* estamos obligados a aliviar los sufrimientos de los demás, en la medida en que podamos.

Agitó el abanico sobre mi cabeza y frente a mi rostro como si fuera un sirviente; pero ningún sirviente se habría acercado tanto a mí, ni me acariciaría con la mirada mientras las puntas de palma del abanico rozaban mi nariz y mis mejillas. Mi pulso se disparó como el caballo al galope en el que tantas veces había soñado escapar junto a él.

—¡Por Alá, esa sonrisa me compensa del dolor de mi pie! —murmuró—. Quiero que la próxima vez me pise un camello. Entonces tendré tal vez mil sonrisas tuyas como consuelo.

No pude evitar echarme a reír, admirada por su audacia, pero cuando alcé la vista su expresión me dijo con toda claridad que no estaba bromeando. Y me pregunté: ¿era él el peligro que sentí que me acechaba en el mercado?

—*Yaa* Aisha —dijo—. Añoro la época en que estábamos juntos.

Un griterío interrumpió ese momento, y atrajo nuestra atención hacia el tenderete del joyero. Allí, un grupo de mujeres señalaba a Sawdah graznando de risa. Sin hacerles caso, ella aferraba una pieza nueva de cuero y anadeaba hacia la terraza al aire libre donde Alí tomaba café con sus amigos. Mientras caminaba, sus muslos temblaban como bailarinas, descubiertos a los ojos de todos. Alguien había enganchado su falda y la había levantado hasta la cintura.

El joyero calvo estaba doblado sobre sí mismo y se sujetaba las costillas, muerto de risa. Otros mercaderes le palmeaban la espalda, felicitándolo por su truco.

—¡La verdadera faz de los musulmanes nos ha sido revelada! —gritó.

Alí seguía charlando, sin darse cuenta de nada. Yo grité y quise correr hacia ella, pero Safwan me retuvo cogiendo la manga de mi vestido.

—No, Aisha, es demasiado peligroso para ti —dijo. Me solté de un tirón y corrí entre los tenderetes sin hacer caso de sus gritos, tropezando con cestos de fruta y pisando piezas de bisutería.

Corrí directamente hacia Sawdah con los brazos extendidos, para cubrir su retaguardia.

—No te muevas, Sawdah —le dije—. Te han enganchado la falda por detrás.

Sawdah gritó, y al llevarse las manos a la espalda, se dio cuenta de que tenía desnudas las piernas.

—¡Apártate de en medio! —chilló alguien—. No nos dejas ver.

El joyero dio un paso hacia mí, y su diente de oro relució.

—Desafío a quien se atreva a acercarse a las esposas del profeta Mahoma —grité, esperando que nadie se diera cuenta del temblor de mi voz.

Después de apenas unas semanas de lecciones de Mahoma, yo no era capaz de hacer frente ni siquiera a un asno, y mucho menos a un hombre hecho y derecho. Pero alguien tenía que defender a Sawdah, y Alí estaba lejos. Además, podía permitirme ser valerosa. Ningún hombre atacaría a una niña de doce años. O eso creía yo.

—Mira, otra puta musulmana que quiere que le subamos las faldas —se burló el joyero—. Ven aquí, querida, a ti te lo haré por delante.

Se abalanzó sobre mí, moviendo las manos como las pinzas de un alacrán. Saqué mi espada de su funda y la punta de la hoja le arañó el dorso de la mano. Gritó y se chupó la herida. El sabor de la sangre inyectó de odio sus ojos. Sacó una daga de su cinturón y la empuñó, mirándome con ojos desorbitados.

—¡Sawdah, apártate! —grité. Corrió hacia la pared de piedra y arrimó a ella sus espaldas. Yo me volví para hacer frente a mi atacante. El joyero avanzó sonriente pero descuidado, probablemente porque estaba luchando con una niña. Levanté mi espada infantil y ataqué, utilizando un truco que me había enseñado Mahoma para hacer volar el cuchillo de las manos del joyero. Me miró boquiabierto, mientras su puñal rodaba por el polvo. Algunos de los hombres que lo rodeaban rieron, pero otros tiraron de sus espadas y se acercaron, despacio. Miré a mi alrededor en busca de Alí, pero antes de que pudiera pedir ayuda Safwan se abrió paso a empujones entre la gente, espada en mano.

—Cualquier cobarde es capaz de luchar con una niña —dijo—. Veamos lo que sois capaces de hacer, cerdos de Kaynuqah, frente a un guerrero musulmán.

Las espadas de aquellos hombres chocaron con las nuestras, y durante unos instantes todo fue tal como yo lo había soñado: Safwan y yo peleando codo con codo. Di un tajo en el brazo de un hombre, y lo hice caer de espaldas. Safwan cortó una rebanada de la nariz de su adversario, pero el hombre siguió atacándonos.

—¡Tienes que irte de aquí enseguida, Aisha! —gritó Safwan—. Éste no es lugar para ti.

Ofendida todavía por su frase «Cualquier cobarde es capaz de luchar con una niña», me di la vuelta y arrebaté de una estocada la daga de las manos de su oponente.

—Puede que no sea lugar para ti, Safwan —repliqué, y me gustó ver cómo se agrandaron sus ojos cuando se volvió a mirarme. Pero en el instante siguiente, un brazo se cerró en torno a mi cuello y me empujó hacia atrás contra el pecho de un hombre, al tiempo que me apretaba la garganta hasta sofocarme. Un aliento cálido sopló en mi oído, y una mano sangrante me cubrió la boca.

—Lame, querida —gruñó el joyero—. Nunca volverás a estar tan cerca de la sangre de un kaynuqí.

Lo golpeé con el codo, y con la espada le di un tajo en la pierna. Me soltó y me dispuse a seguir la pelea, pero Alí y sus amigos irrumpían ya en medio del tumulto empuñando sus espadas.

—Ya has hecho más que suficiente, lianta —rugió Alí, mientras su amigo de las orejas grandes acuchillaba al joyero en el vientre. Conmocionada vi caer al joyero en tierra, retorciéndose y vomitando sangre.

—Tenemos que salir de aquí, ¡ahora mismo! —gritó Alí.

Corrió a recoger a Sawdah y la condujo hasta la camella arrodillada. Yo salté a la grupa de *Cimitarra* y limpié la hoja de mi espada en la tela de la silla de montar, pero conservé la espada en la mano por si alguien intentaba atacarnos.

Sawdah lloraba, colorada, mientras su camella se ponía en pie.

—Nunca he sentido tanta vergüenza —dijo—. Esas gentes han visto mi trasero.

Intenté envainar la espada, pero las manos me temblaban tanto que no lo conseguí. Habían muerto personas, y yo podía haber muerto también, pero ¿por qué motivo? ¡Por una broma insensata! Mis noches de peleas con espadas de juguete y de batallas fingidas habían sido juegos, pero esto era la vida real. Y la muerte. Aspiré una bocanada de aire, temblorosa.

—No te preocupes, Sawdah —dije, con una voz tan firme como pude—. Cuando Mahoma se entere de esto, lo hará pagar a todo el clan de Kaynuqah..., con sangre.

El grito de un hombre rasgó el aire espeso y caliente, y miré en dirección a la turba enfurecida de hombres que enarbolaban espadas y bastones y agitaban los puños. Safwan no aparecía por ninguna parte; al parecer, no había perdido la virtud de desvanecerse como un *djinni*. El amigo de Alí de las orejas grandes estaba caído en el suelo, y un hombre de Kaynuqah con una espada ensangrentada en las manos le había puesto el pie encima.

Alí me miró furioso mientras tomaba las riendas de la camella de Sawdah.

—¿Ves lo que has provocado?

—He defendido a Sawdah mientras tú estabas con tus amigos recostado entre almohadones —le contesté.

—Sí, Aisha, lo has hecho —dijo Sawdah. Se secó las mejillas y me dedicó la más tierna de sus sonrisas—. Has arriesgado tu vida por mí. ¡Doy gracias a Alá por tener a una hermana-esposa como tú!

—Has empezado una pelea sangrienta por tus ganas de exhibirte —dijo Alí. Sacudió la cabeza—. Tal vez ahora Mahoma nos escuche a Umar y a mí. Allí donde van las mujeres, van también los problemas. El mejor lugar para ti es tu casa.

6

Una mala idea

El mismo día

Tal como yo esperaba, en cuanto volvimos del mercado Alí fue directamente a contar a Mahoma la pelea. Y tal como yo esperaba, se pintó a sí mismo como el valeroso guerrero que había corrido a rescatarme, y a mí como la niña imprudente que había sido la causa de todo el problema.

Me había dado prisa, con Sawdah jadeando a mis talones, a acercarme yo misma a Mahoma. Pero cuando llegué al *majlis*, Alí ya estaba allí, presumiendo y dándose golpes en el pecho mientras describía con detalles vívidos los golpes mortales que él y sus amigos habían propinado a los hombres que levantaron las faldas de Sawdah. Lo que no mencionó fue que antes se había desentendido de su deber para charlar y beber café.

—Me gustaría oír si esos cobardes de Kaynuqah se ríen de nosotros ahora, primo —dijo, con una de sus carcajadas—. Con mis dos hojas reventé los dos ojos a un hombre que me atacó. ¡Ahora su rechazo a ver la verdad del islam les ha hecho aún más ciegos!

Al oír las fanfarronadas de Alí, reprimí las ganas de contar mis propias hazañas. No me sentía orgullosa del baño de sangre que había resultado de algo tan trivial como una broma. Y además, Mahoma me sabía incapaz de estar a la altura de luchadores experimentados durante largo rato, con mis solas fuerzas. Si le contaba mi participación en aquella fea escena, tendría que hablar de Safwan. Sentía todavía el vértigo de haber vuelto a verlo, y no estaba preparada para discutir con Mahoma sobre él.

Cuando Sawdah y yo hicimos una reverencia desde el umbral, Alí me señaló con su largo dedo.

—Aquí está la que lo empezó todo —dijo—. *Yaa* primo, tenías que haberla visto. ¡Una niña, y lo que es peor, tu esposa, desafiando a gritos al mercado entero! Rompió su acuerdo contigo a la primera ocasión.

Sentí que las orejas me ardían como si su mentira hubiese encendido velas cuyas llamas prendieran en sus puntas. Pero no quise responder porque temía que se mencionara a Safwan, mientras, al mismo tiempo, ansiaba tener más noticias de él. ¿Qué le había ocurrido después de separarse de nosotros? ¿No habría resultado herido, o muerto, en la lucha? Intenté recordar si lo había visto en el tumulto después de montar en mi caballo. Desde luego, Safwan siempre se las había sabido arreglar para desaparecer cuando le convenía.

Por fortuna, Sawdah no tuvo los mismos miramientos para hablar.

—*Yaa* Profeta, tenías que haber visto a Aisha —dijo—. ¡Una niña tan pequeña, manteniendo a raya a tres hombres enormes! Les amenazó con matarlos si no nos dejaban en paz. Y lo habría hecho, de verdad.

Alí se cruzó de brazos.

—Es verdad que habrían muerto..., de risa. Era todo un espectáculo verla correr de un lado a otro con esa espada de juguete que le regalaste. Era más peligrosa para sí misma que para cualquier otro. Te dije, primo, que tenía que quedarse en casa.

—¡Por Alá, ella me defendió! —Sawdah miró furiosa a Alí—. Cuando nadie más vino a hacerlo.

Mahoma me miraba con el entrecejo fruncido.

—Sólo utilicé el truco que me enseñaste para desarmar al oponente —le dije—. Por lo menos, bastó para ganar un poco de tiempo. Y además —para mi desconsuelo, sentí que me ruborizaba, y eso me hizo enrojecer todavía más—, no estuve luchando sola, no todo el rato.

—Eso es verdad, estaba aquel chico que acudió a ayudarte —dijo Sawdah—. Pero no era un guerrero mejor que tú.

—Safwan ibn al-Mu'attal —dijo Alí. Se cruzó de brazos y sus ojos se estrecharon, como si me hubiera cogido en una mentira—. ¿Qué estaba haciendo en el mercado, Aisha?

—¿Cómo quieres que lo sepa? —dije, en un tono más furioso del que pretendía. ¿De qué me estaba acusando Alí? Sonrió aviesamente y asintió como si yo acabase de confirmar sus sospechas.

El rostro atractivo de Safwan mientras me abanicaba con la hoja de palma se me cruzó como un relámpago en mi mente, y empecé a traspirar. Alí me miraba con tanta intensidad, que me pregunté si podría leer mis pensamientos. ¿Nos había visto hablar a Safwan y a mí? ¿Se había dado cuenta de lo cerca que había estado Safwan de mí, sin que yo me apartara?

—*Yaa* Aisha, ¿no quedamos en que me llamarías si había problemas? —dijo Alí—. Y en cambio, saltaste y empezaste una pelea sin siquiera decir mi nombre.

Los ojos de Mahoma despedían chispas cuando me miró, y la delgada vena que había en su entrecejo se había hinchado, lo que era siempre signo de su irritación.

—Te has comportado demasiado impulsivamente hoy, Aisha —dijo—. Podían haberte matado. Tal vez sea prudente limitar tu libertad por algún tiempo, hasta que aprendas a contenerte.

—¡Por Alá, no hagas eso! —exploté. Me puse la mano en el pecho y sentí un martilleo frenético, como las patadas de un conejo espantado—. Te prometo que no volverá a pasar nada parecido.

—Pero ya has roto la promesa que me hiciste. Dijiste que si había problemas recurrirías a Alí.

Bajé la vista al suelo, para no ver la decepción que había en sus ojos. Había deseado tanto exhibirme con mi espada que olvidé mi promesa de llamar a Alí. Y había actuado impulsivamente, tal como me reprochaba Mahoma.

—Tenía intención de mantener la palabra que te di —dije—. Pero todo ocurrió muy deprisa, y quise proteger a Sawdah...

—Aisha es muy fogosa —dijo Sawdah, intentando ayudarme—. No tenía intención de hacer nada malo.

—Necesita una mano firme —dijo Alí—. Sawdah siempre tiende a ser demasiado buena. Desde luego, primo, tus hijas siempre han sabido comportarse. —Sus ojos brillaron como dagas al mirarme—. Si no quieres educar a tu niña-esposa, deja que tu futura esposa lo haga por ti. Hafsa bint Umar puede ser una verdadera *hatum*, la «gran dama» de tu *harim*, e impedirá que vuelvan a suceder desastres como el de hoy.

—¿Una nueva esposa? —pregunté a Mahoma más tarde, cuando me visitó en mi habitación—. Pero ¿por qué? Yo acabo de llegar. ¿Ya te has cansado de mí?

—Por supuesto que no, Aisha —dijo Mahoma. Me cogió del brazo y me sentó en sus rodillas—. Pero Umar quiere establecer un lazo conmigo, y me ha ofrecido a su hija Hafsa. Su marido murió luchando por mí, y no tiene a nadie que cuide de ella.

—¿Eso quiere decir que vas a casarte con todas las viudas de Badr? —Aparté los ojos a un lado, para que no viera mi angustia—. ¿Dónde vivirán todas?

Desde luego, yo sabía que él no tenía intención de casarse con todas las viudas de la *umma*. Umar era un caso especial. En tiempos había sido enemigo acérrimo del islam, y se había convertido en un miembro importante del círculo de Compañeros de Mahoma.

—Tengo que casarme con su hija —me dijo Mahoma—. No tengo otra alternativa.

Umar ya había sufrido bastantes humillaciones, me dijo Mahoma. Primero había pedido al compañero Uthman que se casara con ella. Pero Uthman, un hombre regordete y rico, con un bigote tan largo como la manivela de una bomba para sacar agua, acababa de casarse con la hija de Mahoma, Umm Kulthum. «No puedo tomar otra esposa tan pronto», había dicho.

—Por el profundo respeto que siente por Uthman, Umar no protestó —me contó Mahoma—, y entonces se dirigió a Abu Bakr.

¿No querría mi padre casarse con la hermosa Hafsa?, preguntó Umar. *Abi* inclinó la cabeza y se miró las manos, pensando qué hacer. Si decía que sí, se vería unido a una mujer de genio vivo que acabaría para siempre con la paz de su hogar. Si decía que no, insultaría a Umar. De modo que no dijo nada. Al ver que mi padre se quedaba inmóvil y silencioso, Umar se puso rojo, luego gris, luego como una brasa mal apagada, y por fin corrió a quejarse a Mahoma.

—Esos mal llamados amigos se burlan de mí con su indiferencia por mi hija —vociferó.

—Uthman y Abu Bakr han rechazado su mano, pero sólo porque yo se lo pedí —le respondió Mahoma—. Yo mismo deseo casarme con Hafsa.

Cuando acabó de contarme su historia, me llevé la mano al estómago, que había empezado a dolerme. Hafsa bint Umar tenía fama de ser una mujer consentida y egoísta, cuyos gritos a su marido habían despertado en muchas ocasiones a sus vecinos.

—Si has de casarte con alguien —dije—, ¿no podrías encontrar a una mujer de mejor carácter? Hafsa me convertirá en su *durra*, y yo seré desgraciada.

Mahoma se echó a reír.

—¿Tú, la segunda mujer? Después de saber cómo te has enfrentado hoy a Alí, lo dudo mucho.

Esperé que dijera la verdad, pero ¿no había sido fuerte también mi madre? Al ver aquella luz divertida en sus ojos, intenté otro método.

—Umar es un recién converso al islam, y fue un amigo íntimo de Abu Sufyan antes de la *hijra* a Medina —dije—. ¿Cómo sabes que no es un espía? Si te casas con su hija, puedes ponernos a todos en peligro.

Mahoma sacudió la cabeza. Nuestro ejército había aplastado a los guerreros de Quraysh en Badr, señaló. La victoria no sólo unificó la *umma*, sino que demostró a Abu Sufyan —y a todo el Hijaz— que había que temernos y respetarnos.

—Ese matrimonio es bueno para la *umma* —dijo—. Somos una comunidad nueva, que hace algo que nunca antes ha hecho ningún grupo de árabes: dejar nuestra tierra natal para formar una familia que se extiende más allá de los límites del parentesco.

La viudedad de Hafsa ha abierto una grieta entre mis Compañeros más próximos. Si me caso con ella cerraré esa grieta, de modo que, por supuesto, voy a hacerlo.

Después del día horroroso del mercado, Mahoma intentó hacer la paz con los kaynuqíes, pero ellos lo insultaron y le tiraron piedras. Le dijeron que la próxima vez enviara a luchar a hombres hechos y derechos, y no a una anciana y una niña. Preocupado por la amenaza que aquello nos planteaba, Mahoma envió contra ellos a los hombres de la *umma*, que expulsaron de la ciudad a toda la tribu. Luego, una vez libre de aquella preocupación, hizo los preparativos para la boda con Hafsa bint Umar.

Comprendí los motivos por los que tenía que casarse de nuevo Mahoma. ¡Pero cómo se arrastraban mis pies por el patio el día de la boda! Sawdah era toda sonrisas y parabienes, pero dar la bienvenida en el *harim* a una nueva hermana-esposa aborrecible estaba lejos de agradarme. Especialmente cuando aquella mujer resplandecía de belleza, y lucía su vestido de novia, de un color azul intenso, con la altivez de un pavo real.

Forcé las piernas a llevarme más allá de la palmera inclinada, por entre las acacias marchitas, a través del césped verde-gris y de las arenas rojas, hasta donde esperaba ella, bajo el árbol *ghaza'a* llorón. Mis ojos repasaban una y otra vez su atuendo, como si ella fuera una flor y mi mirada una abeja desesperada: el brillo chispeante de su enagua, de un azul más intenso que el cielo del mediodía; el lustre lujoso de su camisa recamada de seda púrpura, con un corte en la parte delantera del borde inferior que revelaba el brillo azulado de la enagua; la cinta de fino encaje azul que rodeaba su cintura; el chal de seda, también de un azul rico e intenso, que se deslizaba a lo largo de la mata de cabellos negros como la tinta que yo estaba segura de que se había teñido con índigo. Mi precioso vestido rojo y blanco parecía andrajoso de pronto, y mis cabellos rojos más chillones que nunca.

Cuando me acerqué a ella, Alí se levantó con la risa en los

ojos y murmuró algo a su oído. Ella rio, y me lanzó una mirada de refilón al tiempo que le contestaba en voz tan baja que él hubo de inclinarse para oírla. También él rio, y sus ojos intercambiaron un guiño cómplice antes de volver a colocarse al lado de Mahoma.

Mientras yo estaba en pie delante de Mahoma y Hafsa y murmuraba bendiciones para su matrimonio (recitando las odiosas palabras de carrerilla, como un chiquillo poco aplicado), Alí me observaba burlón, con la lengua apretada contra la mejilla. Hafsa me miró con la nariz tan levantada en el aire como si la ofreciera a los pájaros para que se posaran en ella. De hecho, el arco sutil de sus cejas me recordó a pájaros en pleno vuelo cuando las alzó y las bajó sobre sus ojos como almendras tostadas sobre una piel de mantequilla oscura.

—Qué bonito vestido —dijo, bajando la mirada a mi falda. Yo me mordí los labios y sentí un gusto amargo como el del agraz de la uva. Su tono me hizo desear arrancar de un tirón aquellos cabellos relucientes que flotaban sobre sus hombros. Junto a nosotras, Sawdah manoseaba su amuleto contra el Ojo Maligno y deseaba a Mahoma felicidad junto a su nueva esposa.

—Tú debes de ser Aisha, la niña-esposa —dijo Hafsa. Sus palabras destilaban veneno por debajo de una sonrisa insinuada.

—La esposa favorita de Mahoma —dije, y la miré desafiante para que tomara nota de cómo estaban las cosas.

Alzó una mano lánguida para cubrir un bostezo de su bonita boca.

—Qué interesante. —Alargó el brazo y me acarició la cabeza. Yo reprimí el impulso a golpear aquel brazo—. Espero que hayas disfrutado de sus atenciones mientras duraron. —Dirigió una mirada a Alí, que nos observaba con una sonrisa astuta, y volvió luego a dedicarme su atención—. Después de que haya pasado sus siete noches conmigo, puede que encuentres que su corazón ha cambiado.

—Sí, después de siete noches sólo contigo, mi marido estará más enamorado de mí que nunca —dije, y pensé que sus cejas iban a echarse a volar hasta perderse de vista definitivamente.

Si Mahoma me amaba más, o si me amaba siquiera un poco,

al día siguiente, fue algo que me vi incapaz de adivinar. Cuando les llevé el desayuno a su pabellón recién construido, la pareja estaba sentada en el mismo almohadón, tan juntos como si ella se hubiera posado en su regazo. ¡Y vaya un apetito tenía Mahoma! Él y la insaciable Hafsa devoraron una pila de dátiles casi tan alta como la cabeza de ella.

Hafsa resplandecía. El espeso cabello se derramaba como un río de tinta sobre sus hombros. Sus pantalones de seda azul con pájaros amarillos bordados se estrechaban en la cintura y luego se abombaban en las caderas, acentuando su plenitud. Ya se había pintado los ojos con kohl, que subrayaba sus movimientos de juego erótico. Sus miradas a Mahoma invitaban, luego rehusaban, se burlaban, reían. De su cuello colgaba un collar de lapislázuli punteado con los destellos dorados como estrellas de una delgada cadena de bronce.

Los dos se arrullaban y se picoteaban como ruiseñores en el nido. Pensé en la noche que acababan de pasar, en el cuerpo de ella aplastado debajo del de Mahoma, y se me formó un nudo en la boca del estómago. La punta de su pecho rozó el brazo de él cuando se inclinó para coger otra fruta de la bandeja. Él emitió un sonido gutural y la miró con un hambre que todos los dátiles del Hijaz no podían satisfacer.

—¡Por Alá! Cuánto apetito os ha dado a los dos el matrimonio —dije, obligándome a reír. Buscaba la atención de mi marido, pero él parecía no darse cuenta de mi presencia.

—Sí, somos insaciables.

Hafsa empujó muy despacio un dátil entre los labios de Mahoma, y luego, con la misma lentitud, retiró sus dedos de la boca de él. La mirada estaba fija en sus ojos, incitante.

—*Yaa habib*, ¿qué me han contado de una pelea en el mercado de Kaynuqah? ¿Es verdad que tu niña-esposa provocó una pelea? Si yo fuera *hatun*, esas cosas no sucederían. —La miré furiosa, y sentí un impulso poderoso que me nacía en el vientre y me erizaba los cabellos de la nuca. Ella me miró, arqueando las cejas—. ¿Todavía estás aquí? Veo que miras mi nuevo collar. Es un regalo de Mahoma. Una prenda de su amor. Estoy segura de que tú tienes uno igual de bonito.

—¿Una prenda? —dije—. ¿Quién necesita una prenda, cuando posee la cosa misma?

Pero ¿poseía yo el amor de Mahoma? ¿Me había mirado una sola vez mientras yo les servía a él y a su nueva esposa? Mientras cruzaba el patio con la bandeja vacía en la mano, me pregunté si mis temores no se estaban haciendo realidad. ¿Conquistaría Hafsa su corazón y ocuparía el rango de *hatun*? «Por favor, Alá, ¿no he sufrido ya bastante?» Tenía que encontrar la manera de descabalgarla de su trono. Pero ¿cómo? Disponía de seis días más sola con Mahoma, y de dos grandes pechos con los que seducirlo. Yo, todavía tan virginal como un niño recién nacido, no podía esperar competir con ella en ese terreno. En la tienda de la cocina, solté la bandeja con tanta fuerza que se partió en dos.

—¡Por Alá! ¿Qué te pasa, pequeña Pelirroja? —cloqueó Sawdah, tomando mi cara entre sus manos y observándome con atención—. Pareces a punto de echarte a llorar.

—¿Llorar? ¿Por qué habría de llorar? ¿Porque mi marido se ha enamorado de otra mujer y se ha olvidado por completo de mí?

Sawdah me dedicó una sonrisa lujuriosa.

—¿Te acuerdas de las primeras noches...?, como un par de cabras en celo, ¿verdad? El hombre y la mujer no pueden apartar las manos del cuerpo del otro. Pero eso no dura.

La miré, desconcertada. Todos esos gruñidos y ese sudor ¿se suponía que estaban bien? No fue la impresión que yo tuve aquel día, desde la ventana de Hamal. Pero... Yamila no se lo había quitado de encima. Sus brazos y sus piernas se agarraban a él, y el cuerpo de ella se movía con el suyo, como si estuviera montando a caballo. Me di cuenta de que Sawdah me observaba; probablemente se estaba preguntando por qué no le daba la razón. Un momento más y adivinaría que mi matrimonio no se había consumado. Recogí los pedazos de la bandeja que acababa de romper y los tiré al fuego para distraerla de aquellos pensamientos.

—Será la *hatun* muy pronto —murmuré—. Y tú y yo estaremos mejor muertas.

—*Hatun?* —Sawdah frunció el entrecejo—. Se supone que ésa es mi posición. Pero yo no la quiero, Aisha. Yo crié a las hijas que tuvo Mahoma con su primera mujer, y tengo un hijo propio de mi primer matrimonio. Ya he pasado bastante tiempo dando órdenes.

Sentí que mi esperanza crecía.

—¿Por qué no me nombras a mí?

Sacudió la cabeza.

—Eres demasiado joven para hacerte cargo de la casa.

—Pero no tan joven como para no poder luchar en tu defensa —señalé.

Sawdah me miró pensativa, ladeando la cabeza, y luego soltó una carcajada.

—Por Alá, hablas tan bien como el mismísimo ángel Gabriel. De acuerdo, Aisha. Te nombraré *hatum* de este *harim.*

La hubiera abrazado de puro júbilo, pero me contuvo alzando la mano.

—No te alegres tan pronto —dijo—. No, hasta que Hafsa bint Umar lo acepte.

Di una patada en el suelo de tierra.

—Nunca respetará mi autoridad, y Mahoma estará demasiado embobado por ella para obligarla a que lo haga.

—No por mucho tiempo —cloqueó Sawdah—. Esa Hafsa tiene un genio horroroso. Peor que el de su padre, por lo que he oído. ¿Conoces el dicho?: «Un clavo con la punta torcida sólo consigue atraer la vergüenza sobre sí.» No tendremos que esperar mucho para presenciar su primera rabieta, ya lo verás. Entonces las nubes se apartarán de los ojos del Profeta.

Aquello me dio una idea. Una buena idea..., pero también mala. Procuré rechazarla, pero cuando Hafsa me llamó *durra* tres veces al día siguiente, y sugirió a Mahoma que debería tenerme encerrada en casa, empecé a cambiar de opinión. Era necesario hacer algo, y pronto. Era evidente que se había aliado con Alí. Esperé que a Mahoma no se le escapara que nuestro matrimonio no había sido consumado, y que ella no se apoderara de la posición de primera esposa sin más miramientos.

Tenía que ser humillada. Si yo le decía lo que sabía de ella, nunca volvería a mirarme desde la punta de su nariz. ¿Cómo podía una mujer presumir como un pavo real cuando tantos hombres la habían rechazado?

Pero Mahoma me había pedido que guardara el secreto. Para castigar a Hafsa, tendría que traicionarlo. Convencí a Sawdah de que les sirviera ella las comidas, por miedo a hablar demasiado. Pero el viernes, cinco días después de la boda, Hafsa se presentó en la tienda de la cocina y pidió zumo de dátil; luego se quedó observando cómo Sawdah y yo lavábamos los platos de la comida que habían tomado Mahoma y ella.

—He dicho que quería zumo de dátil —reclamó—. ¿Sois sordas las dos, o me estáis ignorando?

Sólo la primera esposa de un *harim* tiene derecho a dar órdenes a las otras.

—¿Has oído algo, Sawdah? —pregunté.

—Estoy reclamando para mí el cargo de *hatun* —dijo Hafsa. Se cruzó de brazos y tamborileó en el antebrazo con sus dedos de uñas pintadas con henna—. Estoy segura de que sabéis lo que significa eso. Mis deseos han de ser cumplidos.

—Oh, pero nosotras también tenemos deseos, ¿verdad, Sawdah? —dije yo—. Por mi parte, deseo que nos ayudes a fregar estos platos.

—Yo deseo marcharme de esta tienda antes de verme obligada a decir algo desagradable. —Sawdah había enrojecido, y se apresuró a salir a buscar más agua para los platos.

—Sé muy bien cuáles son tus deseos, Aisha. —Hafsa levantó su larga y elegante nariz—. Qué lástima para ti que tu marido no los comparta.

Durante largo rato me quedé inmóvil, parpadeando delante de su cara burlona y preguntándome qué era lo que sabía sobre mí y Mahoma.

—Qué extraño que hables de los sentimientos de Mahoma —le contesté—, porque él nunca ha sentido nada por ti.

—¿No? ¿Entonces por qué me pidió en matrimonio? —Sus cejas se alzaron, la media sonrisa seguía fija en su rostro. La mala idea daba vueltas en mi cabeza, y mis buenas intenciones se mezclaban con deseos perversos; deseos de ver humillada a Hafsa, y de colocarme por encima de ella. Y entonces, casi sin que me diera cuenta, la mala idea escapó de mi boca.

—Mahoma no te pidió en matrimonio —dije—. Fue tu padre quien hizo la petición. Mahoma accedió para hacerle un favor.

Hafsa puso los ojos en blanco y soltó una risita. Al ver que no me creía, le conté la historia de cómo Umar había ido de hombre en hombre, en busca de un marido para ella; y añadí detalles propios, aquí y allá.

Mientras hablaba, vi cómo su sonrisa de superioridad se desvanecía hasta convertirse en una arruga temblorosa. El triunfo de su mirada dio paso a chispas de indignación. Aquí estaban los primeros signos de su mal genio. ¡Había oído hablar tanto de él! Mis palabras empezaron entonces a tropezar al salir de mis labios, a medida que su expresión altiva se iba desmoronando. Al final de mi historia, una única lágrima negra, teñida de kohl, rodó por su mejilla.

Pero era demasiado tarde para volverme atrás.

—Tu padre tuvo que suplicar a Mahoma que se casara contigo —dije.

—¿De dónde has sacado esos cuentos? —dijo, alzando la voz—. ¿No sabes hacer nada mejor que repetir esos chismorreos malignos? Espera a que Mahoma se entere de esto. Te azotará hasta que tu trasero se ponga tan rojo como tu pelo.

—Yo estaba presente cuando tu padre rogó a Mahoma que te aceptara —mentí.

—¡Perra! —gritó—. ¡Vas a tener lo que te mereces por mentirosa!

Y un momento después, estábamos las dos enzarzadas en una pelea a puñetazos, puntapiés, mordiscos y tirones de pelo, hasta que Sawdah, de vuelta con el cubo, nos separó con sus brazos tan robustos y musculosos como las patas de un buey.

—¡Basta! ¡Qué vergüenza! Las esposas del Profeta peleándose como un par de beduinos —gruñó Sawdah—. ¿Qué diría él si os viera?

—¡Diría que ella merece que le pegue, por sus estúpidas mentiras! —Hafsa hacía rechinar los dientes y me señalaba con el dedo índice.

—¡Más bajo! Vas a dejarme sorda —se quejó Sawdah—. ¿Qué mentiras, Aisha?

—Sólo le he dicho la verdadera razón por la que Mahoma se ha casado con ella —contesté—. Pero las verdades duelen.

Sawdah aferró su amuleto.

—Aisha, no has hecho eso...

—¡Esa historia es mentira! —Hafsa seguía gritando—. Mi padre me contó lo que había ocurrido. Todos los hombres de la *umma* me querían, pero Mahoma fue el elegido. Fue él quien suplicó, no mi padre. ¡Sawdah sabe la verdad! *Yaa* Sawdah, dile que fue Mahoma quien pidió mi mano a mi padre.

Gotas de sudor perlaron la frente y el labio superior de Sawdah. Se arrodilló para sacar los platos de donde los había dejado yo, y se levantó con ellos en las manos.

—Por Alá, no importa quién se lo pidió a quién —dijo—. Estás casada con el Profeta de Dios. Olvida lo demás.

Hafsa dio una patada en el suelo.

—Estás de su lado, ¡lo sabía! Por Alá, sé quién me dirá la verdad.

Pasó delante de nosotras como una exhalación y tropezó con Sawdah, haciendo que los platos cayeran de sus manos. El ruido debió de ahogar mi advertencia de que no molestara a Mahoma, mientras se preparaba para dirigir la oración. En medio de un torbellino de polvo y juramentos furiosos, Hafsa desapareció, dejándonos a Sawdah y a mí la tarea de recoger los platos y tazones rotos. Mientras reunía los pedazos con manos temblorosas, me pregunté cómo reaccionaría Mahoma al ver que había traicionado la confidencia que me hizo. ¿Podría volver a confiar en mí?

—Eres una buena chica, Aisha —dijo Sawdah, sacudiendo la cabeza—. Pero has cometido un error muy grande.

—Ella me provocó —dije.

Sawdah gruñó. Como en sueños, nos acercamos las dos a la entrada de la tienda, sin atrevernos a decir nada más.

Oímos gritos en la mezquita, y más ruido de cacharros rotos. Oímos los sollozos de Hafsa, como los de las plañideras en un duelo, y el tono grave de la voz de Mahoma, que se acercaba. Mi pulso se disparó, y un mareo repentino me obligó a apoyarme en Sawdah. ¿Se divorciaría de Hafsa por su estallido de malhumor? Sería un desastre para ella, y todo por mi culpa. Pero no, su amistad con Umar era demasiado importante. Sin embargo, por lo menos aquello impediría que Hafsa se convirtiera en *hatun*. Pero ¿dejaría que desempeñara yo ese papel?

Desde detrás de los pliegues de la tienda vimos a Mahoma cruzar el patio, con un rostro tan duro como el de una piedra. Su túnica ceremonial roja estaba manchada de kohl, y llevaba el turbante torcido y medio desatado sobre la cabeza. Se dirigió al pabellón de Hafsa. Ella lo llamó a gritos desde la mezquita.

—¿Soy yo menos que un burro, que por lo menos se vende al mejor postor? —gritó ella, y luego dio un traspié y cayó de rodillas.

Habría corrido a ayudarla a levantarse, pero Sawdah sujetó mi brazo.

—Ya has hecho bastante.

Era cierto, y ¡ay!, no podía deshacerlo. «Perdóname por el daño que he causado», recé. Hafsa se incorporó sin ayuda y corrió al pabellón, abrió la puerta de par en par y se metió dentro. Desde allí, Sawdah y yo podíamos oír sus gritos. Probablemente, podía oírlos toda la ciudad de Medina.

Pasado un rato, el ruido se fue apaciguando. Sawdah y yo seguíamos inmóviles en un silencio extraño y pesado, observando y esperando. La puerta del pabellón se abrió, y apareció Mahoma. Había vuelto a atar su turbante, pero su túnica seguía manchada de kohl. Al pasar delante de la tienda de la cocina, asomó la cabeza y me miró.

En sus ojos vi: traición, indignación, incredulidad.

—Que Alá te perdone, Aisha.

Su voz serena se quebró, y las lágrimas subieron a sus ojos. Yo tendí las manos hacia él, deseosa de cargar con su dolor, pero él respondió con una mueca que descubrió sus dientes.

—Que Él me dé fuerzas para perdonarte yo también —dijo—. Con tus palabras crueles querías romper sólo un corazón, lo sé. Pero ¡por Alá!, al traicionar mi confianza, has roto dos.

7

Mahoma ha muerto

Uhud, abril de 625

Durante las semanas que siguieron al día terrible en que humillé a Hafsa, Mahoma elegía con mucho cuidado las palabras cuando me hablaba. Aquella actitud cautelosa me daba deseos de echarme a llorar, pero no podía culparlo. Yo no había sido digna de su confianza.

Me prometí que las cosas cambiarían en Uhud.

Abu Sufyan estaba reuniendo un ejército para atacar Medina. El informe de nuestros espías no sorprendió a nadie: sabíamos que había estado reclutando guerreros. Después de la humillante derrota de los Qurays en la batalla de Badr, necesitaba recuperar su reputación. Desde Badr, los poetas habían estado recitando por todo el Hijaz poemas satíricos que se burlaban de las gentes de La Meca. Hizo fortuna un verso de Hassan ibn Thabit, un poeta de nuestra propia ciudad: «Perezosos mercaderes de manos blandas y cabeza aún más blanda.» Perder aquella batalla costó a Abu Sufyan muchos aliados beduinos, las tribus en las que confiaba para proteger sus ricas caravanas comerciales, porque a los beduinos les gustaba luchar en el bando de los vencedores. La lealtad no significaba gran cosa para muchas de esas tribus, preocupadas sólo por una porción mayor en el reparto del botín y de las mujeres cautivas. Abu Sufyan no podía prometerles ninguna de las dos cosas hasta haber derrotado a nuestro ejército.

De modo que cuando los ojeadores trajeron la noticia de que se acercaba a la ciudad al frente de quinientos hombres, nos encontró listos para recibirlo. Nuestro ejército llevaba varios meses entrenándose.

—Dejadlos venir a nosotros —dijo Mahoma, en pie sobre el tocón del árbol de la mezquita, al anunciar la invasión a la *umma*—. Los derrotaremos fácilmente en nuestra propia tierra.

Pero quedó en minoría. Los hombres que habían luchado en Badr eran héroes para la *umma*, y quienes no estuvieron presentes en aquella ocasión querían una oportunidad para ganar gloria. Lanzar flechas desde detrás de los muros de la ciudad no resultaba ni de lejos tan excitante como cortar cabezas en un combate cuerpo a cuerpo. «Tenemos que salir a su encuentro, argumentaban los más fogosos. Danos la oportunidad de ser, nosotros también, mártires por Alá.»

Finalmente, Mahoma cedió.

—Si quieren luchar ¿puedo yo negarme? —dijo, cuando yo protesté. Él y sus guerreros distribuyeron las escasas armaduras con las que contaban, reunieron a las mujeres que se ofrecieron voluntarias para ayudar, cabalgaron una *barid* completa hasta el monte Uhud, y esperaron allí, como habían hecho en Badr.

Para mi alegría, Mahoma me permitió acompañarlo. Yo sería la aguadora y atendería a los heridos, pero en secreto tenía la esperanza de poder luchar contra los Qurays. Recordaba con toda claridad la fea cara de Abu Sufyan cuando pegó y se llevó a rastras a Raha por las calles de La Meca. Desde aquella noche, había alimentado la llama del resentimiento en mi pecho, a la espera del día en que podría dar su merecido a aquel cerdo cebado por su crueldad. Al mismo tiempo, suspiraba por redimirme a los ojos de Mahoma por haber empezado la pelea en el mercado de Kaynuqah y luego haber traicionado su confianza con el propósito de humillar a Hafsa.

Al ser sólo una muchacha, no me estaba permitido formar parte del ejército, aunque yo me sabía capaz de vencer en una pelea por lo menos a la mitad de nuestros hombres. Algunas mujeres habían empuñado una espada en Badr, pero ahora nuestra tarea se limitaba a llevar agua y cuidar de los heridos. No me importó: haría cualquier cosa que Mahoma me pidiera, para que supiera que yo era digna de él y del islam.

En Uhud, pude ver por el ceño cada vez más marcado del rostro de Mahoma que estaba lejos de pensar en mí. Le preocupaba haber cometido un error al acceder a enfrentarse con los Qurays en aquel lugar. El paisaje desolado, todo polvo, arena y rocas descarnadas quemadas por el sol, apenas ofrecía protección. Y nuestro ejército era lastimosamente pequeño. Contábamos con mil hombres al principio, pero luego nuestros ojeadores trajeron la noticia de que habían visto tres veces más guerreros y camellos en el bando de Quraysh, además de doscientos hombres a caballo. Ante esas noticias el líder de los hipócritas, Ibn Ubayy, huyó con trescientos de nuestros guerreros.

A media mañana, yo y las varias docenas de mujeres de nuestro campamento vimos, pasmadas, avanzar el ejército qurayshí desde las lejanas colinas, fluyendo como una ola plateada sobre la arena descolorida. Sus cotas de malla y sus escudos pintados nos cegaban al relampaguear al sol, y me llenaron de espanto. Justamente debajo de la posición que ocupábamos, Mahoma disponía nuestras tropas en una amplia curva, de espaldas a un saliente de la montaña de roca negruzca. Después de pasar la noche en vela preparando la estrategia y rezando, aparecía fatigado, ojeroso y pálido.

—Si los Qurays llegan al escalón superior, estaremos perdidos —dijo. Situó a cincuenta arqueros en el desfiladero rocoso—. Guardad la montaña como si fuera vuestra madre —les ordenó—. No os separéis de su falda, suceda lo que suceda, ¿entendéis? Seguid en el desfiladero aunque veáis a los buitres picotear la carne de nuestros huesos.

Esas siniestras palabras me llenaron de temor, y por primera vez me di cuenta del horror de la guerra. Mi corazón empezó a latir con violencia, y no se tranquilizó ni siquiera cuando Mahoma dirigió la oración de nuestras tropas. Las mujeres que estábamos en lo alto de la colina nos prosternamos también y murmuramos alabanzas a Alá para pedirle en nuestros corazones una victoria rotunda.

—¡Su número puede ser mayor, pero nosotros tenemos a Alá de nuestro lado! —gritó Mahoma.

Se alzó de nuestras filas un rugido como el de un trueno, que me levantó el ánimo y me hizo sentir más optimista. Comparados con las huestes revestidas de armadura que alzaban una nube de polvo a lo lejos, nuestros hombres daban una pobre impresión; la mayoría llevaban ropas ligeras, sin siquiera un escudo para protegerse, y nuestra caballería consistía únicamente en dos caballos. Pero lo que había dicho Mahoma era cierto: habíamos derrotado a los Qurays en Badr con menos hombres, y menos entrenamiento; y, si ésa era la voluntad de Alá, los venceríamos de nuevo.

Llena de excitación, corrí colina abajo hacia Mahoma, por entre los hombres que se movían de un lado a otro, preparándose para la batalla. Tenía unas ganas enormes de pelear, Mahoma sabía que yo era hábil con la espada y la daga. Si le pedía otra vez que me dejara participar en la batalla, ¿cedería? Mientras lo buscaba entre la multitud, oí una voz que hizo que el corazón me diera un vuelco.

—Debería haber sabido que estarías aquí.

Miré a mi alrededor: Safwan estaba a mi espalda, alto y esbelto, con una cota de malla que se ajustaba a su cuerpo y destacaba sus hombros anchos y su pecho. Sus ojos rasgados brillaban. Sus labios delgados se curvaron en una sonrisa.

Se inclinó en una reverencia lenta y profunda, y mantuvo sus ojos fijos en los míos. Aquella mirada me acobardó. ¿Y si alguien nos veía intercambiar miradas? Bajé los ojos.

—Que tengas buena suerte, hoy.

—*Yaa* Aisha, sabes que para ganar una batalla hace falta destreza. La fortuna sólo ayuda en cuestiones de amor. Y en ese terreno, mi suerte es muy escasa.

—Tal vez sea porque te comportas mejor con los Qurays que con las mujeres —respondí en tono irritado, al tiempo que miraba a mi alrededor para ver si alguien nos oía. Pero todos parecían demasiado atareados en los preparativos de la batalla para prestar atención a un guerrero y una aguadora.

—Mi intención es matar a los de La Meca, no besarlos —dijo

Safwan. Pude notar sus ojos puestos en mí. Casi en contra de mi voluntad, alcé los míos y lo miré a la cara. Su mirada era tan insondable que pensé que podía caer dentro de ella y no regresar nunca—. Y sólo existe una mujer para mí.

Del desfiladero llegó un clamor, «¡Llegan los Qurays! ¡Preparaos para matar o morir en el nombre de Alá!» Me volví con el corazón en la garganta y vi que nuestros enemigos cargaban en tromba como una nube de tormenta, con las espadas en la mano y la muerte en los ojos. Grité aterrorizada y me colgué del brazo de Safwan.

—¡Empieza la batalla! —dije con voz ronca, y me volví para correr hacia lo alto de la colina, pero Safwan retuvo mi mano.

—Sólo están intentando asustarnos —dijo—. Todavía habremos de pasar por varias formalidades, ya verás. Se pararán cuando estén a corta distancia y empezarán a fanfarronear sobre cómo van a matarnos a todos sin dejar uno. Luego sus mejores guerreros se adelantarán, y nosotros mandaremos a los nuestros. Esos hombres lucharán a muerte. Sólo entonces empezará la batalla.

Umar pasó a nuestro lado, parecido a un pavo real con un penacho de plumas ondeando en el casco. Se paró al verme en medio de las filas y me gritó que me marchara de allí y me reuniera con las mujeres del campamento. Con la cara roja de vergüenza me volví hacia Safwan, pero no estaba.

Umar vio la espada que pendía de mi cinturón, y alargó la mano para cogerla.

—No queremos niños peleando en el campo de batalla, y menos aún niñas.

¿Entregarle yo mi espada? Antes le habría dado el brazo. Pero alrededor había hombres que nos miraban. Desafiar a uno de los comandantes de Mahoma habría sido un mal presagio para la batalla. De modo que saqué de su funda mi espada infantil y se la tendí a Umar; después trepé por la colina hacia las tiendas.

Hafsa se acercó a recibirme. Desde nuestra pelea, había trabajado de firme para merecer su perdón, y por fin parecía empezar a sentir algo de simpatía por mí.

—¿Creías que mi padre te dejaría participar en la batalla? No quiere a ninguna mujer aquí.

—Tiene miedo de que lo supere en la lucha —murmuré.

El ejército de Quraysh se desplegó como un enjambre de langostas sobre la arena, empequeñeciéndonos. El pulso me latía en los oídos como un tambor y el sudor me corría por la espalda. Por Alá, ¿cómo iba a poder escapar de la aniquilación nuestra insignificante hueste? Al frente y en el centro de su ejército se había colocado Abu Sufyan, tan gordo como siempre, relamiéndose los labios con su gruesa lengua y sonriendo de un modo que dejaba al descubierto sus dientes amarillos. La bilis se agolpó en mi garganta, y busqué en torno mío una espada para sustituir la que me había arrebatado Umar. «Por favor, Alá, concédeme la oportunidad de matar a Abu Sufyan hoy.»

A la derecha de Abu Sufyan, un joven guerrero dirigía miradas feroces por encima de una barba negra que casi le llegaba al ombligo. A su izquierda, Jalid ibn al-Walid, el famoso guerrero qurayshí, montaba un caballo negro con la espalda tan recta como el asta de una bandera, y la mejilla marcada por una cicatriz lívida.

Abu Sufyan se adelantó y alzó una mano para pedir silencio a sus tropas. Poco a poco, el ruido de sus conversaciones y el resonar de sus armaduras se fue apagando. Nuestro ejército se mantenía en perfecta formación, sin siquiera parpadear.

—¡Hombres de Medina! —gritó Abu Sufyan—. ¡Miembros de los clanes Aws y Jazray! No tenemos ningún agravio contra vosotros. No fuisteis vosotros los que asaltasteis nuestras caravanas para robar nuestro oro y nuestra plata. No sois quienes intentan destruir nuestra ciudad y desprecian a nuestros dioses. Hemos venido a combatir a Mahoma, hijo de Abdallah al-Muttalib, y a los hombres de La Meca que lo siguen.

»Ya veis el tamaño de nuestro ejército. Tenemos con nosotros muchos guerreros beduinos, sedientos de sangre. Vosotros contáis con un puñado de soldados andrajosos, sin armaduras ni caballos. ¿Merece ese hombre, Mahoma, que perdáis vuestras vidas por él? Porque os mataremos a todos, si es necesario, para llegar hasta él. *Yaa* Jazray, ¡volved a vuestras casas! ¡Marchaos, Aws! Él no es de vuestra sangre...

Antes de que terminara su discurso, los *ansari* o «Ayudantes», como llamábamos a los Aws y los Jazray, empezaron a responderle a gritos:

—¡Nunca abandonaremos a nuestro Profeta! —decían unos.

—¡Larga vida a Mahoma, mensajero de Alá! —gritaban otros.

Mi pecho se hinchó de orgullo. Sawdah, que había venido a reunirse con Hafsa y conmigo, suspiró y se enjugó una lágrima de la mejilla.

—Alá bendiga a los Ayudantes —dijo—. Nos quieren más que nuestros propios parientes.

Empezó la batalla. Corrimos al campo, con nuestras vendas sujetas alrededor de la cintura y cargando con los pellejos del agua. Al principio nos mantuvimos a la espera, porque las filas de nuestros guerreros se mostraban impenetrables, bien agrupadas como lo habían estado en Badr, e impedían que la hueste de Quraysh trepara por la montaña. Los Qurays se lanzaban sobre nosotros en oleadas, pero nuestra unidad era un obstáculo que no podían superar. Las mujeres aplaudíamos cuando se retiraban una y otra vez, cada una de ellas en menor número. Teníamos buenas razones para alegrarnos: si los Qurays conseguían destruir a nuestro ejército, entrarían en Medina y matarían a los hombres que quedaban allí, y a las mujeres y a los niños nos harían esclavos. Su objetivo era hacer desaparecer del Hijaz a Mahoma, la *umma* y el islam. El nuestro era sobrevivir. Y hasta el momento, parecía que lo conseguiríamos.

A un lado del escenario de la batalla, Hind, la astuta esposa de Abu Sufyan, repicaba en su tamboril para animar a su bando a la lucha. Ella y otras tres o cuatro mujeres, vestidas de seda y encajes —señal de su elevado rango en La Meca—, cantaban: «Si avanzáis os abrazaremos, extenderemos alfombras suaves a vuestros pies. Si retrocedéis os dejaremos, no os amaremos nunca más.»

El redoblar de tambores se sumó de pronto al repique y las canciones; o así nos pareció, al principio. Luego nos dimos cuenta de que el ruido que oíamos era la caballería qurayshí. Irrumpieron guerreros a caballo, decididos a arrollar a nuestros hombres. Me aferré al brazo de Hafsa, con todos los músculos en tensión, los ojos fuera de las órbitas por el miedo. Venían directamente sobre nosotras, y al contrario que la infantería sus caballos no distinguirían entre guerreros y aguadoras en el momento de pisotearnos. El silbido de las flechas sobre nuestras cabezas hizo que nos agacháramos, y yo grité, temblorosa, esperando ser golpeada por detrás o aplastada por los cascos. Pero los arqueros situados encima de nosotras en el desfiladero consiguieron, desde una distancia imposiblemente larga, acertar con sus flechas en los ojos de los caballos Qurays. Los jinetes mordieron el polvo entre los relinchos de sus monturas. Un hormigueo de alivio recorrió nuestros miembros, y gritamos, reímos y dimos gracias a Alá. Muy pronto los cadáveres de Qurays, beduinos y animales cubrieron la arena, el aire se llenó del olor de la sangre, y el ejército de Quraysh se alejó a la desbandada por el desierto abandonando a sus camellos. Yo empecé a saltar y a abrazar a Hafsa y Sawdah, y a llorar de alegría. ¡Loado sea Alá! Habíamos vencido.

Los vítores resonaron en todo el campo. Nuestros hombres alzaron las espadas y corrieron detrás de los mecanos, engreídos, riendo e insultándolos. Pero cuando llegaron hasta los camellos Qurays, abandonaron la persecución y empezaron a desatar la carga de los animales. Volcaron las alforjas y el arroz se derramó por el suelo. Rompieron los cuellos de las botellas de vino y bebieron a grandes tragos su contenido. Se apoderaron de dagas y espadas y se llenaron la boca con frutos secos y tasajo. Y entonces, gritando, los arqueros abandonaron sus puestos y corrieron fuera del desfiladero para tomar su parte del botín.

—¡Vigilad a vuestra espalda! —grité, agitando los brazos en el aire—. ¿Qué estáis haciendo, locos codiciosos?

Mi alegría se transformó en pánico y empecé a llamar a gritos a Mahoma, pero no aparecía por ningún lado.

El ejército qurayshí no se había retirado. El estruendo de los cascos sacudió el suelo detrás de mí, y el corazón me dio un vuelco al ver que Jalid ibn al-Walid había guiado a su caballería rodeando la montaña y subía por el desfiladero abandonado. Hafsa y yo gritamos hasta enronquecer, pero nadie en el campo nos oyó, y los Qurays rodearon a nuestros hombres. Cuando nuestros guerreros se dieron la vuelta con las bocas llenas, vieron que las tropas mecanas bajaban del monte Uhud como una avalancha y caían sobre ellos. Antes de poder alzar sus espadas ya caían, y el vino y la sangre se mezclaban sobre la arena. Agarré mi bolsa de vendas y corrí hacia ellos, sin permitirme pensar en las flechas que volaban a mi alrededor. Mi corazón saltaba mientras esquivaba a hombres de ojos furiosos que alzaban en el aire dagas y espadas; sabía que no me harían daño a propósito, pero en el furor de la batalla ocurren accidentes.

En el tiempo que se tarda en desprenderse de una armadura, las estrellas habían cambiado de signo. Victoriosos tan sólo un instante antes, los musulmanes que quedaban en el campo luchaban ahora por su vida. Mientras vendaba la cabeza de mi gruñón vecino Hamal, vi caer al poderoso general Hamza, y oí el grito de alegría de Hind, a cuyo padre y hermano había dado muerte él en Badr. Al cruzar el campo buscando a Hafsa, vi al hermano de leche de Mahoma, Abdallah, caído de rodillas con una flecha en el hombro. Su esposa, Umm Salama, corrió delante de nosotros y lo tomó en sus brazos; y un momento después todas corríamos, buscando a nuestros seres queridos, maridos y hermanos e hijos, con una oración en nuestros corazones. Busqué por todas partes a Mahoma. «Oh, por favor, permite que viva.» Vi a Safwan abriéndose paso en medio de una maraña de Qurays, manejando la espada de un modo desordenado, impulsivo y furioso. Mahoma me había enseñado a olvidarme de mis emociones cuando combatía. «Piensa sólo, y deja a un lado tus emociones», me dijo.

Pero ¿dónde estaba Mahoma? Su caballo corría sin traba, con ojos enloquecidos, lejos de la carnicería. Corrí hacia Abdallah, que había estado combatiendo a su lado. Umm Salama, como se le habían acabado las vendas, utilizaba su propia falda para taponar el brazo herido.

—Estábamos en la parte baja del desfiladero cuando atacaron los Qurays —dijo Abdallah—. Arrojaron piedras y flechas, apuntando a Mahoma. Yo me habría enfrentado a ellos, pero la flecha me paralizó el brazo. Talha me envió al pozo a buscar agua. Después, perdí el sentido.

Con el corazón disparado, corrí a través de las arenas desiertas hasta el pozo situado a la sombra del gran saliente rocoso del Uhud. Allí Hind, la de la nariz puntiaguda, que había dejado a un lado su tamboril, repartía agua y la negaba a nuestras mujeres.

—Vosotras impedisteis que nuestros hombres apagaran la sed en Badr, pero ahora somos nosotros los vencedores —dijo, con una carcajada. Su cara flaca y sus ojos astutos me recordaron a un chacal. Deseé tener mi espada, entonces: con gusto le habría cortado las manos.

—Dame ese cubo —le grité—, o te lo quitaré por las malas.

Su risa fue un grito agudo y despectivo.

—Tú eres la putilla de Mahoma, ¿verdad? —dijo—. No sé qué prisa tienes, tu marido ha muerto.

—¡Mentirosa!

Me abalancé sobre ella, agarré el cubo y la golpeé con todas mis fuerzas. El golpe la hizo caer, y en el suelo se quedó, tratando de recuperar la respiración. Las mujeres de la *umma* se arremolinaron a mi alrededor, para llenar sus pellejos de agua. Después de llenar el mío, levanté el cubo para llenarlo una vez más en el pozo. Y cuando las amigas de Hind la ayudaban a ponerse en pie, le arrojé el agua del cubo a la cara y sobre sus vestidos de seda. Las mujeres que me rodeaban rieron, y todas corrimos de vuelta al campo para socorrer a nuestros hombres.

—¡Reíd mientras podáis! —gritó Hind a nuestra espalda—. ¡Muy pronto los Qurays aullarán mientras devoramos el hígado de vuestros ridículos guerreros, incluido el de vuestro precioso Profeta!

El pánico me apretó con sus manos frías, y recorrí el campo en busca de Mahoma. ¿Sería verdad que había muerto? Si lo hubieran matado ¿no oiríamos los gritos de victoria de los Qurays? Como en respuesta, los gritos de júbilo de nuestros enemigos arrancaron ecos de las piedras. Los mecanos daban vítores en el campo, hacían ondear su bandera y se agarraban los unos a los otros de las barbas.

—¡Lo conseguimos! —aullaba Abu Sufyan en lo alto del desfiladero—. ¡Mahoma ha muerto! ¡Loor a Hubal! ¡Hemos derrotado a los traidores para siempre!

Los gritos de los Qurays me dolían como puñetazos en los

oídos, pero me negué a oírlos. ¡No podía haber muerto! Alá no permitiría que ocurriera una cosa así. Alí le protegía, y también mi primo Talha. «Por favor, Alá, guárdale de todo mal.» Cargada con mi pellejo de agua, corrí, sorteando hombres y rocas y arbustos espinosos, hacia las áridas colinas. Gritando el nombre de Mahoma, buscándolo entre la arena y el polvo levantados por los cascos de los caballos. Imaginándolo roto y ensangrentado en el suelo. Tapándome la boca para evitar el olor metálico de la sangre caliente, los hedores ácidos del vómito, de la mierda. Sequé mis lágrimas con el dorso de las manos para poder ver mejor. Uno de los *ansari* me llamó para pedirme agua..., justo antes de que una daga le atravesara la garganta. Sus ojos se abrieron de par en par y la sangre burbujeó en su boca. Yo miré, paralizada, cómo caía. Miré entonces a su atacante, que venía hacia mí, sonriente. Era un beduino, a juzgar por su enorme turbante, y tenía una nariz grande como un puño. Arranqué la espada de la mano del hombre muerto y la alcé, furiosa... Y el beduino se retiró.

Trepé colina arriba y examiné la maraña de cuerpos caídos, en busca del perfil de Mahoma, su cota de doble malla, el brillo de su casco. Un caballo piafó a mi lado, pero, alertada por Dios, agaché la cabeza y evité por poco que me golpeara con sus cascos cortantes. Seguí subiendo, y vi la espada de doble hoja de Alí resplandeciente al sol. Por una vez en mi vida, me alegré de verlo. Mahoma no podía estar lejos.

Y entonces lo vi en el suelo, a los pies de Alí. La sangre salpicaba su rostro y tenía los ojos cerrados. Grité, pero nadie me oyó. Los atacantes Qurays se arrojaron con gruñidos e insultos sobre el grupo que defendía a Mahoma: Alí, Talha, Umar, mi padre, y..., retuve mi respiración, Umm 'Umara, una mujer *ansari* a la que conocía de los baños públicos, y que atravesaba con su espada el vientre de un asaltante y la sacaba de un tirón, de modo que la sangre salpicó los ojos del hombre que venía detrás. Su cabello negro flotaba al viento; sus ojos relampagueaban; su boca tenía un rictus feroz. Mi corazón se regocijó al verla, temible, desafiante y cubierta de polvo y de sangre, la visión más gloriosa que jamás había podido presenciar.

Animada por su valor, me precipité en medio del tumulto,

invisible para quienes luchaban, feliz por una vez de ser pequeña, porque necesitaba llegar hasta Mahoma. Deseaba tanto estar algún día en el lugar de Umm 'Umara, que sólo en ese momento pensé en él. Me dejé caer a su lado y me arranqué una tira del vestido, la humedecí con agua de mi pellejo, y con manos temblorosas lavé la sangre de su rostro.

—Abre los ojos —supliqué—. Mírame, *habib*. ¡Por favor, que esté vivo! ¡*Yaa* Alá, deja que viva, te lo suplico!

Mahoma yacía inmóvil. Sus ojos seguían cerrados. Oí un grito y vi que Talha soltaba su espada, apretaba los puños y caía dentro de la trinchera que nuestros hombres habían excavado como trampa para los jinetes Qurays. Quise saltar para ayudarla, pero ¿cómo podía dejar a Mahoma? Me agaché junto a mi marido con la espada levantada, desafiando a cualquiera que se acercara a él.

Pero la lucha se había detenido. En lo alto del desfiladero, Abu Sufyan anunció la muerte de Mahoma y la victoria de los Qurays.

—¡Alá ha muerto! —gritaba—. ¡Larga vida a Hubal! ¡Larga vida a los Qurays!

Apreté el puño de mi espada. Alí agitó la suya en el aire.

—Dejadme ir a silenciar a ese bocazas de una vez por todas —dijo, pero mi padre sacudió la cabeza.

—Ya sabes lo que dice el Profeta: sólo luchamos cuando nos atacan. La batalla ha terminado.

Oí un gemido, y al bajar la vista advertí que Mahoma abría poco a poco los ojos. El alivio empapó mis miembros como una brisa cargada de rocío.

—¡Loado sea Alá! ¡Vive!

Mi rostro fue el primero que vio, mi mano la primera que apretó.

—Mi ángel de bondad —dijo—. ¿Estoy en el Paraíso?

Yo reí por entre mis lágrimas.

—No te separarás de nosotros tan fácilmente —dije—. Alá todavía te tiene destinados algunos trabajos.

Levantó la mano y se dio cuenta del vendaje que yo había anudado a su cabeza; luego, con un gesto de dolor, tocó las puntas de la malla de acero que se le habían incrustado en la mejilla.

—*Yaa* Profeta, por favor, deja que te quite eso —dijo un *ansari*—. Te prometo que no te haré daño.

Acercó su boca a la mejilla de Mahoma y empezó a chupar. Pronto había extraído uno de los anillos de la malla; luego, el segundo.

—Ha probado tu sangre, primo —dijo Alí, mirando ceñudo al Ayudante.

—Así es —contestó Mahoma con una sonrisa—. *Yaa* Ubaydah, te has asegurado un lugar en el Cielo. Nadie que haya probado la sangre del Profeta podrá ser tocado por el fuego del infierno.

—Algunas personas son capaces de cualquier cosa para acercarse a él —gruñó Alí, mientras todos emprendíamos el descenso de la montaña—. Yo podía haberle quitado esos anillos con los dedos.

El *ansari* lo oyó e hizo un gesto de enfado.

—No lo escuches —dije yo—. Alí aborrece que Mahoma favorezca a cualquiera que no sea él mismo.

—¿Por qué estás aquí, Aisha? —dijo Alí—. ¿No te dijo Umar que te quedaras en el campamento?

—No obedece a su propio marido —añadió Umar—. ¿Por qué había de escucharme a mí?

Safwan se acercó a nosotros en ese momento.

—*Yaa* Aisha, he visto cómo atemorizabas a aquel beduino —dijo—. Me disponía a salvarte.

No le devolví la mirada, pero enrojecí. ¿Y si Alí y Umar se daban cuenta de la familiaridad con la que me había mirado?

—Puedo salvarme a mí misma —respondí con los ojos bajos.

Los gritos rasgaban el aire como dagas. Debajo de nosotros, en el campo de batalla una Hind manchada de polvo se alzaba en medio de la carnicería con los ojos extraviados y fuera de las órbitas, su pelo gris revuelto y su vestido azul oscuro, el color del luto, torcido hacia un lado mientras alzaba los brazos al cielo. Con una mano apretaba algo de color oscuro.

—*Yaa* Mahoma, ¡nos hemos vengado de la batalla de Badr! —escupió—. ¡Tu tío Hamza, el llamado «León de Alá», el matador de mi padre y de mi hermano, ha muerto!

Vimos cómo se llevaba a la boca aquella cosa de color púrpura oscuro, que goteaba.

—¡Por Alá! ¿Está poseída por un *djinni*? ¿Qué está haciendo? —susurré.

—Hind juró comerse el hígado de Hamza en venganza por Badr. —El tono de la voz de Mahoma era tranquilo, pero sus ojos estaban llenos de lágrimas por su querido tío—. Al parecer, no ha olvidado su juramento.

Al ver cómo mordía el hígado palpitante, reprimí una arcada. Luego, cuando ella se dobló en dos y vomitó en el polvo, hube de mirar a otro lado, temerosa de hacer lo mismo.

—Déjame matarla. —Alí desenfundó su espada—. Alá se alegrará de enviarla al infierno.

—Guarda tu espada, Alí. ¿No te cansas nunca de pelear? La batalla ha terminado. —Mahoma hablaba con voz débil, sin entonación—. Si Alá quiere que Hind muera, Él mismo la matará.

8

Volver loco a un hombre

Medina, abril de 625

El viaje de Uhud a Medina no es largo, sólo medio día en caravana. Pero nuestro regreso a casa derrotados parecía arrastrarse por la arena como la cola de un perro apaleado. La muerte de sesenta y cinco hombres hacía que cada paso nos costara, lastraba nuestras lenguas y ahogaba las conversaciones.

La noche anterior habíamos enterrado al pie del Uhud a los guerreros caídos. Durante el enterramiento observé a hurtadillas a la gloriosa Umm 'Umara, y me di cuenta de la sencillez de su vestido, de su forma de conducirse firme y segura de sí misma, de sus largas zancadas. Mahoma había declarado que los muertos eran héroes, mártires del islam que encontrarían grandes recompensas en el Paraíso. Pero la ceremonia no fue en absoluto jubilosa. Sabíamos que muchos habían muerto sin gloria, víctimas de la codicia, del vino y de su temperamento impulsivo. La respuesta de Mahoma a la batalla de Uhud fue prohibir a sus fieles que bebieran vino. La mía fue analizar mi propio comportamiento, en particular en lo relativo a Safwan.

Después del incidente del mercado, Alí había empezado a vigilarme de cerca, en busca de alguna manera de desacreditarme a los ojos de Mahoma. Si lo conseguía podría arrebatar a mi padre el honor de ser el Primer Compañero del Profeta de Dios.

En mi condición de mujer casada, y de importancia, yo era

muy vulnerable a la murmuración, sobre todo en relación con Safwan. Hablar con otro hombre, incluso en las circunstancias más inocentes, podía dar lugar a especulaciones. «¿Por qué no se ha alejado? —podía preguntarse la gente—. Los ojos bajos de una mujer y las respuestas murmuradas lo único que hacen es dar esperanzas a un hombre.»

Volví a la mezquita con un propósito en mi corazón: olvidaría a Safwan, que ahora no significaba nada para mí, y me consagraría a Mahoma, mi marido y mi amigo. Después de la derrota, él me necesitaba más que nunca.

Pero cuando Mahoma volvió a casarse apenas un par de días después, me resultó difícil preocuparme por él ni por nadie que no fuera yo misma.

Zainab bint Juzainah, más conocida como Umm al-Masakin, «madre de los pobres», no era una gran belleza, pero tampoco era ninguna burra. Poseía algunas cualidades prometedoras: un cabello del color de la miel quemada, un hoyuelo en la barbilla y una tez tan clara como la primera luz del día, aunque tan pálida y frágil en apariencia como la cáscara de un huevo. Hafsa y yo coincidimos en que podría resultar bastante agraciada..., con un pequeño esfuerzo por su parte.

—Por Alá, ¿es que no ha oído hablar nunca del colorete, ni del kohl? —dijo Hafsa mientras observábamos cómo se acercaban los invitados a la boda a felicitar a Mahoma y su esposa—. Esos ojillos de conejo que tiene necesitan ayuda —siguió diciendo Hafsa—. ¡Y mira el vestido de boda! Debe de habérselo prestado uno de los inquilinos de sus tiendas.

Era cierto que el atuendo de Umm al-Masakin era pobre y vulgar, pero su sonrisa era cálida y rica como el oro. Cuando la dirigió a Mahoma, él la contestó con ojos maravillados, como si no pudiera creer que aquel tesoro fuera suyo. Sentí que la sangre me hervía. ¿No era la misma mirada que había dedicado a Hafsa antes de que ella casi consiguiera arrebatarme su amor..., y mi posición?

Pero Umm al-Masakin era tan diferente de Hafsa como es posible imaginar. En lugar de mirarme desde lo alto de la punta de su nariz como había hecho Hafsa el día de su boda, me saludó con tanto cariño como si las dos nos conociéramos de toda la vida. Al mirarla a los ojos, vi reflejada en ellos la sinceridad. No vi belleza, en cambio, y eso me hizo preguntarme: «¿Qué ha impulsado a Mahoma a casarse con ella?» Sí, era otra, pero como ya apunté antes de su boda con Hafsa, había montones de viudas de Badr.

—Es mi deber cuidar de ella, y también ayudar a que ella cuide de los pobres —me había dicho Mahoma la noche antes; pero no vi ningún «deber» en la mirada lujuriosa que le dirigió.

Aquella mirada me persiguió a lo largo de los tres días siguientes, mientras esperaba a que Mahoma saliera de su encierro junto a ella.

—Podía haber exigido siete noches, pero sólo pidió tres —nos dijo Sawdah—. Dijo que no podía dejar abandonados tanto tiempo a los pobres de las tiendas.

—He oído que todas las semanas lleva grandes sacos de cebada y dátiles a la gente de esas tiendas —comentó Hafsa.

—Y mientras, en la mezquita nosotras pasamos penurias —dije yo—. Ya son bastante difíciles las cosas para nosotras ahora, cuando Mahoma regala prácticamente todo el botín de los ataques a las caravanas. Ahora que además está ella, ¿qué va a pasar con las pequeñas cantidades de grano y de fruta que Mahoma reserva para nosotras?

—Nadie puede tocarlas —dijo Sawdah—. Las he escondido. En un lugar secreto. —Nos dirigió una larga mirada a Hafsa y a mí, esperando que le preguntáramos dónde lo guardaba. Como ninguna de las dos dijo nada, por fin lo soltó—: En la azotea del aposento del Profeta. Bilal trepa al árbol y me baja un saco cada vez que lo necesito.

Hafsa me dio un codazo cuando nos dirigíamos a nuestros respectivos pabellones para prepararnos para la visita de Mahoma.

—Hazme caso: no le cuentes nada a Sawdah si no quieres que se entere toda la *umma* —dijo—. Esa mujer es tan charlatana que no sabe guardar ni siquiera sus propios secretos.

Apenas escuché sus palabras. Seguía persiguiéndome el deseo de los ojos de Mahoma cuando miró a la madre de los pobres el día de su boda. A pesar de su aspecto andrajoso y de su falta de estilo, ¿podría Umm al-Masakin robarme el amor de Mahoma?

Pero ¿qué estaba dispuesta a hacer yo para conservar el favor de Mahoma? Umm al-Masakin era una viuda, el lecho matrimonial tenía que serle familiar, mientras que yo temblaba aún con sólo pensar en la cola del alacrán. Hafsa me tranquilizó cuando le conté mis temores..., después de rehacerse del impacto que le produjo saber que nuestro matrimonio no había sido consumado.

—El dolor sólo dura un instante y luego se transforma en placer —me dijo—. Y Mahoma no te tratará con brutalidad.

Con dolor o sin él, decidí hacer todo lo necesario para que volviera a dedicarme su atención. Cuando su ardor por Hafsa disminuyó, tal como había predicho Sawdah, había estado atareado con los preparativos, primero para la batalla de Uhud y luego para la nueva boda. Ahora, aprovechando el intervalo entre matrimonios y acciones militares, había llegado el momento propicio para reconquistar el corazón de Mahoma. Esa noche era la ocasión para desprenderme de mis miedos y convertirme en una verdadera esposa para él, como lo había sido mi madre para mi padre, que inspiró en *abi* un amor tan grande que le hacía mirar a *ummi* como si llevara un tesoro precioso entre los pliegues de su falda. Yo había empezado a ver de nuevo afecto en los ojos de Mahoma a partir de la batalla de Uhud, cuando corrí a su lado porque me necesitaba. Esta noche, con la ayuda de mi hermana y de mi hermana-esposa, esperaba encender en su corazón el fuego del amor.

En mi habitación, me lavé todo el cuerpo y me froté con brotes secos de espliego. Para aclararme la tez, me unté la cara con una loción preparada a base de talco, y agrandé la línea de mis ojos con colirio, extendiendo la pasta con la ayuda de una ramita de espliego. De alguna manera conseguí que mis manos parecieran firmes, aunque temblaba por dentro. Vestí mi túnica roja y blanca y me cepillé el pelo hasta que casi saltaron chispas. Luego tomé el tamboril y ensayé el baile que me había enseñado mi hermana. «Es un baile capaz de volver loco a un hombre», me había dicho con una sonrisa maliciosa.

El tintineo de los cascabeles del tamboril debió de impedirme oír que llamaba a la puerta. Daba vueltas por la estancia, palmeando el instrumento que mantenía en alto, por encima de mi cabeza, y deslizando los pies descalzos por el suelo de tierra apisonada, cuando lo vi parado en el umbral, sonriente. Golpeé el tamboril y sacudí el cabello. Le dirigí una mirada burlona, como había visto hacer a Hafsa. Bailé delante de él, le quité el turbante de la cabeza y lo dejé sobre el alféizar de la ventana mientras recitaba versos de un poema de amor.

Mientras me movía bajo la luz tenue, lo miraba a hurtadillas esperando ver en sus ojos el fuego que los iluminaba el primer día que llegué a la mezquita. Giré a su alrededor y deshice el nudo de mi cinturón con manos temblorosas, pero cuando lo miré a los ojos sólo vi confusión en ellos.

—*Yaa* esposo —dije. Sintiéndome vulnerable, me arrimé a él para que pudiera ver los complicados dibujos que Hafsa había pintado con henna en mis manos y mis antebrazos, y le hice seña de que se adentrara más en la habitación—. ¿Qué piensas de mi baile? Estaba practicando, sólo para ti.

—Es muy bonito. —Su tono era cálido, como un abrazo—. No sabía que bailabas. Estoy empezando a creer que puedes hacer cualquier cosa.

—Es cierto.

Deslicé mis brazos en torno a su cintura, y eché atrás la cabeza para mirarlo a los ojos.

—Puedo hacer cualquier cosa que me pidas, *habib*. Todo lo que tú desees.

Apreté mi pecho contra su cuerpo, pero él me miró con ceño. Antes de que pudiera hablar, sin embargo, alguien llamó a la puerta.

Con un suspiro de frustración, la abrí de un tirón. Umar pasó a mi lado como si no me hubiera visto. Mi ánimo se vino abajo, y también mi cuerpo, como una flor primaveral temprana helada por la escarcha de la noche. La angustia de los ojos de Umar me dijo que mi noche de amor con Mahoma tendría que esperar.

—*Yaa* Profeta, te pido perdón por mi intromisión —dijo, mientras Mahoma y él se saludaban a la manera tradicional, apretándose mutuamente la mano derecha, colocando la izquierda sobre el hombro del otro y besándose las mejillas—. Pero está ocurriendo una cosa terrible, y he querido que lo supieras de inmediato.

—Puede que él te perdone, pero yo no —dije, bromeando sólo a medias. Umar me dirigió una mirada como si yo fuera un perro que mereciera ser apaleado, y luego empezó a recorrer la habitación tirándose de la barba con manos frenéticas y mirándome como si dudara de que fuera seguro hablar delante de mí. Yo me senté en un cojín en un rincón, junté mis manos sobre mi regazo y bajé la mirada para que no pudiera ver cuánto deseaba que se fuera. Pero también estaba ansiosa por oír las noticias.

Por fin, se volvió a Mahoma y me ignoró.

—Ibn Ubayy ha ido demasiado lejos. Vengo del mercado, y allí le he oído reírse con sus amigos de un poema en el que se te insulta.

La faz de Mahoma se tiñó de rojo. Era especialmente sensible a los versos de los poetas públicos. Los poetas podían destruir a un hombre con un simple giro de una frase. Le había ocurrido a Ibn Ubayy, cuando Mahoma llegó a Medina. «Aquí —dijo entonces el anciano *shayk* Hassan ibn Thabit— está el hombre que unirá la ciudad dividida.» En la extensión de unas pocas sílabas, y gracias a algunas palabras bien elegidas, las lealtades de la gente cambiaron. Se habían agolpado en las calles para aclamar el paso del Profeta de Dios en su camella blanca sin mancha, y habían empujado a Ibn Ubayy a la cola de la multitud.

La noticia de Umar era inquietante, pero yo lo miré de mal humor. ¿No podía haber esperado otro momento para hablar de su «asunto urgente»? La excitación que produjo mi baile en Mahoma había desaparecido, oscurecida por las alarmas de Umar. «¡Lárgate!», quise gritarle. Pero hacerlo supondría irritar más aún a Mahoma, de modo que rumié mi furia en silencio.

—Profeta, el poeta va diciendo que tú fuiste la causa de la derrota de Uhud —dijo Umar—. Yo mismo escuché sus versos. Dice que fuiste el primero en correr a saquear los camellos de los Qurays. Dice que tu codicia privó a la *umma* de una gran victoria, y costó muchas vidas.

La vena de la frente de Mahoma se hinchó.

—¿Quién dice esas mentiras? —exclamó. Agarró la barba de Umar con las dos manos—. ¿Quién es, Umar? Le haré callar de una vez por todas.

—Ibn Ubayy le paga —dijo Umar—. Ibn Ubayy es la persona a la que tenemos que hacer callar. Deja que me encargue yo, Profeta. Serás vengado antes de que caiga la noche.

Mahoma dejó caer las manos a sus costados.

—Sabes que no podemos matar a Ibn Ubayy. Tendría más seguidores muerto que vivo.

—Ya ha engañado a unos cuantos para que lo respalden. Los líderes del clan Nadr han roto su tratado con nosotros y le han asegurado su lealtad. También algunas de las tribus beduinas apoyan a Ibn Ubayy. Quieren convertirlo en el rey de Medina.

Mahoma rio con sorna y dijo que le gustaría saber a favor de quién estarían los beduinos la semana siguiente.

—Cambian de alianza como cambia el viento de dirección —dijo. Pero cuando Umar nos dejó solos por fin, se recostó en un almohadón a mi lado y empezó a dar vueltas a lo que acababa de escuchar.

—¿Por qué preocuparse? —dije, y le acaricié la mano—. De todas formas, tú no quieres gobernar Medina, ¿verdad? Deja que coronen rey a Ibn Ubayy. Si consigue lo que desea, tal vez nos dejará a nosotros en paz. —El ceño de Mahoma se hizo más profundo que nunca. Lo miré asombrada. El Mahoma que yo conocía vivía para el Paraíso, y para la recompensa que nos esperaba allí. ¿Desde cuándo se preocupaba por el poder terrenal?—. ¿No lo crees así? —le pregunté.

—Cuando llegamos a Medina, no pensábamos en gobernar a nadie. —Hizo una mueca—. Me incomodó el poema de Hassan ibn Thabit, con sus alabanzas. No tenía intención, entonces, de arrebatarle nada a Ibn Ubayy. Pero las cosas han cambiado, Aisha.

Sus dedos, que con tanta suavidad habían acariciado los míos, ahora apretaron con fuerza mi mano, y sus ojos se volvieron tan fieros como los de un león.

—Si renunciamos a nuestro poder, los Qurays nos devorarán

—dijo—. La *umma* se dispersará como las arenas empujadas por el viento. El nombre de Alá, al que ahora invocamos sobre los tejados de las casas, no será más que un sollozo.

Y Mahoma perdería todo aquello por lo que había estado luchando esos años. Al darme cuenta de ese peligro, me invadió una oleada de simpatía, y parpadeé para contener las lágrimas de rabia que se acumulaban en los rabillos de mis ojos. No habría consumación esa noche, pero en cambio Mahoma necesitaba de mis consuelos.

—Tener enemigos no es nuevo para ti —le dije, mientras acariciaba sus dedos con los míos—. Pero también cuentas con más partidarios que nunca, ¡incluso entre los beduinos! Una batalla perdida no significa nada. La gente lo olvidará pronto. —Él frunció el entrecejo y sacudió la cabeza, con la mirada perdida a lo lejos. Acerqué la mano a su mejilla, y lo forcé a mirarme a los ojos. Su expresión angustiada me llenó de ternura—. Todo lo que tienes que hacer es asaltar unas cuantas caravanas Qurays, y todo el mundo dirá: «¡Qué aguerrido es el ejército de Mahoma!»

La dulzura se extendió como una pomada cálida por sus ojos y suavizó los rasgos de su rostro, moldeando en sus facciones la expresión de un amor puro. ¡Amor! El marido por cuya reconquista había trabajado yo con tanto ahínco era mío una vez más. Sentí un hormigueo de excitación en el pecho, y corrí a colocarme detrás de mi biombo. Tal vez podría hacer desaparecer su tristeza. Sabía lo que se siente cuando se tienen enemigos..., gracias a Alí. Conocía la impotencia y el dolor de que se burlen de ti y mientan, y el miedo a perder todo lo que significa alguna cosa.

Detrás del biombo, me quité el vestido. Debajo llevaba un traje de bailarina que me había prestado Asma, una falda ajustada al cuerpo y una blusa corta de gasa sobre una camisa roja, «para inflamar sus pasiones», había dicho mi hermana. Aparecí en medio de un frenesí de música y baile, cimbreando el cuerpo como una flor al viento y apartando mi mirada de la suya para luego volver de nuevo a su rostro angustiado, mientras sentía que mi corazón desbordaba ternura por él. Me miró con una sonrisa vaga, pero sus ojos en ningún momento encontraron los míos. Siguió absorto en sus pensamientos como un hombre perdido entre los árboles.

Acabé mi danza con una profunda reverencia. Mientras me inclinaba, levanté la mano para acariciar su mejilla, y le sonreí con dulzura.

—¿De qué sirve preocuparse, amor mío? —dije, y me arrodillé frente a él—. Deja tus problemas en las manos de Alá, y confía en Él para que los resuelva. Mientras tanto están el aquí y el ahora, y nosotros, solos los dos juntos por primera vez en muchas noches.

Para mi alegría, su sonrisa creció, y en sus ojos pareció brillar de nuevo la vida.

—*Yaa* Aisha, has dicho una gran verdad —dijo—. Nos tenemos a nosotros, ¿no es así? Y ha sido una hermosa danza. Déjame agradecértela como corresponde, *habibati*. —Era lo que yo quería, pero a pesar de todo temblé cuando él me estrechó contra su pecho—. Tú me has dado la respuesta, pequeña Pelirroja —dijo, y me acarició el cabello. Me estremecí de placer y recliné mi cuerpo contra el suyo—. Tengo más seguidores que nunca..., y más amigos también.

»Mi matrimonio con Umm al-Masakin ha sido muy acertado en ese aspecto. Su padre es un jefe beduino, ¿lo sabías? Su tribu vendrá en nuestra ayuda siempre que se lo pidamos.

Mi corazón dio un vuelco. ¿Cómo podía hablar de su nueva esposa conmigo sentada en su regazo? Dividida entre el impulso de saltar lejos de él y dejarlo plantado y el deseo de consumar nuestro matrimonio, perdí el control de mi lengua.

—De modo que por eso te has casado con esa polvorienta mosquita muerta —estallé, olvidando que en un combate debía utilizar las armas de mi ingenio y no mis sentimientos, como él mismo me había enseñado—. Me preguntaba cómo podías sentirte atraído por alguien tan... —su rostro se nubló, pero era demasiado tarde para que yo me detuviera— tan poca cosa.

—Tus celos son indignos, Aisha —dijo en tono firme, y su cuerpo se puso rígido—. No puedo entenderlos, después de las atenciones que he tenido contigo. Umm al-Masakin no es poca cosa. Podrías aprender muchas cosas de ella.

—La querría más si no te hubieras casado con ella —dije, y con un rápido parpadeo reprimí las lágrimas e ignoré la expresión que había aparecido en su rostro.

—Su marido murió en Badr, y no tiene a nadie que cuide de ella. —Mahoma alzó ligeramente la voz—. Sin mi ayuda, se hubiera muerto de hambre, y lo mismo habría pasado con la gente de las tiendas que ella ha aprovisionado desde que llegó a Medina.

—Mientras tú te ocupas de cuidar de ella, ¿quién va a cuidar de mí? —dije yo. Su respingo fue apenas visible, pero yo, siempre atenta a su actitud, me di cuenta igual que si hubiera resoplado de disgusto.

Bajé los ojos, avergonzada. ¡Qué cosa tan egoísta había dicho, y qué estúpida además, si quería que dejara de mirarme como a una niña! ¿Aprendería alguna vez a pensar antes de hablar, a no dejar que mis sentimientos asomaran a mi lengua? Ahora había perdido la oportunidad de conquistar el corazón de Mahoma. Las lágrimas afluyeron otra vez a mis ojos, pero esta vez no pude impedir que corrieran por mis mejillas.

—Por favor, olvida lo que he dicho —dije.

—Ahora eres tú quien necesita consuelo, *habibati.* —Mahoma levantó un brazo, y dejó que la manga de su vestido colgara delante de mí. Comprendí: habíamos jugado a ese juego durante años—. Mira dentro —dijo—. Tengo ahí una cosa para ti.

Mi pulso se aceleró. Había visto el precioso collar de rubíes nuevo de la Madre de los Pobres, «por su virtud», había dicho Mahoma. Sawdah también había recibido un collar de él, hecho con conchas del mar Rojo, pero ella prefería guardarlo en su habitación. «Si lo llevara, atraería al Ojo Maligno», decía.

Me sequé las lágrimas e introduje el brazo en la manga, esperando palpar piedras pulidas o cuentas, y, en un último esfuerzo por seducirlo, acaricié la piel suave de la parte interior de su brazo. Quería hacerle suspirar de placer, pero sólo emitió una risa dócil.

—Sigue buscando —dijo. Mis dedos se cerraron sobre algo duro. Lo saqué y vi un exquisito caballo tallado en ébano, de músculos marcados como si estuviera vivo, con una silla de montar de cuero auténtico.

—Es *Cimitarra*, tu montura —dijo Mahoma—. Mi hijo Zayd lo ha tallado para ti, y Sawdah ha hecho la silla. Es para tu colección, Pelirroja.

Le di vueltas en mis manos. Era, en efecto, muy hermoso. Pero era un juguete de niño. Pese a todos mis esfuerzos de hoy, seguía siendo la niña-esposa de Mahoma. Probablemente esperaba que escondiera el caballo en su barba, o lo hiciera relinchar, y luego lo invitara a jugar conmigo. Y es cierto que una parte de mí deseaba hacerlo. Pero la otra parte quería llevar aquel juguete a la tienda de la cocina y arrojarlo al fuego.

—Creo que a *Cimitarra* le gustaría conocer a sus nuevos compañeros —dijo Mahoma—. ¿Puedo ir a buscar tus otros caballos? —Miré el juguete que tenía en mis manos, y me pregunté qué podía decir. Mahoma señaló con el dedo mi mejilla—. ¿Eso son lágrimas? Perdóname, Pelirroja. Te he ofendido con mi regalo.

El pesar ahondó los pliegues de su frente y de las comisuras de sus ojos. Una sensación cálida inundó mi cuerpo como la luz suave de una lámpara de aceite. ¿Cómo podía quejarme de nada a Mahoma? Eran ya tantas las preocupaciones que lo abrumaban...

—Me... me gusta mucho tu regalo —conseguí pronunciar—. Es muy bonito. ¡Lloro de alegría! —Forcé una sonrisa—. *Yaa* Mahoma, ¿a qué esperas? Trae los otros caballos, y vamos a jugar.

9

Madre de los Pobres

Medina, unos días después

Intenté suplicar, protestar y halagarlo, pero Mahoma insistió: no sólo debía acompañar a su tímida esposa a la ciudad de las tiendas, sino que además tenía que pasar toda la mañana allí con ella. «Así aprenderás lo que significa ser pobre de verdad, y sentirás más respeto por tu nueva hermana-esposa», dijo.

La cara de Umm al-Masakin resplandecía cuando le contamos la novedad.

—Será un honor —musitó. ¡Un honor! ¡Por Alá! ¿Era yo el ángel Gabriel? Pero entonces se volvió y me hizo una reverencia, y sentí más simpatía por ella.

Puede que Mahoma me considerara una niña, como lo había mostrado nuestra desafortunada velada de «seducción», pero me di cuenta de que eso no tenía por qué suponer mi caída en desgracia. Estando en sus brazos esa noche, mientras él bebía el sueño a largos tragos, había parpadeado en la oscuridad para reprimir las lágrimas y preguntado a Alá por qué me veía obligada a luchar por todo lo que quería. Pero al hacer la lista de mis enemigos, me di cuenta de que no eran tan formidables. Alí era una molestia, no un peligro. Umar era pura fanfarronada. Hafsa se había convertido en mi aliada, y ya no le interesaba ser *hatun*.

No, al parecer la Madre de los Pobres era la única que amenazaba mi situación. Me sentiría más segura una vez que Mahoma y yo hubiéramos consumado nuestro matrimonio, pero mientras tanto debía defender mi territorio frente a la nueva esposa. Ella era callada y tímida, débil en una palabra, mientras que yo era fuerte. Pero Mahoma era más fuerte aún, y eso quería decir que, por mucho que me contrariara, tenía que pasar el día con Umm al-Masakin, Madre de los Pobres, en la apestosa e infestada de moscas ciudad de las tiendas.

Estuve dando vueltas mientras me preparaba para el viaje, con la esperanza de que Umm al-Masakin se fuera sin mí. Le gustaba partir inmediatamente después de la oración de la mañana, pero ¿cómo podía marcharme yo antes de que el pan estuviera horneado? Creí que Sawdah iba a caerse al suelo por la sorpresa cuando le ofrecí preparar yo la masa. Luego vio a la Madre de los Pobres, que me esperaba en la esquina mientras sus cuentas de oración parecían dientes que castañetearan de nervios, y me echó de la cocina.

Fui a dar de comer a mi cordero añojo y a cambiarme de ropa, y ella seguía esperando. Por fin me quedé sin más pretextos para retrasar la marcha, y las dos dijimos *ma'salaama* a nuestras hermanas-esposas. Se despidieron de mí, ¡como si yo me marchara muy lejos, y no a las afueras de Medina! Sawdah me puso su collar de conchas de cauri para que me protegiera del Ojo Maligno y Hafsa me susurró que no dejara que nadie se me acercara demasiado.

—No vayas a pescar alguna enfermedad rara —dijo.

Desde luego, Umm al-Masakin alimentaba y cuidaba a los pobres todos los días, y su aspecto era bastante saludable, aunque estaba un poco pálida. Mientras cruzábamos juntas Medina (ella cargada con su pesada bolsa de medicinas y un saco de cebada, y yo con un saco de dátiles), le pregunté cómo se las arreglaba para no enfermar.

—Por la gracia de Alá —dijo, nada más.

—Pero ¿y yo? ¿Cómo tengo que protegerme? ¿Hay una medicina en tu bolsa para eso? —pregunté.

Me cortó con una mirada maliciosa, con el rabillo del ojo.

—¿Permitiría Alá que le ocurriera algo malo a la esposa favorita de su Profeta?

—¿Cómo sabes que soy la esposa favorita de Mahoma? ¿Te lo ha dicho él? —El placer había iluminado mi cara como el sol de la mañana.

—No necesita decirlo. Sólo tengo que mirar sus ojos y ver cómo te mira. Basta que se mencione tu nombre para que sonría de dicha.

—A veces me pregunto... —Hice una pausa, sopesando cuánto debía decir—. Me trata como a una niña. En todos los sentidos.

Enrojeció y se ajustó más el velo sobre el rostro; y yo me pregunté si no habría dicho demasiado.

Caminamos a través de la ciudad, espantando las nubes de moscas que se alzaban como un vaho de los montones dispersos de basura, y manteniendo la vista baja para no atraer la atención de Ibn Ubayy y sus hombres. A una hora tan temprana, sin embargo, los hombres escaseaban. Umm al-Masakin caminaba a un paso tan vivo que yo había de ir al trote para no quedarme atrás.

Entonces resonó en el aire el grito de un niño. Levanté la vista para ver la «ciudad de las tiendas», de la que había oído decir que se extendía por el desierto como la ropa sucia dispersada por el viento. Sorprendida, busqué las tiendas, pero sólo vi andrajos de tela gris sujetos a ramas de acacia clavadas en el suelo. Esos «postes» se inclinaban en ángulos caprichosos y amenazaban con caer a poco que alguien soplara con fuerza en su dirección. Algunas tiendas ni siquiera tenían postes. Sus poseedores se sentaban con piezas de tela en la cabeza o las ataban entre su cabeza y las de otros miembros de su familia.

El hedor era aquí mucho peor que en cualquier otro lugar de Medina. Orina, defecaciones, vómitos y cuerpos sin lavar componían una mezcolanza de olores que casi me hicieron sentir enferma. Un hombre agachado en la arena rojiza se dio cuenta de mi incomodidad y rio, descubriendo unas encías hinchadas y brillantes y unos dientes de color verde y negruzco.

—*Yaa* Madre de los Pobres, ¿quién es tu ayudante? —preguntó el hombre—. No me parece que te vaya a ser de mucha ayuda, hoy.

—¡Abu Shams! ¿Dónde está tu tienda? —preguntó Umm al-Masakin.

—Mi hijo encontró una cabra, y la cabra se la comió —dijo el *shayk*—. Pero mi hijo ha llevado la cabra al carnicero y me dará parte de la carne, de modo que esta noche voy a comerme mi tienda para cenar.

Se echó a reír de su ridícula historia, y Umm al-Masakin se rio con él. Yo sonreí educadamente, mientras me preguntaba cómo podría masticar nada con aquellos dientes.

—Si tu hijo me da la piel de esa cabra —dije—, en dos días puedo proporcionarte un parasol de piel decorada.

Ya había conseguido la colaboración de Sawdah para curtir y tratar las pieles para ese fin.

Umm al-Masakin se acercó a cogerme el saco de dátiles, lo abrió y sacó de él un puñado de fruta.

—Con esto entretendrás al hambre hasta la hora de la cena —dijo al anciano. Yo miré asombrada cómo Umm al-Masakin se metía los dátiles en la boca, los masticaba y luego los escupía en el bol de madera que él le tendía. Él metió los dedos en aquella papilla y los chupó.

Levantó los ojos y se dio cuenta de que yo lo observaba. Rápidamente aparté la vista, pero él se echó a reír.

—¿Nunca has visto antes a un muerto de hambre, hermana? —dijo.

—*Yaa* Abu Shams, por favor, háblale a Aisha con respeto —dijo Umm al-Masakin—. Es la esposa favorita del Mensajero de Dios. Nos honra hoy con su visita. Deberías inclinarte ante ella como lo haces ante el Profeta.

Él levantó hacia mí sus ojos hambrientos, llenos de dolor.

—El Profeta es el más grande de todos los hombres —dijo—. De no ser por él, ninguno de nosotros tendría ni siquiera una tienda. Pero es la Madre de los Pobres quien nos alimenta y cuida de nuestra salud todos los días. Es la única mujer ante la que me inclino.

Y se dobló tan profundamente, en el lugar mismo en el que estaba sentado, que su frente tocó el suelo.

Umm al-Masakin le dio las gracias y me llevó a otro lado.

—No hagas caso a Abu Shams —murmuró, con la mirada baja e incómoda—. Cuanto más viejo es, más cosas raras dice.

Abu Shams había dicho la verdad por lo menos en una cosa: no fui de mucha ayuda para la Madre de los Pobres ese día. No sabía nada sobre los atados de hierbas, extractos de plantas e inciensos que llevaba ella en su bolsa, de modo que únicamente podía mirar mientras ella preparaba mixturas en su mortero y las daba a un hombre para aplicarlas en las llagas de sus brazos y piernas, o las untaba en el pecho de un niño que tosía, o las daba de comer a un chico que se retorcía de dolor por culpa de los pasteles de carne que su madre había encontrado entre la basura del mercado de Medina el día anterior (de la misma forma que el hijo del viejo *shayk* había encontrado la cabra, supuse).

En un rincón de la tienda, la madre del chico gemía y se apretaba el vientre con las manos.

—Mezcla esa cebada que has cocido con un poco de vinagre y dáselo —me dijo Umm al-Masakin—. Limpiará sus intestinos de la carne en mal estado.

Llevé el bol de comida a la pobre mujer, y ella apretó mi mano con dedos ásperos, como había hecho mi querida abuela cuando la visité en su lecho de muerte, siendo yo una niña. Ahora, como entonces, pude ver los huesos de la cara tan marcados como si no estuvieran recubiertos de piel; pero en lugar de mirarla con disgusto, como había hecho antes con el *shayk* de los dientes podridos, le devolví la caricia.

—En adelante, si necesitas comida pídesela a Umm al-Masakin —dije a la madre.

—¿Puede la Madre de los Pobres llenar los estómagos de mis niños? —me preguntó, mientras clavaba en mí unos ojos sabios—. Su padre nunca lo consiguió. Y por el aspecto de vosotras dos, vuestro marido tampoco lo tiene fácil.

—Alá provee por mí, Él me ayuda a que yo provea por ti —dijo Umm al-Masakin. Se acercó y se arrodilló a mi lado—. Sólo tengo cebada, no carne, pero no te sentará mal.

Sacó un pañuelo plegado de su bolsa de las medicinas, y al abrirlo mostró varios *dirhams* de plata. Los ojos de la mujer siguieron el movimiento de los dedos de Umm al-Masakin, y se clavaron en las monedas como si fueran peces en el agua, y ella un ave de presa. Pero intentó protestar débilmente.

—Dios te bendiga, Madre de los Pobres. Alimentas a mis hijos mientras tu propia carne se marchita y tu piel palidece por el hambre. ¿Cómo puedo aceptar otro regalo tuyo?

—No te preocupes por mí, Umm Abraha. Yo tengo lo suficiente. —Umm al-Masakin dejó una moneda en la mano de la mujer—. Todo lo que dejó mi marido al morir fue para su hermano, incluidos mis hijos. —La pena cruzó por su rostro como una sombra—. Pero yo tenía algo de ropa que pude vender, gracias a Alá. Pensé que tendría que destinar ese dinero para comprar comida, pero el Profeta ha tenido la amabilidad de casarse conmigo. Él me alimenta, y de ese modo yo puedo alimentarte a ti.

—Pero qué dirá el Profeta...

Me incliné y toqué el brazo de Umm Abraha. En ese contacto, sentí el cálido impulso que desde el corazón recorría mi brazo hasta la punta de los dedos, como si vertiera puro amor en su piel.

—El Profeta bendecirá a la Madre de los Pobres por seguir su ejemplo y compartir lo que posee con los menos afortunados.

—Toma la moneda, Umm Abraha —dijo Umm al-Masakin—. Puede impedir que robes mañana. Robar es un gran riesgo para una madre viuda. Si te amputan las manos ¿quién cuidará de tus hijos?

Sonó la voz de Bilal, llamando a los creyentes a la oración del viernes. El clamor de voces y el ruido de pasos en el exterior de la tienda casi ahogó el lloroso agradecimiento de Umm Abraha y nuestra despedida de ella y de su hijo. La Madre de los Pobres se agachó para salir de la tienda y yo la seguí, pero me volví un instante en el umbral para dar un último adiós a Umm Abraha. Nuestros ojos se encontraron y vi, detrás de la gratitud que se reflejaba en sus ojos, una mirada de determinación tan llena de orgullo que me sorprendió.

—Di a la Madre de los Pobres que le devolveré el favor —dijo. Una sonrisa pasó como una sombra por sus labios—. Y no será robando nada. Cuando me recupere de esta enfermedad, encontraré trabajo, ¡por Alá!

Le sonreí a mi vez, aunque no me creí del todo sus palabras. ¿Qué clase de trabajo podía encontrar en Medina? Una mujer sin marido ni familia que la sostuviera, y sin conocimientos especiales, sólo tenía a su alcance dos posibles opciones: la mendicidad y la prostitución. Por lo que había visto, Umm Abraha era demasiado orgullosa para mendigar y demasiado devota para vender su cuerpo.

Cuando me reuní en el exterior con la Madre de los Pobres, y emprendimos el camino de vuelta desde la ciudad de las tiendas a la mezquita, me sentía culpable. ¡Qué egoísta había sido todos estos años, en la mezquita con Mahoma, deprimida por mis propias carencias mientras otras personas, cerca de mí, se enfrentaban diariamente a la inanición! ¡Y qué mezquinas mis querellas por el poder y la libertad, comparadas con la lucha continua de los habitantes de las tiendas por conseguir comida y un refugio! Nunca volvería a quejarme. Y a partir de ahora, cuando oyera a otras personas criticar a la gente de las tiendas, como había hecho yo misma, les contaría el orgullo y la dignidad que había visto en ellos ese día.

Mientras avanzábamos entre refugios improvisados y tiendas precarias, hombres y mujeres bendecían a voz en cuello a Umm al-Masakin. Ella les hacía señas, y les decía que volvería a verlos a todos el día siguiente. Yo no decía nada, porque ¿quién sabía cuándo volvería a aquel lugar?

Una niña sin camisa corrió detrás de nosotras y se cogió de la falda de Umm al-Masakin. Tendría seis o siete años de edad, y vestía una falda llena de remiendos y desgarrones. Llevaba el pelo muy corto, lo que me recordó el día de mi boda.

—*Yaa* Madre de los Pobres, ¿me das un poco de cebada? —preguntó la niña con mirada atrevida.

—*Ahlan* Bisar, ¿qué le ha pasado a tu pelo? —dijo Umm al-Masakin.

—Piojos —dijo la niña—. Pero no me importa. Prefiero llevar el pelo así.

Yo me reí al recordar cuánto había deseado que no volviera a crecer mi cabello recién recortado.

—¿Puedes darme un poco de cebada? —preguntó otra vez—. Tengo hambre.

—Lo siento, he dado toda la que tenía a Umm Abraha —dijo Umm al-Masakin—. Ve a verla, tiene suficiente para compartir un poco. Mañana volveré con más..., y con ropa para ti, pequeña.

La niña empezó a correr hacia la tienda de Umm Abraha, pero yo la llamé y volvió.

—Ninguna niña debe ir sin un chal —le dije; y con el corazón tan henchido que creí que me iba a estallar, me quité mi chal y envolví con él sus hombros y su cabeza—. No querrás que el sol queme esa piel tan fina.

—*Yaa* Bisar, cuida bien ese chal —dijo Umm al-Masakin—. Yo te traeré mañana ropa de tu medida, y entonces podrás devolvérmelo.

—No, yo misma volveré a buscarlo —dije. La Madre de los Pobres se volvió y me dirigió una mirada interrogadora—. Si me permites volver a acompañarte a este lugar, Umm al-Masakin.

Me respondió con una sonrisa ilusionada.

Cuando la chiquilla desapareció a la carrera, con mi chal ondeando a su espalda, mi hermana-esposa me miró y sacudió la cabeza.

—Me temo que has sido demasiado generosa —dijo—. Sin nada para cubrirte la cabeza, ¿cómo podrás asistir a la oración?

—Alá proveerá —dije—. Si estamos de vuelta en la mezquita a tiempo, puedo pedirle prestado algo a Hafsa.

Mientras recorríamos de nuevo las calles de Medina, sin embargo, empecé a lamentar mi carácter impulsivo. Llevar al descubierto un cabello del color del mío no era tan inusual en La Meca, donde había muchas personas rondando por las calles. Pero en Medina, incluso el tono pálido de la piel de Mahoma llamaba la atención en medio del uniforme cabello negro y ojos y piel oscuros. Cuando crucé a toda prisa el mercado con la Madre de los Pobres, atraje las miradas de todos los que se cruzaban con nosotras. Sentía arder mi cara, y supe que tenía que estar tan roja como mi cabello. Pero, como le dije a Umm al-Masakin, prefería llevar la cabeza descubierta a dejar que una niña correteara con los hombros desnudos.

Mientras caminábamos con los ojos bajos y a buen paso en dirección a la mezquita, pregunté a Umm al-Masakin por qué el hermano de su marido no se había casado con ella cuando enviudó, como era costumbre.

—Ya había estado casada con él —dijo—, antes de que Ubaydah me hiciera su esposa. Mi primer marido se había divorciado de mí unos años antes, porque me negué a quedarme encerrada en casa sin atender a los pobres. Ubaydah se casó conmigo para salvar el honor de la familia.

—Pero ¿tú lo amabas? —pregunté.

Sonrió como si guardara un secreto en sus labios.

—¿Qué es el amor, Aisha? ¿Es algo que sientes, o algo que haces? Si es algo que haces, entonces he amado a mis dos maridos.

—Pero no lo bastante para someterte a sus deseos.

—Alá es más grande que cualquier hombre. Él me llamó hace mucho tiempo para encomendarme esta tarea. ¿Cómo voy a abandonarla por culpa de un marido celoso?

—Algunos maridos insistirían —opiné.

—Si quieres decir que usarían la fuerza, sí. Al-Tufayl, mi primer marido, lo intentó. Pero yo le devolví el golpe, para su gran asombro. —Sus ojos destellaron—. He aprendido mucho sobre autodefensa en mis correrías por los barrios pobres.

Como si sus palabras los hubieran conjurado, seis hombres sucios salieron de un callejón y se acercaron a nosotras. Se me heló la sangre al ver las caras burlonas de Ibn Ubayy y sus amigos, a dos de los cuales reconocí del día en que fui a vivir con Mahoma.

—*Marhaba, habibati* —dijo el hombre bajo de las orejas grandes—. ¿Te acuerdas de mí? Eres flaquita, pero atractiva de todas formas. ¿Sigues siendo el juguete del Profeta, o andas buscando a un hombre de verdad?

—¿Sigues durmiendo solo, o te has buscado un perro para solucionar tu problema? —repliqué yo, pero Umm al-Masakin intervino con una voz tan cortante como el filo de una daga.

—Apartaos —dijo en tono firme. Los hombres se dieron codazos y sonrieron.

—Yo me hago cargo de ella —dijo Ibn Ubayy—. Prefiero las mujeres hechas y derechas a las mocosas pelirrojas.

Miré a uno y otro lado de la calle en busca de ayuda, pero Medina era un desierto. Todo el mundo, a excepción de aquellos hipócritas, estaba en la mezquita. Mi pulso galopaba como un potro desbocado. Busqué mi espada, pero el hombre de las orejas grandes me sujetó antes de que pudiera empuñarla.

—Ni se te ocurra pelear conmigo —dijo. Su aliento olía a carne dejada demasiado tiempo al sol, y a vino—. Tienes razón, ¿sabes? Duermo solo. Pero esta noche no.

En ese momento gruñó, echó atrás la cabeza, me soltó y cayó derribado. Umm al-Masakin le puso un pie encima con una expresión decidida en sus ojos y su bolsa de las medicinas oscilando en la mano. Ibn Ubayy dio un paso hacia ella, pero ella giró en redondo, balanceando la bolsa, y lo golpeó en la cara. La sangre brotó de su nariz, y se llevó a ella la mano. Ella se volvió hacia su colega más alto, con ojos que relampagueaban.

—Acércate a cualquiera de las dos, y serás el siguiente —dijo.

Pero no se dio cuenta de que el contenido de su bolsa había quedado esparcido por el suelo. Ahora no tenía con qué defenderse..., pero yo sí tenía mi espada. El hombre alto se echó a reír y corrió hacia ella con las manos extendidas. Con la sangre zumbando en mi interior, yo saqué mi espada de su vaina y la blandí en el aire.

—Toca a la esposa del Profeta si te atreves —grité, mientras bailoteaba para ocultar el temblor de mis piernas. Él empuñó una daga y se volvió contra mí enseñando los dientes, pero yo puse en práctica mi truco favorito y lo desarmé.

Hice revolear la espada, con aire amenazador, y lo mantuve a raya mientras me apoderaba de su daga.

—¡Fuera de mi vista! —grité—. ¡Todos vosotros! O preparaos para arder en el infierno este mismo día.

El hombre alto dio media vuelta y corrió, dejando atrás a sus amigos. Ibn Ubayy se quedó mirando mi espada, pero al parecer decidió no luchar. Él y el de las orejas se alejaron cojeando y palpándose las heridas.

Envainé de nuevo la espada, respiré a fondo un par de veces, y me arrodillé en el suelo para ayudar a Umm al-Masakin a recoger sus medicinas. Ella frunció el entrecejo al ver cómo me temblaban las manos.

—¿Estás bien? —preguntó.

—Gracias a ti, hermana-esposa —respondí, después de tragar saliva—. ¿Y tú?

—Intacta, loado sea Alá —dijo, sin inmutarse, como siempre.

Me reí de mí misma, por estar tan agitada en contraste con su serenidad.

—*Yaa* Umm al-Masakin, ¡qué gran luchadora eres!

—No te creerías la cantidad de amenazas que me he encontrado a lo largo de los años. Este bolso de las medicinas me ha salvado muchas veces.

Terminamos de guardar el mortero, la mano de almirez y el quemador de incienso en el bolso, y caminamos a toda prisa hacia la mezquita. Pero llegamos tarde. En el interior, los creyentes agachados sobre sus alfombrillas se apiñaban en el suelo como las gaviotas en la arena, y murmuraban alabanzas a Alá al unísono, dirigidos por Mahoma, que vestía su túnica roja. No me atreví a entrar con la cabeza descubierta. Salté la tapia del patio y ayudé a la Madre de los Pobres a hacer lo mismo. Juntas nos metimos en mi habitación para lavarnos y rezar allí.

Cuando terminamos, ella me abrazó y me dio las gracias por mi ayuda en la ciudad de las tiendas. Las lágrimas me asomaron a los ojos cuando le devolví el abrazo. ¡Había pensado tan mal de ella, sin el menor motivo! No era una borrega dócil y tonta sino una auténtica guerrera, que combatía contra los maridos, las enfermedades y los posibles agresores, para defender las vidas de los pobres.

—Yo soy quien tiene que darte las gracias —dije—. Mahoma me dijo que podría aprender muchas cosas de ti, y así ha sido. Nunca más me quejaré de su generosidad con la gente de las tiendas.

—Aisha, tú siempre has sido una persona compasiva. ¡Basta ver con cuánto cariño tratas a las cabras y las ovejas recién nacidas! No es extraño que el Profeta te estime más que a cualquier otra mujer.

Suspiré.

—Me temo que te engañas en lo que se refiere a lo de «mujer». A los ojos de Mahoma, todavía soy una niña. Nunca me había importado antes, pero últimamente...

Umm al-Masakin abrió su bolso de las medicinas.

—Toma esto —dijo, y puso una bolsita en mi mano. Dentro había un fino polvo amarillo que olía a sésamo.

—*Wars* —dijo—. Mézclalo con un poco de loción facial y aplícatelo la próxima noche que pase el Profeta contigo. Es un afrodisíaco.

—¿Qué significa eso? —pregunté, ceñuda.

La sonrisa de Umm al-Masakin mostró sus hermosos dientes, blancos y rectos.

—Significa —dijo— que el Profeta ya nunca volverá a considerarte una niña.

10

La oración equivocada

Badr, abril de 626 – Trece años

En el aniversario de nuestra derrota de Uhud, había llegado ya el momento de reclamar nuestra dignidad. No contento con ganar una batalla, Abu Sufyan nos desafió a enfrentarnos de nuevo en Badr, con la intención de dejar firmemente establecida la superioridad de su ejército..., y dar muerte a Mahoma, poniendo así fin al islam. Pero nosotros sabíamos que no lo iba a conseguir. Nuestros hombres se habían estado entrenando el doble de duro desde Uhud.

Nos preparamos para enfrentarnos de nuevo a los Qurays con mil quinientos guerreros, un número cinco veces superior al de los que lucharon en nuestro bando en Badr dieciocho meses antes. Con un ejército tan numeroso y Alá dirigiendo la carga, esperábamos obtener una victoria tan decisiva que los Qurays se verían obligados a dejarnos en paz, por lo menos, para rezar como deseábamos. Con la victoria en los corazones, nuestros hombres cantaban mientras cargaban los camellos y soñaban con la gloria en el campo de batalla o en otra vida.

Dado el ambiente festivo que reinaba en nuestra caravana, un observador podría pensar que nos dirigíamos a una boda, en vez de a una batalla. Alí canturreaba mientras cargaba su asno con espadas, flechas y gruesos escudos de cuero. Incluso cuando me vio acercarme no dejó de cantar. El espliego, las margaritas y las rosas perfumaban el aire, agrupados en guirnaldas en los cuellos despellejados de los camellos. Mi primo Talha, alto y fuerte como un árbol *ben*, sonrió cuando le tendí una pila de mantas. Las mujeres rodeaban con sus brazos los hombros de sus maridos y los besaban, dejando a un lado toda modestia, y pellizcaban las mejillas de sus hijos y nietos con sonrisas llenas de orgullo. Incluso los camellos, por lo general tan tranquilos, pateaban y se movían a un lado y otro en su largo desfile, agitaban el agua de los pellejos de búfalo que colgaban a sus costados, hacían sonar los cascabeles de sus patas y resoplaban como si estuvieran impacientes por ponerse en movimiento. Hasta el último de los miembros de la *umma* se mostraba ansioso por arrojar a aquellos perros de Quraysh al mar Rojo.

En cuanto a mí, estaba decidida a que nadie, ni siquiera Umar, me impidiera combatir por mi pueblo y mi Dios. Alá me había llamado a intervenir la noche en que presencié el rapto de Raha. Pero Él no me iba a facilitar el cumplir con mi papel. En Uhud mi opción quedó clara: yo iba a tener que luchar por la oportunidad, y el derecho, de defender a la *umma*. Para esta batalla, yo tenía un plan. Y también tenía la espada que había cogido al guerrero caído en Uhud.

¡Cómo ansiaba hundir su hoja en el grueso pescuezo del propio Abu Sufyan! En Uhud, había aumentado mi odio con sus fanfarronadas sobre la muerte de Mahoma. Y luego, cuando nos retirábamos derrotados a nuestro campamento, se había burlado de nosotros con su desafío: «¡Nos veremos las caras de nuevo en Badr, poderoso Profeta! Si te atreves a pelear otra vez contra nosotros.» ¿Si nos atrevíamos? Nuestros hombres no podían esperar más a borrar de la mente de la gente el recuerdo de la batalla de Uhud. Y yo, que había estado practicando la esgrima durante todo un año, no podía esperar a liberar a mi *umma* del omnipresente peligro de los Quzays, cuyos líderes bravuconeaban diciendo que iban a matar a todos los hombres de nuestra comunidad.

Abu Sufyan no era el único enemigo que tenía que ser silenciado. Últimamente, Ibn Ubayy había menudeado sus ataques contra Mahoma; le llamaba «león sin dientes» ante cualquiera que quisiera escucharlo. Después de su desagradable encuentro con la Madre de los Pobres y conmigo aquel día, Ibn Ubayy nos dejó en paz. Pero seguía molestando a la pobre Sawdah y a Hafsa en cada ocasión en que salían de casa, con la intención de dejar claro ante todo el mundo que Mahoma era un cobarde.

—Tiene miedo de enfrentarse a mí, por mucho que lo provoque —fanfarroneaba.

Al insultar a las esposas de Mahoma, lo único que demostraba Ibn Ubayy era que el cobarde era él mismo. Otras personas de nuestra ciudad no eran tan tímidas. El clan de los Nadr se iba haciendo más agresivo de día en día. Como sus parientes de Kaynuqah, comerciaban con los Qurays y se sentían ofendidos por las afirmaciones de Mahoma de que él era el Profeta anunciado por el Libro de los judíos.

Una noche en que Mahoma se encontraba fuera de las murallas, hablando con mi padre y Umar, un grupo de hombres de Nadr intentó arrojar desde las almenas una gran piedra sobre su cabeza. Alí le urgió a que ejecutara a todo el clan, como lección para sus restantes enemigos. Pero Mahoma prefirió perdonar. En lugar de matar a los Nadr, ordenó a sus guerreros que los escoltaran fuera de la ciudad, como habían hecho con los Kaynuqah. Su larga, lenta caravana pasó frente a la mezquita mientras los creyentes se agolpaban en las calles para insultarlos y mofarse de ellos. Yo estaba en la puerta de la mezquita con Hafsa, Sawdah y Umm al-Masakin y presencié aquel triste espectáculo, pero no derramé lágrimas por aquellos traidores. Gruesas alfombras, candelabros relucientes y enormes sacos repletos de víveres se amontonaban a lomos de sus monturas, sin dejar espacio para que nadie se sentara y obligando a todos —hombres, mujeres y niños— a caminar junto a los animales. Las lágrimas corrían por los rostros de los Nadr, lo que me hizo preguntarme si en realidad el exilio era preferible a la muerte. Pero Mahoma no quería de ninguna forma dar muerte al Pueblo del Libro.

—Adoran al mismo Dios que nosotros —me había dicho.

Más tarde supimos que los Nadr habían ido directamente a refugiarse en el regazo de Quraysh, y se reían de que les hubiéramos dejado marcharse. «La vista de la sangre hace estremecerse al poderoso Mahoma», decían. Esperábamos encontrarlos en Badr, para que descubrieran bien pronto cuánto nos estremecíamos.

Mientras paseaba por el punto de reunión de la caravana que se preparaba para marchar a Badr, en busca de Mahoma, algunos hombres harapientos de la ciudad de las tiendas me saludaron con sonrisas y señas, mientras cargaban los camellos que les habían sido asignados para la ocasión. Habían sido de los primeros en presentarse voluntarios para combatir, me contó Umm al-Masakin.

—Quieren corresponder al Profeta por su bondad para con ellos —me dijo.

Me paré a hablar con los harapientos, pero a quien deseaban ver era a Umm al-Masakin. En mis visitas con ella a la ciudad de las tiendas, los residentes me habían tratado con deferencia, y a Umm al-Masakin la recibían con grandes abrazos. Mientras yo me esforzaba por recordar sus nombres y todavía me encogía ante las infecciones, las llagas y el hedor que generaba su pobreza, Umm al-Masakin parecía encontrarse más a gusto entre los habitantes de las tiendas que en el *harim* con sus hermanas-esposas. Desde luego, había crecido ayudando a los necesitados. Su madre había sido la hija de una partera y un beduino pobre, y gracias a su belleza se había casado con un hombre rico, pero nunca olvidó sus orígenes. Ella y su hija pasaban la vida entre los pobres, ayudando a nacer a sus retoños y cuidando de los enfermos.

—Siempre me siento más cerca de Alá cuando ayudo a los demás —decía Umm al-Masakin.

Ayudar a los habitantes de las tiendas también me hacía sentirme a mí más cerca de Dios. Trabajar al lado de la Madre de los Pobres me aportó una paz interior que nunca habría creído posible. Y mi afecto por la dulce y graciosa Umm al-Masakin creció de tal modo que me preguntaba cómo podía haber desconfiado de ella.

Ella y yo deberíamos ocuparnos de los heridos en Badr, pero yo tenía además otro objetivo. Para mí, el trabajo de enfermera era el camino más sencillo y directo para entrar en el campo de batalla. Quería luchar, demostrarle a Mahoma que era una auténtica guerrera. Si es que mi marido era capaz en esos días de ver otra cosa que no fueran viudas atractivas.

Durante varios meses, Mahoma había estado visitando el hogar de Umm Salama, una de las mujeres más hermosas de Medina. Al principio, para hacer compañía al marido herido, que era Abdallah, su hermano de leche y amigo. Cuando Abdallah murió a causa de las heridas recibidas en Uhud, Mahoma siguió visitando a la viuda, para consolarla en su dolor. O eso creía yo. Meses más tarde, seguía visitándola, provocando las habladurías de la *umma*.

—Umar y Abu Bakr pidieron en matrimonio a la viuda Umm Salama, y ella rechazó a los dos, ¿qué te parece? —comentó Sawdah, con una risita—. ¡Se está reservando para el mejor, por Alá! A mí, desde luego, no me extrañaría que el Profeta se la trajera a casa para él solo.

Ahora, al recorrer la caravana en busca de Mahoma, lo encontré estrechando desmañadamente a la Madre de los Pobres contra su cota de malla. Puse ceño. ¡Qué falta de respeto por el resto de las componentes del *harim*! Pero al acercarme más, me di cuenta de que el suyo no era un abrazo apasionado. La preocupación velaba los ojos de Mahoma como una capucha.

—Ayúdala, Aisha —dijo—. Me temo que no puedo darle mucho consuelo enfundado en estos hierros.

Sólo entonces la oí a ella sollozar. La atraje hacia mí y le pregunté qué era lo que iba mal.

—*Ahlan* Bisar ha muerto —dijo Umm al-Masakin con voz entrecortada—. ¡Pobre niña! Ha sido la viruela, Aisha. Estaba demasiado débil para superarla. —Las lágrimas brotaron también de mis ojos, por la niña de la ciudad de las tiendas a la que las dos habíamos aprendido a querer—. Me quedé con ella toda la noche, probé varios remedios e intenté una cura tras otra. Pero olvidé rezar. Creo que se habría salvado, ¡por Alá! Ahora ha muerto por culpa de mi vanidad.

Chasqué la lengua.

—Sólo Alá decide cuándo vivimos y cuándo morimos. Eso es lo que dice Mahoma. —La aparté un poco de mí para dirigirle una mirada firme—. Dejar de dormir para ayudar a otra persona no es vanidad, Madre de los Pobres. Vanidad es culparte a ti misma de su muerte, como si estuviera en tus manos detenerla.

Mis palabras sonaron demasiado duras incluso a mis propios oídos, pero al parecer hicieron efecto. Los sollozos de Umm al-Masakin se convirtieron en un resoplido. La ayudé a subir a su camello, pero sus hombros hundidos indicaban que estaba demasiado agotada para viajar. Aunque sabía que no podría cuidar sola de los heridos, pedí a Mahoma que la dejara quedarse en Medina. Ya encontraría yo otro medio de entrar en el campo de batalla.

Él se acarició la barba y frunció el entrecejo.

—Los habitantes de las tiendas me han pedido que Umm al-Masakin nos acompañe. Creen que les traerá suerte. No lucharán en Badr si no está ella.

—Diles que ella me ha enviado en su lugar. —Levanté mi espada con un floreo—. ¡Yo no sólo les daré suerte, sino también mi habilidad como guerrera!

Se echó a reír y me dedicó una mirada tan cálida que creí que iba a derretirme. Se acercó y me pellizcó la mejilla con el pulgar.

—Mi pequeña esposa-guerrera.

—No tan pequeña —dije—. Tengo trece años.

—Sí, y veo que también tu espada ha crecido. —Miró el arma que yo empuñaba, con sus mellas y mordeduras. Umar nunca me había devuelto mi espada de juguete. «Las armas no son cosa de niñas pequeñas», había dicho en tono despectivo cuando se la pedí—. He olvidado pedir a Umar que te devuelva la que yo te regalé.

—Ya no la necesito —dije—. Ésta me resultó pesada de manejar al principio, pero ahora me gusta más. —Le dirigí una sonrisa insinuante—. Estoy creciendo.

—Pero todavía eres demasiado joven para pelear, pequeña Pelirroja. Ni siquiera a los chicos se lo permitimos hasta que cumplen quince años.

—Sé que no puedo luchar. —Le dediqué mi mejor mirada inocente con los ojos muy abiertos—. Sólo llevo mi espada para un caso de necesidad. Para proteger a Umm al-Masakin mientras ella cuida a los heridos.

Mahoma me sonrió. Yo le devolví la sonrisa. Los dos sabíamos que la verdad era otra.

Cabalgamos durante cuatro noches hasta Badr, sin preocuparnos en esta ocasión por acelerar la marcha. A nadie le preocupaba que los hombres de Quraysh llegaran antes y bloquearan el acceso a los pozos, como habíamos hecho nosotros el año anterior. Llevábamos agua en pellejos, y con la ayuda de Alá los derrotaríamos, por más trucos que intentaran.

Sin embargo, me preocupaba Umm al-Masakin. La primera mañana, cuando la ayudé a bajar de su camello, tuvo que agarrarse a mí para no caer, y caminó tambaleándose hasta su tienda.

—Tendré más energías cuando haya descansado un poco —dijo.

Pero no mejoró. Su piel pálida se sonrosaba debido a la fiebre y su respiración era trabajosa como si una piedra pesada le oprimiera el pecho. Insté a Mahoma a que la mandara a casa, pero ella lo convenció de que sólo estaba agotada por sus esfuerzos en atender a la gente de las tiendas.

—Cuida de ella, Pelirroja —me dijo—. Asegúrate de que no se exceda trabajando.

Lo intenté, pero ella insistió en visitar a los hombres de la ciudad de las tiendas antes de ponernos en marcha por las noches. El esfuerzo de caminar hasta la cola de la caravana, charlar con ellos para darles ánimos y luego, apoyada en mi brazo, volver a su camello, agotaba sus energías antes de que empezara nuestro viaje nocturno. Después del segundo día, pasamos de la mitad del camino entre Badr y Medina, y devolverla a casa dejó de tener sentido.

—En ti, Aisha, tengo a la mejor enfermera posible —dijo.

Marchábamos a través del desierto vasto y hostil, iluminados por la luz de las antorchas, tan brillante que iluminaba nuestro camino como si fuera el sol. Nuestros exploradores no sólo veían las sombras de los jinetes beduinos y de los espías Qurays, sino además los signos que anunciaban tormentas de arena, en especial el temido *simum*, el viento ardiente del infierno, famoso por haber devorado ejércitos enteros como si el desierto fuera una bestia que necesitara alimentarse. Si Mahoma pensaba en esa clase de peligros, nunca dejó traslucir sus temores.

—¿Abandonaría Alá a sus fieles cuando estamos defendiendo Su nombre? —dijo.

Como si la mano de Dios nos ayudara, cruzamos con facilidad el cruel desierto hasta al-Rawha, desdeñando las advertencias de Sawdah contra los *djann* que acechaban en sus grietas. Llegamos a al-Safra, con sus elegantes edificios rematados en terrazas bañadas por el sol y sus palmerales perfumados por el olor dulce de las alheñas de hojas brillantes.

A una *barid* de distancia después de al-Safra, y después de cruzar unos bosques de palmas que nos dieron sombra, llegamos a las colinas de Badr, entre las cuales fluía un arroyo alimentado por varias fuentes, como las trenzas plateadas de una doncella a la luz de la luna. Cuando llegamos nosotros, la amplia llanura arenosa contigua a la pequeña ciudad no estaba ocupada por los Qurays, para alegría de nuestros hombres. Enseguida empezaron a excavar arena para tirarla a los pozos como habían hecho en la primera batalla de Badr, pero Mahoma los detuvo.

—No queremos que los Qurays aleguen que nos valimos de trucos para derrotarlos en esta ocasión —dijo.

El sol naciente inundó nuestros ojos de una luz del color de la sangre, mientras Mahoma dirigía la oración de la mañana. Umm al-Masakin, tan pálida como la luna que empezaba a desvanecerse, rezaba a mi lado, pero apenas me fijé en ella. En mis oraciones, pedí a Alá valor para luchar ese día con bravura, mientras en mi corazón esperaba una ocasión para demostrar a Mahoma que podía ser tan buena guerrera como Umm 'Umara. Y tan mujer como cualquiera de mis hermanas-esposas.

Después de más de un año en su *harim*, sabía demasiado bien que era un disparate seguir sin consumar el matrimonio. Muchas cejas se alzarían en la *umma* si se propagara la noticia. En busca de consejo, ya había hecho confidencias a Hafsa y a mi hermana Asma, y también le había pedido algún remedio a la Madre de los Pobres. Cada nueva confidencia me dejaba más expuesta, ¿y para qué? La danza de Asma me había fallado. La henna de Hafsa pasó inadvertida. Y el *wars*, el afrodisíaco que me dio Umm al-Masakin, sólo me valió algunas miradas inquietas de Mahoma, que se quedó contemplando la rara loción amarilla que me había puesto en la cara y me preguntó si estaba enferma. Demasiado impaciente para utilizar tácticas más sutiles, opté por la franqueza.

—Se supone que sirve para avivar tu deseo —dije. Él pasó la mano por mis cabellos.

—*Yaa* pequeña Pelirroja, no tengas tanta prisa por crecer. Disfruta de la niñez mientras puedas.

Entonces vi que las historias de Sawdah eran ciertas, y que los intereses de Mahoma estaban en otro lugar.

Cuando acabamos nuestras oraciones, acosté a Umm al-Masakin en su cama y luego me asomé a la tienda de Mahoma, un enorme refugio cubierto con pieles de camello de pelo rojizo, de color parecido al de mis propios cabellos. Una brisa fresca y húmeda acarició mi piel. Aspiré un aroma a agua fresca y flores de almendro. El viejo poeta jorobado Hassan ibn Thabit pasó a mi espalda agitando las manos mientras recitaba unos versos conmemorativos de la primera batalla de Badr.

Que sepan en La Meca cómo destruimos a los impíos en la hora de la rendición de cuentas.

Dimos muerte a sus caudillos en el campo de batalla, y cuando se retiraron, quebramos sus espaldas.

Matamos a Abu Jahl y a 'Utba antes que a él, y a Sahyba, que cayó con las manos extendidas para el sacrificio.

Matamos a Suwayd, y a 'Utba después que a él, y también Tu'ma mordió el polvo.

Cuántos hombres matamos de contrastada nobleza, liderazgo, respeto y buena reputación entre sus gentes.

Quedaron allí a la espera primero de los animales que aúllan, y después de consumirse en las profundidades, y arder en las hogueras del infierno.

Al paso de Hassan, los hombres daban vítores y agitaban en el aire espadas y dagas como si atravesaran a enemigos fantasmas. Yo me metí en la tienda de Mahoma. Era demasiado grande para dos personas, sostenida por dos postes altos, pero también hacía las veces de *majlis* para las reuniones con sus consejeros al resguardo del sol y lejos de los oídos de los espías. Extendí una manta para impedir que la arena invadiera nuestros cabellos y nuestra cama, puse sobre ella nuestra piel de cabra, me tendí y dormí tan profundamente que no me enteré del momento en que Mahoma se deslizó a mi lado, ni de cuando Barirah, la sirvienta niña que mis padres habían enviado a atenderme, me llamó por mi nombre desde el exterior de la tienda.

—La Madre de los Pobres te llama. Date prisa —dijo, y nos despertó a los dos.

Mahoma y yo nos pusimos alguna ropa encima a toda prisa y corrimos a la tienda de Umm al-Masakin.

—Su piel está más caliente a cada hora que pasa —me dijo Barirah—. Te llama por tu nombre.

Dentro, encontré a la Madre de los Pobres tendida boca arriba y moviendo de un lado a otro la cabeza húmeda de sudor. Un olor parecido al de la leche agria había invadido la tienda. Mandé a Barirah a por un paño húmedo para refrescar su frente afiebrada y sus mejillas. Umm al-Masakin me miró con ojos como de obsidiana, brillantes y opacos.

—Me temo que es la viruela. Por favor, dame un poco de *jatmi* —susurró.

Revolví en el bulto de sus ropas hasta encontrar el bolso de las medicinas. Barirah se acercó con varios paños humedecidos. Mahoma los aplicó al rostro de Umm al-Masakin mientras yo molía la pasta *jatmi*, hecha con hojas de malva, en un mortero con unas gotas de vinagre, y la ayudaba a beber el preparado. Le dirigí una sonrisa forzada, y esperé que no advirtiera mi miedo. El *jatmi* y el vinagre obran maravillas en las fiebres ordinarias, pero sirven de muy poco, por no decir nada, en casos de viruela.

Con mucho cuidado acerqué un cucharón con agua a sus labios agrietados. Ella se aferró a mi mano y la apretó con fuerza.

—Es una enfermedad muy contagiosa —dijo. Ordené a Barirah que saliera—. No dejes que entre nadie. Di que el Profeta lo ha prohibido.

Luego me volví a Mahoma.

—Tú tienes que irte, también. Has de dirigir a un ejército.

—Aisha. —Umm al-Masakin apretó otra vez mi mano—. Tú también. Vete.

—Nunca. —Bajé la voz—. *Yaa* Mahoma, ¿no hay otros médicos en nuestra caravana? Yo tengo muy poca experiencia.

—Haré lo que pueda —dijo él—. ¿Vas a quedarte aquí? Oímos gritos en el exterior de la tienda. Mahoma se puso en pie. Oí chillar a Barirah en su lengua materna y de pronto apareció Umar con ella colgada de su brazo. La empujó a un lado como si fuera una mosca, y la dejó tendida en el suelo. Me incorporé de un salto.

—¡No se puede entrar en esta tienda! —grité.

—Se necesita algo más que una mujer flacucha para impedírselo a Umar ibn al-Jattab —gruñó. Luego hizo una reverencia a Mahoma y se disculpó por la intrusión, sin una mirada siquiera para la Madre de los Pobres, cubierta de sudor a sus pies—. Nuestros exploradores han visto a un pequeño grupo de Qurays que se acercaban a caballo. Traen un mensaje de Abu Sufyan.

Mahoma se excusó para prepararse para la visita, después de pedir a Umar que buscara un médico para la Madre de los Pobres. Yo seguí a mi marido hasta la entrada de la tienda.

—Mandaré a Barirah contigo a buscar mi espada —le dije—. Sólo por si la necesitáramos.

Apretó mis manos en las suyas.

—Olvídate de la batalla —dijo—. Umm al-Masakin no debe quedarse sola ahora. Me temo que está cerca de la tumba. Prométeme que te quedarás con ella, ocurra lo que ocurra.

¡No luchar! Me sentí como un pellejo de piel de cabra deshinchado. ¿No ayudar a la *umma* a derrotar a Abu Sufyan? ¿No ver la consideración y el respeto (y tal vez también el deseo) en los ojos de Mahoma después de ganar la batalla? Umm al-Masakin había estado enferma antes, y siempre se había recuperado. Cuidar de los pobres le había dado una resistencia especial a las enfermedades.

—¿Y si Umar encuentra un médico? —dije—. ¿Por qué he de quedarme aquí, entonces? No hay nada que pueda hacer por ella, y en cambio podría ayudar a la *umma* en la batalla.

—Ella te quiere, Aisha. Serás un consuelo para ella. —Me besó la frente—. Quédate.

Cuando salió de la tienda enjugué mis lágrimas, y me dije que no tenía que ser egoísta. Ayudar a Umm al-Masakin era más importante que luchar en mil batallas. Me arrodillé a su lado y aparté los cabellos que le colgaban sobre la cara, y muy pronto me invadió un sentimiento familiar de paz. Le canté, le sequé la frente, y olvidé todo lo que estaba sucediendo fuera de la tienda hasta que ella se quedó dormida. Entonces, oí que en el exterior aumentaba el griterío. Fui hasta la entrada de la tienda, y allí, al lado de Barirah, las dos vimos a cuatro guerreros que pasaron a toda prisa delante de nosotras en dirección a la tienda de Mahoma. Oí gritar a Alí, y vi que sus guerreros empezaban a colocarse en formación de combate. Los dedos me dolían, por el anhelo de empuñar la espada.

—Me siento vulnerable sin un arma, y un ejército enemigo se acerca —dije a Barirah—. Pero he dicho a Mahoma que me quedaría aquí con la Madre de los Pobres. ¿Puedes traérmela? No dejes que nadie te vea.

Volví al interior de la tienda. Umm al-Masakin aún dormía, sus labios se movían y su cara estaba bañada en sudor frío. «¿Dónde está ese médico?» Enjugué la humedad de su piel, y recorrí con la mirada su rostro en busca de signos de mejoría, pero no encontré ninguno. Sin embargo, tampoco parecía estar peor. Tranquilizada, me acerqué de nuevo a la entrada de la tienda para ver las filas de nuestros hombres en formación y a Alí contoneándose en medio, ladrando órdenes.

—¡Los Qurays atacan! —gritó alguien mientras pasaba corriendo a mi lado.

Los camellos resoplaron. Resonaron las armaduras. Las espadas cantaron y se entrechocaron. ¿Dónde estaba Barirah? Recorrí una y otra vez el interior de la tienda, salí y volví a entrar para comprobar el estado de Umm al-Masakin, que seguía dormida. Después de lo que me pareció una eternidad, Barirah entró agachada en la tienda, abrió su manto y sacó de su seno mi vieja espada, con su empuñadura gastada.

Me miró, curiosa, mientras yo ensayaba mi juego de esgrima, pero puso cara de sorpresa cuando alardeé sobre los Qurays a los que pensaba matar en la batalla.

—Te he oído decir a tu hermana-esposa que no te apartarás de ella.

¡Por Alá! ¿Era Barirah mi conciencia? Volví a enfundar la espada en su vaina.

—Cuando se despierte, veremos.

Pasaron cinco hombres montados sobre unos caballos que espumeaban. Llevaban cotas de malla y cascos de acero, y los caballos iban protegidos por petos de cuero. Sus arreos relucían como dientes bien cepillados, eran nuevos y brillantes, no las armaduras melladas y abolladas de nuestros hombres, rescatadas de soldados muertos. Al frente del grupo reconocí los ojos duros y fríos del guerrero qurayshí Jalid ibn al-Walid. Volvió sus ojos hacia mí y yo tragué saliva, y el miedo me atenazó con tanta fuerza que dejé de respirar. Hipnotizada, me quedé mirando la larga cicatriz que deformaba su mejilla izquierda, como en un grito de dolor permanente. Había oído que aquella herida procedía de la primera batalla de Badr.

—Ha venido en busca de otra cicatriz a juego —fanfarroneé con una voz que temblaba.

¡Cuánto deseé escuchar sin ser vista la discusión de los hombres! Pero había prometido no abandonar a Umm al-Masakin, de modo que envié en mi lugar a Barirah, con la recomendación de que nadie la viera.

Mientras, Umm al-Masakin dormía. «Mírala —me dije—, está tranquila. Está claro que se recupera.» Di un par de patadas en el suelo que levantaron pequeñas nubes de polvo. Al parecer, no era posible encontrar a un médico. Pero si estaba seriamente enferma (y yo no podía creer que aquella fiebre fuera tan peligrosa como temía Mahoma), yo carecía de la destreza y de los conocimientos necesarios para ayudarla. Barirah podría cuidarla con tanta competencia como yo, mientras me unía a los hombres que combatían fuera.

Pero si Mahoma me veía en el campo de batalla, se pondría rojo de ira, y perdería de nuevo su confianza en mí. Y, sin embargo, quedarme en la tienda significaba perder una vez más la oportunidad de ayudar a la *umma*.

Lo había hecho todo para responder a la llamada de Dios a

tomar las armas: me había entrenado, había conseguido armas, había encontrado la manera de acompañar a nuestras tropas en cada batalla importante. Estaba preparada para ayudar a liberar a mi comunidad de la amenaza de Quraysh, pero mis deseos parecían destinados a fracasar. «¿Por qué, Alá?» Primero en Uhud, cuando Umar me quitó la espada, y ahora en Badr, encerrada en el campamento para acompañar a Umm al-Masakin enferma, mientras ella dormía sin saber que yo estaba a su lado.

Sostuve en la mía su mano fláccida como un trapo mojado. Busqué el pulso y el corazón me dio un vuelco cuando, al principio, no lo encontré. Por fin presioné con los dedos su cuello y encontré un latido débil, tan errático como el caminar de un borracho. Su piel había cambiado, y en lugar del calor y el tono sonrosado estaba pálida y fría.

Sentí un hormigueo en el cuero cabelludo y el pelo se me erizó en la nuca, como si un viento frío atravesara la tienda.

—¡Umm al-Masakin! —susurré, esperando a medias que despertara y me sonriera para demostrarme que la situación no era tan mala como parecía.

Un retumbar de cascos hizo temblar la tienda. Me levanté de un salto y corrí a la entrada. Alcancé a ver a los mensajeros Qurays que abandonaban el campamento. Jalid ibn-Walid, al frente del grupo, exhibía una sonrisa torcida que me llenó de aprensión. Nuestros arqueros estaban formados y practicaban, simulando el disparo simultáneo de flechas. Reprimí el deseo de unirme a ellos. Umm al-Masakin y yo tendríamos que haber estado ahora en el campo de batalla, con su bolsa de medicinas y mi espada. Desearíamos buena suerte a los combatientes y les daríamos hierbas para multiplicar su energía. Nos moveríamos en medio de aquella efervescencia, y Umar no podría quejarse porque seríamos enfermeras y él mismo podría necesitar nuestras atenciones. En cambio, Umm al-Masakin estaba enferma tendida en el suelo, incapaz de curarse a sí misma, y yo, su ayudante, paseaba por la tienda y rogaba que me fuera concedida una oportunidad de luchar.

«¿No puedes hacer algo Tú? —recé en voz alta, mirando en dirección al Paraíso—. *Yaa* Alá, te pido que me libres de esta tienda. ¡No puedo respirar aquí dentro!» El sentimiento de verme atrapada e indefensa, el mismo que había experimentado en *purdah*, era más fuerte que el amor que sentía por mi hermana-esposa.

Barirah se deslizó en el interior de la tienda y cuchicheó:

—El ejército no viene a Badr.

—¡Es imposible! —resoplé—. ¡El propio Abu Sufyan nos desafió!

—Ha engañado al Profeta haciéndolo venir aquí mientras conduce una gran caravana hacia Medina —dijo—. Sus mensajeros se reían al contárselo al Profeta. Umar quería matarlos, pero el Profeta lo ha impedido.

El alivio sopló sobre mí como un viento súbito. ¡No venían! No iba a haber batalla. No me perdería la lucha, a fin de cuentas. Y podríamos viajar de vuelta a casa esa misma noche. Necesitábamos llevar a Umm al-Masakin a Medina tan pronto como fuera posible. Allí, manos más hábiles que las mías podrían cuidarla hasta que recuperara la salud.

Un gemido llegó a nuestros oídos. Entré en la tienda sonriente, esperando ver a Umm al-Masakin mejor después de su largo sueño. Pero en lugar de ello, sus ojos estaban desorbitados por el pánico.

—*Yaa* Aisha —gritó—. ¡Ayúdame!

Corrí hacia ella y la abracé. Todo su cuerpo temblaba; tenía la piel fría, como si hubiera caído dentro de un pozo.

—Mis hijos —dijo—. Nunca he debido dejarlos. ¡Quiero verlos, Aisha! Llévame con ellos, por favor.

Me di cuenta de que deliraba. Hacía muchos años que había dejado a sus hijos con su primer marido, en La Meca.

—La batalla se ha suspendido, Umm al-Masakin. Nos vamos a casa.

Acaricié sus cabellos y murmuré palabras tranquilizadoras, pero sentía un nudo en el corazón. «Quédate a mi lado, Madre de los Pobres. Sólo unos días más, hasta que encontremos a alguien que pueda ayudarte.»

—¿La batalla, suspendida? —Sonrió—. Loado sea Alá. Los hermanos no darán muerte a sus hermanos en este día.

—Sí, loado sea Alá —dije, sin expresión, mientras sentía que la vergüenza me hacía enrojecer. Me había alegrado de aquella noticia, pero por motivos egoístas. En ningún momento había pensado en el baño de sangre, ni en las vidas de los guerreros de los dos bandos. Pero ahora me daba cuenta de que Umm al-Masakin tenía razón: las batallas con Quraysh enfrentaban a hermanos con hermanos, a padres con hijos, a primos entre sí. Todavía me acompañaba el recuerdo del hedor y el horror de la muerte en la batalla de Uhud. No había querido pensar en ello antes, cuando me preparaba para luchar, pero ahora murmuré una plegaria de gratitud por aquel respiro en la pesadilla.

—Mis hijos —gimió de nuevo Umm al-Masakin, y levantó de la almohada la cabeza empapada en sudor—. Mi marido me los arrebató. ¿Por qué dejé que lo hiciera, Aisha? Mis pequeños.

Las lágrimas surcaban sus mejillas.

—*Yaa* Madre de los Pobres, ahorra tus fuerzas. Volverás a ver a tus hijos —le dije—. Y al pueblo de las tiendas. Ellos son tus hijos también, ¿no es cierto? Por algo te llaman Madre de los Pobres.

—El pueblo de las tiendas..., ¿quién va a cuidar de ellos? —balbuceó.

«No, por favor —recé en silencio—. No te la lleves.» ¿Por qué había pedido a Dios que me librara de cuidar a Umm al-Masakin? Había prometido a Mahoma que me quedaría a su lado, y ahora Alá iba a poner fin a su vida para que yo pudiera estar presente en una batalla que no se iba a disputar.

—Llama al Profeta —dijo—. ¡Tengo que ver a Mahoma!

Llamé a Barirah y la envié a buscarlo.

—Ya viene —dije a Umm al-Masakin.

—Prométeme que cuidarás del pueblo de las tiendas —me urgió con voz ronca, y me agarró del brazo con tanta fuerza que gemí de dolor—. No tienen a nadie más.

Tragué saliva. ¿Yo, cuidar de ellos? ¿Cómo podría ocupar el lugar de Umm al-Masakin en sus corazones, si ella se había entregado de forma abnegada a ellos, si había arriesgado su propia vida, y ahora estaba en trance de perderla por cuidarlos?

Pero la fuerza con que se aferraba a mi brazo y la mirada de pánico que me dirigía me forzaron a decir lo que ella necesitaba oír:

—Yo... lo prometo —dije—. No te preocupes más por el pueblo de las tiendas, Madre de los Pobres. Yo cuidaré de ellos, si hace falta. —Sus temblores cesaron. Se acurrucó en mis brazos, tranquilizada—. Pero no va a hacer falta, mi hermana-esposa. —Tragué las lágrimas que se agolpaban en mi garganta, y disimulé mi pena—. En cuanto estemos de vuelta en Medina, mejorarás.

Levantó los ojos para encontrar los míos.

—Qué cariñosa eres, Aisha.

Me eché a llorar. Estaba equivocada conmigo. Una persona cariñosa no habría estado paseando impaciente por la tienda empuñando la espada mientras su hermana-esposa agonizaba. Una persona cariñosa no habría rezado para librarse de ella y poder correr al campo de batalla. Si hubiera sido yo la enferma, Umm al-Masakin no se habría apartado de mi lado ni siquiera lo que se tarda en pestañear.

—Tú sí eres cariñosa —dije, pero sus ojos habían quedado en blanco—. Umm al-Masakin —susurré—. Umm al-Masakin.

Intenté moverla, pero su cabeza iba de un lado a otro, inerte.

Mahoma y Barirah entraron precipitadamente en la tienda, pero no les vi. Había dejado reposar la cabeza de la Madre de los Pobres sobre la almohada y me tapaba la cara con las manos.

—¡Retiro mis palabras! —sollocé entre mis dedos doblados, en el hueco oscuro que había formado con ellos—. *Yaa* Alá, por favor, no atiendas mi oración y devuélvenosla. Sólo quería exhibirme, y ahora ella se ha ido. Tenía que haber rezado por Umm al-Masakin, no por mí.

Una mano apretó mi hombro, y yo me encogí para evitarla. No merecía consuelo. Pero Mahoma no se apartó, y me envolvió con sus brazos.

—Se ha ido —dije—. Ha muerto, por mi culpa.

Mahoma me acarició el cabello como yo lo había hecho con Umm al-Masakin el día que salimos de Medina..., ¿podía ser que sólo hubiesen pasado dos días?

—Recuerda lo que dijiste entonces, Aisha —murmuró—.

Únicamente Alá decide cuándo vivimos y cuándo morimos. El resto es vanidad.

Codiciar la gloria en el campo de batalla mientras tu hermana-esposa se esfuerza por respirar, eso es vanidad. Pero no contradije a Mahoma. Él había dado todo lo que tenía por Alá. No sabía nada de la vanidad. Aún no.

11

Tharid y luz de luna

Medina, julio de 626 – Trece años

La pérdida de mi amiga Umm al-Masakin pesó sobre mí como una enorme losa que me hacía muy dificultoso saltar de la cama y moverme con agilidad cuando trabajaba en mi pabellón o en la tienda de la cocina. Con la intención de animarme (y, probablemente, también de lavarme, porque yo había perdido todo interés por mi apariencia), Sawdah y Hafsa me llevaron al *hammam*, los baños públicos donde se reunían las mujeres de Medina para asearse, acicalarse y compartir los chismes.

Fuera, el día desacostumbradamente frío y encapotado parecía reflejar mi estado de ánimo. Para alivio mío, los baños no estaban abarrotados; sólo había algunas mujeres sumergidas en las grandes piscinas rectangulares con reborde de piedra. Estaban llenas del agua de un manantial vecino que se canalizaba a través de unas cañerías de cobre. Otras mujeres se recostaban en las plataformas de piedra próximas al agua y se secaban el cuerpo con toallas, o bien estaban sentadas, muy erguidas, vestidas y perfumadas, mientras sus hijas les trenzaban los cabellos. El almizcle y el sándalo, el espliego y la rosa aromatizaban aquella atmósfera húmeda, y disimulaban el olor a aceite quemado de las lámparas colgadas de las paredes de piedra.

Umm Ayman, la amiga curtida por el sol de Sawdah y esposa de Zayd, el hijo de Mahoma, nos saludó al entrar con besos breves y muchas preguntas.

¿Por qué —quiso saber— no vestía el Profeta de azul oscuro después de la muerte de su querida esposa?

—Dice que las personas que llevan luto por los creyentes fallecidos muestran su falta de fe —contó Sawdah a Umm Ayman mientras nos desvestíamos y sumergíamos nuestros cuerpos en la piscina—. «Zaynab está sentada en este momento a la derecha de Alá», dijo la mañana del funeral, y prohibió que las plañideras de la ciudad se unieran a nuestro grupo cuando nos dirigíamos a enterrarla.

¿Por qué —preguntó Umm Ayman— tenía yo aquel aspecto desarreglado y los ojos hinchados? Sawdah le contó la inmensa pena que sentía yo por mi hermana-esposa.

—Y no es porque no tenga fe, por Alá, sino porque echa de menos a la Madre de los Pobres. Las dos siempre lo hacían todo juntas.

Sus palabras eran como golpes en mi cabeza, que me hundían más y más en el agua. Me quedé allí todo el tiempo que pude, para apartarme de las miradas compasivas de mis hermanas-esposas. Pero ay, no conseguí ocultarme del todo de Umm Ayman, cuyos ojos brillaban como si conocieran un secreto acerca de mí.

—Pobre Aisha, tú y tu hermana-esposa compartíais tantas cosas, ¿verdad? Incluido el Profeta —dijo, y sacudió afirmativamente la cabeza—. Pero ahora que ella se ha ido, tienes menos que compartir, ¿no? Has perdido a una hermana-esposa, pero ganado un marido, ¿no? Puede que Alá te bendiga con un hijo ahora. Entonces acallarás a todas esas lenguas maliciosas de la *umma*.

Me miré las manos porque no quise insultar a la amiga de Sawdah con miradas furiosas.

—Me sentiría feliz de compartir a Mahoma con Umm al-Masakin —dije—, porque eso significaría tenerla a ella conmigo.

Pero aunque mi pena no disminuyó, empecé a darme cuenta de lo perspicaces que habían sido las insinuaciones de Umm Ayman.

Con una mujer menos en el *harim*, vi a Mahoma más de lo que lo había hecho en un año: practicábamos la esgrima en el patio, cabalgábamos juntos a caballo por el desierto y rivalizábamos en ingenio en largas discusiones. Alentada por el amor que me mostraba, empecé a sentirme como una verdadera *hatun*. Pero también mantuve la promesa que había hecho a la Madre de los Pobres y visité de tanto en tanto su amada ciudad de las tiendas.

Al principio, aquellas visitas me resultaban penosas. Me esforzaba por superar mi dolor —y mi sentimiento de culpa— por la muerte de Umm al-Masakin, pero apenas conseguía aportar consuelo a los habitantes de las tiendas, que lloraban por ella y me pedían que les contase sus últimas horas. ¿Cómo podía hablarles de su muerte cuando yo me consideraba culpable, en parte, de ella? Había estado más pendiente de mis propios deseos que de sus necesidades, y Alá se la había llevado. De ahora en adelante, procuraría ocupar su lugar, no sólo cuidando de los habitantes de las tiendas, sino pensando más en los demás y menos en mí misma.

Ese propósito desapareció de mi cabeza cuando, tan sólo tres meses después de la muerte de la Madre de los Pobres, Mahoma me pidió que arreglara su aposento para una nueva esposa. La predicción de Sawdah se convertía en realidad: diez meses después de la muerte del hermano de leche de Mahoma, su viuda, Umm Salama, vino a sumarse a nuestro *harim*.

—Dicen que es muy arrogante —nos contó Sawdah a Hafsa y a mí mientras amasábamos pan.

—Su historia es la contraria de la mía —dijo Hafsa—. Mientras que los amigos de mi padre no querían casarse conmigo por mi mal genio, todos suspiraban por la encantadora Umm Salama. Tanto mi padre como el tuyo la pidieron en matrimonio, ¿puedes creerlo, Aisha?

Mi risa fue amarga, e hizo alzar a Hafsa sus magníficas cejas.

—Tiene que ser muy especial, en efecto, para que *abi* se haya atrevido a correr ese riesgo. Casarse con una joven de veintiocho años del clan Majzum habría convertido su *harim* en un avispero.

Umm Salama descendía de un antiguo linaje rico y aristocrático de La Meca.

Como Qutailah, era una mujer celosa. Ésa era la razón por la que rechazó la propuesta de mi padre, dijo. A Umar no le dio explicaciones. Había rechazado a Mahoma en tres ocasiones antes de darle el sí.

—Tengo costumbres muy arraigadas, y mi edad es demasiado avanzada para cambiarlas —le dijo—. También dudo en llevar a mis hijos a una casa en la que podrían encontrar menos cariño del que tenían en la de su padre. Y en tercer lugar, soy contraria a compartir a mi marido con otras mujeres. Abdallah me quería sólo a mí. Me consumiría de celos si viera que el hombre con el que me caso mira siquiera a otra mujer con deseo.

Pero, a diferencia de los demás pretendientes, Mahoma persistió. Suplicó durante meses, hasta que ella se ablandó.

—Mi edad es más avanzada que la tuya —le dijo en respuesta a sus reparos—. Y conozco y quiero a tus hijos desde que nacieron. En cuanto a tus celos, no son ningún obstáculo. Pediré a Alá que te libre de ellos.

A juzgar por la actitud de ella desde el día en que llegó, las plegarias de Mahoma no fueron escuchadas. Umm Salama entró en la tienda de la cocina acompañada por Mahoma, y nos calibró a mí, a Hafsa y a Sawdah con unos arrogantes ojos grises que parecían sopesar nuestra valía y encontrarla escasa. Los celos oscurecían su aspecto incluso en la manera de estar de pie. De no ser por las ropas que vestía (una camisa blanca sobre una falda de color azul oscuro), podría parecer una palmera datilera, por la rigidez de su cuerpo mientras nos miraba de arriba abajo.

—Brrr, de pronto me ha entrado frío —murmuró Hafsa, pero yo no le contesté porque estaba mirando las aletas palpitantes de la nariz de Mahoma y el brillo de sus ojos, como si fuera un joven león y Umm Salama su próximo almuerzo. Y me pregunté si yo, su pequeña Pelirroja, podía compararme con aquella belleza alta y elegante.

Con Umm Salama llegaron cuatro niños: un bebé que dormía en sus brazos, cuya vista hizo que mi corazón brincara de deseo; dos chicos, uno de unos catorce años y el otro mucho más joven; y una niña alta y silenciosa llamada Dorra, casi de mi edad, que sonrió al ver la cabrita que yo había atado a las estacas que sujetaban la tienda. Le devolví las sonrisas, pero mi corazón sufría. ¡Qué fértil era esta nueva esposa! ¿Pasaría mucho tiempo antes de que concibiera un heredero para Mahoma?

Desde luego, había sentido el mismo temor cuando la Madre de los Pobres se casó antes con él. Si ella estuviera viva, se adelantaría a besar las manos de la novia y a darle la bienvenida a su nuevo hogar. Yo no pude llegar tan lejos, pero me recordé a mí misma que debía tratar a nuestra hermana-esposa con amabilidad, hasta que demostrara no merecerla.

—Os dejo juntas para que os vayáis conociendo, mientras atiendo un asunto urgente —dijo Mahoma—. *Yaa* Umm Salama, cuando vuelva te enseñaré tu nuevo pabellón.

Los ojos de Mahoma se iluminaron con la mirada que yo recordaba de su primer día conmigo.

—¡Por Alá! Necesita un pañuelo para secarse toda esa baba —susurró Hafsa. Umm Salama bajó los ojos hacia el bebé que tenía en los brazos, y sus mejillas se colorearon con un delicado tono rosado. Ella no sonrió, me di cuenta.

Sawdah empezó a arrullar y cloquear alrededor del bebé mientras yo lo miraba pensativa y me preguntaba cómo sería tener uno mío. Los niños se fueron a jugar al patio y yo llevé a Umm Salama hasta los almohadones del «nido», como llamaba Hafsa al rincón de las esposas. Serví a mi nueva hermana-esposa un vaso de agua de jengibre, y aspiré su perfume a aceite de rosas al acercarme a ella.

Hafsa y yo nos miramos las manos y lanzamos ojeadas furtivas a la nueva esposa. Parecía un ídolo de alabastro, con aquella tez pálida y los pómulos salientes. No era extraño que los hombres la cortejaran después de la muerte de su marido. Y menos aún que Mahoma, el más destacado de todos ellos, hubiera insistido durante tantos meses.

«No está acostumbrada a la vida del *harim*», me había dicho Mahoma la noche antes. «Tendrás que explicárselo todo.» Yo había rebuznado. Después de año y medio en el hogar de Mahoma, sólo sabía de cierto una cosa: que nunca sería la «cotorra» de nadie.

—Un bol de dátiles no es precisamente un festín de boda —dijo Sawdah con una sonrisa de disculpa—. No sabíamos que venías hoy.

—*Yaa* Sawdah, también tenemos mantequilla rebajada. El *samneh* y los dátiles son perfectos para una celebración improvisada —dije con autoridad, para dejar sentado mi rango.

—Esperamos que haya una gran fiesta, porque van a matar una cabra o un cordero —dijo Sawdah. Hacía mucho tiempo que no comíamos carne.

Umm Salama frunció el entrecejo. A juzgar por su perfume y el brillo de su vestido de seda, adiviné que estaba acostumbrada a comer lonchas de carne con granadas, pepino y arroz sazonado con azafrán. ¿Se daba cuenta de lo distinta que sería su vida aquí? Y lo más importante, ¿se daba cuenta de quién mandaba en el *harim*?

—Siento desilusionaros —dijo con voz tranquila—. El Profeta me ofreció una fiesta, pero rehusé. En estos días no tengo mucho apetito para banquetes.

Una lágrima rodó por su mejilla, y la máscara de rigidez que llevaba puesta para nosotras se disolvió. Vi un rostro lleno de dolor, y olvidé por un momento que era mi rival.

—Por favor, perdónanos —dije—. No nos hemos dado cuenta. Todavía estás de duelo por Abdallah. Y sin embargo..., te has casado con Mahoma. ¿Por qué?

Alzó la cabeza sobre el hermoso tallo de su cuello, y me miró como si yo fuera una araña que se arrastrara por el suelo y a la que pudiera aplastar en cualquier momento, aunque había decidido no hacerlo, por compasión.

—Si tienes hijos, puede que entonces lo entiendas —dijo—. Si alguna vez llegas a concebir.

Su bebé rompió a llorar, y Umm Salama se volvió hacia la pared para alimentarlo. Yo le devolví su mirada furiosa. ¿Si alguna vez yo llegaba a concebir? ¿Es que sabía que mi matrimonio no había sido consumado? Mi pulso se aceleró hasta el frenesí al pensarlo. A los ojos de la *umma*, sin consumación no hay esposa. Y el único lugar adecuado para una virgen sin casar era la *purdah*, algo que yo quería evitar casi a cualquier precio.

Pero incluso si Umm Salama no sabía que yo seguía siendo virgen, su observación sobre si yo llegaba a concebir era insultante y deliberada. Después de un año y medio en el *harim* de

Mahoma, yo tendría que estar esperando un hijo. Se alzaban cejas ante mi fracaso, como me habían dejado dolorosamente claro los comentarios de Umm Ayman en el *hammam*. Había quien sospechaba que yo era estéril, una condición vergonzosa, señal evidente del rechazo de los dioses o, en nuestra comunidad, de Alá.

Unos momentos después, Mahoma vino al nido con una cara tan ansiosa como si Umm Salama fuera un pote de miel. Se inclinó, le tendió la mano y la llevó fuera de la tienda. Mientras caminaba con su bebé en brazos, ella mantenía la cabeza tan tiesa y erguida como si llevara puesta una corona.

—¿De modo que por eso se ha casado con él? —comenté asombrada en cuanto los dos se fueron.

—Vamos, Aisha ¿cómo puede una mujer cuidar de sí misma y de cuatro hijos si no vuelve a casarse? —Sawdah sonrió—. Además, ya sabes cómo es el Profeta cuando desea alguna cosa. Tan tozudo como un asno.

—Sólo Alá sabe por qué la quiere él... —comentó Hafsa—. Una noche de invierno es más cálida que esa mujer. ¡Tendría que haberles ofrecido una manta como regalo de boda!

Al parecer, Mahoma se esforzó mucho en calentar a su nueva esposa. Durante siete días estuvo encerrado con ella, sin visitar la tienda de la cocina, ni mi pabellón, ni la mezquita excepto para dirigir la oración del viernes. En el púlpito, pronunció el sermón con la boca apretada y una profunda arruga de preocupación en la frente, como si se tratara de un funeral.

Cuando vino a mi pabellón el día siguiente, esparcí pétalos de rosa por el suelo y por mi cabello, dispuesta a alegrarle los ánimos con una noche de amor..., pero no necesitaba más alegrías. Me tomó en brazos y empezó a girar como un torbellino; luego me dejó en el suelo riendo, y me cubrió de besos la nariz y las mejillas. Su actitud fue muy paternal, pero no me importó. Después de aquella noche, pensaría en mí no sólo como una mujer sino como su verdadera esposa y, así lo esperaba, la madre de su hijo.

—¡Qué contento estás! —dije—. Debes de sentirte tan feliz como yo, por estar de nuevo juntos los dos.

—Umm Salama y yo hemos consumado el matrimonio por fin —me dijo con una amplia sonrisa—. Después de seis noches de frustración.

—¿Seis noches? —Se quitó el turbante y me lo tendió. Lo llevaba anudado de una forma nueva, con una larga tira de tela que le colgaba en el cuello entre los hombros. Un trabajo de ella, supuse—. ¿Por qué tanto retraso?

—Su hijo es muy pequeño y necesita una atención continua. —Enrojeció—. Umm Salama no tenía ni tiempo ni energías para nada más.

—¿De modo que por fin el bebé quedó satisfecho? —Intenté parecer despreocupada, pero mi voz tenía la misma rigidez que la espina dorsal de Umm Salama—. ¿O es que Umm Salama se cansó de tenerlo pegado a sus pechos? En cualquier caso, felicidades.

Para ocultar el rubor de mi cara me di la vuelta y tomé del estante la sorpresa que había preparado para él: un plato de *tharid*, la comida preferida de Mahoma, carne de cabra troceada y especiada con caldo, servida sobre rebanadas de pan. Era hora de cambiar de tema de conversación, y hablar de mí.

—¿Ves lo que me enseñó mi hermana en estos días en que no te he visto? —le dije—. Espero que no te importe, pero le confesé a Asma que tú y yo no hemos consumado aún nuestro matrimonio. Se quedó muy sorprendida.

—¿Ah sí? —murmuró Mahoma distraído; tenía la vista clavada en la comida, y su nariz aspiraba el aroma de la carne y las especias.

—Muy sorprendida. Dijo: «¡Pero si ahora ya eres una mujer! ¿Cómo puede tomar nuevas esposas sin haber consumado el matrimonio contigo?» Me ayudó a preparar este plato para tentarte.

Se metió en la boca un buen pedazo, lo masticó con los ojos cerrados, y dijo despacio, *latheeth*, «Delicioso». Yo me solté el cabello y lo esparcí sobre mis hombros mientras él comía toda la carne y lamentaba que no hubiera más.

—Tengo otra cosa igual de sabrosa para ti —le dije, y aparté la bandeja vacía para instalarme yo misma en su regazo. Su aliento olía a café y cardamomo. Ladeé la cabeza para mirarlo.

—¿Habéis estado Umm Salama y tú bebiendo una taza de café en el *majlis?* —bromeé para aligerar el ambiente.

Se echó a reír.

—Su tío me invitó a beber con él. Se dio cuenta de la dificultad que tenía con Umm Salama. Se llevó con él al bebé y alquiló a una mujer del campo para que lo criara.

—Y entonces, después de quitar al crío de en medio, ¿conseguisteis por fin rematar la faena?

Lo dije en un tono más hiriente de lo que pretendía, influida por el recuerdo de otra noche humillante en la que me senté en su regazo y me ofrecí con todo descaro mientras él no paraba de charlar sobre la Madre de los Pobres. Pero ahora yo tenía ya casi catorce años, y me había convertido, en opinión de algunos, en una belleza. Mahoma debería estar derritiéndose al verme y gimiendo de deseo, en lugar de recordar sus intentos de calentar la sangre de su esposa frígida.

—Te lo digo por una razón, Aisha. —La vena de su frente empezó a crecer—. Umm Salama está destrozada por la pérdida de su marido. Estuvo bien —esbozó una sonrisa fugaz— hasta después de la consumación. Luego pasó toda la noche llorando.

—¡Qué romántico! —dije, y abandoné su regazo para ponerme de pie.

—*Yaa* Aisha, ¿cómo puedes ser tan cruel? Son los celos los que te hacen hablar así.

—¿Qué esperas de mí, un consejo? —Lo miré furiosa—. Deja en paz a esa pobre mujer. ¿No ves que se siente desgraciada?

—¿Desgraciada? —Se puso en pie—. Había estado muy simpática conmigo. Estuvimos charlando noches enteras, y luego dormíamos durante el día el uno en los brazos del otro.

—Eso suena muy agradable. —Me volví hacia la ventana—. Suena como si fueseis grandes amigos.

—Lo somos. Estábamos allí los dos juntos, cuando murió Abdallah. Era mi hermano de leche, ya lo sabes —dijo, lo que significaba que de niños habían sido amamantados por la misma ama—. Me siento responsable de su muerte. Nunca debí permitir que dirigiera el ataque a aquella caravana. La herida que recibió en Uhud no se había curado del todo, volvió a abrirse y se infectó.

—¿Tú, responsable? —dije—. Tú mismo me has dicho que sólo Alá decide sobre nuestra vida y nuestra muerte.

—Eso es lo que sé —dijo—. Pero lo que siento es distinto.

—¿De modo que te has casado con ella para aliviar tu sentimiento de culpa?

Mi corazón se ablandó. Demasiado bien sabía yo en esos días lo pesada de sobrellevar que podía resultar la culpa.

—Ésa es sólo una parte del motivo. No te quiero mentir. Umm Salama es una persona muy especial para mí. Posee cualidades de una gran finura: belleza, modestia, prudencia, valor, inteligencia. —Yo me hundía un poco más a la mención de cada una de esas cualidades. ¿Pensaba él que a mí me faltaban?—. Empezamos a charlar, y es como si al tiempo le hubieran crecido alas. No me di cuenta de la puesta del sol ni de la salida de la luna.

Mahoma sonrió como el hombre que acaba de disfrutar de una buena comida. Y es lo que había hecho: del *tharid* que yo le había preparado. Si existiera la justicia, pensé, aquella carne se le atragantaría como se me estaban atragantando a mí sus palabras.

—Cuando llegas a conocerla bien, comprendes lo mucho de admirable que hay en ella.

—El amor no correspondido es doloroso —murmuré yo, parpadeando para reprimir las lágrimas.

—¿Qué sabes tú de eso? —estalló Mahoma. Yo giré la cabeza para mirarlo, pero su indignación hizo que apartara de nuevo la vista. De pronto, la habitación se había quedado fría. Descolgué del gancho mi manto y me envolví en él—. Tú no sabes nada —dijo—. Sólo has visto a Umm Salama una vez.

—Dos veces —lo corregí—. La vi en Uhud, cuando curaba la herida de flecha de su marido. Tuviste que ver el amor en sus ojos.

—Por supuesto que lo amaba. ¡Todos lo amábamos!

—Todavía lo ama. —La vena de su frente, entre los ojos, se hinchó cuando oyó mis palabras—. No me crees, ¿verdad? —Reí, y me pregunté cómo podía estar tan ciego. El gran estratega militar no sabía orientarse cuando se encontraba ante las mujeres—. ¡Puede que no fuera por el bebé! Puede que retrasara la consumación porque no la deseaba. Por eso lloró después. Puede que esté casada contigo ahora, pero en su corazón sigue siendo la esposa de Abdallah ibn al-Asad.

Ahora fue Mahoma quien se echó a reír, una risa desapacible, como el raspar de la grava bajo la piedra del molino.

—¡Qué imaginación! Has leído demasiados poemas de amor.

—No necesito poesías para comprender el amor. Mi amor por ti me lo ha enseñado todo sobre las penas del corazón.

—¿Tu amor por mí? ¿De qué amor hablas, Aisha? —gritaba ahora, y la vena palpitaba y se estaba poniendo negra—. ¿De un amor que intenta sabotear cada nueva alianza que establezco?

—¿Alianza? —resoplé—. ¿Es así como se llaman los matrimonios en estos días?

—¡Son las dos cosas! El padre de Umm Salama tiene mucha influencia en La Meca. Puede ayudarnos mucho.

—Así que te has casado con ella por eso: ¡por su familia! Es pura coincidencia que además ella resulte ser increíblemente hermosa.

—Nada es sencillo. Ya no. El poder de la *umma* va en aumento. El poder trae enemigos. Cada nueva alianza que establezco extiende nuestra influencia en el Hijaz, e incrementa nuestras posibilidades de supervivencia.

Lo miré ceñuda. ¿De verdad esperaba que yo me creyese que se había casado con Umm Salama por sus relaciones con la alta sociedad de La Meca?

—¿Y el amor, Mahoma? ¿Queda algún espacio en tu vida para el amor, ahora? ¿O estás demasiado ocupado en «extender tu influencia»?

La ira hizo que sus pupilas se estrecharan como puntas de alfiler. Resoplaba por las narices y su cara se contrajo como un puño. Yo me eché atrás vacilante mientras él empezó a tronar:

—¿Amor? —gritó—. ¿Tú ves amor en alguna parte? Porque

yo no. ¡Yo sólo veo a una niña mimada que se ama a sí misma!

Agarró al vuelo su turbante de la repisa de la ventana y salió en tromba por la puerta. Yo me quedé inmóvil sólo un momento, intentando respirar el aire suficiente para sostener el ritmo de mi corazón disparado. «Muy bien..., alguien tendrá que amarme.» Abrí de par en par la puerta de mi pabellón y miré al exterior.

—¡Mahoma! —grité—. ¡Vuelve!

Corrí al patio en su busca, pensando que tal vez se había ido al *majlis*, pero estaba a oscuras. ¿La mezquita? Me volví hacia la entrada, y en el pabellón de Umm Salama vi oscilar su perfil a la luz de una lámpara. Me quedé parada allí mismo, boquiabierta. ¿Había salido él corriendo hacia ella?

Sentí formarse un grito en mi garganta. Apreté los dientes para reprimirlo, porque odiaba darle a Umm Salama ni siquiera esa mínima victoria sobre mí. Di la vuelta para regresar a mi pabellón, pero me detuve después de uno o dos pasos. Me dio miedo pensar en otra noche sola en mi habitación mientras mi marido se entretenía con su último juguete. «¡Alá, líbrame de esta vida miserable!» Recordé las palabras de Mahoma: «¿Tú ves amor en alguna parte?» La verdad es que no lo veía. ¿Eran amor las penas que causaba en mi corazón Mahoma?

El dolor inundaba mi alma y bañaba de lágrimas mis mejillas. Si yo fuera hombre, ahora estaría cabalgando por el desierto. Nadie me tendría encerrada, ni me llamaría «cotorra» ni tasaría mi valor por el número de hijos que tuviera. Viviría mi vida como sólo pueden hacerlo los hombres, con sus espadas y sus caballos, su valor y su ingenio. Y entonces recordé que yo tenía todas esas cosas, y sin embargo carecía de libertad. Todavía.

Con las lágrimas bañando mi cara, corrí a la cuadra, donde *Cimitarra* estaba erguida, como si me esperara. «Vámonos con los beduinos», le dije; aunque en realidad no hablaba en serio. Era sólo el dolor que sentía, y muy pronto las dos cruzábamos Medina a toda velocidad. Las estrellas parecían manchas borrosas, arriba. Los cascos de *Cimitarra* repiqueteaban al unísono con los latidos de mi corazón. El viento silbaba en mis oídos. Dos hombres a caballo se apartaron para dejarme paso. Uno de ellos me llamó por mi nombre. Su voz me pareció familiar de alguna manera, pero resistí la tentación de detenerme. En cambio, espoleé a *Cimitarra* para que corriera más aún. Nadie me detendría. Me encogí contra las rachas de viento. La arena golpeó mi rostro en una áspera caricia. Luego el mundo dio una sacudida y yo me vi arrojada al aire, con los brazos extendidos como si volara. Casi atrapé una estrella cercana, pero entonces me sentí caer, caer. La tierra tendió para acogerme su regazo, turgente y mullido, y aterricé atónita en una duna de arena, templada aún por el calor del día.

De nuevo oí mi nombre. Unas manos de hombre agarraron mis hombros y me sacaron fuera de mi lecho de arena. Imaginé el aspecto que debía de tener, chorreando arena como si fuera agua por mis cabellos y mis ropas, y con las cejas y la boca empolvadas de arena blanca. Escupí, me sacudí la ropa y quise ponerme en pie vacilante, aturdida por la caída. Unos brazos fuertes me levantaron, y vi delante de mí el rostro preocupado de Safwan.

—Aisha. —Mi nombre sonó redondo y pleno como la luna, en su boca—. ¿Te has hecho daño?

Levantó una mano para limpiar de arena mi frente y mis mejillas. Su cuerpo apretado contra el mío me calentó como el contacto de un amante. Me tambaleé, mareada.

Él retrocedió un paso y me sostuvo con las manos puestas en mis hombros; luego me soltó. Yo me estremecí y me estiré la ropa; todas las partes de mi cuerpo calentadas por su proximidad estaban ahora frías, expuestas al viento de la noche. El viento silbaba a nuestro alrededor, y nos encerraba en un ámbito íntimo formado por torbellinos de arena.

—Perdóname, Aisha —dijo con una profunda reverencia—. No tenía intención de importunarte. Tenía miedo de que estuvieras herida.

Su voz y su actitud eran tan formales... ¿Era imaginación mía aquellos instantes pasados en sus brazos? Sentí calor en mi rostro. ¿Cómo podía haber dejado que me tocara? Bajé la mirada y, esperando que no se diera cuenta de mi rubor, di las gracias a Alá por ocultar en ese momento la luz de la luna detrás de una nube.

Me forcé a mí misma a reír.

—Lo único que tengo herido es mi orgullo.

Sus manos colgaban a sus costados pero sus ojos seguían acariciándome. Mi corazón empezó a galopar otra vez.

—Mi caballo. —Miré al norte, al este, a todas partes menos a sus ojos—. ¿Dónde está mi caballo? *¡Cimitarra!*

—Me temo que se ha ido. Pero puedo llevarte de vuelta a la mezquita.

Su mirada atrapó la mía por fin, y la mantuvo ahí con tanta firmeza como si sus brazos rodearan mi cuerpo.

—Tu oferta es muy amable, pero desde luego me es imposible aceptarla.

¡Qué diría la gente si me viera volver del desierto cabalgando en el caballo de Safwan!

La decepción nubló sus ojos.

—Te pido perdón de nuevo. Sólo había pensado en mí mismo.

Yo sonreí e intenté quitar hierro a la situación.

—Sí, ¡qué egoísta! Hacerme cabalgar en tu caballo mientras tú recorres a pie, detrás de mí, todo el camino hasta la ciudad.

Pero él no se rio.

—Yo pensaba cabalgar detrás de ti, con las manos en tu cintura —dijo—. Muy apretados.

Yo me aflojé el chal, olvidada del frío. Me aparté de él, consciente de que tenía que reñirle por haber ido tan lejos, pero ruborizada y excitada por sus palabras. ¡Si al menos Mahoma me hablara con dulzura!

—Pero me daría por contento con caminar a tu lado, sólo por el placer de tu compañía —añadió.

—Muy honrada. —Examiné el amplio terreno ondulante que nos rodeaba en busca de *Cimitarra*—. Pero no podemos dejarnos ver juntos en mitad de la noche. ¿Dónde está mi caballo? *¡Cimitarra! ¡Cimitarra!*

—Muy bien, pues. —Se acercó a su caballo, un hermoso garañón color de cinamomo, y me tendió las riendas—. Monta a *Beduino* hasta Medina, y déjalo atado en el exterior de la mezquita. Yo iré caminando y lo recogeré cuando llegue.

—¡Pero pasarás horas recorriendo a pie toda esta arena! Tengo una idea. —Mi pulso se aceleró. Safwan me observaba y esperaba. Su mirada ardiente pareció inmovilizar mi lengua. Busqué de nuevo rastros de *Cimitarra*—. ¿Y si cabalgamos juntos hasta los alrededores de la ciudad, y entonces llevo yo sola tu caballo?

Sonrió por fin, y las nubes se apartaron de la luna casi llena. Pero cuando yo me subía ya a su caballo, sonó en mis oídos el golpeteo rítmico de unos cascos. Miré con pena y alivio mezclados, y vi aparecer a *Cimitarra* detrás de una duna y venir al galope hacia nosotros.

—¡Aquí está! —grité como si me alegrara. Salté a la arena y corrí hacia la yegua. Se detuvo delante de mí y relinchó con suavidad, frotando su morro en mi cuello.

Monté, y cabalgué hacia Safwan. Su turbante se le había caído en algún momento de la noche, y su cabello libre, largo y estirado hacia atrás, relucía a la luz de la luna. Sentí que el corazón se me agolpaba en la garganta.

—*Cimitarra* —dijo—. Qué extraño nombre para una yegua.

—No cuando esa yegua pertenece a Aisha bint Abi Bakr.

—Una yegua con suerte —dijo Safwan. Estiró un brazo para acariciar su crin, y luego me tomó la mano y se la llevó a los labios. Su mirada se apretó contra mí como había hecho su cuerpo unos momentos antes, y su beso abrasó mis dedos. Yo tragué saliva, me solté de un tirón, tiré de las riendas de *Cimitarra* y galopé de regreso a Medina y a mi matrimonio, que, con todos sus problemas, me pareció un lugar mucho menos peligroso que el desierto aquella noche.

12

Rumores ridículos

Medina, septiembre de 626 – Trece años

De las esposas de Mahoma, yo era la única que se libraba de los pellizcos y las frases groseras de Ibn Ubayy y sus compinches en el mercado de Medina. Cansadas de aquella humillación continua, mis hermanas-esposas empezaron a pedirme que hiciera la compra para ellas. Me sentí feliz al acceder, porque siempre estaba dispuesta a pasear por la ciudad y dar prueba así de mi libertad. Pero cuando Umm Salama me envió a buscar leche de vaca, me sentí dolida. ¿Qué vendría después? ¿Mandarme al pozo a sacar agua para lavarse el pelo?

No fue el encargo lo que me dolió, sino la manera en que lo hizo, con la barbilla alzada y el tono autoritario de costumbre. Desde que Fátima había empezado a seguirla a todas partes como un rapaz enamorado y a animarla a que ocupara mi puesto como *hatun*, Umm Salama buscaba afirmarse por los procedimientos más irritantes: insistía en que diera de comer a mis corderos pequeños fuera, y no en la tienda de la cocina; se quejaba en voz alta de que iba a infectar a sus hijos con enfermedades de la ciudad de las tiendas. Y todo sin más razón que su incuestionable deseo de estar al mando de todo.

Al cruzar el patio en dirección a la tienda de la cocina, pasé delante de Mahoma y de ella, recostados los dos debajo de una palmera. Él tenía la cabeza descansando en el regazo de Umm

Salama, y ella le iba poniendo uvas en la boca. Distraído por la fruta, él no me vio pasar. Pero ella sí, para mi disgusto.

—Necesito que hagas algo por mí —dijo. Yo seguí caminando deprisa como si no la hubiera oído, pero entonces me llamó Mahoma por mi nombre, y tuve que parar.

Umm Salama se levantó de la hierba como un cisne que emprende el vuelo, y se deslizó hacia mí.

—A mis hijos no les gusta la leche de cabra que se bebe aquí —dijo—. Les he prometido que hoy tendrán leche de vaca para la comida. —Me puso una moneda en la palma de la mano—. No me atrevo a ir al mercado yo misma, por miedo a tener que sufrir a manos de esos rufianes. —Como si fuera tan pura que un simple pellizco pudiera comprometer su virtud.

Yo volví unos ojos implorantes a Mahoma, que se había acercado a escucharnos.

—Iba a ir a la ciudad de las tiendas esta mañana —mentí.

—Seguro que puedes retrasar la visita hasta la tarde —dijo—. Es por el bien de los hijos de Umm Salama.

Mahoma me dirigió una mirada penetrante y yo bajé la vista. Después de la terrible pelea que habíamos tenido pocas noches atrás, y de mi huida al desierto, le prometí confiar en su juicio en adelante. Él me perdonó, pero no se privó de reñirme. «No soy igual que los demás hombres, pero soy un hombre», me dijo con franqueza. Comprendí lo que había querido decir: era distinto de los demás hombres en la forma de tratar a sus esposas. Escuchaba nuestras opiniones y nos animaba a hablar. Pero en última instancia, Mahoma era quien dirigía su casa y la *umma*. Él tomaba las decisiones que afectaban nuestras vidas. Y mi deber de esposa era someterme a ellas.

El paseo hasta el mercado hizo desaparecer mi mal humor. El sol de la mañana besaba mi rostro mientras recorría las calles de Medina, y personas que llevaba semanas sin ver se paraban a saludarme con sonrisas y abrazos. Las pesadas cargas de la vida del *harim* se iban haciendo más ligeras a medida que me alejaba de la mezquita, y ni siquiera me molestaba el olor a excrementos. Tampoco los enjambres de moscas. El kohl en las pestañas puede servir para atraer las miradas de los hombres, pero descubrí que también repele a los insectos sedientos. Tan sólo esperaba no atraer las miradas de Safwan.

Al recordar mi encuentro con él en el desierto pocas noches atrás, me ruboricé con tanta intensidad que creí que mis cabellos ardían. ¿Qué había esperado conseguir al cortejarme con tanto atrevimiento? ¿De verdad pensaba que yo traicionaría a Mahoma, el santo Profeta de Dios, con alguien..., con él? Es cierto que habíamos fantaseado con fugarnos juntos con los beduinos cuando éramos niños, pero aquello fueron quimeras infantiles. Ahora yo era una persona adulta, con obligaciones hacia mi familia, mi marido y, muy en especial, mi Dios.

Lo cual hacía que mi conducta fuera más horrorosa todavía.

¿No había prometido olvidar a Safwan y centrarme en mi matrimonio? Y sin embargo, cuando lo vi mis buenas intenciones se disiparon como las nubes al soplo del viento cálido del deseo. Mi corazón se estremeció cuando recordé su propuesta de cabalgar por el desierto con nuestros cuerpos apretados sobre el mismo caballo. Expulsé de mi mente aquel recuerdo. Fuera lo que fuese lo que pretendía Safwan, estaba destinado al fracaso. Yo era la esposa del Profeta de Dios. Si Safwan no respetaba mi posición, por lo menos yo sí estaba obligada a respetarme a mí misma. Y si perdía mi sentido común cuando él rondaba cerca de mí, tendría que evitar su compañía.

Una algarabía de sonidos me sacó de mis meditaciones. Había llegado al mercado. Las cabras balaban. Las ruedas de los carros rechinaban. Los niños corrían, reían y voceaban, y sus madres los llamaban a gritos. En medio de aquel ruido apenas podía oír el sonsonete de los vendedores que pregonaban su mercancía cuando pasaba delante de los puestos. La boca se me hacía agua con el olor apetitoso a cordero asado, pero tendría que renunciar a él porque la moneda que me había dado Umm Salama sólo alcanzaría para pagar la leche, y nada más. Reprimí las punzadas de mi estómago cuando pasé delante del vendedor de carne, y me pregunté cuándo volvería a probar una exquisitez semejante. «Que no sea pronto», deseó una parte de mí misma. En nuestra casa, la carne significaba casi siempre una nueva boda. La habría sacrificado para el resto de mis días con tal de evitar otro de aquellos tristes acontecimientos.

No es que tuviera que preocuparme mucho por la presencia de más esposas en nuestro *harim*. Estábamos al completo, de acuerdo con las reglas establecidas por el propio Mahoma. Había dicho a sus fieles que podían tener solamente cuatro mujeres. Sawdah, Hafsa, Umm Salama y yo sumábamos cuatro. ¡No habría nuevas esposas en nuestro hogar, gracias sean dadas a Alá! Resultaba demasiado agotador defender mi posición como primera del *harim* una y otra vez. Además, cada nueva boda significaba un intervalo más largo entre noche y noche pasadas junto a Mahoma. Dormía con cada una de nosotras por turno: con Sawdah una noche, conmigo la siguiente, luego Hafsa y por fin Umm Salama, sin importarle sus propias preferencias, decidido como estaba a tratarnos a todas por igual: un objetivo laudable pero imposible de alcanzar, en mi opinión. Estoy segura de que prefería pasar la noche con Hafsa o con Umm Salama, que conmigo. Ellas le daban placer, y yo sólo conversación. O... eso era todo lo que aceptaba él de mí. En cuanto a Sawdah, no encontraba ningún aliciente en tenerla a su lado por las noches.

—No puedo tener más hijos, de modo que ¿para qué? Preferiría pasar el tiempo con mis trabajos de cuero.

Lo cierto era que Sawdah conseguía unos ingresos regulares con sus elegantes botas, sandalias y alforjas de cuero labrado. Ni ella ni su hijo se privaban de carne ni llevaban ropas raídas. Nosotras la mirábamos de reojo, envidiosas, cuando contaba las monedas de sus ventas.

—Es injusto —vino a decirme Hafsa en privado—. A nosotras también nos gustan las cosas buenas. Se supone que los maridos han de cuidar de sus familias, pero el nuestro se dedica a alimentar a todo el mundo, además.

—*Yaa* Hafsa, tendrías que pasar un día en la ciudad de las tiendas antes de hablar así —dije—. Cada semana hay personas que mueren de hambre. Puede que nuestros estómagos se quejen de cuando en cuando, pero estamos vivas.

—No estoy hablando de comida. Quiero ropa. Mira, he tenido que remendar este vestido tres veces ya. Y tu túnica te está demasiado pequeña, Aisha. ¡Mira cómo asoman las muñecas por las mangas!

Podía haber explicado a Hafsa que la gente de las tiendas se envolvía en pellejos de cabra y caminaba bajo el sol abrasador sin nada con que cubrirse la cabeza, pero sabía cómo se sentía. Nuestra vida no era tan dura como ella pensaba, pero podría haber sido más fácil si Mahoma prestara más atención a los asuntos de la casa.

Le pasé el brazo por los hombros y la apreté contra mí.

—Es nuestra desgracia estar casadas con el Profeta de Dios —bromeé—. Su espíritu está en el Paraíso, y mientras tanto, nuestros cuerpos lo sufren.

Pero, ahora que pienso en ello, el problema no era ni mucho menos Mahoma. Él no se ocupaba demasiado de nosotras, cierto, pero también nos pedía muy poco. Llevábamos una vida fácil comparada con la de las gentes de las tiendas, o con las mujeres cuyos maridos les pegaban o, como le pasaba a mi madre, sufrían los abusos de una primera esposa tiránica.

¿Seguiría pensando que llevábamos una buena vida si Umm Salama se convirtiera en la *hatun*? Venía de una familia rica, y estaba acostumbrada a que la sirvieran. En su papel de gran dama, nos traería a todas de cabeza para atenderles a ella y a sus hijos. Mi moral se resquebrajaba cuando pensaba en una vida de esclavitud al servicio de aquella princesa de cuello tieso. Intentaba negar esa posibilidad, diciéndome a mí misma que nunca ocurriría, que Mahoma no dejaría que me trataran de ese modo. Pero sabía que sólo había un modo de asegurar mi posición como primera esposa del *harim*. Pediría a Mahoma esta misma noche que me reconociera de forma pública como su *hatun*, de una vez por todas. Después de eso, ninguna otra se atrevería a disputarme el puesto.

Pero había otros problemas en el *harim*. Teníamos hambre, llevábamos los vestidos recosidos, pero lo peor de todo era que nos aburríamos; en especial Hafsa, cuya única afición era decorarse la piel con henna. En otros *harims*, la vida de las mujeres estaba ocupada con los hijos que habían de criar. En el *harim* de Mahoma no había niños pequeños, sólo los ya crecidos, algunos incluso mayores de edad, de matrimonios anteriores. Las hermanas-esposas pasábamos los días ociosas, magnificábamos nuestros problemas y nos gruñíamos las unas a las otras, cuando teníamos que haber empleado nuestro tiempo en ganar dinero para nosotras mismas, como hacía Sawdah.

Al entrar en el mercado de Medina, pasé delante del puesto de una peluquera, y se me ocurrió una idea: ¿por qué no podía Hafsa ofrecer sus habilidades con la henna a las mujeres en los baños públicos? A las recién casadas, en particular, les encantaría tener las manos y los pies adornados con pavos reales y flores, y pagarían buenas cantidades a quien se los pintara. El trabajo la tendría ocupada y feliz, y con el dinero que ganara podría comprarse un vestido nuevo de vez en cuando. Aceleré el paso, impaciente por comprar la leche de Umm Salama y correr a casa a explicarle mi plan a Hafsa.

Encontré un vendedor de leche, llené mis recipientes y di media vuelta a toda prisa, con la mente llena de planes para hacer dinero. Pero la fragancia de las flores y las especias me atrajo a otro puesto, y me tentó a probar unos perfumes.

Mientras me ponía una gota de aceite de rosas en el brazo oí risas a mi espalda, seguidas por el nombre de Mahoma y por más risas. Mi mano acudió a mi espada. ¿Estaba por los alrededores Ibn Ubayy? No, eran voces de mujer. Me envolví en mi chal para no ser reconocida, y escuché.

—¡Imagínate! Ella salió a abrir la puerta sólo con el camisón puesto. El Profeta pudo verlo todo porque la tela transparentaba —decía la voz de una mujer anciana.

—*Ai!* ¿Ese hombre tan piadoso? Debió de rezar para que la tierra se lo tragara —comentó otra voz.

—Ella me dijo que los ojos le brillaban como dos linternas, y que la cara se le puso toda colorada.

—Pero ¿por qué le abrió ella la puerta así?

—Dice que pensó que era Zayd. —La anciana soltó una risita—. Como si una no conociera la voz de su marido cuando llama a la puerta.

—¿Se exhibió a propósito delante del Profeta? ¿Es que no tiene modestia?

—¿Zaynab bint Jahsh, modestia? —La anciana volvió a reír—. ¡Tendría que ir adornada con la cola de un pavo real! Y ahora está peor que nunca. Desde que el Profeta la vio desnuda, no hace más que presumir delante del espejo.

Tragué saliva, y miré por encima del hombro. Tal como pensaba, la mujer de la voz chillona era Umm Ayman, la amiga de Sawdah y primera esposa del hijo adoptivo de Mahoma, Zayd. Con ella estaba una mujer baja y rolliza de ojos saltones como los de un insecto.

—¿El Profeta la vio desnuda? —graznó la mujer de ojos saltones. El vendedor de perfumes alzó las cejas. Umm Ayman dio un codazo a su compañera, que bajó la voz..., pero no lo bastante para que no la oyera—. Pero ¿cómo fue?

—Cuando ella abrió la puerta en camisón, él le dijo que esperaría fuera a que se vistiera. Pero luego una ráfaga de viento hizo volar la cortina de su dormitorio. «El soplo de Dios», lo llamó ella. Como si fuera voluntad de Alá que ocurriese. El Profeta lo vio todo, dice ella. ¡Todo!

—Pero..., ¿cómo sabe ella que él la vio?

—Se volvió y lo vio de pie delante de la ventana, encendido de deseo. Él se tapó los ojos con las manos, pero era demasiado tarde. Ella se puso a toda prisa un vestido y corrió a la puerta a disculparse, pero él ya se había marchado, todo sofocado. Iba diciendo en voz alta: «¡Alabado sea Alá, que cambia los corazones de los hombres!»

—Una frase extraña. ¿Qué quiso decir?

—Yo no soy tan inteligente como para saberlo, pero Zaynab insiste en que él está enamorado de ella. ¡Pobre Zayd! Lo acosa con ese tema día y noche. «Mahoma me quiere», le dice. «Siempre me ha querido, pero ahora está obsesionado.» El Profeta es su primo, y Zaynab dice que se habría casado con ella hace mucho tiempo si su primera mujer, Jadiya, no hubiera insistido en ser su única esposa. «Yo estuve esperando durante años que muriera aquella vieja, pero mientras tanto viniste tú a pedir mi mano», le dice a Zayd. «Ahora estoy casada contigo y lo único que puede hacer Mahoma es casarse con otras mujeres para intentar olvidarme.»

—¡Pobre Zayd! —cloqueó la compañera de Umm Ayman.

—¡Por Alá! Le rompe el corazón oírla decir esas cosas. También me rompe el mío, que veo el dolor de mi marido. Ella quiere el divorcio para estar libre para casarse con el Profeta, eso es lo que creo. Zayd sería más feliz sin ella, créeme.

Sus voces se alejaron. Me volví y las vi caminar con las cabezas muy juntas, entre gestos de asentimiento y risitas..., lo mismo que toda la *umma* haría muy pronto. Sawdah era incapaz de guardar un secreto un día entero, pero Umm Ayman era peor: no podía mantener la boca cerrada ni siquiera una hora.

Corrí a la mezquita para contarle a Mahoma aquellos rumores, más dañinos que todo lo que podía inventar Ibn Ubayy. Que se echara a Mahoma la culpa de la derrota de Uhud no era nada en comparación. Y aunque yo sabía que aquella historia estaba fabricada con medias verdades, otras personas estarían dispuestas a creerla al pie de la letra, y a hacerla circular con la añadidura de más detalles sabrosos. Los rumores siempre ganan en picante al pasar de boca en boca. Muy pronto, alguien susurraría la palabra «incesto», a menos que Mahoma parara aquella bola antes de que fuera demasiado tarde.

Lo encontré en el patio con Umm Salama. Estaba desnudo de cintura para arriba e inclinado, mientras ella le lavaba el pelo para el oficio del sábado..., mi cometido.

—¿Por qué te has retrasado, Aisha? —dijo—. He tenido que pedir a Umm Salama que te reemplazara, por hoy.

—Tengo noticias urgentes —dije, jadeante por la larga carrera.

—Tendrán que esperar hasta después de los oficios.

Levantó su cabeza chorreante y empezó a secarse el pelo con la toalla. Sus brazos eran delgados y musculosos. La ondulación de sus músculos pectorales hizo que mi pulso se acelerara. Noté que Umm Salama me observaba, y aparté la vista.

—Tengo que contártelo ahora.

Umm Ayman habría esparcido sus cotorreos por toda la *umma* hacia el mediodía. La mezquita estaría abarrotada por una multitud que murmuraría sobre Mahoma incluso mientras él dirigiera la oración. Tal vez si estaba enterado antes de los rumores podría incluir en su sermón algo que los desmintiese.

—Lo siento, pequeña Pelirroja. No tengo tiempo. Hablaré contigo después.

Umm Salama levantó la navaja para recortar la barba de Mahoma. Sus ojos se encontraron, y la intimidad que reflejó la mirada de los dos me hizo volverme y marcharme a la puerta de mi pabellón. ¿Y qué, si toda la ciudad hablaba? ¿Por qué tenía yo que preocuparme?

Pero temblaba por él cuando los fieles empezaron a llenar la mezquita. Con la cabeza baja, escuché los cotilleos sobre Mahoma y la esposa de su hijo. Vi a Umm Ayman en un rincón. Me deslicé por entre los que entraban para acercarme más a ella.

—Fui yo quien le sugerí que se marchara —estaba diciendo—. El Profeta aconsejó a Zayd que no se divorciara de ella. ¡Teníais que haberla visto llorar, cuando se enteró! De modo que le dije: «Si tan desgraciada te sientes, hermana-esposa, ¿por qué no te vas tú? Nadie te ha pedido que sigas casada.» Incluso le ayudé a empaquetar sus cosas..., llorando todo el tiempo, por supuesto. Si supiera lo contenta que estaba yo de que se fuera, seguro que se habría quedado, ¡sólo por fastidiar!

Los murmullos recorrían la sala, y al levantar los ojos vi a Zaynab bint Jahsh en la entrada. Procuré no mirarla, pero mi mirada volvía una y otra vez a ella, como una abeja a una flor suculenta. Era sin duda tan bella como Umm Salama, pero de una manera diferente. Umm Salama era una gacela, elegante y modosa; Zaynab, una leona que irradiaba fuerza. Sus ojos brillaban con asombrosos reflejos dorados, como dátiles maduros recién cogidos del árbol, y su cabello oscuro y suelto se rizaba en torno al óvalo de su rostro, escapando a la sujeción del velo verde de seda.

Cuando entró, los murmullos de la gente se apagaron. Podían murmurar sobre ella, pero no en su presencia. Se adelantó con audacia hasta la parte delantera de la mezquita, donde rezaban los hombres, y con un gesto gracioso desenrolló su alfombrilla de las oraciones. Era evidente que no sentía la menor vergüenza, ¿y por qué habría de sentirla? Un camisón transparente, una cortina que vuela, un Profeta que se ruboriza... ¡Rumores ridículos!

Entonces resonó en la mezquita la voz profunda de Bilal. Mahoma apareció en la sala como un rayo de sol con su túnica blanca, su capa roja y su sonrisa resplandeciente. Rizos brillantes de sus cabellos asomaban bajo el turbante blanco, atado de nuevo, según advertí, con esa punta suelta de tela que ahora lucían todos los hombres. Sus mejillas recién rasuradas relucían, y sus pasos eran tan ágiles como los de una cierva. De un salto subió al tocón de palmera que hacía las veces de estrado en la parte delantera de la sala.

Desde su tribuna, Mahoma paseó la mirada por la mezquita. Parpadeó ligeramente cuando sus ojos se encontraron con los míos, como si apenas me conociera, antes de dedicar a Umm Salama la más cálida de sus sonrisas. Mis mejillas ardieron, y bajé la cabeza. Mahoma, que una vez me había llamado «amada», me trataba ahora con una indiferencia distraída, desde nuestra pelea por su nueva esposa. Sin embargo, cuando oyera la noticia de los terribles rumores, me estaría tan agradecido que probablemente pasaría dos noches conmigo. Entonces yo tendría por fin la oportunidad de hacerle ver que había crecido.

Su mirada revoloteó como una mariposa de rostro en rostro, y se iluminó de pronto al ver a Zaynab, que se había colocado delante de él. Cuando vi la llama de sus ojos, el suelo pareció moverse bajo mis pies. Los rumores eran ciertos. ¡Ojalá hubiera aparecido una mano en ese momento para llevarme fuera de aquel lugar! Sentí deseos de precipitarme sobre él y tirarle de todos los rizos de su cínica cara. Quise gritarle por ser tan crédulo. Pero ya antes había probado con él los morros y los gritos y todo lo que había conseguido era empujarlo hacia otra mujer. Los brazos de Zaynab bint Jahsh eran el último lugar donde quería que fuera a parar.

Zaynab era famosa en toda la *umma*, no sólo por su extraordinaria belleza sino también por la magia de sus encantamientos. Todos los hombres que la veían, caían bajo aquel sortilegio, según se decía. Zayd había sido el más destacado de todos ellos, según creíamos. Pero ahora Zaynab aseguraba que Mahoma estaba enamorado de ella. Si ella entraba en el *harim*, ¿cómo podría yo evitar verme marginada, olvidada, relegada al papel de sirvienta? Sólo era una chiquilla pelirroja de trece años, flacucha, de caderas estrechas y lengua afilada. Ella era un oasis de mujer, de ojos dorados y cabellera suelta. Y lo bastante hábil para seducir al santo Profeta de Dios.

Caí de rodillas y me postré con la frente y las manos pegadas a mi áspera alfombrilla de las oraciones, cuyos nudos sentí clavados en la piel. Parpadeé para retener las lágrimas, me incorporé, me incliné, me postré de nuevo. «¿Cómo has podido dejar que ocurra esto? ¿No me has puesto bastante a prueba?»

Después del servicio estaba dando vueltas por mi habitación, preguntándome cómo transmitirle a Mahoma los rumores, mientras me ocupaba de anudar la cinta de mi vestido. ¿Me acusaría otra vez de estar celosa? ¡Por Alá, no iba a dejar que eso ocurriera! Había visto el brillo de los ojos de Zaynab bint Jahsh. Ella estaba jugando a un juego cuyas reglas él desconocía..., pero yo podía adivinarlas después de oír la forma como sedujo ella a Mahoma. Y en la competencia con ella, yo contaba por lo menos con una ventaja: estaba casada con Mahoma, en tanto que ella estaba casada con su hijo.

Recibí a Mahoma en la puerta, con mi camisón puesto y sin nada más que la carne debajo. Cuando entrara, dejaría deslizarse la prenda hasta el suelo, y me quedaría desnuda de pie delante de él. Él olvidaría a la mujer a la que no podía tener, y abrazaría los pechos nuevos y jóvenes de la mujer a la que amaba ya.

Sentí fría mi mano al guiarle al interior de la habitación. Me miraba con severidad.

—¿Había algo urgente que querías discutir?

—¿Discutir? No exactamente. Pero es urgente.

Intenté que no se diera cuenta del temblor de mi voz. Luchaba con los lazos de mi camisón, intentando aflojarlos.

—Por favor, Aisha, tengo otras preocupaciones —dijo. Su voz sonó dura e impaciente. Yo dudé, al imaginar la humillación de estar desnuda ante él, mientras él enrojecía y me pedía que me cubriese. «Has elegido otra vez el momento inoportuno, Aisha.» Por mucha prisa que se diera en escapar, al menos la imagen se le quedaría grabada en la mente. Pensaría en mí más tarde, y tal vez se encendería en sus ojos el mismo fuego que yo había visto dos años antes. Mis manos tiraron de la cuerda y noté que los nudos se apretaban.

—Espera —le dije cuando empezó a hablar de nuevo. Luché frenética con los lazos. Un golpe en la puerta me hizo sobresaltar y mi camisón se abrió y cayó al suelo..., pero él ya no me miraba. Me deslicé detrás del biombo del rincón de mi alcoba, mientras Mahoma abría la puerta.

—¡Padre, ayúdame! ¡Zaynab se ha ido!

El grito angustiado de Zayd resonó en el interior de mi habitación y luego de nuevo fuera de ella. Después oí voces apagadas, seguidas por un largo silencio.

Salí de detrás del biombo. Mahoma se había ido con Zayd y había cerrado la puerta tras él, dejando la habitación tan vacía como mis brazos abiertos de par en par.

Mahoma estuvo horas ausente. Cuando volvió, yo lo recibí ataviada con mi vestido de boda de seda. Me había cepillado el cabello hasta hacerlo brillar, y decorado mis manos con henna. Lo recibí con un beso y la más dulce de las sonrisas. Mahoma nunca me diría nada si me enfurruñaba cada vez que intentaba hacerme una confidencia. «Un hombre sabio sabe quiénes son sus enemigos», decía siempre mi padre. Si quería impedir que otras mujeres me robaran el corazón de Mahoma, y mi rango en su casa, tendría que aprender sus tácticas.

Se puso a dar vueltas por mi habitación, gimiendo y mesándose la barba con las dos manos como si tirara de sí mismo para avanzar.

—¡Por Alá, no entiendo lo que está pasando!

Como había predicho Umm Ayman, Zaynab había regresado a la casa de sus padres, y solicitado el divorcio de Zayd. Mahoma quiso ir a visitarla, pero el padre de ella se lo prohibió. «Perdóname, Profeta, pero está en juego su reputación», le había dicho.

—Tengo que hablar con ella —me dijo Mahoma—. Está cometiendo un error. Cree que me casaré con ella, pero no puedo hacerlo.

—Ya tienes tus cuatro esposas —dije yo desde mi almohadón. Él gruñó y agitó una mano como para decir: «¿Qué importancia tiene eso?»

—Es la esposa de mi hijo —dijo Mahoma—. Me está prohibido casarme con ella. Ni siquiera Alá puede cambiar una cosa así.

—Tampoco ha podido Zaynab —dije—. Con cortinas volanderas o sin ellas.

—Zaynab no hizo nada indebido. Fue tan sólo el viento el que empujó la cortina.

—El soplo de Dios —dije, recordando las palabras de Umm Ayman en el mercado.

—Tienes razón —respondió Mahoma—. Si la gente tiene ganas de criticar a alguien, tendrán que culpar de todo a Alá.

—¿Por qué habrá querido Dios causar ese dolor al pobre Zayd, que ha sufrido tanto? Pasó años como esclavo hasta que tú lo adoptaste. Ni siquiera es hijo de tu sangre. ¿Por qué habrá querido Alá apartar de él a Zaynab para dártela a ti, que gozas de tanta felicidad? ¿Y por qué ha de poner en manos de tus enemigos más munición contra ti?

—Sólo Alá conoce la respuesta a tus preguntas, pequeña Pelirroja. De hecho, creo que esta noche voy a rezar para pedirle que me guíe.

Me besó en la frente y se marchó sin mirarme a los ojos.

Yo suspiré y me acurruqué en la cama, sola una vez más, mientras Mahoma desaparecía por la puerta que comunicaba mi pabellón con la mezquita. Me había colocado allí al lado cuando yo era más joven, para que no me sintiera sola ni tuviera miedo. Ahora, tendida en la cama, pude atisbar por la puerta entreabierta y ser testigo de sus postraciones y sus rezos. Me sentí tentada de rezar una oración propia («Devuélvesela a Zayd»), pero me dije a mí misma que no había nada de qué preocuparse.

Zaynab podía intrigar y hacer planes, pero nunca conseguiría a Mahoma. Hubiera o no «cambio de corazones», casarse con ella sería demasiado peligroso para él. No complacería a Dios, no gustaría a la *umma*, y tampoco les gustaría a los pocos aliados que nos quedaban en el desierto. Cabía incluso la posibilidad de que la gente lapidara a Mahoma y Zaynab, o que les desterrara. En último término, la *umma* se dividiría e Ibn Ubayy volvería a ser el rey de Medina. Después de tantos trabajos, ¿iba Mahoma a echarlo todo a rodar por una mujer? Incluso ahora, mientras rezaba, tenía que saber ya que estaba obligado a dejarla.

Durante quince minutos vi cómo Mahoma, puesto de rodillas, cogía a puñados la arena y la dejaba fluir entre sus dedos, y clavaba la frente en su alfombrilla como había hecho yo antes. Luego, para mi horror, su cuerpo se puso rígido y lanzó un gemido. Cayó de espaldas al suelo y allí empezó a agitarse, temblar y gruñir, con los ojos en blanco y moviendo de forma inconexa brazos y piernas.

Después de unos instantes se quedó inmóvil, jadeante, con la piel brillante por la transpiración y los ojos cerrados. Corrí hacia él con el corazón desbocado, y presioné su pecho con la mano, buscándole el pulso.

—¿Mahoma? —susurré.

Levantó la cabeza y me miró con unos ojos muy abiertos y alucinados. En su boca se dibujaba una sonrisa excitada.

—Alá ha hablado, Aisha. ¡Qué grande es su sabiduría! Él me lo ha aclarado todo.

Mi pulso se calmó un poco. ¡Mahoma había tenido una revelación de Dios! Lo miré con respeto..., que muy pronto se convirtió en temor. Por el temblor de su voz, supe que había encontrado un modo para tener a Zaynab. Le dirigí una sonrisa tan espesa como el *hummus*. Se incorporó y me tomó de la mano.

—Aisha, Alá me ha dado permiso para casarme con Zaynab. No... Él me lo ha ordenado.

Ni siquiera intenté disimular la falsedad de mi alegría.

—Ciertamente, Alá se ha dado prisa en escuchar tu petición —dije, poniendo unos ojos como platos—. ¿Dices que Él te ha dado permiso para casarte con la esposa de tu hijo?

—Mi hijo adoptivo. Como bien has señalado, Zayd no es pariente mío por la sangre.

El pánico subió de mi pecho y bloqueó mi garganta. ¡Había encontrado una solución! Y Alá lo había ayudado. Pero seguí hablando con voz tranquila.

—Pero es lo mismo a los ojos de la *umma*. A los ojos de todo el Hijaz.

—Ése es el punto. —Mahoma cabeceaba satisfecho, como cuando yo ejecutaba correctamente una maniobra difícil con la espada—. Hemos estado en el error durante todos estos años. Los hijos de sangre y los adoptados no son lo mismo. Si me caso con la mujer con la que mi hijo de sangre ha compartido el lecho, desde luego estaré cometiendo un pecado de incesto. Pero si ese hijo no lleva mi sangre en sus venas, entonces ¿cuál es el problema?

Las lágrimas asomaron a mis ojos. ¿Cuánto tiempo más iba a poder disimular?

—De modo que vas a cambiar la tradición. Pero, *habibi*, ¿vas a romper en pedazos el corazón de Zayd? ¿No puedes limitarte a anunciar la revelación que has tenido, y dejar que algún otro se case con Zaynab?

Su mirada me dijo: «¿Es que no has aprendido nada?»

—Toda la *umma* habla de ella, pequeña Pelirroja. Hay quien dice que está embarazada de mí. ¿Quién se casará con una mujer que ha sido tan calumniada? No puedo dejar que se siga difamando a un miembro de mi propia familia. Si Zayd se divorcia, la única forma de detener las murmuraciones es casarme con ella.

Sentí la necesidad de escapar, de modo que me puse en pie de un salto y corrí a mi cama. Mahoma me siguió y se tendió a mi lado con las manos cruzadas bajo la cabeza. Miraba el techo como si fuera el cielo cuajado de estrellas.

—Mi tío y mi tía se alegrarán mucho. Y también Zaynab, por supuesto.

Por supuesto. ¿Y yo? Yo sólo podía estar tendida al lado de mi marido, con la boca llena de aflicción. ¿No me había deseado a mí, una vez? ¿Y no había prohibido a todos los demás hombres de la *umma* que tuvieran más de cuatro esposas? Sin embargo, al parecer las reglas no eran aplicables al Profeta de Dios... No en adelante.

—Alabado sea Alá, que cambia los corazones —murmuré.

Le volví la espalda, y me negué a dejar que me abrazara.

«¿Por qué? —recé de nuevo—. ¿Por qué no cambias su corazón en mi favor?»

Y me sumergí en un sueño intermitente en el que aparecían hombres de largas cabelleras brillantes y rostros como el de un purasangre árabe, que sólo tenían ojos para mí.

13

Vente conmigo

Medina, enero de 627 – Catorce años

¿Podía tener algún significado la rabia del viento aquel día, los latigazos de arena con los que azotaba nuestras piernas entumecidas? Nos escabullimos del patio bien envueltas en nuestros chales, la cara tapada frente a la tormenta, los ojos cerrados a la visión de nuestro Profeta firmando el contrato de matrimonio con la esposa de su hijo. El cielo estaba cargado de un polvo que ocultaba el sol, para que la ira de Alá, según murmuraban algunos, no contemplara aquella blasfemia.

Otros mantenían su lealtad al Profeta.

—A nosotros, esta unión no nos parece adecuada —dijo mi padre durante la fiesta, mientras yo vertía agua de un aguamanil en su calabaza amarilla—. Pero ¿quién de nosotros puede discernir las intenciones de Alá?

—Las intenciones de Alá están perfectamente claras. —Alí fustigó el aire con una rebanada de pan—. Al ordenar la celebración de este matrimonio, no ha dejado lugar a la duda: los hijos adoptivos no son iguales a los hijos nacidos. —Estrechó los ojos al mirar a mi padre—. Y nadie debería colocar a los amigos por encima de los miembros de la familia.

Umar se cruzó de brazos y miró ceñudo a Alí.

—Por desgracia, la interpretación de las revelaciones del Profeta en función de nuestras propias conveniencias se ha convertido en el pasatiempo favorito de la *umma* —dijo Umar—. Hay quien acusa a Mahoma de haber hecho lo mismo en esta ocasión.

—Esas palabras son desleales, Umar.

Alí se hundió un poco más en su almohadón, y sus ladridos se convirtieron en un tímido lloriqueo ante la poderosa oposición de Umar.

—¿Es desleal acusar al Profeta de ser humano? —dijo Umar—. Zaynab bint Shahz es la joya del Hijaz. Si yo tuviera una oportunidad de poseerla, podría convencerme con toda facilidad de que era la voluntad de Dios.

Miró a través de la habitación a la novia risueña, envuelta en su resplandeciente vestido de color llama, y sus propios ojuelos parecieron inflamarse. Su cara brillaba de sudor, y se relamió los labios. Mientras lo miraba, su mirada cambió de pronto de dirección para fijarse en mí, acusadora. Desconcertada, rocé la mano de Talha con la mía al servirle el agua en su copa. El contacto prohibido de su piel me aturdió hasta tal punto que vertí un poco de agua en su regazo, lo que hizo reír a Talha.

—¡Cuidado con tu virtud, Aisha! —gruñó Umar.

Yo me escabullí, tan ruborizada como si Umar me hubiera sorprendido coqueteando con Talha, por quien sentía más cariño que el que tenía a mis hermanos. Tal era el ambiente que reinaba en la mezquita santa de Alá, aquella noche: impudicia y recelos, adobados con chistes obscenos, sobreentendidos y especulaciones. «¿Has visto lo ansioso que está el Profeta por su novia? Cuesta creer que haya podido esperar cuatro meses a casarse con ella.» Los costados de la tienda de la cocina restallaban como látigos por el viento del exterior, mientras dentro hombres y mujeres por igual se daban codazos entre sí, enseñaban los dientes e intercambiaban alfilerazos: «Pues claro que ha esperado. Tenía que asegurarse de que ella no llevaba un niño suyo, ¿no te parece?» Me metí en el centro de las conversaciones, vertí agua en sus tazas y les acerqué las bandejas de la carne, con las manos temblorosas y la sangre hirviendo. Las insinuaciones de algunos de ellos me hicieron sentir ganas de golpearlos con mi jarra de agua, o de cortarles la lengua. Cuando un grupo de hombres del clan de Jazray intentó implicarme en sus cotilleos, sí que se la corté, con el único instrumento que tenía a mi alcance.

—Cinco mujeres en su *harim*, mientras que a nosotros nos prohíbe tener más de cuatro. ¿Es eso justo?

—El Profeta de Dios debe de tener poderes especiales en la cama.

—Aquí está una de sus esposas. Vamos a preguntarle. *Yaa* Aisha, ¿cómo podrá el Profeta satisfacer a cinco esposas?

Yo me eché a reír y utilicé la burla para disimular mi pánico, porque lo cierto es que me hacía la misma pregunta. Con tantas otras para saciar sus deseos, ¿cómo podría convertirme yo en una verdadera esposa de Mahoma?

—Acabo de servir a vuestras esposas —repliqué—, y ellas se hacían la misma pregunta: «¿Cómo podrá el Profeta dar satisfacción a cinco esposas, si nuestros maridos ni siquiera pueden cumplir con una?»

El tono de sus burlas bajó de inmediato, como la mirada de una muchacha modosa.

En aquella habitación cerrada, en un ambiente cargado por el olor de cuerpos sin lavar y de perfumes empalagosos, el aroma de la carne hizo desfallecer a mi estómago vacío. Como necesitaba comer, me abrí paso con discreción entre los hombres de blanco y los vestidos variopintos de las mujeres, y me dirigí a la tienda de la cocina.

Caminaba con la cabeza baja para escapar de aquella cháchara infame, pero la pregunta de los Jazray seguía inquietándome. ¿Cómo nos satisfaría Mahoma a todas? Ahora tendría que pasar cuatro noches sola entre visita y visita. Con cada nueva esposa, se me hacía más difícil atraer su atención. ¿Se olvidaría de forma definitiva de consumar su unión conmigo?

Últimamente, cuando Mahoma estaba acostado a mi lado, sentía en mi cuerpo una fuerza extraña que me empujaba hacia él. Me arrimaba, y él me pasaba un brazo por el hombro..., pero no ocurría nada más. Mi piel se erizaba cuando él tocaba zonas a las que no solía acercarse. Yo estaba allí tendida, preguntándome qué hacer a continuación, cómo invitarlo a que me acariciara. Si yo guiaba su mano aquí, o allá, ¿la retiraría horrorizado? Si le pedía que hiciera el amor conmigo, ¿se echaría a reír y me llamaría «pequeña Pelirroja»? Y mientras yo seguía allí perdida entre mis deseos y mis cavilaciones, él empezaba a roncar, indiferente a mis encantos.

¿O es que yo no poseía ningún encanto? Había querido ser un chico durante tanto tiempo, al crecer, que no había hecho caso de los consejos de mi madre sobre la forma de vestirme, de peinarme y de acicalarme, y sobre cómo utilizar los ojos para cautivar a un hombre. Y con mi horroroso pelo castaño rojizo y mis ojos de un color de estanque cenagoso, tal vez yo no le resultaba deseable a Mahoma. La mirada febril de Safwan aquella noche en el desierto relampagueó en mi memoria, y trajo el calor a mis mejillas. ¿Sentiría un hombre un deseo tan urgente por una mujer poco atractiva?

—¡Por Alá! ¿Esto es una boda o un funeral?

La voz de Safwan me sacó de mis pensamientos para depositarme ante sus miradas. Sus ojos se encontraron con los míos y expresaron una audacia tal que aparté la vista, preocupada por que alguien nos viera.

—No había visto tu cara tan apenada desde el día en que tu madre te encerró en tu casa —dijo—. Desde luego, es comprensible. Tienes que sentirte muy olvidada en un momento así.

Sentí el calor de mi piel como una llama atizada por un fuelle. Al recordar mis propósitos, lo miré con severidad e intenté ignorar la forma en que su sonrisa disimulada ponía de relieve sus pómulos.

—Precisamente ahora me siento abrumada por tanta atención —dije—. Por desgracia, es una atención no deseada.

No hice caso del torbellino de mi pulso. Desconocí el familiar hormigueo de mi piel. Temblaba, me dije, ofendida por su comportamiento grosero. ¡Coquetear con la esposa del Profeta de Dios allí, en medio de la mezquita, a la vista de todos! Paseé mi mirada por la sala, vi cientos de ojos que miraban fijamente a Mahoma y Zaynab, oí la algarabía de argumentos sobre la voluntad de Alá y el significado del incesto, vi a Mahoma despreocupado de la comida y posando su mirada hambrienta en su nueva esposa, y vi a Alí que nos miraba a Safwan y a mí con los ojos de un ave rapaz a punto de abalanzarse sobre su presa. Di media vuelta y, rozando a Safwan al pasar, me dirigí apresuradamente a la puerta.

Con la cabeza agachada para evitar las ráfagas de arena, caminé hacia la tienda de la cocina; pero antes de llegar a la entrada, unas manos agarraron mi vestido y un par de brazos me rodearon. El cuerpo de Safwan se apretó contra el mío. Me debatí, pero él me apretó con más fuerza, como si estuviéramos atados en un nudo.

—¿Vas a dejarme de una vez? —dije, pero el viento dispersó mis palabras.

Sus labios rozaron mi oreja. Su aliento cálido me hizo temblar.

—Nunca —dijo.

Me llevó a la parte de atrás de la tienda. Se quitó el turbante mientras caminábamos, y dejó libres sus largos cabellos, que me acariciaban el rostro. El aroma a sándalo que desprendía se mezclaba con las ráfagas sofocantes de arena.

—¿Qué estás haciendo? —dije, sobresaltada, cuando estuvimos al resguardo del viento..., y de las miradas de quienes se asomaran a la puerta de la mezquita—. ¿Es que quieres que nos maten? Nos lapidarán si nos encuentran juntos.

—El Profeta no dejará que suceda una cosa así, no a ti. Y tú me protegerás a mí.

Forcejeé para librarme de su abrazo.

—Eso será si lo mereces.

Frunció la frente.

—¿Te has olvidado de los años que pasamos juntos cuando éramos niños, Aisha? ¿No pensábamos entonces que algún día nos casaríamos?

—Éramos niños.

—Me han contado que en tu boda lloraste. Me querías... a mí.

—¿Y qué si fue así? —Alcé la voz, sabiendo que el viento la ahogaría antes de que llegara a la puerta de la mezquita—. No me estaba permitido elegir, ¿no es cierto?

—*Yaa* Aisha, desearía haber sido yo el novio. Si fueras mi esposa, no tendrías ese aire tan triste. Me doy cuenta de que no eres feliz con él. Cinco esposas ¡y una de ellas tan joven como para ser su hija!

—Zaynab no es su hija —dije—. Nunca lo ha sido, ni siquiera cuando estaba casada con su hijo.

—No me refería a ella, sino a ti.

Sus palabras fueron una flecha que me atravesó el corazón. Era cierto, yo era más la hija que la esposa de Mahoma. ¿Sabía Safwan que mi matrimonio era una ficción? Interrogué su rostro, pero no vi en él compasión; sólo deseo, como el que había visto en una ocasión en los ojos de Mahoma.

—No sé de lo que estás hablando —dije.

—El Profeta tiene... ¿cuántos años? ¿Cincuenta y seis? Es lo bastante viejo para ser tu abuelo, incluso tu bisabuelo. Demasiado viejo para una mujer briosa como tú. —Se arrimó más a mí. Yo me habría apartado, pero estaba demasiado cerca de la lona de la tienda—. Aisha, pienso en ti todo el tiempo. ¡No puedo dejar de hacerlo! Es como una fiebre que me hace caminar sonámbulo y me ciega con visiones de tu hermosura. Tengo que tenerte, Aisha. Vente conmigo. Nos iremos juntos, esta misma noche.

Puso sus manos en mis hombros, y me estremecí; luego recorrió mis brazos con las palmas de sus manos. Yo estaba quieta, como en trance, y miraba sus hermosas facciones y escuchaba las palabras de amor que durante tanto tiempo había deseado oír de labios de Mahoma.

—Él tiene otras muchas esposas —murmuró Safwan—. ¿Cuánto tiempo pasará antes de que te eche de menos? Si tú fueras mi esposa, yo nunca miraría a otra mujer. Serías todo mi mundo. Eres mi mundo.

Su rostro se acercó más al mío. Su cabello se derramó como agua en mis manos, y yo enterré mis dedos en su suavidad.

—Aisha.

Sus labios se apretaron contra los míos. Sus manos ciñeron mis brazos. Me besó otra vez, forzándome a separar los labios. Sentí que mi cuerpo despertaba a la vida como un animal liberado de su jaula. Caí contra él, y le devolví el beso mientras el viento se arremolinaba alrededor de nosotros.

—*Habibati* —murmuró Safwan, y la imagen del rostro de Mahoma apareció ante mí.

La vergüenza hizo arder mis ojos, y fluyó a través de mi cuerpo como un latigazo de fiebre. Nadie más que Mahoma me había llamado antes «querida». Aparté a Safwan de un empujón, rodeé la tienda, afronté la tormenta de arena y entré a tropezones en la mezquita... para encontrar en el umbral a Alí, que me miraba como una encarnación del Ojo Maligno.

—¿Qué hacías fuera con esta tormenta? —preguntó.

—He ido a la tienda de la cocina para poder comer algo en paz —dije.

Sus labios se torcieron como si reprimiera la risa.

—Dime, Aisha, ¿qué es lo que celebras esta noche? ¿O debería preguntar: a quién?

Safwan se deslizó a nuestro lado, con el turbante correctamente colocado en la cabeza. Alí estiró el cuello para seguirlo entre el gentío, y yo escapé a mi pabellón.

De camino me tropecé con Umar, que me riñó.

—Tu primo Talha andaba presumiendo esta noche de que se casará contigo cuando se muera Mahoma. ¿Diría una cosa así si tú no le hubieras dado alas?

Me sobresalté. ¿Talha, mi futuro marido? Nunca se me había ocurrido.

—Espero que Mahoma viva muchos años aún —dije en tono frío.

—Te vi tocar la mano de Talha cuando le serviste agua —dijo Umar.

—¡Fue un accidente! —grité, con los nervios perdidos.

—Con la manera de comportaros que tenéis las mujeres, no me extraña que la *umma* sea un hervidero de rumores sobre el Profeta.

Di media vuelta y me alejé de él con la cabeza muy alta. Hafsa estaba junto a la puerta de mi pabellón, con los ojos muy abiertos.

—*Yaa* Aisha, ¿qué te ha dicho mi padre que te ha molestado tanto?

—Me ha acusado de coquetear con Talha.

—Por lo que yo he visto, va equivocado en sus sospechas.

Sentí que me ruborizaba.

—No sé lo que quieres decir.

Me señaló con su dedo índice.

—Os he visto a Safwan y a ti salir juntos de la mezquita. Ten cuidado con él, Aisha. Ya no es un niño.

—Sí, me he dado cuenta. —Sonreí, e ignoré el palpitar desbocado de mi pecho—. Pero creo que Umar es el único que se preocupa por esa cuestión. ¿Por qué sospecha de mí?

—Sospecha de todas las mujeres. ¿Por qué crees que tenía yo tantos deseos de casarme..., las dos veces? En casa de mi padre, si una mujer se mira al espejo, es que trama maldades. Está molesto por el escándalo que ha causado esta boda. Y echa la culpa a Zaynab, por supuesto.

—¿Por qué no había de echársela? Ella sedujo a Mahoma.

—¡Por Alá! ¿Es que vas a estar de acuerdo con Umar? —Hafsa simuló escandalizarse, y luego bajó la voz—. Pero tienes razón: a mi padre es al único que le preocupan esas cosas. Le he oído decir a Alí, hoy mismo, que habría que encerrar a todas las esposas del Profeta para evitar más murmuraciones.

—Dios no quiera que eso ocurra. Nos mataríamos las unas a las otras si tuviéramos que estar encerradas juntas todo el tiempo. —De repente, la mezquita abarrotada me pareció demasiado calurosa y cerrada, como si sus muros se hubieran replegado hacia dentro—. ¿Quién tiene miedo de Umar? Yo no —dije, mientras me secaba las palmas de las manos húmedas en el vestido.

—Yo sí tengo miedo de mi padre, y tú deberías tenérselo también —dijo Hafsa—. Sabe cómo mantener la atención del Profeta. Y puede ser muy convincente.

A pesar de que me encogí de hombros y me burlé de la posibilidad de verme encerrada en la mezquita, sentí que un calambre de miedo recorría mis miembros, y me recordé de pie junto a la ventana de mi habitación, viendo pasar la vida como una caravana perfumada de especias. Pero no podía creer que

Mahoma aprobara unas medidas tan drásticas. ¿No había concedido más derechos a las mujeres? Antes del islam, las mujeres eran como el ganado. Ahora podíamos heredar propiedades, testificar ante los tribunales, e incluir medidas para la eventualidad de un divorcio en los contratos de matrimonio. ¿No se habían introducido esos derechos por orden de Alá? Las revelaciones de Mahoma demostraban que Dios también valoraba a las mujeres.

Pero no fue el miedo al encierro lo que me hizo recorrer una y otra vez a largas zancadas el suelo de mi habitación aquella noche. Mi boca todavía ardía, inflamada por los besos de Safwan. Sus seducciones aguijoneaban mis deseos como la arena proyectada por la tormenta. «Vente conmigo. Esta noche.» ¡Cómo si yo fuera a abandonar al Profeta de Dios por un guerrero, por muy persuasivo que fuera! Pero Safwan me ofrecía algo de lo que carecía junto a Mahoma: la auténtica libertad, cabalgar al viento, luchar como un guerrero, elegir cómo vivir.

¿No me había hecho soñar una vez Safwan con sus atrevidos planes? Era sólo un guerrero, cierto, pero muy por encima de lo común. La vida junto a él no sería nunca aburrida. Correríamos juntos aventuras todos los días. No malgastaría su tiempo con otras esposas. «Serás todo mi mundo.» ¡Si al menos Mahoma me hubiera hecho una promesa parecida!

Oí que llamaban a mi puerta, la que daba a la mezquita, y sentí que el corazón me subía a la garganta. Safwan no se atrevería a venir a mi habitación, ¿o sí? Abrí con una mano temblorosa, pero era Mahoma, que venía a quejarse de los invitados a su boda.

—Todos han acabado de comer hace rato, pero quedan tres hombres que discuten entre ellos nuestras leyes sobre el incesto —dijo por entre los dientes apretados.

—Apuesto a que Zaynab daría cualquier cosa por desaparecer —comenté, con una sonrisa falsa.

—Lo está soportando —dijo Mahoma—. Se ha sentado de cara a la pared, con la esperanza de que esos hombres se den cuenta de su grosería y se marchen. Pero hasta el momento, no se han dado cuenta de nada.

Mientras hablaba se puso también a pasear por la habitación, levantando polvo. Yo sentí deseos de abrazarlo..., hasta que recordé por qué estaba tan molesto.

—¿Por qué no les pides a esos hombres que se vayan? —dije. Sabía que Mahoma nunca haría una cosa así por temor a ofender a sus invitados; o peor aún, a que se dieran cuenta de lo impaciente que estaba por quedarse a solas con su nueva esposa.

De nuevo llamaron a la puerta. La abrí sólo unos centímetros y miré, rogando que no fuera Safwan. Para alivio mío, se trataba de un hombre más o menos de mi estatura, con ojos redondos y ávidos y un bigote tan tieso como si lo hubiese untado con cera de una vela.

—Buenas noticias para el Profeta —dijo.

Ya en el interior de mi pabellón, el mensajero se inclinó y, con una voz aguda y temblorosa, informó a Mahoma de que sus invitados se habían ido ya.

—*Yaa* Profeta, tu hermosa nueva esposa te espera en su alcoba.

Los ojos del mensajero brillaban como si fuera él quien estuviera a punto de meterse en la cama con Zaynab.

La sonrisa de Mahoma fue tan alegre que hizo saltar lágrimas de mis ojos. Se excusó y se apresuró a salir al patio con su visitante detrás de sus talones, mientras yo los observaba desde el umbral, con el corazón en la garganta. El viento había cesado, y la noche era fría. La luna en cuarto creciente relucía como una daga sobre el techo del pabellón de Zaynab. Mahoma miró por encima del hombro, vio que el hombre lo seguía y se detuvo en seco. El hombre bajo soltó una risita cuando Mahoma giró sobre sus talones para hacerle frente, con ojos llameantes.

—*Yaa* Anas, creí que habías dicho que todos los invitados se habían ido.

—Lo han hecho. Abu Ramzi, Abu Shams y Abu Mahmud se han ido juntos. Me pidieron que me despidiera por ellos.

—¿Y tú, Anas? ¿Tienes la intención de pasar la noche conmigo y con mi nueva esposa?

El hombre soltó otra risita.

—Ya me iba. Pero si necesitas cualquier cosa...

Movió las cejas de forma sugerente.

Una racha de viento barrió el patio e hizo rodar sobre la hierba el turbante de Anas. Él corrió detrás, gritando. Mahoma se derrumbó en el suelo, con convulsiones, y sus ojos comenzaron a dar vueltas como guijarros sueltos. Yo grité y corrí hacia él, porque ya lo había visto así antes.

Se oyó un portazo y Hafsa corrió hacia nosotros en camisón, con el cabello cayéndole sobre los ojos. Juntas ayudamos a Mahoma a descansar la cabeza en mi regazo. Olía a almendras y a *miswak*. El sudor bañaba su frente. Su boca se abría y se cerraba, y la cabeza le rodaba a uno y otro lado.

Umm Salama apareció, flotando en su vestido como una nube pálida, sujetando con una mano el chal que cubría su cabeza. Se arrodilló y tomó la mano inerte de Mahoma.

—¿Está enfermo? —preguntó.

—Está teniendo una revelación —susurré yo.

Los temblores de Mahoma cesaron, y el viento que pasaba sobre nosotras exhaló como un suspiro. Con una punta de mi vestido, sequé el sudor de su frente. Abrió los ojos, vio nuestras caras inclinadas sobre él, y muy despacio se incorporó.

—¿Todavía estás aquí? —dijo a Anas—. Bien. Entonces eres testigo de la decisión de Alá.

Con nuestra ayuda se puso en pie y entonces, con los ojos cerrados, pronunció palabras que yo podía haber pasado el resto de mi vida sin oír; palabras que cambiaron todo para mí, para todas las componentes del *harim*, para siempre.

Dijo: «No entres en la casa del Profeta si no has sido invitado, y sal de ella tan pronto como hayas acabado tu comida.»

Dijo: «Cuando pidas algo a sus esposas, pídeselo desde detrás de una cortina. Habrá así más pureza en tu corazón y en los de ellas.»

Dijo: «No es adecuado que insultes al Mensajero de Alá, ni que te cases con sus viudas cuando él muera. Hacerlo sería terrible a los ojos de Dios.»

Cuando hubo acabado de hablar, se dirigió al pabellón de Zaynab y cerró la puerta tras él. Anas empezó a oscilar, cargando el peso del cuerpo sobre uno y otro pie, mientras repetía las palabras de Mahoma. Yo me senté sobre la arena seca del patio, recogí puñados del suelo y los dejé escurrirse entre mis dedos. «Pídeselo desde detrás de una cortina.» ¿Qué había querido decir? ¿Tendríamos las mujeres del *harim* que llevar con nosotras cortinas a todas partes?

El silencio cayó como una mortaja, y las hermanas-esposas nos miramos unas a otras con temor.

—Me parece que tendremos que pasar mucho tiempo encerradas en casa —dijo finalmente Hafsa, con voz rota.

—Todo el tiempo —asintió Umm Salama. Estaba tan tiesa como siempre, pero vi que su mano temblaba al enjugar una lágrima de su mejilla—. ¿Cómo, si no, podremos ocultarnos de la vista de todos?

—Mi padre debe de haber convencido a Mahoma, después de todo —dijo Hafsa.

Yo seguía perpleja pensando en las palabras de Mahoma mientras regresaba a mi pabellón. ¿De verdad iba a tener que quedarme en la mezquita, encerrada y oculta como un pájaro en una jaula tapada? Prefería morir a pasar prisionera el resto de mi vida. ¿Me prohibirían las visitas a la ciudad de las tiendas? Aspiré el aire, y sentí como si tuviera la cara tapada por una almohada.

En mi pabellón, me tendí en la cama y fijé la vista en el techo. ¿No me estaba permitido casarme después de que él muriera? Ni siquiera el Profeta de Dios podía vivir eternamente; me lo había dicho él mismo. Muy pronto cumpliría los sesenta, y entonces los años que le quedaran de vida no serían más que los dedos de mis manos. Yo sería una viuda muy joven. ¿Seguiría siéndolo el resto de mi vida, sujeta a la prohibición de volver a casarme, tan sola como la luna en un cielo sin estrellas?

«Vente conmigo», había dicho Safwan detrás de la tienda de la cocina, mientras me abrazaba. «Cabalgaremos juntos, y nunca miraremos atrás.» En aquel momento, pensé que estaba poseído por un *djinni*. Ahora, sin embargo, Safwan me pareció un ángel bueno que me enviaba el propio Alá.

14

El precio de la libertad

Mar Rojo, enero de 627 – Catorce años

Durante tres días después de la revelación de la noche de las bodas de Mahoma, mis hermanas-esposas hablaron sin parar sobre el sentido de sus palabras. La desesperación me cubrió como un vestido empapado cuando oí que todas coincidían en que habríamos de quedarnos encerradas en la mezquita. En mi habitación, yo recé para que, si había de estar encerrada de nuevo, Alá me llevara pronto. Prefería vagar libre por el Paraíso a pasar el resto de mi vida entre aquellas paredes.

Pero cuando Mahoma reapareció después de su temporada con Zaynab, nos sorprendió a todas. La «cortina» que había pedido para nosotras no era la puerta de una prisión, después de todo.

—Ibn Ubayy dice que el motivo de que os insulte es que os confunde con esclavas comunes —nos dijo en el patio—. Tenéis que manteneros aparte cubriendo vuestros rostros con un velo. Entonces no podrá utilizar ese argumento.

Sentí el alivio como una brisa fresca que bañara mi piel, al oír que no iba a verme sometida a otra *purdah*. Pero entonces Mahoma describió cómo habíamos de taparnos: cada pulgada de nuestro cuerpo, de la cabeza a los pies, a excepción de un solo ojo.

—Así pues, son Ibn Ubayy y sus hipócritas los que triunfan

—dije. Mahoma me miró con severidad, pero yo estaba demasiado indignada para que eso me afectara—. ¿Has intentado moverte alguna vez con un ojo tapado?

Me envolví la cabeza en el chal dejando sólo un ojo libre, y empecé a caminar. A los pocos pasos, calculé mal la posición de una palmera datilera y tropecé con el pie en el tronco. Solté el chal para agarrarme el pie dolorido, mientras mis hermanas-esposas observaban en un silencio hosco.

—*Yaa* Profeta de Dios, ya ves lo que he hecho —dije con una sonrisa torcida—. Tres pasos, y ya he quebrantado tu regla.

Mahoma frunció la frente.

—No era mi intención crearos esas dificultades —declaró—. Pensaré más despacio sobre esta nueva exigencia.

Aquella noche, Umar y él discutieron el *hijab* en mi habitación... mientras yo les escuchaba oculta detrás de una cortina, como estaba mandado.

—Los ojos de una mujer son su característica más tentadora —dijo Umar—. Incluso tus mujeres saben cómo utilizarlos para seducir. Tapar un ojo es la única manera segura de evitar el escándalo.

Sus palabras me dolieron, pero no dije nada. ¿Qué podía argumentar? Yo había utilizado mis ojos en Safwan, no para seducirlo pero sí para poner a prueba mis encantos. Y ahora, como Umar podía haber predicho, fantaseaba con la idea de cabalgar por el desierto con Safwan, libre de todas las preocupaciones del *harim*.

Pero lamenté en privado haber perdido la posibilidad de combatir. Había soñado mucho tiempo con convertirme en guerrera, y ahora, cerca ya de cumplir los quince años, Alá me privaba de ese privilegio. Cuando me quejé en el *harim*, sin embargo, encontré escasas simpatías.

—*Yaa* Aisha, esas nuevas reglas benefician a la *umma* —dijo Fátima, sentada con Zaynab y Umm Salama en su propio rincón de la tienda—. ¿Cómo podría mi padre construir su imperio y preocuparse de vosotras al mismo tiempo? Será más fácil si os quedáis en casa.

—No todo el mundo se beneficiará. —Zaynab me dedicó

una sonrisa falsa—. El pobre Safwan ibn al-Mu'attal se verá privado de su compañía.

—Lo que necesitas es un hijo, Aisha. —Fátima acarició al bebé que tenía al pecho—. Entonces estarás demasiado ocupada para quejarte.

Mi corazón se apretó como un puño, pero entorné los ojos como si sus palabras me parecieran ridículas.

Sawdah chasqueó la lengua.

—*Yaa* Fátima, ¿te burlas de una mujer porque no tiene hijos mientras tú das de mamar a tu propio pequeño? Al Profeta se le partiría el corazón si te oyera.

—También mi corazón se parte. —Hafsa miró de soslayo a Fátima—. Llevo en la casa de Mahoma casi tanto tiempo como Aisha, y tampoco le he dado ningún hijo.

Zaynab apartó los rizos que caían sobre su cara y su garganta.

—¿Dos esposas estériles? Eso es más que una coincidencia.

El rostro de Hafsa enrojeció como si lo hubiera expuesto demasiado al sol.

—¿Insinúas que el Profeta no tiene intimidad con nosotras? Por Alá, te traeré las sábanas de mi cama después de la próxima noche que pase conmigo, si necesitas pruebas.

—Por mi parte, no tengo nada que probar —repliqué, con las mejillas ardiendo—. Especialmente a una mujer capaz de seducir al padre de su esposo.

—No quiero probar nada. —Una sonrisa aleteó por las comisuras de la boca de Zaynab—. Sé muy bien lo sensual que es Mahoma. Pero me parece extraño que, después de varios años con él, ninguna de las dos haya concebido un hijo. ¿Puede deberse a la voluntad de Alá? Tal vez Él se propone hacer germinar la semilla de Mahoma en un jardín más deseable.

Y se palmeó su propio vientre.

Me acometió el impulso de empuñar la espada y acabar con su risa cortándole la lengua. Umm Salama se limitó a mostrar su ligera sonrisa secreta, tan elusiva como una sombra, pero Zaynab sacudió sus cabellos y graznó como un cuervo. Llevaba al cuello un colgante con un hermoso topacio, a juego con el color de sus ojos dorados. Mahoma regalaba ahora un collar a cada una de sus esposas, por cortesía de Abu Ramzi, el joyero, que se los proporcionaba gratis. Yo seguía llevando el collar de ágatas que me había dado mi padre el día de mi boda, pero deseaba tener un regalo de mi marido, algo que me señalara como suya. Sin embargo, más aún deseaba verme libre del *harim*, y de las burlas y desdenes de Zaynab, Umm Salama y su nueva amiga Fátima.

Mi deseo se hizo realidad pocos días más tarde, cuando fui elegida para acompañar a Mahoma en una expedición. Un hombre había intentado asesinar a Mahoma, pero la daga que arrojó contra él no alcanzó su objetivo, Alá sea loado. Con la espada de dos puntas de Alí dirigida contra sus dos ojos, el atacante confesó: «Abu Sufyan, de Quraysh, pagó a mi jefe para matar al Profeta.» Pertenecía a los Mustaliq, una de las principales tribus del mar Rojo. «Si se enteran de que he fallado, están dispuestos a invadir vuestra ciudad. Esperan en el pozo de Muraysi.»

—Los atacaremos primero y les sorprenderemos —presionó Alí, y por una vez Mahoma estuvo de acuerdo con él.

Mientras las tropas se preparaban para la batalla, Umar criticó la costumbre de Mahoma de llevarse consigo a sus esposas a la batalla. Gracias a Alá, no fue escuchado. Mahoma disfrutaba más de la compañía de las mujeres que de la de los hombres, y no le gustaba dormir solo. Para contentarlo, accedió a llevarse a una sola esposa. Siempre preocupado por mostrarse justo, echó a suertes con hojas de palmera cuál de nosotras le acompañaría; y para mi alivio, fui yo la ganadora.

Pero, como otra concesión a Umar, no se me permitió llevar mi espada.

—Umm 'Umara irá con el equipo completo para combatir —señalé. Mahoma me revolvió el pelo como si fuera una niña.

—Umm 'Umara no es mi esposa —dijo—. Y tú encontrarías difícil pelear con la cara tapada.

La noche de nuestra marcha, hube de afrontar otra consecuencia desagradable de las nuevas reglas: la *howdah* que había ideado Umar para que viajara yo en ella. Consistía en un asiento sujeto a dos largas pértigas de madera y tapado con cortinas. Las descorrí y llamé a Mahoma cuando pasaba revista a la caravana.

—Esta *howdah* es incómoda —le dije cuando se acercó—. Prefiero ir a caballo, o en camello contigo.

—Estarás perfectamente, pequeña Pelirroja. Así viajan las princesas en la India —dijo Mahoma. De modo que me metí en mi caja en el suelo y me aferré a las pértigas cuando unos sirvientes la levantaron para colocarla en equilibrio sobre los lomos de un camello. Cuando el camello se incorporó, me agarré con todas mis fuerzas, aterrorizada, convencida de que iba a volcar.

Al cabo de un rato, me acostumbré al balanceo de la *howdah* y me olvidé de que podía caerme. Entonces mis pensamientos volvieron a las palabras de Fátima, y a las risas de Zaynab, y a la esquiva semisonrisa de Umm Salama. ¡Qué desastre si llegaban a descubrir que mi matrimonio no se había consumado! Me relegarían al rango más bajo en el *harim*. Sería su criada. Ni siquiera Sawdah podría ayudarme.

La única manera de asegurar mi libertad era llegar a ser una verdadera esposa de Mahoma. Pero conseguirlo me parecía ahora imposible. No sólo había dos mujeres más que lo mantenían ocupado, sino que cada día surgían nuevas conjuras contra su vida. Nuestra derrota en Uhud había debilitado el apoyo que le prestaban las tribus del desierto, y el matrimonio con Zaynab había perjudicado su situación entre los clanes urbanos. Con tantos problemas en los que ocupar su mente, no era extraño que no se hubiera dado cuenta de los cambios de mi cuerpo ni del deseo de mis ojos.

Tal vez durante este viaje Mahoma se daría cuenta por fin de mi existencia. Durante dos noches, tal vez tres, me pertenecería a mí sola. Consumar nuestro matrimonio era urgente ahora, porque Zaynab competía abiertamente por mi posición en el *harim*. Ella, entre todas las esposas, no había de ser la primera que diera un hijo a Mahoma.

En nuestra primera noche, nos deslizamos lentamente como navíos por entre las ondulantes arenas móviles. La mañana siguiente, plantamos nuestro campamento en Muraysi, en la suave playa blanca del mar Rojo, y esperamos allí la llegada de los Mustaliq. Me quedé embobada a la puerta de mi tienda, cuando mis ojos descansaron en el agua de un azul intenso y vi romper las olas en la orilla como dedos curvados para retener un tesoro, y oí sus suaves suspiros. La brisa rizaba el agua y posó un beso húmedo en mi cara, dejando un sabor salado en mis labios. En aquella extensión azul de cielo y mar, sentí más ligero mi cuerpo y aspiré profundas bocanadas de aire. Me agarré a la tela de mi tienda, aturdida, temiendo que el viento me echara a volar, y al mismo tiempo deseando poder hacerlo. Planearía como las gaviotas que evolucionaban sobre mi cabeza, libre de trabas, libre de todo excepto de la respiración, del sol y de los peces de escamas plateadas, libre para elegir por mí misma qué, cómo, cuándo y dónde.

Mahoma pasó todo el día planeando la estrategia con sus comandantes. Durmió poco, con la cabeza en mi regazo, después de una hora de reflexiones inquietas en voz alta sobre la batalla. Si éramos derrotados, los Qurays no necesitarían utilizar espadas y flechas contra nosotros en nuestro próximo encuentro. Sus risas bastarían para destruirnos.

—Podemos derrotar a esos Mustaliq comedores de peces con los ojos cerrados —le dije a Mahoma mientras lo ayudaba a ponerse el yelmo y el escudo.

Los Mustaliq llevaban una vida fácil junto al mar Rojo, donde el clima era suave y los frutos crecían espontáneamente y en abundancia. Las montañas los protegían de las tribus beduinas a las que tenía que enfrentarse la *umma* cada vez que nos aventurábamos en el desierto. Me habían dicho que el jefe Mustaliq había tenido que limpiar la herrumbre de su espada para esta expedición.

Mahoma se echó a reír y me besó con deseo; y yo le devolví el beso. El breve encuentro con Safwan detrás de la tienda de la cocina me había enseñado algunas cosas. Apreté mi cuerpo contra el de mi marido, sin importarme la dureza de su cota de malla, y abrí los labios para invitar a su boca a jugar con la mía. Cuando nos separamos, los ojos de Mahoma mostraban el fuego que yo había esperado tanto a ver de nuevo en ellos.

—Estás llena de sorpresas —me dijo.

Yo lo besé de nuevo.

—Después de nuestra victoria, te enseñaré otras —dije.

Se apartó de mí y fue hacia la entrada de la tienda.

—*Yaa* marido, ¿adónde vas?

—A ganar la batalla —contestó—. Lo más deprisa que pueda.

Como yo había predicho, nuestros guerreros derrotaron a los Mustaliq sin apenas esforzarse. Yo lo presencié desde el campamento, con un hormigueo en los dedos por la ausencia de mi espada, como si hubiera perdido una pierna. Mahoma me había entrenado tan bien que podía derrotar casi a cualquier hombre en una pelea, pero eso no importaba. Se suponía que ni siquiera había de asomar la cabeza por la abertura de la entrada de mi tienda. Sin embargo, en cuanto empezó la batalla, dejé caer mi chal y, desde la distancia, di gritos de ánimo a nuestros hombres. Teníamos que vencer para que todo el Hijaz supiera cuál era el precio de la traición.

La lucha empezó despacio. Se cruzaron flechas de un lado y otro durante una hora. De vez en cuando yo dirigía miradas furtivas a Mahoma, que dirigía a sus tropas montado en un camello. Él también me miraba, y sus ojos parecían arder, lo que aceleraba mi pulso más que el de cualquiera de nuestros guerreros. Finalmente, se dirigió a Alí y le dijo algunas palabras. Al instante siguiente, los gritos guturales de hombres sedientos de sangre rasgaron el aire, y nuestros guerreros se lanzaron a la carrera a través de la playa, haciendo ondear nuestra bandera verde y empuñando sus espadas. Yo retuve el aliento, temiendo por las vidas de nuestros hombres; pero me eché a reír cuando vi que los arqueros Mustaliq dejaban caer sus arcos y huían. Algunos de sus hombres empuñaron sus espadas e intentaron luchar, pero los nuestros los arrollaron como caballos en estampida. El estandarte negro y amarillo de los Mustaliq cayó, y nuestros hombres irrumpieron en su campamento y saquearon sus tiendas con un enorme griterío, y se apoderaron de las mujeres que intentaban escapar.

Por una vez no me importó no encontrarme en el meollo de la acción. Tenía que prepararme para mi propio solaz. A juzgar por las miradas que me había estado dedicando, Mahoma volvería muy pronto. Con el corazón ligero, me deslicé dentro de nuestra tienda y me lavé con el agua de uno de los odres. Me cepillé el pelo y restregué espliego contra mi pecho. Utilicé un cuchillo de cocina como espejo para reforzar con kohl la línea de los ojos, me abroché al cuello mi collar de ágatas, y luego acaricié las piedras lechosas y admiré su brillo sobre mi piel besada por el sol. Abu Ramzi no podía haber creado una joya más preciosa que aquélla.

Al punto esperé. Desenrollé nuestra cama de campaña de piel de oveja, coloqué varios almohadones sobre ella y luego me tendí en una postura seductora. Cuando entrara, Mahoma me encontraría preparada. Excitado por la fácil victoria de nuestro ejército y al verme dispuesta como un banquete en su lecho, se desprendería de su armadura de malla, se tendería a mi lado y me cubriría con su cuerpo. Por fin iba a saber lo que quería decir Sawdah cuando me hacía guiños, y por qué alzaba las cejas Hafsa a la simple mención de una noche con Mahoma. Y después, Alá mediante, tendría el hijo que deseaba.

Pasó el tiempo, y yo seguía tendida, intentando calmar los retozos impacientes de mi corazón, como una cría de cordero dentro de mi pecho. Fuera, el sol ascendía con la rapidez de una flecha disparada al cielo y el mar Rojo lamía la arena a un ritmo tan antiguo como el mundo. ¿Qué podía estar retrasándolo tanto tiempo? Después de una victoria, tendría que supervisar el reparto del botín. Pero ¿cuánto botín llevarían los Mustaliq en una expedición guerrera? Me levanté y di vueltas por el interior de la tienda como había hecho en tantas mañanas de *purdah*. En algunos aspectos, pocas cosas habían cambiado para mí desde entonces. Pensé que ganaría mucha libertad al irme a vivir con Mahoma, pero aquí estaba de nuevo, atrapada por el *hijab* y paseando en círculo, llena de frustración por no poder controlar ni siquiera los más mínimos detalles de mi vida.

Fui a la entrada de la tienda y asomé la cabeza por la abertura. El campamento dormía, tan vacío y silencioso como si estuviera desierto. Tomé mi chal y me envolví en él, y salí al exterior para buscarlo.

Las tiendas estaban vacías, expuestas al sol del mediodía. Los faldones de la entrada se movían ocasionalmente, agitados por la brisa que venía del mar Rojo. Me moví como una sombra entre ellas, procurando no ser vista y criticada por las personas como Umar.

En la dirección del límite del campamento más próximo a la orilla del mar, oí un grito. Casi a tientas, intentando ver con un solo ojo, me dirigí hacia allí y oí grandes carcajadas. Me acerqué más al ruido y atisbé por la abertura de una tienda. Nuestros hombres estaban apiñados bajo una especie de pabellón, y muchos de ellos sujetaban a unas mujeres por el brazo o por la cintura, y reían mientras las cautivas forcejeaban.

—Yo ya he domado a ésta —fanfarroneaba Alí mientras acariciaba con la mano la espalda de una muchacha más o menos de mi edad. Ella estaba inmóvil, con los ojos cerrados y la cara bañada en lágrimas.

—Mira, *habibati*, qué dócil es la esclava de Alí y cómo se le ha sometido —decía otro hombre mientras sujetaba a una mujer que trataba de debatirse.

—La espada no es la única arma de doble hoja que tiene Alí —dijo otro, y el aire se llenó de risas.

—¿Se necesitan dos espadas para subyugar a estas hijas de los Mustaliq? Entonces, decidme: ¿por qué está la esclava del Profeta arrodillada a sus pies, si todavía no la ha tocado?

Entonces vi a Mahoma, de pie en el interior de la tienda, inclinado sobre la bellísima mujer que estaba arrodillada a sus pies.

Su cabello tenía el color de una campana de bronce. La boca era un arco rojo. Llevaba un vestido azul que brillaba como si estuviera cuajado de diamantes. Mahoma la miraba hipnotizado, como si ella fuera una encantadora de serpientes que tocara una melodía con sus ojos implorantes.

—Estoy de acuerdo, no es adecuado que una princesa se vea reducida a ser una esclava —dijo él—. Pero éstos son tiempos extraños. Nada es como era hace tan sólo unos pocos meses.

—Te lo ruego, Profeta de Alá, no hagas de mí una esclava —dijo ella con una voz tan leve y refrescante como la lluvia—. ¿No ves qué suaves son mis manos? Mira mi piel..., nunca ha sido tocada por el sol. He vivido rodeada de comodidades. La esclavitud me matará.

Y él, ciertamente, no apartaba los ojos de su piel. La alarma se disparó en mi interior.

—Mis guerreros han combatido con bravura hoy, por mí —dijo—. ¿He de decir al hombre que te ha reclamado como suya que tiene que renunciar a su premio?

Ella bajó los ojos, y dejó que su mirada descansara en su amplio pecho.

—Estoy a tu merced —dijo—. Me someteré a todos tus deseos.

¿Deseos? Mahoma tenía tantos en aquel momento que iluminaban su cara como relámpagos. Yo podía haber adivinado sus siguientes palabras antes incluso de que él las pensara.

—Hay una posibilidad —dijo—. Puedo salvarte de la esclavitud y evitar que mis hombres se ofendan, sólo si haces una cosa.

La esperanza iluminó el rostro de aquella mujer como la luz del sol. Alzó suplicante hacia él el hoyuelo de su barbilla. Yo sentí que mis planes para aquella noche (y para mi vida) se me escurrían como arena entre los dedos. Una sensación de desánimo me invadió, y hube de sostenerme agarrándome a uno de los postes de la tienda.

—Cualquier cosa —dijo ella—. Soy tu humilde servidora.

Él cayó de rodillas ante ella y le tomó las manos entre las suyas. Sus ojos acariciaron el rostro de aquella mujer como si la hubiera amado toda la vida.

—Cásate conmigo —dijo.

Dejé resbalar el chal de mi rostro y hui de aquella escena desagradable, con hombres que manoseaban a mujeres, Alí que besaba en el cuello a su nueva esclava mientras ella sollozaba inmóvil, y Mahoma que proponía el matrimonio a otra belleza más. Ella consentiría. No tenía alternativa. El matrimonio sería el precio de su libertad, aunque yo podía haberle dicho que nuestras vidas eran cualquier cosa menos libres. ¿Sabía que iba a verse encerrada como esposa de Mahoma, privada de sus hermosos vestidos, para subsistir a base de una dieta de gachas de cebada y dátiles? Corrí a tropezones por entre las tiendas, enredándome en las cuerdas que las sujetaban. Mi chal se agitaba como una vela a mi espalda, y revelaba mis cabellos y mi cara afligida; pero no me importó. ¿De qué me servía intentar complacer a un marido que se preocupaba tan poco de complacerme a mí?

—¡Aisha! —Oí mi nombre pero seguí corriendo. ¡Que Umar se enrabietara con sus preciosas reglas!—. ¡Aisha, espera!

Me agaché para entrar en mi tienda y bajé el faldón de la entrada detrás de mí. La mano de un hombre lo apartó.

—No hace falta que me digas nada, Umar —dije con una voz rota, pero fue Safwan el que entró.

—Te he visto espiar a Mahoma —dijo en voz baja—. Y sé por qué lloras. Pobre Aisha.

Sus palabras de simpatía hicieron que mis lágrimas corrieran como el agua por un canalón, por más que intenté reprimirlas. Con un suave suspiro, me atrajo al círculo de sus brazos y me sostuvo mientras yo lloraba. Me acarició el pelo con sus dedos, entre murmullos. Luego, cuando paré de sollozar, bajó sus labios hasta mis ojos y mis mejillas, y secó mis lágrimas con sus besos.

—Dulce Aisha, vente conmigo. Esta noche. Tengo el plan perfecto.

Como si hubiera dado una palmada, sus palabras me devolvieron a la realidad: me solté de su abrazo y me envolví los cabellos en el chal.

—*Yaa* Safwan, ¿es que quieres morir? Vete ahora mismo, antes de que alguien te vea aquí.

—Lo único que deseo eres tú, *habibati.* —De nuevo esa palabra. Pero en esta ocasión mi corazón se calentó al escucharla—. Escucha —me dijo—. Nuestra victoria ha sido tan rápida que los hombres no están cansados. Y el Profeta está impaciente por llevarse a su nueva princesa a Medina para casarse con ella. Perdóname —añadió al ver que yo hacía una mueca de dolor—. El Profeta ha ordenado que todos recojamos nuestras tiendas y nos preparemos para emprender el regreso esta noche. Pero yo he de quedarme atrás, para vigilar el regreso de los Mustaliq.

»Ésta es mi idea: cuando la caravana se detenga en el oasis de Wadi al-Hamd, busca una forma de quedarte atrás. Las cortinas de tu *howdah* harán que nadie se dé cuenta de que no estás... ¡Y cuando lo descubran, ya estaremos muy lejos!

Una sonrisa satisfecha iluminó su cara, y me recordó cuando de niños se le ocurría algún plan complicado que acababa por ponernos a todos en apuros. Pero en aquellos días sólo teníamos que temer alguna riña o tal vez unos azotes si nos atrapaban. Ahora la apuesta era mucho más alta. Si huíamos, tendríamos que afrontar el exilio permanente de la *umma* o, en el caso de que fuéramos perseguidos y capturados, la lapidación hasta morir.

Fuera de la tienda, Umar pronunció mi nombre. Las manos de Safwan se quedaron frías.

—¡Alá me proteja!

—Sssh, te va a oír. Ven conmigo —susurré. Lo escondí detrás del biombo, a mi lado—. Agáchate, o te verá.

Noté que sus manos temblaban en las mías.

—Puedes entrar —dije en voz alta.

—¿Qué pasará si mira aquí detrás? —balbuceó Safwan.

—¡Tranquilo! No va a mirar. El propósito de este biombo es que nadie pueda verme.

—¿Has dicho algo, *yaa* Aisha? —resonó la voz de Umar, que cubrió el ruido del faldón de la puerta al ser apartado a un lado para que él entrara.

—He dicho que odio este biombo.

—Es para tu propia protección —dijo Umar—. Aprenderás a apreciarlo con el tiempo.

—Lo dudo —dije. Safwan había dejado de temblar, Alá sea loado, pero entonces se dedicó a algo mucho más peligroso. Se llevó mi mano a los labios y empezó a besarme la palma, lo que hizo que me temblaran la espina dorsal y la voz.

—¿Has venido aquí a discutir las nuevas reglas? —dije en voz alta.

—Hablas como si no te encontraras bien —dijo Umar. Yo aparté la mano de los labios de Safwan.

—Estoy... cansada, eso es todo. ¿Qué quieres?

—El Profeta me envía a decirte que nos vamos de inmediato —dijo—. Empaqueta tus cosas y prepáralo todo para que puedan desmontar la tienda.

—¿Dónde está Mahoma? ¿Por qué no puede venir a decírmelo él mismo?

—Muy pronto sabrás por qué.

Oí el susurro del faldón de la puerta al caer de nuevo, y cuando miré por encima del borde de mi biombo, Umar se había ido.

—¡Vete ahora mismo de aquí, Safwan! Mahoma debe de estar al caer.

—¿Me esperarás esta noche?

Lo miré a los ojos, y escuché la respuesta de mi corazón. Luego me di cuenta de que el tiempo urgía.

—Márchate —dije.

—Te buscaré, Aisha. En Wadi al-Hamd. Debajo de la palmera datilera más alta.

—Veremos —dije—. Ahora vete.

Safwan se inclinó y me besó a traición, y luego salió al ajetreo que había empezado fuera. Supe que nadie lo vería. Al fin y al cabo, era él quien me había enseñado a espiar.

—Te veré esta noche —dije en voz baja cuando supe que no podría oírme—. Tal vez.

Luego me volví hacia la cama y empecé a empaquetar mis sueños para una nueva noche, con un hombre distinto.

15

Una flor sin cortar

Oasis de Wadi al-Hamd, enero de 627

Cuando nuestra caravana se puso en marcha hacia Medina, mis pensamientos se agitaban con cada vaivén del lomo de mi camello. La oferta de Safwan de huir juntos hacía acelerarse mi pulso por anticipado. Con él, me sería posible vivir nuestro sueño de libertad, ¿no nos lo habíamos prometido mutuamente hacía muchos años? Pero mi corazón temblaba ante la idea de abandonar a Mahoma. ¿No mandaría Alá un rayo para aniquilarme por haber traicionado a su Profeta?

Me recosté en mi asiento, mareada por la indecisión. Mahoma había sido para mí la luz de la mañana durante tanto tiempo como podía recordar. La nuestra había sido siempre más bien la relación de un padre con su hija, pero su amistad me reconfortaba. Pero aún no había cambiado su forma de verme como una niña, cuando ya era mujer. Nunca con él había yo tenido el control que necesitaba sobre mi propia vida. Cuanto más crecía la caravana de sus esposas, tanto menores eran mis oportunidades de atraer su atención, de concebir un heredero suyo, y de conservar mi rango como número uno del *harim*. ¿Cómo soportar el temor que se cernía sobre mí como una nube negra a cada nuevo matrimonio? Sin embargo..., ¿podría soportar su ausencia definitiva, no verlo, no tocarlo, no hablar con él nunca más?

Cuando viniera a visitarme a mi *howdah*, decidiría. Cuando

viera su rostro, sabría qué hacer. Tal vez se disculparía por haberme dejado esperando en nuestra tienda. «Yo también me siento decepcionado, Aisha —me diría—. No deseo otra esposa, pero no me ha quedado otra opción.»

Mis intenciones oscilaban al ritmo de mi cuerpo, a un lado y otro, irme o quedarme, Safwan o Mahoma, mientras nuestra caravana avanzaba en la noche, con las antorchas perforando la oscuridad, sus llamas reflejadas en los ojos salvajes de las ratas del desierto, una luz que definía una roca como roca y no como un chacal a punto de atacar, o, peor, un grupo de beduinos esgrimiendo sus dagas. Las arenas estaban iluminadas con un brillo tan intenso como si el sol luciera en el cielo, pero por mucho que me esforcé y suspiré, no vi rastro de Mahoma. Acabé por preguntar al conductor de mi camello dónde estaba.

—Acompaña a la que será su nueva esposa, la princesa de los Mustaliq —dijo el hombre—. ¿Quieres que le pase algún recado?

Corrí la cortina y me hundí en mi asiento.

En el oasis de Wadi al-Hamd, la caravana se detuvo para descansar unas horas, y por fin Mahoma vino a verme. O más bien debería decir que pasó junto a mi camello y asomó la cara a través de las cortinas sólo un momento.

—Saludos, Aisha. Me alegra ver que estás bien —dijo, y desapareció de nuevo.

—¡Espera! —Aparté aquellas fastidiosas cortinas y lo llamé—. ¡*Yaa* Mahoma, vuelve!

Vi por un instante la arruga de su ceño, pero en seguida se acercó a mí con una sonrisa. Yo también me obligué a sonreír. Todo dependía de lo que ocurriera en aquellos breves momentos. Tomé su mano y la acaricié suavemente con las puntas de los dedos.

—Te estuve esperando, *habibi* —dije en un tono tan dulce como me fue posible—. ¿Vamos a acampar aquí? Tú y yo teníamos planes para esta noche, ¿lo recuerdas?

Sus ojos se movieron hacia el frente de la caravana, donde había estado cabalgando junto a su nueva princesa.

—No va a ser posible.

—Mahoma, ayer apenas dormiste. Ven a echarte un rato a mi lado, por lo menos.

Ardía de vergüenza por el tono plañidero de mis ruegos.

—Tengo otras personas de las que cuidar ahora —dijo—. Se nos han unido doscientas mujeres y niños del campamento de los Mustaliq.

Le solté la mano.

—¿Cuándo has empezado a preocuparte por la comodidad de los prisioneros? No..., no te preocupes. Sé la respuesta. Cuando te has prometido en matrimonio con una de ellas, ¿no es cierto? ¿No estás planeando casarte con esa perra Mustaliq?

—Es una princesa, Aisha. Juwairriyah, la hija del jefe. Tenerla en el *harim* será beneficioso para nosotros. ¡Piénsalo! Hoy su pueblo quería matarnos. Cuando se convierta en mi esposa, los Mustaliq serán nuestros aliados.

Dudé. Para la *umma*, una alianza con los Mustaliq sería muy buena, en efecto. Pero a mí, otra hermana-esposa me resultaría tan útil como una giba en la espalda..., e igual de pesada.

—He visto luchar a los Mustaliq —dije—. ¿No preferirías que ayudaran a nuestros enemigos?

—Pertenecen a la mayor tribu del Hijaz —dijo Mahoma—. Tienen una gran influencia. ¡Esto ha sido obra de Alá! Primero nos concedió una victoria fácil; luego me premió con la hija del jefe. Este matrimonio será bueno para la *umma* y para el islam.

—¡Loado sea Alá, entonces! —dije con una sonrisa, pero en mi interior mi corazón se había hecho pedazos—. Pero ¿por qué tienes que quedarte con ella esta noche?

—Es increíblemente hermosa. —Sus ojos se desenfocaron por un instante, como si viera algo muy distante—. Mientras permanezca a mi lado, estará a salvo. Pero si intenta escapar, no habrá nadie que la vigile. Y si sufre algún daño, su padre se convertirá en un enemigo temible.

—Pobrecilla —dije. Mi voz no reveló la rabia que sentía, pero sabía que lo perdería si mostraba mi enfado—. Envíamela aquí, yo la vigilaré.

Mahoma sacudió la cabeza.

—Tú la dejarías correr en línea recta hasta el mismo Muraysi.

—¿Por qué no vienes tú a vigilarme a mí? —Mi sonrisa intentó ser seductora, pero era tan rígida como si me estuviera estirando las comisuras de la boca hacia arriba—. Puede que yo... esté pensando en escaparme.

—No tengo tiempo para tonterías, Aisha. Si hay algo sobre lo que quieras conversar, tendrás que esperar a que estemos de vuelta en casa. Ahora tengo que preparar algún lugar donde Juwairriyah pueda dormir.

¡Alá no quiera que las blandas manos de esa princesa se estropeen por desenrollar un colchón! Mientras Mahoma corría a ocuparse de su futura esposa, yo arrastré mi piel de cordero hasta un rincón herboso y la extendí, refunfuñando. La dulce fragancia del jazmín, que me envolvía como una enredadera, me ahogaba. La brisa nocturna gemía como lamentándose, al mover las hojas de las palmeras. El susurro de las frondas semejaba el ruido de unos pasos en fuga a través de la arena del desierto. La luna dejaba un rastro de luz que oscurecía las estrellas.

Me estremecí debajo de mi manta de piel de camello y me acurruqué, anhelando el calor de los brazos de Mahoma. Pero no, esa noche estaba ocupado... una vez más. ¡Justo en el momento en que había conseguido que me deseara, justo cuando había empezado a adivinar a la mujer que había en mí! Pero era inútil. Mahoma nunca me amaría salvo como a una hija. Había sido tonta al pensar que podría cambiar ese amor, que podría forjar con mi propio fuego algo más profundo y maduro, algo que nos trajera un hijo a mí y un heredero a él.

A sus ojos, yo era una niña. ¿Cuánto tiempo pasaría antes de que se dieran cuenta mis hermanas-esposas? Entonces me vería obligada a pasar el resto de mis días a su servicio, a complacerlas, sonreírles, hacerles reverencias, arrastrarme. A cuidar de sus bebés, en lugar del mío. Mi estómago se retorció de dolor, y se cerró como un puño. Entonces me acordé de Safwan, y el dolor desapareció. Me había ofrecido liberarme de todo eso, llevarme lejos a un lugar donde estableceríamos nuestras propias reglas. Suspiré y acaricié con dulzura aquel pensamiento, protegiéndolo como una llama cálida en mi vientre. Safwan llegaría pronto, y yo estaría esperándolo. El resto estaba en manos de Alá.

Perder la caravana fue sorprendentemente sencillo. Tendí mi catre enrollado a los hombres que cargaban mi camello, entré en la *howdah* y, con el corazón disparado, esperé a que volvieran la espalda. Mientras sujetaban el equipaje y se divertían el uno al otro contando versiones exageradas de la batalla con los Mustaliq, me escabullí cruzando la arena aún caliente y me escondí detrás de una duna. Pesaba tan poco, que sabía que los hombres no notarían la diferencia cuando izaran la *howdah* a lomos del camello. Y como a nadie, excepto Mahoma, le estaba permitido mirar detrás de la cortina, no corría peligro de que mi ausencia fuera descubierta. Él no volvería a mi lado esa noche, no si eso representaba apartarse de... ella.

Desde mi escondite oí gritar la orden de ponerse en marcha, los eructos de los camellos y el ruido metálico de los cacharros de cocina cuando la caravana reemprendió el camino de vuelta a casa. A la tarde del día siguiente llegarían a Medina, bajarían mi *howdah* y esperarían a que yo saliera de ella. El pulso se me disparó al imaginar el estupor de las caras de mis sirvientes cuando se dieran cuenta de que me había marchado. ¿Qué pensaría entonces Mahoma? ¿Se acordaría de mi entrecejo y de mis palabras sobre un plan para escapar? ¿Lloraría por mí su corazón? ¿O se pondría rojo de ira, saltaría sobre un caballo y recorrería el desierto en mi busca? Busqué frenéticamente algún lugar donde poder ocultarme. Pero ¿podría ocultarme del Profeta de Dios?

Mis hermanas-esposas acudirían de inmediato al enterarse de la noticia de que había desaparecido. Sawdah alzaría las manos y sacudiría las cortinas como si yo fuera a aparecer entre sus pliegues. Hafsa lloraría, temerosa de no volver a verme nunca. Umm Salama y Zaynab tendrían que forzar algunas lágrimas. Sin mí en el *harim*, cada una de ellas sólo tendría que competir con la otra por el corazón de Mahoma..., a menos que encontraran una nueva rival en la princesa Juwairriyah.

En cuanto a los hombres, ¡qué revuelo causaría entre ellos mi desaparición! Umar estallaría de furia, sobre todo cuando se diera cuenta de que también Safwan faltaba. «Las mujeres sólo son buenas para crear problemas —diría—. Por eso tengo a la mía encerrada en casa.»

Alí estaría encantado de que me hubiera ido. Reñiría a mi padre: «Qué pena que tu hija haya arrojado esa vergüenza sobre ti, Abu Bakr.» Intentaría expulsarlo del círculo de los Compañeros. Y mi *abi*, que me quería bien, se sentiría tan apenado que no querría resistirse. Mi desaparición destruiría su amistad con Mahoma, porque ¿cómo podría mirarlo a la cara después de una cosa así?

El honor de toda familia dependía de sus mujeres. Mi padre, mi madre, mi hermana y mis hermanos, incluso el marido de Asma, Zubayr, y su hijo Abdallah, todos sufrirían las consecuencias de mi acción. Tendrían que soportar que los señalaran con el dedo, las murmuraciones, las risotadas groseras, los poemas públicos sobre Safwan y yo. Llevarían colgada la etiqueta de la familia de la adúltera que había traicionado al Profeta de Alá. Mi madre tendría que vestirse de azul oscuro y arañarse la cara con las uñas, y después intentar olvidar que yo había vivido alguna vez. A los ojos de la *umma*, yo estaría muerta. No, peor que muerta. Pronunciar mi nombre estaría prohibido. Ninguna mujer podría llamar Aisha a una hija suya nunca más.

—¿Qué he hecho?

Salté y corrí hasta el lugar donde estaba instalada la caravana hasta poco antes. Pero se había ido, y navegaba por el vasto y rizado mar de arena iluminada por la luna hacia otra boda y otra noche de bodas para Mahoma.

—¡Parad!

Salté, agité los brazos, grité el nombre de Mahoma. Grité hasta enronquecer y seguí con lágrimas en los ojos la larga hilera de camellos, caballos y hombres a punto de desaparecer en la lejanía. Me tendí en el suelo. Allí temblé de frío y vi que las estrellas se desvanecían contra la primera claridad del alba. Nadie, excepto Alá, sabía lo que yo había hecho.

«Perdóname —recé—. Ayúdame.» Pero ni siquiera Dios podía cambiar mis acciones. Y tampoco estaba muy segura de desear que Él lo hiciese.

Lo cierto es que la vida en Medina se me había hecho insoportable. La *umma* podía murmurar, mis parientes llorarme, mis hermanas-esposas quedarse perplejas o despreciarme, pero ninguno de ellos podía juzgarme. Ninguno de ellos había pasado cinco años de *purdah*, clavado las uñas en las paredes y jurado que nunca volvería a verse encerrada de esa manera. Ninguno de ellos había vivido en el miedo constante a perder las escasas libertades que poseía. Me sentía otra vez como la niña del columpio, luchando contra los atacantes con una espada de madera... Pero el juego había durado demasiado, y yo estaba cansada. Cuando llegara Safwan, podría descansar por fin.

Safwan, alto y guapo, con el rostro cincelado de un purasangre y la melena tan espesa y reluciente como la crin de un caballo. Muy pronto llegaría al galope por el desierto, pateando la arena, y me llevaría lejos a una vida distinta. ¿Adónde iríamos? ¿A Ta'if, con sus hermosos jardines de rosas y sus famosos viñedos? ¿O tal vez a Damasco, la ciudad gloriosa de la que tanto había oído hablar? A alguna ciudad grande y bulliciosa en donde pudiéramos empezar de nuevo sin que nadie nos hiciera preguntas.

Una luz intensa se difundió por el espacio. El sol naciente templó el aire con su calor. Las hojas de hierba me pincharon las mejillas como la barba de Mahoma. El mal estaba hecho, pero al menos podía descansar. En mis sueños aparecía Mahoma montado en *al-Qaswa*, su camella blanca, y reía aliviado al encontrarme allí. «He decidido abandonar a todas mis demás esposas por ti, Aisha», decía.

Sus suaves besos me hicieron estremecer. Abrí los ojos para verle..., y encontré en su lugar a Safwan, junto a mí.

—Mi Aisha —estaba diciendo—, por fin me perteneces.

Sus labios eran dulces, y su aliento cálido. Cerré de nuevo los ojos y le devolví el beso, casto como el de un niño. Sentí un escalofrío bajo la piel y alcé mi lengua para tocar la suya. Nuestros cuerpos se rozaron levemente: mis senos contra su pecho, su muslo en mi lugar más íntimo, mis pies en sus espinillas. Su cuerpo emanaba un aroma parecido al del almizcle. Mi gemido de placer me sorprendió, tan sensual como el ronroneo de un gato desperezándose a la luz del sol.

—Mi Safwan —dije, pero las palabras sonaron extrañas, como si fuera otra persona la que hablara.

Sin embargo, debieron de despertar alguna cosa en su interior. Abrió mucho los ojos y gruñó, para de inmediato empezar a cubrir mi garganta de besos húmedos y apasionados. Los temblores agitaron mi cuerpo y ahogaron el grito que subía a mi garganta. ¡Por Alá, no estaba preparada para aquello! Se movía demasiado aprisa. Yo recordaba a Mahoma, su dulce beso de aquel primer día, cómo se apartó a mi primer signo de miedo. Safwan se agarró a mis pechos y los apretó con fuerza. Yo me eché atrás, pero tiró de mi camisa y la abrió, dejándome expuesta. El hambre que reflejaba su rostro me hizo gritar. Aparté sus manos y me senté, y coloqué de nuevo la camisa en su lugar para cubrirme. Él frunció el entrecejo.

—¿Qué estás haciendo?

—¿Qué estás haciendo tú? —dije jadeante, en un intento de ganar tiempo y de luchar con la rabia que sabía que no debería sentir. Desde luego, Safwan esperaba hacer el amor conmigo. Y yo también había sentido deseo..., pero como una luz que se enciende en alguna parte y que se percibe apenas con el rabillo del ojo.

Su expresión cambió, primero en un sentido, luego en otro, reflejando su confusión.

—Estoy haciendo lo que hemos venido a hacer aquí.

Sentí la boca seca. Yo no había ido a ese oasis a consumar nuestra amistad. Había ido allí a escapar. Al ver la pasión del rostro de Safwan, sin embargo, me di cuenta de que para conseguir mi propósito tendría que adaptarme al suyo.

Tímida de pronto, bajé la mirada a la hierba que nos rodeaba.

—¿Podrías ir más despacio?

—No tenemos mucho tiempo —dijo, acercándose a rastras—. Podría venir alguien a buscarte.

Me anudé la camisa, decidida.

—Eso sería un desastre. Será mejor que esperemos.

—Te he esperado ya demasiado tiempo, Aisha.

Cuando me besó esta vez, su boca estaba dura. Su lengua puntiaguda se deslizó en mi boca como un lagarto. Me echó atrás sobre el suelo y me inmovilizó con su cuerpo.

—He soñado esto durante tantos años... —dijo—. Desde aquel día junto a la ventana de Hamal y Yamila, ¿lo recuerdas?

Yo lo miré pensando que bromeaba, pero su mirada era tan intensa que hube de bajar los ojos.

—Safwan, yo era tan sólo una niña pequeña —dije.

—Tú también querías —dijo—. Querías casarte conmigo, ¿lo recuerdas? Se suponía que ibas a ser mi esposa.

Colocó la mano entre mis piernas, lo que hizo que mi pulso se disparara. Gruñó al aplastar su boca contra la mía y tiró de mi falda hacia arriba, dejando al aire mis tobillos, mis rodillas, mis muslos. Yo pataleé y me retorcí, intentando escapar, y eché de menos mi espada. Sentí sus dedos en mi carne desnuda, abrasándome. Lo empujé con las manos, agarré mechones de su pelo y tiré con todas mis fuerzas. Él gritó y yo, con mi boca libre por fin, conseguí hablar.

—Mi f-flor no ha sido aún cortada —dije, sofocada.

Se puso rígido. Se irguió y me miró desde arriba.

—¿Qué has dicho?

—Mi matrimonio no ha sido consumado.

Safwan se sentó con brusquedad, y empezó a maldecir. Temblorosa, yo me aparté a un lado. Se echó a reír (un acontecimiento poco habitual, me di cuenta de pronto), y a sacudir la cabeza.

—Siempre has sido la peor mentirosa que pueda imaginarse —dijo—. ¡Por Alá, dime la verdad!

De modo que se lo conté: el día en que me llevaron a mi pabellón nuevo, y cómo mis miedos infantiles apagaron el fuego de Mahoma. No le hablé de las veces que había intentado seducir a Mahoma y él me había acariciado la cabeza y me había llamado «pequeña Pelirroja», ni cómo había reprimido mis lágrimas en noches muy recientes cuando él dormía de espaldas a mí.

—Para él, sigo siendo una niña.

—¡Por Alá, tenías que habérmelo dicho antes!

Lo dijo con amargura. Yo me lo quedé mirando. ¿Cuándo habría podido decirle algo a Safwan? Él había acaparado todos los momentos con sus declaraciones de amor.

—Sí, estoy segura de que, de haberlo sabido, te habrías tirado encima de mí con menos brutalidad —dije. Estaba claro que en lo último en que pensaba él era en mis sentimientos.

Se puso de pie y sacudió la arena de su túnica.

—El Profeta me va a matar —dijo—. Eso, si Alá no se le adelanta.

—De haber tenido yo una espada hace unos momentos, podría haberlo hecho yo misma —dije.

Encima de mí, Safwan paseaba en círculo y me miraba con ceño.

—Una virgen —murmuró—. Si te tomo ahora, avergonzaré al Profeta.

—¡Safwan, a él no le importa! Por eso estoy aquí contigo.

Se detuvo. Sus ojos buscaron los míos.

—Yo creía que era porque me amabas.

Sentí un nudo en el estómago. ¿Lo amaba? Nunca me había planteado esa cuestión. Años atrás, prácticamente lo adoraba. Había sido mi salvador, me había abierto la puerta de la jaula a la que estaba destinada por mi condición de niña. Gracias a él, yo me había atrevido a soñar con una vida diferente de la que llevaba mi madre: una vida de aventuras, en la que hombres y mujeres cabalgaban y peleaban juntos. Pero ¿lo amaba?

—Por favor, no te ofendas. —Tendió la mano para ayudarme a incorporarme. Me rodeó con sus brazos y me estrechó en ellos. Almizcle y canela, el roce áspero de la ropa, el corazón que se dispara—. Has corrido un gran riesgo al quedarte aquí a esperarme. Si eso no es una prueba de tu amor, ninguna otra lo será.

Me besó de nuevo pero yo me quedé inmóvil en sus brazos, dando vueltas a aquella pregunta. ¿Lo amaba?

—¡Aisha, mira cómo me enloqueces! —Apretó la palma de mi mano contra su pecho para que pudiera sentir el martilleo frenético de su corazón—. Por Alá, no tendrás conmigo el mismo problema que has tenido con el Profeta. Quiero poseerte ahora mismo, debajo de esta palmera.

—¿No has dicho que deberíamos irnos de aquí? Si alguien nos sorprende, nos matarán.

—Es cierto. Y Ubaynah ibn Hisn nos espera esta noche. No está lejos. —Hinchó el pecho—. Tenían intención de atacar la caravana del Profeta, pero yo les convencí de que no lo hicieran.

—¿Ubaynah ibn Hisn? ¡Pero está con los Ghatafan!

Él sonrió.

—Iremos allí esta noche. Ubaynah ha dicho que estará encantado de tenernos a su lado.

Me aparté un paso de él.

—¡Pero son amigos de Quraysh!

—Y eso los hace todavía más poderosos. El Profeta nunca podrá rescatarte de allí... No sin una guerra.

Yo di otro paso atrás.

—¿Vas a luchar contra la *umma?*

Recordé mi promesa a Alá —proteger a la *umma*—, y sentí la mordedura del pánico en el estómago.

—Por ti, lucharía con quien fuera. —Dio un paso hacia mí, pero yo retrocedí. Me miró, ceñudo—. Son beduinos, Aisha. Viviremos la vida que siempre habíamos soñado.

—Dormir en tiendas, ir siempre de un lado a otro, no bañarme nunca. Volverme negra y arrugada por el sol. Beber leche de camella. ¿Qué clase de vida es ésa?

—Antes te gustaba la idea. ¡Siempre estabas hablando de lo mismo!

—Cuando éramos niños, sí. Pero he crecido.

—Sí, y tu boca ha crecido también. —Me miró irritado—. ¿Desde cuándo las esposas discuten lo que dicen sus maridos? Haremos lo que yo diga.

Se volvió y se dirigió a su caballo. Yo me quedé plantada en mi sitio. Él subió a la silla y se acercó montado a mí, con expresión dura.

—No lucharé junto a los Ghatafan —dije.

—No te preocupes. No dejan luchar a sus mujeres.

—Tampoco tú vas a luchar con ellos.

Sus ojos se estrecharon.

—Ninguna niña tonta va a decirme lo que tengo que hacer.

La rabia recorrió mis venas como el chorro de vapor que sale de un caldero puesto al fuego.

—¿Niña tonta? No vuelvas a llamarme así. Soy una guerrera, Safwan. ¡Una guerrera!

Desmontó de un salto y se plantó delante de mí con los brazos cruzados sobre el pecho.

—*Yaa* Aisha, ¿te has olvidado de cuál de los dos es el hombre?

—¿Tú ves a un hombre aquí? Yo sólo veo a un traidor.

Todavía hirviendo de rabia, retrocedí un paso y le escupí con fuerza en el pecho.

La mano de Safwan buscó mi cara, pero yo vi llegar su palma abierta, la esquivé y quedé en pie triunfante mientras él tropezaba y caía hacia adelante.

—Luchar contra el Profeta sería traicionar a Dios —le reprendí—. No quiero arder en el infierno. Pero si tantas ganas tienes tú, puedes irte...

Esta vez se movió deprisa. Me agarró por los hombros antes de que hubiera terminado la frase. Me apretó con rabia. Sus ojos despedían llamas. Me escupió al hablar, de modo que mis ojos quedaron cubiertos por una espuma fina. Su aliento olía a limones y ruda.

—¡Me he dado a la fuga con la esposa virgen del santo Profeta de Dios! —gritó—. Creo que nadie nos puede librar ya a los dos del fuego del infierno.

16

Reina del *harim*

Medina, enero-febrero de 627

Las palabras de Safwan me dolieron como heridas y me dejaron sin aliento, de modo que no pude hablar, los ojos se me llenaron de lágrimas y la boca de bilis, y me encogí para arrojar de mí los remordimientos y el miedo. Después, él me pasó un odre para que me enjuagara la boca con agua, y me ayudó a montar en su caballo; pero antes de que hubiera pasado la pierna sobre el lomo, volví a sentir fuertes arcadas.

El malestar me precipitó al suelo y el sol me retuvo allí, aplastada por el calor excesivo. Safwan me llevó a la hierba y montó su tienda en la sombra. En el interior, yo me tendí sobre la piel de oveja y me acurruqué como un bebé en el útero, gimiendo de dolor pero sin atreverme a expresar el pensamiento que nos torturaba a los dos: el castigo de Alá había empezado ya.

Yo había olvidado mi pacto con Él, mi promesa de defender la *umma* de nuestros enemigos. Por el contrario, sólo había atendido a mis propios deseos.

«Perdóname —supliqué—. Y por favor, haz que Mahoma me perdone.»

Regresé a Medina al día siguiente en el caballo de Safwan y con las acusaciones de la *umma* resonando en mi cabeza dolorida. Para protegerme de la tormenta del escándalo, Mahoma me envió a la nueva casa de mis padres, junto a la mezquita, y allí medité con horror acerca del pecado que casi había cometido. La muerte era el castigo por el adulterio: no una muerte rápida y compasiva por decapitación, sino piedra a piedra, lenta y dolorosa, agónica. Dados los rumores que circulaban ya por la *umma*, no podía estar segura de escapar a esa muerte terrible. Pero por lo menos moriría sabiendo que había sido fiel a Mahoma. Cuando él se reuniera conmigo en el Paraíso, también sabría la verdad.

En la casa de mis padres recé todos los días para obtener el perdón de Alá, y le pedí a Él que me conservara la vida y me devolviera a Mahoma. Cada día florecía una nueva esperanza (¿vendrá hoy a visitarme Mahoma?), cuyos pétalos caían después como lágrimas. Los días se arrastraron como un cortejo fúnebre, y el ambiente venía a ser aproximadamente igual de alegre. Mi padre apenas hablaba, y apartaba los ojos a un lado cuando me veía. Mi madre, por su parte, especulaba con mi destino, y hablaba sin tapujos con Asma o los pocos amigos que se arriesgaban a ser vistos entrando en la vivienda de una acusada de adulterio.

—Lo que hizo Aisha fue una tontería —decía *ummi*—. Pero ¿merece morir por eso?

¡Cuánta lealtad! A nadie le extrañaba que yo pasara casi todo el tiempo en mi dormitorio. Como en las anteriores casas de mi padre, ésta era oscura porque se protegía del calor diurno por el procedimiento de impedir el paso de la luz del sol, lo que creaba una atmósfera tan estimulante como la de una tumba. Yo echaba de menos la gran tienda luminosa de la cocina en el patio de la mezquita, con las chanzas, por hirientes que fueran, entre las hermanas-esposas mientras los niños gritaban y corrían entre nosotras. Mi madre y Qutailah, en cambio, apenas hablaban entre ellas a lo largo del día.

Ansiaba una visita de Hafsa, o incluso de Sawdah. Mahoma les había prohibido que vinieran a verme, a instancias de Alí. La mancha que pesaba sobre mi reputación podía afectar a las suyas, dijo a Mahoma.

—Tienen que mantenerse al margen hasta que tu nombre quede limpio —me dijo mi padre.

—Pero si yo no he hecho nada malo —protesté, y mi padre desvió la mirada—. ¿Qué esperanza me queda, si ni siquiera mi padre cree en mi inocencia? —apremié a mi madre mientras la ayudaba a amasar en la cocina.

—Lo que no podemos creer es que una hija nuestra hiciera algo tan estúpido —estalló ella—. Esa historia de que perdiste el collar es ingeniosa, pero a mí no me engañas. ¿En qué estabas pensando, en escaparte con ese muchacho?

Me sentí descubierta, y la cara se me puso del color de la grana.

—En controlar mi propio destino —dije.

—¿Controlar qué? ¿Estás loca? —Sus ojos despedían chispas.

—«Controla tu destino, o él te controlará a ti.» ¿No recuerdas habérmelo dicho, *ummi*?

Soltó una carcajada tan punzante como las agujas de la acacia.

—¡Por Alá! ¿Tienes catorce años o cuatro? Sólo una niña, o una joven muy tonta, puede alimentar esas fantasías. Las mujeres no controlan nada en este mundo, Aisha.

—Pero tú dijiste...

—¡Yo estaba loca! —Aplastó la masa contra la mesa. Su cara se había puesto roja—. Pensaba que la vida podría ser diferente para ti. El Profeta es un hombre amable y respetuoso, y pensé que podría dejar que vivieras libre como el viento.

—Él sí me dejaría —escupí mis amargas palabras—, pero no es el único que manda en la mezquita. Umar desconfía de todas las mujeres. Alí y Fátima me odian, y dos de mis hermanas-esposas desean ocupar el puesto de *hatun*.

—No dejes que eso ocurra. —Mi madre me agarró del brazo con su mano enharinada—. Esa Zaynab bint Jahsh podría convertirse en una auténtica tirana. Preferiría morir antes que ver que vives como vivo yo, Aisha. —Su mirada descendió hasta mi vientre y sus facciones se endurecieron—. Dale un hijo a tu marido, y todos tus problemas desaparecerán.

Su tono acusador hizo que la sangre me hirviera.

—¿Crees que no lo intento?

Di un tirón para librarme de su brazo.

—No lo bastante, por lo que veo. Llevas dos años con él ¿y qué has hecho en ese tiempo?

Me encogí, tan humillada como si acabara de recibir un bofetón en la cara.

—Nada, lo admito, de acuerdo, madre —dije con voz ahogada—. ¡Por Alá, hay cosas que no puedo hacer yo sola!

Se acercó más y me miró como si yo fuera una extraña.

—¿Qué estás diciendo?

Di media vuelta, incómoda por su mirada inquisitiva y disgustada conmigo misma por andar aireando mi secreto. Nunca había dicho nada a mi madre, que bastante preocupada andaba con sus propios problemas. Y ahora que yo no quería hablar, estaba ella impaciente por escuchar.

—Voy a echarme un rato —dije.

Di un paso hacia la puerta de la cocina, pero ella me retuvo agarrándome otra vez por el brazo.

—¡*Yaa* Aisha! Tengo que saberlo. ¿Es que el Profeta es incapaz de..., de...?

Se ruborizó mientras buscaba una forma delicada de expresarlo.

Mi risa sonó áspera.

—Ya me gustaría que el problema fuera ése.

Por mucho que temiera su juicio, supe que tenía que contarle la verdad. De no hacerlo, se extendería por toda la *umma* el rumor de que Mahoma era impotente. Se convertiría en el hazmerreír, objeto de burlas más despiadadas que si todas sus esposas se hubieran dado a la fuga.

—Mahoma no me quiere, no de esa manera —dije con una vocecita tenue—. Nunca me ha querido.

—¿Tu matrimonio no se ha consumado?

Hice una seña de asentimiento, temerosa de sus duros reproches. Me echaría la culpa de aquel fracaso. ¿Y por qué no había de hacerlo? Si yo no hubiera temblado de miedo el primer día, Mahoma me habría hecho el amor, y ahora yo tendría a un chiquillo en brazos y sería la orgullosa *hatun* de su *harim* y la respetada madre de su heredero.

Después de un largo silencio, su mano apretó mi hombro. Su ternura me sorprendió tanto que olvidé mi vergüenza. Cuando levanté la vista, vi que estaba llorando. No los grandes y desgarradores sollozos que yo reprimía por miedo a que me hicieran parecer culpable, sino dos lágrimas solitarias que resbalaban por sus mejillas.

—Pobre niña —dijo, con una voz quebrada por la emoción—. No me extraña que lo dejaras.

Abrió los brazos y me sumergí en harina de cebada, telas de lino y olor a espliego. En el círculo de sus brazos, a salvo y segura al fin, conseguí liberar las lágrimas que habían ido formándose en mi interior, hacer que brotaran de mis ojos en un torrente tumultuoso y agitaran mi pecho en oleada tras oleada de remordimientos por mis decisiones erróneas y mis sueños rotos, y el miedo a un futuro que podía tenerme reservada una muerte horrible.

Durante muchos minutos ella me tuvo así, y me dio palmadas en la espalda y acarició mis cabellos con una mano encallecida más acostumbrada a trabajar que a consolar. Por fin, cuando mis lágrimas se secaron y el hipo de mi respiración se calmó y dio paso a un largo estertor irregular, aflojó su abrazo.

Me sonrió con cariño y me secó la cara, y luego me llevó al patio. Estaba vacío, salvo por un único ruiseñor subido a lo alto del granado, que alegraba el aire con su dulce canto.

Nos sentamos juntas en la hierba y ella buscó mi mano como si fuera un regalo ansiado. Me miró a los ojos. El amor que vi en los suyos colmó mi corazón hasta casi hacerlo estallar.

—No te preocupes demasiado por el Profeta —dijo, mientras acariciaba el dorso de mi mano con la punta de los dedos, irradiando calor en mi corazón—. He visto afecto en su rostro cuando te mira. No pasará mucho tiempo antes de que el deseo brote también en su pecho.

—Quisiera tener tanta confianza como tú —dije—. Pero sus nuevas esposas son tan hermosas que no sé si podré competir con ellas.

—¡Aisha! —Mi madre abrió la boca, asombrada—. ¿No tienes espejo, niña? ¿No te das cuenta de cómo has florecido? Por Alá, estás cada día más bonita. ¿Cuál de todas esas mujeres tiene unos cabellos como el fuego, o unos ojos que cambian de color según su humor? Las sobrepasarás a todas, Aisha, y al Profeta se le hará la boca agua cuando te vea.

—Si vuelvo a verlo alguna vez —dije, y parpadeé para reprimir nuevas lágrimas, mientras arrancaba tallos de hierba del suelo.

—Vendrá. Y cuando lo haga —dio un ligero golpe al dorso de mi mano—, tienes que convencerlo de tu inocencia. —Hizo una pausa—. ¿Eres inocente?

Erguí la espalda, indignada.

—¿Cómo puedes siquiera preguntarlo?

Ella hizo con la mano un gesto que quería quitar importancia a la cuestión.

—Lo hecho, hecho está, y no es asunto mío. Tanto si eres inocente como si no, tienes que hacer que el Profeta crea que eres tan pura como el pozo de Zamzam de La Meca. Sólo entonces te admitirá de nuevo. ¡Puedes hacerlo, Aisha! Y has de hacerlo. El futuro de la *umma* depende de eso. Ya hay peleas en las calles por ti, y si Mahoma se divorcia de ti será peor para todos.

La alternativa no expresada, la lapidación, pendía sobre nosotras como una espada que las dos temíamos tocar.

—Me gustaría hacer lo que dices, *ummi*, pero no estoy segura de poder convencer a Mahoma de nada. ¿Por qué habría de creerme?

—Tú eres la única a la que creerá, niña. Y luego, cuando te reciba de nuevo en su casa..., Aisha, haz todo lo que te sea posible para concebir.

Me apretó la mano con tanta fuerza que hice una mueca de dolor.

—El lazo que existe entre una madre y su hijo es el más fuerte de todos —dijo—. Y si tú amas de verdad, recibirás a cambio el amor que deseas. Al contrario que el amor de un hombre, que cambia con el tiempo, el amor de tu hijo nunca disminuirá. También tú y yo... —aflojó la presión, aunque su mano siguió temblando— estamos unidas por el amor que nos tenemos la una a la otra. Nadie ni nada puede quitarnos eso.

Y así fue como mi madre revitalizó mis sueños de futuro. Empecé otra vez a imaginar que era la reina del *harim*, la madre de un hijo de Mahoma de cabellos rizados, un niño cálido que olía a leche, con mofletes tan hermosos como para no dejar de besarlos día y noche. Pero ¡por Alá, yo no era la Virgen Maryam! Para tener un hijo, habría de consumar mi matrimonio con Mahoma.

Pero, encerrada en la casa de mis padres y sometida a la prohibición de verlo, ¿cómo podría atraerle a mí? Barirah fue mi solución. Como sirvienta, podía ir a todas partes. Me traía noticias nuevas todos los días: Alí había encontrado un testigo favorable en la hermana de Zaynab, Hamnah, que inventaba historias sobre Safwan y yo. Zaynab, más astuta, se había distanciado e insistía en que, hasta donde ella sabía, yo era virtuosa. Mientras, entre los Aws y los Jazray casi había estallado una guerra acerca de si Safwan y yo debíamos o no morir, y quién arrojaría la primera piedra. Y en el mercado, Safwan perdió los nervios al oír recitar a Hassan ibn Thabit uno de sus poemas satíricos, y lo atacó con su espada.

Por las noches, las lágrimas encharcaban el alféizar de mi ventana. Miraba la luna que tanto amaba Mahoma, y me preguntaba si también él la estaría mirando. ¿Pensaba en mí? ¿O había encontrado consuelo en brazos de Zaynab? Los celos me consumían, pero no quise darles importancia. La autocompasión no me había traído más que problemas. Ya era hora de afrontar los hechos: los hombres seguirían diciéndome lo que tenía que hacer mientras viviese. Sus normas podían no gustarme, pero no había modo de escapar de ellas. Safwan no podía rescatarme de mi esclavitud, y tampoco, como yo había descubierto, tenía en realidad la intención de hacerlo. Ni siquiera el mismo Profeta de Dios podía liberarme de aquel yugo, so pena de perder el apoyo de personas como Umar, ancladas en las viejas costumbres.

Escapar habría sido inútil. Adondequiera que fuese, la vida sería la misma; y si forcejeaba con mis cadenas sólo conseguiría apretarlas más. Pero a mi alrededor las mujeres encontraban maneras de saltarse esos límites y de transgredir con discreción las reglas, para de inmediato regresar a su cautividad antes de que nadie pudiera darse cuenta de nada. Yo era más lista que Umar y Alí juntos, mejor guerrera que muchos hombres, tan bella como cualquier otra mujer. Era la hija de Abu Bakr al-Siddiq. Tenía en mis manos la posibilidad de vivir la vida que yo deseaba; no luchando ni huyendo, sino recurriendo a mi ingenio.

Tenía que encontrar la manera de vivir dentro de los límites de mi condición femenina. Sería una guerrera, como Umm 'Umara, pero en una batalla exclusivamente mía. Si quería tener libertad, habría de luchar para conseguirla. Mi primer paso sería la absolución de los cargos que me imputaban. Pero ¿cómo? Por una vez, mi ingenio no me bastó y hube de recurrir a Alá.

Caí de rodillas y recé durante horas, para rogarle su perdón por mi acto impremeditado, y pedirle que me mostrara el modo de ganar de nuevo la confianza de mi esposo. Por fin, exhausta, me quedé dormida sobre el suelo de mi habitación y Dios me envió su respuesta por medio de un sueño vívido.

Cuando desperté, corté una rama de espliego de nuestro jardín y le pedí a Barirah que se la llevara a Mahoma.

—Dile que me froto la piel todos los días con este aroma, a la espera de su visita —dije. Luego adorné mis manos y mis pies pintando con henna hojas y flores púrpuras en mi piel.

Ella volvió por la noche.

—No me ha contestado nada, pero se ha llevado las flores a la nariz y las ha olido.

Al día siguiente, la mandé con un vaso de agua.

—Dile que lleno este vaso todos los días con las lágrimas que derramo por su ausencia.

Luego hice que las sirvientas de mi madre lavaran mis ropas y las perfumaran con espliego.

Aquella noche, Barirah volvió de nuevo sin una respuesta.

—Ha bebido el agua y ha dicho que no tenía sal. Le he dicho que lloras tanto que la sal se ha agotado.

El tercer día, le envié un poema. Barirah frunció la frente al ver los garabatos trazados en una hoja de palma.

—No puedo leer esto.

—Tampoco podrá leerlo Mahoma. Dile que es un poema privado, compuesto sólo para sus oídos. Dile que ansío recitárselo yo en persona.

Una hora más tarde, Barirah vino corriendo a mi habitación, y sus ojos brillaban.

—¡Viene hoy! Aprisa, señora, tenemos que vestirte.

En otros tiempos, yo habría empezado a corretear presa del

pánico, ansiosa por estar preparada cuando él llegase. Pero las semanas pasadas en mi dormitorio me habían dejado mucho tiempo para pensar. En particular, había meditado sobre Zaynab. Se comportaba como si fuera la mujer más deseable del mundo, como una mujer por la que valía la pena esperar, y Mahoma parecía estar de acuerdo con ella. Pero no era más bonita que Hafsa o que yo misma. La diferencia estaba en la forma de presentarse. Se conducía como si fuera una valiosa obra de arte compuesta para ser vista pero no tocada. E hipnotizaba a Mahoma. Él la seguía a todas partes con la mirada y le tendía las manos..., gestos que ella esquivaba con coquetería y con reprimendas: «Espera a esta noche, *habib*.»

De manera que me tomé mi tiempo al vestirme para la visita de Mahoma. Barirah llenó un barreño de agua caliente en el baño de mis padres, y yo sumergí en él mi cuerpo y me lavé el pelo. Luego me puse el vestido de color crema que mi madre había cosido para mí, y recogí mis cabellos hacia atrás con unas peinetas de concha. Me abroché al cuello el collar de ágatas, el mismo que dije haber perdido en la arena la noche en que la caravana me dejó atrás..., pero luego me lo quité. Sólo serviría para recordar a Mahoma nuestros problemas.

Y cuando estaba a punto de aplicarme el maquillaje, *ummi* irrumpió hecha un manojo de nervios.

—¡*Yaa* Aisha, demos gracias a Alá! El Profeta acaba de llegar.

Yo sonreí con reserva.

—Por favor, dile que salgo enseguida.

Mi madre tragó saliva.

—¡Pero Aisha! El Profeta está esperándote. ¡Tienes que salir ahora mismo!

—Yo llevo tres semanas esperándolo —dije—. Estoy segura de que podrá esperarme a mí unos minutos.

Media hora más tarde hice mi aparición en la sala, donde las lámparas iluminaban como otras tantas lunas los tapices que colgaban de las paredes. Los perfumes goteaban de mis brazos. Mi cabello relucía como el fuego. Mi rostro parecía una flor exquisita. En los ojos de Mahoma se encendió una llama desde el momento mismo en que me vio. «Tú eres la mujer más hermosa que nunca he visto.» Erguí mi espalda y levanté la barbilla.

—*Ahlan*, esposo mío.

Dobló el cuerpo en una profunda reverencia. Cuando se irguió, tuve que disimular mi asombro: tan débil y enflaquecido lo encontré. No era el poderoso Profeta de Alá, sino un hombre sencillo. Sus hombros estaban hundidos, como si se hubiera roto la estructura que los sostenía. Antes, yo habría bromeado, le habría dicho: «Se supone que soy yo quien está enferma, *habibi*.» Mi nuevo yo no dijo nada. No le eché los brazos al cuello, aunque deseaba abrazarlo. Yo era su esposa favorita. Se suponía que era él quien tenía que venir a mí, y no al revés.

Carraspeó. Miró a mis padres, que aguardaban recostados en la pared. Mi madre toqueteó los anillos de sus dedos e hizo una mueca. Mi padre apartó la vista.

—Dime si me fuiste fiel, *habibati* —dijo. Su voz sonó frágil, como el agua que fluye de una vasija rota—. Todo lo que necesito es una palabra tuya.

Le dirigí una mirada altiva para ocultar mis dudas. Recordé cómo me había mirado cuando le conté la historia de que había perdido el collar en las dunas. Si mentía ahora, Mahoma lo sabría. Pero si le decía la verdad, para mí sería peor que mentir.

—Me he recuperado de mi enfermedad. ¿Has venido a llevarme a casa?

Mi voz, tranquila y clara, me sorprendió a mí misma.

—Tienes buen aspecto, Aisha —fue su ambigua respuesta.

—¿Tengo que adularte —bromeé—, diciéndote que también tú tienes buen aspecto? —Lo miré de soslayo con coquetería, pero él desvió la vista—. Parece que no hayas dormido en las tres últimas semanas —dije.

—Mis sueños son demasiado penosos para que pueda dormir.

—Te he estado esperando, esposo —le reprendí—. He rezado a Alá para que Él te enviara a mí.

—Alá me ha abandonado.

Mi madre carraspeó para recordarnos que estaba presente. Mi padre sacudió la cabeza y se puso un dedo en los labios para hacerla callar.

—Yo le he rezado, pero Él me ha vuelto la espalda —dijo Mahoma con voz conmovida—. No sé qué es lo que Él desea que haga ahora. Ya no sé distinguir lo que es verdadero de lo falso.

Me invadió el sentimiento de culpa, pero me aferré a lo que sabía. Al esperar a Safwan en el oasis de Wadi al-Hamd, había cometido un error grave, pero no había engañado a mi esposo. Y allí mismo en el desierto y al lado de Safwan, me di cuenta de lo mucho que amaba a Mahoma.

—¿Crees que soy culpable?

Tuve miedo de que me temblara la voz. Mahoma admiraba a las mujeres fuertes y llenas de confianza, no a las miedosas que gimoteaban.

—No sé lo que creer —dijo—. Otras personas cuentan que os han visto juntos a Safwan y a ti. Es un joven muy apuesto, y tú tuviste una historia con él.

—¿Nadie ha hablado en mi defensa? —Me volví a mis padres—. *Ummi, abi,* ¿no habéis salido fiadores por mi inocencia?

El rostro de mi padre parecía tallado en piedra, excepto sus ojos, en los que apuntaba una lágrima. Mi madre toqueteaba sus anillos y miraba por turno a Mahoma y a mí.

—Sabemos lo infeliz que has sido, Aisha, con tu matrimonio sin consumar —dijo mi madre.

Yo me eché a reír.

—Mis propios padres creen que soy una adúltera. Pero ellos no me conocen tan bien como tú.

Mahoma frunció la frente.

—¿Dice tu madre la verdad? ¿Te has sentido desgraciada?

—¡Claro que me he sentido desgraciada! —Levanté la voz, olvidándome de mis padres y de mi nueva actitud—. ¿No te diste cuenta? ¿No oíste cómo me quejaba?

La vena de su frente se hinchó.

—He estado muy ocupado, como habrás podido darte cuenta.

Volví a reírme.

—Ocupado buscando nuevas novias con las que casarte. Tienes razón, ¡es un trabajo pesado! Y mientras, la persona que más te ama ha de dormir sola, olvidada.

—No más olvidada que mis demás esposas, Aisha. Reparto mi tiempo por igual entre vosotras.

—¿Esposa? ¿Cómo puedes llamarme «esposa» cuando nunca has tenido intimidad conmigo?

—Espero, por consideración a ti.

—¿Esperas? ¿Qué esperas? ¿Que te suplique, o que te tome por la fuerza?

—Que crezcas —dijo, sombrío—. Por el tono de esta discusión, tengo la impresión de que aún falta bastante tiempo.

Volví la espalda a mis padres, desaté el corpiño de mi camisa y me la levanté, dejando al descubierto mis pechos. Mahoma abrió de par en par los ojos, sorprendido; y entonces, para mi delicia, la chispa del deseo parpadeó en su rostro.

—Ya no soy una niña —dije. Y una vez cumplido mi propósito, volví a abrocharme el corpiño.

Me miró de nuevo a los ojos. Su expresión se endureció.

—¿Te hizo mujer Safwan en el desierto?

El rubor tiñó mi piel.

—¡Qué dispuesto estás a creer esos rumores! —dije—. Acabas de decir que no estoy preparada para la consumación, y en cambio sospechas que he entregado mi virginidad a otro hombre. Desde luego, Safwan no cree que yo sea una niña pequeña.

—¿Te hizo mujer?

—Yo era ya mujer antes de que ocurriera nada de todo esto. He estado esperando a que hagas de mí tu esposa.

—¡Por Alá, Aisha! —gritó Mahoma—. ¿Me fuiste infiel con Safwan o no? Dime que no lo fuiste y proclamaré tu inocencia delante de toda la ciudad.

—Díselo, Aisha —me urgió mi madre desde su rincón—. Dile a tu esposo que eres pura.

—¿Por qué habría de creerme mi esposo, cuando mis padres no lo hacen? —dije. Ella bajó los ojos, y yo me volví a mirar a Mahoma.

¿Cómo podía decirle lo que él necesitaba oír? Yo había esperado a Safwan bajo las palmeras. Había estado a punto de fugarme con él. ¿No era eso infidelidad, de alguna manera?

Recordé de pronto el sueño que Alá me había enviado con

tanta claridad como si acabara de despertar, y así supe qué decir en aquel momento, y cómo actuar.

—Si te digo «Sí, he hecho lo que dicen quienes me acusan», te divorciarás de mí y Alá me castigará por mentir —dije—. Si te digo que no, puede que me respaldes, pero siempre dudarás de mí en tu corazón. De modo que no voy a decir nada. Sólo hay Uno que puede limpiar mi nombre.

—¡Pero Safwan ha desaparecido! —gritó mi madre.

—¿Crees que necesito que Safwan me defienda? —Erguí todo lo que pude mi espalda y me recordé a mí misma: yo era la reina del *harim* de Mahoma y de su corazón—. Tengo de mi parte al defensor más persuasivo de todos. Alá hablará por mí.

—Te he dicho que he intentado rezar —dijo Mahoma.

—Tal vez tendrías que probar a escuchar —le contesté. Luego, con la cabeza muy alta, me dirigí a la puerta.

—*Yaa* Aisha, te ordeno que vuelvas aquí —estalló mi padre—. Tu conversación con tu esposo no ha acabado aún.

Di media vuelta y me enfrenté a todos ellos.

—He dicho lo que he dicho, *abi*. Este asunto está ahora en las manos de Alá. —Miré a Mahoma—. Cuando Él me haya justificado, me sentiré feliz al regresar al *harim*..., como auténtica esposa tuya.

Una vez cumplido mi objetivo, salí de la habitación con la esperanza de que no se dieran cuenta de que me temblaban las piernas. Descorrí mi cortina, respiré agitada, entré en la habitación, me dejé caer en la cama y me tapé la cabeza con la almohada. «Lo dejo en Tus manos, Alá. Confío en que me ayudarás.»

Había sido la actuación más importante de mi vida..., y la más peligrosa. Mahoma volvería, pero ¿con qué actitud? ¿Como un esposo amante con los brazos abiertos, o —Alá no lo quisiera— como un juez severo que me condenaría a muerte?

17

Embrujado

El mismo día, más tarde

El sol siguió su curso inexorable, arrastrando al día tras él. Fuera, el chillido de un buitre hizo desvanecerse mis ya menguadas esperanzas. Tendida en el diván azul y oro, esperaba a Mahoma sumida en la desesperación, sin querer distraerme con la charla de Barirah, sin querer probar bocado a la hora de la cena. ¿Cómo podía enfrentarme a mis padres después de haberlos desafiado con tanta confianza por la mañana?

Mahoma ya tendría que haber vuelto a buscarme. ¿En qué me había equivocado? Tendría que haber insistido en mi inocencia, como él me pedía. Podía haberle dicho que Safwan no se había llevado mi virginidad. Pero Mahoma quería toda la verdad. Podía preguntar cómo había ocurrido en realidad que yo acabara en el oasis con Safwan. No, había hecho bien en no decir nada. Él volvería a buscarme. Pero ¿cuándo?

Un clamor en la puerta principal hizo que mi corazón se disparara. ¡Mahoma! Por la ventana vi a ocho hombres, entre ellos a Alí y Hamal, que empuñaban espadas y exigían a mi padre que me entregara.

—¡Los pozos se secan y los dátiles se marchitan en el árbol! —gritaba un hombre de los Aws—. Alá no nos envía la lluvia para castigarnos por los pecados de tu hija.

Una piedra voló y pasó casi rozando mi cabeza. Dejé caer la

cortina de cuentas azules, me acurruqué contra la pared e intenté escuchar mis pensamientos por encima del martilleo de mi corazón. La sed de sangre vibraba en las voces de aquellos hombres. ¿Podría mi padre detenerlos, uno contra diez? Me cortarían la cabeza y la llevarían en procesión por las calles antes de que Mahoma terminara sus oraciones.

—*Yaa* Alí, ¿es el Profeta quien te envía? —preguntó mi padre, con tanta tranquilidad como si hubieran venido a tomar café.

—El Profeta no hace nada. Ése es el problema, Abu Bakr. Tu hija lo ha embrujado. Ha estado angustiado desde que ella volvió del desierto.

—¡La *fahisha* ha atraído una maldición sobre la ciudad! —gritó el hombre Aws—. ¡Alá reclama justicia!

—¿Embrujado? —Oí reír a mi padre—. Por Alá, el Profeta ha estado hoy en casa y no he visto ningún signo de brujería en él.

—¿El Profeta ha estado aquí? —dijo Hamal—. No lo sabíamos.

—Está decidiendo acerca de la culpabilidad o la inocencia de Aisha —dijo mi padre—. Esperamos que vuelva de un momento a otro. ¿Qué pasa si decide que es inocente?

—Safwan ibn al-Mu'attal ha desaparecido —dijo el hombre Aws—. Sólo un culpable se daría a la fuga.

—Puede que estés en lo cierto —dijo mi padre—, pero también puedes estar equivocado. En uno u otro caso, al Profeta no le va a gustar cuando vuelva encontrarse con que habéis matado a su esposa favorita. Si la declara culpable, no tardará en castigarla él mismo. Pero si la encuentra inocente habréis cometido un asesinato, amigos míos. Todos moriréis antes de que se ponga el sol.

—Mahoma nos estará agradecido —dijo Alí—. Esa chica ha sido un problema desde el día en que entró en su casa.

Hamal carraspeó.

—*Yaa* Alí, si el Profeta va a decidir hoy, deberíamos esperar su veredicto.

—Si matamos a su esposa, el Profeta nos matará a nosotros —dijo el hombre Aws—. E iremos al infierno por toda la eternidad.

Para alivio mío, sus murmullos y gruñidos fueron apagándose a medida que se alejaban. Luego la voz de Alí resonó a través de las cortinas y se filtró en mis huesos.

—*Yaa* Aisha, puede que hayas engatusado al Profeta, pero a mí no me engañas —dijo—. Os he visto juntos a Safwan y a ti, ¿recuerdas? Si el Profeta te declara inocente, ¡Alá no lo quiera!, vigilaré cada uno de tus movimientos el resto de tu vida.

El sol era un ave con un ala rota, que descendía dolorido en el cielo y teñía de sangre el horizonte. Con las rodillas clavadas en mi tapete de las oraciones, supliqué a Alá que enviara a mi esposo la revelación que necesitaba para venir a buscarme y llevarme a su casa, libre de toda duda y vergüenza.

Mientras rezaba, mi voz se quebraba bajo el peso de mis malas obras. ¿Por qué había de ayudarme Alá después de lo que había hecho? Había soñado con una vida sin Mahoma, incluso cuando estaba tendida a su lado por la noche. Había planeado escapar con Safwan, sin dedicar siquiera un pensamiento al sufrimiento de mi esposo, y al de mi familia.

Cuando dije a Safwan que era virgen, él dejó de acosarme. Pero ¿y si no hubiera desistido? ¿Y si me hubiera levantado del todo la falda y me hubiera forzado? Yo me lo tendría merecido. Y después de haber consumado mi relación con Safwan, ahora estaría viviendo con él entre los beduinos Ghatafani, obediente a sus caprichos, mientras Mahoma, despojado de toda dignidad a los ojos de sus seguidores, sería un muerto en vida. Ibn Ubayy recuperaría por fin su posición en Medina, y ése sería el fin de Mahoma y de la *umma*, y del islam.

Empecé a llorar al imaginar al ejército de Abu Sufyan cabalgar hasta Medina, apoderarse de Mahoma, torturarlo hasta la muerte, masacrar a todos los creyentes que permanecieran a su lado. ¿Estarían mis padres entre ellos, o mi desaparición les habría obligado a marcharse cabizbajos y avergonzados?

—*Yaa* Alá, perdona mi egoísmo —recé—. Sé que merezco morir. Merezco perder a Mahoma. Pero por su bien y por el de la *umma*, te ruego que muestres a mi esposo que soy inocente.

—Empecé a llorar—. Y por favor, ayúdame a aprender a aceptar la vida que tú has elegido para mí, y a vivir de forma que os dé mayor honra a ti y a tu Profeta.

»Pero —sentí una punzada de dolor en mi pecho, como si unas cadenas pesaran en mi corazón—, te lo ruego, Dios, ayúdame a cumplir mi destino, a convertirme en la mujer que ansío ser.

Lloré tanto que podría haber llenado aquel vaso que le envié con Barirah. Cuando acabé me tendí sobre mi alfombrilla, exhausta. Y entonces... tuve una revelación propia. No una directa, de la clase que experimentaba Mahoma, cuando Alá hablaba por su boca. En mi caso, fue como si alguien hubiera levantado una cortina y la luz del sol iluminara los rincones oscuros de mi alma.

Yo no había abandonado la *umma* por Safwan. Nunca soñé con sus besos ni con sus brazos amantes, sino con cabalgadas libres y salvajes por el desierto; y más tarde, con una vida junto a mi esposo en condiciones de igualdad. Era un sueño imposible, me había dicho mi madre. Pero, incluso ahora, yo no lo creía. ¿No había declarado Mahoma, cuando yo era aún una niña pequeña, que las chicas valían tanto como los chicos? Alá había querido que yo viviera y me había llamado a luchar. Él me había dado la espada y las virtudes de un guerrero; en tanto que Alí y Umar, y otros hombres como ellos y, sí, también las mujeres, incluida mi madre, me habían prohibido utilizarlas. Era de ellos de quienes había huido, de ellos y de sus ridículos inventos como la *purdah*, la *hatun* y la *durra*, y sus tradiciones sobre la superioridad del varón que reducían a las mujeres a la condición de ganado.

El poder era lo que guiaba a todos ellos, incluido Mahoma. Para decir toda la verdad, era también lo que deseaba yo: el poder de vivir libre, de luchar por mi *umma*, de controlar mi propio destino. Ser una mujer significaba que no podía arrebatar ese poder por la fuerza, y que, desde luego, no lo conseguiría huyendo. Mahoma se había casado con todas sus esposas, empezando por mí misma, por razones de política. Mi mejor oportunidad para conseguir poder, vi ahora, consistía en serle útil desde el punto de vista político. Si era capaz de ganarme su respeto y su confianza, podría llegar a ser su consejera. Y también tendría la posibilidad de ayudar a la *umma*, y de cumplir mi promesa a Alá con mi inteligencia, en lugar de con mi espada.

Mi pulso se disparó. ¡Yo, la consejera del Profeta de Dios! Supe que podría hacerlo, y hacerlo bien. ¿Cuántas veces había espiado a los hombres en el *majlis* con mil ideas apuntando en mi cabeza? Mahoma me escucharía si yo le demostraba que era digna de él. Incluso aquel chacal, Abu Sufyan, consultaba a su chillona mujer, según se decía, para pedirle consejos sobre política.

Debí de quedarme dormida, porque cuando desperté la rica luz roja del sol poniente fluía en mi habitación y el ala del ángel Gabriel entró por la ventana y rozó mi mejilla.

—¡El Profeta! —Barirah irrumpió en mi habitación agitando los brazos—. Te llama. Mira ahí fuera.

Oí un grito cuando me levantaba, seguido por un clamor de voces. Mahoma estaba en el jardín de mi madre con los brazos extendidos, su sonrisa brincaba como una llama, el cabello se arremolinaba en su cabeza como si acabara de despertar de un largo sueño. A su alrededor, hombres y mujeres de la *umma* gritaban y se arrojaban al suelo para expresar su gratitud a Dios.

—*Yaa* Aisha, Alá me ha enviado por fin una revelación —me llamó Mahoma—. ¡Eres inocente de todo mal!

El alivio bañó mi cuerpo como una lluvia fresca en un día caluroso.

—Alá sea loado —dije, y dejé caer la cortina.

Envié a Barirah a buscar mis ropas y me recogí el pelo en la nuca mientras me recordaba a mí misma mi intención de convertirme en la amiga y consejera de Mahoma. Para ganarme su respeto, tendría que exigírselo. Y si quería ser tratada como una mujer, tendría que actuar como tal. Sequé mis lágrimas y me lavé la cara, para darme a mí misma un respiro que me calmara antes de ir a saludarlo.

Barirah llegó con mi vestido. Yo me deslicé en él y luego me cubrí el rostro con el velo. Mi madre apareció con una cara tan feliz como la de un niño.

—Mahoma te espera. Ven a darle las gracias —dijo, y prácticamente me llevó a rastras hasta la puerta principal, donde se encontraba mi padre sonriente junto a Mahoma, que a su vez me miró radiante como un hombre al que ofrecen un regalo precioso.

—*Yaa* Aisha, vengo a llevarte a casa y a hacer de ti mi verdadera esposa —dijo.

Bajé rápidamente los ojos para ocultarle mi alegría por temor a que él viera en ellos un sentimiento de triunfo, que me habría elevado por encima de él, o de gratitud, lo que me pondría a sus pies. Ninguno de los dos era el responsable de aquel cambio, en cualquier caso. Era Alá quien lo había hecho posible. El triunfo le correspondía a Él, y a Él debía manifestar mi agradecimiento.

—Te acompañaré encantada, esposo —dije—. Pero antes, deseo ir a la mezquita.

—¿De qué estás hablando? —gritó mi madre.

Besé la barba de mi padre.

—Gracias por tu protección durante estos días difíciles. ¿Me harás el favor de pedir que traigan un camello para que pueda ir a casa como corresponde a la esposa del Profeta?

Era una petición ridícula; la mezquita lindaba con nuestra casa. Pero estaba decidida a exigir respeto a mi dignidad. Mi padre sonrió, pero mi madre me sujetó por los hombros y me miró con ojos desorbitados.

—*Ai!* El Profeta te ha salvado la vida hoy. ¿Te has vuelto de pronto tan orgullosa que no quieres darle las gracias?

—Mahoma no ha limpiado mi nombre, ha sido Alá quien lo ha hecho —dije—. Y quiero darle las gracias a Alá. —Entonces me volví a Mahoma con mi sonrisa más encantadora—. Y cuando vuelva a mi pabellón, esposo, espero que me estés esperando allí.

Me dedicó una profunda reverencia.

—Escucho y obedezco, *habibati*.

18

Una ojeada al espejo

Medina, más avanzado el mismo mes

¡Qué deprisa cambia el corazón! El deseo hacía arder como el fuego los lomos de Mahoma, inextinguible en una noche, en dos, en tres. En cuanto a mí, el dolor de la consumación se desvaneció muy pronto. Mahoma fue tan tierno que apenas sentí el aguijón del escorpión. Estar en sus brazos, piel contra piel, era la bendición que había ansiado toda mi vida. Ahora una simple mirada de mi esposo me llenaba de placer, y pude comprender por fin las sonrisas, los suspiros y las insinuaciones que perfumaban como la canela la tienda de la cocina cada vez que Mahoma se encerraba con una nueva esposa.

Después, tendida en el círculo de sus brazos, escuchaba con un corazón atento y tembloroso sus declaraciones de amor y sus tiernas promesas para el futuro.

—Cuando me dijeron que no estabas en tu *howdah*, sentí que la vida me abandonaba —murmuró, mientras acariciaba mis cabellos—. El cielo me pareció totalmente descolorido, y dejé de sentir el calor sofocante del día. Por primera vez en mi vida, Aisha, me sentí realmente atemorizado. Mi primer pensamiento fue correr en tu busca de inmediato.

Se me hizo un nudo en el estómago al pensar en él regresando al galope para encontrarme en los brazos de Safwan. Desde luego, en el momento en que Mahoma descubrió mi desaparición, yo estaba ya vomitando en el suelo y sujetándome el vientre, sola, al abrigo de la tienda de Safwan.

—¿Qué te hizo cambiar de idea? —pregunté.

—Alí. Me convenció de que sería una locura viajar con el calor del mediodía. La verdad es que yo estaba fatigado y necesitaba reposo. Cuando refrescó, Alí envió a Abu Hurayra a buscarte. —Frunció el entrecejo—. Vista con perspectiva, no fue una buena decisión. Abu Hurayra no conocía bien el camino, y se perdió.

No pude evitar una sonrisa. Si Alí hubiera estado interesado de verdad en encontrarme, no habría enviado a un recién llegado del Yemen en mi busca. Pero me guardé para mí sola mis sospechas. Alí ya no podía hacerme daño.

—Fue una suerte que el caballo de Safwan tuviera un sentido de la orientación mejor que la nariz de Abu Hurayra —dije.

—Una suerte, sí. Pero no me sorprende que volvieras sana y salva, porque Alá te había elegido para mí desde hace mucho tiempo. —Mahoma acarició mi rostro con sus ojos de cobre y me hizo ruborizar—. El ángel Gabriel me mostró una vez tu rostro en la palma de su mano. Yo sabía que estaríamos juntos hasta la muerte.

—Y también después.

El calor me brotó de debajo de la piel y se difundió por mi pecho.

—Aisha, todas las mujeres a las que he amado me han dejado. Mi querida Jadiya, que fue la primera que creyó en mí y que me dio a Fátima, murió tan sólo unos meses antes de que tú y yo nos prometiéramos. Antes de eso, perdí a mi madre cuando sólo tenía seis años.

Mi corazón se apiadó de él, al imaginar el desconsuelo del niño Mahoma, huérfano a tan corta edad, porque su padre había muerto antes de que él naciera.

—Tuvo que ser terrible para ti. ¿Te acuerdas de ella?

—Como si ayer estuviera aún viva. —Sus ojos se nublaron—. Era hermosa y muy alegre. Nadie me ha hecho nunca reír tanto..., hasta que apareciste tú.

Acarició mi mano y me dedicó una sonrisa trémula.

—Por lo menos tuviste a tu tío Abu Talib, que se hizo cargo de ti.

El padre de Alí había educado a Mahoma como su propio hijo, lo que impulsó a Mahoma, años después, a devolverle el favor y cuidar de Alí.

—Pero no de inmediato. En los primeros años después de la muerte de *ummi*, mi vida fue una serie de desgracias siempre distintas. Mi abuelo me llevó a vivir con él en una casa muy poco iluminada, porque él era casi ciego. Me prohibió jugar con mis amigos y salir de casa, salvo para sacar agua del pozo. Me convertí en el criado de mi abuelo.

Me conmovió esa noticia y lo atraje hacia mí. Como yo, Mahoma se había visto prisionero cuando era un niño; había pasado su niñez sin ninguna oportunidad para disfrutar de ella.

—Entonces sabrás lo que sentí yo, encerrada en *purdah*.

—Procuré hacer cambiar de idea a tu padre, convencerlo de que esas medidas tan drásticas no eran necesarias; pero él temía por ti —me dijo Mahoma.

Yo suspiré y recliné la cabeza en su pecho.

—No tuvimos mucho tiempo para ser niños, ¿verdad, *habibi*?

—Nuestras vidas han sido difíciles, sí. Pero tú y yo somos supervivientes. Es una de las razones por las que te admiro..., una razón por la que te amo más que a mi propia vida. Como yo, eres una luchadora.

—Controla tu destino, o él te controlará —dije. Mahoma asintió.

—Es verdad lo que dices. Por eso he arriesgado tanto por el islam, y lo he abandonado todo para venirme a Medina. Debo vivir conforme a la voluntad de Alá, y no a la de los Qurays.

Me erguí hasta quedar sentada, al darme cuenta de que me acababa de dar una entrada para lo que quería decir.

—Quiero luchar en las batallas —Mahoma hizo una mueca—, aunque sé que no puedo hacerlo, y ser la *hatun* oficial de tu *harim*, y eso sí que puedo. Si tú me apoyas.

Frunció el entrecejo.

—Pero tú eres ya la *hatun*, ¿no es así?

—Sí, y no. He ocupado esa posición, pero no todas tus esposas la han respetado. Algunas dicen que soy demasiado joven para llevar la casa. Pero si eres tú quien lo dice, tendrán que respetar mi posición.

Mahoma se rascó la barbilla con el dedo índice, y me miró como si yo fuera un acertijo pendiente de solución.

—Mi liderazgo en la *umma* me lo dieron mis seguidores.

Puse cara larga.

—¿No vas a ayudarme?

—El *harim* no es el terreno del varón, sino el de las mujeres —dijo con una sonrisa triste—. Si quieres ser la *hatun*, tendrás que conseguir que te concedan ese privilegio tus hermanas-esposas.

Del mismo modo en que me sentí decepcionada cuando Mahoma no quiso declararme su *hatun*, me encantaron sus atenciones conmigo desde que me convertí en verdadera esposa suya. Permaneció en mi apartamento siete días, como corresponde a una esposa virgen, a pesar de que, por lo que todo el mundo sabía, sólo estábamos celebrando mi feliz regreso al hogar. Podríamos haber pasado cada momento dándonos amor el uno al otro de no ser por las continuas interrupciones. Venían mensajeros con felicitaciones por mi regreso y regalos de la *umma*: higos y miel, granadas y *tharid*. Mahoma me regaló un peine opalescente hecho con conchas del mar Rojo, y admiré mi reflejo en un espejo de mano de bronce que trajo Hassan ibn Thabit junto con un nuevo poema en el que alababa mis numerosas virtudes.

Pero no todos estaban contentos con mi regreso. El tercer día que pasé con Mahoma, mientras estaba tendida en sus brazos y comía uvas que él me ofrecía con sus dedos, y yo soñaba con el hijo que no podía tardar en llegar, Umm Salama se presentó en mi puerta.

Estiré la espalda y el cuello, en una postura tan regia como me permitió mi baja estatura. Ella se inclinó muy ligeramente.

—Bienvenida a casa, hermana-esposa —dijo—. Me alegra

verte con tan buen aspecto después de todo lo que has tenido que soportar.

—Estoy segura de ello —dije.

—Perdóname la intromisión, esposo. —Se volvió a Mahoma—. Pero hace varios días que no te veo. ¿Has olvidado que la noche pasada era tu noche conmigo?

—Hago compañía a Aisha desde que llegó —dijo Mahoma—. Como acabas de decir, ha pasado una temporada terrible.

Ella me dirigió una mirada inexpresiva.

—Comprendo.

Cuando se hubo ido, Mahoma me atrajo hacia él para darme otro beso.

—Ser mi verdadera esposa tiene también sus desventajas. Ahora tendrás que soportar los celos de tus hermanas-esposas.

—¿Desventaja? Después de años de ser yo la celosa, es un cambio para mejor. —Le rodeé la cintura con mis brazos y lo besé de nuevo—. Uno de muchos cambios para mejor. —Otra llamada a la puerta hizo que los dos nos echáramos a reír—. La falta de intimidad es otra desventaja —comenté—. Hoy parece que todo el Hijaz tiene que llamar a la puerta.

Entró Fátima con una cara tan pálida como la de una rata.

—*Yaa* padre, Umm Salama está muy dolida —dijo—. Y también Zaynab. Estás prestando demasiada atención a tu esposa-niña. El resto de nosotras nos sentimos olvidadas.

—¿Cuál es el problema, Fátima? ¿Es que Alí no te hace caso? —dije. Mahoma me reprendió meneando la cabeza. Yo apreté los labios.

—La preferencia que le demuestras no es justa para el resto de nosotras, *abi* —dijo Fátima.

Mahoma dirigió a su hija una mirada tierna.

—*Yaa* Fátima, ¿tú me amas?

—Sabes que sí, padre. Más que a nadie en el mundo.

—Entonces ¿no amas a quienes yo amo?

—Sí, pero...

—Muy bien. —La sonrisa de Mahoma se ensanchó. Alzó mi mano y la besó—. Puesto que yo amo a Aisha más que a todas las demás, eso significa que tú la amas también. De modo que es natural que no quieras herir sus sentimientos con esas acusaciones, ni que pretendas apartarme de ella.

—Pero Zaynab...

—Zaynab es capaz de cuidar de sí misma. Sé que las dos os habéis hecho buenas amigas, pero ella no necesita enviarte a ti a defenderla. Puedes contarle lo que he dicho cuando vuelvas a verla.

Abrió la puerta, y Fátima se escurrió por ella.

—Lo has conseguido —dije—. Zaynab será la próxima.

Y unos momentos más tarde allí estaba, enfriando la habitación con su mirada gélida y perfumándola con su aroma a rosas con espinas.

—He venido a protestar —dijo. Sus ojos recorrieron los cestos de comida, las sedas y los linos, las joyas y los peines de concha esparcidos por el suelo de mi habitación. Tomó el espejo que estaba sobre la mesa y contempló su reflejo enternecida. Pero cuando volvió a dejarlo, la ternura había desaparecido de su mirada.

—Si vas a quejarte del tiempo que paso con Aisha, ya me lo han dicho otras personas —dijo Mahoma.

—Mira todos esos tesoros desparramados a sus pies, ¿y por qué? ¡Por comportarse como una loca!

—Si un comportamiento alocado es merecedor de tesoros, la habitación de Zaynab debe de estar llena de oro —dije yo.

—Mahoma, esto avergüenza a tus restantes esposas. Por favor, di a la gente de la *umma* que deje de hacer regalos a Aisha —dijo Zaynab—. A nosotras también nos gustan la miel y las granadas.

—¿Rechazar esos regalos e insultar a quienes vienen a felicitar a Aisha? No puedo hacer una cosa así —dijo Mahoma.

—¡La malcrías! —gritó Zaynab—. Sólo tiene que levantar un dedo y tú corres a su lado como si fuera una niña.

Yo me eché a reír.

—Con esos pucheros, eres tú quien parece una niña —comenté. Entonces me acordé de que Mahoma me había pedido que me quedara callada.

Él me miró y alargó un brazo en dirección a Zaynab.

—Te he estado defendiendo toda la tarde, con escasos resultados —dijo—. ¿Quieres hablar tú en tu propia defensa, Aisha?

—Sólo para señalar lo destructivos que son los celos —dije, con una sonrisa dulce dedicada a Zaynab—. Y para recordarte que las mentiras de tu hermana Hamnah son sólo eso: mentiras.

La tez de Zaynab se volvió tan pálida como la luna, y sus ojos relampaguearon por la ofensa.

—No tengo nada que ver con las acusaciones de Hamnah —dijo, con una calma letal—. Si ella creyó que hablaba en mi defensa, se equivocó.

Bajó los ojos y salió por la puerta, que cerró tras ella. Miré a Mahoma y vi, por sus cejas alzadas y su modo de mover la cabeza, que yo había ido demasiado lejos. Bajé la mirada, apenada al darme cuenta de la facilidad con la que había recaído en mi antigua forma de ser impulsiva, a pesar de jurar a Mahoma que había cambiado. Nunca podría contrarrestar la presión de mis hermanas-esposas si continuaba hablando sin medir antes mis palabras. Al culpar a Zaynab (de forma injusta, por lo que parecía) por las acciones de su hermana, sin duda había hecho de ella mi enemiga en una época en la que me convenía agrandar el número de amigos.

Paseé una mirada frenética por la habitación. Mis ojos cayeron sobre el espejo de bronce, y brotó una idea en mi cabeza.

Con el espejo en la mano, corrí al patio.

—¡Espera! —grité. Zaynab se detuvo a la sombra moteada del árbol *ghaza'a* y volvió en mi dirección unos ojos tan helados que me hicieron sentir un escalofrío—. *Yaa* Zaynab, perdóname mis duras palabras —dije, y aventuré una sonrisa—. Me han contado que no quisiste culparme. Por favor, acepta esto en prenda de mi agradecimiento.

Le tendí el espejo. Ella bajó levemente la nariz mientras lo tomaba como si me estuviera haciendo un favor.

—No lo hice por ti —dijo.

—Me defendiste.

—Mi hermana y yo te vimos entrar en la fiesta de la boda con Safwan ibn al-Mu'attal a tus talones —dijo—. Tu cara resplandecía de deseo, y la de él también. Pero cuando Mahoma me pregunté, le dije que no creía que le fueras infiel. Sin embargo, no lo hice por ti.

La miré, ceñuda.

—¿Por quién, entonces?

—¡Por Mahoma! —Pasaron delante de nosotras dos mensajeros cargados con regalos que se dirigían a mi pabellón. Zaynab se acercó y bajó la voz para que no pudieran oírnos—. Me encantaría que desaparecieras igual que ha hecho tu amante, Safwan —murmuró, en un tono engañosamente dulce—. Pero tenías que haber visto a Mahoma las últimas semanas, cuando pensaba que iba a perderte. Lo habría matado saber la verdad. Me guardé lo que sabía para mí, por no herirlo.

—Podrías haber sido la primera esposa de su *harim* —le dije, parpadeando confusa—. Habrías tenido todo lo que deseabas.

Me miró como si yo fuera una cucaracha destinada a ser aplastada por su sandalia. Sus ojos dorados relampaguearon.

—Todo —dijo—, excepto la felicidad de Mahoma.

Sacudí la cabeza, e intenté comprender lo que me decía. Su risa me azotó la cara como la arena proyectada por el viento.

—Lo llaman «amor», Aisha. Puede que algún día lo pruebes.

19

Presagios de tormenta

Medina, marzo de 627

En el desierto, el *simum* es la tormenta más temida. Es un viento que levanta la arena en torbellinos que llamamos *zauba'ah*. Esos «diablos» fustigan el aire, ocultan el sol y proyectan la arena con la furia de las olas de un mar embravecido. El *simum* recorre el desierto como una fiera hambrienta y lo devora todo a su paso: se traga las casas y las escupe luego, y se limpia los dientes con árboles que arranca de raíz. La visión de esas gigantescas torres de torbellinos de polvo hace que el más descreído viajero del desierto se arrodille para rezar, porque incluso los afortunados que consiguen esquivar la fuerza devastadora de los *zauba'ah* están condenados a sufrir una muerte más angustiosa incluso, ahogados por las arenas enloquecidas que se levantan y los sumergen bajo sucesivas oleadas de dunas sofocantes casi tan altas como si fueran nubes arenosas de color amarillo.

Pocas personas han sobrevivido al *simum*. Quienes, milagrosamente, lo han hecho, empiezan su historia con su primera visión de los *zauba'ah*, las enormes torres que giran apoyando en el suelo sus pináculos, y absorben las estrellas del cielo y desuellan la piel de la Tierra. A pesar de que estábamos sentados en mi pabellón y fuera brillaba el sol en un cielo sin nubes, vi en los ojos de Mahoma, abiertos de par en par, la visión de los *zauba'ah* el día que Safwan le contó los presagios de tormenta que había visto acumularse en el sur.

Allí, en mis aposentos, estaba Safwan, mi amigo de la niñez y, más recientemente, el hombre que me traicionó. Yo lo miraba furiosa desde detrás de mi biombo, mientras él inclinaba ante Mahoma su rostro no tan agraciado, ahora me daba cuenta. ¿Tenía el tono ceniciento de su cutis algo que ver conmigo, a quien él había empujado hasta el borde del precipicio para dejarme después colgada? Lo miré temblorosa como el arco tendido en su cuerda con una flecha de rabia. Pero también me daba cuenta de que no era suya toda la culpa por lo que había ocurrido.

«Lo llaman "amor". Puede que algún día lo pruebes.» Por mucho que me doliera admitirlo, Zaynab tenía razón al referirse a mí. Yo amaba a Mahoma, pero ahora me daba cuenta de que el amor era más que un sentimiento. El amor es algo que haces por otra persona, como Zaynab al hablar de mí de modo que Mahoma no se sintiera herido. El amor era algo que iba a hacer yo por Mahoma en adelante.

¿Había aprendido Safwan la lección? A juzgar por las miradas lastimeras que enviaba en mi dirección, la respuesta era «no». Si tenía una nueva oportunidad, volvería a huir conmigo y me llevaría a algún lugar donde yo tendría el mismo control sobre mi vida que si fuera un camello. Y si volvían a atraparnos, desaparecería otra vez y me dejaría abandonada a mi destino, del mismo modo que yo había estado a punto de dejar a Mahoma abandonado al suyo. Me sentí arder de vergüenza al darme cuenta de eso.

Cuando hubo acabado sus abluciones, Mahoma se colocó el turbante y le hizo seña de que tomara asiento.

—*Yaa* Profeta —dijo Safwan—, no hay tiempo para sentarse. —Sus labios estaban blancos, y la urgencia que había en sus ojos hizo que el miedo hiciera circular mi sangre más deprisa—. Traigo noticias preocupantes. Abu Sufyan viene hacia Medina al frente de un ejército de diez mil hombres.

—¿Diez mil? —Mahoma se aferró al alféizar de la ventana—. ¿Hay tantos hombres en La Meca, ahora?

—Los Nadr marchan a su lado. Y también los Kaynuqah.
—Eran los clanes judíos que Mahoma había expulsado por conspirar contra él. Alí había insistido en darles muerte, pero Mahoma se había opuesto. «Nuestro perdón los convertirá en aliados.» Por desgracia, en lugar de eso se habían convertido en aliados de Abu Sufyan.

—También... están los Ghatafani.

Mis labios se curvaron, aunque la noticia no tenía nada de divertido. De haber seguido yo a Safwan, ahora estaría con ellos y vendría a atacar a nuestra *umma*. Al constatarlo, noté un sabor amargo en la boca.

Mahoma miró por la ventana como si se esforzara por ver el ejército que se aproximaba.

—¿Qué es lo que desean, Safwan?

—Matarnos a todos..., incluidos los niños —dijo Safwan—. He oído a sus poetas profetizar que la sangre de los musulmanes correrá por las calles.

Mientras Mahoma recorría la habitación, su vena de la frente palpitaba.

—¿Matarnos a todos? —rugió—. ¿Es que Abu Sufyan no aprenderá nunca? Es su propia muerte lo que le espera, por este acto.

Envió a Safwan a buscar a mi padre y a Umar. Yo salí de mi escondite y fui a enterrar mi cabeza en su barba perfumada.

—¿Diez mil hombres? —dije—. ¡Ni siquiera Alá puede derrotar a un ejército tan grande!

—Necesitaremos un milagro. ¡Si por lo menos lo hubiera sabido antes! Podríamos haber pedido ayuda. Podríamos haber construido un muro para proteger nuestro flanco este.

Medina estaba rodeada en tres lados por acantilados y peñascos negros, pero por el este una enorme llanura desierta venía a lamer como el mar la orilla de nuestra ciudad-oasis.

Se me ocurrió una idea, y decidí exponerla. ¡Aquí estaba mi oportunidad de ayudar a Mahoma y a mi *umma*! Mi corazón se aceleró por la excitación..., pero antes de que pudiera hablar, entraron Umar y mi padre, y yo tuve que volver detrás del biombo mientras Mahoma les comunicaba la noticia.

—¡Diez mil! —La voz de mi padre temblaba como la de un anciano *shayk*—. ¿Cuándo llegarán aquí?

—Dentro de seis días, al paso que llevan —dijo Mahoma.

Mi padre palideció.

—¿Cuántos guerreros podemos reunir en un plazo tan corto?

—Tres mil como mucho —dijo Umar. Sus ojos se habían agrandado y su mirada era vaga, como si viera desplegarse una escena invisible para todos los demás.

—Tres mil. Eso elimina la posibilidad de salir a su encuentro, como hicimos en Uhud —dijo Mahoma—. Nuestra única esperanza está en quedarnos aquí y permitir un asedio.

—¡Por Alá, no será un asedio sino una invasión! Un ejército de esas dimensiones acabará con todos nosotros.

Umar se secó la frente con su pañuelo, y apretó su mejilla contra la pared fría.

—*Yaa* Umar, ¿dejará Alá que la *umma* sea destruida? —dijo Mahoma con calma—. ¿Nos habría traído Él a Medina sólo para que nos aniquilaran los hombres de Quraysh? No. Resistiremos.

—Tenemos amigos en Abisinia, pero no podrán venir a tiempo —dijo Umar.

—¿Podemos resistir hasta que lleguen los abisinios? —preguntó mi padre.

La risa de Umar fue sarcástica.

—¿Con una desventaja numérica de más de tres contra uno, y sin ninguna muralla que los detenga? Podremos resistir a nuestros atacantes diez minutos, si Alá nos ayuda.

—Si entrenamos a las mujeres, podemos aumentar el número de nuestros guerreros —dijo Mahoma.

—Y luego, cuando haya terminado la batalla, ¿nos devolverán las armas y se someterán de nuevo a nosotros? No quiero correr ese riesgo —dijo Umar.

—Los Qurays amenazan con matar también a los niños —señaló mi padre—. ¿Qué madre abandonará a sus hijos para ir a la batalla?

—Sólo veo dos opciones —dijo Umar—. Abandonar la ciudad o prepararnos para morir.

—¿Abandonar la ciudad? ¿Y adónde vamos a ir? —preguntó mi padre.

—Podríamos escondernos en las montañas, pero ¿durante cuánto tiempo? —dijo Mahoma.

—Es cierto. Abu Sufyan está decidido a acabar con el islam. ¡Por Alá, el odio lo consume! Es la encarnación de Satanás. —Y Umar blandió el puño.

—Puede que Dios envíe una tormenta que los obligue a dar media vuelta —dijo mi padre, sombrío—. O una inundación repentina que los ahogue a todos.

—Me pregunto si tendremos tiempo suficiente para levantar un muro —dijo Mahoma.

—Necesitaríamos los seis días que tenemos sólo para juntar las piedras. —Mi padre sacudió la cabeza—. También podríamos excavar un foso como el rey abisinio, pero no tenemos agua para llenarlo.

Ahora había llegado mi momento de hablar. Aspiré hondo para aquietar mi pulso disparado, y pedí permiso a Mahoma para intervenir.

—*Yaa* Profeta, estamos metidos en una conversación seria —gruñó Umar—. ¿No puedes hacer que tu esposa guarde silencio ni siquiera durante unos minutos?

—Tengo una sugerencia —dije—. Y es buena.

—El papel de la mujer... —empezó a decir Umar, pero Mahoma le hizo callar con un gesto.

—Por favor, Aisha. A nosotros se nos han agotado ya las ideas.

—Construir un foso sin agua —dije—. Una trinchera ancha alrededor de Medina. Si es lo bastante ancha y profunda, detendrá a cualquiera que intente cruzarla.

El rostro de Umar enrojeció.

—*Yaa* Profeta, ¿entiendes ahora por qué ordeno a mis esposas que guarden silencio?

Siguió una larga pausa. Mi padre se tiraba de la barba. Mahoma se acercó a la ventana y miró el cielo como si esperara que Alá escribiera allí la respuesta. Yo atisbaba por encima del borde del biombo, reteniendo el aliento y anhelando que se diera cuenta de la bondad de mi idea. Por fin se volvió y me sonrió, lo que me dio ganas de ponerme a brincar de alegría.

—El plan de Aisha tiene mérito —dijo—. Una trinchera enorme podría salvarnos. Si la construimos de forma correcta, nadie podrá penetrar en Medina. ¡Alá sea loado por ti, Aisha!

Mahoma vino detrás del biombo, me besó en la boca y volvió a toda prisa a sentarse con los demás, entre gritos y exclamaciones. Yo sonreí con orgullo, consciente de lo mucho que había ganado en la estima de Mahoma. Si esa trinchera funcionaba, ¿podría dejar de pedirme consejo en el futuro?

—Di a Bilal que reúna a todos los hombres y los chicos de la *umma* —dijo Mahoma—. Tendremos que cavar mucho. ¡Loado sea Alá! Estamos salvados.

Durante los seis días siguientes, me preparé para la batalla. Esa invasión, lo sabía, era el acontecimiento para el que Alá me llamaba. Tenía un sentimiento claro de mi misión. Ya había ayudado a defender la *umma* con mi idea de la trinchera, y ahora me enfrentaría al enemigo con mi espada y mi daga, y llenaría la trinchera con sangre de los Qurays. Era hora de que Abu Sufyan pagara el precio definitivo por lo que había hecho a Raha, y al resto de nosotros.

Cuando Bilal nos llamó a la lucha, yo estaba dispuesta. Me puse el yelmo y el escudo de Talha, que le había pedido, y desenvainé mi espada. Parecía un chico. Nadie me enviaría de vuelta a la mezquita a acurrucarme junto a las demás mujeres de la *umma*, y a esperar inerme la matanza.

Corrí por las calles, y mis pies se movían al ritmo de una danza frenética. Aullidos, gritos y relinchos y el resonar metálico de las armas no ahogaban en mis oídos el redoble de mi corazón. El terror mordía mi garganta como los dientes de un perro rabioso, y martilleaba como el granizo sobre la ciudad. Hacía que los hombres rugieran desafiantes y levantaran sus armas. Batía en las cabezas de las mujeres hasta impulsarlas a escapar de sus hogares sollozando, con sus hijos en brazos. Yamila pasó corriendo a mi lado, con dos niños pequeños, y sus ojos buscaban frenéticos un lugar donde ocultarlos. Alrededor de ella, las madres escondían a sus hijos en los portales, detrás de las ventanas y en lo alto de los árboles, con la esperanza de que al invasor, de corazón malvado y armado con la daga, no se le ocurriera mirar allí. Aquella confusión desprendía un olor débil pero característico, parecido al del sexo.

Mis pies me llevaron, como auténticas flechas, hacia Mahoma, que corrió al límite oriental de la ciudad como si su doble cota de malla no pesara en absoluto. En medio de la polvareda y de la agitación de la multitud casi lo perdí, pero el griterío de los hombres que tenía delante de mí atrajo mi mirada hacia la pluma roja que llevaba Mahoma en su yelmo y los cabellos grises de mi padre, descubiertos, como siempre, hasta el último momento posible.

Lo último que deseaba era ser vista. Si alguien me reconocía, me enviarían a casa y colocarían a alguien de guardia delante de la mezquita para asegurarse de que me quedaba allí. Pero quedarme sentada pasivamente y retorcerme las manos de angustia no era para mí. Alá me había elegido para luchar, no para encogerme como una niña. Y, después del desastre de Safwan, necesitaba probarme a mí misma ante la *umma*.

Me oculté detrás de un peñasco grande como un elefante, e intenté ver si ya había llegado el ejército de Quraysh, pero un montículo de tierra amontonada me privaba la vista del desierto. Me colgué el escudo del brazo y trepé a un espino. Sonó una voz de mando y de pronto, como una ola al saltar sobre la gran presa de Marib, un mar de hombres rebasó las lomas distantes situadas frente a nosotros. Nuestros guerreros ocuparon sus posiciones detrás del terraplén, formando una línea que se prolongaba hasta la alta muralla de piedra que rodeaba el vecindario de los Qurayzah, uno de los pocos clanes judíos que permanecían en Medina. Habían jurado lealtad a la *umma*, pero no iban a luchar a nuestro lado porque se negaban a matar a sus parientes Nadr y Kaynuqah.

Nuestras tropas se mantuvieron en silencio, con sus arcos y flechas preparados, mientras aquel enjambre oscuro alfombraba la tierra delante de nosotros: hombres de rostros congestionados que corrían y pedían a gritos nuestra sangre, mientras sus caballos relinchaban y ponían los ojos en blanco. Sujeté con fuerza la empuñadura de mi espada y me preparé para luchar. Cuando los asaltantes llegaron tan cerca que casi podíamos sentir su aliento en nuestras caras, se detuvieron al ver la enorme trinchera que habían excavado nuestros hombres: un abismo tan ancho y profundo como un *uadi*, el lecho de un río, imposible de cruzar.

—¿Por qué os paráis, idiotas? —tronó Abu Sufyan desde su caballo, tan airoso como un saco de patatas en su silla de montar. Casi demasiado tarde vio la trinchera abierta como una tumba. Tiró de las riendas, y consiguió detener a su montura en el borde mismo.

Se apeó trabajosamente y se quedó un rato en pie junto al foso, examinando nuestro trabajo con una mueca de disgusto.

—¡Mahoma ibn al-Abdallah ibn al-Muttalib! —gritó—. ¿Qué cobarde truco es éste para cerrar el paso a mi ejército?

—*Yaa* Abu Sufyan, pensabas que ibas a sorprendernos. Pero somos nosotros quienes tenemos una sorpresa preparada para ti —le respondió Mahoma.

—Eso no es combatir de forma honorable. ¿Por qué no salís y lucháis como hombres en lugar de encogeros de miedo detrás de esa zanja que habéis perdido vuestro tiempo en cavar? ¿O es que tienes miedo de que tu precioso Alá no te proteja?

—Alá ya nos está protegiendo —dijo Mahoma—. ¿Quién crees que es el responsable de esta gloriosa trinchera?

Nuestros hombres empezaron a gritar alabanzas a Dios. Alguien disparó su arco desde detrás y por encima del parapeto; la flecha trazó una curva en el aire y cayó en medio de los atacantes. La siguieron más flechas, que silbaron como serpientes y espantaron a los caballos. Oí un grito y vi a un hombre caer a un lado con una flecha clavada en la garganta. Un caballo dio un relincho y reculó, con una flecha incrustada en la grupa. El mar de hombres de acero se agitó y se descompuso, como una bandada de animales asustadizos atacados por cazadores al acecho; los caballos derribaron a sus jinetes al suelo o al fondo de la zanja, que se convirtió en una tumba.

Alí corrió al árbol en el que estaba yo subida.

—¿Qué haces ahí arriba? —aulló.

Intenté responderle, pero mi corazón descontrolado me lo impidió. De todos los hombres que podían haberme descubierto en aquel lugar, ¿por qué hubo de ser él? Bajé para afrontar su enfado, pero estaba tan preocupado que se limitó a mandarme a casa.

Volví a la mezquita maldiciendo. ¿Cómo podía haber dejado que me descubrieran? Creí que Alí estaría en la trinchera con las tropas. Diría a Mahoma que yo había quebrantado el *hijab*..., y perdería de nuevo la confianza de Mahoma. Ahora era seguro que mi esposo colocaría una guardia para impedirme abandonar la mezquita y me condenaría a quedarme sentada en casa y retorcerme las manos mientras los hombres luchaban fuera de nuestros muros.

Cuando vi a Mahoma en el patio, más tarde aquel mismo día, su expresión era seria pero, gracias a Alá, no estaba furioso.

—Admiro tu valor, Aisha —dijo—. Pero ya has contribuido mucho a nuestra defensa con tu idea de la trinchera.

—¿Cómo podría pensar que he hecho ya lo suficiente por ti? —dije, y me limpié la pupa que había brotado en mi labio.

—Si algo malo te ocurre, también será malo para mí —dijo—. Por favor, Aisha, quédate aquí a guardar la mezquita. Nuestras mujeres y niños estarán más tranquilos si tú los proteges.

Umar entró a la carrera en el patio, con su cota de malla resonando, y agarró por la barba a Mahoma. Tenía una mirada afligida, como si alguien acabara de morir. Retuve el aliento.

—Huyayy, el jefe del clan Nadr, ha entrado por la puerta de los Qurayzah —dijo—. Sólo puede haber una razón para su visita: negociar que le abran paso hacia Medina.

Mahoma sacudió la cabeza.

—Los Qurayzah se han comprometido conmigo a que serán neutrales en este conflicto. Su jefe, Ka'ab, es un hombre digno de confianza.

—También aborrece luchar —dijo Umar—. El ver a diez mil hombres a sus puertas ¿no le llevará a romper su pacto con nosotros?

Por segunda vez en aquel día, vi abatirse sobre el rostro de Mahoma el ala negra del miedo.

—Si ese ejército entra por la puerta de los Qurayzah, la *umma* está perdida —dijo—. Por Alá, Umar, espero que te equivoques.

Mechones grises aparecieron como por arte de magia en sus cabellos y su barba. La piel debajo de sus ojos se arrugó. Se alejó arrastrando los pies con los hombros hundidos, meneando la cabeza y murmurando.

—¡*Yaa* esposo! —grité—. ¿Adónde vas?

—A rezar —dijo—. Os sugiero que hagáis los dos lo mismo.

20

Viento envenenado

Veinticinco días más tarde

Veinticinco días pueden parecer veinticinco años. El miedo se convirtió en un sabor familiar, mezclado con nuestro pan cotidiano. Sawdah lloraba a cada nuevo amanecer, segura de que iba a ser el último. Hafsa se escondía en su pabellón, comía sola y se negaba a salir de allí. Zaynab reñía a cualquiera que se atreviera a mirarla. Umm Salama tenía a sus hijos en el regazo y los acunaba todo el día, tarareando una canción triste que les hacía poner caritas asustadas.

Y yo... afilaba mi espada todas las mañanas.

—Te vas a quedar sin hoja —me increpó Zaynab.

—Entonces podré usar tu lengua como arma —le respondí—. Está más afilada que mi espada.

No se rio. Nadie lo hizo durante aquellos veinticinco días. Incluso los niños habían perdido la alegría. Caminaban en lugar de correr, y sus boquitas temblaban. Yo le llevaba a Hafsa las comidas para aliviar su tristeza, pero sus grandes ojeras y el hilo de voz con que me hablaba hacían que el ambiente de la tienda de la cocina resultara festivo en comparación.

Diez mil asesinos estaban acampados fuera de nuestra ciudad. Jugaban con nosotros como el gato con el ratón antes de dar el zarpazo mortal. Orinaban y defecaban en la trinchera, se reían de nosotros. Nos amenazaban con asar a nuestros niños y comérselos, y discutían sobre lo tierna que sería la carne y el mal gusto del musulmán asado. Cantaban canciones obscenas sobre las esposas de Mahoma y lo que tenían intención de hacer con nosotras antes de matarnos. Representaban batallas burlescas entre los Qurays y los creyentes, en las que estos últimos hozaban y gruñían como cerdos.

—Esta humillación es insoportable —se quejó Alí a Mahoma después de un largo día de observar las bravatas de los enemigos—. Si nos permitieras lanzarles flechas, por lo menos se quedarían en su campamento.

—Conservad vuestras flechas —respondió Mahoma—. Puede que aún necesitemos las armas. Abu Sufyan parece decidido a encontrar una manera de entrar en la ciudad.

Y lo cierto es que encontró esa manera, como supimos el día vigésimo quinto. Ese día apareció Safwan por la mezquita con noticias: Ka'ab, el jefe de la tribu Qurayzah, había accedido a abrir las puertas a los invasores.

—Mi fuente Ghatafan me ha dicho que Abu Sufyan ya está preparando sus tropas —contó a Mahoma.

Yo, que observaba y escuchaba desde mi pabellón, me recosté en el quicio de la puerta, enferma de miedo. Abu Sufyan preparaba sus tropas... para matarnos a todos.

—No puedo creer eso de Ka'ab. —Mahoma sacudió la cabeza—. Hace menos de un año que compartió un tazón de leche conmigo y me prometió la lealtad de su pueblo.

—Pero su pueblo ha sido aliado de los Nadr desde muchas generaciones antes de que llegáramos nosotros —dijo Alí—. Luego, expulsamos a los Nadr.

—Ahora Ka'ab teme que hagamos lo mismo con los Qurayzah —apuntó Safwan.

—¡Haremos algo peor que eso con esos perros traicioneros! —gritó Alí. Por una vez, estuve de acuerdo con él. Si conseguíamos sobrevivir a este terror, me sentiría feliz cortando la cabeza de Ka'ab con mis propias manos.

Mahoma se excusó diciendo que se iba a rezar, y pidió a Alí que reuniera a sus Compañeros en el *majlis* y buscara algo de comida para Safwan.

—No será fácil —dijo Alí—. Nuestros almacenes están ya casi vacíos.

—También los invasores están hambrientos —dijo Safwan—. Abu Sufyan les prometió una victoria fácil, y sólo trajeron reservas de comida para dos semanas. —Sonrió—. Desde luego los guerreros beduinos están acostumbrados a pasar hambre, pero tendríais que oír las quejas de los Qurays.

Me enfurecí al oír sus burlas. De no ser por mí, ahora estaría entre los que se preparaban para invadir Medina.

Mahoma dio las gracias a Safwan y partió. Alí fue a convocar a los Compañeros, y prometió volver enseguida. Safwan se quedó solo en la mezquita y miró en dirección a mi puerta..., que cerré a toda prisa. Cuando él llamó, me negué a abrirle.

—Mi corazón todavía te desea, Aisha —dijo Safwan desde el otro lado de la puerta.

—¿Por eso me dejaste sola frente a la *umma*? —dije con voz ahogada.

—El Profeta me dijo que me fuera. No quería que mi presencia le recordara a todo el mundo que habíamos pasado la noche juntos en el desierto.

—De modo que fuiste a reunirte con tus viejos amigos los Ghatafani.

—¡Por Alá! El Profeta me pidió que espiara sus tratos con Abu Sufyan. De no ser por eso no te habría abandonado, Aisha. —Guardé silencio, pero mi corazón se ablandó... un poco—. Espero que me perdones —dijo—. Me gustaría que fuéramos buenos amigos.

Una lágrima resbaló por mi mejilla.

—Eso no podrá ser nunca —murmuré. Después, todo quedó en silencio. Safwan se había ido.

Estuve largo rato sentada en mis almohadones, de duelo por nuestras infancias perdidas. ¡Qué inocentes habíamos sido en esos días, cuando soñábamos con una vida libre de trabas! Lo cierto era que nuestros destinos estaban ya fijados desde que nacimos. Podíamos moldear nuestro futuro, pero no escapar sin importar cómo, hacia el desierto por el que cabalgábamos.

Ahora, cuando mi propio futuro parecía a punto de concluir,

de nuevo tropecé con la imposibilidad de escapar. Si me aguardaba la muerte, todo quedaría cerrado. No podía rehuir mi destino, y tampoco deseaba hacerlo. Pero podía comportarme con valor, blandir mi espada, luchar hasta el final. Enjugué mis lágrimas y reuní todo mi coraje. ¡Si los Qurays nos invadían, no me encontrarían llorosa para implorarles perdón! Lucharía como ninguna mujer que hubieran visto antes aquellos mercaderes tripones.

Me abroché la espada a la cintura y me dirigí al *majlis* para oír lo que decían los hombres.

—Las tropas enemigas se están concentrando frente a la trinchera —ladró Alí. A pesar de su fanfarronería, no podía ocultar el temblor de su voz. Fuera del *majlis*, las piernas me temblaban tanto que chocaban entre sí.

Mahoma agarró a Alí por la barba, y lo abrazó.

—Preparaos para la batalla —le dijo—. Y tened fe en Dios.

Los hombres corrieron hacia la puerta, con tanta prisa que ni siquiera me vieron. Cuando salió Mahoma, yo caí en sus brazos.

—Déjame ir contigo, *habibi* —dije entre lágrimas—. Quiero morir luchando a tu lado.

Me rodeó con los brazos y me besó en la frente. Pude sentir su corazón alborotado como si quisiera salírsele del pecho. Al abrazarme, su cuerpo tembló como un arco tensado.

—Mi Aisha —dijo—. Eres la más valiente de todos mis guerreros. Por eso tienes que quedarte en la mezquita con las mujeres y los niños. Tú les darás valor.

—¡Vaya un consuelo, cuando esperamos la muerte! —dije, y rompí a llorar—. ¿Esperas que nos apiñemos todas en la mezquita y recemos pidiendo un milagro? Danos armas por lo menos, para que antes de morir podamos mandar a algunos de nuestros enemigos al infierno.

—Escucho y obedezco, *habibati*. —Su voz tembló—. Mandaré a Talha con todas las dagas, espadas y escudos sobrantes que nos quedan.

Mahoma me estrechó entre sus brazos y me besó con tanta pasión que tuve que dar boqueadas en busca de aire cuando apartó la boca. Luego se desprendió de mis brazos y me apartó con suavidad.

—Alá te acompañe, esposo —le dije.

—Y a ti, mi esposa guerrera. —Me dirigió una mirada significativa, con los ojos húmedos—. Ahora ve, y prepara a nuestras mujeres a sumarse al ejército de Dios. Te volveré a ver en el otro mundo, si no es en éste.

¡Cómo deseé llorar! ¿Íbamos a morir todos como ovejas en el matadero? Si Mahoma moría, ¿querría yo sobrevivir? «Por favor, Alá, mantenlo con vida.»

Muy agitada, volví a mi habitación a recoger la daga y ponerme el yelmo. Cuando llegó Talha a la mezquita con un saco lleno de armas, me dedicó la primera sonrisa que había visto desde que empezó el asedio.

—Por Alá, prima, nunca había visto a una guerrera más bonita —dijo—. Qué suerte tendrán nuestros enemigos si les rebana el pescuezo una mano tan preciosa.

—¿Quién va a rebanar pescuezos? Voy a partir cabezas —fanfarroneé. Su sonrisa se fundió como la mantequilla puesta al fuego, y sus ojos se humedecieron. Para quitar importancia a aquella debilidad, me puse de puntillas y le di un beso en la mejilla, como agradecimiento por la amistad que me había demostrado durante años.

Cuando empezaron a llegar las mujeres, les fui distribuyendo las armas en la puerta.

—No te va a morder —dije a Umm Ayman, que se quedó mirando la espada con ojos de espanto.

—Agárrala con fuerza, no se va a romper —dije a Yamila, que sostenía su daga con dos dedos como si fuera una cinta—. Así se hace, *ummi* —dije cuando mi madre asió por la empuñadura su arma y la agitó en el aire con una mirada feroz, como si apuñalara a un enemigo imaginario.

Sawdah apareció a la carrera, jadeante y sudorosa.

—Hafsa no quiere salir de su pabellón —dijo—. No me parece bien que la dejemos allí sola.

Zaynab se me enfrentó con ojos relampagueantes.

—¿Qué crees que estás haciendo? —preguntó—. ¿Eres la esposa del Profeta de Dios o una vulgar luchadora callejera como Umm 'Umara?

Mis mejillas ardieron.

—Umm 'Umara salvó la vida de Mahoma en Uhud.

—Mientras tú andabas por ahí dando el espectáculo. Y ahora, mírate. Armada de pies a cabeza como un..., un... ¡un chico!

Meneó la cabeza, disgustada.

Yo alcé la barbilla, porque conocía el motivo real de sus protestas. Mientras yo había estado exiliada en la casa de mis padres, Zaynab había puesto sus miras en la posición de *hatun*. Eso había quedado de manifiesto cuando vino a desafiarme a mi pabellón, frente a Mahoma. Ahora no podía soportar verme ostentar un poder que ella no poseía. Desde luego, nuestra lucha por esa dignidad importaría muy poco cuando nuestros cadáveres fueran dos meros bultos caídos en el polvo.

Umm Salama se adelantó rodeando con los brazos a sus hijos Dorra y Omar. Su hijo mayor, Salama, había cumplido ya los quince años y se había sumado a las filas de los guerreros, y su hija menor estaba a salvo en brazos de una ama de cría beduina, en algún lugar del desierto.

—Zaynab tiene razón —señaló, con una tranquilidad notable para una persona en trance de morir—. La misión de nosotras las mujeres es dar la vida, no destruirla. ¿Qué clase de ejemplo daré a mis hijos si me ven derramando la sangre de los hombres?

No pude creer lo que estaba oyendo. El corazón se agitó en mi pecho como un pájaro atrapado en una casa.

—¿Ejemplo? ¿Para quién? Si no luchamos, nadie vivirá para contar cómo habéis muerto —dije.

—Estoy de acuerdo con Zaynab y Umm Salama. —Fátima me miró con rencor, celosa del amor de su padre hasta el último aliento—. Si he de morir, prefiero hacerlo con dignidad.

Meneé la cabeza disgustada y solté el saco de las armas en el suelo.

—Haced lo que queráis. Acurrucaos en un rincón cuando lleguen nuestros asesinos; tenéis mi bendición. En cuanto a mí, quiero que se diga que Aisha bint Abi Bakr murió como había vivido..., ¡luchando!

Salí de la mezquita temblorosa de ira, y fui a buscar a Hafsa.

Estaba sentada en el rincón más oscuro de su pabellón, abrazada a sí misma con los brazos cruzados.

—¿Por qué Alá nos hace una cosa así? —lloraba.

La compasión se difundió como la leche caliente por mi pecho. Me arrodillé a su lado y la envolví en un abrazo. No respondió al principio, pero cuando empecé a canturrearle, noté que su cuerpo se relajaba, y cuando le dije que era natural tener miedo, que todas lo teníamos, suspiró y reclinó la cabeza en mi hombro.

—El miedo es normal —dije—. La cuestión es qué vas a hacer con tu miedo. —Le enseñé el arma que había traído para ella, una daga curva, elegante, con mango de bronce y una hoja que centelleaba incluso en la penumbra de su habitación—. Deja que tus sentimientos fluyan a través de tus manos hasta esta daga. Luego, cuando la sientas rebosar, clávala en el vientre de tu atacante..., ¡y verás vaciarse tu miedo en sus ojos cuando muera por tu mano!

Aceptó con timidez la daga que le ofrecía, y la sopesó en sus manos. Le dio vueltas, examinándola. La movió para asestar una puñalada dubitativa. Luego dejó caer la daga y rompió a llorar.

—Ya no sé lo que pensar. Estoy tan confusa...

Recogí la daga y curvé sus dedos sobre el mango.

—*Yaa* Hafsa, muchas de nosotras estamos confusas. Pero hay algo que sabemos: que todos hemos de morir, más pronto o más tarde. No tenemos elección en ese asunto. Pero tú y yo tenemos un poder sobre la forma como moriremos. Yo prefiero hacerlo luchando a lamentándome. ¿Y tú?

Algo se agitó en sus ojos. Se los secó con la manga y se sentó un poco más erguida.

—¿Cómo debo usar esta cosa? —dijo, y levantó la daga—. ¿Me enseñarás?

Me puse de pie.

—Dentro de unos momentos empezaré a dar clases. Estás invitada a reunirte con nosotras en la mezquita.

Cuando salí de la habitación, ella estaba poniéndose el velo.

De vuelta en la mezquita, me quedé asombrada al ver que todas las mujeres, incluidas Zaynab, Umm Salama y Juwairriyah, empuñaban con torpeza sus armas delante de mi madre, que se había subido al tocón de árbol que servía de púlpito a Mahoma y voceaba versículos improvisados sobre matar y mutilar a nuestros enemigos.

—¡*Yaa* Aisha, ven a darnos una lección! —gritó *ummi* cuando me vio llegar seguida de Hafsa. Extendió la mano y me ayudó a subir al tocón. Yo levanté mi espada y empecé a enseñarles. En unos momentos, todas las mujeres de la sala estaban practicando la lucha a espada y viéndose a sí mismas como guerreras. En los extremos de la sala, habían sentado en grupos a los niños, que aplaudían y nos jaleaban como si aquello fuera un juego.

Para mi satisfacción, muchas de las mujeres aprendieron deprisa..., incluso las que al principio se habían resistido. Umm Salama demostró ser una contrincante tenaz, lo bastante distanciada para pensar, más que sentir, los movimientos más adecuados para luchar. Zaynab, por su parte, era tan impulsiva como Alí, aunque carecía de su habilidad. Luchaba con la ferocidad de un tigre, pero temí que no durara mucho en una batalla real. Mi madre era indomable, y le daba risa luchar con la desventurada Qutailah, como si aquél fuera el mejor rato que había pasado en su vida. Sawdah bailaba con su espada, ligera y graciosa, y superaba con facilidad a Umm Ayman. El entrechocar de las espadas y los rugidos y gritos de las mujeres despertaron los ecos de la sala hasta que, por fin, decidimos parar y darnos un descanso. No nos serviría de nada agotarnos antes de que empezara el combate de verdad.

Hafsa y yo, repletas de nuevas energías, nos llevamos a los niños para que nos ayudaran en la tienda de la cocina.

—Deberíamos cocinar todo lo que nos queda —dijo Hafsa, después de inspeccionar nuestro último saco de cebada—. Necesitaremos fuerzas para luchar, y no sirve de nada reservar cosas para que se las lleven los Qurays cuando todo haya acabado.

Cuando volvimos a la mezquita con grandes cuencos llenos de gachas, encontramos a todas las mujeres postradas en el suelo. Mi madre me señaló con un gesto el tocón del púlpito.

—*Yaa* hija, hemos de rezar y tú eres quien tiene que dirigir la oración —dijo.

Zaynab se puso en pie y dio un resoplido de protesta, pero

cuando mi madre proyectó su barbilla hacia adelante en un gesto de desafío, Zaynab volvió a inclinarse hacia el suelo. Sus ojos me apuñalaron mientras yo trepaba nerviosa al púlpito.

Me sentí tan pequeña como una hormiga en aquella sala silenciosa. Abrí la boca para rezar, pero mis labios temblaban demasiado para pronunciar palabras. ¿Cómo podía yo estar allí, en el lugar de Mahoma el Profeta de Dios? Pero ¿no me había pedido él mismo que diera ánimos a las mujeres de la *umma*? Era mi oportunidad para demostrar que era digna de él.

«Alá, por favor, inspírame las palabras adecuadas.» Abrí de nuevo la boca, y esta vez brotaron tan firmes como los gritos de Bilal desde la azotea.

—Danos el ánimo que necesitamos para proteger a nuestros hijos y a nuestra *umma* —recé. La serenidad fluyó a través de mi cuerpo como si yo fuera un cántaro vacío—. Contigo a nuestro lado, la victoria será nuestra.

Después de comer las mujeres se tendieron a descansar, pero sus corazones estaban demasiado llenos de temor como para dormir. El hijo menor de Asma, Abdallah, me pidió que le contara un cuento. Me senté en el tocón de árbol y le tendí las manos, y él trepó hasta mi regazo. Entonces, al calor de su aliento, empecé a recitar un poema tras otro, todos los que me pasaron por la cabeza: poemas de amor antiguos, versículos sobre la revelación de Alá a Mahoma, poemas sobre las heroicas hazañas de Badr y Uhud, y poemas de añoranza por La Meca, nuestra madre patria, que llenaron la sala de suspiros y lágrimas.

Y entonces se escuchó fuera un estruendo como de mil y un caballos a la carrera. Un aullido como un viento desatado llenó las calles. El pánico se apoderó de mí: ¡ya venían! El final estaba próximo. Brotaron lágrimas de mis ojos y empecé a despedirme de todo, pero entonces me di a mí misma una sacudida. Si vivía alguien para contar esa historia, diría que Aisha murió como una guerrera, fuerte y orgullosa, no con lagrimeos de miedo y autocompasión.

Sawdah dio un grito. El bebé de Fátima empezó a lloriquear. Yo levanté a Abdallah, dormido, y se lo llevé a Asma. Los ojos de mi hermana brillaban, rebosantes de angustia. Volví a subir al púlpito y desenvainé la espada. Cantó y tembló en mi mano, y a ella se unió el canto de las espadas alzadas en el aire de todas las que me rodeaban.

Estuvimos así lo que nos parecieron horas, husmeando el aire como perros de caza, tratando de adivinar los pasos pesados de los primeros que se acercarían, los ojos sedientos de sangre que nos observarían. Mi pulso se aceleró en todo mi cuerpo, y el tiempo se detuvo. Oí la respiración de todas las mujeres que me rodeaban, olí el aroma fuerte de la cebada que acabábamos de comer, y el polvo que habían levantado nuestros pies. El aire era extrañamente frío, a pesar de que el sudor cubría mi cuerpo. Helada, apreté las mandíbulas para impedir que los dientes me castañetearan.

Entonces, fuera de la puerta de la mezquita, oímos un ruido metálico y un grito ahogado. Me puse en tensión, a la espera de la irrupción, pero no hubo nada. Agucé los oídos y traté de escuchar, pero lo único que percibí fue un largo rugido sordo, que fluía y refluía como el mar Rojo.

Con piernas temblorosas, bajé del tocón y crucé la sala, pasando entre las mujeres en tensión, girando entre los aromas con los que se habían perfumado esa mañana, sin saber si sería la última. La mezquita se había llenado de respiraciones pesadas como jadeos. Ni una sola mano temblaba, aunque las lágrimas hacían relucir muchos rostros.

En el interior de la mezquita, la zona más próxima a la puerta estaba vacía; ninguna quería estar en primera fila cuando entraran nuestros enemigos. Entré en aquel espacio desocupado como si me moviera por un escenario. Los ojos de todas las mujeres estaban fijos en mí mientras me acercaba a la puerta. Al entreabrirla me di cuenta de la causa del ruido del exterior: un *simum* proyectaba la arena contra las casas y arrancaba las techumbres de hojas de palmera. La arena giraba en torbellinos en el aire, y a lo lejos los *zauba'ah*, los demonios del polvo, ascendían en espiral, se retorcían y ocultaban el sol con una nube del color de la pasta de sésamo. No vi señales de soldados ni de nadie. Estiré el cuello para mirar a uno y otro lado de la calle, pero la escena era la misma: todo estaba desierto.

Dejé escapar un grito de alegría.

—¡Nadie nos ataca! ¡Es un *simum*!

Los suspiros de alivio resonaron en la sala como el aire que se escapa de un globo pinchado. Oí el roce de los vestidos y el ligero crujido de las espadas al ser envainadas. Y entonces, antes de haber vuelto a meter la cabeza dentro de la sala, los vi llegar.

Sombras lejanas fueron creciendo a medida que se acercaban. Como diez mil torbellinos corrían en la tormenta, sin hacer caso de la arena que les azotaba y las hojas de palmas que chocaban contra el suelo.

—¡Preparad otra vez vuestras armas! —grité—. El enemigo se acerca.

Hafsa se acercó corriendo y estiró el cuello para ver, ella también.

—Vienen a por nosotras —dijo.

Y así era: miles de asesinos corrían derechos hacia la mezquita, codo con codo, gritando y riendo, empujándose unos a otros para colocarse al frente. ¡Qué parecidas eran sus armaduras a las de nuestros hombres! Debían de haberlas arrancado de los cuerpos sin vida de los guerreros de la *umma*. Gruñí en un tono bajo y aferré mi espada, sedienta de sangre de los Qurays. Busqué a Abu Sufyan.

Y entonces, al frente de aquella multitud, apareció una figura familiar: un hombre macizo, de barba rizada, con la sonrisa más hermosa de todo el Hijaz.

—¡*Yaa* Aisha, loado sea Alá! —Mahoma agitó los brazos, y su espada resplandeció—. Él ha destruido el campamento enemigo con su *simum*. Abu Sufyan, como habíamos predicho, se ha llevado a sus hombres y ha huido. ¡Se ha levantado el asedio, y nos hemos salvado!

21

El *harim* dividido

Medina, mayo de 627

La noticia recorrió todo el desierto: el Profeta Mahoma había derrotado a un ejército de diez mil hombres sin sufrir ni una sola baja. En Medina, las conversiones al islam se extendieron como la miel derramada. Los jefes beduinos, incluido el de los Ghatafan, ahora se peleaban por ser nuestros amigos. El Negus, rey de Abisinia, envió cien camellos como felicitación. El jefe de los sacerdotes egipcios ofreció a Mahoma a sus cortesanas más bellas. Mientras tan sólo un mes antes todo el Hijaz lo consideraba poseído por los *djann*, ahora el Profeta de Alá tenía el mundo entero a sus pies. Yo estaba a su lado... e intentaba conservar mi lugar frente a las maquinaciones de Zaynab.

Había ganado en la consideración de Mahoma con mi idea de la trinchera, loado sea Alá, y también por la forma en que ayudé a las mujeres a defenderse ellas mismas y a sus hijos.

—De no haber sido por Aisha, nos habríais encontrado encogidas en el suelo y lloriqueando como bebés —contó Sawdah a Mahoma, que me hizo un gesto como si no esperara menos de mí. Ninguna de nosotras mencionó cómo se habían enfrentado a mí Zaynab, Umm Salama y Fátima.

Fue mi madre quien les hizo cambiar de idea. Cuando salí de la mezquita para ir al pabellón de Hafsa, *ummi* había preguntado quiénes estaban de acuerdo en que luchar era más deseable que suplicar. Las mujeres se arremolinaron a su alrededor para armarse con espadas y dagas, y Zaynab vio una espada con la empuñadura en forma de un escorpión de plata. La tomó de manos de mi madre y la levantó para admirar su belleza, con ojos brillantes.

—*Yaa* Zaynab, si no vas a usar esa espada, dásela a alguien que quiera defenderse —le reprendió mi madre. Pero Zaynab estaba extasiada, y no quiso dejarla. Unos instantes después, los hijos de Umm Salama la apremiaron para que cogiera una espada con que protegerlos, con ojos abiertos de par en par por el miedo. Cuando Umm Salama también capituló, Fátima también decidió luchar.

Cuando Sawdah contó mis lecciones de esgrima a las mujeres, las lágrimas asomaron a los ojos de mi padre, y la demostración que le hizo mi madre sobre su manejo de la espada provocó una sonrisa. Pero no todos los Compañeros de Mahoma se sintieron impresionados. Umar gritó a sus esposas que soltaran sus armas antes de que se hicieran daño, y Alí riñó a Fátima por poner en peligro a sus hijos con ese objeto cortante.

—Tendríais que haber sabido que los hombres os protegeríamos —le dijo, mientras se la llevaba hacia la puerta de la mezquita.

Mi padre soltó una risita ante esas reacciones de los Compañeros.

—Supongo que te apetecerá tomar el mando de la casa ahora que has probado el gusto del poder —dijo a mi madre. La cara de ella se iluminó al pensarlo. Se volvió a la pálida y ojerosa Qutailah, que sostenía su espada como si fuera un pescado podrido, y le quitó el arma.

—Vamos, hermana-esposa. Ya es hora de que volvamos a casa —le dijo mi madre, en tono autoritario.

Las esposas de Umar salieron tras él de la mezquita con la cabeza alta y sonrientes. Incluso Zaynab, al ver cómo brillaban los ojos de Mahoma cuando me miraba, blandió su espada y fanfarroneó acerca de cómo le habría gustado despellejar vivos a los Qurays que nos atacaban. Y cuando vi la mirada que me dirigió, me pregunté si no habría contribuido a crearme una enemiga todavía más formidable.

Pensé que ya había tenido bastantes problemas, pero Alá no debía de estar de acuerdo, porque muy pronto me envió otro. Pocos días después de que acabara la batalla de la Trinchera, Mahoma y yo nos encontrábamos en mi habitación cuando apareció Alí. Sus manos sujetaban por el brazo a una mujer de ojos de hurí con un lunar grande como una semilla de membrillo en la mejilla derecha y relámpagos de ira en la mirada. Alí la empujó hacia Mahoma.

—Un regalo de tus guerreros —dijo—. Raihana, la princesa de los Qurayzah.

Ella lanzó un salivazo que fue a parar a la barba de Mahoma.

—¡Has matado a mi padre, a mi marido y a mis hermanos! —gritó—. Prefiero morir yo también a convertirme en tu puta, como ésa.

Se volvió a mirarme y arrugó la nariz como si yo oliera mal.

Me estremecí ante el odio que había en su voz, pero ¿quién no comprendería su rabia? Después de la huida del ejército de Abu Sufyan, diezmado por el hambre y el *simum*, nuestros guerreros atacaron el barrio de Qurayzah y mataron a todos los hombres, siguiendo la orden más brutal que nunca había dado Mahoma. «No podemos correr el riesgo de que nos traicionen como hicieron los Nadr», dijo. Pero pude ver la tristeza en sus ojos mientras veíamos como nuestros hombres los decapitaban y arrojaban sus cuerpos a la trinchera.

Compartí la pena de Mahoma, pero apoyé su decisión. El jefe de los Qurayzah, Ka'ab, no habría derramado una sola lágrima de haber sido nosotros los muertos. Lo cierto es que ayudó a nuestros enemigos. Y de haberlos perdonado Mahoma, de la misma forma que hizo antes con los clanes Nadr y Kaynuqah, nuestros hombres se habrían rebelado. Necesitaban vengarse de la traición de los Qurayzah.

Mahoma se inclinó ante Raihana y le dijo que lamentaba haberle causado aquel dolor.

—No voy a exigirte que elijas entre casarte conmigo y morir.

—Si tienes intención de hacer de mí una esclava, mátame ahora mismo. La decapitación será más misericordiosa que las violaciones y las palizas. Soy una princesa inútil de manos blandas y lengua afilada, y ninguna de las dos cosas es apreciada en una esclava.

—No haré de ti una esclava, hija de Ka'ab —dijo Mahoma—. A pesar de su última traición, yo admiraba a tu padre. Por respeto hacia él te permitiré vivir aquí, en mi *harim*; pero no como mi esposa, mientras no te hayas convertido al islam.

Me asaltó un presagio, pero me mordí los labios y acallé mis protestas. Era un regalo a Mahoma de sus guerreros, de modo que no podía rechazarla. Pero ¿meter a esa criatura venenosa en el *harim*? Antes habría preferido la compañía de una serpiente.

—¿Casarme contigo y renegar de mi religión judía? —La risa de Raihana dolía como la arena en una herida abierta—. Nunca lo haré, ni aunque me devuelvas a mis hijos.

—No te hemos quitado a tus hijos —dijo Mahoma—. Pueden vivir aquí, contigo.

Raihana bajó los ojos, pero no antes de que yo viera las lágrimas colgar de sus pestañas como gotas de rocío en las hojas de hierba. Alí la empujó con su espada.

—¿Ves qué clase de hombre es nuestro Profeta? —dijo—. ¿Por qué no le das las gracias por su generosidad?

Ella lo miró, furiosa.

—¿Por qué he de darle las gracias, si sólo me da lo que ya era mío?

—¿Qué clase de hombre es Mahoma? —preguntó Raihana aquella noche en la tienda de la cocina, donde estábamos reunidas las mujeres para ocultarnos de los hombres que construían su pabellón—. ¿Un asesino o un amante?

—Sólo mata a quienes merecen morir —le contesté yo, escocida todavía porque me había llamado «puta»—. Por suerte para ti, no es remilgado en la elección de las mujeres a las que ama.

Ella me dedicó un mohín de sus labios carnosos.

—¿Celosa? —dijo—. No tienes por qué estarlo. No me interesa vuestro falso profeta.

—¿Falso? —gritó Sawdah desde el rincón en el que jugaba

con los niños. Su rostro enrojeció como el de una granada cuando se levantó y vino renqueante hacia nosotras—. El Profeta es el hombre más auténtico de todo el Hijaz.

Raihana sonrió burlona.

—Un auténtico impostor. Asegura ser el Profeta anunciado por nuestro Libro judío. ¿Elegiría Dios a un árabe antes que a uno de su pueblo elegido?

Sawdah vino a sentarse, entre grandes gestos de desaprobación, en el «nido» en el que estábamos Hafsa, Juwairriyah y yo, con Raihana. Yo intervine en la discusión, entusiasmada con el papel de defensora de Mahoma.

—¿Se arriesgaría un impostor a perder todo lo que posee? —Miré en torno mío a mis hermanas-esposas, en busca de su apoyo—. Mahoma tenía una esposa rica, una de las casas más hermosas de La Meca, cuatro hijas y una vida cómoda. ¿Por qué habría de cambiar de vida cuando nadie le obligaba a hacerlo?

—Ah, ya veo. —Raihana puso los ojos en blanco—. Fue Dios quien le obligó a hacerlo.

—En efecto, fue Él quien lo hizo —dijo Hafsa.

—Fue el ángel Gabriel quien le obligó —intervino Sawdah. El tono de su voz descendió hasta convertirse en un susurro místico y contó el resto de la historia que nosotras conocíamos tan bien: cómo Mahoma se había convertido en el Profeta de Alá.

—Mahoma estaba sentado, meditando y rezando a sus dioses familiares, en una cueva en la cumbre del monte Hira, cuando un ruido atronador sacudió las paredes. Una voz estentórea despertó ecos en toda la cueva. «¡Predica!», ordenó.

»Mahoma se postró en el suelo, preguntándose si el ayuno lo hacía delirar. Entonces, en la oscuridad, unas manos le apretaron la garganta, ahogándolo. "¡Predica!", repitió la voz, y las manos lo soltaron.

»Temblando con tanta violencia que apenas podía mantenerse de pie, Mahoma fue tambaleante hasta la entrada de la cueva, para intentar ver a su atacante. Pensó que se trataría de un *djinni*. Lo que vio lo dejó estupefacto: una enorme figura humana resplandeciente, el ángel Gabriel, llenaba todo el horizonte, hasta ocultar la luna y las estrellas. Mahoma se derrumbó con un fuerte temblor de todos sus miembros.

—¿Un *djinni?* —se burló Raihana—. Seguro que nadie se cree una historia tan ridícula.

Entró Zaynab con Umm Salama a su lado y Fátima detrás como si fuera su criada. Me miró con una sonrisa despectiva.

—Acabo de oír un rumor de lo más interesante —dijo.

Yo me puse en tensión.

—¿Se refiere a la nuera de un hombre y a una cortina? —pregunté, y la miré ceñuda.

—Ese viejo chismorreo ya hace mucho que ha sido desmentido —intervino Fátima.

—Esta historia es nueva, y a juzgar por la fuente, yo diría que es cierta —siguió diciendo Zaynab—. Me la ha contado la hermana-esposa de tu madre. ¿La ha oído alguien más? ¿Que la niña-esposa de Mahoma tenía tanto miedo que no pudo consumar el matrimonio hasta hace muy poco?

Hafsa volvió hacia mí su mirada para advertirme que me contuviera. Sawdah meneó la cabeza y dijo que Zaynab no debería hacer caso de esos chismes. El miedo se aferró a mi garganta. De acuerdo con la tradición que databa el matrimonio a partir de la consumación, Zaynab había sido esposa de Mahoma más tiempo que yo, y eso le concedía más derechos para la posición de *hatun.*

—Puede que no fuera el miedo lo que detuvo a Mahoma, sino ese cuerpo flacucho de chico —se burló Zaynab—. A mí todavía me pareces una niña. Y, como vimos durante el asedio, todavía te comportas como un niño. —Sus ojos relucieron—. Como un niño que no puede esperar a ser un hombre.

Hafsa se puso la mano en la boca para indicarme que callara, pero yo estaba demasiado furiosa para seguir reprimiendo mi lengua.

—*Yaa* Hafsa, ¿tú has oído algo? —dije, procurando hablar en tono despreocupado—. ¿Un cotorreo, como si hubiera un loro por aquí cerca?

Zaynab tragó saliva.

—Veremos quién es la cotorra en este *harim* —dijo furiosa, y se volvió a mis hermanas-esposas—. Hagamos ahora mismo una votación.

Fue hasta el rincón más alejado y tomó asiento.

—Todas las que queráis que Aisha sea vuestra *hatun*, seguid a su lado. Las que me apoyéis a mí, venid a sentaros aquí.

Umm Salama la siguió sin vacilar, y también Fátima, por supuesto. Las tres se sentaron frente a nosotras.

Yo sonreí. Fátima no contaba. Con Sawdah, Hafsa y Juwairriyah a mi lado, tenía la mayoría. Dirigí a Zaynab una mirada de triunfo..., pero ella estaba ya recibiendo con una amable sonrisa a Juwairriyah, que se había pasado a su lado.

—Juwairriyah y yo nos hicimos buenas amigas cuando tú te escapaste con Safwan —me dijo Zaynab. Luego se volvió a las mujeres que tenía sentadas a su lado—. Como *hatun*, hermanas-esposas, ¿qué tarea creéis que he de encargar a Aisha en primer lugar?

—¿Por qué no cuentas antes tus votos? —le pregunté con guasa—. Yo veo dos, además del tuyo. —Paseé la mirada por mi grupo—. ¡Por Alá, también somos tres!

—*Yaa* Zaynab, no te nombres a ti misma *hatun* todavía —dijo Hafsa—. Necesitas un voto más.

Zaynab alzó las cejas y se dirigió a Raihana.

—Queda todavía una persona en este *harim* a la que debemos escuchar —dijo—. Hermosa Raihana. —Le dedicó una sonrisa radiante—. Bienvenida a nuestra casa, hermana-esposa. ¿Quién preferirías que gobernara este *harim*: yo, una mujer madura e inteligente, o esa mocosa impulsiva?

Raihana se echó a reír.

—No esperéis que yo elija bando en esa lucha —dijo—. Ya he vivido demasiadas batallas. Además, no estoy casada con Mahoma, de modo que no soy miembro de este *harim*. Y, Dios mediante, nunca lo seré.

22

Motín en La Meca

Medina y después al-Hudaybiyyah, mayo de 627

Había salvado por los pelos la confrontación con Zaynab. Un voto más a su favor, y yo habría tenido que limpiar las letrinas aquella tarde. Ya era hora, decidí, de concebir un hijo. Al conocer mi determinación, Sawdah empezó a susurrarme remedios: un supositorio preparado con una planta del desierto, la *juzama*, se suponía que ayudaba a la fertilidad de la mujer. Lo probaría la próxima vez que Mahoma viniera a verme. Pronto, con la ayuda de Alá, quedaría preñada.

Pero antes de que llegara nuestra noche, Mahoma anunció planes para una peregrinación a la Kasba, para dar gracias a Alá por salvarnos en la batalla de la Trinchera. Como los Qurays podían intentar impedirnos entrar en La Meca, sólo iba a llevarse consigo a dos esposas: Umm Salama y yo. No pasó mucho tiempo, sin embargo, antes de que Zaynab lo convenciera de que la llevara también a ella: «Sabes cuánto me ha gustado siempre La Meca, *habib*.»

La idea de compartir la tienda con aquellas dos me resultaba tan desagradable que a punto estuve de rehusar el viaje. Pero deseaba volver a ver La Meca. Y no estaba dispuesta a que Zaynab se convirtiera en una *hajja*, una persona que había cumplido la peregrinación, sin hacer yo lo mismo.

Salimos al atardecer, mil hombres, setenta camellos que iban a ser sacrificados a Alá, además de otros camellos, burros y caballos cargados con sacos de cebada, bolsas de dátiles, pucheros, tiendas, alfombras, ropa, vajilla, kohl, flores, dagas, odres de agua, esperanzas, recuerdos y oraciones para encontrar un recibimiento pacífico en nuestra madre patria. Aunque, como de costumbre, hubo bravucones que presumieron sobre el tema y recitaron versos que explicaban cómo haríamos hincar la rodilla a los Qurays si sus jefes intentaban impedirnos entrar en la ciudad.

Pero Mahoma no buscaba pelea. Había decidido ir a La Meca debido a un sueño: vio a nuestros hombres vestidos de blanco irrumpir en las calles de la ciudad, beber el agua del pozo sagrado de Zamzam y rodear la Kasba como un río caudaloso.

—Alá nos llama a Él —me dijo Mahoma.

Era la ocasión perfecta para una iniciativa tan audaz. El *simum* que había desbaratado el campamento de Abu Sufyan, la víspera de la invasión de su ejército, había convencido a todo el Hijaz de que el islam era una potencia con la que había que contar. Muchos de los conversos que habían venido a Mahoma después de la batalla de la Trinchera procedían de La Meca, y todos contaron a Mahoma la misma historia: Abu Sufyan estaba perdiendo el respeto del clan de Quraysh. Algunos abogaban por reemplazarlo por al-Abbas, el tío de Mahoma y de Alí.

—Nuestro pueblo está cansado de perder batallas y caravanas frente a Mahoma —le dijo un converso—. Son muchos los que desearían hacer las paces contigo.

Partimos de Medina jaleados por los gritos de las mujeres, los niños y los *shayks* alineados en las calles. Las estrellas se reflejaban en los ojos de nuestros hombres; el aire del desierto nos infundía vigor, y todos los componentes de la caravana cantaban y azuzaban a los camellos para que aceleraran el paso, impacientes por ver de nuevo la amada ciudad de La Meca. Pero a la décima noche, las tensiones restallaron a nuestro alrededor como látigos. Los burros agacharon la cabeza y se negaron a moverse. Los caballos recularon asustados. Los camellos eructaron con sus extraños sonidos, como de aullidos de demonios. Los hombres hablaron en murmullos de un ataque de los Qurays, y refunfuñaron contra Mahoma por haber prohibido llevar armas en aquel viaje. Sólo estaban permitidas las dagas, para rebanar las gargantas de los camellos del sacrificio.

—No podríamos luchar ni contra una bandada de pájaros con esas armas de juguete —oí quejarse al conductor de mi camello—. Si los Qurays nos atacan, tanto dará que nos tendamos en el suelo y dejemos que nos maten.

Probablemente debido a aquellos refunfuños, Mahoma consagró los camellos aquella misma noche en lugar de esperar a llegar a La Meca. Las esposas observamos desde nuestra tienda cómo condujo al primer camello al centro del campamento entre gritos de «¡Dios es grande!» Aplausos y gritos disiparon la inquietud que había caído sobre todos nosotros. Entonces, con una barra de kohl, Mahoma señaló la cara de rasgos feminoides y las fuertes ancas del animal con líneas, garabatos y círculos.

—*Labay Aláumah labay!* —gritó, anunciando así nuestra llegada a Dios, al tiempo que colocaba una guirnalda de vistosas flores en el cuello del animal.

Muy pronto el bullicio se extendió a todo el campamento, cuando otros sesenta y nueve hombres desfilaron con los restantes camellos. Con sus largas pestañas y sus collares de flores, los animales me recordaron a mujeres ataviadas para una fiesta. El día siguiente nuestros mil peregrinos los llevarían a La Meca, la ciudad sagrada en cuya dirección rezábamos cinco veces al día. En la Kasba, ofrecerían aquellos camellos a Alá.

Dormimos, y luego, cuando el sol hirió nuestros ojos y nuestros corazones con un calor tan intenso que apenas nos dejaba respirar, nos preparamos para cubrir las pocas horas de camino que habíamos de recorrer aún hasta La Meca. Entraríamos en la ciudad mientras los guerreros Qurays dormitaban, en las horas más calurosas del día. O eso era lo que creíamos.

Escuché primero el batir de los cascos; luego los gritos. Sentada en mi *howdah*, aparté las cortinas y vi a nuestro explorador que se acercaba cabalgando a rienda suelta en aquel bochorno abrasador, sin parar de agitar su látigo y clavando los talones en los flancos de su caballo. Cuando llegó, Umar le tendió un odre de agua. Bebió con tal ansia que derramó el líquido sobre sus vestidos. Luego, jadeante, nos contó que Jalid ibn al-Walid se acercaba con doscientos guerreros armados hasta los dientes.

La noticia se difundió como un trueno entre nuestros hombres.

—¡Por Alá, los haremos pedazos con las manos desnudas! —gritó Umar.

Sólo Mahoma parecía imperturbable.

—¡Lo siento por Quraysh! —dijo, meneando la cabeza—. La guerra los ha trastornado por completo. No les habría supuesto ningún inconveniente dejarnos entrar sencillamente para adorar. Pero ellos sólo piensan en pelear y matar. Visto de esa forma, ya los hemos vencido.

Se volvió hacia mi padre. ¿Alguno de nosotros conocía un camino alternativo para ir a La Meca? Mi padre fue a preguntar. Mis hermanas-esposas y yo seguimos a Mahoma al interior de nuestra tienda. A los pocos momentos irrumpieron Alí y Umar, despotricando.

—¡Teníamos que haber traído nuestras espadas! —gritaba Alí, sudoroso, mientras paseaba en círculo por nuestra tienda—. Te dije, primo, que los Qurays nos atacarían. Todavía no se han enterado del poder del islam, y no lo harán..., no hasta que los avergoncemos como lo hicimos en Badr.

—No quiero matar a más conocidos nuestros —dijo Mahoma—. Alá nos traerá la paz. Hoy, Él me ha mostrado una visión de mí mismo en La Meca, con la cabeza afeitada y las llaves de la Kasba en mis manos. En mi sueño, mis vestidos no tenían ni una sola mancha. La Meca será nuestra, y lo será sin más derramamiento de sangre.

—¿Es que te ha trastornado el calor? —dijo Umar—. Jalid ibn al-Walid mató a muchos de nuestros hombres en Uhud. Es un guerrero feroz, muy sanguinario. ¡Si nos atrapa, nos matará a todos!

—Alá nos ayuda, y Jalid no podrá detenernos —dijo mi padre, que había aparecido en la entrada de la tienda—. Hemos encontrado a un beduino que conoce una ruta alternativa. Promete que no encontraremos a un solo qurayshí en nuestro camino a La Meca.

Alí miró ceñudo a mi padre, como si fuera un intruso.

—Pero Jalid ibn al-Walid tiene espías —dijo—. Cuando descubra que seguimos otro camino ¿no nos seguirá? *Yaa* Profeta, sin armas para defendernos estamos perdidos.

—La ruta alternativa es escarpada y difícil, llena de espinos —dijo mi padre—. Hay serpientes escondidas entre las rocas. Nuestro guía dice que los Qurays no nos seguirán hasta allí.

—Son mercaderes gordos. —La carcajada de Umar rasgó el aire.

—Nosotros nos hemos acostumbrado a las dificultades, gracias a los Qurays —dijo Mahoma—. Un camino así será difícil, pero no imposible.

—Para los hombres sí, pero las mujeres son otra cuestión —dijo Umar—. Son demasiado débiles para soportar un viaje por un terreno así.

—¿Aisha? ¿Zaynab? ¿Umm Salama? ¿Qué podéis decir sobre esto? —preguntó Mahoma.

—Yo puedo hacer lo mismo que cualquier hombre —dije yo. Mahoma sonrió.

—Y yo puedo hacer lo mismo que Aisha —añadió Zaynab.

Todos esperamos a Umm Salama, sentada con las manos juntas sobre su regazo, y con la espalda tan recta como si fuera de piedra. Como hija de un hombre acaudalado, probablemente le preocupaba que se le formaran callos en las manos. Me reñí a mí misma por tener pensamientos tan poco amables. Después de tantas visitas a la ciudad de las tiendas ¿no había aprendido a ser compasiva?

Como si pudiera leer lo que yo estaba pensando, Umm Salama alzó la mirada hasta cruzarla con la mía.

—He parido a cuatro hijos —dijo—. ¿Algún hombre en el Hijaz puede decir que ha hecho otro tanto? Unos cuantos baches en el camino no son nada en comparación.

Estuve tentada de echarme a reír al ver el sonrojo de la cara de Umar.

—Por Alá, Profeta, si fueran mis mujeres no hablarían con tanto descaro.

Umm Salama asintió.

—*Yaa* Umar, conozco muy bien tus opiniones sobre las mujeres —dijo—. Ésa es la razón por la que rechacé tu oferta de matrimonio.

Nuestra ruta nos llevó por lechos irregulares de lava solidificada sembrados de arbustos espinosos. Avanzábamos despacio y dando tumbos, y varios de nuestros caballos se dañaron los cascos o las patas en las rocas. Una serpiente asustó al camello de Umm Salama, que se postró de rodillas, pero ella no emitió una sola queja. Nadie, ni hombre ni mujer, se lamentó: un tobillo torcido era preferible a un cuchillo clavado en el corazón.

Por fin llegamos a al-Hudaybiyyah, el santuario situado en las afueras de La Meca, y allí pudimos acampar con seguridad. Mientras los hombres levantaban nuestra tienda, Mahoma nos condujo a Umm Salama, a Zaynab y a mí a ver el panorama. Nuestros ojos se deleitaron con la visión de La Meca, tendida como un manto cubierto de joyas rodeado por un collar de montañas negras. Aunque el terreno era más seco y polvoriento que en Medina, la ciudad era mucho más grande y lucida. Pabellones de colores vivos punteaban el bullicioso mercado, y muchos edificios de piedra resplandecían al sol. La Kasba era el más blanco y brillante de todos ellos, flanqueado por las colinas gemelas por entre las que pasaban los hombres como parte del ritual de la adoración.

Apareció Alí, con las facciones agudizadas por la excitación.

—Como Jalid y sus hombres están fuera, tenemos el camino abierto para cabalgar hasta La Meca sin oposición —dijo a Mahoma.

—Quiero entrar en paz y marcharme en paz —respondió Mahoma—. Somos mil hombres. Si entramos sin anunciarnos, la gente de La Meca puede pensar que estamos invadiendo. Puede que los Qurays sean mercaderes, pero también son árabes. Lucharán. No, tenemos que enviar un emisario a Abu Sufyan para anunciarle nuestra llegada.

Alí nos siguió hasta nuestra tienda, discutiendo y gesticulando, hasta que mi padre lo interrumpió con la noticia de que

Suhayl ibn Amr, un amigo de Mahoma en La Meca, se acercaba a caballo con tres hombres más, todos armados con cota de malla.

—Dice que desea hablar contigo a solas.

La sonrisa de Mahoma le iluminó el rostro.

—Suhayl, mi *sahab* —dijo—. Es una buena noticia.

—Pero sigue aferrado a los viejos usos —gruñó Umar—. ¿Ahora hemos de negociar con adoradores de ídolos?

Aquella noche, mientras Mahoma negociaba con sus visitantes, Zaynab y Umm Salama hablaron en la tienda de sus recuerdos de La Meca, y me ignoraron. Me dediqué a mi rueca, y las escuché. En voz baja y triste, Umm Salama contó la última vez que había visto a su padre.

—Cuando mi marido, Abdallah, y yo quisimos irnos a Medina, mi padre me obligó a quedarme. El padre de Abdallah se quedó con Salama, alegando que nuestro hijo le pertenecía. ¡Cuánto les supliqué que nos dejaran ir! Pero se negaron a escuchar los ruegos de una mujer. De modo que recurrí a las gentes de La Meca.

Vestida con ropas azul índigo de luto, fue al mercado, se sentó en el suelo y lloró. Lloró, se rasgó los vestidos e imploró a Alá delante de todo el mercado. Cuando el sol se puso y el mercado cerró, Umm Salama volvió a la casa de sus padres. Al día siguiente hizo lo mismo, y al otro... Todos los días, durante un año entero.

—Mi padre me prohibió ir al mercado, pero yo me negué a escucharlo, del mismo modo que él se había negado a escucharme a mí —contó—. ¡Cuántos chismorreos hubo entre las gentes de la ciudad! Dijeron que había perdido la razón.

»Por fin, cuando *abi* ya no pudo soportar la vergüenza, me trajo mi camello y a mi hijo y me ordenó abandonar la ciudad de inmediato. Ni siquiera pude despedirme de mi madre. —Suspiró—. Me pregunto si *ummi* querrá volver a verme.

Me quedé mirando a Umm Salama mientras hablaba, sobrecogida por su valor. A primera vista parecía tan sumisa, tan obediente. Pero ¿no había intercedido en favor de las mujeres que acudían a Mahoma con quejas de malos tratos por parte de sus maridos? Tal vez había aprendido la misma lección que yo: que si una mujer quería tener algún poder sobre su propia vida, estaba obligada a luchar por él sin tregua.

Al cabo de un rato Umm Salama se quedó dormida, y yo hube de sufrir la mirada vigilante de Zaynab, que no quiso acostarse. Yo estaba deseando deslizarme fuera de la tienda y espiar la conversación de Mahoma con Suhayl, una información que podría serme de utilidad como consejera suya. Pasaron los minutos y Zaynab seguía con la mirada clavada en mí, y de vez en cuando me dirigía sonrisas torcidas para indicarme que sabía en lo que estaba pensando.

Finalmente murmuré que necesitaba aliviarme, me envolví en mi velo y salí a escape hacia la tienda de Mahoma.

Por supuesto, los Compañeros no le habían permitido recibir a Suhayl solo, sin protección. No me sorprendió ver a una multitud en su tienda, pero sí el oír que estaban gritando a Mahoma.

—¡*Yaa* Profeta, no puedes firmar esto! —aullaba Umar. Agitaba en el aire una tira de piel de cabra con algo escrito en ella—. Este tratado es un insulto al islam.

Alí estaba de acuerdo; Uthman y mi padre estaban sentados en el suelo con caras inexpresivas y cruzados de brazos, sin decir nada.

—Firmar este tratado con Quraysh es islam, es sumisión a Alá —dijo Mahoma con calma—. Hemos de dejar nuestro orgullo a un lado y cumplir Su voluntad.

—¿Permite Alá que Quraysh te derroque de tu posición? —dijo Alí—. ¿Por qué en el tratado se omite decir que eres el Mensajero de Dios?

—Yo no sé que Mahoma sea el mensajero de nadie —dijo Suhayl—. Para mí es sencillamente Mahoma, el hijo de Abdallah ibn al-Muttalib. Es un hombre, y no un dios.

Alí se lanzó sobre él y colocó su daga en la garganta de Suhayl.

—Vuelve a decir eso y muy pronto descubrirás quién es Dios y quién no.

—¡Suéltalo! —Mahoma se puso en pie de un salto, y su rostro se oscureció. La vena que tenía entre los ojos se hinchó; los tendones de su cuello se tensaron. Alí apartó la daga de la garganta de Suhayl, y lo empujó al suelo.

—Te pido disculpas, Suhayl. —Mahoma ayudó a Suhayl a incorporarse—. Alí me ama en exceso.

—Nunca he visto tanta adoración por un hombre —dijo Suhayl—. Cuando se cae un pelo de tu cabeza, se pelean por recogerlo. Cuando abres la boca, dejan de hablar al instante. ¿A quién adoran en realidad, a Alá o a Mahoma?

—Como bien has dicho, Mahoma es un hombre, no Dios —dijo mi padre—. Un hombre comete errores, y Alá no.

—*Yaa* Profeta, estás cometiendo un error muy grave, me parece a mí —intervino Uthman—. Si acordamos dejar de atacar las caravanas Qurays, la *umma* se morirá de hambre.

—Alá proveerá para nosotros —dijo Mahoma—. Perder el producto de nuestros asaltos es un precio muy bajo comparado con la paz con nuestros hermanos.

—Abu Sufyan no es mi hermano —dijo mi padre—. ¿Has olvidado cómo quiso matarnos a todos?

¡Cuánto deseé poder gritar para apoyar a mi padre! Recordé la escena que vi desde la ventana de mi habitación, cuando Abu Sufyan había tratado a Raha brutalmente. Con los años su crueldad no había parado de aumentar, lo mismo que el diámetro de su panza.

Todos los reunidos prorrumpieron en maldiciones y juramentos. Mahoma sonrió a Suhayl, que estaba firmando la piel de cabra. Mahoma tomó después el cañón de la hoja de palma, lo mojó en tinta y trazó una luna en creciente junto a la firma de Suhayl.

—Esto bastará como firma —dijo. Se volvió a los Compañeros—. El pacto es oficial. Al alba daremos las gracias a Alá con nuestros sacrificios.

—¿Aquí o en la Kasba? —dijo Alí. Tenía los brazos rígidos, pegados al cuerpo.

—En nuestro campamento, desde luego. —La voz de Mahoma era tan tranquila como si estuviera hablando del tiempo—. Acabamos de acordar que no entraremos en La Meca hasta el año que viene.

Mi ánimo se derrumbó. ¿No entraríamos en La Meca? Después de un viaje tan largo, once días de calor y de polvo, encaramadas sobre camellos bamboleantes? Todos imaginábamos la sagrada Kasba durante el viaje, y ansiábamos descansar en el regazo de nuestra patria. De mi interior brotó un grito de protesta, pero lo reprimí. Mi obligación era respaldarlo. Pero ¿y si lo que estaba haciendo era un terrible error?

—¡Yo no he acordado nada! —gritó Alí, y salió de la tienda.

Yo corrí a refugiarme en las sombras, un momento antes de que pasara él. Mi corazón se disparó cuando regresé a la tienda. Dentro, Zaynab se estaba peinando los cabellos.

—Cuánto tiempo tardas en aliviarte —dijo—. Igual que la noche en que perdiste la caravana, ¿verdad, Aisha?

Estaba demasiado abatida para responderle. Me encogí en mi cama e intenté dormir, pero sólo conseguí dar vueltas a un lado y a otro mientras pensaba sobre lo que había visto y oído. ¿Comprendía Mahoma lo que había hecho? Suhayl había dicho la verdad: en especial después de la batalla de la Trinchera, la gente de la *umma* prácticamente adoraba a Mahoma. Ejercía tanto poder como un rey.

Cualquier otro hombre se habría sentido satisfecho; pero no Mahoma. «¿Cómo puedo descansar sabiendo que mi pueblo está destinado al infierno?», diría. Pero yo sabía que la salvación de ellos era tan sólo una de sus preocupaciones. No sería feliz hasta contar de nuevo con el respeto del clan de Quraysh.

¿Valía la pena conseguir su aprobación perdiendo a la *umma*? Al firmar aquel tratado en contra de la opinión de sus Compañeros, Mahoma había asumido un riesgo muy grande. Si sus Compañeros más próximos protestaban por este nuevo tratado, ¿cómo respondería el resto de sus hombres? En cuanto a Abu Sufyan, podía imaginar la sonrisa de su rostro cuando leyera el tratado. Me habían contado cómo presumía después del desastre de la trinchera: «Ni siquiera el Profeta de Alá es capaz de reunir un ejército de diez mil hombres.» La respuesta obvia era que ni siquiera cien mil hombres bastan cuando tienes a Dios de tu parte, pero por desgracia Mahoma no era uno de aquellos a los que les gusta fanfarronear.

Ahora resultaba que, al parecer, tampoco era de los que les gusta pelear. ¿Por qué? Y el tratado incluía el compromiso de dejar de asaltar las caravanas Qurays. Sin el botín de esos asaltos ¿cómo podríamos en la *umma* comprar comida y ropas? Aquellas riquezas irían a parar en cambio a la bolsa de Abu Sufyan, que podría comprar amigos beduinos para el próximo ataque a Medina.

A pesar de mi enemistad con Umm Salama, temí darle la mala noticia a la mañana siguiente. Despertó llena de excitación, que se escurrió como la leche de un tazón roto cuando le conté que no íbamos a entrar en La Meca ese año.

Zaynab me dirigió una sonrisa falsa.

—¿Cómo lo sabes, Aisha? ¿Te visitó el ángel Gabriel mientras estabas aliviándote anoche?

—¿Qué importa? —le grité—. Mahoma se ha sometido a Quraysh, y no por un mal motivo. Abu Sufyan no se atrevería a atacarnos ahora, no después de la batalla de la Trinchera. Cree que recurrimos a la magia para provocar aquella enorme tormenta.

Umm Salama volcó su taza, y el agua se derramó en la arena.

—No podemos entender los designios de Alá —dijo con voz temblorosa—. Hemos de creer en Mahoma.

Decía la verdad, y yo lo sabía. Pero también comprendía la rabia de sus hombres. Desde la entrada de nuestra tienda vi aquella mañana a Mahoma llamar a todos al sacrificio ritual..., y vi que todos los hombres del campamento le daban la espalda. Mahoma los llamó de nuevo, pero ellos siguieron mudos como si sólo hubieran oído silbar el viento.

Su rostro se oscureció. Su mirada se paseó por todo el campamento y aterrizó en mí. Sus ojos tristes parecieron agarrarse a los míos como las manos de un ciego buscan un asidero. El crujido de la arena bajo sus pasos parecía el desgarrón de una tela. Apartó el faldón de la entrada de la tienda y las hermanas-esposas nos hicimos a un lado para dejarlo pasar.

—No sé qué hacer —dijo Mahoma cuando estuvo dentro, con la voz ronca de tanto gritar—. *Yaa* Aisha, mi ayudante, necesito tu consejo más que nunca.

—La solución es evidente. —Yo había diseñado una estrategia mientras daba vueltas en mi cama aquella noche—. Tienes que romper ese pacto y llevarnos a La Meca, como nos habías prometido.

La mandíbula de Mahoma se aflojó.

—¿Tú también te pones de su parte en contra mía? —Se agarró la barba—. Por Alá, ¿todo el mundo me ha abandonado?

Miré a Umm Salama en busca de apoyo, ¡se había sentido tan desilusionada al enterarse del tratado! Pero ella se colocó al lado de Mahoma y le tomó las manos en las suyas.

—Un dirigente no rompe sus pactos, Aisha —dijo Zaynab. Yo la miré furiosa, y sentí que la cara me ardía.

—Por favor, esposo, permíteme hablar —dijo Umm Salama—. Puede que mi opinión te sea útil.

Mahoma asintió, y ella continuó.

—La solución es sencilla. Como ha dicho Zaynab, un dirigente es una persona que encabeza a las demás. Si quieres que se afeiten la cabeza, debes afeitártela tú el primero. Si deseas que hagan sacrificios, has de sacrificar tú tu propio camello el primero.

—¿Y si ellos no me siguen? —preguntó Mahoma.

—Reza —dijo Umm Salama—. Sigue el ritual. Luego, si no has complacido a nadie más, por lo menos habrás complacido a Alá. ¿No es Él la razón por la que hemos venido aquí?

Las arrugas de preocupación en la frente de Mahoma desaparecieron como si una mano las hubiera alisado.

—Tu sabiduría es mi consuelo —dijo con una sonrisa cansada—. Haré como dices. En cuanto a lo demás, confiaré en Alá.

Salió fuera y desenvainó su daga.

—*Labay Aláumah labay!* —exclamó. Agarró con una mano los largos rizos de su cabellera y los cortó con la daga dejándose el cráneo rapado—. ¡Dios es grande! —gritó.

—Esto es ridículo —protesté—. Mahoma va a parecer más ridículo que nunca. Ha cometido un error y tiene que admitirlo. La gente quiere ir a La Meca. Yo pensaba que tú también querías.

—Sí que quería —dijo Umm Salama—. Pero deseo aún más lo mejor para Mahoma en cualquier circunstancia. Ése es el pacto que yo firmé cuando me casé con él.

Bajé la vista, arrepentida. Umm Salama había dicho la verdad: el deber de una esposa para con su marido es apoyarlo sin desfallecer. Otra vez me había dejado controlar por mis emociones.

Mi padre miró por encima del hombro y vio la cabeza rapada de Mahoma, su rostro resplandeciente y extático, sus brazos alzados al cielo que sostenían la daga y sus mechones de pelo. «*Allahu akbar!*», gritó Mahoma, «¡Dios es grande!». Mi padre dio un grito y corrió hacia él, sacó su daga —yo tragué saliva— y empezó a cortarse sus cabellos plateados.

—¡Dios es grande! —gritó mi padre.

Al cabo de un instante Talha se unió a él, y luego Uthman, y Umar. Y, sí, Alí. Pronto en todo el campamento los hombres se rapaban la cabeza frenéticamente, y gritaban alabanzas a Alá. Las lágrimas formaban arroyuelos en las mejillas de Umm Salama, y hacían que su belleza resplandeciera aún más. Zaynab lo observaba todo orgullosa, y sus manos se alzaron cuando Mahoma trepó a una gran roca y dirigió una oración de acción de gracias a Alá por su bondad y su compasión. Mil hombres cayeron de rodillas a su alrededor y tocaron el suelo con la frente, en dirección a Mahoma y a La Meca. Mientras tanto, yo oculté la cara entre mis manos y lloré, pero las mías no fueron lágrimas de alegría.

Había fallado a Mahoma, y había fallado a Alá. «Limítate a pensar, y deja a un lado tus sentimientos.» ¿Cuando aprendería a aplicar ese precepto no sólo a la esgrima, sino a la vida entera? Hasta que aprendiera a controlarme a mí misma, no sería capaz de controlar mi destino.

23

Mentirosos y espías

Medina, agosto de 627 y 628 – Catorce y quince años

Paz. Se deslizó a través de la *umma* como una brisa fresca. Llenaba nuestras bocas, nuestros pechos, nuestros vientres. Calmaba nuestros temores. Nosotros, los creyentes, habíamos sufrido ataques desde que yo era capaz de recordar: de Quraysh, de Ibn Ubayy y sus hipócritas, de los Mustaliq, de nuestros vecinos judíos, de una combinación siempre cambiante de tribus beduinas. Nos habíamos mantenido frente a todos ellos, vencedores en unas ocasiones y confraternizando en otras..., excepto con los Qurays. Ahora, con el tratado de paz, emprendimos una incómoda coexistencia con ellos.

Una vez que se calmó mi irritación respecto del pacto, hube de reconocer que era una buena idea. La *umma* necesitaba tiempo para curar las cicatrices de las batallas; para asentarse y crecer. Nuestro ejército aprovechó el respiro para entrenar y reclutar a nuevos guerreros. Pero en otros aspectos, mi vida era cualquier cosa menos pacífica.

Desde nuestra frustrada peregrinación a La Meca, la actitud de Mahoma hacia mí se enfrió. Aceptó mis llorosas disculpas con una sonrisa, que hizo que me diera cuenta de que tendría que trabajar duro para ganarme de nuevo su confianza. De noche derramaba lágrimas en mis manos vacías y rezaba para que Alá me guiara..., y también para que me diera un hijo. Dar a Mahoma un heredero haría que se ablandara conmigo. Y también podría ayudarme a reclamar el rango que había perdido en el *harim*.

Zaynab había asumido el papel de *hatun* antes incluso de que regresáramos a Medina, al dar órdenes a los camelleros y supervisar el plegado de nuestra tienda. Cuando protesté, me dirigió una mirada helada.

—Has traicionado a Mahoma dos veces —dijo—. Eso te descalifica para gobernar su *harim*.

Tenía a su lado a Umm Salama, que, con su largo cuello y su porte regio, me miró alzando las cejas. La rabia se apoderó de mí, y me habría lanzado sobre las dos a puñetazo limpio, pero una voz serena que sólo podía ser la de Alá susurró en el interior de mi mente: «Limítate a pensar, y deja a un lado los sentimientos.»

—En lugar de quedarte ahí parada con la boca abierta, ¿por qué no haces algo útil? —dijo Zaynab—. Enrolla nuestras camas y llévalas a la caravana para que las carguen.

Hasta mis huesos se pusieron en tensión, pero vi que no me quedaba otra opción. Zaynab había dicho la verdad: yo había traicionado a Mahoma, y no merecía ser su favorita. La vergüenza se me agolpó en la boca del estómago mientras enrollaba las pieles de nuestras camas (una tarea de criadas), y después, al dirigirme a mi *howdah*, mientras me sostenía el velo sobre la cara ardiente. Estuve allí oculta durante lo que me parecieron horas, y lloré por mi consejo equivocado a Mahoma y por la pérdida de mi rango que trajo como consecuencia. Cuando hube agotado mis lágrimas, el bamboleo del camello me hizo recuperar mi ánimo. ¿Iba a dejar que un error me convirtiera en una criada? Zaynab podía tener ventaja ahora, pero eso no iba a durar. De alguna manera yo demostraría ser digna de la confianza de mis hermanas-esposas tanto como de la de Mahoma. Al contrario que Zaynab, yo no arrebataría a nadie la posición de *hatun*. Mis hermanas-esposas me la ofrecerían. Y entonces nadie, ni siquiera la propia Zaynab, podría volver a quitármela.

Un año después, yo sacaba agua del pozo para que Zaynab se lavara el pelo, y maldecía. Zaynab había contado a todo el mundo mi deslealtad con Mahoma, y así había conseguido el apoyo de Raihana e incluso de Sawdah para erigirse en *hatun*... ¿Y yo? Ni siquiera era la cotorra. Ahora estaba en la cola del pelotón, y tenía que correr al mercado cada vez que a ella le faltaba el kohl, y disculparme si no volvía lo bastante aprisa; le servía el pan que yo misma había cocido, y escuchaba sus críticas; lavaba su ropa; vaciaba el orinal de su habitación. Mi único respiro eran sus siestas de media tarde, cuando, sacudiéndome mi propio sueño, cargaba con un saco de cebada o de dátiles y me acercaba a caballo a la ciudad de las tiendas.

Al caer la noche me sentía agotada; demasiado agotada para dar placer a Mahoma, aunque no me atrevía a quejarme a él de mi situación. La única vez que aludí a la tiranía de Zaynab, me contestó que estaba demasiado ocupado en sus propios asuntos para atender a riñas de *harim*.

—Si quieres ser una dirigente, Aisha, habrás de aprender a gobernar sobre quienes ahora te gobiernan.

Era cierto que Mahoma tenía preocupaciones más acuciantes. Nuestro tratado de paz con Quraysh incluía a sus aliados, pero no todos lo respetaron. Indignado por nuestra matanza de sus primos los Qurayzah, Huyayy, el jefe de los Nadr, había alardeado de que se disponía a «limpiar Medina de los excrementos del islam». Era necesario hacer algo, porque de otro modo Mahoma perdería el respeto de las demás tribus del desierto.

El rostro de Mahoma aparecía ojeroso y sus ojos no brillaban cuando encabezó la marcha de nuestro ejército de Medina para enfrentarse a los Nadr. Estaba cansado de pelear. Todos estábamos cansados. La preocupación tiró hacia abajo de las comisuras de mi boca hasta que casi me llegaron al pecho, cuando vi alejarse la caravana. ¿Cómo podría derrotar a nadie Mahoma con aquel aspecto de derrotado?

La tensión se extendió a toda la *umma*, hasta llevar las relaciones (ya de por sí tirantes) del *harim* casi a un punto de ruptura. Los comentarios sarcásticos de Raihana, que antes nos divertían, se hicieron tan irritantes como arena en la cama. A Zaynab no le había bajado el menstruo aquel mes y cada día teníamos que medirle la cintura con una cuerda, lo que nos hacía desear estrangularla. A las pocas semanas, para mi alivio, sangró de nuevo. El canturreo de Fátima alrededor de su bebé, y el orgullo con el que exhibía su tripa, porque estaba embarazada otra vez, ponían a prueba los nervios de todas, hasta que un día Hafsa estrelló un plato en la pared, detrás de su cabeza.

—¡Lárgate! —gritó—. ¿No ves que nos tienes hartas a todas con tu bebé y tu tripa y tu forma de presumir de tu fertilidad? ¡Vete a tu casa a relamerte con tu encantador marido!

Algo tenía que cambiar. Mientras Sawdah corría a suplicar a Fátima que no se fuera y Zaynab reñía a Hafsa por maltratar a la hija del Profeta, yo pensé de nuevo en los peligros de la holganza. El aburrimiento y la ausencia de niños eran las causas de nuestro malhumor. Sí, yo tenía mis visitas a la ciudad de las tiendas y las tareas que me imponía Zaynab; y Umm Salama tenía a cuatro chiquillos que cuidar. Pero Hafsa, Juwairriyah, Zaynab y Raihana apenas tenían nada que hacer. La única de todas ellas que siempre estaba ocupada y nunca se quejaba, era Sawdah, que se pasaba las horas cortando pieles y fabricando artículos para venderlos en el mercado.

Se me ocurrió una idea que podía ayudar a solucionar el problema, y tal vez a sentar mi autoridad delante de mis hermanas-esposas. Pero tendría que presentarla en el momento oportuno y de la manera más adecuada. Si no lo hacía así, Zaynab y su clan la rechazarían.

Cuando entré en la tienda de la cocina vi a Umm Salama enseñando una ropa raída.

—Fijaos, ¡mi único vestido!

Vi mi oportunidad. Pero para que mi plan tuviera éxito, mis hermanas-esposas tenían que pensar que la idea había sido suya.

—¿Cómo puede Mahoma pasear orgulloso por Medina cuando sus esposas visten andrajos? —dijo Zaynab.

—Ser pobre no significa que se carezca de orgullo —dije yo—. Muchos de los habitantes de las tiendas son orgullosos.

—Sí, pero ellos no han elegido su pobreza —dijo Umm Salama—. Nuestro marido nos obliga a vivir pobremente.

—Sawdah no viste ropa gastada —dije—. ¿Y por qué no?, me pregunto —Zaynab dio un bufido ante mi estupidez—. Ella tiene un oficio, y nosotras no.

»Qué triste —dije, con un suspiro—. Un *harim* lleno de mujeres, y Sawdah es la única que tiene una habilidad.

Hafsa me miró ceñuda.

—*Yaa* Aisha, sabes muy bien que sé hacer dibujos artísticos con henna.

—Eres la mejor artista de Medina —dije—. Pero ¿hay alguien dispuesto a pagar por una cosa así?

—No veo por qué no —dijo—. Muchas novias alquilan a artistas que les decoran las manos y los pies para la noche de bodas.

—También contratan a peluqueras, pero en muchos casos yo lo haría mejor —dijo Juwairriyah.

—¡Y el maquillaje! Por Alá, es un milagro que sus esposos no se desmayen de horror cuando se quitan el velo —rio Zaynab—. Yo, por mi parte, podría transformar un camello en una belleza de ensueño. ¿Nadie pagaría por un trabajo así?

Era como llevar a un rebaño de ovejas al esquilador. A los pocos momentos, mis hermanas-esposas estaban perfilando mi plan: se alquilarían como azafatas para ayudar a las novias a preparar la ceremonia de la boda. Umm Salama se encargaría del encaje de sus velos, y Raihana de los bordados del vestido. Incluso yo accedí a confeccionar las telas con mi huso y mi telar, pensando en ganar así algunos *dirhams* para los habitantes de las tiendas. Aparte del hambre, yo tenía pocos problemas que pudieran solucionarse con dinero. Y como en aquellos momentos una larga sequía chupaba la vida de las palmeras datileras y los pastos de Medina y secaba sus fuentes, había poca comida que comprar.

—Ya sé quién va a ser nuestra primera cliente —me dijo Hafsa más tarde, mientras limpiábamos los platos de la cena—. He oído a Umm Ayman contar hoy que Mahoma va a volver a casarse. Y... adivina con quién. ¡Con la hija de ese traidor de Huyayy!

—No puedes creer en serio esos chismes —le dije a Hafsa riéndome—. Mahoma ha ido a Jaybar a dar una lección a Huyayy, no a convertirlo en un aliado por el procedimiento de casarse con su hija.

Pero yo estaba equivocada. Cuando Mahoma llegó a Medina, no sólo traía consigo a Saffiya bint Huyayy, sino que ya se había casado con ella.

Rompiendo todas las tradiciones, había desenvuelto su regalo de ojos rasgados y hoyuelo en la barbilla la noche misma en que lo adquirió..., y, según los rumores, también todas las noches sucesivas. Al verlos juntos, me di cuenta con facilidad de la razón de aquel deseo tan impulsivo de Mahoma: mientras cabalgaban juntos a través de Medina en el mismo camello, ella le acariciaba las manos colocadas sobre su cinturita de avispa. Sus ojos reían incluso cuando no lo hacían sus labios, y cuando Mahoma la ayudó a apearse de la silla, ella saltó a sus brazos.

—Es sólo una niña —dijo Hafsa mientras las esposas-hermanas contemplábamos el regreso de la caravana.

—No es mucho mayor que tú, Aisha —dijo Zaynab—. Ahora tendrás a alguien con quien jugar.

—No me impresiona —dije a Hafsa, ignorando las risitas de Zaynab y Raihana—. Esta nueva esposa no es de la clase que atrae mucho tiempo el interés de un hombre.

—Desde luego, atrae el interés de Mahoma por ahora —dijo Juwairriyah—. No me miraba así a mí el día de nuestra boda.

—Nunca ha mirado a nadie así —dijo Zaynab—. Excepto a mí.

—Como he dicho —repliqué—, no mantendrá mucho tiempo su interés.

Pero en secreto estaba furiosa al ver la delicada mano de la nueva esposa entre las grandes manos de Mahoma, y las miradas coquetas con las que atraía su atención. Pero me sacudí de encima los celos, consciente de que aquel matrimonio obligaría a los Nadr, y a sus parientes los Kaynuqah, a luchar en el futuro en nuestro bando. Además, al ser casi de mi edad, como había señalado Zaynab, podía convertirse en una aliada para mí. Luego, cuando Mahoma la trajo al patio para presentárnosla, advertí un moretón amarillento debajo de su ojo derecho, y mi corazón se conmovió por ella.

Por lo menos hasta que Raihana, su prima, le preguntó cómo se lo había hecho.

—¿Han sido los santos secuaces de Mahoma? —dijo con sarcasmo, alzando una ceja.

Saffiya rio y se sonrojó, con gran delicadeza.

—Oh no —dijo con una voz que parecía el gorjeo de un pájaro—. Me lo hizo mi marido. —Miró a Mahoma y volvió a reír—. Tú no, mi panal de miel, mi otro marido.

Mahoma acarició la magulladura con un dedo. Ella lo miró a los ojos de una manera tan significativa que sentí que la cara me ardía.

—Antes de que llegaras, Profeta, soñé ya que era tuya. En mis sueños, la luna bajaba desde Medina para hacer el amor conmigo. Al despertar, se lo conté a mi marido Kinana y él me golpeó con su puño. —Su voz vaciló, como si hubiera bebido—. Me dijo: «¡Puta! ¿Es que quieres casarte con ese profeta musulmán?» No entendí lo que quería decir. —Sonrió a Mahoma con sus ojos límpidos—. Ahora sí lo entiendo.

—Por Alá, vaya un espectáculo —dijo Zaynab en el patio cuando los dos se hubieron ido a «descansar», en palabras de Mahoma.

—Vaya una representación, querrás decir —dijo Raihana—. Saffiya bint Huyayy es una manipuladora nata.

—¿Le ha llamado «panal de miel»? —dijo Hafsa.

De nuevo pensé en que aquella nueva esposa podría servirme de ayuda.

—A mí me ha parecido encantadora —dije en voz baja, y me gané un bufido de Hafsa, que me miró como si la hubiera traicionado.

Entonces se acercó Sawdah, secándose la frente con la manga. Detrás de ella caminaba con aires de importancia una mujer alta, masculina, de caderas anchas y pómulos salientes. ¿Dónde había visto yo esa cara?

—¿Dónde está el Profeta? ¿Ha vuelto ya? —dijo Sawdah.

—Se ha ido a la cama con su nueva esposa-niña. —Zaynab me dedicó una sonrisa maligna. Ella y el resto de las hermanasesposas se dirigieron a la tienda de la cocina y nos dejaron a Hafsa y a mí en el patio, con Sawdah y la desconocida.

—¿Una nueva esposa? ¡Por Alá, qué complicación!

Sawdah se acercó a nosotras, retorciéndose las manos. Dirigía miradas nerviosas a su acompañante, que se había sentado debajo de una palmera.

—Si interrumpo al Profeta, se pondrá furioso; pero si no lo interrumpo, la que se pondrá furiosa será ella.

—¿Quién? ¿Ese hombre con ropas de mujer que está ahí? —susurró Hafsa.

—¿Quién es, Sawdah? No será otra esposa, espero.

Era un chiste, pero la angustia que se pintaba en la cara de Sawdah me indicó que no era el momento para bromas.

Nos hizo un gesto a Hafsa y a mí para que nos acercáramos más.

—Dice llamarse Umm Habiba bint Abu Sufyan.

Retuve el aliento y examiné con más atención a la mujer, que me daba olímpicamente la espalda. ¿La hija de Abu Sufyan y la astuta Hind? ¿Qué estaba haciendo allí?

Sawdah bajó aún más la voz.

—Dice que es la esposa del Profeta.

La alarma resonó en mi cabeza como el tintineo de un millar de campanas. ¿Qué truco era ése? No pude imaginar lo que estaba tramando Abu Sufyan, pero supe que no era nada bueno.

—Por Alá, ¿es que Abu Sufyan cree que Mahoma está loco? —dije en voz alta, y dirigí una mirada desdeñosa a Umm Habiba—. *Yaa* Umm Habiba, dile a tu padre que su última maquinación contra el Profeta de Dios es también la más patética de todas.

La voz de Mahoma sonó por encima de nosotras.

—No es una maquinación, Aisha. —Sonrió a nuestra visitante desde su habitación, situada encima de la mezquita, y luego se descolgó por la palmera que crecía junto a su ventana. Ya en el suelo, tendió las manos a Umm Habiba, que le devolvió audazmente sus miradas.

—*Ahlan wa salan*, Ramla —dijo él, utilizando el sobrenombre que le daban—. No esperaba tu llegada hasta dentro de un mes.

—Estaba tan impaciente por abandonar Abisinia, que me adelanté a la caravana.

Tenía la misma voz chillona de su madre, pero Mahoma no pareció advertirlo. Le ofreció una de sus miradas con los párpados entrecerrados, y me di cuenta de que aquello no iba a durar.

Cada nueva esposa enardecía a Mahoma, pero cuando la novedad se gastara, su atención volvería a mí. O eso esperaba.

Conté el número de noches que pasaría antes de que durmiera de nuevo conmigo. Éramos nueve en el *harim*, ¿tendría que esperar ocho noches entre visita y visita a mi habitación?

—Perdóname, Mahoma, pero ¿cómo es posible este matrimonio? —preguntó Hafsa—. ¿Has viajado en una alfombra mágica mientras los demás dormíamos?

—El rey de Abisinia nos ha casado por poderes —dijo Mahoma—. Con mi permiso.

Se volvió hacia Sawdah para discutir con ella los arreglos para su nueva esposa, y Hafsa y yo nos dirigimos a nuestros pabellones.

—¿Por qué habrá querido casarse Mahoma con la hija de su enemigo más peligroso? —dije. Hafsa meneó la cabeza, tan desconcertada como yo.

Mis viejas sospechas empezaron a rondarme de nuevo. Después del desastre de la trinchera, los aliados beduinos de Abu Sufyan lo habían abandonado por Mahoma. Los mecanos afluían a Medina para convertirse al islam. Mahoma podía aplastar a Abu Sufyan, si lo deseaba. Pero en lugar de hacerlo había firmado un tratado de paz, lo que concedía a nuestro enemigo tiempo para forjar nuevas alianzas. Ahora que habían cesado nuestros asaltos a sus caravanas, Abu Sufyan podría acumular más riquezas. Pronto estaría en disposición de comprar los aliados necesarios para un nuevo ataque contra la *umma*.

Infiltrar a su hija en el *harim* de Mahoma era un movimiento estratégico brillante.

—Por Alá, este matrimonio no es una coincidencia —dije cuando Hafsa abría ya la puerta de su pabellón.

—Espero que estés equivocada —dijo ella—, pero mucho me temo que tienes razón. Si Umm Habiba es una espía, que Alá nos ayude.

—No te preocupes —dije—. Voy a vigilarla más estrechamente de lo que Alí me vigila a mí. Si es una espía, la descubriremos antes incluso de que se entere Alá.

24

La espada del moro

Medina, abril de 629 – Dieciséis años

Durante muchos meses vigilé a Umm Habiba, convencida de que su matrimonio con Mahoma no era una casualidad. Era una espía de su padre, estaba segura. Abu Sufyan no repararía en nada para destruir a Mahoma, con o sin tratado de paz, porque necesitaba dioses falsos que atrajeran a La Meca adoradores y riquezas. Había enviado a su hija allí para ayudarlo, y yo había de ser quien descubriera sus manejos.

Pero no me quedaba mucho tiempo para espiar, porque las exigencias de Zaynab me ocupaban prácticamente toda la jornada. La servía como una esclava, frotaba sus ropas con jabón y resentimiento, agachaba la cabeza cuando me reñía por manchas invisibles en un vestido impecablemente limpio. A pesar de que el odio era una presión insoportable en mi cráneo, hablaba con ella lo menos posible, recordándome a mí misma que debía «pensar, no sentir», a la espera de mi oportunidad para derribarla de su trono.

Hasta que un día apareció una amenaza más preocupante incluso, procedente del lugar más inesperado: Egipto.

La llamada de Bilal empujó a las calles a toda la ciudad para ver la caravana que cruzaba nuestras puertas. Las hermanas-esposas nos quedamos en la mezquita, con nuestros rostros tapados y los sentidos estremecidos ante lo que veíamos, oíamos y olíamos: el tintineo de los cascabeles en las ancas de los camellos; el estimulante repique de los tamboriles; mujeres cuyos cabellos negro azulados colgaban sueltos como las orlas de una alfombra persa; hombres que cargaban sobre sus hombros una enorme caja de ébano, vestidos con faldones plisados, con el pelo trenzado y barbas puntiagudas.

Hafsa y yo nos reímos de las caras maquilladas de los hombres, pero mi humor cambió cuando pasaron dos mujeres montadas en camellos, con el cuerpo apenas cubierto por un corpiño muy ajustado y una falda transparente. ¡Qué manera más inmodesta de vestir..., como esclavas puestas a la venta en el *suq*! Debían de ser las cortesanas que el gobernador de Egipto había prometido a Mahoma meses atrás.

—Yo pensaba que Saffiya no tenía vergüenza, pero es una virgen comparada con esas dos —dijo Hafsa—. Parecen disfrutar con los ojos de nuestros hombres clavados en sus cuerpos.

—Están acostumbradas a que las miren —dije yo—. Serán concubinas de palacio, en Alejandría.

—Tienen una moral muy relajada —intervino Saffiya en nuestra conversación—. ¿Veis que las mujeres agitan esos tamboriles? También menean otras cosas para distraer a los hombres de la corte.

La caravana se detuvo. Un hombre se adelantó e hizo una profunda reverencia ante Mahoma. No llevaba camisa ni ropa de ninguna clase sobre su piel de color claro, salvo un collar de oro batido muy ancho y una banda de cuero. Un cinturón de oro rodeaba su cintura y sujetaba un faldellín blanco que caía casi hasta los tobillos. Un brazalete de oro le ceñía el brazo y unos aros también de oro perforaban sus orejas. Lo más extraño eran los bordes de sus ojos pintados con kohl, con el rabillo alargado casi hasta la sien. Hafsa y Saffiya rieron, pero yo les chisté cuando empezó a abrir un rollo de pergamino lacrado y a leer.

—En honor a tus victorias militares e influencia religiosa, el Muqawqis de Egipto, nuestro gobernador, te envía su homenaje y su afecto, además de algunos regalos. Te rogamos que aceptes esta caja llena de mirra, incienso, cardamomo, cinamomo y perfumes de azafrán y de lirio.

Los hombres levantaron la tapa de la caja, dejando flotar fragancias que se nos subieron a la cabeza y provocaron murmullos en la multitud.

El mensajero siguió enumerando los regalos: una mula con su silla de montar, ropajes ceremoniales de hilo de oro, joyas preciosas y dos animadoras de la corte de Muqawqis.

Los camellos que llevaban a las mujeres se arrodillaron, y los hombres las ayudaron a desmontar. El mensajero se colocó junto a una de las mujeres, una belleza de cabellos oscuros con labios de color rojo sangre y párpados sombreados en un tono de cobre verdoso, y la condujo hasta Mahoma.

—Profeta, te presento a Sirin, la cortesana favorita de Muqawqis, y su mejor bailarina.

Ella se inclinó hasta el suelo, de modo que casi rozó el polvo con la rodilla. Yo esperé a medias que perdiera el equilibrio y cayera de boca en medio de la calle. En cambio, fue Mahoma quien estuvo a punto de caerse, cuando los voluminosos senos de aquella mujer estuvieron a punto de escapar del escote bajo su corpiño. La nuca de Mahoma se puso de un color púrpura oscuro.

—No se la quedará —dije a Hafsa—. Es demasiado descocada.

En cambio, cuando el mensajero presentó a la segunda mujer, sentí un nudo en la garganta. El cabello de ésta era rubio como el sol, y caía en rizos sobre su rostro y sus hombros. Los ojos eran de un azul profundo, insondable, distintos de todos los que yo hubiera visto antes.

—Maryam, hermana menor de Sirin y la cantante más apreciada de la corte —dijo el mensajero. Ella levantó con timidez sus ojos hacia el rostro de Mahoma. En sus mejillas se marcaron hoyuelos cuando sonrió, y al saludarlo su voz sonó como el agua de una fuente.

Hafsa refunfuñó:

—Extranjera y exótica, con ojos del color del cielo, caderas y vientre tan redondos como almohadones, y una voz de ruiseñor. ¿Cómo podemos compararnos con ella?

—Mahoma nunca se casará con una cortesana —dijo Umm Salama, pero incluso su voz siempre calmada sonó nerviosa—.

Le he oído prometer una de esas mujeres a Hassan ibn Thabit.

—¿Sufres alucinaciones por una insolación? —rio Raihana—. Mahoma no la regalará.

Lo cierto es que a quien abandonó Mahoma fue a nosotras. Sus visitas nocturnas a mi habitación se hicieron más precipitadas y distraídas que nunca, y a juzgar por el malhumor que reflejaban los ojos de mis hermanas-esposas, pude darme cuenta de que tampoco transcurrían bien sus veladas con él. Umm Salama apenas habló con sus hijos después de pasar una noche con Mahoma. Zaynab no paraba de quejarse y criticarlo todo: mi pan estaba demasiado seco, no estrenaba un vestido desde hacía un año, los cojines de la tienda de la cocina eran duros como piedras. Después de la noche de Hafsa, Raihana hizo una de sus habituales observaciones sarcásticas y Hafsa le tiró su bol por la cabeza.

Mientras, la concubina cristiana Maryam se movía con la placidez de una nube dorada por nuestro tormentoso *harim*, y cantaba mientras preparaba su *tharid* para Mahoma, que lo alababa como si viniera directamente del Paraíso.

Mahoma se habría casado con ella, pero ella no quiso. Dijo que no quería abandonar la religión cristiana, pero yo sabía que le gustaba disfrutar de la libertad de moverse por las calles de Medina sin velo. Ninguno de los hombres de Ibn Ubayy la pellizcaba ni hacía comentarios obscenos como los que nos habían dedicado a nosotras. El nuevo poder de Mahoma tenía intimidados a todos, incluso a los hipócritas.

—No lo entiendo —bufaba Hafsa mientras bebía agua de dátiles con Saffiya y conmigo, en mi pabellón—. Esa mujer tiene pasmado a Mahoma. ¿Es una hechicera?

Fuera lo que fuese lo que poseía, era más poderoso que la magia. Los conjuros y encantos pierden su poder con el tiempo, pero ella cada vez tenía mayor influencia sobre Mahoma. Y luego, una noche, él dejó de visitar mi pabellón, y me dejó abrazada a mí misma con los brazos fríos y rezando a Alá para que implantara una semilla en mí Él mismo, como había hecho con la madre de Jesús.

Los celos clavaron en mi carne sus garras afiladas. Resistí, diciéndome a mí misma que conseguir la amistad de Egipto era una proeza impresionante. Quraysh ya no nos atacaría, sabedor de que un país tan poderoso se había comprometido a ayudarnos. Pero... ¿tenía que ocupar Mahoma todo su tiempo en disfrutar de su regalo?

Unos golpes en mi puerta interrumpieron mis pensamientos. Barirah me traía el recado de que Mahoma estaba reunido en el *majlis*.

—No sabe cuándo irá a acostarse. Dice que no lo esperes levantada.

El alivio vino a calmar la indignación de mi corazón. No era Maryam quien me privaba de la compañía de Mahoma aquella noche, después de todo. Me puse mi vestido y salí a la noche, porque la curiosidad me azuzaba con su mano insistente. Oculta junto a la puerta del *majlis*, oí la voz de mi padre.

—Cuando veinte hombres Ghatafani estaban pastoreando su rebaño cerca de La Meca, fueron atacados por aliados de los Qurays. Beduinos —decía mi padre—. Algunos Qurays participaron en el ataque, de modo que me figuro que Abu Sufyan había dado su aprobación.

¡El tratado de paz, roto! Mi corazón dio un vuelco. Eso significaba con toda seguridad una nueva guerra con Quraysh.

Como para confirmar mis temores, habló Alí.

—Reunamos el ejército más numeroso posible y marchemos sobre La Meca —rugió—. Los tratados no son más que palabras. La fuerza es el único lenguaje que entiende Abu Sufyan.

Me alejé de la mezquita cuando el volumen de sus voces disminuyó, y casi me tropecé con una Saffiya sonriente.

—Traigo noticias sobre Maryam —dijo—. Noticias que vas a encontrar fascinantes.

—¿Maryam? —Había despertado mi atención—. ¿Qué noticias?

—Llévame a tu habitación y te lo contaré todo —dijo—. Pero primero has de contarme lo que has oído en el *majlis*.

En mi pabellón, se encogió de hombros cuando le hablé de una posible invasión a La Meca. ¿Por qué habría de estar preocupada? Era judía, y no tenía lazos de parentesco en esa ciudad. Por otra parte, su secreto me pareció muy interesante.

—La pobre Maryam no ha podido aguantar más nuestras pullas —me dijo con un guiño—. Mahoma le ha dado una casa fuera de la ciudad para que viva allí.

—Loado sea Alá —dije—. Puede que ahora se olvide de ella.

—No sufriría mucho de ser así —dijo Saffiya. Bajó la voz como si las paredes tuvieran oídos—. Estuve viendo a los hombres llevar sus pertenencias a la nueva casa, hoy. Cuando se fueron, un hombre de piel negra llamó a su puerta... y ella lo dejó entrar.

—Bromeas —dije.

Saffiya sacudió la cabeza y sonrió.

—Esperé a ver cuánto tiempo se quedaba. No volvió a salir. Por lo que yo sé, todavía está allí, haciendo quién sabe qué con ella.

Tragué saliva. La noticia, de ser cierta, suponía una amenaza terrible para Mahoma. Sus seguidores eran cada vez más numerosos, pero su posición de dirigente poderoso era aún reciente. Un escándalo podía perjudicarlo sin remedio posible. Si Maryam recibía a otro hombre, Mahoma tenía que saberlo.

La noche siguiente, recorrí Medina con mi chal bien apretado y fui hasta los pastos del límite de la ciudad. Con un nudo en la garganta, trepé a un árbol desde el que podía observar la casa de Maryam, una construcción de adobe con árboles *ghaza'a*, acacias y granados, y un jardín con espliego en flor. Al cabo de un rato la puerta se abrió, y ella y Mahoma aparecieron en el umbral. Vi con ojos llenos de furia cómo la abrazaba él y se despedía con un beso apasionado. El cabello revuelto de ella y las manchas de sus labios revelaban cómo habían pasado la tarde. Él le dedicó una última mirada de deseo y luego montó en su camello y se dirigió a la ciudad, con el rostro tan absorto como el de un sonámbulo.

El resentimiento hizo que mi cara ardiese. ¡No era extraño que a Mahoma le faltaran energías suficientes para sus mujeres! Un hombre de cincuenta y nueve años no tenía tanto para repartir, y él se lo daba todo a su concubina. Mientras estaba perdida en esos pensamientos, una figura alta y oscura como una sombra salió de detrás de la casa y se acercó a la puerta de Maryam. Ella sonreía ya cuando le abrió. Un momento después, él estaba dentro.

Aquella noche, en mi pabellón, me sentí a punto de estallar por la excitación de mi descubrimiento. Pero la expresión de Mahoma retuvo momentáneamente mi lengua, hasta que vi aparecer una ocasión oportuna.

—No me gusta la manera como habéis tratado todas a Maryam —dijo—. La habéis echado de la mezquita con vuestros celos.

Yo di un bufido.

—Por Alá, cuando oigas mi historia, desearás haberla devuelto directamente a Egipto en cuanto llegó.

Le conté lo que había visto, pero él meneó la cabeza irritado y llamó a Alí.

—Aisha dice que un hombre está haciendo compañía a Maryam —dijo Mahoma mientras yo iba a ocultarme detrás del biombo—. Ve inmediatamente a su casa y averigua si es cierto. Sé discreto. No queremos alarmar a su visitante antes de conocer los hechos, y comprobar si es cierto ese rumor; y tampoco queremos insultar a Maryam si la historia resulta ser falsa. —Y repitió a Alí la descripción que le había dado.

—¿Un negro muy grande? —El tono de Alí era burlón—. Tu imaginación no tiene límites, Aisha.

Sentí arder mi cara mientras él salía.

Mahoma todavía tenía la frente fruncida cuando cerró la puerta.

—*Yaa* Aisha, ¿por qué has espiado a Maryam? ¿Por qué la maltratas?

Yo me puse rígida.

—Me han contado un rumor muy desagradable sobre ella y un moro. Sabía que no querrías un nuevo escándalo. ¿Qué dirían todos esos reyes y príncipes de un líder religioso que no puede controlar su propio *harim*?

—¿Es a Maryam a quien no puedo controlar? —Me miró como si mi cara fuera un pergamino escrito en jeroglíficos—. Te he pedido muchas veces que dejes a un lado tus celos, pero tú sigues enfrentándote a cada una de las mujeres que entran en el *harim*.

—He sido muy amable al compartirte con tantas mujeres. —Lo miré ceñuda a través de mis lágrimas—. Sobre todo teniendo en cuenta que mis posibilidades de concebir un hijo son menores a cada nueva incorporación.

Él se golpeó la palma de la mano con el puño. Sus ojos relampaguearon.

—Maryam ha sido atormentada por todas vosotras desde el día de su llegada. Vuestras pullas la han expulsado del *harim*, de modo que ahora tiene que vivir aislada. ¿Por qué lo has hecho, Aisha? ¿No me crees cuando te digo que tú eres a quien más amo?

—Tú tienes mi afecto, todo mi afecto —le respondí—. ¿Por qué tengo yo que compartir el tuyo con otras nueve mujeres?

—Hemos discutido esto muchas veces. Maryam es un regalo del hombre más poderoso de Egipto. ¡Él me rinde homenaje a mí! ¡A mí! —Sus ojos brillaban—. El rey del Yemen me envía a la mujer más hermosa de su país para que la despose..., la hija de uno de sus ministros más importantes. ¿Qué debo contestarle? «No, gracias..., a Aisha no le gusta compartir.» ¿Qué pensará el emperador bizantino de mí?

—De modo que ahora estás pendiente de Constantinopla —dije—. Son cristianos ¿no? ¿Crees que van a renunciar a sus iglesias y sus estatuas y a su profeta que resucitó de entre los muertos? —Su expresión me reveló que eso era exactamente lo que pensaba. Me sequé las lágrimas de los ojos—. ¿Dónde está el Mahoma que yo conocí? Su único deseo era volver hacia Alá todos los corazones. Ahora tus noches rebosan de carnes y perfumes, y sueñas con gobernar el mundo.

—¡Sigo deseando volver los corazones a Dios! —gritó—. Cada nueva boda, cada concubina que acepto, son para el bien de la *umma*, para protegerla de nuestros enemigos. Y mi estrategia da resultados. Vienen a nosotros nuevos conversos todos los días, más almas salvadas del fuego del infierno. Egipto, Constantinopla, Persia, Yemen: un día cercano todas esas naciones se postrarán ante Alá. Por Él me afano, y por la *umma*. Si sólo pensara en mí mismo, podría haber vivido con la fortuna de Jadiya el resto de mis días.

—Pero eso no sería ni de lejos tan emocionante como estar sentado con el mundo a tus pies —le respondí—. Y casarte sólo con cuatro mujeres, que es lo que prescribes para todos los demás, no sería ni con mucho tan placentero como tener a diez mujeres en tu *harim*.

—¿Placentero? ¿Intentar complacer a diez mujeres celosas? ¿Tengo cara de estar divirtiéndome?

Reprimí mi lengua después de aquello, y estuvimos largo rato sentados en silencio, hasta que oímos unos golpes en la puerta. Me escondí detrás del biombo, y Alí entró en la habitación, con una sonrisa de oreja a oreja.

—Tu sonrisa me dice todo lo que deseaba saber —dijo Mahoma, y me dirigió una mirada negra—. Está claro que los rumores eran falsos.

—No, eran ciertos —dijo Alí—. Alguien ha estado visitando a Maryam, tal como informó Aisha.

La satisfacción que sentí me hizo soltar una breve carcajada... que murió al ver a Mahoma derrumbarse sobre su almohadón y quedarse con los ojos llenos de tristeza fijos en el suelo.

—*Yaa* Alí, ¿por qué sonríes? —dijo, con una voz tan rígida como un cadáver—. ¿Te estás burlando de mí?

—No, primo. Cuando oigas mi historia, tú también sonreirás. —Se sentó frente a Mahoma y le puso una mano en el hombro—. Tu concubina tiene un visitante, y no es una mujer..., pero tampoco es un hombre. —Sus ojos brillaban mientras relataba que había espiado con mucho cuidado por la ventana de Maryam, tal como le había indicado Mahoma. Dentro, vio a un hombre negro muy grande que la peinaba y cantaba con ella—. Tendrías que haberles oído, primo. Su voz era dulce como la de una mujer, y alternaba con la de ella como si fueran dos pájaros arrullándose a dúo. Ella se reclinó en los brazos de él y cerró los ojos en éxtasis, mientras los dos trinaban.

El rostro de Mahoma se oscurecía más y más a cada palabra. Yo suspiré, apenada por causarle aquel dolor, pero también aliviada al pensar que ella se iría muy pronto y Mahoma se vería libre del escándalo.

—¿Lo detuviste? —dijo Mahoma entre dientes—. Por Alá, tendré su cabeza esta misma noche.

—Lo hice. Entré en la casa con la espada en alto. —Alí se puso en pie de un salto y su espada silbó al salir de su vaina—. Le agarré de la garganta, porque no tenía barba. ¡Tendrías que haberle oído gritar! «Ahorra tus lágrimas para el día del Juicio», le dije. «Alá no se mostrará generoso con quien ha robado lo que pertenece al Profeta.»

—Es muy cierto lo que dices, Alí —murmuró Mahoma.

—Maryam también lloraba. Me dijo que era su criado, pero le contesté que no quería oír sus mentiras. Entonces el hombre habló en su propia lengua y se señaló la ingle.

Yo me encogí, al adivinar cómo iba a terminar la historia de Alí. Mahoma no expulsaría a Maryam, y en cambio se enojaría conmigo por haberla espiado. Una vez más, por intentar ayudarlo me había perjudicado a mí misma. ¿Cuándo aprendería a observar y esperar, en lugar de saltar de inmediato a las conclusiones?

—Entonces —continuó Alí—, el hombre negro desató el cordel que sujetaba su falda, y la dejó caer. ¡Yo me puse furioso! «Voy a cortarte los testículos por este insulto», le dije. Pero él se inclinó y señaló; y por Alá, vi que alguien se me había anticipado a hacerlo.

Alí se echó a reír con tantas ganas que casi dejó caer su arma.

—*Yaa* primo, no tienes nada de qué preocuparte. La vaina de tu concubina nunca acogerá la espada de ese eunuco moro.

25

Un heredero para el Profeta

Medina, mayo de 629 – Dieciséis años

Mahoma me había acusado de tener celos de Maryam, y sí, yo envidiaba su porte azul y oro. Lo más doloroso, sin embargo, era la falta de deseo que sentía él hacia mí desde la llegada de ella. Para concebir un hijo de Mahoma, yo necesitaba algo más que besos cariñosos y sonrisas cansadas.

Con tantas mujeres, Mahoma debería haber engendrado suficientes herederos para formar con ellos un ejército personal. Sawdah había rebasado con mucho la edad de concebir, pero el resto de nosotras éramos como árboles cargados de fruta madura esperando a que alguien la cogiese. En el *harim*, cada una observaba celosa los cuerpos de las demás, porque todas sabíamos que la que diera un heredero al Profeta alcanzaría una posición especial en el Hijaz. Y cuando Mahoma nos dejara para ir al Paraíso, su hijo tendría a la *umma* en sus manos, para guiarla y gobernarla como había hecho su padre; y su madre viviría como una reina en este mundo y en el otro.

Azuzadas por aquella competencia, las crueldades quemaban más que el fuego de la cocina.

—Esta mañana me he despertado con la cabeza que me daba vueltas —anunciaba Saffiya, entornando los ojos. Y del rincón de Zaynab brotaba una risa sarcástica, parecida al graznido de un buitre.

—Eso no es señal de embarazo —replicaba Raihana—. Tú siempre has tenido la cabeza muy ligera.

Yo, por mi parte, me guardaba mis síntomas para mí hasta estar segura. La falta de sangre menstrual no era necesariamente una prueba de estar embarazada. Ya antes había tenido ese tipo de faltas, debidas al hambre, según decía Sawdah. Pero después de varias semanas de náuseas y de mi segunda falta, empecé a alimentar esperanzas.

Dejando a un lado la competencia, el *harim* era un lugar más atareado y más feliz en aquellos días. Mis hermanas-esposas cosían, hacían encaje, bordaban, ponían flores a secar, probaban nuevos colores de labios y mezclaban perfumes como preparación para su debut de pago como doncellas de una novia. Sawdah había contado su intención a Umm Ayman, y al cabo de sólo unos pocos días la esposa del acaudalado propietario Harun ibn al-Malik las había contratado a un buen precio para la boda de su hija.

Mientras mis hermanas-esposas trabajaban y charlaban sobre cómo iban a gastar sus ganancias, yo me acerqué discretamente al pabellón de Sawdah. Cuando me abrió la puerta, me saludó alegre.

—¡Cuánto has tardado en venir, por Alá! —dijo—. ¿Han sido escuchadas nuestras oraciones?

Me tendió en su cama y me palpó el vientre con las manos, como cuando se prueba si un melón está maduro.

—Humm —dijo—. Justo lo que pensaba.

Apartó mis piernas y miró por entre ellas como si pudiera ver mi útero.

—Sí —dijo—. Sí.

Sopesó mis pechos.

—Están creciendo. Buena señal.

Luego me examinó la lengua, me miró los ojos y dio el veredicto que yo ni siquiera me había atrevido a decir delante del espejo: estaba esperando un niño de Mahoma.

A mi corazón parecieron crecerle alas que me elevaron con grandes saltos excitados. ¡Por fin un hijo propio al que amar, con el que jugar, al que cantar, al que abrazar y dar cariño, y que me daría nietos cuando fuera vieja! Bailé por la habitación como un niño pequeño. ¡Por fin iba a escapar de mi esclavitud de Zaynab! Esperar al heredero de Mahoma pondría en mis manos el control del *harim* para siempre. Tendí los brazos a Sawdah y la abracé.

—Alá sea loado, Él ha reservado el mayor honor a la más joven —balbuceó, con una gran sonrisa, cuando por fin la solté. Después palpó su amuleto del Ojo Maligno y añadió—: Hágase Su voluntad.

Yo la besé y atravesé al patio corriendo hasta el pabellón de Hafsa.

—¡No te lo vas a creer! —dije cuando me abrió la puerta. Pero la furia que vi en sus ojos y el rubor de sus mejillas frenaron de golpe mi excitación, igual que si me hubiera tapado la boca con la mano.

—¿Has venido a contarme una historia increíble, Aisha? Ja, ja. Yo también tengo historias que contar. Lástima que sean demasiado sórdidas para irlas repitiendo.

Se volvió y entró en su pabellón. Yo la seguí y cerré la puerta a mi espalda. Su habitación era igual que la mía, aunque más oscura —Hafsa aborrecía el calor—, y las paredes y el alféizar de la ventana estaban desnudos de decoración. Olía a polvo y un rastro de almizcle, el olor de Maryam. Cuando mis ojos se adaptaron a la penumbra, vi fragmentos de loza incrustados en las paredes y cuencos y tazas rotos en el suelo.

—¿Qué ha ocurrido? —Señalé los pedazos de loza. Hafsa me miró ceñuda—. *Yaa* Hafsa, ¿hay un cadáver escondido en algún lado?

—¡Por Alá, ojalá hubiese dos! —Una lágrima brilló en su mejilla, pero la secó de un manotazo—. *Yaa* Aisha, Mahoma me ha ordenado que no se lo diga a nadie, pero tengo que hablar con alguien. ¿Por qué he de guardar sus secretos vergonzosos? Que se divorcie de mí. ¡No me importa! Por lo menos no tendré que compartir mi dormitorio con esa ramera egipcia.

»He pasado la tarde con una fuerte jaqueca en casa de mi madre, bebiendo un sorbete y abanicada por las criadas. Sabes que no puedo soportar estos días sofocantes de verano. Pero no tenía idea de la temperatura ardiente que iba a encontrar en este lugar.

»Cuando volví a la mezquita, con la cara y el cabello húmedos de sudor, me dirigí a mi pabellón para echarme un rato. Cuando abrí la puerta, encontré a Mahoma y Maryam en mi cama, besándose y abrazándose.

Yo tragué saliva.

—¿Los sorprendiste juntos? —El calor invadió mi cuerpo al imaginar la escena—. ¿Qué hicieron?

—Ni siquiera se dieron cuenta de que estaba allí hasta que estrellé una taza en la pared por encima de sus cabezas. Entonces sí que me prestaron atención, ja ja. —La risa era como una cicatriz dolorosa en su cara—. Tiré otra taza, y Maryam recogió sus ropas y salió corriendo. Mahoma me pidió que me calmara antes de que viniera toda la *umma* a la carrera. Eso es lo único que le preocupaba, Aisha, ¡su reputación! Su ambición de ser rey del Hijaz le ha hecho olvidar su compasión y su buen sentido. —Alguien llamó a la puerta—. Este pabellón está teniendo más visitantes en un día de los que ha tenido en todo un año —gruñó y abrió la puerta de par en par. Mahoma estaba en el umbral, con una sonrisa insegura.

—He venido a preguntar cómo te sientes, Hafsa.

—¿Por qué? ¿Tienes miedo de que cuente a mis hermanas-esposas que te he encontrado haciéndole el amor a tu concubina en mi dormitorio?

—No hacíamos el amor. Sólo nos abrazábamos. ¿Puedo entrar?

¡De modo que Hafsa había sorprendido a Mahoma en su habitación con Maryam! Era el insulto más grave posible. Me sentí tan furiosa como ella.

—Era un buen abrazo —estalló Hafsa—. Tan intenso que teníais que estar tumbados. ¿O es que los egipcios lo hacen así?

—Maryam sintió un mareo. Por eso la traje a tu pabellón. No creí que te importara.

—¿Qué hacía aquí? ¿No tiene una casa entera para ella?

—Hafsa, no deseo hablar de esto en el patio. ¿Puedo entrar, por favor?

—Haz lo que desees —dijo Hafsa—. Como siempre haces.

Yo lo recibí con cara de perro, sin molestarme en ocultar mi ira.

—He venido a hablar con Hafsa en privado —me dijo Mahoma—. Déjanos solos, por favor.

—¿Dejaros? ¿Por qué? Ya lo sé todo. Menos tus excusas, por supuesto.

La vena de entre sus ojos empezó a palpitar.

—¿No te he pedido que guardaras nuestro conflicto entre nosotros dos, Hafsa?

—Tú tenías compañía cuando lo hiciste —dijo ella—. ¿Por qué tengo yo que soportarlo sola?

El semblante de Mahoma se oscureció.

—¡No hicimos nada! Pero tú has traicionado mi confianza. ¿Cómo puedo vivir con una esposa en la que no puedo confiar?

—¿Te hiciste esa pregunta antes de casarte con la hija de Abu Sufyan? —pregunté yo.

—No te metas en esto, Aisha. ¿No te he pedido que nos dejaras?

—Quédate, por favor. —Hafsa arqueó una ceja y miró desde detrás de su larga nariz a Mahoma—. Me gustaría tener un testigo.

—Sólo estaba besando a Maryam. —El tono de Mahoma era inexpresivo—. Estábamos celebrando las buenas noticias.

—¿Maryam se vuelve a Egipto? —dije yo.

—No va a ninguna parte —dijo Mahoma—. Está esperando un hijo mío.

Me esforcé en calmar los latidos insensatos de mi corazón. ¿Maryam, también embarazada? Del mismo modo que el deseo de Mahoma hacia mí se había diluido en el de ella, lo mismo iba a ocurrir con su júbilo por mi noticia. Pero..., mi propia alegría no iba a verse afectada. Un hijo era lo único que Maryam no iba a poder quitarme.

Hafsa graznó como un cuervo. Mahoma me sonrió como si tuviera la boca llena de crema dulce. Deseaba un hijo más que ninguna otra cosa.

—Felicidades, esposo —dije—. Éste es un día especial para ti. En verdad, doblemente especial. Porque hoy yo he descubierto también que estoy embarazada.

Su sonrisa desapareció. La vena de su frente volvió a palpitar.

—Por Alá, nunca imaginé que tuvieras tanta audacia —dijo—. ¿Tan desesperada estás por atraer mi atención que tienes que inventar patrañas?

Desfallecí ante aquel insulto, pero sólo por un instante. En mi interior latía el corazón de mi hijo, que despertó mi espíritu y mi lengua.

—Sigo tu ejemplo, Profeta —dije—. Te has convertido en un experto en el arte de la invención.

—¿Cuándo te he mentido?

—Aún no hace cinco minutos, cuando has dicho que sólo estabas dando un beso a Maryam cuando entró Hafsa. Pero, según Hafsa, Maryam recogió sus ropas antes de marcharse corriendo.

—Se encontraba mal —dijo Mahoma—. Por eso se había quitado la ropa.

—También dices que tratas equitativamente a tus esposas. ¿Cuándo lo has hecho? Tus esposas auténticas esperan un afecto que sólo reciben muy de cuando en cuando, mientras tú viertes tu simiente en una mujer que se niega a casarse contigo.

—¡Basta! —aulló Mahoma—. Has hablado de más, como de costumbre, Aisha.

—Entonces hablaré yo —dijo Hafsa—. Estamos cansadas de promesas rotas y de lechos vacíos.

Mahoma la miró ceñudo.

—Tendrás que acostumbrarte a un lecho vacío, Hafsa —dijo—. Como has faltado a mi confianza contándole a Aisha lo que te había pedido que no dijeras, mi respuesta va a ser romper el contrato de matrimonio contigo. Cuando haya hablado con Umar, podrás recoger tus pertenencias y marchar a la casa de tu padre.

El rostro de Hafsa se puso tan pálido que me precipité a sostenerla por si caía al suelo.

—¿Cómo puedes hablar de divorcio cuando has prohibido a tus esposas que vuelvan a casarse? —le pregunté, furiosa.

—Alá hizo esa prohibición, no yo. —Su mirada sólo reflejaba oscuridad—. Y la revelación se refería a mis viudas, no a las esposas divorciadas de mí. Cualquier esposa a la que yo abandone tendrá libertad para casarse de nuevo.

La llamada de Bilal desde la azotea de la mezquita trajo la confusión a nuestros rostros. Mahoma salió a escape del pabellón de Hafsa y corrió al patio. Yo empecé a seguirlo, pero me acordé de Hafsa y me detuve para tranquilizarla.

—No te preocupes —le dije—. Es sólo que está furioso. Y es sólo la primera repudiación, nunca hará las otras dos.

Para que un hombre se divorcie de su esposa, se le exige que declare su intención por tres veces.

—No, has dicho la verdad —dijo Hafsa—. Nosotras las mujeres del Hijaz somos como perros meneando la cola comparadas con esa exótica dama felina de Egipto. —Las lágrimas corrían por sus mejillas—. Es imposible competir.

La competencia iba a ser todavía más intensa. Los gritos de Bilal anunciaban la tan esperada llegada de la caravana del Yemen, que traía una nueva esposa a Mahoma. Nos precipitamos como piedras desprendidas en una ladera, para verla. Ni las sedas de colores que adornaban los camellos ni el incienso que perfumaba el aire despertaron ningún comentario de ninguna de las dos.

Los murmullos que recorrieron la multitud reunida anunciaron la aparición de la futura novia. La miramos primero en silencio, como quien escucha un poema que habla de pómulos altos como higos, pestañas tan largas como el beso de un amante, labios tan jugosos y oscuros como el vino prohibido, piel como el café y un seno como las dos colinas gemelas de La Meca.

—Despedíos de vuestro marido, hermanas-esposas —dijo por fin Raihana—. Este nuevo juguete tardará mucho tiempo en perder su atractivo.

—Es una flor exótica que atrae todas las miradas —se lamentó Saffiya.

—Por Alá, otra extranjera que hace que parezcamos vulgares —dijo Hafsa—. Raihana tiene razón, no volveremos a ver nunca a Mahoma.

—*Yaa* Hafsa, ¿dónde está tu ánimo? —La miré atentamente—. Nunca te habías desanimado con tanta facilidad.

La cara de Hafsa expresaba su desolación.

—¡Mírala, Aisha!

Miré, y vi que Mahoma ayudaba a su nueva futura esposa a

apearse del camello. La sonrisa de la joven, que no transmitían sus ojos, apagaba el brillo de las joyas que colgaban de su garganta, sus oídos, sus brazos y sus tobillos, pero fue la suave ondulación de sus pechos, que sobresalían como blandos almohadones del escote de su vestido, lo que atrajo la mirada de Mahoma.

—Que no te engañe esa ropa tan sugestiva. Es una completa inocente, con un padre más estricto que el mismo Umar —murmuré a Hafsa y Saffiya—. Será inofensiva.

Entonces, cuando Mahoma se inclinaba para saludarla, vi la mirada que ella dirigía al rostro del oficial que la escoltaba, un hombre alto vestido de hilo de oro con una nariz larga y fina y ojos que parecían lanzar dagas contra la nuca de Mahoma. El miedo deformó la cara de la mujer, como si gritara, y sus labios se movieron en una súplica muda, y el rostro del hombre se endureció y cuadró su mandíbula.

Un instante después, Mahoma se irguió y le sonrió. Tanto ella como su escolta lo miraron con tal complacencia que me pregunté si realmente había visto la mirada que se cruzaron.

Tendría que investigar más.

—Creo que tenemos que hacernos amigas de ésa —dije a Saffiya y Hafsa—. Ofrezcámosle ayuda para prepararla para la boda.

—¿Quieres ser su doncella? —Saffiya meneó la cabeza—. Estas noches solitarias han debilitado más tu cabeza que la mía.

Hafsa me miró, suspicaz.

—¿Qué es lo que te ronda por la cabeza?

—Me gustaría conocer más a la novia. ¿A ti no? —Dirigí una mirada cómplice a Hafsa. Ella se encogió de hombros. Más tarde, cuando nos quedamos solas las dos, le conté lo que había visto. Mi instinto me señalaba un peligro, pero antes de dirigirme a Mahoma, tenía que saber más cosas. De otra manera no me creería, y yo no podía permitirme otro error.

Hafsa y yo volvimos del brazo por el patio, hacia nuestros pabellones.

—*Yaa* Hafsa —le dije al oído, inclinándome hacia ella—. Hay muchas formas de preparar a una mujer para el matrimonio.

26

Conspirando con el enemigo

El mismo día, más tarde

Aquella noche, esperé a Mahoma sola en mi habitación y recordé inquieta sus palabras a Hafsa. ¿Formalizaría las otras dos repudiaciones y la enviaría a la casa de Umar? Sentía que me faltaba el aire, asustada por esa posibilidad. Si Mahoma se divorciaba de Hafsa, la hija de su Compañero más íntimo, ¿quién de nosotras estaría a salvo? ¿Lo estaba yo?

A pesar de mi confusión, el estómago me pedía alimento. Durante varios meses, probablemente debido al embarazo, mi apetito había sido un pozo sin fondo, insaciable. Me dirigí a la tienda de la cocina, pero, ya en el patio, me detuve al ver unas sombras que se agitaban como cuervos en la noche. Oí el crujido de una rama al quebrarse y me acurruqué contra la pared, a la espera de un ataque repentino, de oír el gruñido o el rugido de una alimaña. Como la sequía los había privado de sus bebederos, los chacales habían empezado a merodear por nuestras calles, de noche, en busca de agua. Sawdah había dicho que cuando llegaban a esa situación desesperada, atacaban a los humanos para beber su sangre.

Oí un grito ahogado. Al otro lado del patio, una figura cayó al suelo. Cuando se levantó, vi que no se trataba de un chacal, sino de algo mucho más siniestro. Mi corazón se disparó por la alarma cuando vi la silueta de un hombre que iba de un pabellón a otro, apartando cortinas y atisbando por las ventanas. Vi que miraba al interior de mi pabellón y, al no ver a nadie, se alejaba rápidamente. Cuando pasó por una zona iluminada, de mi pecho escapó un rugido de rabia.

Era Abu Sufyan: espiaba por las ventanas, sonreía ante lo que había visto en la habitación de Hafsa, se detenía un rato ante la de Zaynab, luego agitaba la mano ante la ventana de su hija Umm Habiba. Fue anadeando hasta la puerta y allí esperó un rato hasta que ella le abrió, y entonces se deslizó en el interior. Y yo era la única que lo había visto entrar.

¡De modo que Umm Habiba era una espía!

¿Cuántas veces la habría visitado su padre en los últimos meses? ¿Ayudó a Abu Sufyan a preparar aquel ataque contra los pastores Ghatafani, el ataque que había roto el tratado de paz? ¿Le pasó la información de que estábamos preparando un ejército para invadir La Meca?

Como muchas personas de la *umma*, yo temía que el clan de Quraysh nos atacara primero. Cuando se lo dije a Mahoma, él me contestó que no tenía miedo.

«Nos hemos hecho demasiado poderosos para que Abu Sufyan luche contra nosotros, no digamos ya para que nos venza», dijo.

¿Qué diría cuando le contara la traición de Umm Habiba? ¿Me creería? Se había burlado de mí, cuando le dije que esperaba un hijo suyo. «Desesperada», me había llamado. ¿Por qué habría de escucharme ahora?

Corrí al *majlis*, donde Mahoma y sus Compañeros cenaban y discutían de política con el escolta de su nueva prometida, el emisario yemení. Hice señas a mi padre y le indiqué que saliera de la sala; entonces le conté entre susurros lo que había visto.

—¿Abu Sufyan aquí? —Su cuerpo se tensó—. Tenemos que avisar a Mahoma. —Volvió a dirigirse hacia el *majlis*, pero se detuvo de pronto—. ¿Estás segura de que era él, Aisha?

—¡Claro que estoy segura!

—¿Le viste la cara?

Vacilé, e intenté recordar.

—Vi su cuerpo obeso —dije—. Y lo vi entrar en el pabellón de Umm Habiba.

Él se acarició la barba.

—Voy a investigar. Pero ya casi hemos acabado de cenar. Si sale Mahoma, ¿le contarás adónde he ido?

La alarma me aferró con sus dedos huesudos, y alargué el brazo para detenerlo.

—¡No, *abi*! No puedes ir solo. Es demasiado peligroso...

Me dio unas palmadas tranquilizadoras en el hombro.

—Abu Sufyan y yo hemos hecho muchos negocios juntos —dijo. Se inclinó hacia mí, y añadió en un susurro—: Su forma de pelear es atroz.

Mientras esperaba a que saliera Mahoma, la inquietud y la excitación tiraban de mí en direcciones opuestas. ¿Me creería cuando le contara lo que había visto? Mis acusaciones contra Maryam habían hecho que desconfiara de mí. Ahora me veía como una enredona celosa dispuesta a arruinar todos sus matrimonios. De hecho, no estaba muy lejos de la verdad. Odiaba compartirlo con tantas mujeres, por más que sabía el valor de cada alianza. Pero en lo que se refería a Umm Habiba, yo tenía buenos motivos para sospechar. ¿Me redimiría a los ojos de Mahoma mi descubrimiento de la visita de su padre?

Más o menos diez minutos más tarde, los hombres salieron del *majlis* en grupos de dos y de tres, charlando entre ellos, ignorantes de la presencia del enemigo en nuestra casa ni del peligro que acechaba en la mirada del emisario yemení. Yo permanecí en la sombra con el chal cubriéndome el rostro, a la espera de Mahoma. Cuando apareció, le pedí que viniera a mi pabellón.

Dentro de mi habitación, me quité el chal.

—Umm Habiba es una espía —dije. Antes de que pudiera continuar, su ira se desató como una tormenta sobre los dos.

—¡Malditas acusaciones tuyas! —gritó, rechinando los dientes—. Como vuelva a salir de tus labios una calumnia más contra tus hermanas-esposas...

—No es una calumnia. —Me esforcé en hablar con calma, aunque la rabia me dominaba—. He visto a Abu Sufyan en el patio. Mi padre ha ido a enfrentarse a él.

—¿Abu Sufyan? —Las preguntas se agolparon tras el ceño de Mahoma.

—Ha entrado a hurtadillas en el pabellón de su hija. La que envió aquí a espiarnos.

—Umm Habiba no es una espía —gruñó Mahoma.

—Y yo no soy pelirroja.

—Ha sido una musulmana devota durante años. Abu Sufyan intentó matar a su marido cuando él se convirtió. Los dos huyeron a Abisinia hace años.

—Y ahora que no tiene a su marido, ¿qué es ella? —Alcé la voz para protestar—. ¿Es su padre un enemigo o un aliado?

—El odio que siente Umm Habiba por Abu Sufyan le ha traído muchos sufrimientos. Si la ha visitado, ha sido sin permiso de ella.

—De modo que ésa es la razón por la que quería casarse contigo —grité, con la intención de devolverle el daño que me había hecho con su incredulidad—. No para espiar para Abu Sufyan, sino para castigarlo.

Su rugido me indicó que se disponía a gritarme de nuevo, pero la llamada de mi padre nos interrumpió.

Entró y se inclinó ante Mahoma con una sonrisa grave.

—Enhorabuena. Tu enemigo se da por vencido. Abu Sufyan tiembla ante los rumores de una invasión musulmana. Aunque no lo admitirá, ha venido para pedir piedad.

Mahoma respiró hondo y me miró. El arrepentimiento brilló en su mirada, antes de corresponder a la sonrisa de mi padre.

—En verdad es una buena noticia —dijo—. Pero ¿por qué no ha venido con una delegación oficial?

—Después de que sus hombres rompieran el tratado, no sabía si corría peligro —dijo mi padre—. Ha dejado a su guardia a las puertas de la ciudad para evitar llamar la atención, y ha pedido a Umm Habiba que le facilitara una entrevista segura contigo. Ella se ha negado.

Mahoma me dirigió otra mirada, en esta ocasión de triunfo.

—Es una creyente leal y devota —dijo. Luego frunció el entrecejo—. Abu Sufyan tendría que haberlo sabido. *Yaa* Abu

Bakr, ¿no será una trampa? ¿Por qué ha corrido el riesgo de presentarse aquí solo?

—No ha corrido ningún riesgo. —La voz de mi padre se hizo más ronca—. Su hijo Mu'awiyah ha entrado en la casa de mi padre en La Meca, sin ser invitado, y se niega a salir de allí. Abu Sufyan retiene a mi *abi* como rehén.

La vena de Mahoma se oscureció, pero dio una palmada tranquilizadora en el hombro de *abi*.

—No te preocupes, Abu Bakr. Tu padre está a salvo. Nadie tocará un solo cabello de la cabeza de Abu Sufyan. —El rostro de mi padre se relajó, pero sus ojos seguían estando llenos de preocupación—. Por lo que se refiere a las súplicas de piedad de Abu Sufyan, me gustaría oírlas yo mismo —dijo Mahoma—. Vamos ahora mismo a verlo. Creo que podremos apoderarnos de La Meca de una forma incruenta.

—¿Después de todas las veces que ha intentado matarte? —salté yo.

—Es mi primo, y ahora mi suegro —dijo Mahoma, apresurado, vuelto ya hacia la puerta—. *Yaa* Aisha —dijo sin mirarme, y su voz tenía un timbre lleno de tensión—, tú y yo no hemos acabado de hablar. Por favor, espérame aquí.

Era tarde cuando Mahoma volvió a mi habitación. Yo llevaba horas dando vueltas, intentando encontrar una forma de escuchar su conversación con Abu Sufyan. Pero no quería desobedecer la orden de Mahoma de esperarlo en mi pabellón. Su confianza en mí estaba demasiado deteriorada para arriesgarme a provocar una vez más su ira. Buscaba frenéticamente una forma de reparar mi relación con él. Descubrir a Abu Sufyan lo habría complacido, pero al acusar a Umm Habiba había vuelto a perjudicarme a mí misma. «Por favor, Alá, dame una oportunidad de redimirme.»

Irrumpió en mi habitación con el ímpetu de un incendio en la pradera.

—Tus celos se han hecho insoportables. Si no puedo contar ni siquiera con tu apoyo en este *harim*...

—¿Tus demás esposas también se te enfrentan? —dije, y me sorprendió el tono calmado de mi voz—. Tal vez la culpa sea tuya.

Alzó las cejas ante mi impertinencia.

—¿Culpa? ¿Cuál es la ofensa? Cada una de mis esposas se queja de una cosa diferente.

—Algunas tenemos muchos motivos para quejarnos —dije con amargura, y esperé que me preguntara a qué me refería, para contarle la servidumbre a la que me tenía sometida Zaynab, y el miedo que me daba levantarme de la cama cada nueva mañana. Pero Mahoma estaba demasiado ocupado con sus propios problemas para interesarse por los míos.

—Juwairriyah no ha tenido un traje nuevo en todo un año —gruñó—. A Saffiya no le gusta la comida que prepara Sawdah. A Hafsa no le gusta Maryam. A Umm Habiba no le gustas tú.

—¡Qué coincidencia! Yo pienso lo mismo de ella.

Su sonrisa careció por completo de humor.

—Umm Salama apenas me habla, y Zaynab no me deja en paz. Raihana no se lleva bien con nadie excepto con Zaynab, y ninguna se lleva bien con Saffiya.

—¡Por Alá, vaya un embrollo! Ahora entiendo que estés impaciente por volver a casarte.

—No es eso, Aisha. Estoy resignado a hacerlo.

—¿Resignado? ¿Era eso lo que he visto en tu cara cuando contemplabas la cara de esa novia capaz de dejar a un hombre sin respiración?

Arrugó la frente.

—Mentiría si dijera que estoy resignado a pasar el tiempo a su lado. Pero yo no buscaba otra esposa.

—¿Por qué molestarte en hacerlo, cuando vienen en rebaño en tu busca?

—Es cierto. —Suspiró—. Alá me ha dado ya mucho más que la cuota de esposas que me corresponde.

Tomé su mano en la mía y la apreté contra mi pecho, para que sintiera el aleteo apresurado del pájaro guardado en la jaula de mi corazón.

—¿Por qué te casas con ésta, entonces? Devuélvela al rey yemení.

—¿Y arriesgarme a ofenderlo? Nunca. —Golpeó el alféizar de la ventana con el puño—. Necesitamos la alianza del Yemen. Cuando la tengamos, podremos entrar en La Meca sin peligro y sin derramar sangre.

—Pero Yemen es aliado de Quraysh —señalé—. Tienen relaciones comerciales desde hace mucho tiempo. ¿Cuántas caravanas suyas hemos asaltado?

—Todo eso acabó con el tratado de paz. Ahora la ruta comercial está abierta.

—¿Tratado de paz? —Mi risa fue sarcástica, porque vi que Mahoma estaba decidido a seguir adelante con su matrimonio—. Tu amigo Abu Sufyan lo ha roto, ¿recuerdas?

Liberó su mano de mi apretón.

—He firmado otro acuerdo con él hoy mismo.

—¿De verdad? —Me quedé mirándolo, incrédula—. Es como meter la mano en la boca de un león y confiar en que no te morderá, ¿no te parece?

—Respetará este tratado, o lo pagará con su vida. —Mahoma me agarró por los hombros, y me miró con ojos resplandecientes—. ¡La Meca es nuestra, Aisha! Vamos a devolvérsela a Alá. A cambio, Abu Sufyan seguirá gobernándola... mientras me obedezca.

—¿Invadir La Meca? —El pánico me dominó—. Pero tú dijiste que estabas cansado de matar a hermanos y parientes.

Mahoma alzó la mano y me acarició el cabello.

—No tienes nada que temer, Aisha. Nadie que se convierta al islam sufrirá ningún daño. Y cuando vean las dimensiones de nuestro ejército, todos se convertirán..., incluso Abu Sufyan.

27

Hermanos de José

Al día siguiente

Abu Sufyan estaba oculto en algún lugar, y yo no pude escuchar sus conversaciones con Mahoma. Por mucho que siguiera desconfiando de él, me consolaba con la idea de que por lo menos Mahoma era consciente de los peligros que implicaba. El emisario yemení, por otra parte, parecía haber engañado a todo el mundo..., menos a mí.

Yo sospechaba de su historia. El territorio de Mahoma, tal como era ahora, incluía a unos cuantos miles de súbditos devotos, algunas tribus vencidas y un puñado de beduinos inconstantes. ¿Por qué había de renunciar el rey yemení a su alianza de años con Abu Sufyan en favor de Mahoma, cuya religión no había abrazado? Dado que la ruta comercial entre el Yemen y Damasco estaba de nuevo abierta, ¿qué ganaba él aliándose con nosotros?

Cada vez que recordaba la mirada de terror que la prometida de Mahoma, Alia, había dirigido al emisario yemení, se me erizaban los pelos de la nuca. ¿Y a qué se debía la mueca de desprecio del emisario al ver a Mahoma besar la mano de la bella Alia?

Me levanté y me vestí temprano a la mañana siguiente, dispuesta a averiguar más cosas de nuestros huéspedes. Unos golpes en la puerta me hicieron precipitarme a abrirla, temerosa de que algo malo hubiera ocurrido ya... Pero sólo era Zaynab.

—Tenemos que preparar un festín de bodas —me dijo—. Te necesitamos en la tienda de la cocina. ¡Ahora!

La seguí a través del patio frotándome las manos, y deseando apretarle el cuello con ellas, y eché un vistazo al pabellón de Alia. Al resplandor del sol naciente, vi el brillo de un manto de hilo de oro en su puerta, un instante antes de que se cerrara de golpe. Retuve la respiración. Aquel manto pertenecía a Nu'man, el emisario yemení. Él estaba en la habitación de ella en ese mismo momento. Tenía que descubrir qué tramaban. Pero ¿cómo, si Zaynab no me perdía ojo?

—¿Estás sonámbula? —dijo. Me agarró del brazo y me arrastró hasta la tienda de la cocina—. Hay mucho trabajo que hacer, perezosa.

Dentro de la tienda, la cara de Sawdah enrojeció al verme tratada con tanta rudeza por Zaynab.

—¡Por Alá, trátala con cuidado! —gritó, al tiempo que corría hacia nosotras y apartaba las manos de Zaynab de mi brazo—. Nuestra Aisha lleva en su vientre al heredero del Profeta —dijo, radiante, a toda la concurrencia.

Siguió un silencio estupefacto. Los ojos de Zaynab se hicieron por lo menos tres veces más grandes y su boca se abrió, temblorosa. Umm Salama se miraba las manos. Raihana puso los ojos en blanco y dijo:

—Loado sea Alá, la carrera por quedar preñadas ha terminado.

Sawdah vino cargada con una bandeja de dátiles, gachas de cebada y café.

—*Yaa* Aisha, ¿quieres llevarle esto a Alia? —preguntó. Yo tomé la bandeja, contenta por tener una excusa para curiosear lo que hacían la prometida yemení y su escolta.

Fuera del pabellón, dejé en el suelo la bandeja y miré alrededor. Las tiendas levantadas en el patio donde dormían las doncellas y los guardias de Alia estaban silenciosas, y no se veía a nadie. Me deslicé hasta la ventana de la parte posterior del pabellón y miré por entre las cortinas. Dentro, Nu'man sujetaba el cabello de Alia con una mano, levantándolo para dejar al descubierto su cuello, y con la otra tenía su daga apoyada en la garganta de ella. Su mirada era furiosa, y estaba muy pálido.

—No tienes opción, *habiba* —dijo—. No, si quieres conservar tu preciosa cabeza.

—Adelante, córtame el cuello —sollozó ella—. Los hombres de Mahoma te matarán luego, y los dos arderemos juntos en el infierno.

Él le soltó el cabello, pero sus ojos seguían estrangulándola.

—Aceptaste mi dinero. Ahora quiero el servicio que me prometiste.

Ella rebuscó en la bolsa que llevaba a la cintura y le arrojó un puñado de monedas.

—Aquí está tu dinero. ¡Ahora líbrame de ese horrible compromiso! Dios me castigará para siempre si mato a su Profeta.

El corazón me dio un vuelco. ¡Matar a Mahoma! Quise correr a él para avisarle... pero tenía que enterarme de más si quería que me creyera en esta ocasión.

Los ojos del emisario relucieron más aún que las monedas, que dejó esparcidas en el suelo.

—Podrías haberte preocupado de tu alma inmortal antes de aceptar mi dinero.

—Tenía que pagar la deuda de mi padre. —Bajó su mirada al suelo—. Los hombres que enviaste lo habrían matado.

—Y todavía lo harán, si lo ordeno —dijo él—. Que es lo que haré, a menos que cumplas lo prometido.

Alia murmuró algo que debía de suponer su asentimiento, porque Nu'man se echó a reír y enfundó la daga en la vaina que llevaba colocada bajo el brazo.

—Repasemos el plan una vez más —dijo—. Dime todo lo que vas a hacer.

—Debo echar una droga en su vino y dárselo a beber antes de la consumación.

—Correcto.

—Pero... —Su boca tembló—. Me he enterado de que el Profeta no bebe vino.

—Ponla en lo que sea que beba, entonces.

—No creo que se traiga su tazón de leche a mi pabellón. Y en el agua, la droga se notará demasiado.

—Humm. —Nu'man se acarició la barba—. Entonces

supongo que habrás de esperar a después de la consumación.

—¿Hacer el amor con él y luego matarlo? ¡Nu'man, no puedo! Es demasiado desalmado.

—Yo no me preocuparía por Mahoma. Por lo menos disfrutará de su última noche en el mundo. —Se relamió—. Si algo sale mal, grita y yo vendré en tu ayuda.

Me estremecí al pensar en aquella horrible escena, Alia haciendo el amor con el hombre al que tenía intención de matar mientras el hombre al que odiaba esperaba fuera. Ella hizo un mohín, pero no dijo nada.

—Cuando él duerma, sal dejando abierta la puerta y ve a mi tienda —dijo Nu'man—. Yo entraré en el pabellón con mi daga, y zas, se habrá acabado el Profeta. Mi camello estará esperándonos fuera de la mezquita, y antes de que despierte el resto de la casa, tú y yo estaremos lejos. Entonces podré dormir en paz por fin, sabiendo que mis caravanas están a salvo de asaltantes musulmanes.

Dejé caer la cortina, porque temí que oyeran los latidos de mi corazón. ¡Asesinos! El emisario yemení estaba tramando acabar con la vida de Mahoma, como había hecho antes Abu Sufyan y por el mismo motivo: dinero. Lo matarían esa noche a menos que yo pudiera encontrar un modo de detenerlos. «Alá, ayúdame —susurré—. Muéstrame el camino.»

Fui de puntillas hasta la puerta del pabellón, llamé y entré con la bandeja. Noté que, sin el maquillaje y las joyas, Alia no era ni mucho menos tan hermosa. Iba a necesitar trabajar mucho antes de la boda de esta noche. Y en ese momento, como si hubiera caído un velo de mis ojos, de pronto vi el modo perfecto de desbaratar su plan.

—*Marhaba* —dije, con una reverencia al tiempo que dejaba la bandeja ante ella—. Yo soy Aisha bint Abi Bakr, la esposa favorita del Profeta Mahoma, y tu futura hermana-esposa.

—*Marhabtein* —dijo ella—. Yo soy Alia.

—Espero que me permitas ser tu doncella esta noche —dije—. Podemos emplear el tiempo en conocernos mejor. Y mi hermana-esposa Hafsa domina como nadie el arte de la henna. Se ha ofrecido a adornar tus manos y tus pies.

Alia parpadeó, confusa.

—Tengo sirvientas para eso.

—Pero es el regalo que te hacemos. Cuando acabemos, sobrepasarás incluso tu belleza natural. ¡Piensa en la impresión que harás como representante del Yemen!

—Pero... —Miró nerviosa al emisario y éste hizo una seña de asentimiento—. Me encantará, hermana-esposa —declaró.

Tan pronto como salí del pabellón, corrí al de Saffiya, en busca de Mahoma.

—Se ha levantado temprano y ha ido al *hammam* —me dijo—. ¿Qué ocurre, Aisha? Te veo muy pálida.

Me di la vuelta y corrí, sin contestar sus preguntas, y preocupada únicamente por hablar con Mahoma; no por cómo iba a poder hacerlo mientras él se bañaba en el *hammam* de los hombres. A las mujeres, por supuesto, les estaba prohibida la entrada, como me dijo el guardián con ojos risueños cuando me presenté en la puerta.

—Llámalo, por favor. Es urgente.

—Tengo órdenes de no molestar al Profeta —dijo, divertido—. A menos que se trate de una cuestión de vida o muerte.

—¡Pues lo es! —grité—. Por favor, dile que está aquí Aisha, y que se trata de una emergencia.

Mientras esperaba di vueltas por el suelo de tierra apisonada del exterior de los baños, e hice un esfuerzo por recordar la escena que había presenciado en el pabellón de Alia, y repetirme todas las palabras en busca de otra interpretación más inocente. Me parecía inverosímil incluso a mí, que había escuchado todos los detalles de su plan. Pero no había error posible en las palabras de aquella pobre mujer ni en el brillo de los ojos de Nu'man cuando hablaba de verter la sangre de Mahoma.

La puerta se abrió y yo me volví, dispuesta a saltar al cuello de Mahoma y contarle todo lo que había visto y oído. Pero en lugar de mi esposo, me encontré con los ojos burlones de Alí.

—El Profeta se está preparando para su boda, Aisha —dijo—. Hoy no tiene tiempo para esposas celosas.

Se plantó ahí delante con los pies separados y acarició su espada envainada como si se planteara utilizarla conmigo. Yo lo miré con gesto sombrío, deseando tener mi propia espada. ¡Qué placer sería hacerle doblar la rodilla a Alí! Por el momento, sin embargo, no tenía ni el tiempo ni la paciencia necesarios para luchar, ni siquiera para discutir.

—*Yaa* Alí, he pedido ver a Mahoma —dije—. Traigo noticias urgentes.

—Ya te he dicho que está ocupado —respondió Alí. Su sonrisa se ensanchó—. ¿Qué ocurre ahora, Aisha? ¿Es Alia una espía, como Umm Habiba? ¿O has inventado alguna cosa nueva? —Mi expresión debió de incomodarle, porque se acercó más a mí y me miró a los ojos—. Mira tu cara, Aisha. Tienes la expresión de una niña traviesa cuyas mentiras acaban de ser descubiertas. Yo estoy al tanto de los detalles de cada uno de tus manejos en el *harim*, si no lo está también Mahoma.

Mi corazón empezó a latir muy deprisa.

—¡Alí, tengo que ver a Mahoma! Su vida puede depender de eso.

—Juro por Alá que, si intentas romper la alianza con el Yemen, te haré la vida difícil —dijo—. He intentado convencer a Mahoma de que te prohíba asistir a la boda, pero él no quiere. Te lo advierto, Aisha: tengo ojos y oídos en todas partes. Una sola palabra falsa o una fechoría tuya y me aseguraré de encerrarte en tu habitación hasta que el matrimonio esté consumado.

Di media vuelta y corrí por las calles con una furia que no me dejaba ver a las personas con las que me cruzaba. ¡Ese asno con sus aires de importancia me impedía hablar con mi marido! Mahoma no podía saber para qué quería verle, o habría venido a buscarme. Pensé en volver y esperar a que saliera, pero decidí que era preferible no hacerlo. ¿Y si estaba Umar con él? «¡Alá me socorra, si me encuentra fisgando en los alrededores de los baños masculinos!»

Muy pronto acorté el paso y me cubrí la cara con el chal, pensando en las amenazas de Alí. Por mucho que lo odiara, reconocía que sus palabras habían tenido un resultado útil. Había hecho que me diera cuenta de que Mahoma me tomaría por loca si aparecía ante él para decirle que existía una conjura para asesinarlo. Acababa de acusar a Umm Habiba de ser una espía de su padre, cometiendo un error terrible. Antes, había acusado en falso a Maryam de adulterio. Debido a mis meteduras de pata, Mahoma no me había creído cuando le dije que esperaba un hijo. ¿Por qué habría de creerme ahora?

Si decía algo de Alia que no fueran elogios, sólo conseguiría que Mahoma se pusiera más furioso todavía. Entonces, Alí lo convencería con facilidad de que me tuviera encerrada. Si eso ocurría, no podría llevar a cabo mi plan... y Mahoma moriría esa noche.

Para ayudar a preparar a Alia para la boda recurrí a Hafsa, la única hermana-esposa a la que podía confiar un secreto. Cuando oyó hablar del asesinato planeado, sus ojos relucieron con el fuego habitual a su temperamento.

—Me gustaría hundir una daga en esos preciosos pechos —dijo.

—Paciencia, Hafsa, ésa es la clave del éxito —dije—. Si la matamos, el emisario encontrará sencillamente otra forma de matar a Mahoma.

Ella me tiró de la manga.

—¿Y si tu plan falla, Aisha? ¿No deberíamos contarlo a alguien?

Le conté mi intento de hablar con Mahoma en el *hammam* de los hombres, y las amenazas de Alí.

—No dejes que ese pellejo hinchado de viento te impida avisar a Mahoma —dijo Hafsa—. Si algo le ocurre, tendrás tú la culpa.

—No le ocurrirá nada si estoy yo ahí para ayudarlo —dije—. Pero no podré hacer nada si Alí me encierra.

—Díselo a tu padre entonces, Aisha. No puedes hacer esto tú sola.

Asentí.

—Mi padre es, de todos ellos, quien puede creerme. Y si no, no te preocupes: mi plan es bueno. Y en caso de que no funcione, tengo otro. Ese asesino nunca llegará a acercarse a Mahoma.

La dejé y fui a la casa de *abi*. Lo encontré, para mi sorpresa, en su *majlis* con Abu Sufyan.

—¿Tú lo dejas estar aquí? —le dije, cuando salió a recibirme.

Se pasó las manos temblorosas por el cabello. Tenía los ojos extraviados, y me miraba sin verme.

—Por Alá, no pienso perderlo de vista mientras tenga a mi padre como rehén.

Lo agarré de la barba, e intenté atraer su atención.

—Necesito tu ayuda, *abi*. Esa nueva novia de Mahoma...

—Aisha, ¿no has oído lo que te he dicho? Estoy ocupado. No tengo tiempo para tus intrigas.

—¡Pero esto es serio!

Sus ojos se fijaron por fin en mí..., con una mirada de reprobación.

—¡Serio! —gritó—. No tienes ni idea de lo que es serio o no. Tus disgustos domésticos no me interesan ahora, Aisha, ¿no lo entiendes? La vida de mi padre está en peligro. ¡Déjame!

Dio media vuelta y volvió a entrar en el *majlis*, dejándome como si acabara de ser sorprendida por el *simum*. Mi padre no podía ayudarme, después de todo. Me sentí envuelta en un torbellino de desesperación, pero respiré hondo y apelé a mi ingenio. Salvaría a Mahoma yo sola.

Aquella tarde procuré tener firmes las manos y la voz alegre mientras Hafsa y yo ataviamos, pintamos y peinamos a la novia hasta que nosotras mismas nos sentimos deslumbradas por su belleza. Adulé a Alia y le di consejos de hermana mientras Hafsa rechinaba los dientes y adornaba las manos y los brazos de la novia con serpientes de dientes afilados y rosas cuajadas de espinas; motivos muy de moda, según le aseguró.

La siguiente parte de mi plan era decisiva para su éxito. Como sabía el chantaje de que era objeto Alia para representar su papel, casi aborrecí hacerlo. Me consolé pensando en Mahoma, y mi amor por él fue como una coraza que endureció mi pecho.

—Ahora recuerda —le dije cuando se levantó para marcharse—. Cuando llegue el momento de la consumación esta noche, no cedas de inmediato a Mahoma.

—Sé tímida —dijo Hafsa—. Es lo que a él le gusta.

—Resiste a sus avances, pero con risas, para que sepa que tu resistencia no es seria —dije yo.

—A los hombres les gusta tener que insistir —dijo Alia. Y nos dirigió una sonrisa maliciosa—. Es lo que he oído.

—Mahoma perderá interés por ti si le parece que te ha conseguido con demasiada facilidad.

—Pero ¿y si lo asusto? —dijo Alia.

—¿Asustar al Profeta? ¿El guerrero más poderoso del Hijaz? —Hafsa soltó una carcajada burlona.

—Y cuando esté a punto de alcanzar la consumación, grita: «¡Pido a Alá que me proteja de ti!» —dije, moviendo las cejas—. Su reacción te sorprenderá.

Lo cierto es que yo ya conocía el efecto de esa frase en Mahoma... indirectamente. Una noche en que tomábamos el café con él, Saffiya contó una historia inquietante sobre un ataque de la *umma* a su tribu. Una prima suya había pedido compasión a uno de nuestros guerreros, que le arrancaba las ropas. «¡Pido a Alá que me proteja de ti!», gritó la mujer, pero el hombre no le hizo el menor caso. Lo cierto, dijo Saffiya, es que la llamó impostora y la trató con más dureza si cabe.

El rostro de Mahoma se volvió más pálido que la leche al oír la historia.

—¿Quién es ese guerrero? Arderá sin duda en el infierno por ese pecado.

—Pero la mujer no era musulmana —dijo Zaynab.

—¿Crees que únicamente los musulmanes pueden invocar a Alá? —dijo Mahoma—. Quienquiera que lo haga debe ser protegido.

Mirándose al espejo, Alia ensayaba la frase.

—Pido a Alá que me proteja de ti —repitió, y frunció la frente—. ¿Estás segura de que excitará a Mahoma?

—Te sorprenderá su efecto —dijo Hafsa. Y sonrió mientras Alia, sin sospechar nada, salía del pabellón y se dirigía a la mezquita y a la trampa que la esperaba.

—Loado sea Alá —murmuró Zaynab en la boda—. Por lo menos, el vestido de boda de la novia no tiene un escote hasta el ombligo.

—*Yaa* Zaynab, ¿crees que fuiste tú la que inventaste esa forma de parecer seductora? —ironizó Hafsa.

—Lo mío fue un camisón por encima de los hombros —replicó Zaynab—. Y no, yo no lo inventé; sólo lo perfeccioné.

—Creí que sus pechos iban a brotar como las flores en primavera cuando se apeó de su camello ayer —dijo Raihana.

—En el Yemen tienen mucho que aprender sobre modestia —apuntó Umm Salama.

Maryam no participó en nuestra charla sino que se quedó a un lado, espléndidamente vestida de lino blanco y con largos pendientes enjoyados, mirándonos de reojo por encima del hombro. Pero me sentí segura de que su soledad había quedado compensada cuando Mahoma le dirigió una dulce sonrisa desde el otro lado de la sala. También a mí me miró, pero apartó rápidamente la vista, lo que hizo que me ardieran los ojos. Tal vez después de que salvara su vida volvería a tener su amor y su confianza.

«Por favor, Alá, haz que mi plan funcione.» Mientras el resto de la *umma* estaba de fiesta, las posibilidades de un desastre me habían quitado el apetito. ¿Y si Alia no decía la frase que yo le había enseñado? En ese caso ella y Mahoma consumarían el matrimonio y, como siempre después de hacer el amor, Mahoma caería en un sueño profundo y satisfecho del que ni siquiera el ángel Gabriel podría despertarlo. Cortarle el cuello sería una tarea fácil.

Intenté tranquilizarme a mí misma: ¿no podría quedarme cerca a vigilar y defender a Mahoma con mi espada? Pero tanta era mi preocupación por las cosas que podían salir mal que apenas probé la exótica comida yemení que todos juzgaron deliciosa: un jugoso guiso de cabra en un caldo de pimienta; una ensalada de yogur y pepino realzada con ajo; condimentos de especias picantes; dulces rodajas de mango. Comí, consciente de que tenía que llenar la barriga, pero mis pensamientos estaban fijos en la noche que empezaba, como si anticipara una batalla.

Mahoma parecía feliz al mirar a su esposa, por fortuna ignorante de su doblez.

Las esposas nos acercamos a besarlo y darle la enhorabuena cuando concluyó la comida. Cuando Mahoma me sonrió, me sentí como si tuviera un cuchillo puesto en mi garganta. Y los brazos de la pobre Alia temblaban cuando me abrazó.

—No se me ha olvidado la frase que me enseñaste —susurró.

—No te olvides de decirla, porque podría ocurrir que no consumara...

Me ruboricé al proferir aquel insulto contra la virilidad de Mahoma.

La noche se alargó como una pesadilla. Yo había planeado acurrucarme detrás del pabellón de Alia, y escuchar la conversación del interior. De ese modo, sabría si mi plan había funcionado. Si ella no pronunciaba la frase, yo saltaría con mi espada en la mano antes de que el emisario llegara a tocar la puerta.

Pero al acercarme al pabellón, vi las siluetas de dos hombres, una en cada esquina del edificio. El astuto Nu'man había puesto centinelas..., no contra posibles atacantes del exterior, sino para proteger a los que actuarían en el interior.

Jirones de nubes, como la mano de un conspirador, ocultaron la luz de la luna. Me escondí entre las sombras del pabellón siguiente, el de Umm Habiba, y me esforcé por oír los murmullos y susurros que llegaban del dormitorio.

—No tienes nada que temer —creí oír que decía Mahoma.

—Me estremecen tus besos —ronroneó ella.

Los ojos hambrientos de Mahoma. Su boca devorando la carne de ella. Sus dedos desatándola, desenvolviéndola. Sacudí la cabeza para ahuyentar aquellas imágenes, pero retornaban de nuevo, invocadas por los quejidos animales de él y las risas seductoras de ella. Los ruidos que me llegaban eran cualquier cosa menos inocentes. ¿Había olvidado ella las palabras, o había renunciado a decirlas? Recé por que no las olvidara.

—¡Dilo! —susurré, acurrucada en la oscuridad, mientras me limpiaba el maquillaje de la cara y quería que mi corazón desbocado se detuviera y me dejara escuchar.

Oí que ella daba un grito sofocado, agudo como una daga,

y la risa ronca de él. Por Alá, ¿estaba alardeando delante de ella?

—Dilo —rugí en sordina. «¡Ayúdame, Alá! ¡Que no se le olvide!» Si ella no decía aquella frase, me vería impotente para detenerlos. Los guardianes me atacarían, y la vida de Mahoma estaría perdida... a menos que encontrara un modo de llegar a aquella puerta.

Examiné el patio, en busca de salidas. ¿Por qué no me había esforzado más en conseguir ayuda? Había tenido miedo de que nadie me creyera. ¡Qué ridículos me parecían ahora esos temores! La simple sospecha de un ataque habría hecho que Mahoma fuera más cuidadoso, o habría puesto a mi padre en alerta. Había confiado tanto en que yo sola podría rescatar a Mahoma... Ahora era demasiado tarde para pedir ayuda, y Mahoma podía pagar un precio decisivo por mi vanidad.

Las nubes pasaron y la luna volvió a brillar. Su luz bañó todo el patio, incluyéndome a mí. Retrocedí hacia la sombra, pero mi movimiento atrajo la atención del centinela de la puerta. Sin hacer ruido saltó hacia mí y me agarró del cabello.

—Ven conmigo —dijo con voz ronca; me tapó la boca con la mano y me arrastró hacia la tienda del emisario.

Mis ojos se llenaron de lágrimas por el dolor que sentía en el cuero cabelludo, pero de alguna manera conseguí echar mano a la daga. Mientras el guardia me arrastraba, se me ocurrió un plan: una vez que estuviéramos fuera de la vista del pabellón de Alia, hundiría la daga en su vientre, y después me pondría su ropa y ocuparía su lugar frente a la puerta. De ese modo no tendría problemas para detener al asesino de Mahoma.

Pero antes de que llegáramos muy lejos, un gemido desgarrador atravesó la noche, un ruido como de gatos en plena pelea. El guardia se detuvo y dio la vuelta, todavía sujetándome, y yo me volví y vi que Mahoma salía al patio con su ropa en desorden y la cabeza descubierta..., y a la llorosa Alia con un camisón transparente, colgada de su brazo. A lo lejos se escuchó el golpeteo de los cascos de un caballo, que fue apagándose.

Mi corazón luchaba consigo mismo, clamando por ser oído. Forcejeé con el guardia, e intenté gritar para alertar a Mahoma.

Él no llevaba armas y estaba rodeado de asesinos, ignorante del peligro.

—¡*Yaa* Mahoma, cuidado! —Hafsa corrió al patio con Umar y Talha, que blandían sendas espadas. Al verlos, el guardián me soltó y corrió hacia Alia, desenvainando su propia espada. Nu'man no aparecía por ninguna parte.

—¡Mahoma, vigila! —grité—. ¡Son asesinos!

Pero nadie me oía.

—¡No era mi intención! —gritaba Alia—. Tus otras esposas me han aconsejado que te lo dijera. ¡Dijeron que te gustaría, esas perras! Por favor, no me devuelvas a casa. ¡Haré cualquier cosa!

Rodeó con sus brazos la cintura de Mahoma, y luego con sus piernas. Mahoma la apartó y la puso en el suelo con suavidad. Ella le echó los brazos al cuello, pero él le pidió que lo soltara y la llevó al guardia.

—Mi esposa ha pedido que Alá la proteja de mí —dijo Mahoma—. Debo obedecer sus deseos y devolverla intacta a su casa.

El guardia frunció el entrecejo.

—Pero ya has oído que ella dice que pronunció esas palabras sin intención —dijo—. La han engañado.

—No importa —dijo Mahoma—. Las palabras tienen el mismo poder, sea cual sea la intención con que sean pronunciadas.

—El rey se considerará insultado —dijo el guardia, y empujó a la llorosa Alia hacia Mahoma, que dio un paso atrás y la rechazó.

—¿Me permitiría Alá casarme con una mujer que ha invocado su protección contra mí? No soy yo quien ha de tomar esa decisión —dijo Mahoma con una profunda reverencia—. Lo siento profundamente.

En ese momento, la novia bañada en lágrimas me vio de pie en el patio. Intentó zafarse de un tirón del guardia, pero no tuvo más suerte de la que había tenido yo.

—¡Aisha! —gritó—. Tú me has hecho esto. *Yaa* Profeta, ha sido ella, ella me ha engañado. ¡Y también esa otra! —Señaló a Hafsa, que la miraba ceñuda.

—Ha sido un intento de asesinato —dije.

La mirada afligida que vi en el rostro de Mahoma cuando

volvió los ojos en mi dirección casi me hizo desear que fuera yo la repudiada en lugar de su nueva esposa. Pero cuando supiera la verdad, me elogiaría por mi diligencia.

—Mahoma —dije, suplicante—. Tienes que creerme. ¡Nu'man iba a matarte esta noche!

—¡Basta! —gritó con labios temblorosos.

—No, tienes que creerme. —Busqué con la mirada a Nu'man, con la intención de acusarlo, pero no aparecía. Recordé el ruido de cascos que se alejaban después del grito de Alia, y supe que había huido.

—¿Dónde está Nu'man? —Me volví al guardia, y sus ojos me dijeron que él también conocía los planes del emisario—. Ha huido, ¿no es verdad? —Me volví triunfante a Mahoma—. Sólo un culpable escaparía de ese modo.

El guardia soltó a Alia, que lloraba ahora en silencio, y se inclinó ante Mahoma.

—El emisario me ha encargado que lo excusara —dijo—. Esta tarde el rey le ha ordenado regresar a Yemen por un asunto urgente.

El rostro de Mahoma se oscureció. La vena entre sus ojos empezó a palpitar. Me miró sombrío, y luego a mis hermanas-esposas, que flotaban como fantasmas en el patio.

—No importa cuál de mis esposas ha hecho esto, porque todas ellas lo deseaban —dijo, y el gesto de su mano nos abarcó a las nueve—. Estas mujeres son como los hermanos de José, que lo vendieron como esclavo. Se aman a sí mismas por encima de todos los demás, y por eso son capaces de traicionar al único que nunca les haría daño.

Dio media vuelta y entró de nuevo en el pabellón que había sido de Alia, cerrando de golpe la puerta a su espalda. Hafsa y yo nos volvimos la una a la otra, con ojos espantados.

—Ahora es seguro que se divorciará de mí —murmuró Hafsa.

Yo no dije nada, pero me fui a mi pabellón con la sensación de que un pie aplastaba mi pecho. Hafsa no era la única que tenía que preocuparse por el divorcio. Cuando Mahoma me había mirado, había visto romperse su amor en mil pedazos. Ahora sólo un milagro podía salvarnos.

28

Honor y gloria

En la confusión que siguió al incidente con Alia, la caravana yemení partió antes de que yo pudiera explicar a Mahoma lo que había sucedido. Umar riñó a Hafsa por tomar en serio mis «estrafalarias» historias sobre Alia y Nu'man, y Mahoma pidió al emisario que transmitiera sus excusas al rey yemení.

En cuanto a mí, estaba ansiosa por convencer a Mahoma de que le había salvado la vida al engañar a su esposa. Pero ¿cómo podía decirle nada? Me evitaba como si fuera una leprosa. Durante tres noches esperé su visita, pero él las pasó junto a Juwairriyah, Raihana y Saffiya.

Apenas salí de mi pabellón en ese tiempo. No quería tener que responder a las preguntas de mis hermanas-esposas. Ni siquiera podía responder a las mías propias. ¿Por qué, me decía espantada, había arriesgado la vida de Mahoma? Nunca había sentido tanto miedo como cuando el guardia yemení me llevaba a rastras lejos del pabellón de Alia. Creí que yo sola sería capaz de proteger a Mahoma, pero mi plan estuvo a punto de fracasar. ¿Y si hubiera fracasado? Si Alia no hubiera seguido mi ridículo consejo, Mahoma podría estar muerto, y habría sido por culpa mía.

Si Mahoma moría ahora, la *umma* moriría con él. Daríamos vueltas sin objeto como una colmena sin su reina, y Abu Sufyan no tendría dificultad en inundar las calles de Medina con la sangre de los creyentes. Y yo, mis hermanas-esposas y sus hijos, incluido mi pequeño, seríamos vendidos como esclavos, los hijos separados de sus madres y las mujeres obligadas a soportar las humillaciones de los mercaderes de esclavos, con sus ojos duros y sus dedos fríos hurgando en nuestros rincones secretos.

Había corrido riesgos por Mahoma, pero no sólo pensaba en él. Lo había hecho por mí misma y por la *umma*: prefería morir a vivir como esclava. Ahora, al parecer, el precio que debería pagar por mi temeridad era el amor de Mahoma, porque su actitud era muy lejana cada vez que lo veía en el patio, y no venía a mi pabellón para sus visitas nocturnas. Me sentí tan vacía como si mi alma hubiera volado fuera de mi cuerpo.

Tres días después de la marcha de Alia, Mahoma mandó recado de que se iba de viaje. Él, mi padre, Alí y Zayd iban a entrevistarse con los Ghatafani. Envió a mi padre a despedirse de mí.

—Nuestra marcha ha sido decidida con mucha precipitación —me dijo *abi* apartando la mirada—. Mahoma no tiene tiempo de visitarte ahora.

—¡Pero tiene que hacerlo! —grité—. Tengo algo importante que decirle.

—El jefe de los Ghatafani exige la presencia de Mahoma de inmediato —dijo *abi*—. Quiere vengarse de Quraysh por la muerte de los hombres de su tribu y la ruptura del tratado de paz. Está furioso con Mahoma por su último acuerdo con Abu Sufyan.

¿Quién podría culpar al jefe? Mahoma había negociado sólo para sí mismo, prescindiendo al parecer del orgullo de sus aliados beduinos. Pero los Ghatafani se apaciguarían con facilidad. El verdadero peligro para Mahoma estaba, mucho me lo temía, en los yemeníes.

Dentro de tan sólo unas horas, Mahoma y mi padre estarían viajando por el desierto, expuestos a un ataque. ¿Abandonaría Nu'man con tanta facilidad sus propósitos después de haber viajado tan lejos para matar a Mahoma? Yo estaba segura de que él y su grupo rondaban al acecho en las cercanías, a la espera de cumplir su misión maligna.

—*Abi* —dije—, tienes que alertar a Mahoma. Esa mujer con la que estuvo a punto de casarse era una asesina.

Le conté toda la historia, que los espié a ella y a Nu'man en su pabellón y estorbé luego sus planes con mi consejo. Y a medida que hablaba, su faz enrojecía.

—¿Por qué has esperado tanto tiempo a contarme eso? ¡Podían haber matado a Mahoma!

—Intenté contártelo —dije—. Intenté contárselo a Mahoma. Pero ninguno de los dos quisisteis escucharme.

Frunció el entrecejo.

—Perdóname, Aisha. Tendría que haberte hecho caso. Tengo tanta culpa en este caso como tú misma.

—Pero mi plan funcionó, ¿verdad, *abi*? —Levanté la cabeza, orgullosa—. Mahoma está vivo.

Mi padre cerró los ojos y apretó los labios. Esperé su reprimenda y me repetí a mí misma que no tenía importancia lo que nadie, ni siquiera mi propio *abi*, pensara de mí o de lo que yo había hecho, mientras la garganta de Mahoma siguiera a salvo de los cuchillos yemeníes.

Cuando abrió los ojos, di gracias a Alá al ver que su expresión se había dulcificado.

—*Yaa* Aisha, muchas veces he deseado que tu hermano Abd al-Rahman tuviera una parte por lo menos de tu temple —dijo—. Yo solía preguntarme por qué razón Alá había malgastado en una mujer tanta inteligencia y tanto valor.

—Por desgracia, al parecer sólo se admira el valor en los hombres —dije, y bajé los ojos para que no se diera cuenta de hasta qué punto su observación me había herido. Es decir, que mi padre pensaba que mis esfuerzos por proteger a Mahoma eran un desperdicio. De haber sido yo un hombre, él estaría radiante de orgullo conmigo en este mismo momento. Como era una mujer, sólo representaba un estorbo.

—Te equivocas —me dijo, y su boca dibujó una amplia sonrisa, y sus ojos brillaron—. Siento más respeto por ti que por mis dos hijos varones juntos. Tú no has dejado que tu condición de mujer te impida luchar por la *umma*.

—Pero me critican —dije—. Si yo fuera hombre, estaría rodeada de una aureola de alabanzas.

—¿La gloria? —rio mi padre—. ¿Eso es lo que quieres? No

es difícil de conseguir. Pregúntale a Abu Sufyan. La gloria es tan fácil de asir como una daga. Atrae la atención sobre su portador como el brillo del acero herido por el sol. En cambio el honor exige disciplina, compasión y respeto por uno mismo. A menudo trabaja en silencio, sin reconocimiento, y sin desearlo por otra parte. El honor sólo se adquiere después de años de esfuerzo, y una vez adquirido, es todavía más difícil de conservar.

—Eso hace que sea más precioso —dije.

Él levantó las cejas como si sólo entonces pudiera verme con claridad.

—Tan precioso como una hija valerosa.

Se acercó un paso y me tomó por el antebrazo, saludándome como se hace entre hombres. Yo aferré su brazo a mi vez, reprimiendo la emoción, y acepté el tributo que me ofrecía. Nunca podríamos ser iguales (por encima de todo, él era mi padre), pero en ese momento éramos Compañeros, los dos con el mismo propósito: proteger a nuestro Profeta y a la *umma*, y nuestra libertad para adorar a Dios en paz.

—Has salvado a Mahoma y lo has hecho con brillantez —dijo—. Y al hacerlo, has salvado a la *umma* también.

A mis ojos asomaron lágrimas de gratitud cuando me estrechó en un abrazo que olía a jengibre y cardamomo.

Mi corazón pareció henchirse en mi pecho hasta asomar a mi garganta e impedirme hablar.

¡Mi padre estaba orgulloso de mí por lo que había hecho! Me tomó del codo y alabó mi inteligencia. Yo me enterré en sus brazos, en su larga barba teñida con henna, en el amor y la confianza que sentía palpitar en su corazón. Luego se soltó y dio media vuelta para marcharse.

—Tengo que irme y conferenciar con Mahoma ahora —dijo—. Mientras tanto mantendremos en secreto tu información. Sólo serviría para preocupar a la *umma*.

—Lo único que me preocupa es la aprobación de Mahoma, y de nadie más... excepto la tuya —dije—. ¿Y si no te cree?

—No te preocupes, Aisha. No sólo creerá tu historia, sino que su corazón se enternecerá contigo cuando se dé cuenta de lo que has hecho por él..., por todos nosotros.

—¿Y en cuanto a Nu'man, *abi*? ¿Tienes un plan?

Él se inclinó.

—Todavía no, pero me pregunto...: ¿Se te ocurre alguna estrategia para mí, en este momento?

Me quedé mirándolo, no del todo segura de haber oído bien. ¿Mi padre pidiéndome consejo? ¿Se burlaba de mí? Pero en su cara sólo leí respeto. El plan que ya había esbozado en mi cabeza me vino con facilidad a los labios.

—Yo enviaría exploradores en todas direcciones para encontrar el campamento yemení. Tiene que estar cerca —dije—. ¿No te parece?

Asintió.

—Por Alá, lo haré.

—Que Alí, Zayd y algunos de sus mejores hombres se introduzcan en su campamento esta noche, antes de que emprendáis el viaje. Luego enviad la cabeza de Nu'man y su espada al rey del Yemen.

Mientras Mahoma y Alí estaban fuera para calmar a los Ghatafani, Umar quedó al mando de la *umma*. Lo normal habría sido que en el *harim* nos sintiéramos atemorizadas ante esa situación. Tanto como le divertía a Umar idear nuevas restricciones para las esposas de Mahoma, parecía gustarle endurecerlas cada vez más. Pero en esta ocasión, con tantos nuevos conversos en Medina, estaba demasiado atareado arbitrando pleitos, buscando alojamiento para los recién llegados y reclutando guerreros, como para preocuparse del *harim*. Al menos por un tiempo.

En cuanto a nosotras, nos absorbía nuestra nueva empresa. La boda de nuestra primera cliente, Ghazala, iba a celebrarse dentro de menos de dos semanas, y mis hermanas-esposas tenían que cortar, coser y adornar un vestido, mezclar pinturas para el rostro, destilar perfumes y preparar henna. Probaban sus invenciones las unas con las otras, y luego las refinaban. Iba a ser su primer trabajo pagado, y querían que la madre de la novia se desmayase al ver el esplendor del tocado de su hija. Los elogios que provocara después harían que todas las novias de Medina corrieran a la casa de las esposas del Profeta.

Yo no las ayudaba mucho. Me sentía todavía mareada y fatigada por mi embarazo, y pasaba buena parte de mi tiempo en la ciudad de las tiendas. Los tres años de sequía que llevábamos habían empeorado en mucho la vida de sus habitantes. La gente moría de hambre y de enfermedades, las mujeres y los niños lloraban y los hombres agachaban la cabeza desesperados. ¿Cómo podía ayudarlos? Pero lo intentaba. Cada pocos días cargaba a *Cimitarra* con cebada y dátiles, y cabalgaba a través de Medina hasta su triste enclave; y allí la gente me recibía como si yo fuera uno de los suyos.

Cada vez que volvía de mis visitas a los pobres de Umm al-Masakin, mis hermanas-esposas me hacían un sitio en el «nido» de la tienda de la cocina y me enseñaban sus realizaciones. Umm Salama se quitaba el velo de la cara con un floreo para que admirara su sombra de ojos, y Zaynab se descubría los brazos para enseñarme el último dibujo de Hafsa. Nunca había oído reírse tanto a mis hermanas-esposas, ni charlar juntas con tanta animación. Por primera vez, yo no deseaba estar continuamente fuera de casa.

Pocos días antes de la boda de nuestra cliente Ghazala, me encontré con una sorpresa al volver a la mezquita: Raihana tocaba el tamboril y Sawdah su *tanbur*, mientras la hermosa Juwairriyah bailaba enfundada en un vestido de novia verde y oro, con las manos y los brazos adornados con pavos reales de colas abigarradas y llenas de color. Al moverse, desprendía un aroma a cardamomo y rosa, invención de Raihana; y entonces, para mi delicia, se quitó el chal y mostró unos cabellos de color de bronce enlazados en una serie de trenzas brillantes, y ojos tan espectacularmente realzados con kohl que parecían saltar de su rostro. Los labios no eran sólo de un llamativo color rojo, sino que fulguraban húmedos y relucientes como si hubiera estado besando gotas de rocío.

—¡Por Alá! Me alegro de que no esté Mahoma aquí para contemplar esta visión de belleza —dije entre risas, pero bromeaba sólo en parte. Mis hermanas-esposas rieron también, y Hafsa se levantó de un salto y se unió a la danza de Juwairriyah, agitando y haciendo girar sus cabellos y retorciendo el cuerpo como una serpiente, para sorpresa de todas. Un momento después, Zaynab también se ponía a bailar e improvisaba una canción sobre los *dirhams* y el vestido nuevo que iban a comprarse, mientras Saffiya chascaba los dedos e inclinaba la cabeza a un lado y otro, con las manos en alto y haciéndome señas para que me uniera a ellas.

Agotada por las exigencias de mi embarazo, rehusé, pero Hafsa vino hasta mí bailando y me hizo poner en pie. Luego se sumaron al círculo Umm Salama, e incluso Umm Habiba. Muy pronto estábamos todas bailando y riendo y acompañando con palmas el rasgueo de Sawdah y la percusión de Raihana, que aceleraron el ritmo más y más hasta que olvidé mi cansancio y mis hermanas-esposas se convirtieron en un borrón. Tropezamos las unas con las otras, y chillamos y cantamos hasta que pareció que la tienda de la cocina había sido aspirada por el torbellino de un *simum*.

Arrebatadas por el estruendo y la alegría, ninguna de nosotras oyó entrar a Umar. Sawdah debió de verlo parado en la entrada de la tienda, porque su música fue la primera en callar. Después se detuvo el tamboril de Raihana, y luego todas dejamos de bailar y nos volvimos hacia las tocadoras, perplejas. Seguimos sus miradas temerosas hasta Umar, sus manos plantadas en las caderas y su cara deformada por una mueca de desprecio tal que expresaba a las claras que lo que estábamos haciendo era algo muy malo.

La tienda quedó en silencio por unos instantes, y luego él, al recordar la regla que nos prohibía mostrar el rostro, nos mandó a todas que nos cubriéramos. Cuando lo hubimos hecho, entró en la tienda, se apoderó del *tanbur* de Sawdah y lo rompió contra su rodilla. Sawdah gritó y algunas de nosotras tragamos saliva, pero nadie dijo nada. La brutalidad de Umar me intimidaba incluso a mí, sobre todo ahora que llevaba a un hijo vulnerable en mis entrañas.

—Al Profeta no le gustaría esta música —dijo con voz dura.

Decía la verdad: al modoso Mahoma le parecía bien una fiesta privada, pero desaprobaba los bailes en público.

Pero no todas las hermanas-esposas se echaron a temblar delante del irascible Umar.

—En ese caso, es una suerte que el Profeta no esté aquí —replicó Umm Salama con voz fría y clara. Yo me la quedé mirando: ¿estaba poseída por un *djinni*? Nadie discutía con Umar.

—¡Muy pronto lo estará, y entonces habrá problemas cuando se entere de esta fiesta que habéis montado! —gritó Umar. En ese momento su mirada cayó sobre todos los morteros y manos de almirez, los polvos y las tintas de colores, los frascos de aceites aromáticos, los retales de tela y los cuchillos de cortar y el hilo, todo esparcido a sus pies como las esperanzas perdidas.

—¿De dónde habéis sacado el dinero para todas estas baratijas y adornos?

Vio en el suelo una bolsa con monedas de plata, el anticipo de la madre de Ghazala para pagar los materiales. Hafsa quiso cogerla, pero él se la arrebató de las manos.

—¡Hija, no me habrás cogido tú estos *dirhams*! ¿Te ha dado esto tu madre? Si es así, me lo ha robado, y voy a recuperarlo.

—No me lo ha dado *ummi* —dijo Hafsa casi en un susurro—, y no te pertenece a ti.

—¿A quién, entonces? Desde luego, no es del Profeta.

—El Profeta no tiene dinero que darnos, *abi*.

—¡Dime entonces de dónde lo habéis sacado, por Alá! —Levantó el puño—. Respóndeme o...

—¡No! —Me deslicé delante de ella, para protegerla con mi cuerpo—. No tienes derecho a pegarle, Umar, ya no. Y Mahoma no pega jamás a sus esposas.

—Apártate de mi camino, Aisha.

Las bolsas de su cara se ensombrecieron, y volvió a levantar el puño.

Yo alcé la barbilla delante de él y simulé no tenerle miedo, aunque por dentro me temblaba hasta la respiración.

—¿Vas a pegarme y a correr el riesgo de hacer daño al heredero del Profeta? —lo desafié.

Umar abrió la boca, y puso unos ojos redondos como dos lunas llenas. Yo me di unas palmadas en el estómago y le sonreí, y vi con satisfacción que dejaba caer el brazo a un costado.

—*Yaa* Umar, este dinero es de Umm Jibrail, la esposa del mercader —dijo Umm Salama, que también vino a colocarse frente a él—. Nos lo ha dado para comprar todos estos materiales. Vamos a ser las doncellas en la boda de su hija.

La bolsa con las monedas cayó al suelo. Umm Salama se agachó y se apoderó de ella.

—¿Las esposas del Profeta trabajando por una paga? —dijo Umar, ceñudo.

—Ayudamos a Mahoma al ayudarnos a nosotras mismas —intervino Zaynab.

—Eso no puede ser. —Meneó la cabeza—. Lo prohíbo.

Yo tragué saliva. Hafsa se adelantó.

—¡*Abi*, no! Nos hemos comprometido con Umm Jibrail. Hemos gastado ya dinero suyo, ¿lo ves?

—Habéis malgastado su dinero. Iré a hablar con su marido hoy mismo, y le diré que ha habido un error.

—Entonces le estarás diciendo una mentira —dijo Umm Salama—. No ha habido ningún error.

La risa de Umar hizo temblar la lona de la tienda.

—El error ha sido comprometeros en este asunto sin consultar a vuestro esposo —dijo—. ¡Por Alá! Ha dejado que las mujeres se pusieran al frente de su casa, en lugar de responsabilizarse de todo él mismo. Pero las mujeres no gobernarán mientras esté yo al cargo.

Me pareció oír cerrarse una puerta, y el revoloteo de unas alas enjauladas dentro de mi pecho. La impotencia me golpeó la boca como un puño.

—Una impresionante exhibición de fuerza, Umar —comentó muy despacio Raihana—. Como esa enorme tripa tuya. Dime, tú, el de los anillos de oro, ¿con qué festín te has regalado hoy? ¿Cordero? ¿Arroz con azafrán?

—Nosotras hemos comido gachas de cebada —dijo Juwairriyah—. Y dos dátiles cada una.

—*Yaa* Umar —dije, recuperando de pronto la voz—, si vas a prohibirnos que compremos comida, por lo menos reparte con nosotras la tuya.

—Y esos bonitos vestidos que luce tu esposa —dijo Zaynab—. Ése verde que vi llevar a la madre de Hafsa la semana pasada me vendría muy bien.

—¡Silencio! —Umar agitó los brazos como si quisiera golpearnos a todas—. Sois las esposas del Profeta, no las mías.

—Dices la verdad —respondió Umm Salama—. Y sólo Mahoma puede prohibirnos trabajar para Umm Jibrail.

—¡Por Alá, digo que no vais a salir de esta mezquita! La que lo intente será azotada..., en medio del mercado.

—*Yaa* Umar, ellas no tienen intención de provocar ningún escándalo —dijo Sawdah, mientras acariciaba el amuleto del Ojo Maligno y bajaba la vista al suelo—. Las chicas pasan hambre, eso es todo. Sabes la sequía que estamos sufriendo. Y los niños están todos crecidos. Sin bebés a los que atender, no tienen gran cosa que hacer.

—Eso no es cuestión mía —gruñó Umar—. He dicho que no saldréis de la mezquita, y lo mantengo. Pondré guardias en las puertas para asegurarme de que obedecéis.

Yo me reí en voz alta, incapaz de creer en su atrevimiento. De pie delante de nosotras con sus ricos ropajes bordados, con el aliento oliéndole a cordero, comino y miel, ¡nos regateaba unas cuantas míseras monedas de plata! Paseé la mirada por la tienda de la cocina y vi la antigua y familiar tensión en las bocas de mis hermanas-esposas, y me di cuenta de que la alegría que aligeraba antes nuestros miembros y nuestros corazones había huido de la tienda como un pájaro asustado. Una impetuosa urgencia de protegernos se alzó en mi interior.

Saqué la daga de mi cinturón, con el deseo de que su hoja fuera capaz de eliminar las penas de mis hermanas-esposas.

—No os preocupéis, hermanas. Yo entregaré vuestro vestido y atenderé a la novia.

—Antes te cargaré de cadenas y te encerraré en la prisión —dijo Umar. Se adelantó hacia mí, pero entonces mis hermanas-esposas se abalanzaron sobre él y le obligaron a retroceder con sus puños. Muy pronto los mismos cielos debieron de conmoverse con los gritos de nueve mujeres ultrajadas y una, Sawdah, que gritaba pidiendo paz, y un hombre que retrocedía jadeante, torpe, aullando amenazas tan vacías como su mismo corazón.

¡Qué espectáculo se ofreció a los ojos de Mahoma cuando entró en la tienda de la cocina en ese momento! No sé cuánto tiempo pasó allí, presenciando la pelea, antes de que Saffiya gritara su nombre y se separara del tumulto para echarse en sus brazos. El sonido de los murmullos con los que él la recibió, tan apagados que era un milagro que pudiéramos oírlos, hizo que la tienda quedara en silencio como si hubiera formulado un conjuro mágico.

Estaba allí, iluminado por la luz oblicua del atardecer, con el cabello revuelto asomando en rizos rebeldes bajo el turbante, y una aureola dorada que hacía juego con sus ojos. Su sonrisa parecía extraña, fuera de lugar bajo la vena oscura de la frente. ¡Pero quise gritar, llorar..., estaba vivo! «Gracias, Alá, por librarlo de todo daño.»

—*Afwan*, Profeta —dijo Umar, y su rostro enrojeció cuando se inclinó ante Mahoma—. Discúlpame. Estaba intentando introducir un poco de disciplina en este *harim* relajado.

—¿Relajado? ¡Querrá decir «industrioso», marido!

Con una sonrisa orgullosa, le conté el negocio de mis hermanas-esposas..., pero la vena entre sus ojos se hinchó aún más y empezó a palpitar.

—No puedes permitir que tus esposas pidan dinero a la *umma* —dijo Umar—. Eso debilitaría tu posición.

—¡Por Alá! Ahora mismo estoy sufriendo en mi propia estima —dijo Mahoma—. ¿Han planeado esto mis esposas sin consultarme? —Su mirada era severa—. Pensaba que me respetabais más.

—*Yaa* Profeta, yo no me siento respetada cuando he de ponerme mis vestidos recosidos —dijo Umm Salama.

—¿Qué forma de respetarme es obligarme a llevar el mismo vestido durante dos años? —dijo Raihana—. Yo era una princesa cuando vine aquí, y ahora me haces llevar una vida miserable.

—¿Alguna de vosotras lleva la ropa agujereada? —preguntó Mahoma—. ¿Pasáis frío o tenéis que vestir de forma indecorosa?

—¿Qué entiendes por «indecorosa»? —gritó Zaynab—. Tengo dos vestidos, y los dos tan descoloridos que me chupan el color de la piel. No puedo mirarme en el espejo. ¡Por Alá! Preferiría ir sin ropa de ninguna clase.

—*Yaa* Profeta, ¿has oído cómo hablan tus mujeres? —La cara de Umar estaba tan roja como un pedazo de carne cruda—. Esa impertinencia merece unos azotes.

Me hirvió la sangre por la crueldad de Umar. Ése era el hombre que me había robado mi libertad al convencer a Mahoma de que me obligara a taparme el rostro, y me había impedido luchar en defensa de la *umma*. Y ahora, como no éramos tan dóciles como a él le gustaba, quería marcar nuestros cuerpos a latigazos.

—*Yaa* Umar, ¿tomas a las esposas del Profeta por animales? —le repliqué—. Primero nos encierras en jaulas, y ahora quieres azotarnos.

Mahoma me miró con ojos llenos de desconcierto.

—Sabes que Alá ordenó tu *hijab*, Aisha —dijo—. Fuiste testigo de cómo Él se reveló a mí en el patio.

Me eché a reír, porque me acordaba muy bien de aquella revelación: había llegado después de la escandalosa boda de Mahoma con Zaynab, y de su frustración por el retraso en la consumación. Y aquella revelación, que en esencia nos recluía a todas en el *harim*, había caído sobre mí como la losa oscura y fría de una tumba, y había estado a punto de arrojarme en los brazos de otro hombre.

—Sí, yo lo presencié —dije—. Lo vi todo, incluida tu conversión de un liberador en un opresor de mujeres. *Yaa* Profeta, ¿también eso fue obra de Alá?

29

Las caras de la esperanza

Medina, junio de 629

Tan pronto como hube dicho aquellas palabras a Mahoma, las lamenté. La ira se acumuló como un enjambre de avispas en su rostro, y sus ojos me dijeron que nada que yo pudiera añadir o hacer lo apaciguaría.

La desesperación hizo que deseara haberme mordido la lengua. Había estado esperando su regreso durante dos semanas, y esperado ver amor y perdón en sus ojos..., y ahora lo había echado todo a perder, nada más abrir la boca. «¿Por qué siempre he de decir la última palabra?» Mahoma, por el contrario, no parecía tener problemas para guardarse para sí sus pensamientos. Antes de que yo hubiera acabado de hablar, dio media vuelta y salió de la tienda; su única respuesta fue el golpeteo de sus pies en la entrada, al sacudirse el polvo de las sandalias.

Quise llamarlo, pero de mi boca sólo salió un gemido vacío. Corrí a la entrada de la tienda, pero él alzó la mano mientras se alejaba, indicándome que no me acercara más. ¡Cuánto deseé rodearlo con brazos y piernas, como había visto hacer a Alia, la hermosa muchacha yemení! Pero lo conocía demasiado bien para intentarlo siquiera.

El corazón me pesaba como una piedra en el pecho mientras lo veía dirigirse a la palmera datilera y trepar por los travesaños clavados en su tronco hasta su apartamento, en el piso superior de la mezquita. Trepó con agilidad y sin esfuerzo, como si pudiera seguir ascendiendo más y más arriba, hasta llegar al Paraíso. Pero se detuvo cuando, con una voz ahogada, lo llamé y le pregunté qué iba a hacer.

—Voy a meditar sobre el futuro —dijo—. Obraréis bien todas si hacéis lo mismo que yo.

¿Meditar sobre el futuro? Reunidas detrás de mí, mis hermanas-esposas me instaron a que le preguntara qué había querido decir. Pero no me atreví a hacerlo. Tenía miedo de conocer ya la respuesta.

—*Yaa* Mahoma, ¿cuándo podré hablar contigo? —le dije.

Siguió trepando como si una mano invisible lo empujara, un peldaño tras otro.

—Cuando haya acabado de consultar a Alá.

—¿Sobre nuestro futuro? —gritó Saffiya con voz temblorosa. Él se detuvo de nuevo y nos miró con los ojos de un padre que se dispone a castigar al hijo a quien ama.

—Sobre vuestro futuro, sí, y también sobre el mío.

—*Yaa* Mahoma, ¿cuánto tiempo vas a quedarte en tu habitación? —preguntó Zaynab.

—Hoy es el primer día del mes —contestó él—. El último, volveré y os diré mi decisión.

Colocó las manos en el alféizar de su ventana, saltó al interior y desapareció.

—¿Decisión? —dijo Hafsa—. ¿Qué decisión? ¿Quiere decir que no va a divorciarse de mí, después de todo?

Con todo el revuelo de las últimas semanas, Mahoma todavía no había hablado de ella con Umar.

—¿Crees que ha subido allí arriba para pensar en ti? Volvería en treinta minutos, y no en treinta días —dijo Raihana—. El Profeta no se encierra para meditar sobre su futuro únicamente con una de nosotras. A sus ojos, todas cabalgamos el mismo camello cojo.

—Lo que dice Raihana es cierto —intervino Umm Salama, que volvía ya a la tienda—. Si Mahoma se divorcia de una de nosotras, se divorciará de todas.

Una boqueada, seguida por un sollozo ahogado, interrumpió nuestros comentarios..., y Sawdah, con la cara encarnada y apretando su amuleto del Ojo Maligno, escapó fuera de la tienda.

Umar, olvidado desde la aparición de Mahoma, salió detrás de ella como un toro en estampida, y me dio un empujón al pasar.

—¡Por Alá!, no se divorciará de ninguna de vosotras, no si yo puedo impedirlo.

Corrió al árbol y subió sus peldaños mucho más despacio que Mahoma y con muchos más bufidos y sudores.

Yo miré alzando las cejas a Hafsa, que parecía tan trastornada como yo misma me sentía.

—¿Umar nos defiende? —dije—. ¿Cambiarán ahora sus posiciones la luna y el sol?

—*Yaa* Aisha, no nos defiende —dijo Umm Salama—. Defiende a la *umma*. Si Mahoma se divorcia de nosotras, piensa en cuáles serán las consecuencias. ¿Quién seguirá a un hombre que no es capaz de controlar su propia casa?

En las semanas siguientes sentí escalofríos cada vez que pensaba en Mahoma bajando de su apartamento y expulsándome de su vida. Imaginé el aspecto que tendría su rostro, quebrado y sombrío como la cadena rocosa del monte Subh al atardecer, y en mi pecho parecía formarse un gran hueco. Era el único esposo que había conocido, el único hombre al que había amado. Mis hermanas-esposas se movían como fantasmas por el *harim*, con ojos alucinados, pero su pena no era nada comparada con la mía. Eran viudas, algunas con hijos, todas con recuerdos de su vida anterior a Mahoma, tal vez de otro amor. Para mí, la vida anterior a él era un borrón en una página, tan inescrutable como la existencia de mi alma antes del nacimiento. Él siempre había estado allí, como mi madre y mi padre. Y, durante tanto tiempo como podía recordar, había sido mi amigo.

¡Ojalá fuera yo un ruiseñor! Volaría hasta la copa de aquella palmera y desde las frondas le cantaría mi arrepentimiento por la forma cruel como había tratado a Maryam, que también esperaba un hijo suyo. Trinaría largas notas de acción de gracias por el que iba a ser nuestro heredero, y repetiría esas notas hasta que él me creyera y cantara conmigo la misma canción con su propia voz profunda. Yo cantaría y cantaría mi amor por él, un amor tan profundo y tan puro que no podía imaginar la vida sin él, un amor que ansiaba protegerle de todo mal y que me encontraría siempre vigilante frente a espías y asesinos, un amor que me había llevado a cometer errores, sí, pero que también le había salvado la vida.

Pero ay, yo no era un pájaro, y el único camino hacia Mahoma era subir a aquel árbol; un camino que Umar había dejado muy claro que estaba prohibido para todos. Y como creyentes y *ansari* se apiñaban junto a la base del árbol noche y día y estiraban el cuello y abrían la boca como polluelos en el nido con la esperanza de atisbar una punta del turbante de Mahoma, yo no tenía la menor oportunidad de hablarle.

Mis pies habían abierto un surco en el suelo de mi habitación de tanto como paseaba, ansiosa, preguntándome lo que pensaba Mahoma, qué decisiones estaba tomando en su apartamento alto de la mezquita sin otra influencia que la de Umar, que le llevaba diariamente la comida. ¿De verdad iba a divorciarse de mí? El pánico me invadía, me hacía estremecer, me privaba del sueño. Si Mahoma me repudiaba, yo perdería a mi hijo, porque los hijos pertenecen a sus padres. Apretaba mi almohada contra el pecho, y recordaba la historia que contó Umm Salama acerca de su duelo por el hijo perdido, arrancado de sus brazos por la familia de su marido. Me quedaría sola el resto de mi vida, porque ¿quién en la *umma* se casaría con una mujer rechazada por el Profeta de Dios? ¿Me vería obligada a volver a vivir con mis padres?

Tenía que impedir ese divorcio, pero ¿cómo? Cada día crecía mi desesperación por contar a Mahoma mi historia, por hacerle saber que siempre había actuado movida por el amor, y no sólo por los celos. Mientras miraba desde mi ventana al guardia que había apostado Umar junto a la palmera, me sentí tan impotente como en mis años de *purdah*.

—No te preocupes, Aisha —me dijo un día mi padre—. Le conté a Mahoma la conjura de los yemeníes y cómo le habías salvado la vida. Al principio se disgustó porque no le avisaste de tu descubrimiento. Pero creo que te había perdonado ya, cuando volvimos a Medina.

¡Vaya un consuelo el que me ofrecía! Y por el temblor de su voz, deduje que también a él le preocupaba lo que pudiera hacer Mahoma.

Pasado algún tiempo, los visitantes de Mahoma empezaron a cansarse de esperar papando moscas. Todavía se reunían al pie de la palmera para charlar y especular sobre él, pero al ponerse el día sólo quedaban unos pocos rezagados. Ya de noche cerrada, los últimos se volvían a sus casas y dejaban en el patio al centinela montar solo la guardia. «Por favor, Alá, haz que se vaya», recé, pero como pasaban las semanas y el centinela seguía allí, decidí agarrar el camello por la nariz..., con la ayuda de Hafsa.

Una noche en que la luna mostraba sólo una estrecha raja de luz, Hafsa corrió hacia el guardia y le tiró de la manga.

—¡Una sombra! —le dijo, con voz entrecortada—. La he visto moverse detrás de mi pabellón. Y cuando me he asomado a la ventana para mirar, he oído crujidos de ramas entre los arbustos. ¡Ven deprisa!

Su actuación fue impresionante. Desde mi pabellón, vi que el guardia abandonaba su puesto para investigar..., y entonces, envuelta en mi vestido rojo oscuro, me deslicé a través de la hierba y trepé por el tronco de la palmera.

Subí sin hacer ruido, con la mirada fija en la ventana de Mahoma, sin atreverme a mirar abajo por miedo a que el vértigo me dominara. Las alturas siempre me han asustado desde mi primer viaje en aquella *howdah* que se bamboleaba, años atrás. Pero era demasiado lo que estaba en juego para que mis temores pudieran impedirme ver a Mahoma.

Lo encontré sentado con las piernas cruzadas en el suelo de tierra arcillosa, mirando hacia fuera por una ventana lateral. Tenía la cabeza descubierta, y los cabellos tan enmarañados como mis emociones. Sentí deseos de arrojarme en su regazo y enterrar mi rostro en su barba, como había hecho tantas veces...; pero al mismo tiempo, quise respetar su necesidad de estar solo.

Me apoyé en la ventana y susurré su nombre, esperando que

me invitaría a entrar. No se movió; siguió sentado y con la mirada perdida, como una de las estatuas de piedra del exterior de la Kasba.

—¡*Yaa* Mahoma! —susurré, pero él permaneció inmóvil, sin responder. Por Alá, ¿es que su espíritu había abandonado su cuerpo? Estaba a punto de repetir su nombre en voz más alta, cuando el crujido de la hierba seca me hizo bajar la mirada hacia la base del árbol, muy abajo, y vi que el guardia había vuelto a su puesto. Apenas alcancé a ver su turbante, como una piedra pálida a la luz de la luna, cuando el estómago se me revolvió, mareado por la altura. Mi corazón se disparó, y un sudor frío bañó mi cara. Me agarré al alféizar y aspiré el aire de la noche hasta que el mundo volvió a normalizarse.

Durante todo ese tiempo, Mahoma siguió sentado, inmóvil. ¿Estaba en trance?

—He venido a verte, *habibi* —dije, bajando la voz para que el guardia no pudiera oírme—. Antes de que decidas mi destino, has de saber por qué he actuado como lo he hecho.

Su espalda se irguió, lo que me llevó a pensar que me estaba escuchando. Era el momento de decirle a Mahoma lo mucho que lo amaba, que sólo quería protegerlo del mal, y hablarle de cómo Alá me había llamado mucho tiempo atrás a luchar por él y por la *umma*.

Pero en lugar de ello me puse a contarle una historia distinta, la historia de una niña prometida sin su consentimiento a un hombre mucho mayor, un hombre tan importante que los padres de ella la encerraron en *purdah* mucho antes de lo habitual, con la intención de darle una protección especial. Le dije cuánto había llorado y cuántas vueltas di en mi habitación, cómo añoraba el cielo abierto y el calor punzante del sol en mi piel. Le dije que había visto a Qutailah abusar de mi madre y había jurado que a mí no me ocurriría lo mismo, y la desesperación con la que había buscado atraer la atención de mi padre, siempre atareado. No le conté cómo había soñado con que Safwan me rescatara ni los versos que había compuesto sobre cabalgar por el desierto junto a él, libre de la *purdah* y de mis padres y de cualquiera que tuviera poder para encerrarme dentro de casa.

Como un ruiseñor, canté para Mahoma mis nervios y mi miedo a caminar el día de mi boda para encontrarlo allí a él, al hombre al que había amado como un padre más que como un marido. Le conté lo solitaria que me sentí en aquella habitación llena de parientes y amigos, todos ellos resplandecientes de alegría y de orgullo por mí, todos alabando mis lágrimas porque creían que lloraba por dejar a mis padres, cuando en realidad lo hacía por la pérdida de mis sueños. Casada con Mahoma, nunca cabalgaría libre como el viento por las dunas del desierto, ni dictaría mis propias leyes, ni viviría una vida al margen de las normas de quienes me rodeaban.

—Eran sueños infantiles —dije—, pero eran míos. Y eran lo único que de verdad poseía, porque ¿qué otra cosa puede poseer una niña? Incluso su cuerpo pertenece primero a su padre y después a su esposo.

Una voz interior me alertó de que parara, de que estaba hablando demasiado, pero por Alá, no pude. Era como si un dique se hubiera roto en mi corazón, y toda la tristeza y las desilusiones de mi vida desaguaran por mi boca. Le conté a Mahoma lo asustada que estaba sentada allí, junto al novio, el día de mi boda, y cómo quise escapar, pero mi madre me lo había impedido con sus fuertes brazos.

—Una vez que estuve en tus rodillas, me sentí feliz —me apresuré a añadir—. Sabía que siempre cuidarías de mí. Y pensé que cuando me llevaras a tu casa, mi encierro acabaría.

»Pero no había acabado. Me vi condenada a casi tres años más de *purdah*. Te dije que estaba impaciente por tener mis reglas, porque entonces podría salir de la prisión oscura y asfixiante que era la casa de mis padres, y cabalgar a tu lado por la ciudad, donde podría en mi condición de esposa pasear libremente por el mercado y sentir el sol en la cara y en las manos siempre que lo deseara. Mis sueños de convertirme en una beduina se habían desvanecido, pero no mis anhelos de libertad.

»Y entonces nos ordenaste llevar el velo, y limitaste nuestros movimientos —dije—. ¡Por Alá! También podías habernos hecho llevar anteojeras.

»Todas esas restricciones, se nos decía, tenían como objeto el protegernos. Era la misma excusa que había oído toda mi vida. No suponía ninguna diferencia el hecho de que yo, como hábil esgrimidora, fuera capaz de defenderme a mí misma.

»Por eso te dije aquellas amargas palabras en la tienda, el día que volviste —dije, con voz entrecortada—. Perdóname, pero nunca he creído que Dios me destinara a vivir enjaulada. Si peco al decir estas cosas, que Alá me perdone. Él conoce mi corazón. Como tú ahora, amor mío.

Él seguía allí sentado, sin casi pestañear siquiera.

—¡Mahoma! —grité, y empecé a sollozar—. Dime algo. ¡Lo que sea!

No se movió, no hizo el menor sonido, sólo siguió sentado mirando a la noche.

—*Yaa* Profeta, ¿qué ocurre ahí arriba? —El guardia alzó la voz, pero yo no me atreví a mirarlo—. ¡Tú! ¿Qué estás haciendo? ¡Baja!

—Mahoma —dije, y empecé a temblar—. Mahoma, por favor.

—¡Baja ahora mismo, o te hago bajar a flechazos! —gritó el guardia. Oí que Hafsa me llamaba, y luego Sawdah, y muy pronto todo el *harim* estaba al pie del árbol esperando que bajara.

Mis lágrimas caían como gotas de lluvia en los rostros alzados hacia el cielo de mis hermanas-esposas, cuando muy despacio emprendí el descenso de la palmera. Mahoma había tomado su decisión en lo que se refería a mí, eso era seguro. Con cuánta frialdad me había oído desnudar mi alma, revelarle mis miedos y mis penas, y pedirle perdón, sin dedicarme siquiera una mirada ni una seña de comprensión. Lo mismo podía haber sido un moscardón que zumbara junto a su cabeza.

Las lágrimas corrían por mi barbilla y mi garganta, cosquilleaban mi piel. Me paré para secarlas, pero lo único que conseguí fue que mis dedos mojados resbalaran en las estacas de cobre clavadas a los costados del árbol. Me detuve de nuevo para secarme la mano en el vestido, y la otra mano perdió su presa..., y entonces caí tan rápidamente que mi grito asustado no pudo salir de mi boca hasta después de haberme golpeado en el suelo duro y reseco.

30

Libre por fin

Oí varias exclamaciones y el «¡Por Alá!» de Sawdah antes de que aquella buena anciana maternal se acurrucara a mi lado, acariciara mi cabeza entre sus manos y buscara el pulso en mis sienes. Supe que tendría que soportar horas de cuidados y de rituales del Ojo Maligno si no me levantaba de inmediato, y así lo hice, sin tomar en cuenta el martilleo que sentía en la cabeza y el dolor sordo en mi abdomen.

—No me pasa nada. —Forcé una risa—. Sólo estoy un poco atontada.

—¿Qué hacías allí? —dijo Zaynab, mirándome con ojos relampagueantes—. Intentar convencer a Mahoma de que se divorcie de todas nosotras excepto de ti, supongo.

—De todas, no. Me sentiría feliz si se quedaran Hafsa y Sawdah.

La miré furiosa. Luego me fui a mi pabellón, con Hafsa y con una Sawdah que cloqueaba detrás de nosotras.

—Me temo que tus buenos deseos no van a hacerse realidad en lo que a mí respecta —dijo Hafsa cuando hubimos entrado en mi habitación.

—Mahoma no va a divorciarse de ti.

Me apoyé en la pared para no caerme.

—Me amenazó con hacerlo, ¿recuerdas? —dijo Hafsa.

—¡Por Alá, quiere divorciarse de mí también! —dijo Sawdah mientras desenrollaba mi cama con una expresión tan trágica como la muerte misma.

—De ti no, Sawdah. —Extendí el brazo para palmearle la espalda y estuve en un tris de caerme, pero conseguí conservar el equilibrio—. Tú criaste a las hijas de Mahoma, y también a mí. Además, eres la única de sus esposas que no se queja.

—Puede que hubiera debido hablar más, entonces —dijo—. El mes pasado me preguntó si no sería más feliz en una casa propia, libre de casarme con alguna persona que sintiera afecto físico por mí.

—¿Afecto físico? —exclamó Hafsa—. ¿Tú y Mahoma no...? El «ejem» de Sawdah la hizo callar.

—¿Para qué quiere esas cosas una vieja como yo? Lo pasé bien con mi primer marido, as-Sakran. Cuando murió, no quise a nadie más. Mi único deseo era estar con él en el Paraíso. —Muy despacio me ayudaron a tenderme en la cama, mientras Sawdah seguía hablando—. Cuando el Profeta me pidió que fuera su esposa, supe que sólo quería a alguien que cuidara de su casa y de sus hijas, pero me sentí honrada. Aquello significaba perder la oportunidad de reunirme de nuevo con as-Sakran, pero supe que él lo comprendería.

—Fue un verdadero mártir —dijo Hafsa—. Dio primero su vida por Mahoma, y después su mujer.

—Ahora as-Sakran tiene a una hurí joven y bella en el Paraíso, y se supone que yo viviré junto al Profeta en su castillo, en la puerta contigua a la de Alá. ¡Pero si se divorcia de mí, no tendré nada!

Se secó las lágrimas, manchándose de polvo las mejillas y el labio superior. Hafsa tomó una punta de su propio vestido y limpió la cara de Sawdah.

—¿Mahoma, divorciarse de ti? —dijo—. No lo permitiremos.

Sentí un dolor agudo en mi vientre, como los calambres del menstruo pero más fuertes de lo que nunca había imaginado, y grité. Algo húmedo corría a lo largo de mis piernas. Miré hacia abajo, y vi sangre en el suelo. Gemí, y luego oí los gritos de mis hermanas-esposas mientras caía al suelo. Cuando volví a abrir los ojos, estaba tendida en mi cama, empapada en sudor. El olor de la sangre llenaba mis narices y mi boca. Sawdah estaba arrodillada entre mis piernas y humedecía mis muslos y mis partes íntimas con un paño húmedo tibio. Lo tendió a Umm Salama, que lo sumergió en una palangana. Al escurrirlo, soltó un agua de color rosado. Yo me clavé las uñas en las palmas de las manos para distraerme de la angustia que palpitaba como una quemadura en todo mi cuerpo.

—Yo le secaré el sudor de la piel —dijo Zaynab, y descolgó un paño limpio de la percha. Recordé mis palabras bajo la palmera, palabras horribles porque yo sabía que el divorcio sería tan trágico para Zaynab y para las demás hermanas-esposas como para mí. Cerré los ojos porque no quería ver su sonrisa satisfecha ante mi dolor o, peor aún, su simpatía, que yo no me merecía.

—¿Está en peligro, Sawdah? —preguntó Hafsa, en un susurro.

—Su cuerpo se repondrá sin problemas. No es nada raro perder el primero. Pero lo que me preocupa es su espíritu, pobrecilla. ¡Quería tanto tener este niño!

¿Quería? ¿Mi hijo, perdido? Sentí en la boca un gusto a hierbas amargas. Coloqué mis manos sobre el vientre y noté un temblor, como un aleteo.

—Ahora ni siquiera ella está a salvo del divorcio —dijo Raihana.

—Por Alá, Raihana, ¿cómo puedes ser tan despiadada? —estalló Zaynab. Apretó el paño contra mi frente, mis mejillas, mi garganta, mientras me arrullaba con murmullos tranquilizadores, aunque no podía saber que yo la estaba escuchando. ¡Mi hijo, muerto! «Alá, ¿cómo has podido dejar que suceda?»

—Para ti, perder a Mahoma no significa nada, Raihana —intervino Hafsa—. Ni siquiera eres su esposa. Aisha se casó con él cuando era aún una niña.

—Perder a Mahoma será difícil para todas nosotras —dijo Juwairriyah—. Cuando pienso que tendré que volver con mi familia como una mujer divorciada, me entran ganas de tirarme cabeza abajo por un barranco.

Mi niño. Lágrimas ardientes rodaron por mi cara. No habría piececitos que cosquillear, ojos enormes en los que mirarme, mejillas dulces de bebé que besar. ¿Tendría ya dedos en las manos o en los pies? Lo había llevado un poco menos de tres meses. ¿Tenía un corazón que latía, oídos para escuchar las canciones que yo le cantaría?

—Quiero verlo —susurré, pero nadie me oyó. Y entonces recordé a los bebés malogrados que había visto en la ciudad de las tiendas: formados sólo en parte, pequeñas criaturas grotescas, más propias del mundo de las pesadillas que del de los humanos. De pronto me alegré de que mi petición no hubiera sido escuchada. Quería recordar a mi hijo tal como lo había imaginado: con el pelo rizado de su padre, y risueño como yo, corriendo por la hierba con su bastón-espada junto a sus amigos, montado en su caballo en medio de una nube de polvo y de gritos. Y adorando a su madre por encima de todas las mujeres. Se había ido, mi hombrecito. ¿Quién me querría, ahora? ¿A quién querría yo más que a todos los demás, cuando Mahoma se hubiera ido al Paraíso dejándome detrás? ¿Quién me redimiría de una vida humillante como esclava de Zaynab? Un viento oscuro soplaba en el hueco de mi cuerpo donde había anidado mi hijo, y me hizo derramar lágrimas nuevas.

—Por lo menos tú tienes un hogar al que volver —dijo Raihana—. Todas las personas de mi clan están muertas o esclavizadas. ¿Qué será de mí? Me envenenaré antes que convertirme en ganado al servicio de un amo.

Quería con desesperación sollozar a gritos, pero mis hermanas-esposas también tenían preocupaciones. ¿Debían ellas cargar con mis penas? El divorcio, por lo que veía, las golpearía de formas que yo, por lo menos, no tenía que temer. Si Mahoma me repudiaba, yo podía volver a la casa de mis padres, y allí tendría seguros el alimento y el vestido. La familia de Umm Salama vivía en La Meca, como la de Umm Habiba. Ninguna de las dos podría regresar allí sin renegar del islam, y si se quedaban en Medina se morirían de hambre. Para sobrevivir tendrían que volver a casarse, pero ¿quién iba a quererlas después de haber sido rechazadas por el Profeta de Dios? Todavía peor era el caso de Umm Salama, que tenía hijos pequeños que dependían de ella. ¿Cómo los alimentaría?

Zaynab y Hafsa volverían a la casa de sus padres..., pero el padre de Zaynab era ya viejo y no viviría mucho tiempo más. Su hermano, el tío de Zaynab, se casaría entonces con su madre, siguiendo la tradición.

—Nunca me ha gustado la forma en que me miraba, como si yo no llevara la ropa puesta —oí que decía—. Vivir en la misma casa que él no traería más que problemas. ¡Alá me proteja de ese destino!

Hafsa tenía miedo a volver a vivir con Umar, ¿y quién podría reprochárselo? La castigaría de mil maneras por haber atraído la vergüenza sobre su cabeza.

—Me pegará de una forma terrible —dijo—. Tanto que me matará, o me hará desear estar muerta.

Mientras escuchaba sus temores, mis lágrimas empapaban la almohada. Zaynab, que humedecía mi cara sudorosa, no se daba cuenta, para mi alivio. ¿Cómo podría soportar ahora sus palabras de consuelo, cuando no tenía nada que ofrecerles a cambio, salvo mi desesperación? Lo que de verdad deseaba era que se fueran, para poder llorar a solas a mi hijo perdido. Sentía mi vientre entumecido, violado por la mano fría de la muerte. Mi hijo, mi hombrecito.

Su charla me agotaba. «Por favor, Alá, haz que se vayan.» Pero ¿por qué le rezaba a Dios? Él podía haberme protegido de aquella mano despiadada. Como Mahoma, Él había apartado su mirada de mí. Yo estaba sola en el mundo. Las lágrimas me escocían en la nariz y los ojos, pero ¿cómo podía derramarlas en una habitación llena de los pesares de otras personas?

Sawdah tiró de mi falda para cubrir mis piernas y dejó caer el paño en la palangana.

—Me pregunto si no deberíamos llamar al Profeta —dijo—. Querrá saber lo que le ha ocurrido a la pobre Aisha.

Abrí la boca para hablar, pero mi «¡No!» se enredó en mi garganta. Apreté la mano de Zaynab.

—¡Ya despierta! —gritó. Abrí los ojos y paseé mi mirada por los rostros de mis hermanas, reunidas a mi alrededor como un precioso ramillete. Mi corazón se desbordó de amor por ellas, incluso por Umm Habiba, que se mantenía apartada y ponía una expresión preocupada; por Maryam, que sonreía, y por Zaynab, que apretaba mi mano como si yo estuviera a punto de ser arrastrada por un *zauba'ah*.

—Dejad a Mahoma acabar sus rezos —dije con una voz ahogada—. No puede hacer nada por mí ahora.

Lo cierto es que pensaba que no podría atraer la compasión a su mirada, no cuando la última vez que lo vi se negó a mirarme siquiera.

—Pero él te consolará —dijo Sawdah—. Déjanos llamarlo, niña.

—¡No! —grité. Ver a Mahoma sólo significaría romper de nuevo mi corazón en pedazos. Mis hermanas-esposas se me quedaron mirando.

—¿Qué pasó en lo alto de la palmera? —preguntó Raihana.

—Nada.

La verdad es que ése era el problema, pero no me apetecía hablar de Mahoma. ¿Me culparía de la pérdida de nuestro hijo? En un sentido, había sido culpa mía. Si yo hubiera obedecido su orden de que lo dejáramos en paz, no me habría caído del árbol. ¿Cómo podría soportar sus reproches? Me quebraría como una roca bajo los golpes del mazo.

—La compasión de Mahoma sólo me hará sentir peor —dije, y sonreí a las mujeres que me rodeaban—. Y os tengo aquí a todas vosotras, hermanas. ¿Quién podría darme mayor consuelo?

Me atendieron en todo momento durante días, me dieron de comer, me bañaron, me contaron historias y me ayudaron a curarme. De noche me dejaban sola para que descansara..., pero la verdad es que dormí muy poco. Mi hijo perdido llenaba mis sueños con la risa burbujeante que nunca oiría, la cara regordeta y sonriente que nunca besaría. Una mañana desperté temprano bañada en lágrimas y me acordé de Mahoma. El mes casi había terminado. El día siguiente bajaría del ático y revelaría su decisión. ¿Qué diría? ¿Se apenaría al saber que era verdad que yo había esperado un hijo suyo? ¿O se sentiría aliviado al saber que lo había perdido, dejándolo en libertad para divorciarse de mí?

¡Cómo había cambiado mi mundo por completo por un instante, por un mal paso! Frente a la perspectiva desolada de la muerte de mi hijo, la posibilidad del divorcio me parecía ahora menos terrible que antes.

La mano que me arrebató a mi hijo había arrancado también mis ilusiones, y ahora veía mi vida tal como era en realidad. Mi destino había quedado decidido desde el momento en que nací niña. Me casé con el hombre que eligió mi padre, y había seguido los pasos de mi madre y vivido una vida de sumisión a mi esposo y a su *hatun*. Mi futuro parecía igualmente triste. Mahoma se hacía viejo. Sin duda moriría a una edad en la que mis mejillas conservarían aún la lozanía de la juventud, y entonces ¿qué sería de mí? Viuda y sin hijos, viviría en soledad el resto de mi vida.

A juzgar por la fría acogida que tuvo mi visita a Mahoma, el divorcio parecía la posibilidad más verosímil. Podía ya oír los hirientes reproches de mi madre, que me culparía de haber perdido a mi esposo. La verdad es que merecía esos reproches.

Medité sobre mis opciones. Si Mahoma se divorciaba de mí, podría casarme con alguna otra persona: Talha quizá, que había alardeado en la fiesta de la boda de Zaynab de que algún día me haría su esposa. Con otro marido, habría de enfrentarme a otras tres esposas, todo lo más, porque el límite para los hombres comunes era el de cuatro. Y tendría libertad para pasear con la cara descubierta.

Tal vez, con un marido distinto podría volver a concebir. ¡Mi hombrecito se había ido! Se me hizo un nudo en el estómago al recordar la muerte de mi hijo. Caí de rodillas e intenté rezar, pero en lugar de hacerlo, lloré. Concebir un hijo de Mahoma me había costado mucho, con sus energías divididas entre tantas mujeres. Si me conservaba a su lado, ¿podría tener otro hijo suyo?

Oí gritar a un hombre y me puse de pie para cerrar la cortina. ¡No era aún la hora de la oración de la mañana, y ya el patio se estaba llenando de visitantes que esperaban! Pero no. A la luz indecisa del amanecer, vi a Mahoma que venía hacia mi pabellón, resplandeciente en verdad en sus vestidos blancos. La luz de sus ojos de cobre aparecía amortiguada, como la de las estrellas ocultas por una nube, y la piel se tensaba sobre los huesos de su rostro. Tenía el aspecto de un mensajero portador de malas noticias, y mi primer impulso fue ocultarme de él, o correr a la mezquita y escapar por la puerta. Ya tenía toda la pena que me sentía capaz de soportar.

Pero un verdadero guerrero no huye, y a pesar de la prohibición de luchar, todavía me consideraba a mí misma una guerrera. De modo que fui hasta la puerta, la abrí de par en par, y me enfrenté a mi destino con la barbilla proyectada hacia el frente. Aquí venía el hombre que había desoído mis súplicas de amor y me había arrojado, llorando, al pie de la palmera. ¿No había sido él el causante de las lágrimas que me habían precipitado al suelo? Nada que hiciera ahora podría dolerme más que aquello.

—*Ahlan, yaa* Profeta —dije—. Qué sorpresa, verte hoy. Dijiste que volverías pasado un mes, pero sólo han pasado veintinueve días.

Las nubes se apartaron por un instante de sus ojos, y asomó a ellos un breve brillo.

—Este mes, Aisha, tiene sólo veintinueve días.

Le negué la sonrisa que me pedía, como él me había negado el reconocimiento en sus aposentos del piso alto. Con la espalda tan recta como una flecha, di media vuelta y entré en mi habitación sin cuidarme de si me seguía o no. Oí cerrarse la puerta con un crujido y me volví para hacerle frente. Para hacer frente a mi destino. Él lo tenía en sus manos, porque nada mío me pertenecía.

—Pareces pálida, Aisha. ¿Has estado enferma?

Cerré los ojos y reuní todas mis energías.

—Creí que te habrías enterado —dije—. ¿No te lo contó Umar?

—No he hablado con nadie más que con Alá, en este mes. Juré el primer día escucharlo sólo a Él.

—¿Por eso me ignoraste cuando subí a verte?

—Tú ignoraste mi petición de que me dejarais solo.

Mi sollozo me sobresaltó, súbito y agudo como un vaso que se rompe.

—Como tú ignoraste mi petición de hablar contigo antes de que te marcharas. ¡Tenía tantas cosas que contarte! Pero ahora es demasiado tarde.

Se acercó y me colocó las dos manos sobre los hombros.

—¿Demasiado tarde para qué, *habibati*?

Aparté de mí sus manos como si fueran llamas. Podía haber agradecido su cariño los días pasados, cuando lloraba por nuestro hijo perdido... Pero entonces, como ahora, lo que él tenía en la mente era el divorcio. No deseaba su consuelo. Su amabilidad sólo me hacía sentir ganas de llorar, y no quería que mis ojos estuvieran húmedos cuando él me comunicara su decisión. Yo era Aisha bint Abi Bakr, y nunca me había humillado delante de un hombre. El hecho de que lo amara tanto no tenía importancia.

—Tu hijo ha muerto, Mahoma.

Se agarró la barba.

—Maryam...

—¡No, Maryam no! —Aspiré hondo, y cuando volví a hablar lo hice en tono tranquilo, en voz baja—. No Maryam. Yo tuve un accidente..., y he perdido a nuestro hijo. —A pesar de mí misma, empecé a llorar—. Tenía casi tres meses y lo quería mucho, y ahora se ha ido y no tengo a nadie. Habría sido maravilloso, Mahoma. Habría sido nuestro.

Me llevé las manos a la cara para detener las lágrimas y ocultar la vergüenza que sentía, y esperé que no me preguntara cómo había ocurrido. Si le decía que me caí de lo alto de la palmera, sabría que nuestro hijo había muerto por mi culpa.

Sentí que sus brazos rodeaban mis hombros y enterré la cabeza en su barba olorosa a sándalo y *miswak*. ¡Cuánto agradecí aquel bienestar perdido y que nunca volvería a saborear a partir de aquella mañana!

—Aisha, lo siento. —Su voz se desgarraba como la ropa enganchada en un espino, y al levantar la vista vi asomar lágrimas a sus ojos—. Tenía que haber estado contigo, no debía haberte dejado sola.

—Salvo porque no creías que yo estaba embarazada. ¿Por qué habías de creerme? Hasta entonces yo había actuado como una niña, acusado a Maryam de tener un amante, llamado espía a Umm Habiba, luchado con asesinos para demostrarte lo buena guerrera que era.

—Me salvaste la vida. —Sus ojos estaban llenos de luz—. Tu valor me sigue asombrando. Y ahora sé lo valiente que has sido siempre. Estar casada conmigo ha sido para ti más difícil de lo que yo podía imaginar.

Su tono resignado me hizo estremecer, pero me las arreglé para dirigirle una débil sonrisa.

—¿Por qué hablas en pasado, *habibi*? —dije, procurando conservar un tono alegre—. ¿No estamos casados?

—Eso depende de ti —dijo.

—¿De mí? —Forcé una carcajada—. En eso estás equivocado, esposo. Nuestro contrato de matrimonio no me otorga a mí el poder de pedir el divorcio; sólo a ti.

—Te estoy dando ese poder ahora. —Arrimada a él, sentí su corazón como un puño que golpeara su pecho. Miré sus ojos húmedos y vi reflejada en ellos mi cara boquiabierta—. Eres tú quien ha de tomar ahora la decisión, Aisha.

Mi corazón tembló como agitado por unas alas poderosas; vi que sus lágrimas habían desaparecido y que su cara se había puesto rígida como si llevara una máscara.

—¿Qué decisión? —pregunté.

—Puedes elegirme a mí, y esta vida, o divorciarte de mí y casarte con algún otro.

Sentí anudarse mi estómago. ¿Qué extraño juego era ése? Su rostro estaba impasible, no podía leer sus emociones. Me separé de él y fui a la ventana. Fuera, el sol alzaba su rostro a un nuevo día.

—No entiendo tu juego. Si lo que deseas es divorciarte de mí, esposo, haz el favor de decírmelo.

—No es ningún juego, Aisha. Había jurado escuchar únicamente a Alá, pero Él abrió mis oídos a tus palabras, la otra noche. Cuando te fuiste, lloré de rabia por mi ignorancia. ¡Qué poco te conocía! No sabía lo dolorosos que habían sido para ti aquellos años de *purdah*.

—Y después recortaste mi libertad —dije—. No me parece justo, cuando soy tan buena como cualquiera espada en mano.

—La *umma* observa todos mis movimientos, y mis enemigos hacen lo mismo. Y ellos también te observan a ti —dijo Mahoma.

—¡Déjalos que miren! Nunca me ha preocupado lo que pensaban otras personas.

—En tu condición de esposa favorita del Mensajero de Alá, has de aprender a preocuparte. Me gusta tu espíritu, *habibati*, pero a otros no les ocurre lo mismo. —En pocas zancadas recorrió la distancia que nos separaba y se colocó a mi lado junto a la ventana—. Aisha, mientras seas mi esposa tendrás que esconderte, para evitar ser el centro de los chismorreos de los amigos y de las amenazas de los enemigos. No puedo permitirme ni distracciones ni peligros añadidos.

—Y yo no puedo vivir como un pájaro en jaula —dije.

—Nadie te va a enjaular. Eres libre para volar ahora mismo, si lo deseas. Nunca he querido que tú, ni ninguna mujer, os sintierais forzadas a casaros conmigo.

—¿Pensabas que yo podía elegir, a la edad de seis años? —resoplé, irritada por su ingenuidad—. ¿Creías que yo era capaz de elegir algo, a esa edad?

—No pensé nada de eso. Lamento decirlo. Tus palabras desde la palmera me mostraron muchas cosas que yo no conocía. Si no tienes libertad para elegir tu propio destino, no eres más que una esclava, Aisha. Y sabes que yo no tengo esclavos.

—¿Qué quieres decir? —Mi voz se enredaba en mi garganta.

—Eres libre, Aisha. Para elegir.

Fue hacia los almohadones colocados en un rincón y se sentó allí a esperar.

Mientras sentimientos y emociones se agolpaban en mi interior, volví de nuevo a la ventana e intenté pensar en la oferta que me hacía Mahoma. ¿Yo, elegir mi destino? Era como dar a un camello la posibilidad de elegir los pastos en los que rumiar. La brisa de la mañana venía perfumada de espliego y yo la aspiré y recordé los días de mi infancia, los paseos por las colinas para coger flores. Si me divorciaba de Mahoma podría volver a hacerlo, sin tener que ocultarme detrás de un biombo en mi propia casa y sin verme obligada a esconder la cara detrás de un velo. Sería una mujer libre, y podría volver a casarme o vivir sola.

Safwan todavía me miraba con deseo cuando me veía fuera. Estaría dispuesto a casarse conmigo..., pero sería todavía más

rígido que Mahoma. Talha sería un marido amable y respetuoso, y yo podría conocer la felicidad a su lado. Pero ¿cuánta felicidad? ¿Sentiría un burbujeo de risa y de canciones a la simple
idea de verlo, como me ocurría con Mahoma? ¿Vibraría mi piel
con sus caricias, y se estremecería todo mi cuerpo con sólo un
beso?

Me volví a Mahoma, que estaba sentado con las piernas cruzadas y los ojos cerrados, la frente arrugada por la preocupación,
la boca en una línea fina. Era el hombre al que había amado toda
la vida, el que me había enseñado a luchar, el que me había guiado por los caminos de la pasión, el que había engendrado el hijo
que perdí debido a mi amor por él. Con Mahoma yo era realmente libre: para hablar, para soñar, para equivocarme, para ser
yo misma. Puede que no fuera la reina de su *harim*, pero era la
favorita de su corazón. Y ahora me había dado la libertad y el
poder de elegir mi propio destino, el mayor regalo que nunca me
había hecho nadie. Al actuar así me había hecho completa, infi-
nitamente suya.

Me arrodillé delante de él y le quité el turbante de la cabeza.
Sus ojos se abrieron y vi correr en ellos el miedo como un fuego
helado. Levanté su mano y la apreté contra mi mejilla, y el fuego se extinguió, apagado por sus lágrimas.

—Te elijo a ti —dije.

Bajó su boca hasta la mía y nos unimos los dos con ansia,
como si nuestro amor fuera la lluvia por la que habíamos rezado
en los años pasados. Apreté mi cabeza contra su corazón, y lo oí
palpitar por mí, y sentí mi pulso acompasarse con los murmullos
y los suspiros que eran su cántico de amor.

—Aisha —murmuró—. La amada de Mahoma.

Me dio un último, interminable beso, un beso que prometía
muchos más en los días y años venideros. Luego, demasiado
pronto, se desasió de mis brazos y tomó su turbante.

—No te vayas aún, *habibi* —le supliqué—. Quédate un poco
más conmigo.

Sus ojos brillaron de amor.

—Volveré —dijo—. Muy pronto.

Sentí una punzada de celos, hasta que me di cuenta de que su sonrisa era triste. Supe que no quería dejarme, pero que tenía una tarea que hacer. Recordé las lágrimas de mis hermanas-esposas mientras cuidaban de mí y temían por su propio futuro, y el miedo por ellas me hizo saltar a toda prisa para detenerle.

—¡Mahoma, espera! —le dije. Él se volvió y yo le tomé las manos—. ¿Vas a divorciarte de tus otras esposas?

La vena de su frente se oscureció.

—Es lo que deseas, ¿no?

Bajé la mirada, avergonzada de la persona que él creía que era yo.

—Puede que fuera así en otro tiempo. Pero ahora, no. Mis hermanas-esposas están todas tan asustadas... —Le conté lo que había oído mientras me cuidaban, y cómo sería su vida si él las rechazaba—. Te necesitan, Mahoma. —Me tragué mis miedos y lo miré a los ojos—. Más aún que yo.

La vena de su frente desapareció, reemplazada por una gran sonrisa.

—Mi Aisha —dijo—. Por fin mujer.

Sus palabras difundieron un calor radiante desde mi corazón hasta las puntas de mis dedos, y me erguí un poco más.

Se volvió de nuevo para marcharse, pero le detuve con un simple roce.

—Por favor, no cuentes a mis hermanas-esposas lo que te he dicho de ellas. Hablaban en privado, entre mujeres, y no les gustará que estés enterado de sus temores.

Hizo un breve gesto de asentimiento.

—Por otra parte —dijo—, puede que les guste saber que has hablado en su defensa. Y no tengo intención de privarlas de ese placer.

Esperé una hora, y dibujé nuevos surcos en el suelo de mi habitación. Cuando Mahoma volviera a mi lado, ¿traería buenas o malas noticias? Algunos decían que salvaría la *umma* si se divorciaba de todas nosotras, que pondría fin a las especulaciones sobre su debilidad en todo lo relacionado con las mujeres. Otros decían que destruiría el islam si rompía los lazos que había creado a través de sus matrimonios. Por mi parte, lo único que sabía de cierto era que perder a Mahoma representaría la destrucción de las vidas de mis hermanas-esposas.

La llamada a mi puerta me hizo levantarme de un salto. Corrí a contestarla con el corazón desbocado en mi pecho. En el umbral estaba Mahoma con rostro grave…, y, apiñadas detrás de él, todas las mujeres del *harim*, con los ojos cuajados de lágrimas. La pena me cubrió como cubre la arena una tumba, y grité, pensando que estaban perdidas.

Zaynab se adelantó, con sus brazos regordetes extendidos y un relampagueo en sus ojos de oro.

—Hemos sabido que hablaste a nuestro esposo en nuestro favor —dijo—. Ahora —un sollozo se quebró en su garganta y le impidió hablar durante unos instantes—, ahora hemos venido a darte las gracias, y a nombrarte nuestra *hatun*.

Abrí la boca pero, para mi asombro, no me salieron las palabras. Luego, todas a una, mis hermanas-esposas se unieron a Zaynab, tendieron sus brazos hacia mí y me dedicaron una reverencia. Mahoma estaba en medio de todas ellas, con sus cabellos flotando en desorden y una sonrisa luminosa en la cara, hasta que se sujetó el turbante y él mismo se inclinó delante de mí hasta casi tocar el suelo con la frente.

31

Diez mil fuegos

Medina, y luego La Meca, febrero de 630 – Diecisiete años

Cada día era como un pensamiento que no acababa de tomar forma. Las noches eran un hervidero secreto de rumores. La gente hablaba en susurros. Los interrogantes se reflejaban en todos los rostros.

Nuestra invasión de La Meca era inminente, anticipada con tanta impaciencia como las próximas lluvias. «¿Por qué la retrasa el Profeta?», me preguntaban mis hermanas-esposas. Yo me encogía de hombros, y pretendía ignorarlo. La verdad era que Mahoma mantenía la fecha en secreto incluso para mí. Su plan era sorprender a los mecanos con nuestro ejército. Pero yo podía adivinar la razón de nuestro retraso, porque veía la respuesta en los ojos de Mahoma cuando posaba su mano en el vientre hinchado de Maryam. Él esperaba —todos esperábamos— el niño.

Yo no sentía celos. No tenía nada que temer por parte de aquel niño ni de mis hermanas-esposas. Desde que me habían elegido su *hatun*, nadie podía desposeerme de ese rango, ni siquiera la madre del heredero de Mahoma. Y tampoco lo deseaba nadie, porque yo dirigía el *harim* de una forma justa, sin buscar la venganza que me había jurado tomar sobre Zaynab, a la que ya no odiaba. Mis hermanas-esposas me habían honrado. ¿Iba yo a corresponderles tratándolas de forma deshonrosa?

Lo cierto es que admiré a Zaynab por haber cedido su posición. Se había resistido al principio, me contó Hafsa, pero luego, después de meditar y rezar, accedió, y convenció a Umm Salama de que respaldara el cambio. «Es un pequeño gesto, comparado con el esfuerzo que ha hecho Aisha de hablar en nuestro favor», dijo Zaynab.

Ya no éramos enemigas, pero mis temores estaban lejos de haberse disipado. Ahora que era la *hatun*, Alí me criticaba más que nunca: comentaba el caos de la tienda de la cocina como si acabara de ocurrir, escupía la comida que yo había cocinado asegurando que sabía a veneno, y me seguía al mercado como una sombra omnipresente con la esperanza de sorprenderme en algún pecado que nos degradara a mí y a mi padre a los ojos de Mahoma.

Mahoma hacía poco caso de Alí. Todos sus pensamientos eran para el pequeño.

—Es paciente, como su padre —bromeaba yo, porque Mahoma se quejaba constantemente de lo que tardaba en llegar aquel parto.

—Los niños siempre han nacido, desde que Eva tuvo al primero —le decía Sawdah—. Llegará en el momento oportuno para Alá, no para nosotros.

El tiempo se estiraba, se adelgazaba, se tensaba, a la espera de un parto singular. Un grupo de caballos se escapó de los establos e irrumpió en la mezquita, y sus coces dejaron herido a un hombre que rezaba allí. Mientras, Maryam, sin preocuparse por nuestra invasión pendiente, cantaba y reía como si cada día fuera el primero de la primavera. Sawdah y yo íbamos cada mañana a su casa, temerosas de una nueva batalla contra Quraysh y preocupadas por nuestros seres queridos de La Meca hasta ver los adobes encalados de la casa de Maryam. Como todas las demás del *harim*, yo había estado encantada de que se exiliara fuera de la ciudad, pero ahora la envidiaba. Aquí, ella cuidaba las flores de su propio jardín; por la ventana, podía ver los riscos escarpados de color negro y anaranjado que rodeaban Medina. Aquí su mente podía encontrar descanso, lejos de las exigencias turbulentas de la *umma*.

Cada día Medina tenía más bocas que alimentar. La influencia de Mahoma se extendía como la luz del sol en una tierra oscurecida por la ignorancia. Afluían a Medina los conversos al islam, y muy pocos entre ellos tenían experiencia en cultivar la tierra. Aquellos nuevos miembros de la *umma* sufrían, como nosotros al principio, las fiebres de Medina y, peor aún, lo magro de sus bolsas.

Como *hatun* de Mahoma, se esperaba que yo les ofreciera la primera comida. Bajo mi dirección, siempre había cebada puesta a cocer, y las sirvientas repartían escudillas de gachas por lo menos a cincuenta personas cada día. Las esposas molíamos el grano, sacábamos agua del pozo, amasábamos el pan y ordeñábamos las cabras, cubiertas con los nuevos velos que había diseñado Umm Salama para que tuviéramos libres los brazos.

Los regalos a Mahoma de los gobernantes no eran muchos, porque no eran tantos los reyes que existían en nuestro mundo. Mahoma envió a Zayd y a otros para invitar al emperador de Bizancio a aceptar el islam, pero se rieron de ellos y los expulsaron de Constantinopla. Luego, ya en el desierto, sobrevino la tragedia. Los soldados del emperador persiguieron a nuestros hombres y los mataron a todos. La muerte de Zayd afligió a la *umma*, e incluso Zaynab derramó copiosas lágrimas. Umm Ayman cargaba con su dolor como una bandera, y recorría tambaleante las calles con una mirada vidriosa, llamando a gritos a Zayd como si un *djinni* la atormentara.

Mahoma se guardó la pena para sí, como siempre hacía; se retiró a sus aposentos durante varios días, y sólo salió de allí para pronunciar con voz ronca una plegaria sobre Zayd. Luego desapareció en el *majlis*, en una serie de largas reuniones con los Compañeros.

En las visitas que me hacía, Mahoma no sólo me habló de Zayd, sino también del rechazo del emperador bizantino. No podíamos contar con la ayuda de aquel próspero imperio. La sequía que nos afligía desde antes de la batalla de la Trinchera aún persistía. O bien nuestros aliados pagaban un impuesto a Medina o moriríamos de hambre.

—Pero son muchos los que, como el emperador, nos consideran insignificantes —dijo Mahoma—. Pocos estarán dispuestos a pagar un simple *dirham* hasta que demostremos nuestra fuerza gobernando Quraysh.

La posesión de La Meca era vital para nuestra supervivencia.

En nuestras visitas a Maryam, yo llevaba mi bolsa de las medicinas, llena a rebosar, y Sawdah sus inciensos y sus ensalmos. Al principio yo iba a regañadientes, sólo por obligación hacia Mahoma, pero muy pronto la casa de Maryam se convirtió en un oasis dentro del oasis. Ella y su eunuco, Akiiki, nos recibían en una casa llena de plantas verdes y de alfombras de felpa rojas y doradas, con almohadones de color azul, púrpura, amarillo y verde, esparcidos por el suelo como si fueran pétalos de flores. Un tapiz colgado de la pared representaba a una Virgen Maryam rodeada de un halo y montada en burro, embarazada de su Hijo y debajo de una estrella que brillaba en el cielo. Por la ventana abierta podía ver ovejas y corderos corretear en los pastos, como invitándome a jugar con ellos. Pero tenía tareas más importantes a las que atender: masajear las manos y los pies de Maryam, que sufrían entumecimientos, y su vientre, porque el hijo de Mahoma parecía dispuesto a abrirse paso hacia el mundo a patadas.

Ni una sola vez oí quejarse a Maryam. Ni cuando el pequeño presionaba su vientre, haciendo que la piel se pusiera tensa y descarnada, ni cuando su peso le dificultaba los movimientos para caminar y realizar las tareas más sencillas. Caminaba apoyada en el brazo de Akiiki, y reía.

—La casa de mi hijo se está haciendo casi tan grande como la de su madre —decía—. Tendrá que salir pronto, porque mi cuerpo no tiene ventanas.

Volver a casa era la parte más difícil, todos los días. Nos despedíamos con el corazón ligero y después caminábamos cogidas del brazo por entre huertos fértiles y prados ondulados hasta que la ciudad nos envolvía con su hedor y su oscuridad. Nuestros rostros tapados nos señalaban como las esposas de Mahoma incluso para los extraños, y era inevitable que nos asediaran siempre con las mismas preguntas, «¿Por qué se retrasa? ¿Cuándo iremos?», y buscaran nuestras miradas con ojos inquietos.

Una noche, cuando aspirábamos la última bocanada de aire

fresco y nos ajustábamos nuestros chales para entrar en Medina, oímos gritos a nuestra espalda. Akiiki, siempre tieso como un bastón andante, corría hacia nosotras y agitaba los brazos. No hablaba árabe, pero sus gestos eran tan expresivos que lo entendimos fácilmente. Cuando extendió las manos para figurar un vientre hinchado y empujó con ellas hacia abajo, supimos que llegaba el niño. Sawdah volvió corriendo a la casa con el eunuco mientras yo corría a la ciudad en busca de Umm Hanifi, la comadrona.

Encontré a la anciana atendiendo un parto en la ciudad de las tiendas; intentaba sujetar con las manos a un bebé resbaladizo entre las piernas de la madre, como si arrancara del suelo una planta con raíces y todo. En cuanto me vieron, niños y viejos palparon mi manto en busca de la cebada y los dátiles que solía llevarles. Les prometí comida para el día siguiente, pero no me dejaban, y tanta hambre tenían que pensé que me devorarían a mí, a falta de otro alimento.

—*Yaa* Umm Hanifi, el hijo del Profeta está al llegar —le grité por encima del tumulto que se había formado—. Sawdah me ha encargado que te lleve a la casa de Maryam. Las contracciones son fuertes y muy seguidas.

Ella hizo un gesto de asentimiento, como si acabara de informarle del tiempo que hacía, y sacó un gran cuchillo de la funda de su cintura.

—Sawdah sabe lo que hay que hacer —dijo, y cortó el cordón que unía el hijo a su madre—. Iré allá en mi burro, cuando me haya bañado y descansado un poco.

De vuelta en la casa, encontré a Maryam sudorosa y dando boqueadas en su cama, mientras Mahoma le sostenía una mano y Akiiki la otra. Sawdah tendió a Mahoma una hoja de palma y él abanicó el rostro sofocado de Maryam.

—Será mejor que empieces la fumigación, *yaa* Aisha —dijo Sawdah—. Umm Hanifi vendrá en cuanto pueda, pero mientras tanto podemos ir preparando las cosas.

Maryam gimió. Yo coloqué una mano sobre su vientre y recé en silencio una oración a Alá para que la confortara. «Perdóname también la envidia que siento por este niño. Por favor, no dejes que les ocurra ningún mal a él ni a su madre.» Como si fuera una respuesta a mi súplica, sentí una sacudida como de agua saltando sobre una roca afilada.

—¡Qué patada! —dije, y Mahoma y Maryam sonrieron—. Tu hijo es un guerrero, *yaa* Maryam.

—Tiene que ser un chico, por Alá —dijo Sawdah—. Ninguna niña sería tan revoltosa, excepto tal vez tú, Aisha. —Contuvo el aliento y buscó su amuleto—. Varón o hembra, lo que Alá disponga —añadió muy deprisa.

Yo rebusqué en mi cesto el almirez y la mano, y también una bolsa con raíz de oro. Machaqué la hierba con incienso para que disimulara su olor penetrante, y luego la puse a arder en el brasero para fumigar las partes íntimas de Maryam. Los vapores protegerían al niño de un contagio..., si es que la comadrona llegaba de una vez.

—Por Alá, ¿por qué tarda tanto? —exclamó Mahoma, después de enviar a Akiiki por quinta vez a ver si llegaba Umm Hanifi. El eunuco gritó algo ininteligible. Corrí a la puerta y vi que la regordeta comadrona cruzaba despacio los prados a lomos de un burro, vestida como para una fiesta con tules de colores vivos que la brisa de la tarde hacía revolotear a su alrededor, pendientes que se balanceaban de sus orejas, ojos realzados con una gruesa línea de kohl y labios pintados de un rojo brillante. Cientos de creyentes se apiñaban detrás de ella, arrojando flores a su paso y voceando sus buenos deseos.

Entré y conté a Mahoma lo que había visto.

—¡Mientras la comadrona disfruta del amor de la *umma*, Maryam se debate en las fauces de la muerte! —gritó.

Tuve que reprimirme para no echarme a reír. ¿Era ése el poderoso Profeta de Dios? Podría recibir una o dos lecciones del eunuco Akiiki, que, aunque excitado, se las arreglaba para conservar la calma.

Maryam parpadeó, mientras Sawdah cabeceaba disgustada.

—Los guerreros son los peores —murmuró—. No les importa matar y lisiar a otras personas, pero cuando ven parir a una mujer se echan a temblar y el estómago les flaquea.

Umm Hanifi entró en la habitación, tan imperiosa como una

reina. Sawdah sacudió en el aire un puñado de cilantro y empezó sus encantamientos contra el Ojo Maligno. El rostro de la comadrona se endureció al ver a Mahoma y a Akiiki en la habitación.

—¡Fuera de aquí, dejad a las mujeres hacer su trabajo! —gritó, agitando sus brazos musculosos—. Si necesitamos la ayuda de un hombre, recurriremos a Alá.

Lo cierto es que lo invocamos muchas veces en las horas que siguieron. El parto fue difícil y largo, pero los únicos gritos eran los de Sawdah, que pugnaba con las fuerzas malignas que retenían al niño fuera de este mundo.

—Puedes expresar tu dolor, Maryam —dije, con mis dedos doloridos bajo su presión—. No tienes que hacerte la valiente.

Las lágrimas bañaban su cara.

—Me duele. Pero si grito, Mahoma podría oírme y sufrir por su hijo.

Por fin llegó el momento de llevarla al sillón del parto, donde ella apretó y forcejeó y rugió mientras Umm Hanifi le frotaba el estómago y las piernas.

—El niño no quiere entrar en este mundo —dijo la comadrona, ceñuda—. Suele interpretarse como el presagio de una vida corta.

Sawdah chilló, y luego tomó sus hojas de cilantro y las agitó delante de la boca de la comadrona, «para expulsar esas palabras antes de que lleguen al niño», me dijo más tarde.

Cualquier espíritu maligno que aún quedara en la habitación huyó sin duda cuando nuestros gritos ensordecedores anunciaron la llegada del niño, provocando en respuesta los silbidos y las ovaciones de los creyentes que rodeaban la casa. Maryam tomó en sus brazos a aquel bebé arrugado y lo miró como si fuera la cosa más bonita que jamás había visto. Yo me tragué las lágrimas y me negué a pensar en el niño que había perdido, y no quise escuchar la voz maliciosa que me susurraba que mi posición de *hatun* no significaba nada ahora, que el recién nacido era un varón y que Mahoma amaría a él y a su madre más que a nadie, no importaba cuántos hijos le diera yo en adelante. El amor, me recordé a mí misma, no es una competición. Tampoco es como un plato de *tharid*, que puede compartirse y devorarse hasta que se acaba. Cuanto más amor se da, más aumenta. Aparté los rizos empapados de la cara de Maryam, y ella me apretó la mano.

—Ojalá el siguiente sea tuyo, Aisha —dijo.

Diez mil fuegos de campamento: ésa fue la estrategia de Mahoma para someter a Quraysh. Nuestro ejército se extendió alrededor de la ciudad de La Meca y cada hombre encendió un fuego de modo que las colinas se cuajaron de luces que parecían tan numerosas como las estrellas. Mahoma y yo nos colocamos en las alturas de al-Hudaybiyyah y contemplamos maravillados las luces que ardían a nuestros pies, y escuchamos las bravatas de los guerreros que anunciaban a los mecanos que al día siguiente serían nuestros.

—Imagina lo que están pensando en este momento los Qurays. —La risa tranquila de Mahoma resonó en mis oídos, cuando apretó mi cintura—. No pueden dejar de saber que Alá ha llegado.

Sus ojos brillaron con un fuego de otra clase. Sus besos me supieron a metal y especias. Aspiré su olor y el del humo de los fuegos y el *miswak* y el polvo de nuestro largo viaje.

—Por fin vuelves a tu casa, *habibi* —le dije—. Y cuando regreses, será para gobernar. Abu Sufyan ya no te enfrentará.

Lo cierto es que los ojos saltones de Abu Sufyan reflejaban su miedo cuando Alí lo escoltó a nuestra tienda aquella noche. Entró, se postró de rodillas y tendió sus brazos hacia las piernas de Mahoma, lo que provocó un grito asustado de Saffiya. Alí lo agarró por el manto, tiró de él hacia atrás y luego colocó su daga en la gruesa garganta de aquel hombre. Abu Sufyan temblaba como la luz de una vela.

—¡Te lo suplico, hijo de Abdallah, no destruyas Quraysh! —exclamó con voz ahogada—. Sé compasivo con nuestro pueblo.

—No se hará ningún daño a nuestros seguidores, Abu Sufyan. —El tono de Mahoma era casual, como si fuera cosa de todos los días que sus enemigos vinieran a su tienda a suplicar—.

Por lo que a ti respecta, no he oído salir de tus labios ninguna confesión de fe.

—¿Cómo puedo profesar la fe en tu Dios y traicionar a mi pueblo? —graznó Abu Sufyan—. Soy el jefe de Quraysh. Sus dioses son mis dioses.

—¡Y su infierno es tu infierno, cobarde llorón! —Alí pasó el filo de su daga por la garganta de Abu Sufyan, afeitando algunos pelos de su barba de un rojo grisáceo—. Profesa ante el Profeta de Alá ahora mismo, o muere.

—¡Espera! —Los temblores agitaban la barba de Abu Sufyan—. He visto la luz de Alá en la hoja de la daga de Alí. ¡La verdad me ha sido revelada! No hay más Dios que Alá, y Mahoma es su Profeta.

—¡Mentiroso! —Alí empujó al suelo a Abu Sufyan y le escupió—. ¿Puede ser sincera una conversión tan repentina, Profeta?

—Sólo Alá conoce los corazones de los hombres. —Mahoma tendió su mano a Abu Sufyan—. Yo acepto a todos los hombres que me llaman Profeta. Levántate, Abu Sufyan, y sé bienvenido a la *umma.*

El disgusto nubló los ojos de Alí. Él quería matar a Abu Sufyan..., y en mi corazón, yo también lo deseaba. Al final, cuando llegaba el momento de responder por sus maldades, le bastaba decir unas pocas palabras para obtener el perdón incondicional de Mahoma. Pero, hube de recordármelo a mí misma, como *hatun* de Mahoma era mi deber respaldar sus decisiones, y no ponerlas en duda.

Detrás de nuestro biombo, Saffiya y yo escuchamos a los hombres discutir los planes para el día siguiente. Todo nuestro ejército entraría en la ciudad, seguido por nuestras mujeres. Cualquiera que se enfrentara a nosotros sería aplastado.

—Pero lo preferible sería entrar pacíficamente —dijo Mahoma—. Hemos venido a reclamar La Meca para Alá, no a hacer la guerra.

Los ojos de Abu Sufyan iban de Alí a Mahoma. Se relamió sus gruesos labios.

—La mayoría de nosotros hemos aceptado vuestras condiciones. Pero unos pocos jóvenes exaltados han jurado luchar contra ti. No suponen ninguna amenaza, desde luego. Podrás vencerles con facilidad sin perder a un solo hombre.

Mahoma le sonrió e hizo un gesto de asentimiento: ésa era la clase de información que deseaba.

—Estás demostrando ya ser un aliado valioso, Abu Sufyan —dijo—. Tu amistad tendrá su recompensa.

Cayó la noche. En todo el campamento las hogueras chisporroteaban y se consumían, sucumbiendo a la oscuridad y al frío. En el interior de la tienda, sentí en la mejilla el calor de nuestro propio fuego casi extinguido. Con los párpados entrecerrados observé las figuras producidas por las llamas, como marionetas de sombra que bailaban, ellas también de camino a La Meca. La madre patria. La ciudad que yo apenas recordaba. El hogar. Dondequiera que estuviera Mahoma, allí estaba mi hogar. Él era mi hogar.

Sus besos me despertaron antes que la llamada de Bilal a la oración de la mañana. El sol apenas rozaba el cielo, pero me levanté de un salto y me puse el vestido blanco inmaculado. Cuando Mahoma hizo su peregrinación a La Meca al cumplirse un año de su tratado de paz, se llevó consigo a Umm Salama y Zaynab y me dejó a mí, como castigo por no haber apoyado su acuerdo. Ahora, después de recuperar su confianza, por fin visitaría la famosa Kasba, construida por Ibrahim y su hijo Ismael hacía muchos años, con su misteriosa piedra angular negra, que fue arrojada a la Tierra por el propio Alá.

—La Kasba fue edificada para Alá, no para los ídolos que ahora la profanan —dijo Mahoma—. Hoy se la devolveremos a Él.

Mientras esperábamos nuestro turno para entrar por las puertas de la ciudad, las mujeres observamos el desfile sentadas en nuestros camellos. Cerca de nosotras se encontraba Abu Sufyan con su consejero al-Abbas, tío tanto de Mahoma como de Alí. Desde mi posición pude ver, y oír, a los dos hombres reírse mientras desfilaba la tribu Muzayna, escupiendo y arrastrando sus pies descalzos.

—¿A éstos nos hemos rendido? —se burló Abu Sufyan. Al-Abbas sonrió y no dijo nada.

—Me dan más miedo las risas de Quraysh que estos mendigos andrajosos —dijo de los Sulaym, con sus ropas polvorientas y sus dientes podridos.

Pero cuando desfilaron los hombres de Medina en perfecta formación y armados hasta los dientes, con sus magníficos caballos engualdrapados de verde, Abu Sufyan guardó silencio. El ejército de Mahoma no era cosa de risa, y él lo sabía muy bien.

Por fin se acercó Talha para conducir a las mujeres hasta la puerta de las altas murallas de La Meca. Casi todas las mujeres de la *umma* cabalgaban ahora en *howdahs*, obligadas por sus maridos a soportar aquella marcha bamboleante para imitar a las esposas del Profeta. A través de la cortina pude comprobar que La Meca no se parecía en nada a Medina. El aire era puro y fresco, aunque un poco polvoriento debido al paso de nuestros camellos. Las casas de piedra y cal brillaban al sol. El mercado, a la sombra del oscuro y gigantesco monte Hira, parecía desierto con sus largas filas de tenderetes sin vendedores, pero gallardetes festivos se entrecruzaban en el cielo por encima de la calle. Recordé a duras penas el bullicio de aquel lugar en un día ordinario: la música de los cascabeles, el olor de la carne y el incienso, los mugidos de las vacas y los gorjeos de los pájaros enjaulados, los mercaderes que pregonaban su mercancía, y los hombres y mujeres que regateaban en lenguas extrañas.

Nos detuvimos delante de la Kasba, un gran edificio de forma cúbica de un blanco tan cegador que parecía recién pintado para nuestra visita. Aunque lo había visto muchas veces de niña, estaba entonces demasiado aturdida por el mercado para prestarle atención.

Ahora, en cambio, sentí un cosquilleo en la espina dorsal al pisar las losas negras que rodeaban su base. El pataleo de hombres y caballos parecía dirigido a manchar su aspecto impecable; nubes de polvo se elevaban por el aire al golpear con sus espadas los guerreros de la *umma* a los cientos de ídolos colocados sobre sus pedestales alrededor del edificio.

Mahoma estaba de pie en la puerta de la Kasba, sonriente y despeinado, sus cabellos rizados y sudorosos al aire, la mano derecha en el pomo de la espada.

—¡La Kasba está limpia! —gritó—. *Allahu akbar!* ¡Dios es grande!

Desde la azotea de la Kasba, Bilal se hizo eco de su grito. Los camellos de las mujeres se arrodillaron y nosotras emergimos de detrás de nuestras cortinas, descubiertos nuestros rostros ante Dios, y nos unimos a la marea de los creyentes que se prosternaban en la arena con las manos tendidas. Nuestros gritos de alabanza ascendían como transportados en las alas de un halcón, más y más arriba, hacia el Dios que había traído a su Profeta al hogar, por fin.

Nos pusimos en pie para ver cómo Alí anudaba un turbante negro en la cabeza de Mahoma. Le tendió después una bandera blanca, que Mahoma agitó e hizo ondear mientras corría (no quiso caminar para no dar a los Qurays la impresión de que era una persona débil) hasta dar tres vueltas alrededor de la Kasba, y luego dos más entre las colinas sagradas de la ciudad. Luego, con el rostro reluciente de sudor, alzó la bandera ante el rugido de hombres y mujeres que levantaron en respuesta espadas y pañuelos.

La multitud se dividió en los escalones de la base de la Kasba para dejar paso a mi padre. Subió despacio, llevando de la mano con cuidado a un anciano *shayk*, doblado sobre su bastón, y cuyas ropas colgaban de sus huesos descarnados.

—Mi padre viene a profesar su fe en Alá y en su Mensajero —anunció *abi*. Yo corrí a su lado para saludar a mi abuelo, por primera vez desde que recordaba. Al verme allí, Mahoma me tomó de la mano y yo ascendí los escalones hasta colocarme a su derecha.

Pronto llenaron el aire los alegres saludos entre los creyentes y los miembros de sus familias a los que no veían desde largo tiempo.

—*Ummi!* —gritó Umm Salama, y corrió a abrazar a una mujer alta y pálida, vestida de seda, con sus mismos pómulos pronunciados. Alí se acercó con al-Abbas, que presentó a Mahoma a una joven con una espesa cabellera negra.

—¿Me concederás el privilegio de casarte con mi hija Maymunah, para unir de nuevo nuestras familias? —dijo. Mis ojos se estrecharon, para examinarla con todo detalle. Al-Abbas era el tío de Mahoma, pero también el amigo más íntimo de Abu Sufyan. ¿Sería capaz de utilizar a su hija para causar algún perjuicio a Mahoma?

Uthman trajo a una familia entera a arrodillarse a los pies de Mahoma. Talha trajo a su padre (el hermano de mi madre), lo que hizo que mi madre riera de felicidad. Pero cuando apareció Abu Sufyan acompañado por Hind, su esposa de cara sonrosada subiendo las escaleras, la *umma* le abucheó.

El bulto entre los ojos de Mahoma empezó a palpitar, cuando bajó la mirada hacia ella. Yo me estremecí, al recordar sus risas estrepitosas en Uhud cuando se llevó a la boca el hígado ensangrentado de nuestro general Hamza. Alí subió a paso de carga las escaleras con su *Zulfikar* de doble hoja temblando en la mano.

—Tú, puta de Hubal —rugió—. Voy a regar estas escaleras con tu sangre.

Para asombro de Alí y mío, Mahoma alzó una mano para detenerlo.

—*Yaa* Hind, tu esposo ha suplicado hoy por tu vida —dijo—. Antes de decidir tu suerte, quiero saber si me reconoces como el Profeta de Dios.

Atónita, bajé la vista al suelo para ocultar mi desaprobación. ¿Iba a perdonar Mahoma a la malvada Hind, como había transigido con su marido traidor?

Ella levantó hacia él unos ojos llameantes, y le escupió en el vestido. Mis miembros temblaron por el deseo de abalanzarme sobre ella.

—¿Yo, renegar del poderoso Hubal y del glorioso al-Lat, por un hijo de Hashim? —gritó—. Yo no traiciono a mis dioses, como ha hecho mi marido muerto de miedo. Y tampoco te rogaré que salves mi mísera vida. Haz conmigo lo que te plazca, Ibn al-Muttalib.

Arreciaron los insultos contra ella, pero Mahoma alzó de nuevo la mano, y acalló el tumulto.

—Tu marido ha suplicado el perdón de Alá para ti, y Dios ha decidido concedérselo, te hayas convertido o no —dijo Mahoma—. Ve a tu casa y no causes más problemas. La paciencia de Alá es infinita, pero la mía no.

Hind puso unos ojos como platos y quedó boquiabierta, y su cuerpo empezó a agitarse. Sus piernas no la sostuvieron y cayó de rodillas; luego enterró su rostro desvergonzado en la túnica de Mahoma. Sus mejillas enrojecieron como si se hubiera prendido un fuego en su boca, y sentí que mi propia cara se encendía de ira.

Pero cuando levantó la cabeza y vi sus lágrimas, mi ira se aplacó. El orgullo fluyó en mi interior como el agua llena un cántaro vacío. Mahoma sabía muy bien lo que estaba haciendo. Al respetar la vida de Hind, se había ganado su lealtad.

—¿Después de todo lo que he hecho contra ti, me perdonas la vida? —dijo—. ¿Qué clase de hombre eres, hijo de Hashim? Por Dios, que nunca he visto semejante bondad. —Se puso en pie y alzó los brazos al cielo, como para abrazar a toda la *umma*—. Yo proclamo aquí ante todos que tu Dios es mi Dios, Mahoma ibn Abdallah ibn al-Muttalib, y que con toda seguridad tú eres su Profeta.

Y entonces, vencidos sus enemigos por la fuerza y por la magnanimidad, pudo por fin Mahoma, después de décadas de tormentos y de rechazo, oír a sus conciudadanos y a sus enemigos cantar sus alabanzas. Uno a uno, todos los *shayks*, todas las abuelas, todos los guerreros con sus esposas, todas las muchachas y los niños de la ciudad se postraron en las losas de piedra a sus pies y declararon que Mahoma era el Profeta del Dios único, y marcharon a continuación con una mancha roja en el lugar en que su frente había estado apretada contra la piedra. Algunos sonreían como secuaces suyos, otros fruncían el entrecejo. Muchos parecían exhaustos, pero no Mahoma, que permaneció de pie toda la noche bajo la luna llena para recibir el homenaje de su pueblo, con el rostro más brillante que la luz de diez mil fuegos.

¿Y yo? Conduje a las esposas, con Talha abriéndonos paso, de regreso al campamento y dormí con el sueño prolongado y pacífico de la primera esposa del hombre más poderoso del Hijaz.

32

Las llaves del Paraíso

Medina, febrero-junio de 632 – Diecinueve años

Mahoma estaba tan orgulloso de su hijo que cualquiera diría que lo había formado con sus propias manos.

—¿Verdad que es guapo? —decía cuando Ibrahim, de mejillas rosadas, daba tirones a su barba. Y añadía, con un guiño—: Fíjate cuánto se parece a mí, Aisha.

Yo meneaba la cabeza, miraba sus rizos dorados y sus ojos azul índigo, y decía:

—Yo no veo ningún parecido. —Y lo pinchaba, en broma—: ¿Estás seguro de que es tuyo?

La verdad es que Ibrahim era igual a su padre en casi todo. Nunca podía estarse quieto, ni siquiera cuando dormía, y no dejaba que se interpusiese nada en su camino cuando se proponía alguna cosa. A Sawdah le encantaba contar cómo dio su primer paso estando presentes Maryam y ella: frustrado porque no podía coger gateando el gato de Abu Hurayra, se puso de pie y se tiró al suelo dándose impulso para atraparlo. Y, como su padre, Ibrahim amaba a las mujeres. Visitaba el *harim* con más frecuencia que el mismo Mahoma.

Por mi parte, quería a Ibrahim tanto como cualquiera en el *harim*, a pesar del fracaso de mis esperanzas de concebir otro hijo de Mahoma. Sentí celos, sí, cuando nació, y los brazos me dolían por el deseo de tener a un niño entre ellos cuando veía a

Maryam acunarlo. Pero, por más que Mahoma amaba a su hijo, su amor y su respeto por mí no hicieron sino crecer con el paso de los años, lo que desvaneció mis temores de verme relegada al grado de concubina, y me dejó en libertad de adorar a Ibrahim tanto como a mi sobrino Abdallah. Además, había aprendido de Mahoma el poder que tienen el amor y el perdón..., muy superiores a los del odio y los celos.

Y luego, un día, Ibrahim cayó enfermo. La piel le ardía como si se hubiera tragado no uno sino mil y un soles, y sus ojos se pusieron tan grandes, fijos y relucientes como si fueran de cristal. Mahoma estaba siempre a su lado, y cada día se lo veía más flaco y descuidado. Cuando llegó la hora de los oficios del viernes, mi padre se ofreció a ocupar el lugar de Mahoma, pero Mahoma rehusó.

—Puede que mis oraciones lo ayuden —dijo.

Unos momentos después de que finalizaran los oficios, Sawdah y yo habíamos empezado a preparar el almuerzo diario cuando Akiiki entró como una exhalación en la tienda de la cocina, con gestos frenéticos y chapurreando en su extraña mezcla de árabe y egipcio. Sawdah y yo empuñamos la bolsa de las medicinas y corrimos...; mejor dicho, Akiiki y yo corrimos bajo las nubes que galopaban como caballos negros por encima de nuestras cabezas, mientras Sawdah jadeaba muy por detrás de nosotros, y gritaba al viento que siguiéramos, que no la esperáramos, que llegaría en un minuto o dos.

Pero no hubo necesidad de que Sawdah se apresurara. Lo supe tan pronto como entré en la casa y vi a Maryam sujetando el pequeño bulto rígido en sus brazos, apretado contra su pecho.

—No le pasa nada, pero está frío —nos dijo—. Tengo que darle calor.

Quise cogerlo, pero Maryam se echó atrás.

—He venido corriendo desde la mezquita —le dije—. ¿Lo ves? Estoy acalorada y sudo. Dámelo, déjame probar.

El puñito de Ibrahim agarraba el colgante con el *ank* que llevaba Maryam debajo del collar de zafiros que le había regalado Mahoma. Sus labios tenían un ligero brillo azulado. Sentí su cuerpo en mis brazos inerte como un leño o una piedra. Coloqué la mano sobre su nariz, esperando notar el aliento y sabiendo que no lo iba a encontrar. Rompí a llorar en el momento en que Mahoma abría de golpe la puerta y entraba en la habitación.

—Me han dicho que hay problemas —dijo. Miró el rostro desolado de Maryam, y volvió luego a mí sus ojos espantados. Mis lágrimas no me dejaron hablar, de modo que le tendí el niño con brazos temblorosos.

Tomó al niño y cayó de rodillas. Cubrió las mejillas de Ibrahim de besos, y lo abrazó con tanta fuerza que temí que le hiciera daño..., hasta que recordé que era demasiado tarde, y mis sollozos se hicieron tan violentos que yo también me precipité al suelo.

—¡Alá! —clamó Mahoma—. ¡Alá! ¿Por qué me has quitado a mi hijo? ¿Porque lo amaba demasiado? ¡Alá! ¡Devuélvemelo y lo amaré menos! Llévame a mí, en su lugar.

Fuera se oyó un trueno. Un olor parecido al del mar penetró por la puerta abierta. Una lluvia furiosa tamborileó en el techo mientras las lágrimas de Mahoma bañaban las mejillas yertas de Ibrahim. En Medina la gente habría salido a bailar, vuelta la cara al cielo para beber el agua de la primera lluvia en varios años. Sawdah apareció en el umbral, con las ropas empapadas pegadas al cuerpo y una gran sonrisa tan efímera como la vida de un niño.

En el funeral, Mahoma oró sobre el cuerpo de Ibrahim con una mirada ausente. Su voz sonaba hueca, como si también su alma hubiera volado de este mundo. Maryam se apoyaba en el lloroso Akiiki, y sus ojos azules nadaban en su propio mar tempestuoso. Las hermanas-esposas la rodeábamos bajo la lluvia que seguía cayendo, y la protegíamos con nuestros chales de la tormenta.

Su pena casi me hizo alegrarme de no haber llegado a dar a luz a mi hijo. ¿No había parido Jadiya dos hijos de Mahoma, y los dos murieron de niños? Yo había oído el rumor que corría en susurros por la *umma*: «No es voluntad de Alá que el Profeta deje un heredero.» Si era así y yo hubiera parido a mi hijo, ¡cuánto más grande habría sido mi dolor al perderlo más tarde! Tal como habían sucedido las cosas, el corazón todavía me dolía al recordar a mi hombrecito. Pero ningún dolor era más desgarrador que el de Mahoma.

Durante días, semanas, meses, nadie pudo consolarlo. La oscuridad velaba sus ojos, y nos evitaba como una sombra la luna nueva. Le suplicábamos que comiera, pero él se limitaba a rezar, arrodillado en el suelo de su habitación de la mezquita, a la espera del consuelo de Dios. Le ofrecimos tenerlo en nuestras camas por las noches, pero él se iba a dormir al cementerio, junto a la tumba de Ibrahim.

Una noche de junio, cuatro meses después de la muerte de Ibrahim, Mahoma vino a mi habitación al amanecer. Yo estaba en una nebulosa, rezando la oración de la mañana después de haberlo esperado inútilmente. Cuando acabé las postraciones, me acurruqué en mi cama y le dije que me dolía la cabeza. Mahoma se sentó a mi lado y me tomó la mano; era la primera vez que me tocaba en semanas.

—Oh, mi cabeza —me quejé. Él me acarició la frente con la punta de los dedos, y el dolor desapareció. Intentó sonreír, pero fue más bien una mueca—. Has llorado demasiado tiempo a un hijo al que volverás a ver en el Paraíso —le dije. Me senté y palmeé mi regazo—. Ven aquí y descansa.

—Tienes razón, *habibati*. —Se puso en pie, dejó su turbante en el alféizar y luego se acurrucó contra mí. Sus ojos chispeaban como fuegos a punto de apagarse—. Volveré a ver a Ibrahim, muy pronto.

—¿Tú, amor mío? ¿Un guerrero fuerte y sano? Si Alá así lo quiere, yo moriré antes que tú.

—Aisha —dijo en voz baja. Yo me incliné para escucharlo—. Si mueres antes que yo, ¿querrás que yo te cubra con el sudario y rece sobre tu cuerpo?

—¿Y dejar que te diviertas con tus otras esposas? He cambiado de idea. —Forcé una sonrisa burlona—. No me moriré antes.

—Lo que dices es muy cierto.

Yo aparté los cabellos caídos sobre su frente.

—¡Mahoma, tu piel arde! ¿Has encendido una hoguera en el cementerio para calentarte?

—Mis energías han menguado desde la muerte de Ibrahim. Mi dolor de cabeza es tan agudo que apenas me deja ver. —Cerró los ojos y se oprimió las sienes con los dedos—. Aisha, Alá me ha dado a elegir esta noche: o bien las llaves de mi reino y los tesoros de este mundo, o reunirme con Él pronto en el Paraíso.

—¡Por Alá, espero que hayas elegido tu nuevo reino y sus tesoros!

Mi voz temblaba como la cuerda pulsada de un *tanbur*. Él abrió los ojos, pero su mirada estaba fija en algún punto muy lejano.

—Las riquezas de este mundo son un obstáculo en el camino de Alá —murmuró Mahoma—. Prefiero ir con Él ahora, antes de que demasiadas posesiones me cierren el paso.

—El riesgo de que ocurra eso es muy pequeño, mi asceta. —Las lágrimas se amontonaban como sangre en mi lengua. Mi mano recorría mecánicamente su frente, sin relación con el torbellino de mis pensamientos. ¿Qué podía decir para conseguir que volviera a mi lado? «Ayúdame, Alá, antes de que lo pierda del todo.»

—No..., no puede... —Se interrumpió.

—No estés tan impaciente por llegar al Paraíso, esposo. La eternidad es para siempre, pero yo sólo tengo diecinueve años. Me quedan muchos días y muchas noches por vivir. ¿Serás tan cruel como para dejarme sola ahora? Quédate a mi lado un poco más, *habibi*.

—No puede ser, Aisha. —Cerró los ojos. Su respiración se hizo más lenta. Un estremecimiento sacudió su brazo derecho. Sus labios se desdibujaron. La vena entre sus ojos latía con suavidad, y había adquirido un leve tono azulado—. He tomado mi decisión.

Muy pronto sus ronquidos llenaron mi habitación con su música, y acompañaron a mis sollozos y mis súplicas. «Por favor, no te lo lleves de mi lado, aún no.»

Tenía las piernas entumecidas, pero no cambié de postura. Pasaron dos llamadas a la oración. Hafsa llamó a mi puerta, pero no contesté. Estaba sentada con los ojos fijos en el rostro de Mahoma, como si él fuera una estrella en el cielo nocturno que me guiara hacia mi hogar. Si sus días estaban contados, yo quería llenar mi memoria de él ahora, antes de que la muerte se lo llevara.

Cuando despertó esa noche, su fiebre había cedido. Su sonrisa revoloteó, sus ojos bailaron.

—Creía que el disgusto había conquistado tu cara —le dije en broma. «Gracias, Alá, por escuchar mis plegarias»—. ¿Y tu jaqueca, *habibi*? ¿Ha desaparecido?

—Me siento lo bastante bien para visitar a mis esposas.

Se acercó a la jofaina, y allí se cepilló los dientes y se lavó la cara. Yo volví a enrollar su turbante, y luego se lo coloqué en la cabeza.

—Te he tenido olvidada durante demasiado tiempo, Aisha —dijo—. Perdóname.

Me acogió en sus brazos y me besó con tanta intensidad que el turbante cayó rodando al suelo. Yo me colgué de él y bebí su aliento como abrimos nuestras bocas sedientas a la lluvia el día en que murió Ibrahim. Luego, cuando Mahoma se hubo marchado, desenrollé mi alfombrilla de las oraciones y di las gracias a Alá hasta que las rodillas me dolieron.

Finalmente, las protestas de mi estómago dirigieron mis pasos hacia la tienda de la cocina. Al cruzar el patio, oí un grito. La puerta del pabellón de Maymunah, la nueva esposa mecana de Mahoma, se abrió de golpe y apareció ella, pidiendo ayuda a gritos. Corrí y encontré a Mahoma tendido en el suelo, gimiendo y muy pálido. Percibí el aroma de la carne y vi, en un rincón de la habitación, un plato de *tharid* lleno a medias. ¿Había puesto ella algo en aquel guiso para envenenarlo? Corrí hacia Mahoma y le toqué la cara. Su piel ardía de fiebre. Sus ojos parpadeaban de dolor.

—¡Oh, mi cabeza! —gimió.

Aparecieron las demás hermanas-esposas, con mucho revuelo de ropas y arrullos, y abarrotaron el elegante pabellón de Maymunah. Su padre, al-Abbas, había cuidado bien de ella: alfombras, incienso, cortinas de seda, almohadones de terciopelo, joyas que colgaban de sus orejas y rivalizaban con el collar de ónices que Mahoma le había regalado. Alí y al-Abbas se abrieron paso y nos ayudaron a tender a Mahoma en el blando lecho de plumas de Maymunah.

—Es un buen sitio para que descanses —dije, pero Mahoma sacudió la cabeza.

—No es la noche de Maymunah —dijo—. ¿De quién es esta noche? ¿Es la tuya, Aisha?

—Ésa fue la noche pasada ¿recuerdas?

Acaricié su mano temblorosa.

—¿Cuándo volverá a ser tu noche, Aisha? —preguntó.

—No te preocupes por eso, Profeta —dijo Sawdah—. Descansa. Nos quedaremos aquí contigo hasta mañana, si eso es lo que toca.

Gimió y se apretó la cabeza. Umm Salama colocó una mano en mi brazo.

—*Yaa* Aisha, ¿no tienes algún remedio para la jaqueca en tu bolsa? —preguntó.

—¡Sí, por Alá, alíviale el dolor! —gritó Zaynab. Se precipitó al suelo y apoyó sus mejillas húmedas en los tobillos de Mahoma, de modo que su cabellera cubrió los pies descalzos del Profeta.

Corrí a mi pabellón en busca de la bolsa, y regresé. Rebusqué entonces entre las medicinas, tan nerviosa que la mitad se desparramó por el suelo. Aceite de rosas. Levanté el pomo y lo destapé, y vertí unas gotas sobre la frente de Mahoma.

—Esto servirá —dije, y empecé a frotarle la piel con el aceite—. Pronto estarás mejor, mi amor.

—No —dijo él, con una sonrisa débil—. No es verdad, Aisha. He elegido. Pronto veré a Ibrahim.

Oí como un revoloteo sobre mi cabeza. Alcé la vista: al-Abbas miraba con las cejas alzadas la cara asombrada de Alí.

Pasado un rato, la jaqueca de Mahoma no cedía. Se puso en pie, tembloroso, y pasando el brazo por el hombro de Alí, se encaminó muy despacio al pabellón de Hafsa.

—Esto no es necesario —dijo Hafsa, que los seguía de cerca—. Lo único que quiero es que descanses, esposo.

Continuó así durante toda la semana. Luchó con su dolor para dirigir el oficio del viernes. Desafió su fiebre para ir tambaleándose de uno a otro pabellón de sus esposas. Ignoró nuestros ruegos de que se olvidara de nosotras y cuidara sólo de sí mismo. Yo sabía que su destino estaba fijado, tal como él mismo decía. Pero cuando mis hermanas-esposas se consolaban mutuamente con las noticias de la broma que había hecho o el plato que había comido, yo me guardaba mi certeza para mí misma.

Una mañana, Saffiya entró en la tienda de la cocina con ojos llenos de dolor.

—Mahoma se ha pasado toda la noche preguntando por ti, Aisha —dijo.

Hafsa bajó la vista a sus manos enlazadas, y luego me miró.

—Lo mismo hizo la noche que pasó conmigo —dijo—. Pero fui demasiado egoísta para decírtelo.

—«¿Con quién me toca mañana?», se pasó todo el rato preguntando en mi noche —contó Zaynab—. «¿Cuándo me toca otra vez ir al pabellón de Aisha?»

—Te quiere a ti, Aisha —dijo Hafsa. Su voz parecía muy pequeña y muy lejana.

—¡Por supuesto que la quiere! —dijo Sawdah en voz alta—. ¿No lo habéis oído hablar? El fin está cerca. Quiere estar junto a la que más ama.

Un sollozo estalló como una burbuja en la boca de Saffiya.

—¿Se muere? —Se cubrió la cara con las manos—. ¡Nuestro Mahoma se va! ¿Qué será de nosotras?

—¿Quién cuidará de nosotras? —dijo Juwairriyah—. No podemos volvernos a casar. ¿Quién cuidará de nosotras? ¿Qué será de nuestros hijos?

—Es inútil preocuparse de eso ahora —dijo Raihana.

—Si al menos hubiera algo que pudiéramos hacer por él —dijo Hafsa.

—Lo hay. —Umm Habiba me miró a los ojos—. *Yaa* Aisha, te cedo mi noche de hoy con Mahoma.

—Yo te doy la mía también —dijo Maymunah en voz baja.

Pronto todas mis hermanas-esposas me habían dado sus turnos para que Mahoma pasara sus últimos días y noches en mi cama. Si alguna de ellas lo hizo a regañadientes, estoy segura de que se vio recompensada con la enorme sonrisa con que él recibió la noticia.

—Alá os bendiga por esto, cuando yo no esté —dijo—. Me ocuparé personalmente, cuando me siente a su lado en el Paraíso.

Lloré lágrimas amargas mientras hablaba. ¡Qué a gusto habría dado yo todas mis noches a su lado a cambio de conservarlo entre nosotros! Ni siquiera pudo venir caminando a mi habitación. Al-Abbas y Alí tuvieron que traerlo, y cuando tropezó en el camino y cayó al suelo, yo me sentí caer también, como si me precipitara desde lo alto de un acantilado a un caos de rocas afiladas.

La amenaza de la muerte de Mahoma nos hizo sentirnos más unidas que nunca en el *harim*. La capacidad de organización de Umm Salama evitó que nos dispersáramos; instruyó a Hafsa y Raihana sobre las cantidades y los tipos de comidas que había que preparar para los visitantes que afluían continuamente a mi pabellón. Sugirió que Sawdah llamara a la mejor curandera de Medina para que prescribiera un tratamiento a Mahoma. Escuché los consejos de aquella mujer, pero mis manos temblorosas no conseguían administrarle los paliativos. Umm Habiba, a pesar de su anterior hostilidad, demostró ser una ayudante muy capaz, con la cabeza lo bastante clara para hacer todo aquello a lo que yo no alcanzaba. Para amenizar la enfermedad de Mahoma, Umm Salama dispuso varios entretenimientos: yo recitaba poesía, Hafsa bailaba, Sawdah tañía su *tanbur* y Maryam cantaba, y entre todas conseguíamos alisar las arrugas de su frente.

Mientras, la *umma* empezó a dividirse como si manos invisibles tiraran de ella en distintas direcciones. Con sus ojos ribeteados de rojo, mi padre vino a sentarse a mi lado una noche mientras Mahoma dormía, y me contó que las peleas habían empezado. Hombres de las tribus Aws y Jazray, rivales en el gobierno de Medina antes de nuestra llegada, discutían en el mercado quién gobernaría cuando muriera el Profeta. Inmigrantes de la *umma* extendían rumores de inminentes ataques de los beduinos y de otra invasión qurayshí contra la debilitada Medina.

—La gente necesita saber quién va a dirigirles si muere Mahoma —dijo mi padre—. Pero él me ha dicho que quiere que sea Alá quien lo decida.

Para mí, la elección del líder era obvia: mi padre se había sentado junto a Mahoma desde el comienzo mismo. Había sido uno de los primeros, con Alí, en convertirse al islam, y tenía de lejos muchas más capacidades como diplomático que el indiscreto e impetuoso Alí. Envió alimentos y suministros a Mahoma después de que los mecanos expulsaran a los creyentes al desierto. Apoyó a Mahoma en las asambleas de los dirigentes de La Meca, y lo ayudó a escapar de los intentos de asesinato. Le dio a su hija favorita (yo) para sellar su amistad. Lo ayudó a preparar cada asalto a las caravanas y cada batalla, y combatió a su lado a pesar de las protestas de Mahoma de que el riesgo era demasiado grande, de que mi padre era una persona demasiado valiosa para que lo perdieran la *umma* y el propio Mahoma.

Rogué a mi padre que me permitiera hablar a Mahoma en su favor, pero se negó. Otros no tuvieron los mismos escrúpulos. Una noche, cuando volvía a mi pabellón después de cenar, oí en el interior a al-Abbas y Alí, que discutían en voz tan alta que sus palabras llegaban a través de la puerta cerrada.

—*Yaa* sobrino, no tienes por qué retorcerte así las manos —dijo al-Abbas—. Sólo te estoy diciendo que se lo pidas.

—Por Alá, ¿cómo puedes hablar de su muerte cuando todavía está vivo? —gritó Alí. Al-Abbas le chistó, y Alí bajó la voz—. No me parece decente.

—He visto morir a otros miembros de la familia de al-Muttalib —dijo al-Abbas—. No me gusta el aspecto de Mahoma. Me recuerda a mi padre, que murió de pleuresía.

—¿Pleuresía? No, no es forma de morir para un Profeta —dijo Alí—. Preferiría que muriera en una batalla.

—Por desgracia, no puedes controlar la forma en que va a morir —dijo al-Abbas—. Sin embargo, sí puedes tener cierta influencia sobre lo que ocurra después. ¿Quieres sucederle, Alí? ¿Quieres gobernar el Hijaz y devolver a nuestro clan su anterior posición?

Hablaba en voz baja y llena de sobreentendidos. Recordé el plato de *tharid* que encontré en un rincón del apartamento de

Maymunah y deseé haberlo probado para comprobar si estaba envenenado.

—Sabes que deseo sucederle —dijo Alí. Sus palabras me provocaron un escalofrío. Si era Alí quien se ponía al frente, ¿qué sería de mi familia, de mí misma?—. Pero ¿cómo puedo pedirle que me nombre? Entonces tendría que resignarse a morir. Por Alá, yo prefiero que viva.

La voz de Alí era entrecortada, como si llorara.

—Cuando murió su hijo, Mahoma se quedó sin un heredero. Su hijo adoptivo, Zayd, ha muerto también. ¿Quién queda si no tú, el padre de sus nietos, para sucederle?

—Deja que él me nombre, entonces. Yo no se lo pediré.

—¿Y si no te nombra? —dijo al-Abbas con una voz sibilante—. ¿Y si no te nombra? Eres joven y careces de poder en esta comunidad. Seguro que otros te arrebatan tu posición... Abu Bakr, que ni siquiera es pariente del Profeta, ¡o Umar! Te dejarán a un lado. El clan de Hashim caerá en la ignominia.

—Pero si no se lo pido y él no nombra a nadie, la gente de la *umma* puede elegirme a mí —dijo Alí—. En cambio, si se lo pido y él nombra a otro, nunca elegirán a un hashimita. —Al-Abbas empezó a protestar, pero Alí lo interrumpió—. No, tío, no voy a pedírselo.

Abrí la puerta y saludé, esperando que creyeran que acababa de llegar. Al-Abbas me dedicó una de sus generosas sonrisas... que ahora yo sabía que ocultaban un alma mezquina y calculadora.

—Qué afortunado es el Profeta por tener un ángel para velarlo —dijo—. Cuando despierte, se lo diré así mismo.

Yo me ajusté más el chal para ocultar mi rostro.

—Espero que despierte pronto —dije—, porque también yo tengo algunas cosas que contarle.

Cuando Mahoma despertó la mañana siguiente, ni los ángeles ni los sucesores ocuparon su mente. Sólo pensaba en el oficio del viernes.

—Tengo que dirigirlo —dijo—. La *umma* está pendiente de mí.

Apartó la manta e intentó ponerse en pie, pero las piernas le temblaban tanto que ni siquiera consiguió desplegarlas. Alí y al-Abbas corrieron en su ayuda y volvieron a acostarlo.

—¿Puedo sugerir que nombres a alguien para dirigir la oración esta tarde? —dijo al-Abbas. Hizo un guiño a Alí—. ¿Alguien de tu confianza?

Mahoma suspiró.

—Supongo que es lo mejor —dijo—. Muy pronto, todas mis responsabilidades recaerán sobre otra persona. —Hizo una pausa. La habitación quedó tan silenciosa como una pregunta inexpresada. Yo me lo quedé mirando, con el deseo de que eligiera a cualquiera menos a Alí. Elegir a Alí era dar entrada en el círculo dirigente a al-Abbas, que sólo se preocupaba por el poder.

—Por favor, llamad a Abu Bakr —dijo Mahoma.

La cara de al-Abbas se oscureció como una vela apagada de un soplo. Por mi parte, sonreí bajo mi chal.

—Escucho y obedezco —dijo Alí con una reverencia rígida, y al-Abbas y él se dirigieron a la puerta.

33

La esposa guerrera

Medina, junio de 632

Aquel último día, Mahoma se levantó, bañado en sudor y tembloroso, para asistir a la oración. Jadeaba por el esfuerzo de incorporarse en la cama, pero suspiró de placer cuando lo bañé y le lavé el pelo. Lo sequé con una toalla mientras tarareaba una de las canciones que Maryam le había cantado la noche anterior..., y no me importó su sonrisa al oírme desafinar. Habría hecho mil y una payasadas sólo para oírlo reír de nuevo.

Estaba demasiado débil incluso para reírse. La fiebre había consumido el alma misma de Mahoma, y dejado tan sólo un rescoldo que apenas brillaba. Pero mientras lo vestía y enrollaba su turbante, me permití un pequeño resquicio de esperanza. Que quisiera levantarse de la cama significaba algo, ¿no es cierto? Tal vez Dios había decidido escuchar mis súplicas y dejar vivir a Mahoma.

Lo ayudé a ponerse de pie. Estuvo inmóvil largo rato, jadeando y alzando una mano sin fuerzas para ungirse la frente pálida. Luego, con una mano en mi hombro y la otra apoyada en la pared, avanzó como un *shayk* artrítico hasta la puerta que se abría a la mezquita. Se arregló las ropas, irguió la espalda y dio algunos resoplidos trabajosos. Luego hizo un gesto de asentimiento y abrió la puerta.

Todos los ruidos se apagaron al instante. Los rezos de mi padre volaban como palomas por la ventana. La luz que llenaba la mezquita envolvió a Mahoma en un halo brillante. Su piel resplandecía.

—*Assalaamu aleikum.* —La voz fuerte y clara del saludo de Mahoma despertó ecos en las paredes de la mezquita. Yo me cubrí las mejillas sonrientes con las manos y di gracias a Alá. ¡Se había restablecido!

—*Wa aleikum assalaam* —respondió mi padre. Umar le hizo eco, y luego Alí y Uthman, y pronto la mezquita resonó con los saludos y los buenos deseos de cientos de fieles que entonaban las alabanzas del Profeta de Dios. La alegría se difundió en mi corazón en círculos expansivos, y me sentí ligera como el aire. ¡Mahoma estaba curado, y todo el mundo podía verlo!

Mi padre bajó del tocón del árbol y le tendió la mano a Mahoma. Una sonrisa se dibujaba en su rostro por debajo de la larga barba.

—Por favor, Profeta, ven a dirigir la oración.

—Hoy he venido a seguirla, no a dirigirla —dijo Mahoma—. Pero cuando hayas acabado los rezos, me gustaría decir unas palabras.

El sermón de mi padre fue la elocuencia misma. Palabras llenas de belleza brotaban de su lengua y aligeraban mi espíritu. Habló del amor de Dios, de la generosidad con la que se había revelado a sí mismo a nosotros a través de su Profeta, de la firmeza con que nos había defendido de nuestros enemigos.

—Él es todo bondad y omnipotencia —dijo mi padre—. Ninguno de nosotros puede compararse a Él..., no, ni siquiera nuestro Profeta. Porque Mahoma mismo os lo dirá: no es más que un hombre. Los hombres nacen, y los hombres mueren. Pero Alá vive eternamente..., y el islam vivirá cuando nosotros nos hayamos ido.

Mientras hablaba, Mahoma seguía de pie. Sus manos se aferraban a las jambas de la puerta a uno y otro lado, de modo que imitaba la forma del *ank* de Maryam. Cuando mi padre dejó de hablar, todas las miradas de la sala se volvieron a Mahoma.

—Es hora de resolver algunos asuntos —dijo Mahoma. Durante horas, hizo preguntas a los hombres de la *umma*. ¿Había tomado alguna vez Mahoma algo de alguien sin compensarle? ¿Había tratado con dureza a alguien que no lo mereciera? ¿Alguien quería pedirle una oración?

La gente se ponía de pie para hablar. Surgieron algunas discusiones. En un momento dado, Umar tiró de su espada y amenazó con ella a un hombre, irritado porque pedía una oración. Mahoma alzó la mano y, al otro lado de la sala, la espada de Umar resonó al caer contra el suelo.

—*Yaa* Umar, por favor, contén tu genio —dijo Mahoma—. Todas las preocupaciones de los hombres son importantes para Alá, por pequeñas que sean.

Finalmente, la voz de Mahoma perdió volumen. El sudor pegaba sus cabellos a la frente. Sus párpados cayeron como pétalos marchitos.

—Ayúdame a sentarme, Aisha —dijo con voz ronca.

La voz de Umar tronó en la mezquita, para declarar que el oficio había terminado.

—*Yaa* Profeta, te has excedido, ¿y para qué? —gruñó—. Para unos tontos.

—Esos «tontos» son la razón por la que vivo —dijo Mahoma con voz débil.

Las lágrimas me escocían en los ojos mientras Umar y yo lo ayudábamos a volver a su cama.

—Parecía tan recuperado... —dije—. Pero ahora se marchita como una rosa arrancada del rosal.

—Sí, mejoraba —dijo Umar—. Su rostro resplandecía de salud ¡por Alá! Pero como he dicho, se ha excedido. Dejémoslo descansar y se recuperará.

Cuando se volvía para salir del apartamento, Mahoma pronunció su nombre. Umar volvió a su lado y se inclinó para escuchar sus palabras.

—Por favor, trae mi espada. Está colgada en la mezquita. La necesito ahora.

Umar reía por lo bajo al dirigirse a la puerta de la mezquita.

—¿No te lo he dicho, Aisha? Nuestro Profeta se prepara para la batalla. Eso no suena a un hombre a punto de morir.

Pero cuando miré a mi esposo, supe que el final estaba cerca.

Sus ojos habían perdido fijeza. Su respiración se hacía trabajosa. Gemí y apoyé la cabeza en su pecho, y escuché el ritmo errático de su corazón deseando que nunca dejara de palpitar.

Mahoma posó una mano fláccida en mi cabeza.

—Aisha —dijo—, quiero limpiarme los dientes. Tengo que prepararme.

El miedo golpeó mi corazón como las manos percuten un tambor, pero de alguna manera conseguí cruzar la habitación, sintiéndome como en medio de una pesadilla, y pelé la corteza de una rama de *miswak* del cuenco en el que estaban puestas a remojar. Me senté al lado de Mahoma, mordí los bordes del palo para desgastarlos, y noté el sabor salado de mis lágrimas mezclado con el gusto astringente de la madera. Durante ocho años, desde el día en que me fui a vivir con Mahoma, le había hecho ese mismo servicio. Era un placer que nunca volvería a sentir.

El deseo de arrojarme en su pecho me hizo temblar. Observé ansiosa cómo se frotaba dientes y encías con el *miswak*, con el deseo de memorizar incluso sus gestos más cotidianos, porque ahora todos eran preciosos para mí. El porte orgulloso de su cabeza, pese a estar enfermo. El párpado izquierdo algo, muy poco, más bajo, cuando se concentraba. Las arrugas de sus ojos cuando se dio cuenta de la intensidad con que lo miraba. Nuestras miradas se cruzaron y algo pasó entre los dos, como la chispa entre dos manos durante una tormenta con rayos. «Te dejo, pero sólo por un rato», parecía decirme. Y con mis propios ojos húmedos, le contesté: «Por favor, quédate a mi lado, Mahoma. Quédate unos años más, para que podamos disfrutar del amor que nos une.»

Umar entró tan silencioso que el sonido de su voz me sobresaltó.

—¿Se limpia los dientes? Loado sea Alá, es un signo mejor todavía —dijo. Yo oculté mi rostro, porque no quise que mi dolor enturbiara su esperanza.

Dejó la espada sobre la cama y se disponía a acomodarse él mismo en un almohadón, pero Mahoma lo detuvo con un gesto.

—*Yaa* Umar, por favor, déjanos solos ahora. Quiero hablar con Aisha.

La sonrisa de Umar siguió imperturbable.

—Volveré más tarde, cuando brille la luna llena —dijo—. *Yaa* Profeta, tú y yo saldremos a pasear al patio para verla.

Los ojos de Mahoma parpadearon como la llama de una vela en una corriente de aire, cuando Umar se hubo ido.

—¿Para qué necesito la luna cuando tengo a mi Aisha? —dijo. Yo me apoderé de su mano y la apreté, con el deseo de que mi fuerza se le transmitiera a través de aquel contacto, pero sus dedos temblaron.

—Aisha, coge la espada —dijo—. Sácala de la vaina.

Lo miré desconcertada. ¿Qué quería que hiciera yo con una espada desenvainada? Pero él había cerrado los ojos, y parecía concentrar todos sus esfuerzos en respirar. Aferré la empuñadura dorada, caliente al contacto de mi mano, y tiré de ella despacio hasta extraer la larga hoja de su vaina enjoyada. Formaban la empuñadura dos serpientes enroscadas, con las cabezas vueltas de modo que se miraban la una a la otra. Tanto en el pomo como en el tahalí brillaban turquesas y esmeraldas, de color verde. El color de Mahoma en la batalla, más brillante que nunca al reflejarse en mis lágrimas.

—La he llamado *al-Ma'thur* —dijo Mahoma—. «El Legado.» Mi padre me la dejó al morir. Me ha protegido en muchas batallas, como bien sabes.

—Siempre me he preguntado por qué arriesgabas un objeto tan precioso en las batallas —dije—. Es una joya en sí misma, muy valiosa.

—Una espada sólo es valiosa para quien sabe utilizarla —dijo—. Por esa razón te la doy a ti.

—¿A mí? —La llevé junto a la ventana y la sostuve en alto a la luz decreciente del día, y admiré el filo aguzado de su hoja estrecha, y el cálido brillo de su color. Luego recordé por qué me hacía aquel regalo, y empecé a llorar con tanto desconsuelo que casi dejé caer *al-Ma'thur* sobre su pecho.

—No la quiero —dije—. Prefiero tenerte a ti que todas las espadas del Hijaz.

—Me tienes a mí, *habibati*. —Sus ojos se iluminaron—. Aisha, sé que has mirado con envidia los collares que regalaba a mis demás esposas. La verdad es que pensé en encargar uno para ti. Pero nunca pude encontrar una piedra lo bastante preciosa para que expresara la naturaleza de nuestro amor. Espero que me perdonarás, mi pequeña Pelirroja.

—No hay nada que perdonar —dije, y sorbí mis lágrimas—. Me has dado tu precioso amor. Es todo lo que necesitaba.

Sonrió.

—Cuánto coraje tienes, mi esposa-niña. No, mi esposa-guerrera. Toma esta espada y úsala bien, *habibati*. Te será útil en la *yihad* que se aproxima.

—¿Una guerra santa? —Arrugué la frente—. Quraysh no volverá a atacarnos, aunque faltes tú. Nuestro ejército los aplastaría en un instante.

—Será como Alá disponga —dijo—. Pero me refiero también a nuestras luchas internas. —Se retorció como si una antorcha encendida le hubiera quemado la piel, y me estremecí de miedo—. Aisha —me llamó con voz ahogada—. Ayúdame.

La vergüenza me zarandeó con sus dedos huesudos, por ser tan asustadiza. ¿Es que la muerte era una rata de dientes afilados, dispuesta a morder a quien se le pusiera delante? Me coloqué detrás de Mahoma de modo que su cabeza descansara en mi pecho. Más lágrimas asomaron a mis ojos, pero las sequé. «Esposaguerrera», me había llamado Mahoma. No iba a tener miedo de su muerte, ni de la vida que seguiría después. Tenía a *al-Ma'thur*, y tenía el amor de Mahoma para toda la eternidad. Acaricié su frente con la palma de la mano. Ojalá pudiera hacer desaparecer su dolor.

—Aisha, tu deseo se ha cumplido —dijo—. Con tu caricia me has quitado el dolor que sentía.

Suspiré aliviada.

—Loado sea Alá...

Pero su cuerpo se retorció de nuevo, como si la vida escapara de sus miembros. Alzó las manos al cielo.

—¡No hay más Dios que Alá! —gritó. Luego exhaló un gran suspiro y se derrumbó en mi regazo, tan pesado como una piedra.

—¡Mahoma! —grité—. ¡Mahoma! ¡Oh, Alá! ¿Por qué?

Le di palmadas en la cara y lo sacudí, pero estaba tan inerte como un pedazo de tela en mis manos. Sentí en mi nuca el aliento de la muerte, y un escalofrío me recorrió. De pronto, quise tener a mi lado a mi padre. Aunque las lágrimas obstruían mi boca y mi garganta, conseguí llamarlo.

—¡Padre! *Yaa abi!* ¡Padre, deprisa!

La puerta entre mi habitación y la mezquita se abrió de golpe, y apareció mi padre con ojos alucinados.

—No puedo despertarlo —dije, sollozando, olvidando que ahora era una guerrera, olvidándolo todo excepto que Mahoma se había ido.

La cara de *abi* pareció desmoronarse como si estuviera hecha de arena cuando vio a Mahoma. Levantó los párpados de Mahoma, intentó atisbar el interior de su alma. Colocó la palma de la mano delante de la nariz de Mahoma.

—A Alá pertenecemos, y a Alá regresaremos —murmuró, con una voz rota. Las lágrimas corrían por su rostro y se mezclaron con las mías en la frente de Mahoma. Besó aquella frente humedecida por las gotas saladas—. ¡Adiós, Profeta! —Volvió a besar a Mahoma en la frente—. ¡Adiós a un hombre puro! —Besó la frente de Mahoma por tercera vez. Su rostro mostraba en cada arruga el dolor que sentía—. ¡Adiós a un amigo íntimo! El Profeta de Dios ha muerto.

Peinamos los rizos de Mahoma, le lavamos la cara y arreglamos sus ropas, a tientas, cegados por nuestras lágrimas. Luego mi padre fue a informar a la *umma* mientras yo me quedaba sentada al lado de Mahoma, en duelo, con lamentos y tirones a mi pelo y ropas.

Muy pronto la puerta se abrió de golpe y las hermanas-esposas entraron apresuradas y llenaron la habitación con sus gritos. Hafsa apartó a la fuerza mis manos de mi rostro y me sostuvo, pero ni siquiera su amor pudo colmar el vacío que sentía en mi interior. Resonó la llamada de Bilal desde la azotea de la mezquita. Fátima se deslizó entre nosotras con Alí y al-Abbas a sus talones, y se arrodilló para besar los pies de su padre muerto. Alí hincó también la rodilla al lado de Mahoma, mientras al-Abbas, de pie, abrazaba a la llorosa Maymunah. Mientras observaba la escena, advertí que la suya era la única cara impasible en la habitación. Sentí su mirada fija en mí y vi que sus ojos se estrechaban al advertir la espada de Mahoma en mis manos.

Aquella noche, salí al patio para ver la luna. Colgaba como un pendiente en un cielo reluciente de joyas, bañada en oro y tan baja que parecía provocarme para que alargara el brazo y la tomara entre mis dedos. A Mahoma le habría gustado aquella visión.

Oí la voz de mi padre, desde el interior de la mezquita. Caminé por la hierba para ir a buscarlo, pero me detuve en la puerta al ver sus manos colocadas sobre los hombros de Umar, y las frentes de los dos apretadas la una contra la otra.

—Pasearemos de nuevo con él en el Paraíso —decía mi padre—. Pero ahora hemos de pensar en la *umma.*

Un hombre bajo y grueso, con una peca en la mejilla tan grande como un escarabajo —Abu Ubaydah, el amigo de Umar— entró en la mezquita y sujetó a Umar por la barba.

—Los hombres de Aws y de Jazray han convocado una reunión para decidir quién será el próximo gobernante de Medina —dijo—. Creo que deberías asistir.

—¡Por Alá, el cuerpo del Profeta todavía no se ha enfriado! —gruñó Umar, que pareció volver a su antigua personalidad.

—Estoy de acuerdo en que el momento es inoportuno —dijo mi padre—. Pero se trata de un suceso inesperado. Si esa reunión se celebra sin nosotros, perderemos todo aquello por lo que luchó Mahoma.

—Su vida no habrá sido en vano, o yo no me llamo Umar ibn al-Jattab —refunfuñó Umar. Los tres salieron apresuradamente a la calle, y yo fui detrás de ellos. Sentía conmigo la presencia de Mahoma, acariciándome como la luz de la luna que él tanto amó.

Entraron en la sala comunal de Medina. Yo me escurrí hasta una habitación vecina y miré por una rendija. La sala era espaciosa y cuadrada, con un techo tan alto que el hombre de mayor estatura no alcanzaba a tocarlo, ni siquiera subido sobre los hombros de otro. Unas gradas de piedra, al fondo, ascendían hasta una puerta cerrada. El olor a cuerpos sin lavar era tan fuerte que tuve que taparme la nariz con el chal. Lámparas de aceite colgaban de las paredes de piedra sin pintar, sobre las que arrojaban sombras movedizas. La asamblea que estaba reunida en el interior guardó silencio cuando entraron en la sala mi padre, Umar y Abu Hubaydah.

Un hombre bajo de orejas muy grandes se adelantó y los agarró de la barba para saludarlos.

—Nos sentimos honrados por vuestra presencia, pero os lo advertimos: queremos elegir un gobernante de entre los nuestros.

Umar abrió la boca, pero fue mi padre el primero en hablar.

—Respetamos vuestro deseo de gobernaros por vosotros mismos —dijo—. Pero tal vez habéis olvidado cómo era Medina antes de que llegara aquí Mahoma. —Se volvió para dirigirse a la sala, y describió sus luchas, cómo se habían combatido los Aws y los Jazray con tanta saña que algunos habían llegado a temer que se aniquilaran mutuamente.

—Bajo el gobierno de Mahoma habéis disfrutado de paz entre vuestras tribus —dijo *abi*—. Pero en verdad fue Alá quien os otorgó esa paz, como recompensa por vuestra ayuda a su Profeta. Mahoma ha muerto hoy, sí; pero Alá no morirá nunca. Alá seguirá gobernándoos si vosotros lo permitís. Y a cambio, Él convertirá Medina en la ciudad más próspera y venerada del mundo. Ni siquiera La Meca podrá comparársele.

—Demasiado me acuerdo de aquellas luchas —dijo un *shayk* de los Aws señalando con el dedo a los hombres de Jazray que tenía enfrente—. Matasteis a dos de mis hijos.

—¡Merecían morir! —aulló el Jazray—. Mataron a mi hermano y violaron a su mujer.

—Tu hermano construyó su casa en una propiedad nuestra y luego la reclamó como suya. —Uno de los hijos supervivientes del *shayk* agitó el puño delante del hombre de los Jazray—. ¡Y cuando enviamos esclavos a informarle de que estaba equivocado, los robó también!

Muy pronto el tumulto se había extendido a toda la sala. Los gritos y las acusaciones hacían temblar las paredes. Se entrechocaron espadas, las dagas se tiñeron de sangre, algunos hombres daban puntapiés a los que yacían heridos a sus pies. Los hombres de la *umma* se mantenían al margen de aquel tumulto, y observaban con ojos sombríos. Por fin, mi padre subió las gradas y ordenó que acabara la lucha.

—Está claro que esto es lo que tendréis si nos arrebatáis el gobierno de Medina —dijo—. *Yaa* Aws y Jazray, os invito a mantener la alianza con nuestra *umma* y con nuestro Dios. Somos más fuertes ahora de lo que hemos sido nunca, pero sólo con vosotros a nuestro lado.

—Abu Bakr tiene razón —dijo el *shayk* de los Aws—. Yo estoy dispuesto a apoyar a uno de los hombres del Profeta antes que seguir a un Jazray.

—Y yo seguiría a un hombre de la *umma* hasta el mismísimo infierno antes que dejar que un Aws me llevara a ninguna parte —escupió su enemigo.

Momentos después, casi todos los hombres de la sala coreaban su apoyo a mi padre, mientras que tanto Umar como Abu Ubaydah, radiante, voceaban su nombre. Yo me fui de allí sin ser vista, y deseé poder correr a contárselo a Mahoma. ¡Le habría complacido tanto! Mi padre amaba a Mahoma más que a sí mismo. Gobernaría la *umma* exactamente como lo habría hecho Mahoma.

La pena hizo asomar de nuevo lágrimas a mis ojos. ¿Cómo podría yo vivir sin Mahoma? Levanté la mirada a la luna, tan brillante como el rostro de Mahoma, y sentí que mis lágrimas cesaban. Supe que me estaba viendo desde su sitial en el Paraíso. Había visto cómo se desarrollaban los acontecimientos aquella noche. Tal vez había ayudado, dejando que estallasen las discusiones entre los *ansari*. Pero yo echaba de menos el sentarme a su lado en la oscuridad y discutir la reunión, y tal vez sentir su presencia por última vez.

Pero cuando llegué a mi pabellón, la puerta estaba abierta. Me detuve en el exterior, y escuché, como ya había pasado antes, las voces de al-Abbas y Alí, ahora mezcladas con ruidos metálicos y de golpes y roces.

—Este suelo es duro como la piedra —dijo Alí—. Sigo pensando que deberíamos enterrarlo en el cementerio con su hijo.

—¿Y dejar que Abu Bakr presida la ceremonia? —gruñó al-Abbas—. Eso lo ratificaría de una vez por todas como el sucesor del Profeta.

—Si la gente quiere a Abu Bakr, tal vez debería serlo —dijo Alí.

—La gente quiere tener lleno el estómago —replicó al-Abbas—. Aparte de eso, saben muy poco qué es lo que quieren. Si Abu Bakr se presenta a sí mismo como su líder, si pronuncia la oración sobre el cuerpo del Profeta, nadie se atreverá a contestar su autoridad. Tú eres el heredero legítimo de Mahoma. Eres la única esperanza para nuestro clan. Tienes que oponerte a este intento de robar tu herencia.

A través de la estrecha abertura vi a *al-Ma'thur*, mi espada, y deseé que de alguna manera pudiera volar a mis manos. Sin un arma, no me atrevía a interrumpir aquel enterramiento. Temía que al-Abbas no dudara en matarme y arrojarme también a la tumba.

Traté de buscar alguna solución. Mi padre estaba muy lejos, celebrando su elección. Podía despertar a mis hermanas-esposas, pero Alí y al-Abbas acabarían de enterrar a Mahoma mientras yo iba en su busca, y no me enteraría de sus planes. Tenía que encontrar la forma de informar a *abi*.

Cada golpe de pico era como una puñalada en mi pecho. Me recliné en la jamba de la puerta y los oí cavar, y oí que gruñían al levantar el cuerpo de Mahoma de la cama.

—Por Alá, pesa más ahora que con el alma en el cuerpo —dijo al-Abbas. Yo podía haberles dicho que el alma de Mahoma era muy ligera. Pero guardé silencio y me apreté el corazón con las manos como si fuera a caérseme a pedazos.

Un nuevo gruñido, un golpe: Mahoma estaba en su tumba. Imaginé su cuerpo cayendo en la fosa y me agarré a la puerta para que el peso de mi pena no me arrastrara también allá abajo.

—Que Alá te bendiga, querido primo —dijo Alí con voz entrecortada—. Y perdóname por este entierro precipitado, indigno de un Profeta.

—Pero necesario —añadió al-Abbas—. Sin duda él lo sabe. Además —añadió en tono más ligero—, ahora su celosa esposa-niña podrá dormir todas las noches con él, como siempre deseó.

A los pocos momentos, oí que apisonaban la tierra. Mahoma estaba enterrado. Sollocé al imaginarlo tendido en la tierra fría, sin poder ver la luna.

—Un trabajo bien hecho —dijo al-Abbas—. No te olvides de tu espada.

—¿Qué espada? —preguntó Alí—. No he traído ninguna.

—Esa espada enjoyada del rincón. ¿No es tuya? Mahoma te legó sus armas a ti, ¿no es cierto?

Mi pulso se aceleró, y me impulsó a actuar. Abrí de golpe la puerta y salté hacia la espada. En un instante, la había aferrado por el pomo y sacado de su vaina.

—La espada es mía —dije—. Si alguno de los dos quiere qui-tármela, os invito a intentarlo.

Al-Abbas sonrió como si yo fuera la persona más deliciosa que jamás hubiera visto.

—¡Una mujer guerrera! —dijo—. *Yaa* Alí, no me lo habías contado. Perdóname, Aisha. Creí que la espada de Mahoma se había quedado aquí por error.

—Alguien ha cometido un error esta noche, pero no ha sido Mahoma.

Escarbé un poco con la punta del pie la tierra recién removida.

—Fue deseo del Profeta ser enterrado en el lugar de su muer-te —dijo al-Abbas en tono suave.

—Salid de mi habitación, mentirosos, ladrones. —Hice girar la punta de mi espada en las narices de al-Abbas—. A no ser que queráis ser enterrados aquí también vosotros.

Después de que se hubieron ido (al-Abbas con una reveren-cia, como si saliese de una visita de cortesía; Alí, con la cabeza gacha y mascullando algo por lo bajo), me quedé de pie junto a la ventana, mirando el lugar donde estaba enterrado mi esposo. Los sollozos agitaron mi cuerpo y las lágrimas brotaron de mis ojos como la riada irrumpe en un *uadi*, y bajaron alborotadas por mi rostro hasta humedecer la tumba de Mahoma. Su espada me pesaba en la mano. Con el brazo tembloroso, volví a enfundarla en su tahalí, y al hacerlo atrajo mi atención un destello de luz. Moví la hoja de un lado y de otro, y vi la luna reflejada en la espada de Mahoma. Podría jurar que vi allí su rostro, lleno de amor, que me miraba.

Y entonces, tal como lo había deseado, sentí que la presencia de mi esposo llenaba mi corazón y secaba mis lágrimas como un viento cálido que me infundía valor.

«Mi espada te será útil en la *yihad* que se aproxima.» Ahora sabía lo que había querido decir Mahoma al referirse a nuestras «luchas internas». En el día mismo de su muerte había comenzado la *yihad*. ¿Y yo? Estaría allí con mi espada, libre por fin para luchar, para elegir mi destino..., y para hacer honor a mi nombre.

Aisha significa «vida». Que sea de nuevo así ahora, y para siempre.

Esposas y concubinas de Mahoma, en orden

Jadiya
Sawdah
Aisha
Hafsa
Zaynab bint Juzaynah
Umm Salama
Zaynab bint Jahsh
Juwairriyah
Raihana
Saffiya
Ramlah
Maryam
Maymunah

Glosario de términos árabes

abi: «padre»

afwan: «disculpa, perdóname»

Ahlan: «bienvenido», saludo

Ahlan wa salan: «bienvenido a la familia»

Alá: Dios

Allahu akbar: «Dios es grande»

al-Ma'thur: «el Legado», nombre de la espada de Mahoma

al-zaniya: «adúltera»

ansari: «Ayudantes», las tribus de Medina que siguieron a Mahoma

Assalaamu aleikum: «la paz sea contigo», saludo

barid: unidad de distancia, de unos 35 kilómetros

bint: «hija de»

dinar: moneda de oro, unidad de cuenta

dirham: moneda de plata, unidad de cuenta

djann: plural de *djinni*

djinni: espíritu mítico que habitaba la Tierra, con poderes sobrenaturales

durra: «cotorra», sobrenombre que se daba a la segunda esposa del *harim*

fahisha: «prostituta»

habib: «querido, amado»

habibati: «mi amada» (femenino)

habibi: «mi amado» (masculino)

hajja: mujer que ha peregrinado a La Meca

hammam: baños públicos

harim: el recinto interior en el que residen las mujeres de una casa; «harén»

hatun: «Gran Dama»; la primera esposa del *harim*

hijab: la cortina o el velo

Hijaz: la costa occidental de Arabia, que bordea el mar

Rojo y en la que están situadas La Meca y Medina

hijra: la emigración a Medina, «hégira»

houri: mujer virtuosa del Paraíso, de ojos grandes y luminosos; «hurí»

howdah: compartimiento con cortinas que se coloca sobre un camello

ibn: «hijo de»

islam: sumisión a Alá

jahiliyya: el tiempo de ignorancia que precedió al islam

Kasba: «cubo»; nombre del santuario sagrado de La Meca

kahin: místicos preislámicos

jatmi: remedio medicinal preparado con malvas

juzama: planta comestible del desierto, de sabor dulce

kohl: sustancia utilizada para subrayar la línea de los ojos

Labay Aláumah labay: «Respondemos a tu llamada, nuestro Dios»

latheeth: «delicioso»

ma' salaama: «adiós»

majlis: sala de estar

marhaba: una forma de saludo

marhabtein: saludo en respuesta al *marhaba*

miswak: un árbol de madera astringente cuyas ramas se utilizan para limpiar los dientes

purdah: el ocultamiento de las mujeres de la vista de los varones

qu'ran: «recitados», en particular los recitados hechos por Mahoma de los mensajes de Alá; «Corán»

raka'at: postraciones en la plegaria ritual de los musulmanes

sahab: «amigo»

samneh: mantequilla rebajada

shayk: hombre anciano

simum: tormenta violenta de arena que oscurece el cielo

suq: «mercado, zoco»

tanbur: instrumento musical, predecesor de la lira

tharid: plato de carne y pan, el favorito de Mahoma según la tradición

uadi: cauce habitualmente seco de un río

umma: la comunidad de los creyentes; también, «patria»

ummi: «madre»

Wa aleikum assalaam: «la paz sea también contigo», forma de responder a un saludo

wars: tinte amarillo que se obtiene de una planta yemení parecida al sésamo

yaa: una traducción libre sería «hola»; es una palabra que se utiliza delante del nombre de una persona para dirigirse a ella

zauba'ah: «diablos», o columnas de arena que se forman durante una tormenta

Agradecimientos

Estoy en deuda impagable con mi ex esposo Todd Mowbray, que escuchó cada palabra de cada borrador de este libro, realizó innumerables gestiones para facilitarme el trabajo y nunca dejó de brindarme su paciencia, apoyo y ánimo desde el principio hasta el final. También estoy inmensamente agradecida a mi estupenda agente, Natasha Kern; a mi editora, Judy Sternlight, de Ballantine; y a los editores *freelance* Carol Craig, Susan Leon y Daniel Zitin; a Kevin Canty, Richard Myers, Samir Bitar, Michel Valentin, Lynne Shaara, Karin Knight y Paul Vandevelder. Y a muchos otros amigos solidarios y entusiastas de Missoula, Montana, y de otros lugares.

Índice